U0469173

中国现当代小说理论编年史 1949—2019

ZHONGGUO XIANDANGDAI XIAOSHUO LILUN BIANNIANSHI

总主编/周新民

第七卷（2003—2011）

本卷主编/李军辉 方越

武汉出版社
WUHAN PUBLISHING HOUSE

（鄂）新登字08号

图书在版编目（CIP）数据

中国现当代小说理论编年史．1949—2019．第七卷，2003—2011 / 周新民总主编．-- 武汉：武汉出版社，2024．12．-- ISBN 978-7-5582-7214-1

Ⅰ．I207.409

中国国家版本馆CIP数据核字第2024JA9359号

中国现当代小说理论编年史（1949—2019）第七卷（2003—2011）

总 主 编：周新民
本卷主编：李军辉　方　越
责任编辑：黄　澄　黄仪萱
封面设计：黄子修
出　　版：武汉出版社
社　　址：武汉市江岸区兴业路136号　　邮　　编：430014
电　　话：（027）85606403　　85600625
http://www.whcbs.com　　E-mail:whcbszbs@163.com
印　　刷：湖北新华印务有限公司　　经　　销：新华书店
开　　本：787 mm×1092 mm　　1/16
印　　张：32　　字　　数：525千字
版　　次：2024年12月第1版
印　　次：2025年2月第1次印刷
定　　价：1280.00元（全8卷）

第七卷（2003—2011）

目　录

2003年

一月

2日　冯敏的《从人物到故事》发表于《小说选刊》第1期。冯敏谈道："小说是种通俗的文学样式，小说不避俗，只要不媚俗不恶俗就成。……'新写实'小说家们是会讲故事的。'新写实'让小说回到了故事的层面而不是主题的层面，这是'新写实'对当下小说的贡献，忽略这一点是不公允的。"

冯敏的《伤痛的记忆》发表于同期《小说选刊》。冯敏谈道："以社会意义大于文本意义的标准衡量小说，很难使小说变得成熟。"

3日　毕飞宇、李元胜、李洱、祝勇、王跃文、何向阳、张者、吴俊、陆离、李建军、叶舟、施战军、臧棣、韩作荣、杨邪、李敬泽等人的《文学的前沿——首届青年作家论坛上的对话》发表于《人民文学》第1期。李建军谈道："有人说小说纯粹是个人的事情，有人说小说可有可无。我不这样认为，我认为文学就像政治、教育、信仰一样，对我们非常重要。"毕飞宇谈道："'常识'之一就是文学必须要'有人'——我所说的主要是小说这一块——这个'有人'第一当然是指作品中必须有人，第二自然是作者的内心要有人。"李洱谈道："这起码说明中国作家的个人经验，在很多时候并没有容纳更多的复杂经验，或者说，复杂的社会并没有化作复杂的经验，进而进入作家的个人经验。所以我想说，这个问题其实由来已久。这种情况在现代主义进入中国以后，有很大的改变，但并没有根本的改变。"

10日　虹影的《写虚构的男人》（《鹤止步》创作谈——编者注）发表于《中篇小说选刊》第1期。虹影谈道："这新作《鹤止步》呢，里面没有女人，只有男人！'挑战自己'是我一直的口号。我写男性之间的情与恨已经好多篇了，同样写女性之间的情与恨更多，当然写男女之恋更多。我强调一点，我想探求感情的各种社会可能性。”

严歌苓的《我写〈老人鱼〉》（《老人鱼》创作谈——编者注）发表于同期《中篇小说选刊》。严歌苓谈道：“我常觉得‘纪实小说’的说法很矛盾。所以我首先要否定我这篇小说是‘纪实’的。只是记忆中一些画面和细节自己在存活和演变，我把它们写出来，想看看我是否能寻出它们的意义。”

14 日　张文红的《日常爱情》发表于《文艺报》。张文红认为：“阎连科依然表现了他出色的叙事才能，以一个现代儿童的视角来引领故事的叙事，不但增加了小说的纯净色彩和神秘的气息，而且故事时间和叙述时间的反复穿插将一段本来‘不算传奇’的爱情故事叙述得跌宕多姿，荡气回肠。同时这篇小说的结构也是一种‘空白’和细节处理都非常恰当的叙事呈现，作家一方面无意将小说底蕴全盘托出，但同时小说中工笔细描的细节处理和不乏想象力的意象撷取却留给读者无数的暗示意蕴和解读的可能空间。”

《关于文学与市场的对话——将小说进行到底》发表于同期《文艺报》，此文为鲁迅文学院首届高级研讨班部分作家学员的座谈内容。许春樵谈道：“现在的一些出版社强调了作家如何走向市场，没有考虑到如何保护作家的个性问题，没有谈到如何捍卫小说的尊严问题。我们是不是可以把这个问题公开来看。不要为了市场而把小说的基本品质放弃，作家还是要有基本的创作态度和创作立场的。”胡平认为：“将小说进行到底，对两种小说家更有意义：一种是有能力为小说做出杰出贡献、甚至在小说史上留下一笔的人；一种是视小说创作为生命、须臾不可离开的人。也许还有第三种人，他的小说适于改编为受欢迎的电视剧。”红柯谈道：“短篇小说可以诗化，可以不要故事，中篇和长篇没有故事就搭不起架子。影视对小说的冲击有一大好处，使小说家的美学追求美学理想要在小说原始的因素中展开，要写出好的故事。”

15 日　韩春艳、孙玉双的《渴望温馨——读王安忆短篇新作〈小新娘〉、〈闺中〉、〈伴舞〉》发表于《当代文坛》第 1 期。韩春艳、孙玉双谈道：“王安忆这三篇小说中所蕴含着的渴望温馨这一主题，折射出当代中国人情感的心灵历程。作者在冷静的思索中，将情感追求定在渴望温馨这一基调上，不再单一追求虚幻激情和浪漫，而是追求稳固的激情和浪漫。这种追求反映了作者的爱情观。”

姜异新的《边缘人的文化格局——苏童〈蛇为什么会飞〉解读一种》发表于同期《当代文坛》。姜异新指出：“苏童的小说一直就不乏文化意识，《蛇为什么会飞》更是如此。迈入文本中城市嘈杂的火车站广场，你会强烈地感受到这一点。这是一部有关‘边缘人’的小说，更是一部关于文明进程的作品。作者将大众文化符码参与到人物塑造中去，从而使其别具一格。”

斯炎伟的《从“重意义的故事”到“重意味的形式”——论新时期以来小说的叙事革命》发表于同期《当代文坛》。斯炎伟认为：“新时期以来的小说艺术的发展，一个重要方面就是来自叙事，小说家更能充分调动叙事本身，也即能更富智性地安排叙事者、叙事视角、时间、语调等因素来运作小说，使小说始终保持着一种鲜活的成分。叙事上的这一总体走向，对传统小说重讲故事和塑造人物的叙事观念来说，完全称得上是一种‘革命’，而对这一‘叙事革命’的宏观、全局意义上的描述，也相对少见。显然，这里的‘革命’包含有两层意思：一是指对传统小说的叙事带有一种激进与极端意味的颠覆行为，呈现出一种质的改变的企图。可把这种颠覆行为理解为狭义的‘叙事革命’。……新时期之初另一种对小说叙事规范发起冲击的力量是汪曾祺、贾平凹、李庆西等作家对中国古典小说中笔记文体的重新发现与改造。它们之于叙事的意义首先在于对叙事话语的变革上：有意疏离了当时‘伤痕’文学中的批判现实主义主流，而更多地掺入民间生活、世俗文化的叙事成分。”

王爱松的《杂语写作：莫言小说创作的新趋势》发表于同期《当代文坛》。王爱松谈道：“进入九十年代以后，莫言的小说开始出现了一些新的创作趋向。首先是其作品中原有的历史与现实、城市与乡村之间的紧张关系开始消失；其次是艺术描绘上由追求感觉的狂欢而转向追求故事的完整和语言的狂欢；其三是越来越追求文体风格的诙谐、戏谑和幽默。”

同日，王彬彬的《花·雨·狐——朱文颖小说印象》发表于《南方文坛》第1期。王彬彬谈道：“朱文颖的小说世界，就是这样地花谢花飞、雨潇雪飘、狐出鬼没。这个世界给我的强烈感觉是‘暧昧’。……在这个意义上，可说朱文颖小说体现出的是一种平淡的暧昧、简单的暧昧。人性中本有着暧昧的一面，生活中本有着说不清道不明、可感知却不可捉摸的东西，而朱文颖似乎对这些有着强烈的兴趣，或者说，人性和生活中的暧昧，特别能激发朱文颖的审美兴奋和创作冲动。……她追求的是以'暧昧'的具象呈现抵达一种超越具象的意义境界。她尝试着在努力地对一朵花、一场雨、一只狐的叙述中，表达一种抽象的意义，揭示人性和生活中的某种普遍永久的奥秘。"

张清华的《朱文颖及其小说》发表于同期《南方文坛》。张清华认为："她的小说（朱文颖的小说——编者注）非常具有形式感，甚至可以说是有一点形而上的意味，有一点余华式的冷漠、苏童式的温婉、格非式的玄秘和叶兆言式的沧桑；同时她又具备了70年代的'新人类'气质，更轻巧随意，舒展放松。她注重历史的要素，但她的小说的基调是'感受的古老'，是气质、风神和意境的古老，而不是事件的古老。"

同日，姚晓雷的《当下市民文化精神的两种演示——王朔与金庸小说中人物形象之比较》发表于《文学评论》第1期。姚晓雷谈道："王朔20世纪80、90年代之交的作品里塑造的顽主群像，和金庸写于70年代的《鹿鼎记》里的韦小宝，精神上的相通之处极为明显。他们都属于同一类具有解构性的特殊文化形态：都是从当下市民文化中演绎出一种精神立足点，来对与自己生存愿望相对立的东西进行无情地嘲弄和解构。只是由于两个作家面临的市民文化的发展背景、发展程度和阶段不同，才导致了各自笔下的人物出现了不同的面貌形态。"

张志忠的《人生无梦到中年——池莉简论》发表于同期《文学评论》。张志忠认为："人生无梦到中年，是池莉笔下的故事和人物的主旨，也是池莉的创作精神状态的一种描述。她自以为看破了人生之梦的虚幻，看破了知识分子的虚伪无能和精神价值的虚无，以一种非常务实的姿态立身于文坛，并且以之形成独特的声音。但是，真的到了不要思想、不要精神的文学新世纪了吗？其实，就以中国的现实而言，在20世纪90年代市场经济大潮初起的一段时间里，在下海热、房地产热、开发区热、皮包公司热和股票市场热的迷狂中，思想、知识和学问曾经因为无法把自己迅速地转化为可见的货币而受到市场的排斥和嘲弄，文学对市场的迎合曾经让许多作家一时间乱了阵脚，但是，当知识经济、信息时代和科教兴国的呼声兴起，当思想文化经受了最初的冲击而立定了脚跟并且对现实作出积极的呼应，新一轮的读书无用论和反智化倾向逐渐被遏制，包括文学在内的精神文化产品再次引起社会的关注，已经是不争的事实。看来，文学作品的精神高度还是不能放弃的。”

18 日　胡殷红的《短篇小说为何失宠》发表于《文艺报》。胡殷红谈道：“从作家们对短篇小说思想艺术的认知中，我们能否得出这样的结论，短篇小说思想艺术要求非常高，而我们作家有意无意放弃了这种艺术的追求，是否意味着，这些年来我们的文学在艺术上的探索和创新的意识在减弱，是否意味着我们的作家正在失却那种‘上下求索’‘语不惊人死不休’的攀登艺术高峰的精神与品格？短篇小说的衰弱，我们的作家应该有着不可推卸的责任。因此，我们呼唤优秀的短篇小说作品，就是在呼唤作家在新的时代振奋精神，开拓进取，在思想艺术上狠下功夫，为时代写出好作品。有好作品，不怕没有读者。”

20 日　李敬泽的《莫言与中国精神》发表于《小说评论》第 1 期。李敬泽认为：“在这个意义上，莫言是我们的惠特曼，他有巨大的胃口、旺盛的食欲，似乎没有什么东西是他不能消化的，他刚健、粗俗、汹涌澎湃，他阐扬着中国精神中更宽阔的一面，那既是经验的、感觉的、身体的，又是超验的、终极的，超越自我、超越历史理性。……莫言表达这个民族浩大的自我想象，很难说它是肯定性的或否定性的，也许莫言对此并不在乎，重要的是，现代性的焦虑、历史的焦虑在这种想象中被超越，这个被焦虑折磨得精神憔悴的民族在这些小说里获得一种自由：为善、为恶、为一切。”

李晓林的《严歌苓作品中的悲悯与荒诞》发表于同期《小说评论》。李晓林指出，“严歌苓用词，就像她笔下的巧巧用刀，快、狠、准，优美又利落，字字落到要害。下面分析一下其作品艺术性的几个方面。第一、语言的张力。……第二、冰山风格。严歌苓善于点化日常生活，把不为人重视的细节点化得熠熠生辉。……第三、荒诞色彩。悲剧，意味着生命的意义和人的尊严。但是，在严歌苓的作品中，有时悲剧被修正为荒诞”。

谢有顺的《成为一个存在的发问者——以陈希我的小说为例》发表于同期《小说评论》。谢有顺认为：“中国文学一直以来都缺乏直面灵魂和存在的精神传统，长盛不衰的只是世俗化的文学，致用的文学，教化的文学，精明得很的喻世文学——也就是一种政治的文学。”“文学被剥夺了直接面对存在的权利，在它与存在之间，总是横亘着‘志’和‘政治’。慢慢的，存在就被‘志’和‘政治’所遮蔽，文学也就成了一种宣传品。”“随着世俗化和消费主义的进一步推进，中国作家似乎迎来了一个新的写作节日，他们普遍在一种轻松的日常生活中漫步，或者在一些无关痛痒的事物中居住下来，存在的冲突被悬置，以致真正的当代中国人的灵魂状况被简化成了一些外面的遭遇，而更内在的存在的疾病和危机，在他们的作品中却是缄默的。”

阎连科、梁鸿的《“中原突破”的陷阱——阎连科、梁鸿对话录》发表于同期《小说评论》。阎连科谈道：“我个人认为，一些短篇小说作为技巧训练对冲动的要求可以不是太高，但是，稍微有一定长度和深度的作品必须要有一种冲动，或者说必须有一种疼痛感。这种疼痛的深度决定你写作的深度，决定你的作品与大作品的距离。因为现在作家所接受的语言、技巧的训练，差不多都是一样的，当一个作家的必要性的探索与训练都基本完成之后，就看你作品中的疼痛感。”

於可训在《小说家档案·池莉专辑》栏目中的《主持人语》发表于同期《小说评论》。於可训谈道：“通观池莉的创作，无论是她早期以《月儿好》等作品为代表的、写自己直接的人生见闻和人生经历的作品，还是她的中期以《烦恼人生》等作品为代表的、写自己深层的人生体验和人生感悟的作品，抑或是她的近期以《来来往往》等作品为代表的、写自己综合的人生观照和人生思考的作品，都贯穿了这种‘参透’生活的创作精神。……池莉的作品也因此而成了普通读者的生活的聚光镜和人生的教科书。但是，池莉在创作中似乎又无意充当生活的摄影师和人生的教员的角色，她只是想通过这种方式，在对生活的平平涵泳和细细咀嚼中，咂摸出人生的那一点独特的滋味来。这滋味恰如参禅悟道最终所达到的那种‘妙悟’的境界。池莉的许多作品尤其是她的一些中短篇代表作，如《烦恼人生》《热也好冷也好活着就好》等，都达到了这样的境界。这是池莉的独特之处，也是池莉的过人之处。从这个意义上说，池莉的创作似乎更接近中国文化中重经验、重感悟一派的传统。她的作品有哲理而不艰涩抽象，有细节而不琐屑繁赘，看似平淡却自有深意，形似通俗却内含雅趣，都是源于这种由‘熟参’而达‘妙悟’的创作旨趣。”

赵艳的《池莉小说的叙述张力》发表于同期《小说评论》。赵艳谈道：“在当代文坛上，池莉的可贵和独特之处在于她对日常生活、对我们天天身处其中的‘日子’的自觉珍视和坚守，她以自己的写作把生活中那些微妙复杂的人际交往、那些无法言表的细枝末节惟妙惟肖地表现了出来，沟通了芸芸众生共同的日常生命体验。……我认为池莉主要是通过饱含生活的凡俗情味的感性悟语、诗意情结和智性反讽这三条途径实现了她最终的创作目的。在她的作品中，广阔的生活面的铺陈和纵向上的深入开掘相结合，使文本呈现出某种内在的张力。”

赵艳、池莉的《敬畏个体生命的存在状态——池莉访谈录》发表于同期《小说评论》。池莉谈道：“在我的作品里头，有一根脊梁是不变的，那就是对于中国人真实生命状态的关注与表达。说得更加具体一点，就是关注与表达中国人的个体生命，这将是我永远不变的情怀与追求。……我希望我的写作，关注与张扬了中国人的个体地位和历史。”“我对我笔下的人物都是非常重视的，无论短中长篇小说，在我的笔记本里，他们都有完整的出生以及成长经历，都活生生地存在着，我要把他们研究得非常透彻了，有触手可及的把握了，而且我被感动或者打动或者震动了，我才会动笔写作。我是写作别人，不是写作自己。我不能让自己来限制我的小说人物。这是我对自己最基本的艺术要求。”

21 日　雪弟的《小小说理论研究钩沉》发表于《文艺报》。雪弟谈道：“在当代的小小说及其理论发展史上，1958 年似乎应特别提及。因为在这一年，‘小小说’的名称首次出现在中国的大地上，并在中国大地上产生深远的影响。……此期对小小说产生原因的探讨主要存在着两种观点。一种看法认为是‘大跃进’的时代因素造成的。……另一种看法认为小小说的出现是对短篇小说愈来愈长的针砭。……对小小说这一文体的界定，是这一时期小小说理论的又一重点。多数评论家认为，小小说是隶属于短篇小说的，是短篇小说的一支，但同时又认为小小说是一种新的文体。”

25 日　郜元宝、郑兴勋的《说几位作家，谈几个问题》发表于《当代作家评论》第 1 期。郜元宝、郑兴勋认为：“张生……恰恰要人相信虚构的真实性。

换言之，他希望在小说和生活之间建立某种无须任何中介的直接联系。这似乎有一种悖论：既承认小说是虚构，又强调小说中提及的事件的真实性；既不以虚构排斥事实，也不以事实排斥虚构，鱼与熊掌兼得，虚构与真实和平共处，不许任何一方一统天下，从而剥夺另一方打动读者（取信于读者）的力量。……阎连科小说的‘世界’就是在这两股力量的较量中形成，以承认世界无限为前提的西方式的进取意识和扩张精神，最终不得不让位于以肯定世界有限的中国传统式的保守安详的世界观。后者作为对西方式世界观的现代式补充，其实一直顽固地存在着，而且注定要发挥应有的作用。我们在阎连科小说中很难描述现代的世界性因素对中国乡村社会的渗透，倒是可以依稀看出‘先爷’‘司马蓝’们逃避这种世界性因素的一路退守的心理线索。”

红柯的《〈黄金草原〉自序》发表于同期《当代作家评论》。红柯认为：“这是一部写‘兵团人’的书，也是写草原大漠的书。最初的念头是初到天山那种强烈的震撼。西域一文人曾说过，欣赏大荒漠是需要勇气的，我深以为然。”

李洱的《〈夜游图书馆〉自序》发表于同期《当代作家评论》。李洱认为：“在中国的特殊语境中，我从来不认同纯艺术的观念，也不愿夸大情感在小说中的地位，我也从来不把自己当成文人。我愿意从经验出发，同时又与一己的经验保持距离，来考察我们话语生活中的真相。我不是一个经验上的夸张主义者。我认为除了一己的经验，别的什么都不是的写作，在我们的语境中是一种不真实的写作，甚至是有害的写作。”

李静的《不冒险的旅程——论王安忆的写作困境》发表于同期《当代作家评论》。李静说道：“如果说王安忆小说在艺术上存在缺陷的话，我认为就在于小说应有的相对性空间被毁坏。她的大部分小说几乎都是她的世界观的阐释：有的是以客观故事的面目出现，如《叔叔的故事》之前的作品；《叔叔的故事》之后，王安忆跃入‘思想文体’的写作，《纪实和虚构》《伤心太平洋》是这种写作的代表之作。这些作品或是生动地展现生活场景与人物形象，或是亮出睿智精彩的思想议论，使人们获得阅读快感。但是，它们却没能让我们的灵魂发出战栗和冲撞，它们似乎只是牵引着我们的心智在文本中走完一段生命历程，得到对于‘生活’和‘世故’的纯经验式了解，完成一次推理。……在《富萍》

《上种红菱下种藕》阶段，王安忆似乎较多地借鉴了中国传统笔记小说和文人画的表现方法，修辞上恬淡、留白和收敛得多，但在关键的地方，她则会当仁不让地嵌入强有力的价值暗示，让人领会她的回归传统人伦道德与东方生存价值观的意图。”此外，李静还注意到：“无力而无意识的忍耐精神，使王安忆的近年小说呈现出一种‘不冒险的和谐’面貌。由于她的叙述语言秉承了母语的美感，甚至可以说秉承了准《红楼梦》般的语言格调，这些作品的‘和谐之美’便很容易被认为是对中国古典文化传统的承续与光大。”

李锐的《〈网络时代的“方言”〉自序》发表于同期《当代作家评论》。李锐认为：“其实，所有的言说者，都不是因为摸清了黑夜的边缘才说话的，他们都是因为深深地体验了黑夜的淹没才发出声音，他们的声音在无边的黑夜里徘徊游荡，飘移彷徨，他们只能在徘徊彷徨之中证明着自己的存在，他们只能用自己的徘徊彷徨去试探比黑夜更黑的黑夜的边缘。”

史铁生的《宿命的写作——在苏州大学“小说家讲坛”上的书面讲演》发表于同期《当代作家评论》。史铁生说道：“我自己呢，为什么写作？先是为谋生，其次为价值实现（倒不一定求表扬，但求不被忽略和删除，当然受表扬的味道总是诱人的），然后才有了更多的为什么。现在我想，一是为了不要僵死在现实里，因此二要维护和壮大人的梦想，尤其是梦想的能力。”“至于写作是什么，我先以为那是一种职业，又以为它是一种光荣，再以为是一种信仰，现在则更相信写作是一种命运。并不是说命运不要我砌砖，要我码字，而是说无论人干什么，人终于逃不开那个‘惑’字，于是写作行为便发生。”“写什么和怎么写都更像是宿命，与主义和流派无关。一旦早已存在于心中的那些没边没沿、混沌不清的声音要你写下它们，你就几乎没法去想‘应该怎么写和不应该怎么写’这样的问题了……一切都已是定局，你没写它时它已不可改变地都在那儿了，你所能做的只是聆听和跟随。你要是本事大，你就能听到的多一些，跟随的近一些，但不管你有多大本事，你与它们之间都是一个无限的距离。因此，所谓灵感、技巧、聪明和才智，毋宁都归于祈祷，像祈祷上帝给你一次机会（一条道路）那样。”“写《务虚笔记》的时候，我忽然明白：凡我笔下人物的行为或心理，都是我自己也有的，某些已经露面，某些正蛰伏于可能性中待机而动。

所以，那长篇中的人物越来越互相混淆——因我的心路而混淆，又混淆成我的心路：善恶俱在。这不是从技巧出发。我在哪儿？一个人确切地存在于何处？除去你的所作所为，还存在于你的所思所欲之中。于是可以相信：凡你描写他人描写得（或指责他人指责得）准确——所谓一针见血，入木三分，惟妙惟肖——之处，你都可以沿着自己的理解或想象，在自己的心底找到类似的埋藏。真正的理解都难免是设身处地，善如此，恶亦如此，否则就不明白你何以能把别人看得那么透彻。作家绝不要相信自己是天命的教导员，作家应该贡献自己的迷途。”

史铁生的《想念地坛——〈写作之夜〉代自序》发表于同期《当代作家评论》。史铁生认为：“零度，这个词真用得好，我愿意它不期然地还有着如下两种意思：一是说生命本无意义，零嘛，本来什么都没有；二是说，可平白无故地生命他来了，是何用意？虚位以待，来向你要求意义。一个生命的诞生，便是一次对意义的要求。荒诞感，就正是这样地要求。所以要看重荒诞，要善待它。”

史铁生、王尧的《“有了一种精神应对苦难时，你就复活了”》发表于同期《当代作家评论》。史铁生表示：“我觉得文学是在一个千变万化的社会里头一直在寻找，寻找那个不变的、那个所谓的终极意义。”“中国传统里头可能（最喜欢的——编者注）还是佛教这方面吧。我觉得人生下来有两个处境，一个你怎么活，这个我觉得是基督的精神，一个是你对死怎么看，那你得看重佛的智慧。”“其实我特别不重视那种已经有了的文体规范，我不要人说我这篇东西应该放在哪一个抽屉里。它是我的真实的想法，就行了，我觉得它有意思，我就写它。而且我特别不赞成按着已有的规范去写，所以我记得我写过一句话，‘文学在文学之外’，因为已有的文学已经定了，已经就是那样了。小说就应该是怎么样的，散文就应该是怎么样的，但是在这些东西之外，却有我们无限的感受、神思、情感、情绪等等。”

苏鸣的《敬畏着存在》发表于同期《当代作家评论》。苏鸣认为：“历史强调的是事实，而史诗强调的是精神，因此就不带有太多的善恶观和是非观。”“红柯的小说中涌动着的就是这种精神本身，一种原初的、混沌的、自然的精神，一种隶属于生命本身的精神实体。”

吴俊的《语言的文学呼吸》发表于同期《当代作家评论》。吴俊认为："如果能够把懿翎的（《把绵羊和山羊分开》）文学语言特色与当代另一位出色的小说家王安忆作一点基本对照的话，那就不难发现（至少我是这样看的），她们作为女作家可能刚好体现了文学语言表现的两种极端。王安忆是内敛、精致、从容的，懿翎则是开放、粗狂、跳跃的；前者是文人化的，经由了长期的琢磨锤炼、苦心经营而成的，后者更像是一种性情的本能、本色的流露，颇有那么一点原生态的意味；一个趋雅，是画中的工笔仕女图，技艺调教出的绝世美人，近似炉火纯青，一个向俗，是泼墨大写意的那种，仿佛粗率其表，而内里的真切往往并不能一下看得分明。说她们代表了两个极端，正是由于她们将各自的语言特色表现推向了极致、极限的程度。"

张炜的《〈纸与笔的温情〉自序》发表于同期《当代作家评论》。张炜认为："作家对发言和演讲历来有所顾忌。写作是作家的本分，发言好像又在其次。其实写作也是发言的一种方式。人有时是难免要讲一讲的，就像人有时难免是要写一写的一样。世界上的事业很多，写作仅是其中一种。但是发言，面对这个世界的意见，却是每个人都要有的。""人应该有语言，有声音，有立场。"

张新颖的《知道我是谁——漫谈魏微的小说》发表于同期《当代作家评论》。张新颖谈道："魏微写过一篇叫《乔治和一本书》的小说，里面起到很重要作用的这一本书，是风行一时的《生命中不能承受之轻》。在同龄作家的作品中，你会发现，对于外国作品，主要是欧美作品（不仅是文学，还包括音乐、电影等）的穿插引用，非常普遍频繁，而且，恐怕也是时髦的。这种'互文性'，是一种特别表面化但同时也特别醒目的国际化写作的标识。可是魏微在这里开了一个玩笑，一个善意的调皮的玩笑，但也不妨看成一个严肃的反讽，或者是一个多层涵义的寓言。"

28 日　管宁的《错位与弥合：新生代小说的叙事策略》发表于《厦门大学学报（哲学社会科学版）》第 1 期。管宁认为："新生代小说的叙事策略既不同于 80 年代的先锋派，也与传统小说判然有别，而有其自身的价值取向和情感态度。新生代小说叙事策略的特征是：从历史碎片到生活碎片、从意象营造到事象呈现、从依凭传统到挣脱传统。新生代小说在和前先锋派和传统派的某种错位与弥合中，确立自身的叙事策略。”

本月

黄发有的《危机情境与危机美学——世纪之交中国小说的文化反思》发表于《山花》第1期。黄发有认为：“世纪之交小说叙事的潜性主调是日常叙事，它的风行一方面是对宏大叙事的偏执性反拨，试图通过回到日常场景抵抗集体话语和主流意识形态的渗透，使个人从群体的牢笼中挣脱出来；另一方面和作家生活视野的日渐狭窄有关，新写实小说作为日常叙事的倡导者，其日常性在城市题材的作品中得到了最为明晰的体现，这显然和城市生活表面敞开深层封闭的悖谬性生存密切相关。在日常叙事的理念的渗透下，经验化叙事和信息化叙事迅速蔓延开来。”

《上海文学》第1期刊登“编者的话”《白雪却嫌春色晚》。编者谈道：“本期发表的作家梁晓声的中篇小说《发言》所刻画的柳先生这一知识分子形象及其人生命运的起落沉浮确实令人省思，亦颇具反讽意味。事实上，‘发言’这一极具中国特色的言说方式，所累及的不仅是个体人生，遭受伤损的更是集体心灵的良知与禀性。”

二月

1日　陈晓明的《“命运意识”在当代小说中再度抬头》发表于《作品》第2期。陈晓明指出：“通过把生活推到极端的状态，命运从变动的生活过程中突显出来，它给失去庞大历史背景的个人生活赋予了内在性，年轻一代的作家已经据此挖掘出生活的内在蕴含。当然，我们需要进一步指出的是，这种对命运的表现并不是强调客观存在的优先性。并不是说因为揭示了命运，小说才显示出价值，才抓住生活的本质要义。我们要强调的是，在对命运的表达中，文学性的表现才显示出力量，文学品质才更有质量。在这里，‘命运’这个词并不具有脱离文学文本的客观性，它是文学表现的依据，同时也是它的结果。在文学文本中，‘命运’是与语言表现浑然一体的那种有质感的生活性状。”

2日　冯敏的《偶然性与命运》发表于《小说选刊》第2期。冯敏指出，“小说不同于新闻写作商业写作的重要标志在于创作主体的经验介入和心灵映射，在于故事的背后的思想支撑。同时还要对个体生命形式的独特性保持高度的热情，对外在于生命形式的理性抽象保持高度警觉，以不懈的努力冲破它的束囿，以独特的艺术感受表现独特的生命形式，关注偶然性在命运中的种种表现”。

3 日　《人民文学》第 2 期刊登署名为编者的《留言》一文。编者认为：“麦家的中篇《刀尖上行走》……突出的不是‘地下工作’的‘浪漫’，而是它的晦暗，它的令人战栗的危险，它对人的极端考验——这种考验远远超出了人的日常经验。先驱者们经受了考验，他们的形象因此更为真实，更为悲壮、动人。”

5 日　葛红兵的《苏童的意象主义写作》发表于《社会科学》第 2 期。葛红兵认为：“苏童打破了 20 世纪主宰中国文坛的启蒙主义文学语式关于时间的叙述图式，他对时间的非线性认识，对事物轮换、人事反复的体验，使他更能深入中国人的性与命的深处，挖掘那具有民族史志色彩的人性蕴含。苏童在语言上突破了启蒙语式以逻辑为中心的叙述构架，使用一种更加接近汉语言传统、更加适合汉语言特征的意象性语言，形成了意象主义写作风格。……苏童以他独特的语言才华，从中国古代文学中汲取养料，创造了独特的意象主义文学图式，应引起当代文学界的重视和肯定。”

18 日　覃佐菊的《具象的意义——读韩少功的〈暗示〉》发表于《文艺报》。覃佐菊谈道：“这是一本关于具象的书，具象包括事象和物象。因了提取这些具象的意义成分，建构这些具象的读解框架的原因，它看起来有点像理论著作，是小说而像理论，是《暗示》最大的形式特点。……但与传统意义上的小说不同，这些人物之间、人物与故事之间、故事与故事之间并没有必然的因果逻辑联系，故事都可以单独成篇，它们之所以出现的一切意义都在于解释具象的需要，是为了我们的理解之便。在这里，我们不能清楚地知道他们的故事为何会发生，为什么要那样发展，最终又将有怎样的结局。”

《关于主旋律创作的对话》发表于同期《文艺报》，此文为鲁迅文学院首届高研班学员的部分谈话。其中关仁山谈道：“主旋律作品的衍进过程是分层次的。主旋律创作不断地突破禁区，突破了一些题材的禁区和人性的禁区，使得它的范围扩展了，形成开放式的格局。……还有一种是关于大题材、宏大叙事和日常化描写的关系的问题。人们往往把大题材当成主旋律，你用日常化的民间立场表达出来的大题材却往往不被当成主旋律。我认为作品中表达了美好向上的东西都应视为主旋律。”

19日　梁若冰的《关仁山：文学不能不关注农民》发表于《光明日报》。梁若冰谈道：“农民命运的沉浮和他们的心理变迁，在这一历史时期，表现得尤为丰富、生动。在新的躁动、分化和聚合中，孕育着一种新的生活方式和思维方式。穷和富，都不能构成小说。小说是对这些生活的体验和感悟之后产生的故事。看一个作家是否有力量，要看他从人民大众身上吸收了多少营养，看他与这个时代、民族精神生活有无深刻的联系，一个作家认识历史的深度，取决于我们精神视点的高度。”

20日　李敬泽、徐坤、红柯、谢挺、荆歌、雪漠、孙惠芬、潘灵、金瓯、北北的《小说的可能性与写作者的危机感——在鲁迅文学院的一次讨论》发表于《文学报》。其中徐坤说道：“在衡量一部作品的质量及一个作家是否成功时，似乎存在着两种标准：‘文学史’的标准和‘市场’的标准。文学史的标准要求我们学习大师和经典；市场的标准要求的是好卖。有时这两种标准是统一的，但更多的时候是互不相融的、断裂的。当二者只能选其一的时候，就很不好办。重要的是每个人都要按照他所感觉到的和他所能达到的那样写，既不好高骛远也不妄自菲薄，要有一个沉静的心态。”红柯谈道：“谈小说的可能性首先应该回到小说的原始涵义，小说原本是道听途说，街谈巷议，是老百姓的东西。优雅、贵族化对小说来说是很可笑的。诗歌可以贵族化，可以学院化，中国有很完整的诗歌传统，小说传统则是零散的。唐宋传奇、话本小说、三言二拍，以及四大名著都是不登大雅之堂的，野性的，有民间非凡的想象力。从小说的原始涵义出发，我觉得小说在中国刚刚开始，一大批勇敢的先行者替我们踏了地雷，遍体鳞伤，这是他们的功勋，但不是小说的结束。……我觉得写小说要忌讳过早地形成风格，刚开始写小说的时候应该把路子踏宽一点，创作跟人生一样，在最初的阶段，要大胆尝试各种可能性，勇于犯错误，勇于犯规。小说的路子宽了，自己的生命空间也大了。”谢挺谈道：“‘好看’其实是个可疑的词汇，当它成为一个文学参数，对作品的衡量与描述也必将是外在的、官能性的，仅仅限于局部，这也必然导致那些插上‘好看’标签的小说更多的还是单一化、通俗化的东西。‘好看小说’不应当等同于故事，某种程度上，我一直把故事当成一种以自我为中心，内耗而无效的过程。如果把文学看成一个与我们平行的世界——那么，写实作为一种文学方式，无疑是牢靠的，这一点它很像一个饱经风霜、颠扑不破的真理。甚至，它作为一种认知世界的方式也久经考验，无须冒大的风险作为代价，这无疑是它的优势所在。而一旦写实成为主流，成为惟一，成为我们的全部，文学的种种可能性，包括它的前景，也会在我们满足的同时被我们放弃掉。”雪漠谈道：“文学的真正价值，就是忠实地记录一代人的生活，告诉当代，告诉世界，甚至告诉历史，在某个历史时期，有一代人曾这样活着。托尔斯泰之所以伟大，就在于他忠实记录了一个时期的俄罗斯人如何活着。所以，文学应该像生活一样丰富，也像生活一样质朴，没有任何虚假的编造，有的只是对日常生活的升华和提炼，要从日常生活中发现文学的诗意。”潘灵谈道：“小说在书写或者感受这个时代时有些力不从心，很多小说家在技巧上都很成熟，成熟到让我感到惊讶的程度，但我还是觉得他们的作品里缺少洞察力，缺少深度的探究。面对这样一个时代，我们的经验是不是不够用了？我们是不是正在失去对这个社会的把握能力？我觉得，一方面小说家应该继续提升自己的思想高度，另一方面应该打开感觉的器官，甚至每一个毛孔，来接受这个时代新的东西。作为小说家，能否发现和看见非常重要。”

三月

1 日 《李洱〈花腔〉评委推荐理由》发表于《作家》第 3 期。文章谈道:“《花腔》是 2001~2002 年间最优秀的长篇小说之一，它对历史中的个人、对知识分子命运的思考和探索体现了目前最深湛的认识水平，它的文体、结构、叙述、语言是对 80 年代以来先锋文学艺术成果的一次有力的综合。”“不管从叙事方法还是从它所要把握的主题来看，《花腔》都是一部奇妙怪异的小说。李洱这部小说最显著的特征在于他的不断变换的叙述视点，通过每个人物的叙述，使历史产生歧义，使历史变得如此复杂丰富而又疑窦丛生。”“本书对于近二十年来中国小说的艺术变革与创新，具有一种总结性的意义：是所有这类实践中一个真正成熟、摆脱了外在化弊病、使形式变化与作品内涵完全水乳交融的罕见例子。在九十年代先锋小说日渐式微后，《花腔》的出现和所取得的成就，更显价值，更值得关注。作者对语言这一事物的独特生命力，有深刻透彻的认识。整个作品显示了语言作业活生生和最高现实的真实性。”“作品的主体则在于表现个人进入历史（包括现实）时所必将会发生的种种不可预料的可能性，而这恰恰与小说中的‘多声言中’叙述方式相得益彰，充分显示了文学叙述的高超与精妙所在，也证明了作者对于长篇叙事艺术的整体把握能力。可以说，完全是由于作者的艺术智慧才能使文学叙述中的历史、思想和个人的命运及其多方面的复杂缠绕融为这样一种结构性的整体。”

《莫言〈檀香刑〉评委推荐理由》发表于同期《作家》。文章谈道：“《檀香刑》自身的艺术成就，特别是莫言在‘大踏步撤退’时表现的对汉语写作的新的可能性的自觉：对本书叙事资源和语言资源的回归，为新世纪的中国小说确立了一个新的方向。”“《檀香刑》是这样一个标志：民间渊源首次被放到文源论的高度认识，也被有意识地作为对近二三十年中国小说创作从西方话语的大格局寻求超越和突破的手段加以运用；同时，作者关于民间渊源的视界进一步开拓，开始从抽象精神层面转化到具体的语言形式层面，从个别意象的植入发展到整体文本的借鉴。题材的特殊性，令莫言在《檀香刑》里付诸实践的一切，有了一种奇妙的艺术效果。”“《檀香刑》是莫言的新作，也是当代汉语长篇的重要收获。小说展现了中国近现代殖民化的历史，对中西方的剧烈碰撞作了深刻的描绘，并对此作了独到的思考。作者不仅将民间文化作为中西文化碰撞中不可忽视的力量给予关注，而且从更高的美学层面将民间艺术观念及其表现形式熔铸到现代小说之中，使作品呈现出色彩斑斓的瑰丽景象，展示了小说艺术发展新的可能。”

3日　《人民文学》第3期刊登署名为编者的《留言》一文。编者指出：“我们以为，袁老师（读者——编者注）最后的一句感叹正说中了目前小说写作的普遍缺失：‘真正能写出有血有肉的人物的小说太少了。’‘人物’的重要性、‘血肉’的重要性，对小说家来说应是老生常谈，但‘老生常谈’并不意味着这件事很容易，相反，它对小说家来说一直是一个艰巨的考验。当然，你可以回避它、绕过它，可是走不了多远，你还是会迎头碰上它。——这也许就是‘老生常谈’的力量所在。”

11 日　雷达的《你知道王松吗？——〈红汞〉及其他》发表于《中华文学选刊》第 3 期。雷达指出：“《红汞》显示了文学对人的认识的某种深化。在表现人上，它由单一到复杂，由显意识到潜意识，由理性到非理性，由有名状态到无名状态，由一般的社会性、道德性到特殊情境下市民消极文化对人性的虐杀。”

王松的《问题是怎么说》发表于同期《中华文学选刊》。王松说：“我始终认为故事就是故事，在它成为小说之前，普通与否并不重要。”“当我有了一个满意的讲述方式，也就为故事决定了一种外在形式。魅力的产生并不在于原有故事，而在于讲述之后的故事，在于讲述这个故事的过程。我觉得，一切尽在过程之中。这个过程最吸引我，往往令我如醉如痴。”“所以我认为，每个故事的最恰当叙述方式都应是惟一的。一旦找到这个惟一方式并准确表现出来，这才是一篇漂亮小说。也正由于此，漂亮小说才很难写出来。”

15 日　吴茂林的《矛盾地带：还原与反讽之间——刘震云小说创作小论》发表于《当代文坛》第 2 期。吴茂林谈道：“我们试图阐释刘震云小说的‘还原’现象，结果阐释的都不过是刘震云对生活的阐释，也即这里所说的‘还原’实际上与‘阐释’联系（叠合）在一起了。这几乎在根本上否定了由‘还原’这个概念而来的‘情感零度’‘判断中止’等概念。那么，这一切都是因何而来的呢？我们认为，来自作者的‘反讽’立场。……而如果考虑到反讽的发出者，我们就发现这关系到他的姿态，或者说另两个立场：作为文化形态裹挟物的个人和作为知识分子的个人。这两种‘个人’立场的不一致，既反映了某种犹疑，也在深层上使对生活的还原成了对生活的阐释，并且是否定性阐释，而在这否定性阐释中却又没有避免自身的部分卷入。”

袁园的《历史话语的弥散及现实话语的文本操作——试析毕飞宇小说话语的滑变轨迹》发表于同期《当代文坛》。袁园谈道：“毕飞宇在冷静客观的状态中淋漓尽致绘声绘色地展现死亡罪恶的场景，营造纯粹的地狱之境。他在文本中试验着自己的文学想象力和描写技巧，不可避免地出现了把玩死亡、审视罪恶的倾向。……其话语的叙述策略——历史话语的‘狂欢’叙述：自由驰骋在广阔的虚拟历史话语空间之中，无拘无束地编排组合繁复的历史话语语汇，运用变幻多样的句式，采用反复、排比、博喻等多种修辞，炫技色彩浓重。其作品在现实主义表征之下具有浓厚的表现主义色彩，话语叙述鲜明地对立于当下社会话语叙述……2001 年《玉米》《玉秀》的发表，显示毕飞宇的小说话语风格再次出现了较明显的转变。话语的叙述背景从物欲化的大都市转移到了'文革'时期偏僻的乡村，远离了时代的中心意识和社会发展的焦点现象。"

张冬梅、胡玉伟的《历史叙述的重组与拓展——对新历史小说与"十七年"历史小说的一种比较诠释》发表于同期《当代文坛》。张冬梅、胡玉伟说："文学与历史的亲缘关系，使得以历史叙述为本事的历史小说成为文学创作的重要一翼。叙事是一种历史悠久的话语类型，但传统的文学叙事对权威性历史话语的屈从与认同又使得历史文学总是有意无意地过多承担着普及历史知识、传写历史人物、阐发历史奥义等任务，如'十七年'时期的某些承载过多的'前理解'的历史叙事。……历史小说作为一种在历史语境中塑造人性的重要文化力量，它表现的是历史的生命底蕴，是无以计数的鲜活的生命个体及群体在历史流程中所显现出来的精神或情怀。也就是说，'人学'的思想应成为其与历史话语整合起来的逻辑起点；同时，向着艺术的深度境界探索，向着历史与人文的深处拓展。"

同日，李建军的《像蝴蝶一样飞舞的绣花碎片——评〈尘埃落定〉》发表于《南方文坛》第 2 期。李建军认为："阿来的这部长篇小说，确实是一部值得研究的作品。无论从题材内容，还是从修辞技巧看，《尘埃落定》都有许多让人觉得新鲜和特别的地方。他叙写的是不少读者知之甚少又颇为好奇的人和事，具体地说，是发生在中国的边鄙之地的一群藏族土司之间的奇特故事。在这部小说中，我们可以感受到作者的精神气质和文学追求。他自觉地追求语言的诗性效果，善于用充满诗意情调的语言渲染氛围，抒情状物。有时，他甚至有能力把诗意转化为画境。""《尘埃落定》中的叙述者显然也是一个不可靠叙述者，但是，阿来对这个叙述者的修辞处理是失败的。运用不可靠叙述者这一技巧最难的，是如何实现从不可靠到可靠的连接和转化。……阿来这部小说的语言，缺乏概括力，缺乏准确性，缺乏必要的朴素、自然与质实。《尘埃落定》在语言上的第一个问题是啰嗦，不够简洁、省净，用许多话重复说一件事，而这种重复并不具有积极的修辞效果，而是反映着作者叙述时的随意而主观的语言倾向。”

孙青瑜的《孙方友小小说的独特魅力》发表于同期《南方文坛》。孙青瑜指出：“从孙方友的小说中可以看出，他致力于对艺术深度的挖掘和对文体美的追求，他以奇特的思维和想像力构筑了一个又一个耐人寻味的故事。从历史向文化楔入，由历史向现实折射，读者在强烈的阅读快感中，将过去与现在、历史与未来互相融合、对照，从而进行一场从历史到现实的反思和拷问。”

张柠的《黄咏梅和她的广州故事》发表于同期《南方文坛》。张柠认为：“黄咏梅小说叙事的总体风格当然还是有抒情味的，一种被现实生活扭曲了的抒情味。‘叙事’对‘抒情’的扼杀，‘抒情’对‘叙事’的抑制，成了其小说的基本格调。我想，这样一种复杂而矛盾的叙事方式，一种现代都市背景下的古典心境，或者古典情绪之中的现代都市人格分裂故事，一定是一位在都市边缘观察了很久的人才能讲出来的。……我希望黄咏梅永远记住自己的话，不要成为一个‘皆大欢喜’的作家。叙事的时候别忘了抒情，抒情的时候别忘了叙事，一定要让这两者像冤家一样时而爱恨交加，时而相互残杀。最好让那些围在厮杀现场的看客们，也同时带上一点内伤。”

同日，谭桂林的《知识者精神的守望与自救——评阎真的〈曾在天涯〉与〈沧浪之水〉》发表于《文学评论》第2期。谭桂林指出：“《曾在天涯》《沧浪之水》在精神品质上强烈地显示出一种对话性，既有东西文化的对话，也有历史与现实、真与假、仕与隐、虚无与实在的对话。在这种对话中描述了当代中国知识分子的文化尴尬与人格失落，从而揭示了中国当代知识分子在世俗化潮流中的精神守望与自救问题。”

同日，李庚香的《文化视野中的意识形态话语建构——对李洱〈花腔〉的文化批评》发表于《文艺争鸣》第2期。李庚香指出：“站在这种人文创作的立场上，李洱既不满足于传统的意识形态话语，又不屑于日常生活中的私人话语，而是力图建立一种人文话语或知识话语。李洱对话语的选择极为敏感，也比较慎重。在‘传统意识形态话语’和‘私人话语’之间，李洱其实更倾向于‘知识话语’（这种‘人文话语’已经接近于我们的‘文化话语’立场）。”

路文彬的《当下长篇小说创作中的几个问题》发表于同期《文艺争鸣》。路文彬指出：“长篇小说在数量上于20世纪90年代的大幅度骤增，尽管从质量上而言并不令人感到不安，但从各方面看来，它都不是一次长久历史积累的必然爆发，它所宣示的不过是针对传统长篇小说史诗风格追求的时代反动。这一时期的长篇小说创作与短篇小说创作相比，其行为有着显在的后现代主义冲动特征，理性的逻辑在其中几乎为欲望的直觉全盘取代。长篇小说在此刻体现的已不是创造和成就，而仅仅是攫取与释放。文字于量上毫无节制地堆积，表明的正是个人欲望的无限膨胀，以及对于既往大量长篇小说的任意低级整合。”“问题之一：情感关怀的匮缺。虽说时下的长篇小说自觉抑或被迫放弃了对于社会历史宏阔容量的追求，然而它的创作旨趣亦并没有直接转向真正个人化的生活。个人的情感世界始终未能进入长篇小说的关注视野，倒是那些大众传媒及时尚杂志极为热衷于谈论这一话题。……问题之二：口水化写作……今天的众多长篇小说使我们感觉到它的作家不是在用头脑和心灵写作，而是在用嘴巴写作，从中流出的自然只能是口水。……问题之三：对大众传媒的媚从……时下的文学现实亦不能幸免于大众传媒的插足。在这一方面，长篇小说表现得尤为惹眼。在商业利益的驱动之下，长篇小说潜在的商业价值可能使其不可避免地投靠了大众传媒的怀抱。……问题之四：羞耻感的失却……前面谈及的长篇小说创作中普泛表现出的没有自知之明的倾向，昭示的正是对于羞耻感的漠视。在某些作家身上，利益的动力之所以能显得这样的肆无忌惮，恰恰是因为他们挣脱了羞耻感的羁绊。”

20日 胡立新的《颠覆阅读理性的诗化叙事——以阿来〈尘埃落定〉〈遥远的温泉〉为例》发表于《小说评论》第2期。胡立新谈道：“阿来小说诗化叙事的一个明显特征，是将全知全能的第三人称叙事视角与第一人称限制性叙事视角混同使用，造成叙事视角的多重叠置。他打破了中、西叙事视角理论的许多规范，是一种全新的叙事探险，一种颠覆性叙事。……阿来小说诗化叙事的另一特征，是非性格化、非典型化叙事。作者以‘我’为叙事视角，但不受‘我’的身份、年龄、职业、学养等个性特征限定，以‘我’与作者同构的抒情诗式视角，淡化个性性格和典型化创造，自由想象地进行意向性叙事。……走向非逻辑的叙事，是阿来小说叙事具有诗性特色的又一原因。一般来说，叙事型文学作品，无论是写实型、浪漫型，还是象征型、魔幻型，都要遵循逻辑规律。或生活事理逻辑，或心理性格逻辑，或情感想象逻辑，或变形虚构逻辑等等，要么遵循客观生活真实原则，要么遵循想象虚构原则。总之，都要合乎艺术真实，或让人觉得可信。……阿来小说诗化叙事的再一特征，是因其抒情性叙事方式，导致叙事文本的意蕴显现方式转化为抒情文本的意蕴显示方式，形成小说主旨的非中心化，造成多意蕴共生。又一次颠覆了读者习见的叙述性小说主旨理解方式的阅读理性。”

李建军的《自由的边界》发表于同期《小说评论》。李建军认为：“思想固然重要，但基本规范也轻视不得。小说家固然有独辟蹊径的写作自由，但这种自由应该服从写小说的基本规范的制约……简单地说，小说必须有人物，有故事，不能是索然寡味，晦涩难懂的。……这就是对小说写作的最低要求，也是小说写作必须服从的基本规范，是保证作家写作有效性的最后的边界，越过这个边界，作家写出来的，就不再是小说，而是另一种不能被叫做小说的东西。”

李锐的《自述》发表于同期《小说评论》。李锐认为：“现代汉语可以像世界上任何一种语言一样，鲜活生动、深刻丰富地表达自己。当代世界文学的版图，将因为汉语的叙述而被开拓，被丰富。伴随着这些‘重新发现’，学术界展开了对于文体的讨论，并且提出了重写文学史的呼吁。”

王新建的《小说的衰落与反思》发表于同期《小说评论》。王新建说：“那些企图把小说神圣化，把小说高雅化，想把小说变成大说，甚至把小说像金属一样‘纯’化的人，其实都背离了小说的原旨，背离了大众化的普通老百姓的欣赏眼光和艺术兴趣。”“小说和故事相依相辅的紧密关系，正好说明了小说的魅力就在于故事性。一部小说能否畅销，能否被大众读者所接受，所喜爱，故事性强与不强，是一个重要标志。”

叶立文、李锐的《汉语写作的双向煎熬——李锐访谈录》发表于同期《小说评论》。李锐认为：“先锋小说无论在形式上，还是文学的主题，或者说是文学命题的表达上，都更多的是一个模仿，而不是一个对自己处境的深刻的体察和自然而然的流露。这个体察是什么？在二十世纪八十年代后期，当‘西化’的原意，在一片所谓后现代主义的潮流中被‘解构’、被‘颠覆’、被‘反本质’之后，现代汉语的‘借鉴’和‘西化’，忽然间在内外两个方面同时陷入‘意义缺乏症’，我把这尴尬的处境叫做双向的煎熬。自己的传统是那样了，完全彻底的扬弃，然后自己拿来了所谓的理想之火，可理想之火又在中国烧出了一片废墟，当我们转过脸来我们说再向别人学习的时候，我们发现后现代主义的思潮对整个西方知识体系有一个彻底的解构，包括他们所谓的人性、所谓的理性、所谓的科学这些最基本的西方价值观念都遭到了颠覆性的批判，而且是非常的尖锐。当我们再一次向西方学习的时候，别人已经在改造那个火了，这导致了我们非常艰难的处境。这个处境本来是可以产生最丰富的艺术和文学的，但非常可惜，很多所谓的先锋小说家只不过是看了一些外国作家的作品以后，再用汉字把它模仿一遍，至于说，对自己的精神处境、对自己的历史处境、对自己的那种最真实的感受，他没有多少感悟。从某种意义上可以说，中国的许多先锋小说家他之所以能先锋，是出于对历史的误会和麻木，这误会和麻木竟然成为他们先锋的资本。可以大胆地放手写，什么样的形式都可以为我所用。可是在这个实验和写的背后根本没有那种最直接的生命感受，没有一种内心的自我需要，他只为写而写。”李锐进一步谈道：“我必须指出的是，在这种双重的谬误之中，中国现、当代文学还是留下了，也发出了清醒深刻的声音和文字。在对别人也对自己的追问之中，在这能以言说的双向煎熬中，这些清醒深刻的表达，尤其显示了语言的丰富性，尤其显示了文学艺术的价值，尤其显示了人的尊严和创造性。这也是我们今天可以来讨论的应有前提。在我看来，在抛弃了那些权力和等级的偏见之后，鲁迅、沈从文、老舍们，是和乔伊斯、卡夫卡、福克纳、加缪们一样伟大的作家；而史铁生、韩少功、莫言、张承志们的代表作，和现在世界上所有杰出作家们的作品一样震撼人心。……我一直觉得《旧址》的叙述太匆忙、太浮躁，虽然它并没有跟着也‘魔幻’起来。但是这并没有能让我免俗，没能让我避开当时的语言流行病。这也是我在以后的长篇小说《无风之树》《万里无云》的写作中，回到口语倾诉的原因和动力。因为在方言和口语的海洋里，很少受到语言流动病的侵蚀，更没有所谓的语言等级。我这样去写，是我对书面语的一种反抗。我用直接的口语，实质上并非是当地农民的口语，这是我创作的口语。”

於可训在《小说家档案·李锐专辑》栏目中的《主持人的话》发表于同期《小说评论》。於可训认为：“李锐虽然不是一个有自觉意识的‘寻根’作家，但他的创作对生命意识的注重和始终如一地坚守的本土文化立场，却与这场文学‘寻根’浪潮的文化取向有诸多共同之处。”“他对汉语写作的前途是充满信心的。这种信心不是建立在一种狭隘的民族自尊的基础上，也不是某些‘后新潮’诗人玩弄的‘现代汉诗’之类的时髦，更不是以标榜‘汉语写作’向‘先锋派’的‘西化’争夺话语的权力，而是对自己所经历过的新时期文学乃至百年中国新文学的一个自觉的历史反省的结果。”

25 日　巫晓燕的《民族文化与当代叙事——李亦长篇小说〈药铺林〉简论》发表于《当代作家评论》第 2 期。巫晓燕说道：“《药铺林》在小说文体形式上的创新也是这部小说艺术魅力的一个重要方面。作品的章节以各种常见或罕见的病症为题目且贯穿了上下卷，并由此引入相关的人物和事件。……《药铺林》既立足于传统叙事，又突破了传统叙事的诸种局限，从而形成了作品的内层与外层有机融合并高度一体化的艺术境界。”

吴义勤的《人有病，天知否？——评李亦长篇小说〈药铺林〉》发表于同期《当代作家评论》。吴义勤认为：“对惯常的‘历史’叙述理念模式和‘集体想象’的逃避，以及对于‘历史’缝隙中那具体而微的疼痛与忧伤的捕捉，正是《药铺林》在‘历史’呈现中最为基本的叙事策略。……艺术上，《药铺林》以病症分类的方法作为基本的结构方式并辅以潜隐的时间线索，在文体及叙事的展开上极富创意与想象力，其在‘形式’与‘内容’高度一体化方面的成功实践构成了对长篇小说文体的新尝试。”

叶开的《空洞的焦虑——李锐长篇小说〈银城故事〉的基本命题》发表于同期《当代作家评论》。叶开谈道：“在小说里，同样可以看到的是，作家展现出来的高超的小说叙述能力和文字表达能力，证明他有着相当长时间的严谨的写作训练。这样的作家，对小说人物的把握，肯定有自己的想法。也许正是这种不合理的人物心理和人物性格的定位，暗含着作家的一个巨大的企图：赋予欧阳朗云这个越南青年以丰富复杂的人物情感，让他的情感品格以及这种品格跟时代错位所造成的巨大悲剧所散发出来的感人力量升华，使他的人物形象得以超越时代的变迁，进一步超越简单的时代归属。……历史的确不是一种单向度的历史，但是，在《银城故事》当中，哪一个部分的历史将占领重要位置？是老百姓？还是革命者？对于作家来说，他们的被叙述者的地位在银城其实是相等的。在小说里，他们没有尊卑之分。也就是说，作家孜孜以求的努力，就是展现这样一幅俗相图画。他的努力非常成功。”

叶兆言的《写作与学问——在苏州大学“小说家讲坛”上的讲演》发表于同期《当代作家评论》。王尧、栾梅健在文前“主持人的话”中谈道：“一个作家想象和虚构世界的能力，不仅与天赋、生命体验有关，也与他如何读书、读什么书密切相联。家学在读书人那里是高贵的‘血统’，但是只有读书种子才能承传。我的一位老师评价别人最高级的措辞是说谁是读书种子，如果用他的口吻说话，可以称叶兆言是个读书种子。在当代作家中，叶兆言的读书与写作让我们看到了别一种知识分子的生存方式，这种方式自然包括作家与历史与现实的关系。”

叶兆言、王尧的《作家永远是通过写作在思考》发表于同期《当代作家评论》。叶兆言指出：“作家只要写小说，都会对两件事感兴趣，一个是成长小说，就是他自己怎么成长起来的。我觉得这是一个母题。每一个写作的人，一旦成为作家，都会去想那些对他成长来说最重要的一些东西，余华的《在细雨中呼喊》，莫言的《透明的红萝卜》，就是这样的一些作品，还有苏童的《少年血》系列。这是没办法回避的，成长话题中肯定会有一些让你耿耿于怀，或者是让你蠢蠢欲动的东西。另一件事是写家族小说，家族小说是放大了的成长小说，是一个人和几代人的关系。所有写作的人，都会接触到这两个基本母题。”

张清华的《从“青春之歌”到“长恨歌”——中国当代小说的叙事奥秘及其美学变迁的一个视角》发表于同期《当代作家评论》。张清华认为：“与中国传统的小说叙事方式相比，二十世纪以来的新小说的变革道路已经走过百年的历程。这个百年的历史，简单些来看，是一个巨大的弯曲的图案。从启蒙主义的叙事到革命的叙事，改造并最终‘消灭’了旧式的中国传统叙事，这个过程用了将近四分之三个世纪。然而在此之后，这样一个巨大的改变又出现了强劲的‘反弹’，在最近的二十年中，当代小说又出现了一场‘美学的复辟’。这种复辟当然不是简单的复古，而且它还更多地吸纳了西方文学与美学的因素，但是我们也不能不看到，正是传统美学因素与叙事观念的复活，给当代小说艺术带来了新的活力，使其重新具备了民族特有的美学风神与韵味，也具备了自己独特的艺术品质。”

张清华的《叙述的极限——论莫言》发表于同期《当代作家评论》。张清华指出：“我不能说《檀香刑》标志着莫言已然认同了中国传统小说的美学旨趣，但在‘比喻’的意义上，它却无疑可以称得上是一部奇书式的作品。这不仅是因为它在小说的形式上采取了诸如‘凤头’‘猪肚’和‘豹尾’式的结构，用了非常‘土味’的地方戏曲中的语言，还有对非常典型的民间生活情态和‘幻异淫艳’的传奇式的人物事件的细描，更因为其对中国传统的文化——把刑罚变成了大戏、变成艺术和狂欢的文化——的精妙概括，是这样一个极具警世意味的理念，造就了它奇书的品格。”

周政保的《历史生活与文学化的表达——从李锐的〈银城故事〉说到现时的小说创作》发表于同期《当代作家评论》。周政保认为：“李锐的这部小说至少有两个方面的关系（应该是文学化或审美的关系）是处理得很出色的：一是虚构与写实的关系，一是写实与超越的关系。有关虚构与写实，其实已经涉及与谈论到了；至于写实与超越的问题，说到底，便是小说的叙述艺术能否在虚构或重现历史生活的基础上，使作品的题旨及描写的思情张力获得提升；也可以说，倘若小说的题旨及描写拥有某种相应的‘现实感’，并很能激活读者的联想，那作品的超越性就是一种沟通读者的事实了。”

30 日　孟繁华的《“英雄文化”的现代焦虑——90 年代军旅文学中的英雄文化与文化认同》发表于《解放军艺术学院学报》第 1 期。孟繁华谈道：“就军旅文学而言，它的功能性并没有改变，也就是说，军旅文学仍然是这个时代主流意识形态的表意形式之一。因此，军旅作家没有在写作形式上同社会上其他作家同步地进行文学实验、争做先锋，这与军旅文学没有改变的功能是有关的。除了乔良的《末日之门》在形式和小说结构上有新的探索之外，重现战争历史、反映当下军队演习、迎接未来战争的准备，仍然是当下军旅文学重要的表现内容之一。……革命历史和战争小说，是20世纪‘红色话语’重要的组成部分，也是需要我们清理识别的文化遗产的一部分。当红色革命已经成为历史的时候，我不同意彻底忘记或抛弃这个历史。事实上也不可能。那里的英雄主义文化精神，仍然是鼓舞我们的精神遗产。在当下的军旅文学中，我们看到了这一精神遗产的继承和新的发展，当然我们也看到新时代军人特有的‘焦虑’。但我仍不能不遗憾地指出，当代军旅作家还没有写出像苏联战争文学那样的作品。”

本月

阎连科、梁鸿的《读书：灵魂之间碰撞的契机——著名作家阎连科访谈》发表于《山花》第3期。阎连科表示：“就长篇小说来说，文学发展到今天，我以为，没有结构就等于没有长篇。可是，中国的长篇小说，几十年来根本没有结构可谈。从新文化到现在，三十年代本质上没有长篇，中间又一直是空白。五十年代长篇好像很繁荣，回过头来看，其实仍是一片空白，没有价值。就说《家》《子夜》等，这些一直是我们倍感骄傲的长篇，当你从文体上去考察它时，也会觉得它们留下了许多遗憾。有很多我们一直认为好的小说，但在文体上，都没有给我们留下什么启示和传统。从这一点说，当代作家，必须从头开始。”

本季

刘起林的《多元语境中无以类归的苍凉——90年代长篇历史小说生存本相的透视》发表于《文艺评论》第1期。刘起林谈道：“从创作的领域来看，这些小说的作者，都是立意再现我们民族具有传统层面代表性的历史性人物和文化现象，还原作者的心目中我们民族生存发展的‘经典图景’。进而，不管文本的理性题旨如何，在具体的描写中，作者对表现客体都取一种赞赏认同或体谅惋惜的态度，显示出价值同构、思维同构的精神特征。……在这多元文化预存对比而实际上无法互相取代的时代态势中，每一类文化产品应当都会有其存在的合理性乃至价值的自足性，因此，历史小说的文化特质本身，并不会构成对其精神品位和价值可能性的天然限定。”

刘绍信的《论阿成的“笔记小说”》发表于同期《文艺评论》。刘绍信认为：“他（阿成——编者注）应当属于新笔记小说中的代表性作家。这是因为对于新笔记小说文体他不是偶而为之，而是有备而来，努力不懈创作出大量的系列作品，其涉及面之广叙事意之独特是上述偶而涉足的许多作家所难为的。更重要的是他自觉秉承笔记小说古典美学精神与当代小说流行创作自觉拉开距离，默默耕耘，不求闻达，在新笔记小说融入现代意识，十余年自我磨砺，渐成大家气象。”

四月

1 日　魏微、朱文颖的《写作、印象及内心活动》发表于《作家》第 4 期。朱文颖谈道：“‘日常生活’之所以成为一种重要的文学题材，其根本就在于它根基于一种东方精神：只相信事物的必然性，只关心终结，过程都是转瞬即逝。所有的努力最终都会化为虚无。虚无就是它的底子。正因为虚无，才要牢牢抓住现世的细节——你（魏微——编者注）说的永常，或许可以落实在这里。……我非常坚定地认为，真正优秀的女性写作必须同时具备充沛的情感与理性。不要那种类似于用显微镜看细菌的感觉。把某一部分无限地放大，夸张了感性，但缺少重要而宏阔的生存背景。”魏微谈道：“我推崇朴素的写作，所谓朴素的写作，就是与作者的身心是贴近的。博尔赫斯的东西好，可是能学吗？不能学，因为不像。即便我们身上具备完全的博尔赫斯气质，也不能学，因为这是中国。很难想象《百年孤独》里的那块地毯在中国能飞起来，中国不能飞，它只能在拉丁美洲飞。这就是我们的现实。所以，想象力之于中国作家，是有难度的，得找到一个恰当的切入点，得受限制，得‘与国情相结合’。中国有太现实的土壤，几千年的封建专制，广袤的中原大地，民众是沉默忧思的，在这样的空气里，哪来飞扬跋扈的想象力？……聪明对一个作家来说是有害的，作家不需要太聪明。我以为敏感很重要，守得住寂寞也很重要；才华不是最主要的，因为眼见得很多有才华的人中途放弃不写了。技术之于小说，有点像农夫犁田，天长日久地犁下去，总有娴熟的那一天，所以我认为它也不重要。说到最重要的，我想应该是想象力和创造力吧，像卡夫卡、卡尔维诺这一类作家。曹雪芹是另一类的作家，他以情感见长，《红楼梦》通篇充塞着繁杂浓郁的情感，所以，情感性之于作品，有点像灵魂，而想象力则像是翅膀。”

3 日　《人民文学》第 4 期刊登署名为编者的《留言》一文。编者指出：“本期我们推出徐坤的《年轻的朋友来相会》和叶广芩的《广岛故事》。……文学也许不是简单的人生教科书，但文学永远呼应着我们人生中的疑难和对人生可能性的探索，徐坤和叶广芩的小说就是鲜明的例证。”

8 日　吴义勤的《心灵与艺术的双重跨越——析张炜长篇新作〈你在高原·西郊〉》发表于《文艺报》。吴义勤认为：“《你在高原·西郊》的艺术力量还来自于其强烈的诗性风格和诗化气质。张炜是一个很诗人化的作家，对诗性的追求一直是其小说创作最重要的追求之一。《你在高原·西郊》的诗性风格，不仅体现在其诗性的语言风格以及大量的诗歌段落的引用上，更体现在其抒情主体诗性化的生命态度和精神方式上。”

张炯的《贴近现实生活的可贵成果》发表于同期《文艺报》。张炯认为：“花山文艺出版社新近推出的《一方水土丛书》长篇小说，即谈歌的《激情岁月》、关仁山的《共同利益》、陈冲的《车到山前》、阿宁的《城市季节》，全部反映当前我国社会主义现代化建设过程中城市社会生活的现实和它所面临的种种矛盾和问题。小说的作者紧扣时代前进的脉搏，从不同的视角，透视生活的方方面面，以各自的风格和带有典型意义的生动人物形象，描绘出现实生活的众生相，表现了现阶段我国城市社会结构的新变化，和社会主流为反腐倡廉、推进社会主义现代化的历史进程所做的艰难的努力。”

12 日　铁凝、阎纲、牛玉秋、季红真的《抒写当代中国农民命运——关仁山长篇小说〈天高地厚〉四人谈》发表于《文艺报》。铁凝说：“《天高地厚》最成功的地方，我觉得是关仁山敏锐地把握到并且表现出了当代农村新一代农民的出现。他们不同于以往作品中的英雄或正面人物，他们不是一身正气的清官，甚至不是能够左右形势的金钱和权势的拥有者；他们不是有缺点的好人，甚至没有感人泣下的英雄行为。他们只是一群有了新的眼界、新的见识、新的思维方式和行为方式、新的素质的青年农民，他们的命运都脱不开他们的生存环境，他们的行为都比较合理因而也比较合适地承载了他们所苦斗的时代内容。”

17 日　陆梅的《五位批评家畅所欲言——为当下小说创作把脉》发表于《文

学报》。陆梅提到："吴义勤认为，长期以来，对于小说许多人都存在一个误区，这个误区就是我们常常会用'先验'的、'预设'的'理想'与'标准'来评判当前的小说现实。但是对小说艺术来讲，评判它的'理想'与'标准'其实是相对的，根本不可能存在一种'终极'的、'放之四海而皆准'的'真理'。因为说穿了，小说是一种可能性的艺术。千百年来，小说所表达的无非就是生老病死、爱恨情仇等基本主题，但是在不同时代、不同作家笔下，这种主题却可以有完全不同的形态。而小说的魅力、小说的永恒性以及小说的无穷生命力也都蕴藏在这种'可能性'之中。""徐肖楠认为，当代小说叙述的确在趋于文体的衰落或变异，但我们不必将小说本身看得过于刻板，小说叙述其实是在半明半暗中呈现。首先，小说有典型的（经典的）与非典型的两种。典型的小说文体非常清晰，非典型的小说文体则朦胧模糊。但最终非典型的小说不是被典型小说收纳皈依，就是被不再承认为小说，它不可能永远自成一体。其次，小说有研究的和阅读的区分。被研究的小说是研究者的对象，并不成为严格意义的小说，它正在经历从非典型小说中被分解的过程。而阅读的小说纯粹是由阅读快乐来决定的，阅读者并不理会小说的变化和特征，他只关注小说的叙述感受。""如果给当下小说一个忠告，我们更强调什么？……曹文轩回答：他会去强调小说与中国文化资源与美学资源的联结。中国当下小说，更多由西方话语资源所支撑。他在看这些小说时，一直觉得它们形迹可疑。依赖西方资源，曹文轩以为没有出路。中国传统的文化资源、美学资源有可供中国小说利用的深厚营养。比如'雅兴'就是一个很好的东西，还有许多非常宝贵的美学范畴，但它们都被束之高阁，被我们忽略了。"

26 日　邓楠的《贾平凹的〈五魁〉》发表于《文艺报》。邓楠指出："在《五魁》这部小说中，我们可以清楚地看到贾平凹没有按照古典的'有情人终成眷属'的模式来写爱情喜剧，而是对之进行了彻底的解构。其解构的策略非常明了。""贾平凹从纯真的爱情着笔，最终又让这种纯真之爱分崩离析。他通过现实生活中的男女主人公追求爱情的失败，力图表明理想的爱情仅仅只是人心目中的幻想和奢望，和谐美满的爱情在复杂的现实面前根本就难以存在。若爱情上升到理性和道德方面审视，那更是无法去加以规范。"

胡殷红的《小说剧本化现象引起关注》发表于同期《文艺报》。胡殷红谈道："从作家和评论家对小说与影视剧创作的认知中是否可以得出这样的结论，小说艺术是语言文字艺术，影视艺术通过声音和画面的组合来实现创作目的。语言文字艺术有相对大的想象空间，同时又有形象的不确定性。声画艺术是要外化成可视可听，形象是有确定性的，审美的要求是不同的。如果作家对此明确的话，怎么写都无可非议，但存在着一个转换的问题，改编的环节是二度创造。艺术都在互相渗透，也可以吸收艺术的不同成份，也可以不断创新。"

29 日　李运抟的《读陈应松神农架系列小说》发表于《文艺报》。李运抟谈道："虚实相间的叙事意识是应松神农架系列小说的根本特征。……相当出色的人物刻画是应松神农架小说又一醒目之处。系列小说中的诸多人物，几乎个个都既有个性又鲜活灵动。……应松的神农架小说，对自然风光以及人与自然的互为感应的描写，有很多神来之笔。"

五月

3 日　《人民文学》第 5 期刊登署名为编者的《留言》一文。编者指出："文学，正是连接心灵的桥梁，当一篇小说让千里之外的某个异国读者感动时，这个世界变得美丽、安详的可能性就在悄然增长。"

5 日　吴义勤、孙谦的《小说的"实"与"虚"——2002 年〈花城〉小说读札》发表于《花城》第 3 期。吴义勤、孙谦谈道："爱情，这一千百年来吟咏不尽的话题，是否依然源于人性深处迸发的心灵激情呢？2002 年的《花城》小说也试图对此作出自己的回答，它在对'转型期'中国社会形形色色的爱情景观的展示中，建构起了一份颇具特色的当代'爱情档案'。作家们通过对这个时代情感记忆与心灵体验的敞开，通过对爱情质地的触摸，极为敏锐地把握了这个时代的内在命脉，从而深入地切入了当下中国有的生存境遇。……2002 年度《花城》发表的小说再次给了我们一个惊喜，作家们对转型期中国社会现实的迅即反映、对当下中国人生存状态和生命状态的敏感、对各种新的生活形态以及相应的人的精神反应方式的捕捉，都给我们留下了非常深刻的印象。毫不夸张地说，《花城》的小说从不同侧面展示的正是中国当下生活的一幅'全景图'。

各种各样‘另类生活’形态的出现某种意义上正是我们这个时代的‘转型’标志，它们构成了当下生活中最具有象征和‘革命’意义的内容，其受到当代作家的特别青睐可以说是顺理成章的事。而《花城》2002 年度的小说中对‘另类生活’的表现也同样占有相当大的比重。……2002 年度的《花城》小说在描述一幅幅世俗生活图景的同时，也以一种极为锐利的洞察力在透视着现代人的生存困境，并从而传达出了对人类终极问题的‘形而上’关注与思索。作家们对生存的执著、对精神的质疑都有着罕见的深度与力度，而这事实上也正是《花城》杂志最为重要的精神线索。”

10 日　李佩甫的《背上的土地》(《会跑的树》创作谈——编者注)发表于《中篇小说选刊》第 3 期。李佩甫谈道：“在这部长篇里，我要表述的，可以说是生长在‘平原’上的两个童话：一个是要进入物质的‘城’，一个是要建筑精神的‘城’。这两种努力虽然不在一个层面上，但客观地说，在一定的意义上，她、他们都获得了成功。”

刘心武的《含饴弄文度众生》（《泼妇鸡丁》创作谈——编者注）发表于同期《中篇小说选刊》。刘心武谈道：“小说的功能之一，以我的理解，就是增进人心与人心之间的沟通。努力去沟通，这是重要的人生乐趣。作家写他人，是以己度人的一种甜蜜努力。读者读这样的小说，既能检验自己对作家所写到的人物的了解、理解程度，也同时检验着作家对其笔下角色把握、阐释的水平。当然，小说毕竟是小说，如果只有认识功能，而不能有趣，那恐怕算不得及格的小说。我写这《泼妇鸡丁》，在结构上、叙述策略上，尽量让其有趣。”

15 日　方守金、路文彬的《历史激情与现实错位——邓一光小说历史叙事论》发表于《当代文坛》第 3 期。方守金、路文彬谈道：“邓一光创作的一系列有关历史话语的小说，已经不能被简单地划归于‘新历史主义’小说的麾下。因为在他那里，拆解既定历史叙事模式的冲动已被强烈的历史认同感所替代。他试图着力向我们呈现的不是一个具有颠覆性质的经过个人修正的历史文本，而是一次深刻历史情感的强力释放，是对于历史及生存关系的真诚探讨。他的历史写作显然应当属于‘后新历史主义’的时代，带着这一时代最为显在的历史怀旧特征。在《父亲是个兵》《走出西草地》和《我是太阳》等文本中我们可以看到，他所宣泄的历史认同及其怀旧情绪，是与英雄主义的宏大叙事胶着于一起的。……与‘新历史主义’小说相比，邓一光这种‘后新历史主义’小说显然是有所承担的。当然，这种承担有时是要冒风险的。比如在历史执着之中因过于保守流露出的某些封建道德意识形态问题，事实上正是其为此付出的昂贵代价。这亦是邓一光等人在传达历史认同情感时，务必慎之又慎的方面。他们没有理由因为对于历史的热爱，而忽略对于历史的反思。”

王凤仙的《迷失与寻找——评张炜长篇小说〈能不忆蜀葵〉》发表于同期《当代文坛》。王凤仙指出：“小说描述了在现实世界与精神世界的紧张关系中，艺术家们的撕裂、迷失与寻找。经营精神家园的艺术家们尚且如此，大众人的精神品位可想而知。在技术与商业文化疯狂蔓延的今天，人要走到哪里去？怎样才能挽救愈来愈危机的精神世界？文本蕴涵着作家对现代技术文明与商业文化的批判以及对当代人前途与命运的思寻。”

同日，李建军的《私有形态的反文化写作——评〈废都〉》发表于《南方文坛》第 3 期。李建军认为：“《废都》是一部缺乏道德严肃性和文化责任感的小说，不仅如此，如果用阿诺德和别林斯基提供的文化尺度和文明理念来衡量，贾平凹的这部作品，从本质上说，是反文化的。我们从中读不到‘优秀的知识和思想’，看不到美好与光明的东西。它缺乏‘携带他人走向完美’的热情和力量。”

同日，陈惠芬的《“文学上海”与城市文化身份建构》发表于《文学评论》第 3 期。陈惠芬指出：“近十年来描写上海的作品，构成了‘文学上海’的文化现象。有关的描写以‘纪实’与‘虚构’的方式，将‘既有’的城市经验与个人‘传奇’结合起来，提供了人们想象上海的‘依据’，同时也在相当程度上‘遏制’了人们的想象。有关作品的‘历史感’并没还原出一个‘实存’的上海，而对‘上海神话’的迷恋则阻隔了对于未来真正丰富有力的想象。”

丁帆的《论近期小说中乡土与都市的精神蜕变——以〈黑猪毛白猪毛〉和〈瓦城上空的麦田〉为考察对象》发表于同期《文学评论》。丁帆指出：“以阎连科和鬼子分别在 2002 年发表的小说《黑猪毛白猪毛》和《瓦城上空的麦田》为个案，从文学发掘人性的角度，分析近年来乡土小说所着力表现的人性异化的悲剧。小说的荒诞色彩寓于传统绘制乡俗民情的素描笔法中，体现了乡土小说在当前社会环境中的艺术新走向。”

20 日　雷达的《挤迫下的韧与美——读〈白豆〉》发表于《当代》第 3 期。雷达说：“我喜欢长篇《白豆》，是因为它充溢着新疆特有的田野气息和野性之美。……《白豆》的故事框架不算新鲜，它甚至是某种古老模式的重现，但在这个框架中，却蕴藏着许多令人震颤的东西。”

同日，杨晓敏的《再谈小小说是平民艺术》发表于《文艺报》。杨晓敏说：“我提出的小小说是平民艺术，除了上述的三种功效和三个基本标准外，着重强调两层意思：一是指小小说应该是一种有较高品位的大众文化，能不断提升读者的审美情趣和认知能力；二是指它在文学造诣上有不可或缺的质量要求。”

同日，陈忠实的《功夫还得在诗内》发表于《小说评论》第 3 期。陈忠实认为：“作家只有具备深刻的思想才能产生对生活的独立判断和独特体验。没有独特体验的作品很难产生个性，很难摆脱平庸，独特的体验才有独特的个性魅力。作家思想深化的过程受诸多因素促进，其中之一是作家的人格精神。缺乏强大的人格精神要形成强大的思想力量是不可能的。作家以独立的人格姿态体验这个社会，才能促进思想不断向纵深发展。”

李建军的《意义的丰饶与贫困》发表于同期《小说评论》。李建军认为：“意义就像一棵大树的根系，就像一座大楼的底基。一个小说家，只有当他为自己确立了稳定的思想基础和可靠的价值立场，才可能展开有效的充满意义感的写作。”“无意义感或意义的贫困，并不仅仅是‘先锋’作家的问题，也不仅仅是贾平凹、余华、池莉、莫言等‘著名作家’的问题，而是几乎整个中国当代小说都存在的问题，是一个应该引起人们警惕和注意的严重的文学病象。”

王安忆的《自述》发表于同期《小说评论》。王安忆表示：“我知道不要什么，却还不知道要什么。但这种观念，已成为我写作小说的理想了。”“一、不要特殊环境特殊人物。将人物置于一个条件狭窄的特殊环境里，迫使表现出其与众不同的个别的行为，以一点而来看全部。”“二、不要材料太多。经验性的材料之间，其实并不一定具备逻辑的联系。它们虽然有时候表面上显得息息相关，但本质上往往互不相干。”“三、不要语言的风格化。风格性的语言是一种标记性的语言，以这标记来代表与指示某种情景。它一旦脱离读者对标记的了解和认同，便无法实现。”“四、不要独特性。走上独特性的道路是二十世纪作家最大的可能，也是最大的不幸。”“这四点其实是互为关联，与它们所相对的我认为要的那四点，正是我现在和将来所努力追寻的。有些事情要想明白了再做，另有些事情则是做起来才能明白。所以，我就只有边想边做。于我来说：写小说是‘做’‘想’的。”

於可训在《小说家档案·王安忆专辑》栏目中的《主持人的话》发表于同期《小说评论》。於可训表示，“王安忆俨然成了一个在真实与虚构之间建筑她的心灵的大厦的建筑师，她的作品也因此而成了一种心灵的世界的真正的创造物。也许是因为这一次重要的转变，王安忆的创作才超越了个体的经验，包括作为一个女性的性别经验的局限，而走向了一个更大的关注人类悲剧性生存境况的哲学境界”。

周新民、王安忆的《好的故事本身就是好的形式——王安忆访谈录》发表于同期《小说评论》。王安忆说：“我觉得小说是一个绝对的心灵的世界，当然指的是好的小说，不是指那些差的小说。”“它完全是出于一个人的经验。所以它一定是带有片面性的。这是它的重要特征。它首先一定是一个人的。第二点，也是最重要的一点，它是没有任何功用的。它不是说，最早这世界上没有椅子，人为了坐的需要就发明了椅子，然后在使用过程中，检验它的合理性使其越来越合乎使用的需求。而小说绝对是一个没有功用性的东西，它没有一点实用的价值。”

24 日　李建军的《随意杜撰的反真实性写作——再评〈废都〉》发表于《文艺理论与批评》第 3 期。李建军认为：“贾平凹的长篇小说《废都》因其大胆的粗俗、衰朽的颓废和肆意的放纵，而成为近十年最具煽惑力的作品。它在非文学方面制造了巨大的成功，但在文学方面，却不过是一个巨大的失败。从精神品质上看，它缺乏真正的文学作品的丰神秀采、清骨俊相；从艺术价值上看，它显示出的是令人失望的贫乏和苍白。它缺乏令人信服的真、令人感动的善和令人欣悦的美。是的，《废都》是一部缺乏真实感的作品。它在艺术上的致命问题就是做作和虚假。我知道，人们已经很少甚至忌讳用真实性的尺度来衡量一部小说作品。……《废都》是一部大胆的小说，但也是一部失败的小说，它赋予颓废、堕落以感伤的诗意和风流名士的浪漫情调，却没有真实地写出中国作家内心深处的困惑、焦虑、无奈甚至绝望，没有真实地写出他们与自我、与社会真正意义上的矛盾和冲突，没有为人们了解和认识特殊时期中国知识分子的生存状况提供可靠的信息。”

25 日　艾伟的《无限之路》发表于《当代作家评论》第 3 期。艾伟表示：“对人性内在困境和黑暗的探索，在我的处女作《少年杨淇佩着刀》（《花城》1996 年第 6 期）中已有雏形。但在这之后的写作，我走上了另一条道路。或者说其实两条路都坚持走着，只不过另外一条道路的写作可能更醒目一点。这另一条道路即是所谓的寓言化写作。那时候，我是卡夫卡的信徒，我认为小说的首要责任是对人类存在境域的感知和探询。当时我相信，一部好的小说应该对人在这个世界的处境有深刻的揭示，好小说应该和这个世界建立广泛的隐喻和象征关系。”

洪治纲的《具象：秘密交流或永恒的悖论——论长篇小说〈暗示〉》发表于同期《当代作家评论》。洪治纲说：“对于十分沉寂的中国先锋小说来说，《暗示》的出现，无疑有着不可忽略的意义。尽管我并没有单纯地从先锋角度来对它进行阐释，但我觉得，它无论是对韩少功个人，还是对当下的长篇小说创作而言，都是一种积极的探索，其反叛性、原创性和不可重复性都是不言而喻的。虽然从叙述上看，韩少功对具象的解析更多地是站在作家自身的立场上，过于强调了创作主体的特殊感受和思考，影响了对具象在不同对象的接受过程中的动态性考察——因为具象作为一种特殊的交流符号，它的丰富信息和历史价值完全建立在不同的接受者的内心之中——但这并没有淹没他那睿智的审视眼光和强劲的探索姿态。”

孟繁华的《本土叙事与全球化景观》发表于同期《当代作家评论》。孟繁华认为：“吴玄小说表达的是本土叙事和全球化景观，但他的小说不风头、不张扬，那里有一种忧伤，有一种反省，有一种挥之不去的真实的体会和矛盾的心态。”“吴玄的小说很像‘一个苍凉的手势’，那里既有无可奈何的咏叹，也有挽歌式的伤感。但就吴玄的文学观念而言，他的现代是‘反现代’的，批判性构成了他的小说的总体倾向。”

孙桂荣的《“游戏”的可能与“法”的必要——评刁斗长篇小说〈游戏法〉》发表于同期《当代作家评论》。孙桂荣谈道：“艺术形式上，《游戏法》继承了刁斗既往小说对感性质地和敏锐现场感的追求。他总能从人生或情感的不经意之处入手，从那些常被人忽略的社会缝隙中写出轰轰烈烈、惊天动地的感觉。刁斗是一个营造故事的高手，而这故事又往往通过独特质感的语言和丰满的意境情态表现出来。”

吴俊的《〈暗示〉的文体意识形态》发表于同期《当代作家评论》。吴俊认为：“从文学写作上而言，《暗示》其实是用这种反常规的文体将习惯上的小说（文体）观念悬置了起来，有点视既成文体规范为无物且其奈我何的意味，更进一步的是在一般思考方式上，作者又是在抽象的层面上最大地赋予了文体的意识形态性质，只是作者的‘文体意识形态’意在冲破原先的‘意识形态驯化’对于我们思想的束缚。这样，连同《暗示》全篇所展示的所有具象，其实也都获得了（言说之外的）意识形态的功能。”“《檀香刑》所显示的（民间艺术传统的）文体独创性及其语言方式的魅力（如它提升了小说的‘声音’即‘听’的因素的文学重要性），无疑在构成对当代中国小说乃至整个文学创作的一种挑战。在相当程度上，它或许也是作者以一种极端的（凭借或回归某种古老经验或传统的）方式强烈提醒当代文学必须意识到迄今还远未被自觉关注的资源潜能与写作可能性。这在现在业已泛化甚至笼罩了一切文化空间的‘全球化’氛围中，《檀香刑》的民间性、传统性和本土性，似乎有了一种特殊的价值，即这使得《檀香刑》的文体实践具有了现实的普遍意义。”“作为一种征兆或标志，（小说）文体的选择不仅反映出了文学自觉的趋向，而且更重要的是推动了文学写作的自由时代的到来。这也可以说是文学文体所蕴含的一种意识形态功能。”“再将《檀香刑》和《暗示》——它们毕竟是近年长篇文学写作中以其文体表现特征最为显著著称的两部作品——并举相比的话，可以这样说，前者体现了当代叙事文学的想象极限程度，后者则更主要地代表了当代文学写作中所能达到的思考深度。它们从不同的方向、用不同的方法实现了对《狂人日记》以来新文学传统的文学思维方向和方式的自觉超越，体现了中国当代文学的独立思考的努力，文体的独立性不过是其思想独立性的证明之一。推而广之，也可以把这视为中国当代文学应对全球化趋势的一种文化积极姿态。”

吴玄的《告别文学恐龙》发表于同期《当代作家评论》。吴玄表示：“我不懂，我们和传统的关系为什么一定是战斗的关系，为什么不可以是继承的关系。讲故事，塑造人物，关注现实，对小说究竟有什么不好，小说丧失了故事，丧失了人物，只剩下一个文本实验，这样的小说才算是好小说吗？”

吴义勤的《自我·情爱·游戏·家园——刁斗近期小说的一种读法》发表于同期《当代作家评论》。吴义勤认为：“总的来看，刁斗一直是一个对当下生活保持着高度敏感的作家，他的小说总是散发着现实生活的体温并敏锐地触及着当下的生存之痛和精神之痛，对于人和世界关系的形而上追问、对自我与人的精神状态、生存状态的勘探以及对生命、欲望、情感、人性等暧昧领域的敏感体验，等等，可以说是贯穿其所有小说的基本主题线索，也是其小说的主要魅力所在。”

本月

《上海文学》第 5 期发表“编者的话”《满川风雨看潮生》。编者指出：“文学应当勇于呈现和揭示复杂的现实与历史情境中严酷的人性本相，但又需要有效地克服既成的‘善伪恶真’的观念和逻辑的单向制约。人性善恶既不能作简单图解和乖张表达，以至显得直白浮浅，更须防止在表现历史真实的惨烈情态时流于妖魔化、粗鄙化的叙事倾向。这似可看作值得当下一些小说家加以注意的创作局限。”

六月

2 日　《小说选刊》第 6 期刊登署名为编者的《小说原创》一文。编者谈道：“不能说当下的小说创作没有文化产业的影响，因此，倡导小说的原创精神和想像力，就显得迫在眉睫。每当我们在众多刊物中读到一篇充满原创精神的小说时，其欣喜之情溢于言表，但对于当今的小说创作来说，真正的原创精神和非凡的想像力不是太多而是太少。”

3 日　《人民文学》第 6 期刊登署名为编者的《留言》一文。编者认为：

“每隔一段时间，文学报刊上就会发问：‘短篇小说怎么了’‘短篇小说为什么不繁荣’‘作家为什么不写短篇’等等。”“数量不必说了，仅就质量而言，如果客观、认真地比较，就不得不承认，今日短篇小说的艺术水平较之十几年前有了相当程度的提高，短篇小说也依然是表达我们对生活、对世界的观察和想像的一种活跃的艺术形式。”“但这最终并非一个纯粹的美学问题。事实是，中国人的境遇、心灵和行为在这急剧变化的时代正变得极为复杂，任何一个‘景象’背后都翻腾着嘈杂和活力。对短篇小说来说，化繁为简，提炼事物的‘单纯’，这固然好；但能不能执简驭繁，在高度的限制中揭示事物的‘不单纯’？能不能准确地洞察和表现世界的复杂和奇异、人的经验的复杂和奇异？——这些问题也许是对这个时代的短篇小说的真正考验，考验作家的认识能力和表现能力，考验他们的想像力和创造力。”

11日　汪政的《〈花腔〉：李洱的历史诗学》发表于《光明日报》。汪政指出：“《花腔》将既成的具有常识性的历史史实大把大把地引进自己的叙述。一些历史人物、历史事件乃至细节都与接受者已知的历史知识积累对缝合榫地重合在一起。为了证明自己的叙述是建立在历史真实的基础之上的，作品甚至动用了考据学的方式。这样的努力应该说取得了作者预期的艺术效果，一种历史叙事的知识背景就这样建立起来了，一种历史阅读法的期待视野也由之先入为主地交到了读者那儿，而其后的一切变化与戏剧性的接受效应，都是建立在这样的前提之下的。”

28日　吴义勤的《乡土情结与现代意识》发表于《文艺报》。吴义勤认为：“鲁雁……近来的小说一方面努力超越着传统乡土小说的伦理与道德化倾向，一方面又大胆地在乡土书写中融入了崭新的现代意识，从而使乡土小说拥有了新的品格与内涵。这表现在：其一，鲁雁的近期小说已经从对‘乡土’民间的沉迷、陶醉甚至炫耀转向了对‘乡土’的怀疑、批判和逃离。……其二，鲁雁近期小说完成了从对民间生命生存状态的‘展示’到对生存心态和精神心态的勘探的过渡。……其三，对现代小说艺术的重视以及内在的幽默品质也使鲁雁的小说具有了独特的魅力。”

本月

雷霆的《对文本的探索——墨白访谈录》发表于《山花》第 6 期。墨白坦言："富有诗意的语言和语言的色彩感就是我所追求的，我想使我的叙事语言像水一样在纸面上流动，富有一种质感，准确而富有光泽，即使在黑暗之中我也想使她闪闪发光。"

《上海文学》第 6 期发表"编者的话"《琵琶起舞换新声》。编者指出："应该指出的是，诗化的想像和叙事方式既有利于作家将日常生活经验把握和提升为某种具态的抽象，但同时也可能妨碍了他以敏感的触角突入生活世界的本原状态，用真切晓畅的叙述形态来独特地揭示当下社会境况下悄然显露的新型的生活经验和复杂的现实矛盾。无论《望粮山》还是《狂犬事件》（发表于《上海文学》去年 10 月号），似乎某种程度上都存在着思想储备的不足和叙事方式的局限。"

七月

1 日　吉狄马加的《小说给我们提供了什么？》发表于《作品》第 7 期。吉狄马加表示："我经常在思考这样一个问题，今天的小说到底给我们提供了什么？我不想再提小说的内容，这当然是一个非常重要的问题。不过在这里。我想阐明的是，小说的形式在时间的隧道中，从来就没有停止过变化。那些真正的小说家，他们给小说所赋予的形式，是一种神奇的创造。他们把智慧和所谓的形式融合在了一起，往往在这样的时候，我们才会发现形式的创造，对于真正的小说是何等的重要。可以这样说，小说的最大智慧就是在证明形式，而这种形式是切忌重复的。世界小说的历史，就是天才的小说家寻找呈现智慧和形式的历史。"

2 日　冯敏的《无法回避的诘问》发表于《小说选刊》第 7 期。冯敏提到："须一瓜的小说，有着很强的现实感；而现实感是作家的一种能力，思想的能力。……小说只是作家的思想载体，作家不是为了小说而小说。"

8日　阎纯德的《关于〈拯救乳房〉——致毕淑敏》发表于《文艺报》。阎纯德谈道："对于文学作品的接受，当下读者的口味是多元的：相当一部分青年读者就是为了消遣，或是试图通过作品寻觅情感'知音'，寄托孤独和寂寞，并于无意识中寄达一种社会情怀；另一部分读者，则是通过作品了解社会生活、世态人情。而作家，总是希望自己的作品能得到更多读者的瞩目，但只有'好看'（故事好，内容好，艺术好，语言好，感动人）的作品才能赢得更多的读者。小说的名字很重要，往往是读者的第一印象。"

10日　川妮的《白领的处境》（《白领的午餐》创作谈——编者注）发表于《中篇小说选刊》第4期。川妮表示，"在都市媒体构筑的流行话语里，我们看不到这些，我们看到的是白领生活的华丽与传奇。我觉得，白领的真实处境，被流行话语轻松地掩盖了。当然，白领是都市的中间阶层，他们不是倍受关注的弱势群体，但是，他们的处境，同样值得关注与同情。于是，我写下了《白领的午餐》"。

12日　孙文宪的《她的故事如何更有魅力——对池莉作品的一种读解》发表于《文艺报》。孙文宪谈道："正是这种敏锐、新鲜的生活感觉，使池莉对平凡的现实生活、特别是平民百姓的烦恼人生，有了远远超出同情意义上的关怀。其不仅意味着一位作家在题材的选择上有了新的开拓，而且它还预示了一种新的审美模式，即大众文学的审美模式的形成。……从早期的《烦恼人生》到后来的《来来往往》《生活秀》，再到她的近作《水与火的缠绵》和《有了快感你就喊》，池莉执着地表现着当下的世俗生活对于普通劳动者的意义，表现日常的现实生活怎样塑造了他们的感受、爱情和命运，表现掩盖在那些平凡、琐碎的欲望之下的，平民式的不屈不挠的人文精神。"

15日　陈发明的《灵魂的追问——读海男新作〈马帮城〉》发表于《当代文坛》第4期。陈发明谈道："作者一反往常的创作姿态，萌发了讲述故事的欲望，她用她那魔幻般的语言，诗意化的语句给我们讲述了一个带有原始色彩的马帮世家的传奇故事，把我们一步步带进赶马人的梦幻世界，让我们目睹了赶马人的命运遭际和灵魂历变。在这个虚拟的叙事空间里，作者清新、舒缓空灵的语言，牵引着我们去追寻那原始、古朴的灵魂和命运。……海男正是这样一个探索者，她没有把她的笔触拘囿于灵魂和身体的某一极，而把它伸向了身体与灵魂的交织地带，揭示了身体与灵魂的内在复杂联系。正是在这个意义上我们说，海男在探索人物灵魂过程中，揭示了人物的真实命运，形成了对其他作家的超越。”

柯贵文的《承认斗争的符号化书写——解读铁凝的〈谁能让我害羞〉》发表于同期《当代文坛》。柯贵文指出：“铁凝的短篇小说《谁能让我害羞》（《长城》2002 年第 3 期原载，《新华文摘》2002 年第 8 期转载）叙述的故事并无特别之处，不过是一个水站的送水少年与一个用户之间的一点小小磨擦而已。但我认为它是一篇十分重要的小说，因为它符号化地展现了当代中国在走向民主化的进程中，一部分先富起来的人与弱势群体之间有关‘承认’的斗争，表达了对社会深层危机的忧虑，因而极富现实性。”

同日，洪治纲的《感伤的救赎——李少君小说论》发表于《南方文坛》第 4 期。洪治纲指出：“李少君的小说有着一种浓郁的感伤气息。他常常有意地绕开那些异常坚硬的现实表象，让人物沉浸于某种感伤的情绪氛围中，精心地剥示自我内心深处各种难以言说的感受和情绪。这种叙事，使得整个话语看似沿着人物的感性状态在缓缓滑行，其实却让人物在不知不觉中打开了自己内心的隐秘世界。也就是说，李少君喜欢借助于人物的情绪状态作为叙事的突破口，以此来审度和品味现代人在心理上的孤独与无奈，展示他们对现实生存秩序的怀疑与抵抗。……这是因为，李少君的小说中所渗透的感伤情怀，不是源于严峻现实的简单击打，也不是源于生命内在的无端哀怨，而是源于理想生活的无法舍弃，源于现实生存秩序与自然人性之间的潜在纠缠。李少君笔下的人物，从来都是带着一份难以释怀的诗性气质，怀抱一种独标真愫的理想期待。”

吴义勤的《“符号”的悲剧——评艾伟的长篇新作〈爱人同志〉》发表于同期《南方文坛》。吴义勤指出：“这部小说不仅显示了新生代作家艺术上的独特气质，而且在思想深度以及精神、情感的震撼力上也达到了令人信服的高度。小说既没有复杂的故事，也没有复杂的人物关系，但是却以不长的篇幅、单纯的视角，完成了对 20 世纪 80 年代到 90 年代的中国历史变迁和精神变迁的独特阐释，其对于人与世界、人与时代关系的独特解读，对于爱情、人性、英雄等时代性词汇的解构，都赋予小说一种罕见的力量和深度。……《爱人同志》的艺术力量除了来自人物的独特命运以及这种命运背后深刻的人性内涵外，还得力于作家对于‘时代’‘现实’和‘历史’的人道主义的拷问。作者没有直接、正面地去表现时代的变迁，而是把‘历史’与‘现实’的内容全部隐藏在人物命运的背后，从而借助人物命运的转折来折射与思索现实与历史问题。”

同日，蔡翔的《日常生活：退守还是重新出发——有关韩少功〈暗示〉的阅读笔记》发表于《文学评论》第 4 期。蔡翔谈道：“文学批评界对《暗示》的不同评价，潜伏着 80 年代以来当代文学观念和立场的分歧。当某种知识观念走向二元对立的极端时，人与其存在语境的所有联系无形中将被切断，阻碍着文学关于人对存在的进一步追问。《暗示》充满对这种知识谱系的怀疑和挑战，在叙事的再现努力中，不断地向一个真实的世界逼近。”

旷新年的《小说的精神——读韩少功的〈暗示〉》发表于同期《文学评论》。旷新年指出：“《暗示》很难在传统体裁的框架内加以解读。韩少功沿着《马桥词典》的思路继续深入，文体试验决不是故弄玄虚，而是为了表达作者独特的经验和思维方式。《暗示》通过具象细节和发散化的感受，在‘历史终结’的地方重新产生不满、怀疑、问题和变化，体现了小说的一种重要的精神。”

20 日　郭素平的《不能卸装——邱华栋访谈录》发表于《小说评论》第 4 期。在访谈中，邱华栋说道：“在写作技巧上我用了各种各样的文体，看得出来我受到很多西方现代派的影响，意识流、结构现实主义，还有一些后现代的拼贴手法，基本上呈现了我的写作才能。今天我觉得形式也是有意义的内容，如果你连形式都不先进，你没有什么想法，我觉得小说没什么看头。”“我从一生下来就受中国古典文学的熏陶，我 9 岁就看过《红楼梦》《三国演义》，然后看过大量的戏剧，读古诗。我们已经在这个传统里了，这些东西每天都在影响着你的思维。当然，作为一个专业人士，我还定期看一看感兴趣的东西，读一读先秦的散文，找找那种语感。”

胡璟、刘恒的《把文学当作毕生的事业——刘恒访谈录》发表于同期《小说评论》。刘恒说：“新写实主义，其实就是现实主义，只是它比以往的革命现实主义要沉重的多，妥协的少一些。我从来没有思考过我到底该归属那一类。……我觉得写作和编剧其实没有很大的界限。而且，我认为想要表达自己的东西，在现在这个社会大环境中，影视是最为方便的，最为直接，能让自己的东西让大众熟知的一种传媒手段。影视传媒也有它的局限性，它受商业化的影响很大，在把自己的作品改编成影视作品的时候，作一点妥协是正常的。文学作品与影视作品还是有许多不同之处：比如说文学作品能给人提供很大的想象的空间，一部好的作品，您今年看和明年看，可能感觉就是会一样，它可以给你一个很大的余地。而一部文学作品搬上银幕后，它就已经死了，因为把想象固定下来了，人物的面目举止也不能任你自由去想了。……缺乏正规的系统的教育，可能是我在目前写作中面临的最大的障碍。我以往的写作，一直是纯自然的发展，自己去学习，吸收，靠自己的能力（才能）去写作。但现在，我需要对世界有个更深入的认识。”

李建军的《改写的难度》发表于同期《小说评论》。李建军指出：“可以肯定的是，改写不是反其道而行之的走极端，不是简单的反叛和否定，而必须是创造性的建构和超越；它的态度不能是嬉皮士式的任性和胡闹，而是领航员的认真和负责。……改写者必须在对人的尊重和理解方面，必须在对社会的批判力度和反思深度方面，必须在对道德规范和精神秩序的重建方面，显示出比前文本更高的境界、更大的活力和更新的拓展。”“如果说施蛰存的《石秀》和小说《沙家浜》对前文本的改写是失败的教训，那么，寇挥的《黑夜孩魂》对《创业史》的改写则意味着成功的经验，它提供给人们的启示是：改写‘非正典文本’是一项艰巨的任务，完成这项任务没有任何投机取巧的办法可选择，只有经过严肃、认真的努力，一位小说家才能有效地弥补前文本的局限和残缺，才能写出真正有价值的好作品。”

李运抟的《大山的精神飞翔——陈应松神农架系列小说论》发表于同期《小说评论》。李运抟说：“陈应松的神农架小说显示了哪些思考和审美特征呢？首先，我以为它们依然体现了作者关于人类生存的强烈忧患意识。……虚实相间的叙事结构，是神农架小说一个带有总体性的突出特征。……陈应松神农架小说的这种虚实结合，带有明显的魔幻现实主义特征。……出色的人物刻画，是神农架小说又一醒目之处。”

刘恒的《自述》发表于同期《小说评论》。刘恒谈道：“我认为要写出好作品，还是得找出一种小说与现实的新型关系。当然，这种新型的关系也是前辈们已经做过了的。从上个世纪开始，各种各样的现代主义流派，把一个个很好的地方都占满了。你费了九牛二虎之力去开辟一个新园地，去培植一个品种，这个品种到底是一个新东西，自己仍然不清楚。但是，有那么多伟大作家的实践在前面照耀着道路，有着对文学虔诚之心的支撑，我觉得我有能力沿着自己的道路走下去。我也许达不到最好的程度，但我一定要达到自己最大的限度。因为偷懒，因为糊涂，没有达到，我死不瞑目。”

穆昕的《游走在现实与幻想之间——从博尔赫斯看中国先锋小说的形式探索》发表于同期《小说评论》。穆昕认为：“语言的游戏、形式的效仿、现实与幻想间无目的的游走，使得曾经的先锋们身心俱疲。因为他们还是缺乏一种彻底的本体性否定，即便有着高涨的探索热情，也创作不出既不同于此也不同于彼的一种全新写作。”

於可训在《小说家档案·刘恒专辑》栏目中的《主持人的话》发表于同期《小说评论》。於可训认为：“刘恒的小说在对人的存在问题表示终极的哲学关怀的同时，也深化了这个题材的悲剧含义。刘恒说他从《狗日的粮食》起，‘开始有了一点思想’，大抵也是这个意思。在这部作品以后，‘思想’在刘恒的作品中，起着愈来愈重要的作用，许多看似陈旧的题材、主题和故事、人物，一经他的‘思想’点化，就显出了别一样的意义和价值。这种‘思想’不是用某种现成的理论去‘观察问题、处理问题’，也不是用自己的作品去演绎中西明哲、古圣先贤的思想成果，而是用自己的全部人生去对这些已近‘俗滥’的题材和主题、故事和人物，重新感受、重新体验，经过反复咀嚼、再三涵泳，而有所发明，有所发现。刘恒的作品也因此而到达了一个新的思想和艺术高度。”

22日　吴义勤的《有一种叙述叫“莫言叙述”——评长篇小说〈四十一炮〉》发表于《文艺报》。吴义勤指出：“《四十一炮》的艺术魅力当然首先来自于它奇特的叙述方式。……作家追求的不是对90年代以来中国社会现实进行精雕细刻的描绘或‘全景式’、‘史诗’性的反映，而是要捕捉这段历史或现实的本质性的、精神性的氛围与片断。正因为这样，小说中欲望的疯狂、财富的占有与追逐、官商的勾结、原始积累的血腥与残酷、权力的泛滥等等批判性主题都是以夸张的、写意的、荒诞化的意象呈现的，它们都非真实的现实具像，而是一种象征性的精神化影像，但这种影像对这个时代本质的切入无疑又是准确而深刻的。”

本月

王一川的《历史症候的人类学诊治——刘恪短篇近作阅读札记》发表于《山花》第 7 期。王一川认为：“刘恪在这里（《民族志》——编者注）开创了新的正附文叙事体，一种在正文主体部分讲述完整故事而在附文部分形成补充和拆解的叙事体。在这种新诞生的正附文叙事体中，叙述人一面在正文叙事中重新恢复传统故事的完整性和感染性，一面又在附文叙事中加以补充和拆解，从而使叙述回荡着一种整体与碎片、正史与野史、可靠与质疑、真实与想象等要素之间的张力。”“刘恪通过这种正附文叙事体写作，似乎要满足他从人类学角度想象地诊治历史症候的强烈渴望。……小说作为语言符号系统，本身就是人类文化的一部分，同时又扮演着这种文化的想象性和自反性诊断角色。刘恪在这些短篇中不约而同地试图表达一种明确的理智意图，历史宛如充满多重症候而又意义含混的人类学文本，小说不过是它的一种想象性诊治而已；每一篇小说，都可能构成历史症候的想象性的人类学诊治片断；要透视历史症候不能不依赖于小说虚构，但小说虚构终究只是想象性诊治片断而已。阅读这些小说时，我常常感到刘恪的这种小说美学思想的强势在场，它们似乎竭力要跃出文体和形象层面而直接显山露水。”

八月

1 日　申霞艳的《内省与仰望——史铁生的写作姿势》发表于《作品》第 8 期。申霞艳谈道：“史铁生没有陷进玄思里头，没有陷入深奥和玄虚当中。史铁生所思考的一切从‘我’开始出发，最后又回到了‘我’这一独特的个体。在死生这一人生两极，死是作为生的对照物存在的。史铁生的内省使他的写作立于坚实而沉默的大地，奠定了稳固的基础，他的仰望使他面向明净灿烂的天空，确立了精神的纬度。史铁生的写作拓展了写作的空间，超越了文学的价值。”

2 日　苏童的《流水账里的山峰》发表于《小说选刊》第 8 期。苏童发现：“卡佛小说里的一切尖锐得令人生畏，如果说他‘杀人不见血’有点夸大他对读者的精神压迫的话，说他拿着刮胡子刀片专挑人们的痛处可能比较被人赞同。有批评家论及卡佛的世界观，说是黑色的。怎么会呢？那是把追求简单叙述的卡佛一起简单化了，我反而觉得卡佛是个很复杂的作家，只有复杂的作家会对语言有超常的狠心肠，杀的杀，剐的剐，留下的反而是文字锻造的一把匕首。”

11 日　《专家评说〈拯救乳房〉》刊登于《中华文学选刊》第 8 期。毕淑敏在最后谈道，“我觉得一个作家写一部小说，一定是有原因的，有短期的，长期的，也有最根本的东西。在我小说中自始至终贯穿着一种对生命的珍惜，它起源于对死亡的恐惧”。

九月

2 日　冯敏的《生活中的想像和想像中的生活——读〈北京候鸟〉的五条感想》发表于《小说选刊》第 9 期。冯敏谈道：“有意思的是，这样的主题表现并非通过‘宏大叙事’刻意突出，而是以个人经验的‘小叙事’完成。荆永鸣的实践告诉我们，作家只有清醒地意识到自己的局限，才能在更大程度上获得创作自由。”

3 日　张保宁的《逃离还是回归本位》发表于《光明日报》。张保宁指出：“从文学发展史的视野来观察 1990 年以来的文学现象，无论创作还是研究都没有像今天这样处在一种两难的境地：一方面，文学创作从早期的‘先锋小说’和‘新写实小说’打出文学‘回归本位’的旗帜，到今天‘私小说’‘肉体作家’‘帝王戏’等媚俗文学、戏说文学泛滥，以至经典作品的缺失，文学创作似乎走向了一种让人难于理解的异途。”

同日，《人民文学》第 9 期刊登署名为编者的《留言》一文。编者表示：“在本期的三个中篇（《女儿结》《胡家姐妹和小乱子》《一剪梅》——编者注）中，小说家们探讨了生活中一些最基本的关系：母女、姐妹、夫妻、朋友、男女。”“总之，事都是小事，但通过小说，我们发现这些小事与自己息息相关，小说让我们愉悦，也让我们用另外的眼光打量我们的生活。”

9 日　林为进的《林白的进步》发表于《文艺报》。林为进谈道："林白在长篇新作《万物花开》中表现出转变创作路数的追求和尝试。从一味诉说自己到着力于描述他人、表现平凡的人生，不仅反映出林白创作认识和创作对象的转变，也见出了她文学观念、价值观念的变化，开始认识到文学必须关注社会、关注普通的大众，而不能只是沉湎于个人的自艾自怨。这种转变无疑应该给予充分的肯定。"

11 日　脚印的《〈扎根〉的底色》发表于《中华文学选刊》第 9 期。脚印指出："《扎根》企图还原那个时代的色彩，还原到那个时代的日常生活的核心——生活其中的人们对生活、对痛苦、对死亡、对天灾人祸的态度。"

15 日　陈海英的《永恒的命题：爱与死亡——评析李修文新作〈捆绑上天堂〉》发表于《当代文坛》第 5 期。陈海英指出："李修文最为独特的还是他所坚持的对爱情与生命的肯定态度，这在惯于嘲讽和否定爱情的 70 年代作家中显出了他的卓尔不群。在理想主义几乎消失殆尽的今天，他对理想的爱与美的追求，显示了他的勇气和独特，他所讲述的那些伤感唯美的纯情故事给这个情感枯竭的现代社会注入了一些浪漫的幻想。"

庞守英的《寻找先锋与传统的结合部——余华长篇小说的叙事学价值》发表于同期《当代文坛》。庞守英谈道："余华的转折，是在原来先锋的基础上转折；他向传统靠拢，但又不是简单的回归。所以他的传统总是带有先锋的味道，而他的先锋，又在某种程度上改变着传统。放在历史发展的坐标上看，正是先锋对传统的不断影响，才促进了传统的更新与延续，否则，一成不变的传统也难以维系。从这个意义上说，余华的长篇叙事有着不可忽视的叙事学价值。第一，叙事方式：连续与中断的结合。连续与中断是对立的两种叙事，是传统叙事与先锋叙事的重要区别：传统叙事强调叙述的连续性，而先锋叙事则青睐连续性的中断。《活着》与《许三观卖血记》采用的基本是线性的连续叙述，明显地表现出向传统的倾斜。……然而这并不意味着余华完全反叛了先锋，回归了传统。余华叙事的连续性实际上不同于传统的连续性。他总是以情节的重复构成人生阶段性的跳跃，在阶段与阶段之间就出现了空隙。这里的阶段虽然也伴随着时间的流逝，但不主要是时间的间隔，而是情节重复的周期。……第二，叙事视角：

主体与民间的结合。先锋作家的叙事视角源于创作主体，其观察人物，编织情节，叙述故事，多是从创作主体的审美出发，强调个人的自我感觉。在先锋作家那里，重复叙事已间或使用，但是，先锋作家笔下的重复，也是从创作主体个人的视角出发，表达作者对历史的怀疑，对存在的消解。……90 年代余华走出扑朔迷离的叙事迷宫之后，主体视角依然控制着整个作品，注视的是苦难对个体生命的威胁以及个体生命对苦难的承受能力——这是先锋作家目光的重要聚焦点之一。但是，当聚光散落开，叙事视角却转向了民间，关注民间百姓‘活着’的状态。……第三，叙事态度：冷酷与温情的结合。这又是一对悖反。先锋作家的余华在 80 年代中后期的许多作品，如《现实一种》《古典爱情》中，充满着暴力与死亡。叙述者常常以极为冷静、极为耐心的语调对一些鲜血淋漓、惨不忍睹的杀伤、剥皮、肢解场面进行工笔细描，其态度不仅不是批判和控诉，反而有些玩味和欣赏，让人感到一种透彻骨髓的冷酷和残忍。……在《许三观卖血记》中……温情的话语多次重复，便说明余华原来冷酷的自我在不断地退后，笔下人物的温情话语不断强化。”

17 日　刘晓静的《可喜的撕裂》发表于《作品与争鸣》第 9 期。刘晓静谈道：“小说（《夜色中的宝贝》——编者注）到处是大段大段的议论，还有作者自己编出来的、类似于社会流传的笑话，如关于卡拉 OK、阿路里飞地和吞活物的故事，它们也是议论的一个组成部分，这就使议论变得多姿多彩。首先值得指出的是，《夜色中的宝贝》并非是从理性到理性的文字说教，它是成功的艺术品，因为人物的性格得到了充分的描写。同时，作品故事套故事，人物带人物，人物说故事，人物说人物。青萍是小说的中心，她一边连接着现在（通过她串起了江朔、刘宁宁、郝市长，甚至西山的和尚），一边连接着过去（她父亲的遭遇、学芭蕾舞的艰辛等）。”

20 日　贺桂梅的《历史沧桑和作家本色——宗璞访谈》发表于《小说评论》第 5 期。宗璞认为：“说小说写的是历史，不是说写的就是‘史实’。小说如果太‘实’了，就像《金瓶梅》，可能不太好；如果太‘虚’了，又站不住，缺乏厚重的生活内容。要写‘虚’就得完全用虚的形式，比如索性去写童话。‘虚’和‘实’怎么能掺杂、调和得好，这是个功夫。”

李遇春、陈忠实的《走向生命体验的艺术探索——陈忠实访谈录》发表于同期《小说评论》。陈忠实说：“到了八十年代中期，我自己觉得我已经开始从另一个视角去看生活，虽然看的也是当代生活，但视角已经不是一般的触及现实社会生活矛盾这些东西了。这主要是因为我这时接受了一种文化心理结构学说，并开始用这种视角来解析人物。你刚才提到的那些作品就属于这一类作品。这类作品主要从人物外化的性格进入了人物内在的文化心理结构，这样一个角度，我自己感觉是深了一层。我后来感觉到，你无论写人物的性格怎样生动，生活细节怎样鲜活、栩栩如生，但要写出人物的灵魂世界里的奥秘，写出那些微妙的东西、神秘的东西，你就必须进入人物的心理结构，而这个心理结构本身是由文化来支撑着的。”“如果没有写出人物心理结构的微妙性，那么这个人物的性格就缺乏深刻性。在我看来，通过对人物的文化心理结构的解析，可以使人物的性格更鲜明、更生动，更具有内在的生动性而不是外在的生动性。”“（我读了——编者注）有好多作家的作品，但主要是欧美作家的作品。我在这些作家中重点选择了两个作家：一个是契诃夫，一个是莫泊桑。在这两个作家中间我最后又集中在莫泊桑身上，因为我觉得莫泊桑的小说是情节结构的，而契诃夫是以人物来结构小说的，结合我当时创作能力的实际，莫泊桑显得要更容易接近一些。为此我选择了我比较喜欢的大概一二十篇莫泊桑的小说作品，集中加以精读，主要看他是如何结构小说的，因为我生活不缺，我在农村生活了二十多年，我自己觉得对农村生活应该比较熟悉，问题是怎样打破极左的文学套路，进入真正意义上的文学写作。……就在那个时候（1985 年前后——编者注）我广泛阅读和见识了各种新潮的文学理论。当时我觉得对于我最有用的就是文化心理结构学说，我就开始实践这个东西。然后就有了一批中短篇小说，包括短篇小说《轱辘子客》和《两个朋友》，它们都是那之后的作品。当然印象最深刻的除了《轱辘子客》之外，还有两个中篇：《蓝袍先生》和《四妹子》。这是我非常清醒的。无论是《四妹子》写的当代生活，还是《蓝袍先生》中的历史生活背景，我都是从文化心理结构的角度去写人物的。我自己感觉人物的深度和厚度比以前要好一些了。”

曾镇南的《秀出的青枝　奋争的精灵——评关仁山的〈天高地厚〉》发表

于同期《小说评论》。曾镇南谈道："关仁山的长篇小说《天高地厚》，以其深沉有力的主题内涵、绚丽多彩的生活画面、鲜活新颖的人物形象和纯朴浓郁的土风乡情，引起了文坛内外的广泛关注。就小说反映的社会生活的厚重、概括的历史跨度的巨大、捕捉生活中新的经济形态、新的社会关系、新的弄潮人物的敏锐而言，《天高地厚》显示出了不同流俗的艺术器识和艺术魄力。它及时而新颖地为我们带来了关于农村发展、农业振兴、农民命运的新消息，引发了我们对正在我们眼前展开的一场更深刻的农村社会大变革的积极的思考和热情的期待。"

25 日　郜元宝的《"说话的精神"及其他——略说"季节系列"》发表于《当代作家评论》第 5 期。郜元宝指出："'季节系列'可算是后革命时代全盘政治化的中国日常生活百科全书式的记录和普通中国人心路历程的展现，但不要忘了，王蒙做到这一点，并非靠情节结构、人物塑造、心理描写，而是靠隐含作者直接站出来'说话'。""不难想象，当现实生存被压扁，被抽空，生活的热情与生命的能量自然就会转移到或者被引导至语言的悬浮式空间，生活越贫乏，语言就越烦琐，越'丰富'。正是这种基本的政治化生存结构决定了'说话'在'季节系列'中至高无上的地位；其他的一切都可以因其贫乏、苍白和可笑而归到漫画中去，独有'说话的精神'必须大大地彰显。"

莫言的《诉说就是一切》发表于同期《当代作家评论》。莫言说道："罗小通是一个满口谎言的孩子，一个信口开河的孩子，一个在诉说中得到了满足的孩子。诉说就是他的最终目的。在这样的语言浊流中，故事既是语言的载体，又是语言的副产品。思想呢？思想就说不上了，我向来以没有思想为荣，尤其是在写小说的时候。……诉说者煞有介事的腔调，能让一切不真实都变得'真实'起来。一个写小说的，只要找到了这种'煞有介事'的腔调，就等于找到了那把开启小说圣殿之门的钥匙。当然这只是我的一种感悟，无论是浅薄，抑或是偏执，也还是要说出来。其实这也不是我的发明，许多作家都感悟到了，只是说法不同罢了。"

王德威的《香港情与爱——回归后的小说叙事与欲望》发表于同期《当代作家评论》。王德威谈道："从张爱玲到王安忆，都曾写下香港的浮世因缘故事，但我以为 1997 之后的《什么都没有发生》，更为香港的爱欲及历史想象，平添又一转折。……我以陈冠中的《什么都没有发生》与黄碧云的《无爱纪》为例，描述香港情与爱想象幅度的两极。前者精刮算计，以不愿及不能爱来摒挡一切随爱而来的牵扯；后者则大事铺张无所顾忌的爱与恨，往往以玉石俱焚为出路。”

王蒙、郜元宝的《谈谈我们时代的文学》发表于同期《当代作家评论》。王蒙谈道：“莫言他喜欢说自己是农民。莫言倒是没有那种思想家或者社会良心的姿态，他有一个艺术家的姿态——小说艺术家的姿态。我还是过去读过他的一些作品，感觉就是莫言的想象力比较丰富。”

朱文颖的《金銮殿，或者看得见天使的地方》发表于同期《当代作家评论》。朱文颖认为：“我们身处的世界与作家本身，都具备了某种不确定性。不存在这样一条准绳，它可以顺理成章地贯穿始终，并且有问必答。所以，甭想在小说里寻找什么答案。”“写作是一种纷杂、繁芜，甚至是让人伯仲难分的生活之后的东西。写作表达一种姿态，这姿态最终是明确的，但它必须穿越种种不是那么明确的过程。写作特别需要与生活荣辱与共。”

30 日　孟繁华的《迷狂的欲望和作家的温暖——评〈我们的心多么顽固〉》发表于《文艺报》。孟繁华指出：“这不是一部扬善惩恶的小说，也不是一部表达因果报应的小说。这是一部解读人的心灵秘史的小说，是写人的风流史和忏悔录的小说，是写人的原始欲望被压抑和无限膨胀过程的小说，当然也是一部欲望和爱意相互纠缠彼此消长的小说。叶兆言以他对人性的深刻理解，从一个侧面揭示了生命内在的支配力量，在彰显自然人本主义，在暴力、性的背后，隐含了他对世道人心、人情冷暖变化的细微体察。”

本月

陈思和的《最时髦的富有是空空荡荡——严歌苓短篇小说艺术初探》发表于《上海文学》第 9 期。陈思和认为：“严歌苓重视小说结构的完美性，她往往在小说结构里知难而上地放弃抒情性而采取戏剧化的场面，把情节迅速推向‘高潮’，而那些精致的戏剧性高潮恰恰对叙述构成一种束缚。”“严歌苓寄予艺术的自由气韵不仅仅来自她对叙事中的‘空白’的处理和对小说文本以外的象征物的借用，还来自她的与生俱来的性情，一种与隐伏在她的创作里的机智、洒脱、幽默等品质和谐相处的大度、宽容以及对人性种种弱点的容忍。这种在当代知识分子中一般很少拥有的品质，在她笔下人物身上非常显眼地凸现出来，如扶桑、少女小渔等，而且，她还常常善于表达出对一般人看来是‘无耻’‘恶心’等人性因素的深切的关心和同情。这是构成严歌苓小说气韵浑然的根本原因，也是心灵的博大虚空废除了一切人为道德的束缚，容忍了一切藏污纳垢因素，转而使心灵获得真正的丰富。”

何向阳的《短篇的田野》发表于同期《上海文学》。何向阳说道：“短篇小说因其篇幅的精悍不承担艺术外的过多重负，而更接近于生活原态，这是它的优势，当然生活中充满机缘，但大多数时间，经验较之奇迹更确实可信，也更朴实，偶然的东西会存在，但是更多的是散落漫浸于日常中的另些东西，短篇的集聚有些像多个镜子的碎片重新收录在一起，从不同向度看，映出的镜像多会不同。”“我尊重从经验经内心洗炼而出的理念，这也是我选择小说的标准。感谢它们教我感知经验的力量，和贯注其间高于经验的疗救、探索、疑虑与质询。”

十月

2日　苏童的《去小城寻找红木家具》发表于《小说选刊》第10期。苏童谈道：“一个采用单一事件的中篇小说用了复式的叙述，胆敢勾勒人物群像，而每个人物都能写得如此鲜活，如此鲜活的人物偏偏都长了不合时宜的嘴脸，也许就是这些精彩的人物联手置他们的创造者于死地，这是我读《红木》后的最为惊心的感触。”

3日　《人民文学》第10期刊登署名为编者的《留言》一文。编者说道：“我们的生活、我们的经验和灵魂，这是本期《小说特大号》的主题，当然也是本刊一直坚持的小说精神。”

11日　张抗抗的《时不时回头看看》发表于《中华文学选刊》第10期。张抗抗指出：“不写短篇绝非是因为不屑于写短篇，而恰恰是因为恐惧。我始终认为短篇小说是最见语言功力、认知深度的‘高段位’文学样式。故事的切入舍取，奇巧的构思，人物的性格断面，几乎决定作品生死存亡的那个结尾，都须在有限的篇幅里完成，容不得捉襟见肘的破绽。”

14 日　洪治纲的《想像的匮乏意味着什么》发表于《文艺报》。洪治纲认为：“当代小说发展的潜在危机——那不是因为小说自身的艺术形式已走到了终点，而是因为大量的作家正在不断地让小说远离它的想像性、原创性，远离了它对人性存在的前瞻性探索，远离它对人类理想情操的强力推崇，却与日常生活中的现实经验和逻辑常识保持着亲密无间的关系，与一切客观现实的生存秩序及其价值观念打得火热。而这，正是小说艺术有可能走向终结的内在症点之一。”

15 日　王德福的《从〈出走〉谈短篇技巧》发表于《光明日报》。王德福指出：“小说的用意是挖苦当今趾高气扬的中产阶级一族。但笔者留意的，倒是它的技巧。小说采用独幕剧的格局，地点场景不作任何切换，时间连贯，前后不超过三小时。如果说短篇小说是反映‘生活的横截面’，这倒不失为一种非常鲜明的横截方式。……他在短篇创作上有意追求技巧完美，并非信手拈来，浑然天成。笔者一向以为，任何短篇作者，只要下工夫将技巧吃深吃透，作品达到七十分，应该不成问题。剩下的三十分，则有赖天分，非刻苦能及。像杨植峰一类关注技巧的作者，达到中等成绩，应该不成问题，至于能否成大器，就要看思想深度、天分和运气了。”

21 日　雷达的《关于历史小说中的历史观》发表于《文艺报》。雷达认为：“上世纪 90 年代至今，历史观的大变革有以下四个方面：第一，如上所述，强调历史是由人民群众和‘圣君贤相’们共同创造的——对后者的作用尤其强调。第二，不少作品由单一的政治视角转化为经济视角，文明视角，以至更为宽阔的文化眼光。第三个方面是，众多作品的主题几乎都由原先阶级斗争史转换为政治经济的变革史，无不贯穿‘敬天法祖’还是革故鼎新的矛盾。第四方面，突出了人性内涵，更注重历史中的个人命运和心灵变化的历史。这一切无疑给创作带来了大变化。”

十一月

1 日　李丹梦的《说说尤凤伟》发表于《作品》第 11 期。李丹梦说道：“我觉得尤凤伟的著作在当代小说界有它独特的价值者，乃在其直面人生、反思历史的勇气与魄力、人性的深度开掘以及出彩的细节（见谅了，又是一个敏感的词）上。”

2日 苏童的《谁是谁的卧室》发表于《小说选刊》第11期。苏童谈道：“读小说，在很大意义上是读人物的结局命运。《不能承受的生命之轻》中的人物命运几乎也是令软弱的读者不能承受的。”

4日 何镇邦的《呕心沥血写史诗——读熊召政的长篇历史小说〈张居正〉》发表于《人民日报》。何镇邦谈道：“追求历史真实的艺术再现是历史小说《张居正》另一个重要的艺术成就。历史真实成了衡量一部历史小说思想艺术质量的一把尺子。”

10日 张抗抗的《芝麻虽小》（《芝麻》创作谈——编者注）发表于《中篇小说选刊》第6期。张抗抗提到：“小说中所有的细节、语言、人物性格，都是从生活中那些不引人注意的角落，像捡拾芝麻一般，小心地收集而成。小说并无整体性的情节，只由‘孕检’那根若隐若现的芝麻秆，穿起一嘟噜一嘟噜的芝麻荚。”

11日 《中华文学选刊》第11期刊登署名为编者的《小说以人为本》一文。编者指出：“现在小说创作有两个误区未能引起人们的警惕，一种是观念的简单化，小说没有表达丰富的人生内容和社会含量，只是抽象概念的图解，另一种小说在貌似形式探索的外表下，装载的是一些没有生命力和想象力的语词垃圾。出现这两种误区的原因在于这些作家忽视了小说以人为本的宗旨，把人物的丰富性和复杂性简化处理了，因而缺少足够的艺术的感染力。”

陈晓明的《穿越权力与欲望的绝境——评张尔客的〈非鸟〉》发表于同期《中华文学选刊》。陈晓明指出：“这部小说选择了‘非典’作为一种生活的背景，生活在这种极端特殊的情境中显示出它的困窘。在这样极端的时刻，人们的内心呈现也最真实。他们几乎是重新体验生活的内涵，生存的意义。这部小说的叙事始终轻松自如，把一场大悲大恸的劫难作为透视人生荒诞性的布景，也可见作者把握叙事情境的能力。”

15日 刘郁琪的《知识分子：欲望的跃动与角色的回归——从〈围城〉、〈洗澡〉、〈废都〉、〈桃李〉说起》发表于《当代文坛》第6期。刘郁琪谈道：“这四部小说以批判现实主义作为基本的创作手法，艺术地再现了 20 世纪中叶和下半叶各个年代中国相当一部分知识分子的真实生活和命运流转，对照起来阅读，从中可以捕捉出跃动在各个时代知识分子内心的欲望，以及这种内在欲望在外在时代诱惑面前的膨胀与挣扎。透过这种内在欲望的膨胀与挣扎，可以见出作者们严肃和严正的人文精神，以及对知识分子如何走向角色回归之路的深深思考。……小说是对现实生活的反映，这几部小说无一例外地把笔触深入到了知识分子的内心深处，对他们的弱点与缺点进行审视、揭露与批判，这并非是几个作家无意间的雷同和巧合，而实实在在就是 20 世纪中国相当一部分知识分子的真实生存状态。小说告诉我们，欲望化已成为相当一部分知识分子的显著特征，这对当下的中国社会来说，无疑是一件极为可怕的事，同时也是知识分子们一个巨大的悲哀。”

庄桂成、岳凯华的《善与恶是人性中的天使和魔鬼——读李佩甫的长篇小说〈城的灯〉》发表于同期《当代文坛》。庄桂成、岳凯华谈道：“《城的灯》就很真实地描写了冯家昌人性中的善恶，作品的艺术魅力也就在于展示了这种人性深处的斗争。……由此看来，李佩甫的长篇小说《城的灯》深入描写了人性善恶，当然也有些许遗憾，但仍不失为佳作。但如果说《城的灯》仅是描写城乡的二元对立，作品就成了恩格斯所说的时代精神的传声筒，那就低估了小说实际的艺术成就。”

同日，何镇邦的《〈张居正〉与历史小说创作》发表于《南方文坛》第 6 期。何镇邦认为：“正确的历史观（‘史识’）对于一位从事历史小说创作的小说家来说，就好像是他的灵魂一样。”“历史真实成了衡量一部历史小说思想艺术质量的一把标尺。”“《张居正》在解决从史料到文学，从历史的真实到艺术的真实的转化，也就是处理史与文的关系，其成功的经验是：在涉及当时的典章制度、风俗民情以及文化真实的细节时，要力求准确精细，于史有据，以便营造出真实的历史氛围；但是，在编织小说的情节时，却既要注意做到于史有据，又要按照小说创作的艺术规律进行大胆的虚构和艺术想像，做到既忠于历史，更要像小说，因为说到底小说姓‘文’不姓‘史’，‘史’仅仅是历史小说在题材方面的某些限定和特征。”“《张居正》的语言归纳起来有如下一些特点：叙述语言与人物对话区别开来，作者的叙述视对象和环境不同或雅或俗，做到雅俗共赏；人物对话扣紧人物的身份和性格或文或白，做到性格化和符合当年口语习惯的口语化。”

汤晨光的《士人精神的时代性陷落——论阎真〈沧浪之水〉》发表于同期《南方文坛》。汤晨光谈道：“《沧浪之水》是第一人称叙事，这不仅是为了议论的方便，也反映出作者和主人公的同一性。池大为是生活的体验者，又是有一定旁观色彩的观察者、思考者和评论者。这两者处于复杂的对立纠缠状态，这正是作者思想矛盾的反映，池大为思想上的分裂和反复都来自作者本人。阎真既看到身外无物，在现世享受论上找到了最后的落脚点，又对传统的知识分子的超越情怀不能忘情。他既清楚地认识到现实利益才是真，又不忍心堕落为纯粹的现实主义者，觉得人不能只为自己身上的几个敏感部位活着。这种矛盾影响到了对池大为形象的设计，他走在现实的路上却仍然心怀崇高的超越的渴念，有做一个好官的愿望，他告别传统时的决绝和犹豫，都透露出作者自己在心灵需要和现实选择上的矛盾、彷徨和游移。阎真通过池大为书写他的认识过程和自我挣扎，这本书就是他自己的呻吟和叫喊。”

同日，韩元的《历史文化的重现与反思——析新时期历史小说的文化内涵》发表于《文学评论》第 6 期。韩元谈道：“从横向看，新时期历史小说给我们呈现出了传统文化剖面的各个层次，从表层的文化现象到深层的文化精神，文化结构的各个层面的质素被叙述组织进故事与场面、人物语言与心理等不同的文本层面中，折射出一种富有层次性的文化审美意蕴。……或许是出于传统文化的厚爱，新时期初期某些历史小说家表现于小说中的文化观念总使人觉得缺少现代意识的烛照。尤其是与同时期现实题材作家不留情面地揭露传统痼疾的态度相比，历史小说家对传统文化的态度有时表现得较为依恋甚至欣赏。”

胡良桂的《晚清政坛上的精魂——唐浩明长篇历史小说论》发表于同期《文学评论》。胡良桂谈道：“在新时期长篇历史小说中，唐浩明的历史小说具有独特魅力和艺术风采。首先，唐浩明的历史小说在艺术上形成了政治描写与文化抒写的统一。……除了用政治文化眼光统率全局、化解全局外，另一突出的特点是，找到了一种有能量、有张力的叙述方式。”

马振方的《厚诬与粉饰不可取——说历史小说〈张居正〉》发表于同期《文学评论》。马振方谈道：“本文对历史小说《张居正》前三卷提出批评，认为书中大量内容陷于滥造和悖逆历史，厚诬了高拱、魏学曾、王希烈及其他多位古人，颠倒了其中部分历史人事的美丑，以人为制作的反面历史人物反衬、拔高主人公，并用较多笔墨粉饰张居正的性格弱点和人格缺陷，而未能对其杰出的改革业绩和思想精神作比较切实而充分的艺术展示。其厚诬与粉饰古人的弊病是近年历史小说创作中的沉重教训。”

吴秀明、陈洁的《论“后金庸”时代的武侠小说》发表于同期《文学评论》。吴秀明、陈洁谈道：“以金庸、梁羽生和古龙为代表的金庸时代的武侠小说，用富有现代象征意义的中国文化文本弥补了‘五四’以来大陆主流雅文学单线发展的缺憾，维持了文学生态的平衡。80 年代中期以降的‘后金庸’时代，武侠作品则日益明显地显现出‘文化工业’的复制性和后现代的平面化、娱乐化特点。武侠小说的发展，关键在于作者的观念转换、文化超越以及文体开放。”

20 日　敬文东的《历史以及历史的花腔化——论李洱的〈花腔〉》发表于《小说评论》第 6 期。敬文东谈道：“《花腔》一边动用讲述（即历史的声音化），也一边动用‘考证’，将爱与死紧紧联系在了一起。由于‘花腔’一词自为运作带出来的历史的花腔化，让人感到爱与死互为因果式地联为一体，既过滑稽又太过严肃。以历史的名义来看待一切事情，生与死也就被置于历史的链条上，生与死的意义也被置于历史的网络中；在一切以历史点了头才能作数的境域内，爱作为生与死之间相互转换、相互过渡的中间环节或核心内涵，也就顺理成章。这就是说，爱也最终被历史化了，爱成了一个具体的、历史性的概念，容不得解释上的半点闪失。……葛任死了，进入了他所谓的‘大休息’境地，彻底抛弃了普通话和方言对他的分裂性裁判，也放弃了历史伦理叙事、爱与死的伦理学和私人性的爱对他的争夺。值得注意的是，即使是在‘大休息’之后，有关他的历史的花腔化仍然还在继续进行。我们可以说，李洱的长篇小说就是这方面最近的范本。对于葛任和葛任所代表的每一个人的历史的花腔化，还得进行下去，至少我们现在还看不出有丝毫止歇的迹象。”

李建军的《卢伯克的标杆》发表于同期《小说评论》。李建军认为：“现代小说理论的一个严重病象，正是抬高描写的价值，否定叙述的作用。这一偏颇导致了现代小说的形式主义及晦涩、难懂等严重问题。因此，卢伯克的‘标杆’可以拔掉，即使他提供的是一根‘不动的标杆’。”

王红旗的《对知识女性精神再生的探寻——徐坤访谈》发表于同期《小说评论》。徐坤谈道：“我的小说原初所要表达的，却是所谓女性解放当中面临的一系列困境和麻烦。像我上面说过的，正是她们所掌握的‘知识’给她们带来了新的烦恼。像《厨房》里的枝子等等女性，她们很眷恋家庭，但是却在从厨房‘解放’出来以后便回不去了。这个原因并不都在她们自身，同时也是一个社会问题。”

於可训在《小说家档案·贾平凹专辑》栏目中的《主持人的话》发表于同期《小说评论》。於可训认为：“正如他（贾平凹——编者注）的创作既有一种主导的积极入世的儒家精神，同时也兼有超然物外、澄心净虑的道、禅境界一样。在艺术上更兼容了民族文学历史中的正统诗文、民间说唱、笔记话本和各种现代叙事文体，以及外国文学中的象征、隐喻、寓言、魔幻和荒诞、变形种种手法。像这样的兼收并蓄、兼容并包，无论就其内在的文化精神还是就其外在的艺术表现而言，对贾平凹来说，都不是对其中的某一个单项的生硬模仿，而是综合融汇了各种因素的创造性转化。又因为这种创造性转化，不是纯逻辑和纯技术的杂糅，而是立足于现实，是以对于现实生活的体验、感受为基础的，尤其是着眼于民族的历史文化应对现代化潮流的挑战与冲击而引发的忧虑与思考，其结果自然是现代中国人的生存经验和集体意识的一种艺术的体现，而不是古代或外国的某种文化或文学的变体。”

22 日　应锦襄的《阎欣宁的短篇技巧》发表于《文艺报》。应锦襄谈道：“阎欣宁技法上有所拓新，并不保守（其实保守风格也很好，《白鹿原》不就是现实主义的杰作吗）。而他那充满形象的漂亮幽默的语言，意味深长的意象，新颖而又机智的比喻，以及那于掩卷之后还留存着的叙述者的议论与感情，更使他的作品十分可读。”

25 日　贺绍俊的《铁凝：快乐地游走在“集体写作”之外》发表于《当代作家评论》第 6 期。贺绍俊认为：“《玫瑰门》应该说是铁凝创作生涯的一次集大成，她的三大写作资源在这部作品中得到汇合、交融，这是她的思想进入成熟的标志。这种成熟的标志或者可以界定为她为自己构筑了一个属于自己的精神世界……她的确处在‘集体写作’之外，难以归入某派某系。”

刘一秀、方维保的《男性的哲学：欲望故事与诚挚悲悯——评叶兆言的长篇小说〈我们的心多么顽固〉》发表于同期《当代作家评论》。刘一秀、方维保谈道：“叶兆言的叙述的巧妙之处在于，虽然放纵与克制关系的哲学在本文的后半部出现的时候显得突兀，但还是很容易与前文勾连起来。……叶兆言这部小说就具有这样的形而上学的精神，它使其意义超越了世俗的羁绊，立于人生的高端来审视生命。……《我们的心多么顽固》所呈现的正是绚烂的形而上学之美。但同样须要指出的是，这样的形而上学之美当然也是男性的。因此，它是一个男性在历经沧桑之后的超越性感悟。”

铁凝的《“关系”一词在小说中——在苏州大学“小说家讲坛”上的讲演》发表于同期《当代作家评论》。铁凝在演讲中谈道：“我想分四个方面谈一谈小说中的‘关系’。1. 对关系的独特发现是小说获得独特价值的有效途径。……2. 对‘关系’突变的独特表现是小说获得人性魅力和人性深度的方法之一。……3.“关系可以创造，但不可以捏造。……4.‘建设性的模糊’对表现‘关系’的意义。……建设性的模糊不是消极的含糊，它能够体现出作家笔触的深度。建设性的模糊也往往是通过被常人忽略的朴素形式来表现的。你可以写一万个人的战争，也可以写一个人的历史，这并不是最重要的。重要的在于你从中传达出的信息量和信息密度。这里就包含了建设性的模糊。因为在小说中，最接近真实的关系可能是最模糊的。反过来也可以说，最模糊的关系可能最接近真实。”

铁凝、王尧的《文学应当有捍卫人类精神健康和内心真正高贵的能力》发表于同期《当代作家评论》。铁凝提到：“我觉得文学还应该有个巨大的功能就是有暖意，应该给人类带来一些温暖。”“是不是一个作家写了一个温暖的故事就能带来暖意，是不是一个作家写了一些惨烈的东西就阴暗了呢？我想不是这样。人读小说是为了什么呢？我觉得如果没有更深刻的哲学意义的话，他总归不是要读了一部小说以后使自己沉沦。生活是不如意的多，但是人还是有许多需要和希望，在你的小说里，你要表达的是什么东西？你的故事可能是失望的，你可能写的是一个失望的悲伤的故事，有忧愁，但文学的功能最终在哪里？我想还是有一种对世界和人类的巨大的理解。”“我的资源在本土，在这儿啊！资源是泥土里的东西，影响是空气里的东西，但是对于一个作家来说，都需要，我的这种比喻都是形象化的，也许是不很确切的。”

谢有顺的《铁凝小说的叙事伦理》发表于同期《当代作家评论》。谢有顺谈道：“我特别注意到，铁凝的小说都蕴含着强烈的此在关怀，而此在，正是叙事伦理最终的旨归之地。”“在铁凝所出示的叙事伦理中，除了对生命的信心，还有一点也是非常突出的，那就是她对人性善的品质的守护。”

29 日　刘起林的《审美境界与叙述形态》发表于《文艺报》。刘起林谈道：“审美境界和叙述形态的问题，尚是一个亟待文学界获得充分艺术自觉的问题。我们仍然未能摆脱新时期以来不停地追踪西方现代、后现代文学思潮的思维惯性，在寻找‘创新点’和艺术手法精致的层面消耗着才力与精力，却没有真正充分地认识到，寻求独创的审美境界和叙述形态，才应当是当前有作为的、期待在现有文学基础上‘更上一层楼’的创作所必须跨越的一个关口。”

本月

林苑中的《作为意志和表象的小说》发表于《山花》第 11 期。林苑中谈道：“然而就小说的根本任务而言，它应该不是我们通常振振有词的所谓怎么讲，怎么写。而是对人性深度的揭示。这才是基本的核心。只有当作家笔下的人物人性得到了重视和展示，人物才摆脱一切枷锁，走向人。也就是说从个性走向了共性。一时有了共性，那就不再是个人的经验，那将是超越时空，民族，国界，成为人类的经验。小说‘怎么写’应该围绕此展开。……一个对开头敏感的小说家，对开头的探索就像一次次相亲，相亲的成功取决于第一印象。也就是那种感觉。那种感觉有了，小说就会进行下去，感觉没有，你就会扭过头去，进行第二次相亲，一直到满意为止。两人一旦结合，小说就此便有了美好的开端。生活在继续，两个人，然后三个人，然后形成更多的枝蔓，家族的存在于是有了结构。有的结构是可以预设的，有的则无法预设，就像笔下有的人物你可以控制，有的你控制不了一样。一个家庭里一个人的死亡，使得家庭关系的构造溃崩，而一个人的结婚，却使得家庭关系的构造进行了更新，而这些都无法预设，处于掌握之外。结构的运用大都来自你个人的写作经验，甚至是勃勃的野心。”

姚晓雷的《落日时代与古典守望——蒋韵小说的一种主题解读》发表于《上海文学》第 11 期。姚晓雷谈道：“落日的时代是如此地悲凉，但蒋韵所要做的，还不仅仅在于单纯地抒发这种悲凉；她还要建构出一个存放精神的审美乌托邦，并在对之的留恋与徜徉中，完成对时代沉沦的一种抗争。这种在小说里作为精神家园的审美乌托邦，被蒋韵自己名之为‘古典’。……具体说来，蒋韵在小说中所守望的‘古典’所主要包括的第一方面内容，是生长在和都市社会不同的‘异乡’里的自然人性。……第二方面内容是传统生活方式里所看重的‘骨气’。……第三方面是人性本真的纯洁善良。”

十二月

9 日　肖百容的《近年来的农村题材小说：“隔”与回避》发表于《文艺报》。肖百容谈道：“很多农村题材小说的叙述者，他们关心的是表现乡里奇异的风俗、奇异的人物、奇异的故事。这里姑且称这些小说为传奇性小说。……与情节传奇性小说相联系的，则是一类历史回顾性小说。……当然也有部分直接写当代农村现实的，如梁晓声的《民选》、方方的《奔跑的火光》、王建平的《回家》、夏天敏的《好大一对羊》等作品，它们都是直接针对农村某个问题的小说，很有 30 年代问题小说的味道。不过，这些小说关心的是社会问题，其重心不在人物性格的刻画上，所以很难给读者留下深刻的印象。”

13 日　周保欣的《现实性不足的当下文学》发表于《文艺报》。周保欣谈道：“如果我们不过分狭隘地理解‘苦难’这个词语本身，那么至少可以说，当代中国最富有审美思辨性、最有影响力的作品，无疑就是那些在历史和灵魂世界敏感地捕捉当代人类心灵困苦的作品，比如《白鹿原》《长恨歌》《尘埃落定》《心灵史》《务虚笔记》《活着》《日光流年》《凤凰琴》《怀念狼》《丑行或浪漫》《檀香刑》《中国一九五七》《周渔的喊叫》《青衣》《出去》等等。即便是那些屡为批评界和读者诟病，展示青年亚文化的病态美感和颓废美学的后现代文化叙事，在他（她）们怪异的生活方式和与众不同的艺术经验后面，裸露的也是他（她）们特异的苦难感受和尖锐的生存事实。这表明文学是无法拒绝苦难的，只有深度切入人的情感和心灵的文字，才能给人们带来美学震撼。”

16日　张雨生的《学小说家的取材》发表于《文艺报》。张雨生谈道：“小说与杂文表达方式不一样。一个是描述社会生活，一个是剖析社会生活。描述也好，剖析也罢，它们所针对的社会生活是一样的。小说家捕捉社会生活，是靠自己深入到根宝、柱子、李屠户之中去，观察他们，熟悉他们，透过他们的所作所为，揭出他们的灵魂。取材之路还是那句老话：深入生活，反映生活。”

23日　曾镇南的《封建社会改革政治家的典型形象》发表于《文艺报》。曾镇南谈道：“这是我们历史小说人物画廊里出现的具有较高的艺术真实性，在概括性与个性化方面取得比较匀称的成就的艺术典型。它的基本的创作方法是，循着在充分展开的典型环境中刻画典型性格的现实主义艺术思路，既充分写出了是怎样的社会条件、历史形势，呼唤并造就出张居正这样一个人物，又充分写出他是在和什么样的同时代人的相呼应、相斥拒之中，以什么样的特定方式，上演了由他既当导演又当主演的改革戏剧；既充分写出了张居正改革事业的历史独特性在这一艺术生命中的投影，又充分写出了张居正‘这一个’独特的性格打在他的改革事业上的鲜明烙印；既充分写出张居正生命中的光彩，也充分写出他性格中的阴翳，并把这两者都展示为一个发展的过程。”

25日　雷达、杨扬的《对长篇小说创作的若干思考》发表于《文学报》。雷达谈道：“从作品实际出发，我觉得有些特点是值得关注的。一是文化反思类。现在很多人都在谈文化，但我说的文化是指近些年长篇小说创作中所反映出来的作家对于人物和事件的文化化处理，不少有份量的作品都侧重于从文化上来把握和揭示历史和现实生活中的演化。……二是历史反思类。这主要指历史题材的创作。历史题材的作品现在很多，但在介入历史的方式上彼此之间很不一样，基本是三种，即重塑历史、解构历史和消费历史。……三是书写民族乡土的寓言性作品，如莫言的《檀香刑》、阎连科的《日光流年》等等，这是一批艺术性强，有丰富想像力的作品，对这些作品很难归类，我想后面可以专门谈一下。四是先锋创作，尽管原来意义上的先锋派创作在今天已近尾声，但仍然还有一些作家作品表现得前卫，如麦家的《解密》、艾伟的《越野赛跑》、张远山的《通天塔》等等。这些作家不太满足写实的东西，他们喜欢在句式、表现手法上做一些试验，使文本有所变化，赋予作品以整体的象征和符号意义。五是都市话语在当代创作中逐渐被突现出来，形成了一些写都市生活很有特色的作家。如刘恒、王朔之于北京，方方、池莉之于武汉，张欣、张梅之于广州，叶兆言之于南京，冯骥才之于天津，贾平凹之于西安，王安忆、陈丹燕、唐颖之于上海。……六是女性话语占据了比较重要地位。以往女作家创作也不少，但不像 1990 年代以来长篇小说创作中这样强调性别意识和性别经验，像张洁、林白、陈染、徐坤、孙惠芬等女作家的创作，具有强烈的女性意识，她们看问题和对人物内心活动的把握，往往从原来那种无性的社会普遍状态中挣脱出来，进入一种女性视角来看待周围事件、人物和变动。”

吴秉杰的《长篇小说的形式与形式意味——从〈花腔〉说起》发表于同期《文学报》。吴秉杰谈道：“我个人认为《花腔》并不是一部单纯追求形式的创作。文学以语言为符号形式，为传达介质，其形式的独立性意义、形式感要求都较之其它更直观的艺术门类（如音乐、绘画）要弱。文学与我们的心灵、精神、意识由同一媒体——语言包裹了起来，这可能恰恰是文学可引以为骄傲的地方。……我觉得《花腔》有着丰富的历史内容、政治内容乃至人性的内容。它写了一个知识分子的命运，配之以对于这一人物命运过程的一次又一次的重述。正是这些内容与不断补充的重述，才真正地打动了人心。说到重述，需要提出，《花腔》也并不是有意撒播历史的迷雾，宣扬不可知论以及当代人永远也不可能客观地反映历史等等。”

本月

陈思和的《在柔美与酷烈之外——刘庆邦短篇小说艺术谈》发表于《上海文学》第 12 期。陈思和谈道：“庆邦说自己的小说风格有两路：柔美小说与酷烈小说。……我读其书想其人，柔美与酷烈都是人性的极致，应该是有机地统一在他的风格里，也是统一在他的人格里，那统一的载体便是民间。”

2004年

一月

1日　傅汝新的《2004，与作家面对面》发表于《文艺报》。傅汝新谈道："冯骥才说，我一直记得秘鲁作家略萨的一句话，'作家最重要的是视野'。我这十年来所做的一切并没有离开作家的视野，我注意到了在全球化语境中本土文化，或者民族本体的尴尬；因此，我关注于国民的精神问题。当然不是社会学角度，而是文化的角度，人类学角度。"

2日　韩少功的《个性》发表于《小说选刊》第1期。韩少功认为："小说出现了两个较为普遍的现象。第一，没有信息，或者说信息重复。这就是'叙事的空转'。第二，信息低劣，信息毒化，可以说是'叙事的失禁'。"

3日　《人民文学》第1期刊登署名为编者的《留言》一文。编者指出："在本期，我们推出三个中篇——孙惠芬在《岸边的蜻蜓》中探讨了一个重要主题：传统的乡村家族结构在现代社会的命运，它似乎通过私人财富重新获得了凝聚力，但是，它内在的精神贫乏和伦理缺失也暴露无遗。在须一瓜的《04:22，谁打出了电话》中，'恐怖片'般的类型化情节逐渐转化为对人的复杂境遇和动机、对人和人的复杂关系的有力追问。而曹征路的《大学诗》则敏捷地展现了校园之内新的、令人忧思的景观。""关注现实、关注人的当下生存，在二〇〇四年，这依然是我们编发小说及其他作品的主要方向。"

同日，程光炜的《当代中国第一部关注死刑的小说〈死刑报告〉——跨世纪的文学想象》发表于《文艺报》。程光炜认为："读完潘军的长篇新作《死刑报告》，第一个印象就是它叙述的爽快。但我想说的是，小说对死刑问题的跨世纪文学想象，也许更应该引起人们的兴味。……小说着重探讨的，则是死刑与伦理、人性和感情之间错综复杂的现实联系。”

付艳霞的《莫言：〈木匠和狗〉——猜谜面的快乐》发表于同期《文艺报》。付艳霞谈道：“莫言的故事总是奇谲的，这不仅仅是因为他的叙事格调，还因为他故事套故事叙事结构。《木匠和狗》（《收获》，2003 年第 5 期）是一个写得貌似老实的短篇。木匠房里钻圈的爷爷和钻圈的爹在做工，闲汉管大爷站在那里闲聊。小说接着进行了时间的大幅度跳跃：钻圈老了，他从一个当年听故事的小毛孩儿变成了如今讲故事的老头子，他给孩子们讲的仍然是木匠与狗的故事。然而小说并没有交代钻圈是怎么讲这个故事的。是一个听钻圈讲过故事的嗵鼻涕小孩儿在三十年后写下了《木匠与狗》的故事。……在人—狗—人的生存竞争中，莫言又一次体现了自己‘齐物’的观念，然而他注目的较量始终是人—人的，这种较量总是不露痕迹、让人猝不及防。”

5 日　谢有顺的《消费社会的叙事处境》发表于《花城》第 1 期。谢有顺认为：“其实在中国，我们是处在‘元叙事’和‘小叙事’共存的局面里。……文学的希望理应寄托于有更多‘小叙事’、更多差异价值的兴起。……文学作为一门叙事的艺术，正在经受各种世俗化和商业化的考验，短时间内，叙事要想挣脱被消费和市场改写的局面并重获独立的意义，估计会面临很大的困难；但随着文学格局的变化，必定会有一些有着更永恒的写作渴望的作家，会主动留在叙事话语的创造空间里，寻找新的话语方式来说出这个世界的真相。”

10 日　杨四平的《过于聪明的悲剧》发表于《文艺报》。杨四平指出：“作家在《雪梦》里是通过两个叙述者独白的交织来推动情节的发展，抒发内心的感受的；其中主要叙述者是竹喜。作家在他身上着墨最多。他被作家塑造为一个‘圆形人物’。”

同日，梁晴的《潜规则的嚣张》（《终点站罗马》创作谈——编者注）发表于《中篇小说选刊》第 1 期。梁晴认为：“二元对立的思维模式不应该再制约我们对西方以交换价值为主导的社会的理解。……索取‘非礼之礼’‘非义之义’的行为，在社会学上有一个定义，叫作‘潜规则’。……作为计划经济体制上的附着物，中国文化人多少也是潜规则的既得利益者。”

刘心武的《在柳树臂弯里》（《站冰》创作谈——编者注）发表于同期《中

篇小说选刊》。刘心武提到："我想，尽管在多元的文学格局里，自己已经甘居边缘，但写作既是天赋我的权力，那就还要随心所欲地写下去。……以中篇小说为社会中的'未成功者'画像测心，引出对天道人性的长足思索，是我在2004年仍要持续下去的写作旨趣。"

王大进的《平淡中的残酷》（《远方的现实》创作谈——编者注）发表于同期《中篇小说选刊》。王大进提到："文学的审美虽然重要，但是恐怕还是要追问一点文学的现实意义的。……现实主义不完全是小说修辞，它首先是凝视和关注。"

11日　晓梅的《冷静而沉痛的笔触——读邓贤〈中国知青终结〉》发表于《中华文学选刊》第1期。晓梅指出："这部作品以纪实手法向我们讲述了一个特定年代一些青年特殊的人生经历和命运悲剧。……《终结》这部作品却更多地在追索和描写一群人的命运，这个群体在某种程度上是一个时代最具典型性最富有特殊性的群体，所以这种对他们人生经历和命运轨迹的追索就显得格外有意义。"

13日　陈晓明的《闪亮的历史现形记——评王蒙新作〈青狐〉》发表于《文艺报》。陈晓明认为："王蒙的叙述一如他过去的风格，带着相当强的主观性，这使王蒙的小说叙事在时空和语言修辞方面都具有强大的自由。""在王蒙的叙事中，这些人物的生活——精神的、身体的，无不为政治所渗透。特别要强调的是，王蒙这次也如此热烈地写到女性的身体（欲望）——正如小说的封底所暗示的那样。但他显然不能单纯地描写欲望，他还是深入到欲望异化的历史场景，那些欲望被他的主观化的视点嘲弄和歪曲了，正如被政治所为一样。……王蒙的通感式的叙述在这部作品中已经登峰造极，他的通感是一种'超验式'的通感，既不按照感觉、也不按照事物的性质，也不按照理性的逻辑，而是超验式的超级智慧。他完全按照叙述所建构的审美情境，在这样的情境中，他可以自由地把那些事物组合在一起，从而使不同的时空的事物，甚至不同的历史年代也结合在一起。这使他在一个叙事情境中经常就包含着相当丰富的时空的要素，同样，在他的整体文本建制中，就更自由地把不同时空的历史结合在一起。他的主观性视点直指人物的内心，直接叩问事物的本质及真相，使人物变形，使历史现形。”

15 日　陈振华的《古典心情与现代意向——赵焰小说论》发表于《当代文坛》第 1 期。陈振华谈道：“我们发现赵焰并没有满足于对生活细枝末节的描摹。在我看来展示和挖掘平凡人生的诗意，并与之进行深层次的对话才是赵焰叙述清朗的人生图景的内在动机。以一种平民视角，真正体悟生命中令人感动的成分。……关注人的成长之痛是赵焰小说的另一个支点。在赵焰的笔下，少年情怀具有别样的人生况味和文化心理内涵。”

李生滨的《〈玉米〉的人称及其叙述态度与叙事情感》发表于同期《当代文坛》。李生滨指出：“《玉米》的‘故事’，毕飞宇用他的叙述‘话语’讲述，耐读且能打动阅读的人，在于他的‘话语’的叙述风格，除了日常化叙事语言外，主要建立在他文本第三人称的表层与潜在视角设置的艺术技巧上。这也正是我阅读小说后略有感受的地方，也可能是毕飞宇的《玉米》多少有别于以往新生代小说叙事和作家自己以往作品的特色所在。”“《玉米》这三部曲小说的语气在貌似客观的日常化叙述中，作者的笔触却带着温情伸入到人物内心了，这是潜在人称‘置换’的叙事特色。又从人物的内心体验写出生命的成长和自我意识的变化，这种亲切是作品的叙事人称在暗中置换的第一人称之外，又潜在地出现了指向第二人称的第三只眼光的暗示所造成的叙事效果。毕飞宇用这种变通的叙述方法达到了他预想的叙事效果，作品在悲剧揭示的特别意义上也尝试了日常化叙事的新的拓展，文本的艺术性和作品意蕴得以提升，达到了新生代作家叙事情感的超越与深化。”

郑建华的《审丑意识在池莉小说中的凸现》发表于同期《当代文坛》。郑建华指出：“池莉的新写实小说即以她极具东方色彩的人文关怀、独特的平民化视角以及对生活的深切感受，透视人性的弱点，拆穿虚幻的爱情，还原庸常、琐屑的生活本相，观照当代中国人的‘毛茸茸’的生活，凸现了池莉小说独具的审丑意识。……如果说审美是在张扬人类感性的正面性质，那么审丑则是挖掘人类感性和情感的负面内容。从池莉的创作中我们通过她对世俗爱情的展示，看到了物质对精神奴役的巨大力量，理想的爱情被世俗的现实所解构……池莉的创作，叙写的是普通的人、普通的事，不美化也不删减，不描画生活的理想而突出生活的本身，不追求表面美感而注重生活的真实，让真实发挥最大的艺术震撼力。真实是池莉的创作追求，池莉在她的创作中不仅表现美，而且努力将生活中的丑表现出来。”

同日，唐浩明的《我看历史小说》发表于《理论与创作》第 1 期。唐浩明认为：“一、历史小说不同于历史传记。……二、历史小说不同于古装戏。……三、历史小说重在人物、情节和氛围。与其他历史读物相比，历史小说以文学魅力取胜，而其文学魅力主要表现在人物形象、故事情节和特定的人文氛围三个方面。”

周百义的《言而无文，行之不远——从接受角度看历史小说》发表于同期《理论与创作》。周百义谈道：“言而无文，行之不远。古人在二千多年前即告诉我们，没有鲜活生动具有文采的文章，是不能传之久远的。如果用此来印证中国的小说发展，也可以说，没有遵循小说创作规律的小说作品，是没有读者的。……对于作家，我们创作历史小说时，放在第一位的，应当考虑读者的接受期待，只有小说而不是历史，才会具有充满艺术感染力的品格，才能够满足广大读者的需要。”

同日，白烨的《个人化的眼光与个性化的表现——2003 年长篇小说一瞥》发表于《南方文坛》第 1 期。白烨认为：“从 2003 年的情形看，长篇小说中有一定的可读性的作品为数增多，有一定的可评性的也为数不少。从阅读所及来看，一个突出的感受是，作家们已普遍地努力走出过去那种集体性的和趋同化的写作，正以个人化的眼光和个性化的表现，给长篇小说创作打上了越来越多的作家个人的印记。……2003 年的长篇小说，有着不少让人耳目一新的意象营造，并因其意象的独特，使作品熠熠生辉。……2003 年的长篇小说中，着实有一些以不露痕迹的技巧把日常的生活故事讲得引人入胜的作品，个中显现了作家在叙事艺术方面的用心、用意与用力。”

贺绍俊的《体会明亮和温暖的精神内涵——关于 2003 年小说的一种解读》发表于同期《南方文坛》。贺绍俊认为：“由于理想的失落，最初的写实性是一种沉浸在黑暗中的狂欢，因而这一阶段的写实性尽管也靠近普通平民，但作家们所感兴趣的是平民身上的猥琐、卑微、屈辱、阴暗的一面。同时也不可否认，写实性作品的批判精神也主要来源于此。2003 年的细微变化就在于：重新崇尚理想就像一缕阳光照射在平民意识上，于是在一些表现平民生活的小说中，传达出一种明亮的、温暖的精神内涵。……如果说，英雄精神是一种明亮的精神内涵，那么人文关怀就可以说是一种温暖的精神内涵。而这种温暖的精神内涵在 2003 年的小说中也许显得更加突出。这种温暖的人文关怀首先就是一种理解。”

洪治纲的《智性的叙事与内敛的表达——2003 年短篇小说巡礼》发表于同期《南方文坛》。洪治纲认为，“只是短篇的写作对作家思想的表达有着更为苛刻的要求，即它无法为作家全面展露自我思考提供一种相对从容的叙事空间，而是要求作家必须做到节制、隐忍、含蓄，使话语于高度内敛之中形成某种强劲的张力，并借助多种修辞学手段，在智性化的叙事处理中传达出作家丰沛的审美思想。唯因如此，如果从这一角度来审视 2003 年的短篇小说创作，我以为，总体上并不值得过分乐观依然是一个显在的事实。这倒不是因为短篇小说在创作数量上偏少，或是大多数作家没有意识到智性写作的必要性，而是一些作家在叙事的智性处理上还显得颇为孱弱。这种孱弱，说穿了，就是创作主体艺术原创能力的孱弱，是作家对叙事技巧与审美思考之间进行巧妙嫁接的孱弱。……也有些短篇试图通过叙事方式的改变，来增加文本内在的多方位隐喻意义。这一点，在 2003 年的短篇写作中表现得较为可喜。但是，由于创作主体自身的思考力度并没有真正地抵达生存的幽暗之域，或者说，作家对现实存在的探究尚欠深邃，思考和体验还欠精深，从而导致了很多叙事智性与思想渗透之间的脱节，使文本形式缺乏坚实丰厚的思想容量”。

莫言、杨扬的《小说是越来越难写了》（对话笔记——编者注）发表于同期《南方文坛》。莫言认为：“小说一要有故事，二是要有语言。一个作家写作久了，总会想到要寻找属于自己的语言。我在创作《檀香刑》时，追求的是那种一泻千里的语言状态，这其中与语言的惯性有关系。某种语言在脑子里盘旋久了，就有一种蓄势待发的力量，一旦写起来就会有一种冲击力，我是说写作时，常常感到自己都控制不住，不是我刻意要寻找某种语言，而是某种叙述腔调一经确定并有东西要讲时，小说的语言就会自己蹦跳出来，自言自语，自我狂欢，根本用不着多思考该怎么说，怎么写，到了人物该出场时，就会有人物出场，到了该叙事时，就会叙事。……我不太同意你（杨扬——编者注）的说法，方言写作在今天不太现实。一个最基本的问题是如果用方言的话，读者阅读就会面临很大的障碍。就像我是山东人，如果全部用山东话写作的话，很多读者就根本没法读我的作品。其实像西周生的《醒世姻缘传》和韩邦庆的《海上花列传》也存在这个问题。为什么后来张爱玲要用国语重新改写《海上花列传》，大概与原作的苏州话流传不广有关。所以，对今天的小说家而言，普通话写作应该是主要的，作品的主体结构一定是大家熟悉的语言。至于个别细节和表述语言，为了增强小说的表现效果，可以适当地加入一些有表现力的方言，如我们家乡形容甜叫'甘甜'，形容刀的锋利叫'锋快'，形容一个人美叫'奇俊'，这些方言起到的效果，是普通话所没有的，写作时可以吸收。不过，方言运用也必须以读者能够懂为前提。方言太多了，不会给作品增色，本土化不能变成地方主义。普通话对文学创作是不是一种约束和限制？这个我还不是想得很清楚，就我自己的写作来说，我曾经说过，作家不是按照普通话的格式在写作，而是用普通话去发现和感受某种语言。一个作家用什么语言来写作，有时是先天注定，无法更改的。大家都在用同一种语言，为什么有的作家作品有自己的语言特征，而有的人却没有呢？这是因为有的作家通过某种发现，唤起了语言中沉睡的不被人注意的东西，而这种语感是属于作家个人的，只有他能够这样感受，只有他能够传神地将这种语感的灼热的温度传达出来。一个作家只有寻找到这种语感和语言的表达方式，才算是开始有了自己的文学语言。我自己感到从《檀香刑》开始，有了一点自己的语感，这是一种较为生活化的语言，贴近北方的说话习惯，语句不是太长，有时甚至是押韵的，读起来可以朗朗上口，速度偏快，在语言效果上大概可以有一些冲击力。当然，以前写《爆炸》《欢乐》时，也有这种语感方面的奇特感受。我的创作中也糅进了方言，这主要限于两方面，一是人物对话，二是语感上。为了增强人物身份特征，如《檀香刑》中唱戏的和县老太爷就用了他们各自的家乡方言和说话腔调，以增强表现效果。语感上主要是寻找一种有表现力的语言节奏和语言形式。"

同日，王尧的《李锐论》发表于《文学评论》第 1 期。王尧认为："20 世纪 80 年代以来，作家在文本内外的差异，与其有无‘本土中国’或者有什么样的‘本土中国’密切相关。李锐在吕梁山的经历不仅孕育了他的小说，而且形成他所理解的‘本土中国’。在对中国人生命处境的体察与追问中，李锐叙述了‘历史’之外的人生，并始终怀有深刻的语言焦虑。从《厚土》到晚近的《银城故事》，李锐的写作不断改变着文学想象中国的方式，努力尝试‘建立现代汉语主体性’的可能与方式，呈现了汉语写作的前景和危机。……李锐对当代汉语写作中的思想问题一直持有自己的思考，而且始终怀着积极的姿态敏锐、直率地回应现实中的思想文化问题。在 90 年代以来的文学与思想文化语境中，李锐作为一个思想者的角色日渐鲜明。他对当代汉语写作的思考，从来不是单一的关注一个个纯粹的语言问题，缠绕他的始终是让他难以释怀的‘中国问题’。这是他不停地追问汉语写作的厚土。”

同日，黄发有的《挂小说的羊头　卖剧本的狗肉——影视时代的小说危机（上）》发表于《文艺争鸣》第 1 期。黄发有认为：“影视趣味对于小说创作的影响，在这个文学市场化的年代里，正日益显现其威力。在某种意义上，影视剧本写作的规范正在摧毁传统的、经典的小说观念。”“为了借助影视传媒强大的社会影响力和越来越高的人口覆盖率，更是为了获得巨大的经济报偿和提高自己的社会声誉，小说家们开始越来越主动地为影视度身定制，写作以改编影视剧本为主旨的‘小说’。现在许多作家在创作时采取‘一鱼二吃’的策略，在写小说的时候就考虑到以后改编的因素，或者干脆先写剧本，等影视播映时再改编成小说，推出所谓的‘影视同期书’。”“在创作主体方面，影视与文学出现了相应的分层现象。文化代群的划分与自我认同导致了一种‘代群重复’现象，同一代群的创作主体的作品惊人地相似，不同代群的作品形成了严重的隔膜，作品中体现出来的过于鲜明的文化代码阻碍了代际之间的自由交流，这种精神代沟奇怪地继承着中国古老的、等级化的人伦关系，也与 90 年代开始流行的自恋文化密切相关，在我个人看来不无人为的痕迹。”“在题材与主题方面，影视与文学也常常是声应气求，这最为典型地表现在‘历史’上。一方面是历史学无人问津的凄凉，大众对于日本的侵略史和‘文革’已经感到一种普遍的隔膜，另一方面是历史成为影视和文学的‘宠儿’。更为重要的是，影视和文学的热情不在于忧患地揭示历史的真相，也不是为了诠释克罗齐‘一切历史都是当代史’的深刻蕴涵，而是以所谓的‘新历史主义’把历史改造成文化商品。”

20 日　李建军的《丛林四周的封锁线》发表于《小说评论》第 1 期。李建军认为：“一个小说家不能仅仅满足于描写和戏剧化的展示，倘若要写出真正伟大的小说，他还必须关注更多的东西，必须通过讲述介入到小说中去，向读者提供除了生动、真实的修辞效果之外更多的东西，例如，一种道德姿态，一种情感态度，一种政治立场，一种宗教气质，一种人生启示，从而对读者的精神生活和内心世界、产生深刻而巨大的影响，全面实现小说的修辞目的。”

李运抟的《平民小说：弱势群体与弱者活法》发表于同期《小说评论》。李运抟谈道：“平民小说对弱势群体的描述所以值得关注，不仅因为显示了我们社会的权力状况、阶层变化和利益分配，而且揭示了社会价值观念的变化和人性的深层世界。一、弱势群体及其变化。……二、弱者的活法。……‘弱者活法’具体表现比较复杂，但有三种活法较为普遍且最能显示人性底色。一是生存忍耐。……二是利益交换。……三是反抗。”“新时期平民小说对弱势群体和弱者活法的描述，应该说出现了不少成功作品，取得了令人瞩目的成绩，给新时期文学增添了很多光彩。但有两个问题值得注意：一是概念图解。即为了证明某种流行概念，作品描述往往主题先行。……二是赞赏甚至美化某些并不值得肯定的弱者活法及其人性表现。”

马妍的《虚构艺术世界　观照生存本相——艾伟小说中的历史批判意识》发表于同期《小说评论》。马妍谈道：“再现‘文化大革命’时期的沉重与悲剧性的历史生活是艾伟小说的一个特色。多元化的人性通过孩子的眼光折射出来，愈显得真实。……大跃进时期的非科学的盲动及其历史生活是艾伟小说的另一关注点。”“艾伟的小说通过再现社会历史对人生现实进行隐喻和确证，从而引起我们的反思。与同时代先锋小说的反崇高与躲避宏大叙事相比，艾伟的小说更具历史的沉重感。不同时期的人性的呈现是艾伟小说力图表现的题材之一，社会环境促使人性的各个方面日益显露。……通读艾伟的主要作品，他擅于站在历史的高度构造小说的叙事世界，我们常能在他的小说中捕捉到时代的影子。”

铁凝的《文学·梦想·社会责任——铁凝自述》发表于同期《小说评论》。铁凝认为："小说家更应该耐心而不是浮躁地、真切而不是花哨地关注人类的生存、情感、心灵，读者才愿意接受你的进攻。你生活在当代，而你应该有将过去与未来连接起来的心胸。""文学是负载着责任的。……文学可能并不承担审判人类的义务，也不具备指点江山的威力，它却始终承载着理解世界和人类的责任，对人类精神的深层关怀。"

晓林的《时间的魔镜——海男访谈》发表于同期《小说评论》。海男谈道："我从出生以后无时无刻不在体验着我的周围，我的旁边，我的左右的世界敞开着，在这之前我经历了一系列的写作训练——写作必须经历漫长的训练。我写作——它意味着把我记忆深处的体验准确地用语言表达出来。关于南方，它是一种弥漫似的图片，一个写作者最重要的能力就是把这些深奥的图片表达清楚。"

於可训在《小说家档案·铁凝专辑》栏目中的《主持人的话》发表于同期《小说评论》。於可训指出："铁凝的《哦，香雪》的诗化叙事，就多了一层社会性的因素，而少了一点抽象的人性色彩。""封闭的乡村环境，就不再是寄寓桃花源式的理想和构造乌托邦想像的生活场景，而是窒息人的生活理想，阻碍社会发展进程的精神壁垒。人与环境的冲突便由此发生；铁凝在这其中撷取了一朵冲突的火花，用以点燃人心中那一点隐秘的愿望，让人类某种'原始的美德'，在对现代文明的向往中，幻化出一片诗意的辉光。在重续现代化历史的20世纪80年代，铁凝的作品于是又重新唤起了人们对于现代文明的信心和希望。"

赵艳的《罪与罚——关于铁凝小说的道德伦理叙事》发表于同期《小说评论》。赵艳指出："在20世纪90年代，铁凝坚持了她开阔的视野和多样化的风格，同时展开了她对于道德伦理问题不懈的思考和言说，可以说，道德伦理叙事已成为她近期叙事的主旋律。……与我们通常定义的、法律维度上的罪不同，铁凝小说世界中的罪是一种道德归罪。……通过她笔下的人物，铁凝向我们展示了她对于人性深处的罪感意识的清醒认识和孤绝的个人如何面对的尝试性解答。……铁凝相关部分的小说成为凝重厚实的心理大写意，文章围绕着一个具有丰富饱满的生命力和生长力的起点展开，层层推进，演绎出一场心灵的冒险和净化。"

赵艳、铁凝的《对人类的体贴和爱——铁凝访谈录》发表于同期《小说评论》。铁凝认为："发掘我们内心的多种原始美德是任何作家在任何时代都不应该放弃的，哪怕在经历了人生的苦难之后，外在的形式变了，内部那个坚硬的核应该还在。""在这个问题上，我的态度是只要是作品中的人物必须经历，不经历不足以表达其精神深处的微妙层面，我就坦然地面对，不忸怩也不回避。性可以写得很污秽，但对严肃文学来说，它与人的精神生活应该是相通的，它可以而且应该写得很干净很美。"

25 日　郜元宝的《二十二今人志》发表于《当代作家评论》第 1 期。郜元宝认为："他（张炜——编者注）有两大精神资源。一是从根本上影响本世纪中国新文化的俄罗斯文学，特别是那种深沉博大的人道主义精神。由于特殊的身世、资质以及山东一地特有的灵性和历史文化积累，他从这份世界文学共同的资源中获得了许多养料。另外，长期底层生活体验，还使他接通了散播民间的儒道哲学'天地一体之仁'的血脉传承。""两种文学资源根本上是可以相通的。张炜对人，对动植物，对所有生灵以及承载一切的大地的赤子之爱，其涵容万品的人类情怀和天地境界，以及洞悉历史底蕴的那份自信，都可以看出中俄文化传统的融会。《古船》《九月寓言》的成功就在于此。"

王尧的《1985 年"小说革命"前后的时空——以"先锋"与"寻根"等文学话语的缠绕为线索》发表于同期《当代作家评论》。其中记录韩少功口述："模仿与复制依然是创造的大敌，特别是当中国处境越来越显出特殊性以后，更是思想创新和文化创新的大敌。我们对此应该有一个清醒的把握。……从我个人兴趣来说，1985 年的'寻根'只是我关注本土文化资源的开始，但这种关注并不一定直接表现于作品，更不一定直接表现为对本土素材的囤积居奇。我想，任何一个有全球眼光的人，任何一个对现实社会与现实文化有关切之心的人，都不会对自己身边的文化遗产视而不见。"李陀谈道："我就说我们要重视南美的作家，他们给我们提供一个完全新的视野，把现代主义和他们本土的文化有一个很好的结合，形成拉丁美洲既是现代小说——符合我对现代小说的想象——又不是现代派小说的再版，不是欧洲现代派小说的再版，是拉丁美洲自己的小说。据他们说，后来对莫言写《透明的红萝卜》都产生了影响。总而言之，这一段我一直在考虑中国的文化资源，如何跟中国的小说结合起来，可我的苦恼是我自己找不到合适的结合点。”

31 日　樊星的《“新生代”正在转型》发表于《文艺报》。樊星认为：“‘新生代’关心弱势群体的情感较之当年鲁迅的启蒙立场已经有所不同。这一代人似乎已远离了‘救世’的豪情。他们更多的姿态是忧伤地‘静观’。在那一幅幅像铅笔画的素描一样的人生场景前，在伤感、心情沉重的‘静观’中，可以明显感受到当代人在复杂的社会矛盾面前感到力不从心的困惑。好在这‘静观’中已经透出了感人的同情，也正是这同情心使他们‘静观’的文字迥然不同于前些年‘新写实’文学审丑溢恶的‘冷漠’风格。”

二月

2 日　叶弥的《让小说升起来》发表于《小说选刊》第 2 期。叶弥谈道：“小说的体温就是小说具有的情感。我从来就这么认为：作家到达现实世界的能力应比正常人略为弱一点，但作家对世界的体验应比正常人强烈一些。小说就应该反映比正常人强烈的那部分。我看重一篇小说所表达的那份情感，小说一有了情感，就暖了。小说有了体温，就离开了混沌之地，升起来了，一点点，不高，但脱俗。”“中国的小说一向缺少情感，或者说忽略了情感。讲究政治的年代小说讲究政治，不讲究政治的年代小说讲究流派或技术，我偏激地认为：小说的艺术就是情感的艺术。”

5 日　汤哲声的《金庸三问》发表于《文艺报》。汤哲声谈道：“通俗小说自有它不可取代的道德传统和美学优势。通俗小说主要表现的是中国传统的道德文化。除暴安良、因果报应、慈悲为怀、尊老爱幼、赤胆心肠……中国这些传统的道德文化确实有不少封建糟粕，但更多的作为优良的道德标准融化于中国人的是非判断和行为规范之中了，而且随着时代的发展传统的道德文化内涵也在不断地进行着调整和改良。”

11 日　王干、邵丽的《追问与惆怅——关于〈我的生活质量〉》发表于《中华文学选刊》第 2 期。邵丽指出：“生活中充满了爱，或者说，爱是怎么样都撕不碎的，这一直是我作品的一个明确主题。我并不以为人仅仅是为爱而活着，但我觉得没爱的生活不能算是有意义的生活，至少我不会为这种生活而写作。”

12 日　陈晓明的《乡土中国与后现代的鬼火》发表于《文艺报》。陈晓明认为：“2004 年，阎连科的《受活》的出版成为一个标志性的事件，它几乎是突然点燃了一堆篝火，照亮了乡土中国的那片晦暗之地。在过去很长时间里，关于乡土中国的书写，‘现实主义’的旗帜，使乡土中国获得了一种高昂的形象，同时也被规定了一种本质与存在情态。现在，阎连科抛出了《受活》，它把我们所认为的后现代之类的解构中心、历史祛魅、文本开放与黑色幽默的多样性元素卷进了它的小说叙事，如此纯粹的乡土，却又显示出如此强大的文本内爆力，它使乡土中国以其自在的形象反射出后现代的鬼火。”

24 日　李运抟的《长篇小说断想》发表于《人民日报》。李运抟谈道：“通常认为‘轰动效应’时代的文学选材多有中心话题，边缘化时代的题材则是所谓‘各说各话’。但长篇小说有所不同，题材多样中又有明显的关注重点，显示了长篇小说关注历史走向、时代风云和社会嬗变的传统追求。这显然与文体自身的相对稳定性有关。”

本月

洪治纲的《短篇是一种技巧的运动》发表于《上海文学》第 2 期。洪治纲认为：“短篇小说是一种最能考验作家叙事才能与话语智慧的文体。无论是在语言、结构还是意蕴的传达上，短篇都有着与中长篇小说更为苛刻的要求，都需要作家高超的艺术智性才能驾驭。一部真正优秀的短篇，常常饱含着内敛、迅捷、诗意、机智的叙事特质和艺术品性，并在有限的文本中蕴藉着无穷的审美韵味，让人们既可以充分地品味到语言自身异常丰饶的审美质感，也可以领略到作家在驾驭叙事过程中的灵动才情。”

张新颖的《小说精神的源头》发表于同期《上海文学》。张新颖认为：“什么是小说、什么是文学的观念的建立，是和不断把不是小说、不是文学的因素排斥出去的过程合而为一的。小说，总得讲究个写了些什么、写这些有什么意义吧，总得讲究叙述的语言、结构什么的吧，这样一来，很多东西就不够格了。”“我是觉得我们应该特别反省关于文学、关于小说的观念，我们的这些观念是 20 世纪建立起来的，它的基础是移植过来的西方文学和小说的观念，中国传统的小说观念遭到完全的排斥。这种排斥不仅抹掉了我们自己的传统的文学资源，而且抹掉了大多数中国人在自己的生活世界中最初所受到的自由活泼的小说教育、文学教育，这样的教育将在后来的成长过程中被纠正、被压抑、被认为根本就不是小说的和文学的教育，最终被抹掉。”

三月

6 日　李东林的《中原文化之根的营养与羁绊》发表于《文艺报》。李东林谈道：“20 世纪 80 年代中期兴起的‘寻根’文学思潮，从比较独特的文化视角，检视了中国传统文化之根对当代文化品格、当代自我人格建构，以及行为规范所起的巨大浸润作用，这些文本或借助鲜明的人物形象憧憬新文化，或是通过人物身上的劣根性解构旧传统，其广泛影响力在当代文学界一直绵延至今。中原文化作为中国古代文化的代表，在 21 世纪中华民族伟大复兴的时刻，它是一种文化营养，还是一种沉重的精神羁绊？许昌青年作家朱肽锋的长篇小说《禹王城》以原汁原味的河南地方风土人情为背景，通过对一群朴实而狡黠、倔强而软弱、自尊而自卑、道德而背德的大禹后人血泪经历的描述，给我们做出了生动形象而又深刻的回答。”

9 日　齐瑞霞的《在成长中收获和品味——读张悦然〈樱桃之远〉》发表于《文艺报》。齐瑞霞谈道：“张悦然有着与其年龄并不相称的写作才华：超凡的感觉，卓然的思维而这正随着她的成长而日益枝繁叶茂。作者对于事物的感觉是纤细的，敏锐的，带有她那个年龄段的一种深入和执着。生活中一切事物、现象，都是引发她产生感觉产生联想的触点。……对事物的感觉，对人物心理的剖析，倾注了作者大量的心血和笔墨。在这方面，她细致描绘，悉心经营，有的甚至达到了铺张的程度。”

10 日　何申的《乡镇故事多》(《乡长丁满贵》创作谈——编者注)发表于《中篇小说选刊》第 2 期。何申认为：“在这样一个起伏激烈竞争明显的过程中，一批出人意料的新故事就油然而生。我对此感兴趣，其实也不是完全为了写小说，从内心讲，下乡插队五年的经历，以及日后与之交往，使我对乡村对农民对基层干部产生了很深的情感，我想这辈子是无法割断了。”

秦岭的《话题之外的话题更像话题》（《狗坟》创作谈——编者注）发表于同期《中篇小说选刊》。何申说道：“我始终认为，密切关注现实的小说必须要具备历史和时代的双重眼光，必须注重主题的深刻性、批判性和象征意义，否则就变成直接描摹生活和简单复制矛盾的浮光掠影的精神快餐了。当然，这并不意味着我这部小说把握得如何到位，但至少体现了我创作的宗旨和追求。从这个意义上讲，这部小说是我认真分析、严肃思考现实矛盾的文学产品。”

11日 樊星的《新生代女作家：回归传统的尝试——从朱文颖和魏微的两部长篇小说说开去》发表于《文艺报》。樊星谈道：“一谈到‘新人类’‘1970年代出生的女作家’‘美女作家’这些话题，评论界常常使用的关键词是‘个人化写作’‘欲望话语’‘世俗化倾向’之类。但读了魏微的长篇小说《一个人的微湖闸》和朱文颖的长篇小说《水姻缘》以后，我注意到了‘1970年代出生的女作家’的作品开始回归传统的倾向——虽然还是‘个人化写作’，‘欲望’与‘隐私’的主题却消失了；尽管还是‘世俗化倾向’，‘诗化’的氛围却有了明显的增强。”

傅建安的《迟子建〈微风入林〉：忧伤但不绝望》发表于同期《文艺报》。傅建安认为：“迟子建的短篇《微风入林》以不落俗套的想象力、写意式的笔触、象征性的手法表现了作者的审美理想和对现代文明的思考。……认同世俗、赞美欲望正成为当今许多文学作品的表现主题。在这样的创作氛围中，迟子建并没有以媚俗的姿态迎合市场，而仍以孤独而执著的探索精神，坚持着自己由来已久的创作追求——深情地注视着故乡的人们，进行着‘忧伤但不绝望的写作’。”

同日，《名家论〈我的生活质量〉》发表于《中华文学选刊》第3期。王干认为：“现在小说创作有两个误区未能引起人们的警惕，一种是观念的简单化，小说没有表达丰富的人生内容和社会含量，只是抽象概念的图解，另一种小说在貌似形式探索的外表下，装载的是一些没有生命力和想象力的语词垃圾。出现这两种误区的原因在于这些作家忽视了小说以人为本的宗旨，把人物的丰富性和复杂性简单化处理了，因而缺少足够的艺术感染力。”陈晓明认为：“现在，人民文学出版社推出邵丽的《我的生活质量》，居然重现了现实主义的风采，能够把一个人的经历如此细致而完整地再现出来，写得如此生动曲折，纯朴而透彻，给当代人的生活选择，当代人的精神历程，提示了一幅鲜明的路线图。”

15 日 杨学民的《时间与叙事结构——严歌苓长篇小说叙事结构分析》发表于《当代文坛》第 2 期。杨学民谈道：“严歌苓的长篇小说文体多给人耳目一新的感觉，其主要原因之一在于她对时间与人和文学的关系有比较深入的思考，并以时间为结构要素，搭建出了一个个形式与意味统一的叙事结构，从而促成了她对小说文体的创新。……严歌苓在时序结构的下面还潜植了一种叙事结构、一种意义结构。叙事时序结构是动态的，沿着叙述语流直线向前发展，而叙事结构就不同了，它是静态的，空间性的，是潜藏在叙述语流之下的一组关系，是动中之静，无论表层叙事结构怎样变化，它基本是稳定的。”

同日，李陀、阎连科的《〈受活〉：超现实写作的重要尝试》发表于《南方文坛》第 2 期。阎连科说道：“我非常崇尚，甚至崇拜‘劳苦人’这三个字。这三个字越来越明晰地构成了我写作的核心，甚至可能会成为我今后写作的全部内核。但是，当你真的去表达‘劳苦人’的绝境时，你会发现一个问题，即文学发展到今天，七八十年过去了，对劳苦人绝境的表达，不仅没有深入，而且还在倒退。可以说，劳苦大众已经从文学的舞台上退场。”“写作《受活》的时候，在语言上我做了较大的调整。像对方言的运用。我希望让语言回到常态的语言之中。让语言回到常态中，对《受活》而言，它不仅是写作的手段，而且还有小说本身的含义。比如说‘回归’。”“我觉得中国当代作家缺乏一种‘血性’。换句话说，当代长篇小说中，有‘血性’的长篇不多。不是说长篇小说有‘血性’就好，没有就不好。而是说，我个人偏爱有‘血性’、有痛苦、有激情的小说。前边说过，我非常敬仰‘劳苦人’，甚至崇拜这些‘劳苦人’。‘劳苦人’三个字可能会贯穿我今后的全部创作。当你的创作和‘劳苦人’结合起来的时候，和‘劳苦人’血肉相连的时候，你的作品就不可能没有愤怒，不可能没有激情……”

张新颖的《重返 80 年代：先锋小说和文学的青春》发表于同期《南方文坛》。张新颖认为：“先锋小说在时间的概念上，大致上应该是 1985 年或再稍前一点时间到 1989 年。现在，很多人谈 90 年代的先锋小说，其实不对的。90 年代没什么先锋小说；如果说还用先锋小说的概念的话，一定跟 80 年代所指的是不一样的概念。虽然，在80年代中后期写先锋小说的这些人在90年代还在写，但是性质已经发生了非常大的变化。比如说像余华、苏童等，是90年代非常重要的作家，但是，他们的写作已经很难被称为先锋写作。先锋这个词是借用的，这是一个军事术语。先锋的命运是不知道它下一步是什么，它是要为后面的大部队来开辟道路或者来探明情况、获得信息。我们把它用在写作当中或者用在文化上，其实是说这一部分的人的写作、文学实验是和大部队、和社会的主导潮流的工作是不一样的，他们是要去探索一种不仅是没有成为这个社会的主导作用，而且可能是这个社会、这个写作的规范还没有意识到的东西，或者说是去摸索一种可能要对现在的主导潮流、写作规范、写作体制形成某种反叛力量、某种挑战的写作行为。这样一种写作行为我们叫作先锋行为。”

同日，路文彬的《作为修辞的历史感——“新历史主义”小说之后的历史叙事》发表于《文学评论》第2期。路文彬认为：“‘新历史主义’小说对于传统文学历史叙事模式的颠覆，无论其建设性和有效性都不属于一次终结的过程；紧随其后的大量小说，在历史书写形式或内容上，都对‘新历史主义’小说的历史怀疑论进行了重新反拨和超越，从而发出历史怀旧与历史认同的呼声。……对于多元性话语的无节制认同，其实正是对于责任的一种逃脱。与‘新历史主义’小说相比，‘后新历史主义’小说显然是有所承担的。当然，这种承担有时是要冒风险的。前面提及的某些‘后新历史主义’小说的封建道德意识形态问题，事实上正是为此付出的昂贵代价。这亦是‘后新历史主义’小说在传达历史认同情感时，务必慎之又慎的方面。”

同日，黄发有的《挂小说的羊头　卖剧本的狗肉——影视时代的小说危机（下）》发表于《文艺争鸣》第2期。黄发有认为：“对于影视手法的这些局限性，我们的作家似乎并没有采取扬长避短的应对措施，而是极力地迎合，使作品能够有更高的几率被改编成影视剧。作家们不断地追逐着那些具有新闻特色的奇特素材，使故事和情节变得越来越紧张离奇，使人物关系变得越来越扑朔迷离，也使气氛变得越来越让人心惊肉跳。结果是，小说作品变得越来越没有想象力，作家过度使用悬念、陡转、扑空等手法，只会使作品变得越来越虚假，剧本写作所迷信的‘动作就是人物’的理念，使人物在激烈的行动中变成机械的、被动的符号，其内在的性格无从展示，显得平面化、脸谱化。商业影视的类型化，与影视写作的这种天然局限有密切关联。”“当一个小说家在创作过程中，竭力地使自己的作品适合影视改编的要求，甚至考虑着投资方的趣味，迎合受众的观赏习惯时，所谓的文体规范就变成了限制自我的囚衣，就像穿着不合尺寸的鞋子奔跑。对于影视导演和制片人而言，他们寻找的小说脚本当然必须具有基本的影像元素，故事精彩，情节动人。对于那些在叙事过程中穿插着过多的议论和内心独白的作品，他们的职业敏感会本能地产生一种排斥心理，因为这种作品缺乏必要的视觉冲击力，不适合视听形式的审美接受，而且很难转换成画面语言。”

20 日　陈昕的《流水林白——从〈守望空心岁月〉谈林白小说的叙述姿态》发表于《小说评论》第 2 期。陈昕谈道：“林白将个人体验和女性视角、现代性相结合，形成了一种如流水般自然随意的散文化小说风格。凭个人的感性、经验、智性、想象和记忆自由书写，打破完整统一的结构框架，淡化主线情节，没有戏剧冲突，没有紧张曲折，只有琐碎的叙述，飘零的意象，放大的细节，冥冥的幻想，语言随思绪飘飞而呈现或抒情或思辩的如水一般流动的随意状态，从而形成一种特定的个人化女性叙事风格。……林白的《守望空心岁月》的叙述是一种自然的叙述，许多的穿插、闪回和叙述视角的转变使小说在平缓的叙述之流中飞溅起诗情的浪花（这当然与林白的诗人出身有关），使小说显得灵动而飘逸，变化有致。”

郭小聪的《路遥的诗意——一个读者心中的路遥》发表于同期《小说评论》。郭小聪认为：“还应该注意到路遥的景物描写，那些画面的魅力不在于它是工笔画还是写意画，而在于作者总是充满感情，仿佛置身其中，也把读者带了进去。而且与路遥的敏感点相配合的是，路遥最善于描写城乡结合部的风情、气息和美感，这也是其独特之处。”

韩鲁华的《心物交融　象生于意——贾平凹文学意象生成论》发表于同期《小说评论》。韩鲁华谈道：“他（贾平凹——编者注）的特异之处在于，由于他自 20 世纪 80 年代中期开始，致力于意象的创造，经过长期的艺术积累，于他的心理上已经形成了意象的心理模型，当他确定了作品的题意之后，这种心理的模型自然而然地便从潜在状态浮出意识的水面，与题意相融会，形成了文学意象。就心理模态来讲，我以为贾平凹主要有这么几种：一是童年记忆模态，二是文化符号模态，三是潜意识梦幻模态，四是生命意念模态。这些心理图式在文学意象的创造中，既相互区别又交相融化，经过复杂心理活动，在与外部世界的融合中，形成了具体作品的文学意象。”

李建军的《尴尬的跟班与小说的末路——刘震云及其〈手机〉批判》发表于同期《小说评论》。李建军认为：“虽然他（刘震云——编者注）这个时期的写作也显示出寻求新变的努力，但是，这些作品并不成功：过强的理念化色彩和生硬、做作的叙述方式及结构方式，都使这些作品给人一种消极的阅读感受。但刘震云似乎并没有意识到这些问题，仍然顺着已经走熟的道儿一气儿往前闯，凭着一股蛮性写出了长达200多万字的《故乡面和花朵》。到此，刘震云的小说写作，就进入了一个曲折、幽深的死胡同。随后写出的《一腔废话》不仅全然不像小说，没有故事，没有趣味，而且，还将理念化和露骨的调侃与反讽推到了病态的极致。……‘没有收获’也是我读完《手机》以后的感受。这部小说是一个被同名电影挤压得扭曲变形的文本。它虽然具有小说的形式，但是本质上依然是烙有‘冯氏’徽章的电影剧本。它不仅缺乏小说的文学品质，而且，还缺少一个深刻的主题。”

苏童的《苏童创作自述》发表于同期《小说评论》。苏童认为：“小说是灵魂的逆光，你把灵魂的一部分注入作品，从而使它有了你的血肉，也就有了艺术的高度。这牵扯到两个问题：其一，作家需要审视自己真实的灵魂状态，要首先塑造你自己；其二，真诚的力量无比巨大，真诚的意义在这里不仅是矫枉过正，还在于摒弃矫揉造作、摇尾乞怜、哗众取宠、见风使舵的创作风气。不要隔靴搔痒，不要脱了裤子放屁，也不要把真诚当狗皮膏药卖，我想真诚应该是一种生存的态度，尤其对于作家来说。”

吴延生的《清淡自然　诗意醇郁——铁凝早期小说的内在诗意》发表于同期《小说评论》。吴延生指出，“铁凝以作品中的天真纯洁的少女群像去观照自然、认识社会、感悟人生、品味生活，抒发理想，乃至憧憬爱情。……铁凝的小说充满着诗的素质，很少做事件全过程纤毫毕肖的再现，那些细腻的娓娓不断的描述，都是通过微末的细节在品味着醇美的诗情，正是这种诗人的才情决定了她小说的写法和风格”。

杨敏、赖翅萍的《仁义之德无可挽回的衰落——〈白鹿原〉中的白鹿意象及其原型分析》发表于同期《小说评论》。杨敏、赖翅萍谈道：“与对白鹿意象的描写相呼应，陈忠实在《白鹿原》中通过典型人物形象及主要故事情节的描述，与象征的表达互为表里，共同昭示了白鹿意象所蕴涵的深层意蕴——仁义之德正在走向无可挽回的衰落。这也正是小说要表达的主题。……其深层的意蕴则是白鹿所象征的仁义之德在现代社会逐渐消亡，从而显示了仁义之德无可挽回的悲剧。同时通过这一悲剧的展示，作品撞击了我们的心灵，引发了我们的深思，让我们看到了祖先们对人类美好的精神向往与追寻。这是因为陈忠实笔下的白鹿意象作为中华民族集体无意识的显现形式之一，凝聚了我们远古祖先无限的欢乐和悲伤，寄托了先民们对理想社会的期盼与渴望，甚至已逐步演化为人们普遍认同的审美理想。”

於可训在《小说家档案·苏童专辑》栏目中的《主持人的话》发表于同期《小说评论》。於可训认为：”在他（苏童——编者注）告别了先锋实验，自觉地后退，并以后退为进步的时候，正是‘重新拾起故事’这个‘最传统、最中国化的东西’，最后成就了苏童。”

周新民、苏童的《打开人性的皱折——苏童访谈录》发表于同期《小说评论》。苏童认为：“写作当然也是以人为本。任何优秀的小说都是关注人的问题。人的问题之大，可以掩盖政治变革社会变革的问题。在小说之中，人性的细枝末节纵贯整个历史长河，也纵贯整个文学史，它的作用是不言而喻，是明确的。……常见的批评话语也有一种错误，就是重大题材、宏大叙事、小众文学、边缘题材等等。……所以我理解的小说好坏第一是‘人’写得好不好的问题。人写好了一切大的问题都解决了。而我的创作目标，就是无限利用‘人’和人性的分量，无限夸张人和人性力量，打开人生与心灵世界的皱折，轻轻拂去皱折上的灰尘，看清人性自身的面目，来营造一个小说世界。”

23 日　亦文的《回到泥土中的感觉——评长篇小说〈黑雀群〉》发表于《人民日报》。亦文谈道：“新作保留了陆天明小说一贯以来的特点，人物命运大起大落，故事情节曲折跌宕，悬念迭起，矛盾冲突激烈，对人性和社会进行了极其深刻的剖析，这些都不得不令人惊叹。尤其要提及的是，在这部新小说中，作者还刻意追求了一种独到的语言风格，用西部底层人们看似粗糙的话语、粗糙的语境，表达了一种很细腻的生命感受。”

同日，胡殷红的《文学应给予农民什么？——专家谈农村题材作品〈乡谣〉》发表于《文艺报》。胡殷红谈道：“评论家李敬泽在与记者谈到《乡谣》这部作品时说，‘《乡谣》在一个漫长的历史纵深中表现了独特的乡村经验，在中国乡村书写的传统基础上开拓了一个比较新的区域。那是我们的江南，是千百年来顽强、机敏、热爱生活的江南，是在一次次的荒芜中重现繁华的江南，是更多地保存着对传统的记忆的江南，是有根的江南……在这个意义上，《乡谣》为我们的乡村书写提供了思想、感受和想象的新途径。’”

25 日 王鸿生的《反乌托邦的乌托邦叙事——读〈受活〉》发表于《当代作家评论》第 2 期。王鸿生认为：“现实主义或浪漫主义的阅读程式及其变种确实都不适合《受活》。因为这是一部以梦想的方式来表现梦想的小说。在这部作品中，我们读到的既不是客观生活也不是主观生活，而是活跃在生活中又不被我们意识到的梦想的行动。由于小说家的梦想方式（现实以否定方式被保留）与诗人的梦想方式（现实世界被想象世界合并）不同，在感受到作品的冷峻，在面对文本中大量存在的具有逼真性的场景和细节叙述时，我们往往仍会陷入反映论式的错觉，自觉不自觉地袭用起现实主义的阅读方式，而从根本上抹煞了这部作品的特殊本质：关于梦想的梦想叙事。……他不仅在小说的体式、叙述的语言上有卓越的独一无二的创造，更重要的是在视点、意识、母题等方面，他大大激活并释放了本土文化特别是乡村中国生活中固有的人类性、存在性因素。长期以来，这些因素一再遭到某些书写惯例的压抑，以至人们普遍地误认为，‘人类性’‘存在性’这类东西似乎只能与现代城市生活发生关系。在我看来，能够将乡村中国的历史、现实与存在性思考打通，这是个很了不起的贡献。”

阎连科的《我为什么写作——在山东大学威海分校的讲演》发表于同期《当代作家评论》。阎连科说道：“我想我近年的创作，都与恐惧相关。直接的、最早的构思与创作的原因都是来自恐惧，或者说惊恐。生活中有了某种担忧，这种担忧到一定时候，就写一个短篇借以排遣和对抗。有了害怕，害怕到一定时候就写一个中篇，借以排遣和对抗。对某一件事，某一类事，某一种情绪、精神、状态感到长期恐惧，越恐惧越想，越想越恐惧，长期、长年忘不掉，无以排遣，那就写一部长篇借以排遣或对抗。”

阎连科、姚晓雷的《“写作是因为对生活的厌恶与恐惧”》发表于同期《当代作家评论》。阎连科认为：“这几年我一直在生活中也好，在写小说上也好，都处于摇摆不定的不自信状态。我的不自信不是一种对小说该怎么写的不自信，而是到底写什么的不自信。归根到底，就是对小说应该承担什么，我总是处于摇摆状态。不过，我觉得写小说还是自信一点好。小说需要一种力量。如果你能彻底选择一种，要么认定小说是要承担一种责任；要么彻底地放弃，就像汪曾祺那样，认为它不承担什么；那样你都觉得心安理得，写作也会更纯粹一点。”“要我说，一个作家在写作过程中不应该自我封闭。小说说白了就是要交叉，这是小说的规律，甚至是每部优秀小说一个必须的组成部分。小说的语言也是这样，为什么不能借鉴西方的语言？为什么一定要从民间去寻找范本呢？我自己的小说是很乡土的，我的这部新长篇完全用的是河南地方方言来写，需要不断用注解才能看懂，但我并不是说一味要这样。语言也好，结构也好，有比你好的为什么不去吸收呢？为什么要害怕西方语言对我们的冲击呢？汉语如果是伟大的，它怎么会被一些吸收、借鉴过来的西方的东西侵吞掉呢？它已经几千年了，这么强大的汉语，就像一颗参天大树，有一阵小风吹来就惊惶不安，值得吗？这完全是一种杞人忧天的东西。……在小说创作上最重要的是，你必须意识到你的根是中国的，灵魂是中国的，而不必把自己的躯体天天摆在世界之上。至于小说的另一方面，如艺术手法、小说结构等，你还是要尽可能用一种新的方式去表达的。尽可能吸收中国以外更先进、更新鲜的东西。就本土而言，赵树理有赵树理的方式，沈从文有沈从文的方式，萧红有萧红的方式，你同样也不能照搬他们任何一个人。总之，无论你是什么样的心态，但都必须有开放的写作方式。”

张新颖的《小说精神的源头 · 生活世界 · 现代汉语创作传统——林建法编〈2003 中国最佳短篇小说〉序》发表于同期《当代作家评论》。张新颖说道：

“我是觉得中国人应该特别反省关于文学、关于小说的观念，我们的这些观念是二十世纪建立起来的，它的基础是移植过来的西方文学和小说的观念，中国传统的小说观念遭到完全的排斥。这种排斥不仅抹掉了我们自己的传统的文学资源，而且抹掉了大多数中国人在自己的生活世界中最初所受到的自由活泼的小说教育、文学教育，这样的教育将在后来的成长过程中被纠正、被压抑、被认为根本就不是小说的和文学的教育，最终被抹掉。”“我们好像忘了我们是用现代汉语来写作这个基本的事实。承认这个事实就得承认现代汉语创作的很短的传统是当前创作的家，你就是这个家里的；虽然你认了一些阔亲戚，他们还可能给了你莫大的帮助，但没办法，你就是属于这个传统的。贫瘠也好，富裕也好，你总得去摸摸这个家底吧。用阔亲戚来傲视自己的家，像什么呢？这不是文学的民族主义，不过是关于自己的基本认识。”

本季

陈娇华的《欲望化的历史叙事——对历史小说中欲望化叙事嬗变轨迹的一个描述》发表于《文艺评论》第1期。陈娇华指出：“历史小说的‘欲望化叙事’主要指对剔除意识形态色彩的个体欲望的书写。‘欲望’的概念也较前者更为宽泛，它包括个体人的情爱性欲、性情操守及权力欲望等方面内涵。……如果说‘晚生代’们的欲望化写作是针对过去强加于人的欲望上的所有色彩（包括政治意识形态色彩、文化色彩等）进行反拨，那么历史小说中的‘欲望化叙事’，则主要针对的是过去历史小说中遮盖在人的欲望上的浓郁政治意识形态色彩的去魅化而言。”“真正褪去政治意识形态色彩的‘欲望化叙事’是90年代以来的历史小说。不仅个人的欲望话语取代了以往的宏大社会话语，而且对欲望的书写也比较放肆和赤裸。这个时期的‘欲望化叙事’可以分为：情感欲望叙事、权力欲望叙事和个人品性叙事三大类。”“需要指出的是，并非所有历史小说中的‘欲望化叙事’都具有人性发掘深度，事实上也有一些可能是受商业利润驱使而制作的，尤其是情欲性爱类的‘欲望化叙事’。正如武侠传奇、神魔怪异是某些历史小说迎合读者口味的惯用伎俩一样，适当甚或大量的情欲性事的描写渲染同样是商业文化语境中，文学取媚大众的一个重要手段。而且，这也是 90 年代以来历史小说创作一个普遍现象。”

任南南的《宝贝物语——关于“70 年代以后”作家的思考》发表于同期《文艺评论》。任南南提到：“一、叙述姿态：社会转型期无‘根’的一代。……世纪之交的‘70 年代以后’作家带着觉醒的自我意识和鲜明的独立倾向开始创作，同时伴以转型期价值重建和中西文化交接的新奇文化色彩。从思想文化继承的角度考察，‘70 年代以后’作家是无‘根’的一代。”“二、叙述模式：欲望的城市、物质的声音。……生活体验的单一和艺术视野的狭窄、想象力的贫乏以及某种偏执本性使得‘70 年代以后’作家笔下可供开发的资源几近枯竭，此时伴随着他们成长而日益壮大的城市对他们显出公平和亲切的特质，于是都市一再成为各种时髦或古雅的故事的不可分割的一部分，‘欲望的城市’俨然是一块金字招牌。”“三、叙述圈套：女性话语伪装下的男权文化。……所有的女性话语，坚硬甚至强悍的文风都是建立在男性与女性看 / 被看的关系模式之上，女性姿态、女性立场不过是男权文化的一件新外套而已。”“四、叙述策略：自传体的包装效果。……然而另类的人和事不断被重复，相似的场景下的相似情节不断上演，叙述手法毫无新意，过度表达屡见不鲜，对于结构和技巧的无能为力造成叙事基调的庸俗化也是‘70 年代以后’作家无法回避的‘硬伤’。”

张学昕的《发掘记忆深处的审美意蕴——苏童近期短篇小说解读》发表于同期《文艺评论》。张学昕认为：“综观苏童近二十年的小说创作，我们看到，有近百分之八十以上的小说是取材于‘记忆’的，包括心灵记忆、‘文本记忆’，仅有二部长篇小说和很少一部分短篇是直面当下现实的。……在苏童近期为数不多的短篇小说中，我们感到，作为先锋小说家的苏童，始终痴迷于短篇小说文体的探索与营构，依然从容自信地打磨短篇小说艺术形式的利器，刻意地使小说更‘像’小说。”

四月

6 日　雷达的《〈国家干部〉的冲击与震撼》发表于《人民日报》。雷达谈道：“在艺术风格上，这部小说极其质朴，几乎摒却了任何藻饰和戏剧化因素，大量应用生活化的语汇，初看平淡，越到后来，越见力度，最后简直是翻江倒海，汹涌澎湃。”

10日　邓楠的《当前文学中的历史观问题》发表于《文艺报》。邓楠谈道：“当前中国作家在摒弃过去二元对立的政治功利性历史观的同时，又构建了‘多元复合的历史观’和‘诗性历史观’。所谓多元复合的历史观就是认为社会历史是由多种力量、多种因素相互扭结、相互冲撞、相互交织的结果。它既注意政治因素，又注意经济文化因素，既注意社会因素，又注意自然因素，既注意历史的必然性，又注意历史的偶然性。总之，不把历史当成人主观设置的某种模式的假想物。陈忠实的《白鹿原》、莫言的《红高粱》、张炜的《古船》、苏童的《1934年的逃亡》和格非的《褐色鸟群》等，可视为确立这种历史观的典型。”“所谓诗性的历史观，就是文学要摆脱历史史料的制约，而大胆地进行艺术虚构，无论历史文学，还是现实文学都不应纠缠历史史实，而应突出艺术真实。纠缠历史真实这是人物传记的要求，衡量小说的艺术真实，这是小说的生命和魅力所在。”

22日　毕光明的《隐蔽生活的诗性书写》发表于《文艺报》。毕光明谈道：“2003年的小说说不上有惊人的突破，但在艺术上的成熟却显而易见。从列入排行榜的作品来看，大多数作者对小说的艺术功能都有了自我把握的能力，表现在政治与商业合谋的当今社会生活旋流中，作家能抽身而出，用既敏锐又冷峻的眼光发现和看取小说艺术冒险最容易取得成效的隐蔽生活，并用平静从容而又充满内在热情的语态加以讲述。”

30日　李宣平、杨建华的《湖湘文化与唐浩明的历史小说创作》发表于《求索》第4期。李宣平、杨建华谈道：“唐浩明历史小说深深浸染着湖湘文化的内蕴。无论是从小说创作的动机，还是从小说的思想内涵和艺术表现手法上，都可以看出湖湘文化之于作家的无所不在的影响；换言之，其小说本身正是湖湘文化的经典解释文本。……不仅在精神特质上，唐浩明历史小说呈现浓厚的湖湘文化内蕴，而且，在艺术表现手法上，小说中也无处不在展现湖湘文化气韵，这又表现为三个方面：一是对湖湘景致的人格化展示。……二是对湖湘风情民俗的精彩细致的描绘。……三是小说中大量的奇人奇事，亦真亦幻，呈现出浓厚的浪漫主义色彩。”

伍梅的《论贾平凹商州小说中民俗世界的"中和之美"》发表于同期《求索》。伍梅谈道："贾平凹商州小说中民俗世界具备的'中和之美'是将其与别的作家作品区别开来的显著标志之一。这一'中和之美'主要体现在刚柔相济、动静相宜、虚实相应三大民俗特色上。'中和之美'之所以成为贾平凹民俗世界的主旋律，与他的思想根源和创作追求密不可分。……'中和之美'在贾平凹的民俗世界中主要体现为艺术风格上的一种平衡与和谐。然而，这种和谐绝不意味着单一。恰恰相反，这种和谐是建立在对其二元对立并置的民俗世界的平衡的巧妙把握上。"

五月

15 日　储双月的《家族历史叙事探索》发表于《当代文坛》第 3 期。储双月指出："在转型期相对复杂的文化语境下，作家们对以家族 / 血缘视角切入历史叙事表现出极大的热情。这些文本不仅从宏大历史叙事模式中摆脱出来，转向个人化的叙事立场，而且也改变了中国传统家族小说的叙事模式，在将家族作为一种故事枢纽和文化载体的同时，又将它深植到人类精神的痛苦性本源上，并以此作为审视的契口，辐射出作者对中国近现代史乃至当代史的全面思考。从中，我们可以体验到一种逃脱历史阴影的果断、决绝与文化重建的艰辛、苦痛。故而，激进热烈与悲壮苍凉，构成了 20 世纪 80 年代后半期小说与世纪之交小说进行家族历史叙事之时的美学风格差异，这实际上也显现出中国当代作家在民族现代化历程中的一条心灵轨迹。"

邓星明、蔡美娟的《铁凝近作的"黑色幽默"倾向》发表于同期《当代文坛》。邓星明、蔡美娟谈道："铁凝近期专门致力短篇小说的创作，其短篇小说有一个共同的文学特征：故事幽默和情节荒诞。这种'幽默'，绝不是喜剧性的幽默，搞笑式的幽默，而是那种冷峻的幽默，刻薄的幽默，令人不得不沉思的幽默。在情节上作者并没有追求梦幻和离奇，而是稍稍偏离生活的真实，采用一种适度的夸张，颇具荒诞的意味。铁凝的近期短篇小说依然没有扑朔迷离的惊险，也没有大起大落的刺激。铁凝不急不躁絮絮讲述她的故事，一切都是那么平静自然，一切都是那么漫不经心，可是看完之后，却是欲罢不能，小说中的那些人和事，久久萦回脑际，逼迫你深思人生中的一些问题，这正是‘黑色幽默’写法魅力所在。”

同日，何西来的《道德的和宗教的救赎——读〈城的灯〉》发表于《南方文坛》第3期。何西来认为：“如果说在《羊的门》里，李佩甫对当代中国文学的巨大贡献在于他令人信服地为读者塑造了一个呼天成的典型形象的话，那么在《城的灯》里，他则为我们提供了两位需要认真解读的人物形象——冯家昌和刘汉香。就思想深度和艺术震撼力而言，《城的灯》比《羊的门》似乎稍嫌力弱，但在题材的界域和人物的类别上，却有新的拓展，而且其思想探寻价值和伦理叩问价值亦不可忽视。”

刘存沛的《中国气派　拉美风格——再读〈水乳大地〉》发表于同期《南方文坛》。刘存沛认为：“《水乳大地》以其宏大的叙事，丰富的内涵，显示出中国气派。……宗教信仰与人、宗教信仰与民族，这个世界文学中永不衰竭的母题在中国现当代文学中鲜有展现。《水乳大地》以其不卑不亢的气度，把澜沧江峡谷滇藏大地一百年历史的主旋律最终托出，这就是：在这块生长神灵的大地上，雪山、大地、江河与神灵水乳相融，信仰与人水乳相融，信仰与民族水乳相融，民族与民族水乳相融。”

同日，蔡翔、刘旭的《底层问题与知识分子的使命》发表于《天涯》第3期。蔡翔认为：“整个的底层都进入了一个梦想。他们认为通过占有文化资源，也就是读书，就能改变自己的生存状况。这种梦想同时意味着，底层已经接受了来自统治阶级所给予的全部的意识形态和道德形态。就是说，他们不仅要改变自己的经济状况，还要改变自己的生活方式和社会地位。他有一个明确的目标，就是进入上流社会，起码是中产阶级。这无可厚非，但是如果把它意识形态化，就会造成这样一个后果：底层永远不会再拥有自己的代言人。这是目前中国最大的一个隐患。一旦知识分子进入这样一个利益集团之后，一切就都与底层划清了界限。”

同日，汪跃华的《复写之书：韩东〈扎根〉论》发表于《文学评论》第3期。汪跃华谈道：“通过对下放生活题材的重复书写，韩东的长篇小说《扎根》全景式地还原了一段独特历史时期的独特经验。这部小说在保留作家一贯的智性写作风格的基础上，因其对下放生活题材的复写而形成了某种意义的增量：复写意在最大限度地把握并呈现历史经验的真实形态；而对经验及其真实性加以如此的强调，其所传达出的，或许正是精神成长陷于历史虚无困境中的‘六十年代’生人，寻求把经验与真实看作是自我拯救的一种较为主动的现实人生态度吧。……在《扎根》中，因为韩东、小陶和叙述者其实已经成为三而一的关系了，他们共同分享了三余下放生活的经验，在他们与三余岁月之间，没有人为的解释与说明，叙述者的种种感慨，不是依靠一种先定的知识、观念，而是个人主动而直接的生命体验的结果，这里的经验是一种直观的经验。这就是韩东所做的复杂的减法：尽量去除自己的看法，去除知识的解释与整理，让个人经验回归到物自体的状态，让经验者本人也被设定在物的状态，一种照见逝去生命事实的物的状态。”

18 日　汪政的《短篇小说的沉沦》发表于《文艺报》。汪政认为：“短篇小说为什么没人看，一时半刻真不容易说清楚。从总体上来看，首先是纯文学的读者少了，这就带来了短篇小说读者量的绝对下降。再加上人们的阅读口味已发生了很大的改变，通俗、休闲、流行、纪实、功利……，这就是现在大部分读者的主要趣味，而这恰恰是所谓‘文学性’的大敌，于是，又潜在地造成了短篇小说读者量的相对减少。从文学史来说，我总有这样的印象，总觉得小说，特别是短篇小说从整体上看呈现出的是抛物线一样的演变过程，现在，它已走过了自己的巅峰，正在下滑。”“说短篇走下坡路，或艺术水平下降是多方面的，而其中主要的有两点。一是短篇小说的‘人文精神’的下滑。……第二点，也就是艺术上的粗疏。许多作家的短篇越写越‘油’，甚至出现了迁就阅读的低俗化的苗头。换句话说，现在的短篇小说实际上在艺术上已经倒退了。”

20 日　李建军的《当代小说最缺什么》发表于《小说评论》第 3 期。李建军认为：“大略说来，我们时代的相当一部分作家和作品，缺乏对伟大的向往，缺乏对崇高的敬畏，缺乏对神圣的虔诚；缺乏批判的勇气和质疑的精神，缺乏人道的情怀和信仰的热忱，缺乏高贵的气质和自由的梦想；缺乏令人信服的真，缺乏令人感动的善，缺乏令人欣悦的美；缺乏为谁写的明白，缺乏为何写的清醒，缺乏如何写的自觉。总之，一句话，几乎构成伟大文学的重要条件和品质，我们都缺乏。”“小说是以批判、质疑的态度揭示人的艰难的生存境况的艺术，但也是以积极的态度肯定人生的意义和价值的行为，因此，只有那些最终能让人意识到人性的高贵和尊严的作品，才是真正意义上的好作品，同样，只有那些能写出人性的高贵和尊严的作家，才是值得人们尊敬和感谢的真正意义上的好作家……”

李遇春的《病态社会的病相报告——评苏童的长篇小说〈蛇为什么会飞〉》发表于同期《小说评论》。李遇春认为：“《蛇》继承了《米》在人物塑造上注重透视和解剖主人公心理阴暗面的优点，同时又有新的发展，即刻意勾画出主人公灵魂的复杂性和‘虚伪性’，写出他们‘正常背后的反常’和‘反常背后的正常’来。”

叶兆言的《自述——我的文学观与外国文学》发表于同期《小说评论》。叶兆言说道：“我想我的世界观，我的文学标准和尺度，都是外国文学作品给的。”“读了这些人的名著，人家回问我，那写作不就成了模仿？我认为，与其说是模仿，不如说是在反模仿。绝对不能像他们那样写。”

於可训在《小说家档案·叶兆言专辑》栏目中的《主持人的话》发表于同期《小说评论》。於可训认为：“叶兆言就是叶兆言，他不属于哪一家哪一派，也不属于哪一个主义哪一种传统，他就是他，在近二十年中国文学眼花缭乱的变幻中，他始终如丁帆早年在一篇评论中所说的，‘鹤立于当代小说家之林’。”

翟传增的《张洁小说与“耻感文化”》发表于同期《小说评论》。翟传增谈道：“所谓耻感文化，体现的是一种特别注重他人反应的文化。自己感觉个人的行为为他人所鄙视，为群体所贬斥，就会产生羞耻之心；自己感觉自己的行为为他人所敬仰，为群体所钦佩，就会产生荣誉之感。……‘耻感文化’对张洁小说的影响，主要表现在以下几个方面：一、对‘君子’的情有独钟。……二、‘性羞耻’的文化心态。……三、对‘不知耻’的两种态度。……无论张洁表面看来如何的强大、张扬、现代、另类、偏执、冷酷；也无论她的小说风格如何变化、主题如何不同，而实际上，在骨子里，她仍然是个在中国文化的沃土中培养和浸润出来的传统的中国女人，她一点也不现代甚至有点守旧，她一点也不冷酷却常怀温柔之心，她始终在用满腔的热情呼唤着理想与奋斗，用慈爱的眼光关注着进步与文明。”

周新民、叶兆言的《写作，就是反模仿——叶兆言访谈录》发表于同期《小说评论》。叶兆言认为：“谈到汉语小说，当然应该有些基本的东西：汉语有固定的传统，有习惯的表达方式，有特定的韵律等。显然它和普通的翻译小说不一样。这中间，如标点符号，应该怎么用？语气，还有节奏，应该怎么表现？汉语确实有自己的表达特色，每一种语言都有自己的特色。作为一个作家来说，当代创作应该把汉语的特点表达出来。从文学史来看，汉语本身也是一种历史，它在演变。”

25 日　樊星的《“新生代”与传统文化》发表于《当代作家评论》第 3 期。樊星认为：“‘新生代’作家受西方文化的影响极大，已为众所周知。但他们中相当一部分也在自己的探索道路上接受了传统文化的影响。这种影响主要体现在以下几个方面：一是取材于古典诗意的‘新古典主义’诗歌和小说创作。古典的意境、古典语言的简洁、清新、凄美、朦胧，为他们的一些作品（包括苏童的《妻妾成群》）增添了不同于西方文学的民族文化异采。二是在描写现实生活的作品中点染古典智慧，例如李弘的《春江花月夜》就在一个‘大款’塑造舞星的故事中融入了禅宗智慧。三是在继承中有所超越的尝试，像格非的《锦瑟》对李商隐同题诗歌的改写、毕飞宇对《诗经》《水浒》的唯美主义和魔幻化理解，都在中国古典文学与西方现代文学之间找到了颇有新意的契合点。四是‘反传统’思潮的传统意味。‘反传统’也是一种传统——叛逆的传统。中国文化的发展常常得益于一代又一代叛逆者对正统文化的批判。”

张学昕的《“唯美”的叙述——苏童短篇小说论》发表于同期《当代作家评论》。张学昕指出：“首先，我们看苏童短篇小说的叙事意识和艺术策略。小说表现的具体感性与富于哲学意味的艺术形式在苏童小说中交互作用，构成了苏童短篇小说的叙事形态。……其次，对于苏童的短篇小说，最重要的一个因素就是小说的叙述问题。因为对叙述的把握和有效控制是苏童拓展短篇小说可能性的至关重要的途径。苏童似乎早已意识到了短篇小说的叙述问题，包括叙述视点和叙述语言，叙述氛围，并且抓住了关键——那就是对叙述中各种小说元素的控制。……最后要谈的就是苏童短篇小说的语言问题。无疑，语言的表现方式及其风貌对任何一个作家来说都是一个巨大的挑战和考验，是必须面对的问题。这是构成小说叙事美学风格个性的关键性因素。尤其对苏童而言，它体现着一种由语言贯注的美学气韵。首先，苏童的叙述语言扩展了文学表达的边界，却并没有使感觉和情感迷失在叙述过程中，而是运用那种能够捕捉感觉本身的语言进行叙述。……苏童小说语言的'陌生化'，使叙述语言在表达上获得审美意义上的提升。这种陌生化体现为叙述语言的诗化倾向，即远离日常公众话语、日常消息性语言。具体说，叙述语言的陌生化表现为语言的音乐性、新奇而含混的隐喻、象征和暗示，从而，造成与日常语言、传统文学语言的疏离效果而产生特别的审美感觉和深邃意味。"

本月

陈思和的《读阿成的两篇小说》发表于《上海文学》第5期。陈思和认为："熟悉西方现实主义文学思潮的读者一定会想起法国作家左拉所倡导的自然主义的遗传小说，但在左拉的常为人所诟病的遗传小说里，遗传于人发生作用的过程中，伴随着大量极为尖锐的社会的悲剧因素，却常常为人所漠视。《丑女》中提供的社会环境乏味而平庸，无论是矿区、还是大学或者报社，背景都仿佛像剪纸一样，无法为人物提供另外一种人生的可能性，这才使得'丑'成为一种绝对的力量主宰了丑女的命运，成为一种传奇。这是这篇小说所不够现实主义的地方，这也是当今现实主义的创作中所最缺乏的因素。"

六月

8日　贺绍俊的《切入现实的厚重小说——读范小青的长篇新作〈城市表情〉》发表于《人民日报》。贺绍俊认为："她（范小青——编者注）的成功就在于，她找到了一种新的视角，这就是政治与文化的双重视角，在双重视角下，范小青创作的两层优势，即她的文化意蕴和现实感，非常完美地集合为一体，她就有了强大的力量，可以击穿改革故事的表层，深入到另外一个有意味的空间……《城市表情》的意义还不仅仅在于它突破了改革题材的模式，更在于作者范小青通过这部作品表达了一名作家的文化情怀和文化承担。"

同日，史佳丽的《郭文斌〈大年〉：含泪的微笑》发表于《文艺报》。史佳丽谈道：“在我阅读过的郭文斌的有限的作品中，不以物喜不以己悲，在平稳的叙述中冷静地描摹生活、铺陈情节，让读者根据自己的阅读经验去参悟，是他的主要风格。中篇小说《大年》（《钟山》2004 年第 2 期）依然延续了这一风格。”“透过小说几近纯客观式的叙述，我们仍然读到了郭文斌对贫穷的独特的诠释：贫穷就是贫穷，它不可爱，但也不可怕，人们可以而且能够像享受富足一样享受贫穷。贫穷作为一种生存状态，人们只能接受它，歌颂与诅咒都无济于事。”

11 日　王干的《文化在为小说“输血”》发表于《中华文学选刊》第 6 期。王干指出：“在体验型小说甚嚣尘上的时候，必然会有另外的东西来与之平衡。体验型小说宣泄到一定程度的时候，必然会产生某种虚空乃至虚脱，这个时候自然只能让文化来为‘输血’，来填充因宣泄过度而产生的苍白。”“《水乳大地》描写的是藏族和纳西族杂居区域的百年历史的‘文化战争’，古老的藏传佛教文化和西方的基督教文化以及神气的纳西族文化在这里交汇，不同的价值观在近代中国百年风云变幻的过程中上演一出又一出惨烈悲壮的史诗剧，人性和人的意义在不同的教义文化中得到不同的演绎，而爱、仁爱、爱情则是永恒的主题。《狼图腾》则是出自一本学者之手的非小说化的小说，它是一本关于狼的史诗，将作者个人传奇的经历和它渊博的学识综合在一起，个人的命运和历史的图腾以及大自然的神话形成了非常文化化的叙述。多年之前，王安忆写过一本《纪实与虚构》的长篇小说，记述自己成长的部分非常精彩，而在追述家族的历史渊源时由于采用了虚构的方式显得有些不够从容。《狼图腾》则干脆引进了论文的方式来作为小说的一部分，因而做到了感性和理性的结合。亦村的《世界在爱情中成长》也大量融进美学文化的内容，把近百年的革命斗争的历史放在诗意和审美中进行透视。”

本季

李咏吟的《文体意识与想像定势》发表于《文艺评论》第 2 期。李咏吟谈道：“文体制约着作家，作家只能在自己选择的文体领域内进行‘自由舞蹈’，从生活的复杂性观照的意义上说，小说的目标在于洞悉复杂的生活历史，洞悉人的心灵史，这种对人的生活叙述不再区分为‘大人物’和‘小人物’，而是指生活中的不同阶层人物可以还原到人性、人心的角度予以描述，他们的历史生活本身构成叙述的价值，构造出叙述的意义。叙事策略只是一个手段问题，叙事中的形象创造以及通过形象本身所要说明的生命问题才是文学的根本。……文体构成了作家的‘想像定势’，这是被许多人所忽视的一种创作现象。作家的创作离不开文体，因为一旦选定了文体，也就等于选择了一种独有的语言方式去表达个人的思想与情感。文体在很大程度上限制了作家所要表达的内容，不同的文体适宜表现不同的精神内容。”

李莉的《论小说意象蕴涵的“气味”——兼谈迟子建小说》发表于《文艺评论》第 3 期。李莉认为：“总体看迟子建的小说充弥着浓郁的人情味和乡土气息，是人与自然、人与物互动产生的和谐感觉。……无论壮烈，无论庸常，无论欢愉，无论痛苦，迟子建都是坦然述说，即便伟大神圣的壮举，她也设置于普通情境予以表露，如话家常，娓娓道来。正是他们构成了中华民族永不熄灭的生命之火，绵延不断的精神内核。迟子建小说散发出的芬芳的生活气息，犹如山涧流水清澈明亮，终日汩汩而流，流进心田，滋润心肺，净化心灵。”

七月

2 日　喻普、曹多勇的《写作如打铁　一锤不能虚》发表于《小说选刊》第 7 期。曹多勇说道：“我所追求的小说气象是，在貌似传统的外表包裹之中要有一颗现代的核。用现代的眼光去审视传统的乡土，这早已是共识，或常识。”

10 日　陈武的《关于〈换一个地方〉》（《换一个地方》创作谈——编者注）发表于《中篇小说选刊》第 4 期。陈武说道：“我以为，每个人的写作都绕不开自己。每个人的小说里，或多或少都有自己的影子，作家在小说里是藏不住自己的。……我不喜欢那些热热闹闹的‘都市情感’类小说。我也不愿给小说赋予更多的内涵。我对‘简单’的小说充满着渴望，那些琐碎而简单的生活里，有着一颗颗善良、温情、朴实、敏感的心。我的心贴紧他们的心。这就是我要做的。”

津子围的《每个人的雨天》（《小温的雨天》创作谈——编者注）发表于

同期《中篇小说选刊》。津子围谈道："关于这篇小说，有一句话是我最想说的，即通过小温说了出来：生活中有些东西本来就是模糊的，可人们总是喜欢高估自己的能力，认为什么都可以认识清楚，并一厢情愿地作简单地归纳和判断。"

牛伯成的《生活是一种风景》(《俯冲》创作谈——编者注)发表于同期《中篇小说选刊》。牛伯成谈道："在我的创作中，我喜欢捕捉的，是人的内在缺陷，是人心理上的复杂部分，是人心灵深处的晦涩的东西。我并不想赞美它，也不想简单地批判它。因它也是一种存在——不言而喻，在我们的经验乃至我们自身的行为中都能找到，它也是文学的营养。这样我就找到了一个角度，能把我喜欢的人物写丰满，有凸有凹，有血有肉，从而折射出人之本色，人与人的另一层关系。我想我还会这样走下去。"

13 日　张学昕的《亟待跨越的短篇小说》发表于《人民日报》。张学昕指出："近年短篇小说已开始注重表现人的精神深度，作家开始为彻底摆脱平庸，为艺术、精神两个层面的独创性进行着切实的努力和实践。许多作品以其短小精悍，以其目光的锐利和对时代生活的敏感，反映人在当下的心理、精神的变化与躁动，直指人的内心。……小说应对生活有独到的发现，尤其要加强短篇小说文体层面的变革和文化、精神角度的探索，找到短篇这一文体'表述中国的方法'。"

同日，蔚蓝的《寻找和思考最珍贵的失去——评姜戎的长篇小说〈狼图腾〉》发表于《文艺报》。蔚蓝谈道："此书最为重要的聚焦点，是作家立足于人类文化学研究的视点，运用一种比较性的思维所做的当下性的文化思考。姜戎将狼图腾和龙图腾、游牧文化和农耕文化，汉民族和蒙古民族互为参照比较，在考察和辨析中启迪思考，追踪不同民族和自然物种的生存和发展规律，揭示出在单一文化和生存观照中所不易察觉的新颖独到的经验和观点。……在形式上，《狼图腾》也打破了小说文体的限制，从一体到杂体，在篇尾拼贴数万字的'讲座与对话'的论述文字，专门对狼图腾做理性的、文化的探掘。"

15 日　何向阳的《死去的，活着的——作为人心考古的小说世界》发表于《南方文坛》第 4 期。何向阳认为："作为人心考古的小说世界，并不意在取消小说的自性，它的创造的另一根本，也在观测与估量，只是它用的尺寸是看不见的，它得出的东西也难用量度结论……小说就是这样一种事物，它无法轻视现在，于民俗与常识间，它无法对后者不作发言，它与时俱进，热衷风潮，它要切切实实的物质生活，于此之上，它才能书写和测量精神需求。”

洪治纲的《谈毕飞宇的小说》发表于同期《南方文坛》。洪治纲认为：“毕飞宇的创作一直保持着高度自觉的灵性意识。他……相当轻松地摆脱‘意义’对叙事的过度缠绕，通过一些轻缓柔曼的智性话语，在‘以轻击重’的逻辑思维中，迅速传达作品内在的审美意旨。……他带着南方作家特有的细腻和机敏，以一种优雅从容的叙事方式，将很多凝重而尖锐的人性主题伪装起来，用一种轻逸的文本拥裹着深远的思索，使话语形式与审美内蕴之间保持着强劲的内在张力。”

南帆的《叙事的平衡》发表于同期《南方文坛》。南帆认为：“他（毕飞宇——编者注）潇洒地抛开了小说的基本程式，自由地制造出自己的小说图式。浓和淡、明和暗、重点和简略，毕飞宇热衷于书写自己与众不同的感觉焦点，根本不在乎有没有一个清晰的故事轮廓。他会再三地徘徊于某些独特的细部，不惜精雕细琢；同时，另一些众目睽睽的路线却被慷慨地省略了。毕飞宇用独特叙述显明，他感受到的世界就是与别人不同。毕飞宇不少小说的结尾出人意表。……《青衣》之中的人物显出了内心的幽深。《玉米》系列达到了一个叙事的平衡——叙述的灵动飞扬与丰富的性格内涵之间的平衡。”

王春林的《“说出复杂性”的“反现代化叙事”——评王蒙长篇小说〈青狐〉》发表于同期《南方文坛》。王春林认为：“具体来说，《青狐》所采用的乃是两条结构线索时有交叉重合的一种类似于巴赫金所谓‘复调结构’的基本结构方式。……王蒙‘季节’四部曲中表现20世纪中国知识分子所经历的曲折坎坷的生命与心路历程的基本创作主旨依然在《青狐》在‘后季节’系列里得到了一种自觉的延续。或者说，一条新的结构线索的增加乃是为了更加立体、全面地体现这一基本创作主旨。”

汪政的《“热闹”的毕飞宇》发表于同期《南方文坛》。汪政指出：“毕飞宇小说的‘热闹’不仅来自他尖锐的主题、戏剧性情节和丰沛的描写，也来自于他的语言。……注重书写的作家在词汇的使用量上比较大，也注重文字产生的视觉冲击，包括画面感、色彩等；而注重声音则常常给人突出的语感形象，语言密度大。不少人认为毕飞宇作品有旋律感，叙事人有种仿佛要冲出来的感觉，实际上就是其注重声音的结果。它可以有时给人不太安静的印象，但是那生气与力量又往往极具感染力和征服性。就毕飞宇作品而言，这是一个有趣的并且有待深入的话题。”

同日，张志忠的《怀疑与追问——新世纪长篇小说的一种思想气质》发表于《文学评论》第 4 期。张志忠认为：“文学的深刻之处在于超越有限的现象层面的写实而切入灵魂，对人们的生存状态和精神世界进行怀疑和追问，唤起其心灵反省和深刻拷问。跨世纪文学的新发展之一，就在于这种怀疑和追问在作家创作中较为普遍的自觉形成，哈姆雷特的精神气质在当下作品中的凝聚。这种怀疑和追问，不是简单的否定和嘲弄，而是在经历过政治反思、文化寻根和市场经济洗礼之后，所进行的冷峻深思。它具有当代文学中一直匮缺的形而上的层面，同时又在历史与当今、心灵与现实、道德与功利的广阔领域展开，为新世纪文学奠定了良好的格局。”

20 日　残雪的《自述》发表于《小说评论》第 4 期。残雪谈道：“我将我写的作品称为纯文学，这是我的领域，是我的内部的精神得以成形的方式。按照我的理解，在文学这个领域里，纯即意味着深，意味着向核心的突进。”

葛红兵的《近年中国小说创作的类型化趋势及相关问题》发表于同期《小说评论》。葛红兵认为：“近年，中国当代小说创作出现了许多新的趋向……‘类型化’是其中最重要的一个趋势之一。……小说创作的类型化是经济市场化深入发展的结果。经济市场化的深入发展带来了社会的阶层化，社会的阶层化导致了文学审美趣味的阶层化。审美趣味的阶层分化是小说创作类型化的直接动力。”

黄海阔的《历史的谎言与民间精魂的重塑——范稳〈水乳大地〉解读》发表于同期《小说评论》。黄海阔说道：“范稳在《水乳大地》中沿袭了那套不再新鲜却似乎仍未过时的叙事技巧，但他显然放弃了那个没有起点也永无出路的叙述圈套，在重现历史的强烈冲动中亦流露一份诗意的从容。《水乳大地》实际上是一部全景式的地域史和民族心灵史，它叙述了二十世纪澜沧江大峡谷近百年的沧桑变迁，对藏、汉、纳西各民族的世代恩怨和佛教、天主教、东巴自然神教从殊死争斗到水乳交融的艰难历程作了生动形象的展示。其意义不仅在于它一如既往对西藏大地的隐秘历史作了形而上的考察与构想，还在于它对民族心灵秘史和民间文化遗存进行了深度的发掘与阐释，甚至触及到某些敏感或特殊的意识形态领域，如民族争端、宗教矛盾、政治谎言与心灵隐秘。它不是单纯意义的历史小说或文化小说，在史诗性的叙事表象下，展示的是一种自在的、原始意味的民间文化形态。”

李建军的《为什么是库切》发表于同期《小说评论》。李建军认为：“即使站在‘纯文学’的立场，用‘纯文学’的尺度来衡量，从小说修辞的角度来考察，库切的《耻》也很难说是一部非常成功的小说作品。”“作者在小说中的介入，是正常而自然的事情。作者的亲切、自然的介入性概述和评价，不仅有助于丰富作品的趣味性，增强小说的可读性，而且还为读者提供了重要的信息，借以引导读者全面地了解、评价作品中的人物和事象。”“可是，不幸得很，库切的介入和‘插话’却冒犯了小说修辞的纪律，表现出令人惊讶的莽撞和失败。”

李梅的《记忆是心灵的真相——王蒙〈青狐〉的一种读解方式》发表于同期《小说评论》。李梅认为：“王蒙一直没有放弃对知识分子的反思，包括他这部《青狐》，同样可以看作是一部反省知识分子历史命运的力作。王蒙自己也说，这部小说可以看作是他的‘后季节’系列，所不同的只是小说的主人公从常见的男性变为女性，因而使小说充满了一个艺术女性所特有的感性、欲望、迷乱、冲动、傻气以及可笑与荒诞。”

易文翔的《执著于梦幻世界的突围与表演》发表于同期《小说评论》。易文翔发现，“她（残雪——编者注）不是在讲述故事，她所表达的是她自我的感觉，对生活、对艺术的主观感觉，这种主观性膨胀的结果甚至使小说变成非正常心态的主观情绪或者一堆抽象理念凝聚而成的文本。所以，对于她的小说，重要的不是意义的阐释，而是一种体验，感觉或者艺术的体验。……残雪说，她的所有的小说说的全是一件事，只是不停地变换角度而已。所谓的‘一件事’指的就是她对于人类心灵探索的执著。这种执著潜伏着重复自己的危险（已有论者指出了这一点）。虽然残雪的艺术世界在当前的文坛依然呈显某种‘先锋性’，但艺术是不可能允许作家裹足不前的，作家必须不断地突破自己创造的世界，才可能保持较为长久的创作生命力。残雪也在思索着从自己的程式中‘突围’，近些年的小说脱去了以往着意渲染的‘外衣’，倾向于底蕴的增厚。这种底蕴甚至走向了神秘主义”。

易文翔、残雪的《灵魂世界的探寻者——残雪访谈录》发表于同期《小说评论》。残雪说道：“在我看来，自我就是精神，决不人云亦云，一个作品的自我越强，越独特，其精神世界就越深广。自我的要素，一是冲动，一是理性，作为人而言，理性钳制冲动并承担冲动的后果才是有精神的人。”“我的小说中的角色的激情来自不灭的理想，来自幽深处所的灵魂之光，也来自生命体的强大的本能的律动。”“像我这种小说无技巧而言，只要会用方块字，语言干净，就可以写。”“我的所有的小说说的全是一件事，只是不停地变换角度而已。像博尔赫斯所说的那样，人的一生是有限的，但你可以把时间无限细分，只要创造的活力还没枯竭，就可以不断分下去。那么这件事是什么事呢？是时间的王国、灵魂的王国，或者说精神的世界、艺术的世界里的事。”“我的所有小说都是精神自传，评论则是自我精神分析。我写的是深层的东西。大概真正的现代主义都是这样吧，现代人必须关心更有意思的东西。”

於可训在《小说家档案·残雪专辑》栏目中的《主持人的话》发表于同期《小说评论》。於可训认为：“残雪对‘自我’或‘灵魂’的定义和解释，或许与她的作品一样，也有诸多难懂甚至不免误读之处，但有一点明白无误的事实是，她的‘自我’或‘灵魂’都是属于潜意识范畴，都隐藏在人的精神世界的最深处。这个最深处的东西，不但是人所不能自知的，而且也是人所不能自为的，因而也就没有善恶美丑之分，尊卑高下之别，但它却有一种本能的理想和冲动，残雪把这种本能的理想和冲动称之为人的本质，她的作品所致力于揭示的，就是她认定的这种人的本质。她认为揭示这种本质有助于人性的提升，而且她还特别提请人们注意的一点是：‘凡是那些最褴褛、最“负面”的人物，往往是最本质、层次最深、凝聚了最多激情的。’我想残雪的作品中有那么多为读者接受不了的艺术描写，或许正是源于她对于人的本质的这种深层的追求。”

25 日　施战军的《转换中的李洱》发表于《当代作家评论》第 4 期。施战军认为：“相形之下，李洱的那些‘知识分子’小说尤其是《遗忘》，无论信息量还是结构都与‘话语’并行，他比钱老更有小说家的艺术自觉。但不管如何，一直到《花腔》出来时候的李洱，恰是主要依靠反讽的力量，凭着他对语境的敏感锐识和对语境形成因素的细密考辨，有学问又幽默，淋漓尽致地挥发他智性加知性的独特而巨大的反讽能量。”“这个《光和影》，还有《龙凤呈祥》，标示着他的小说诗学也在发生着转型。从倚仗知性积累化用和智性想象表述向依托个人体验、本土经验和经典滋养的叙事进行创造性的转换，是李洱的实践能力的证明。”

王尧的《在潮流之中与潮流之外——以八十年代初期的汪曾祺为中心》（本文为王尧围绕汪曾祺小说对部分作家、学者进行访谈而做的笔录——编者注）发表于同期《当代作家评论》。在访谈中，李锐谈道：“说到文体的自觉，实际上评论家们当时有一个偏颇，我认为新时期文学的文体自觉是从《受戒》开始的，《受戒》在某种意义上说是中国当代文学的先锋小说。……实际上那是当代汉语的一次语言的自觉，一次文体的自觉，汪曾祺先生用汉语完美、生动地表达了丰富深刻的文学命题，他告诉大家，我们不一定非要托尔斯泰化，不一定非得变成卡夫卡。”叶兆言谈道：“八十年代在扬州，我对汪曾祺说，别人说你的小说像沈从文，我说我更能读出废名小说的味道。汪先生不高兴。其实，汪曾祺小说想摆脱的是老师沈从文的某些影响。沈的语言句式像《水经注》，汪的语言精致、峭拔，这有点接近废名。……发表这篇小说(《异秉》——编者注)，对于扩展我们的视野，开拓我们的思路，了解文学的传统，都是有意义的。”余华谈道：“我感觉到使用方言最好的是汪曾祺，汪曾祺的作品里几乎读不到方言……我发现汪老有一个了不起的地方，他用一点方言，他不是不用，他用的方言都是全中国人都能懂的那种方言，特别土的方言谁看得懂？”

姚晓雷的《乏力的攀登——王安忆长篇小说创作的问题透视》发表于同期《当代作家评论》。姚晓雷认为：“既没有丰厚的生活本真体验做基础，又由于思想上的局限，导致了其长篇小说整体上的文气涣散。许多王安忆的长篇小说文本细节常常是为组成长篇小说而拼凑在一起的，不乏细节和局部的精美之处，但整体情节不紧凑，缺乏有机贯通的有统率力的主题，这在前边我们分析的时候已经提及。……面对王安忆已有的长篇小说创作，我的心里实在无法认同。

尽管在长篇之路上作者也在尽力攀登，但至少到目前为止她的攀登是贫乏无力的。特别是将她的中篇小说和长篇小说放在一起比较的时候，其成就的高下相差就更明显。其实，写中篇小说的王安忆和写长篇小说的王安忆并非二人，如果说有差别，这可能还是一个文体的差别。一方面，中篇小说并不需要多重大的思想主题，并不需要多具体的个人经验，以王安忆的才气和对时代潮流的敏锐足以驾轻就熟。即便一些在长篇小说中存在的问题在中篇小说里也存在，但不像在长篇小说中那样致命。反过来说，一旦把王安忆再优秀的中篇小说，诸如《小鲍庄》《叔叔的故事》等硬要拉成长篇，原先没有的问题自然也就出现了。这里并不愿意得出王安忆更适合创作中短篇小说的结论，特别是相对于作者目前旺盛的创造力以及创新能力来说。但如何能够创造出能充分发挥作者艺术潜力的大气磅礴的长篇小说呢？这恐怕不仅是我们读者一如既往的期盼，也是作者应该认真面对的问题了。”

《第二届“华语文学传媒大奖”专辑》刊登于同期《当代作家评论》。莫言在获奖演说中说道：“二十多年来，尽管我的文学观念发生了很多变化，但有一点始终是我坚持的，那就是个性化的写作和作品的个性化。我认为一个写作者，必须坚持人格的独立性，与潮流和风尚保持足够的距离；一个写作者应该关注的并且将其作为写作素材的，应该是那种与众不同的、表现出丰富的个性特征的生活。一个写作者所使用的语言，应该是属于他自己的、能够使他和别人区别开来的语言。一个写作者观察事物的视角，应该是不同于他人的独特视角。”韩东在获奖演说中说道：“时下的小说风尚比较恣意无忌，作家们充满了表达的欲望以及雄心，在显露才华和能量的同时其技术方式难免粗糙，语言滞重迟钝，叙述上往往异想天开。这些都是盲目追求目标所付出的代价。我将《扎根》的获奖看成是对当代汉语小说自觉意识的一种肯定，落实到个人，就是对某种‘专业’或‘职业’精神的一种认可。”

本月

王一川、刘恪的《现代性、修辞术和中国式〈尤利西斯〉——长篇小说〈城与市〉对谈》发表于《山花》第 7 期。刘恪说道：“我所有的小说创作特别重视小说的调式。一篇一部都有一个独特的调式，如同音乐的基调。这也许对整体结构有帮助。”

吴义勤的《短篇的力量——读苏童的〈私宴〉、〈堂兄弟〉》发表于《上海文学》第 7 期。吴义勤认为：“在当代作家中，苏童是少数几位对短篇小说特别有感觉、有心得并能赋予短篇小说文体以力量感的作家之一。他的短篇小说不仅有巧妙的构思、好看的故事和戏剧性的张力，而且总能在‘小处’见‘大气’，总能在短短的篇幅中凭借其特殊的内在力量传达一种绵长的思想或情绪，给人一种突破了‘有限’与‘无限’、‘形而下’与‘形而上’、‘抽象’与‘具象’的艺术感受。这一点，在他的《堂兄弟》《私宴》两个短篇新作中同样有着很好的体现。”

八月

2 日　周志新的《隐性的表述》发表于《小说选刊》第 8 期。周志新谈道：“小说应该减负或者说瘦身。小说家不该把一个肥胖而臃肿的东西推给读者，而是把一个精干利落的作品送给读者。……精干的，才可能是鲜活的、丰满的；内敛的，才可能有力量，有意思。”

10 日　翟泰丰的《文学的社会历史价值——评张平长篇小说〈国家干部〉》发表于《文艺报》。翟泰丰认为：“我之所以称道张平这部《国家干部》，有着自我升华的新的历史价值，主要是指这部长篇作为以叙述言语为手段的文学，在探求文学新的社会历史价值，在寻觅文学新的艺术成就方面，进入了一个新境界。这部长篇立意高阔，思考深邃。一曰：长篇所涉猎的，是当今社会最令人关注、最敏感的主题，即共产党如何为人民执好政、掌好权。……二曰：小说在开掘这个巨大的时代性主题时，把主人公放在大时代的血与火的较量中，走进人民群众的汪洋大海，汲取巨大力量。……三曰：作家让小说中的主人翁，通过与党内宗族势力、宗派势力、极端利己主义者联为一体的关系网进行的较量，展示惊心动魄的情节和事件，进而从深层次挖掘主题。”

11 日　《中华文学选刊》第 8 期刊登署名为编者的《除了写实，小说还能做什么？》一文。编者指出：“实际上，从文学发展的角度来说，‘新写实小说’

关注现实的小人物视角和‘个人化’写作对于社会问题和个人问题的个体化评判态度对此后的文学创作发生了深远的影响。当下小说的主题内容基本上在沿着这样的路子前进，只不过随着叙事学、符号学、语言学等理论研究的深入，小说的创作技法也在不断走向成熟。”

26 日 《怎样用一种新手法书写乡村——孙惠芬小说〈上塘书〉在上海研讨》发表于《文艺报》。文章谈道：“孙惠芬一直把书写乡村作为自己的创作基点，《上塘书》是没有加工的原生态的‘乡土小说’，作者从文化的维度捕捉灵动生活的点滴，并从各个角度进入乡村生活的内层，对人物及事件进行独特的阐释，在作品中对农村现实的把握已进入达观、通透的境界，对乡村人民的痛苦、欢乐、焦虑，无法言传的事体，都有五味俱全的体会。而作品的语言沉静、平实，画面平淡疏朗却又浑然一体，是一部文学对乡村凡俗世界建构的经典。”“特别值得注意的是，孙惠芬在《上塘书》中尝试了一种奇特的‘地方志’的手法切入这一传统题材。与传统的农村题材小说往往故事性占据首要地位，或同情或批判或怀念，《上塘书》却不动声色地冲淡了故事主线，以‘上塘的地理’‘上塘的政治’‘上塘的交通’‘上塘的通讯’‘上塘的教育’等章节形成类似‘地方志’格局。陈思和表示，孙惠芬对农村的抒写已经达到了相当精致的水准，采用‘地方志’或‘村史’的模式，显然是在寻找突破点，但这种尝试却可能是对小说的伤害。分门别类的‘地方志’方式满足不了小说叙事的要求，把一个原本流动的故事切断了。”

本月

梁鸿的《“革命浪漫主义”的怕和爱——从两个短篇看阎连科的小说追求》发表于《上海文学》第 8 期。梁鸿认为：“阎连科是一个对中国当代政治生活极其敏感的作家。无论是中短篇，还是长篇小说，他的小说总是致力于探究当代政治生活与人的生存处境及其精神状态之间的关系。他能够从日常生活中最司空见惯的事件发现一些本质性问题，而这些事件往往司空见惯到我们已经完全忽略了它们的存在，忽略了对我们生活的制约和影响。阎连科把它们的发生、过程、结果通过艺术的手段再现出来，夸张、象征、隐喻等等，实际上仅仅是再现，就足以使我们震惊了，足以使我们不得不重新审视时代、历史、文明，重新审视我们最熟悉也最被遗忘的词语。”

阎连科的《小说与世界的关系——在上海大学的演讲》发表于同期《上海文学》。阎连科认为：“虚构的文学世界里必须跳动着现实世界的心灵，虚构的文学世界里流淌的必须是现实世界的血液。这就是我最赞同的一种文学世界与现实世界的关系。在这种关系里，最需要解决的是什么才是真实和如何才能达到真实的问题。”

九月

7日　刘晓闽的《小说还是写给人看的——评2002至2003年度〈中篇小说选刊〉获奖作品》发表于《文艺报》。刘晓闽谈道：“中国书画历来有‘笔墨当随时代’的追求。我们的小说家更应是时代的讴歌者和先行者。纵观这些优秀中篇小说，无不具有当今时代的鲜活印痕。在改革开放中跨入新世纪的中国，最鲜活处当是这改革与世界潮流的融汇与碰撞。”

10日　陈中华的《表达内心那份感动》（《七月黄》创作谈——编者注）发表于《中篇小说选刊》第5期。陈中华说道：“我最初的写作意图是想‘塑造’一个当代农村新人形象。我一点不因‘塑造新人’这个想法的陈旧而难为情，因为我的写作一直都是受内心的各种感动所驱使，每当和我的农村朋友相逢一次，我就被感动一次。除了胶东那个小村庄的年轻退伍兵，这篇小说中的人物身上实际上还有许多我的农村朋友的影子。”

葛水平的《最后的温暖》（《天殇》创作谈——编者注）发表于同期《中篇小说选刊》。葛水平认为：“写小说是我人生获得全方位成熟的时期，而这个成熟时期让我回望过去常常觉得恐惧，也是我为什么一再要写过去的事情的一个理由。现在的生活赤裸裸就在我面前，过去的倒有一袭面纱罩着，时间拉得越远，越让我想看清它的面目。当我想了解的时候，它已化为历史，我用我的理解来写，也许强加了我个人的爱憎，毕竟小说是需要虚构的文体，写这些陈旧的故事时，我始终是冷静的，历史的面貌由历史来决定，小说的面貌由小说来决定，就像千万种树所以为树，因为是树，千万种石所以为石，因为是石。

我不敢把自己的文章用来悬壶济世，只是觉得，一个爱好文学的人想要卖弄文字来获取这个社会的厚爱，就必须咀嚼生活，让甘甜的回味从喉头咽下，使酸辣的苦涩从心头泛起。也就是说，写文章就要写出点意思来，写不出意思来，不如不写。”

黎晶的《应该怎么选择》（《选择》创作谈——编者注）发表于同期《中篇小说选刊》。黎晶说道：“我连续创作的几篇小说都是反映这一个层面的，当然这也是我最熟悉的，最愿意为之服务的，人们都说官场题材的小说太敏感，不好把握，我不这样认为。我们的文学作品只要坚持‘三贴近’原则，弘扬主旋律，积极向上，真实客观反映人民的呼声，一定会受到人民的欢迎。”

李铁的《一座冰雕的诞生》（《工厂上空的雪》创作谈——编者注）发表于同期《中篇小说选刊》。李铁说道：“我是一个固执的写作者，我对小说的崇拜无言可以表达。除了与小说有关的文字外，我几乎不写其他的文字，对其他文体我一直采取拒绝的态度，我觉得只有这样才能保持对小说的忠贞。说到题材，我还有许多工厂里有趣而又令人心酸的故事没有写，我迟早要把它们一一写出来。这样做，也算是送给二十年来的伙伴们的一份礼物吧。当然，除了工厂、工人，我还有许多其他背景的故事和人物要写，那些人和事已经憋在心里很久了，写那些人和事我的艺术感觉会更好一些。我一篇一篇地写下去，我期待有一天在我的这些平淡无奇的小说中，能出现一座像冰雕一样晶莹剔透的东西，我为此而不懈地努力。”

王立纯的《人性的底线》（《口罩》创作谈——编者注）发表于同期《中篇小说选刊》。王立纯认为：“一篇小说，要作者自己说明白，也是难为人。而且能说得明白的小说，大概也不能算是好小说。我只能说说浮层的想法，要想得其真味，还得像我深入矿井那样，去深入文字的巷道，而且走得更远些才好。”

张炜的《因为绝望而哭泣——关于〈我和女医师〉》（《我和女医师》创作谈——编者注）发表于同期《中篇小说选刊》。张炜说道：“粗粗读来，这部小说好像在讲一个‘绝望’和‘诅咒’的故事，即类似的‘愤青小说’——其实未必。回忆之美、人性的奥秘，还有对一片土地浓得化不开的深情，是这一切的综合与纠缠。这部小说主要不是谴责，不是仇恨，而是爱和缠绵，是男人的热情。”

15日　葛红兵的《当代小说的新大众化趋势》发表于《当代文坛》第5期。葛红兵认为：“大众的文学不再像过去那样仅仅意味着‘文学的民间化’，虽然‘民间的’‘民族的’趋向依然在发展，比如莫言《檀香刑》对民谣语言、民间故事的借鉴，但是，21世纪文学的大众化是以文学对时代的亲近、对民间生活的亲近为主要标志的，在文学创作的形式上已经不再拘泥于‘民族化’‘民间化’问题，新时代的大众化是建立在中国汉语言文学丰富的现代传统基础之上的，它不再把重心放在‘文学形式’的大众化（民族化）之上，而是把精力更多地放在文学内容、文学精神的大众性上。”

同日，黄宾莉的《残雪文本的多义性》发表于《南方文坛》第5期。黄宾莉谈道：“残雪所表现的‘自我’却不是能用‘大我’或‘小我’就可以概括得了的，她的‘自我’不再是单一含义的体现，而呈现出一种‘自我’的多义性。……残雪对传统文化的批判与那些具有忧患意识的作家不一样，她是从自己独特的生命感受出发的。残雪从小就受传统文化的熏陶，并且具有深厚的传统文化的基础，也正因为如此，她才更深刻地感受到传统文化带给她的压抑感与窒息感，才会如此坚决地否定传统文化，处处与这种传统对着干的。她是具有反叛精神而且永远在突出重围的中国人。”

吕晓英的《难觅和谐——当下女性小说两性关系描写的缺憾》发表于同期《南方文坛》。吕晓英谈道：“综观当下女性小说中的两性关系描写，不难发现有一个共同特点：缺失了对男女和谐共处这一生命状态的书写，和谐、亲昵、互信如沧海骊珠，难以寻觅。当下女性小说真切地展现并毫无反抗地接受和认可了这种和谐缺失的两性关系的情感状态，进而使其成了女性小说中两性关系描写的主导性情感状态。可以肯定，这种在女性小说中作为文学现象本身普遍存在的缺憾，会导致女性小说在一度腾起的同时，又有所失落。……女小说家以反男性，精神上瓦解男性为已任，把男性当成女性解放的障碍，将女性解放看成是女性自己的事情，从社会发展的整体中分化出来，在女性小说的角色塑造中缺少了与男性和谐合作的形象，表现出偏激的病态的‘平等意识’，塑造出脱离现实的理想人格等等。这一切均是创作必须规避的。回归和谐是时代精神的真正指向，是当代人的真实生存体验。……让小说中的男女两性解除彼此之间的对立与对抗，走向平等共存和谐，留下表达爱意、温暖、悲悯和希望的人类情怀，写出有精神重量与高贵灵魂的女性小说——这是当下女性小说应追求的主旋律，也是人类共同的期待。”

同日，吴义勤的《新生代长篇小说论》发表于《文学评论》第 5 期。吴义勤认为：“新生代长篇小说整体上主要呈现为四种形态：一是以曾维浩的《弑父》、须兰的《千里走单骑》、艾伟的《越野赛跑》、麦加的《解密》等为代表的具有强烈的寓言色彩和超现实意味的小说；一是以李洱的《花腔》、红柯的《西去的骑手》、艾伟的《爱人同志》、韩东的《扎根》等为代表的把‘现实’与‘历史’进行‘互文’处理，具有某种新历史小说特征的文本；一是以刘志钊的《物质生活》、王芫的《什么都有代价》、朱文的《什么是垃圾，什么是爱》、戴来的《我们都是有病的人》、徐坤的《春天的二十二个夜晚》等为代表的近距离书写欲望化的生存现实，宣泄生存之痛和世纪末情绪的小说；一是以叶弥的《美哉少年》、何大草的《刀子和刀子》、魏微的《一个人的微湖闸》、王彪的《越跑越远》等为代表的反应‘成长’主题的小说。”“我重点探讨一下新生代长篇小说存在的具体的艺术局限与艺术矛盾。其一，表象化的世界图像与‘无根’的思想。……其二，狭窄的想像通道与日益苍白的私人经验。……其三，‘小气’的长篇格局与单调的艺术风格。……其四，粗鄙放肆的语言与诗意情感的流失。”

18 日　陈思和、王安忆等人的《〈上塘书〉N 种解读》发表于《文艺报》。陈思和认为：“孙惠芬以地方志方式全面展示农村当下状态，我认为这对小说本身的表达是有妨碍的，小说采用的方式把一个本来可以流通下去的故事切断了，我一直在探讨民间的故事以什么方式写才是好的，什么方式写是不好的，我认为这类作品的写作应该是气势贯通的，如果切断叙述就感觉不出浓郁的农村气息，感觉不出农村本身的力量。”王安忆谈道：“孙惠芬的小说一开始就从自然荒芜原生态中写出来。我个人比较喜欢农村的价值观。我想《上塘书》的描写方式妨碍了表达。小说的写作意图是写村史村志。《史记》之所以好看，是因为有《刺客列传》。小说中缺少很北方的东西，缺少提纲挈领的东西，故事编排也没有什么逻辑。”

20日 《当代》第5期发表《董立勃遭遇瓶颈？》（《米香》一文的“责编手记”——编者注）。编者指出：“那时候，常惊叹西部（陕西以西）作家人才辈出，目不暇接，以为西部小说马踏中原的日子为期不远。却没有想到，才华横溢的杨志军和张驰和赵光明等先后都遭遇到了叙述瓶颈，而且一卡就是十几年，一直沉默到天下统于‘故事’的今天，依然沉默！……以前不屑于讲故事，以为档次太低；现在屑于了，却发现讲故事的叙述功力，连通俗小说家都不如。”

同日，刘宁的《论贾平凹地域小说中的文化意蕴》发表于《小说评论》第5期。刘宁认为：“平凹的小说有质朴厚重更有淡泊宁静，道家的道法自然、抱素含朴的意念潜入他心田。……艺术生命根植黄土地的贾平凹深深体味其中滋味，他不仅把儒的平和厚重、道的婉丽清逸之心灌注民众，而且把佛境中禅思寄于百姓。……贾平凹在他的许多作品中写佛事、讲佛理，吸收佛家文化因素入作品，显然易见，他的写作潜隐着对佛家教义的宣扬，对生命存在的玄思。”“贾平凹的地域小说蕴涵着丰富的民俗学、宗教学、哲学，其中沉积着中国传统文化的精神，他的地域小说亦儒亦道亦佛，他既能得儒之质朴、浑厚，又采道之清秀、俊雅，亦获佛之神秘、虚无。”

罗益民的《知识者的生前身后——读阎真〈曾在天涯〉与〈沧浪之水〉》发表于同期《小说评论》。罗益民指出：“文学本身形象思维的特性与对生活的切近性，使它有可能对哲学进行修正。《曾在天涯》与《沧浪之水》较好地整合了海德格尔与萨特在死亡问题上的分歧而又承认各自不同的价值。两书共建了人在世界上可能的存在形态，并在存在论上达到统一。深入骨髓地刻画了生存展开的合法性与合理性。无论是实存此在向死而在，还是死后以精神、表象与实在的三维一同融入生者的存在均是如此。突破了实存的生命形态而达到对非生命形态的深刻书写，在形而上的层面，深化了富有开启性的主题：个体的人在唯一生命历程中的可能性以及终结的个体在其身后生命世界中的可能性。”

杨晓林的《文学的尴尬与小说的出路》发表于同期《小说评论》。杨晓林认为：“就小说而言，它就一直和影视处于一种双向互动状态之中，影视借小说取得素材，而成功的影视作品又同时将许多默默无名的小说潜在的价值揭示出来，从而无名的小说变得有名，使有名的小说名声更大，受众更广。但是，作为一种以技术为支撑的大众艺术，它使大众的注意力日益转移自己这边来，从而对小说的生存构成了一定的威胁。”“我认为以下两点作为‘求生之道’，也无不可：第一，更进一步与影视联姻，双赢共荣；第二，寻找新的小说‘写法’，在写法的‘陌生化’上找出路。”“文学作为影视构成的重要元素，两者只有更进一步的结合，将观众转化为读者，将读者转化为观众，才能将双赢共荣，挽救文学的颓势。”

於可训在《小说家档案·阿来专辑》栏目的《主持人的话》发表于同期《小说评论》。於可训认为：“（阿来的创作——编者注）以其独特的追求，把当代少数民族文学影响中国文学进程的历史，推向了一个新的阶段。这个阶段的特征就在于，像阿来这样的藏族作家，他的创作，不但在上述民情风习、文化精神乃至思维方式的不同层面，保持了自己的民族特性，而且通过这种民族特性反映出来的民族历史和个体命运的变迁，又被作者赋予了一种普遍性的意义：‘讲的是一个人的命运，但往往映射的是一大群人的命运，讲的是一个民族的遭遇，但放眼整个世界，不同的民族在不同的发展阶段有类似的遭遇’。这也就是阿来所说的一种‘普世的价值观’。有了这种‘普世的价值观’，像阿来这样的少数民族作家的作品，就不仅仅是沟通了与之血肉相连的中华各民族的历史和命运，同时也沟通了与之相隔遥远的世界各民族的历史和命运，一个中国当代少数民族作家的文学创作，于是也就走出了他的民族和地域的局限，成了‘世界的’和整个人类的精神文化的一部分。”

翟苏民的《迟子建小说艺术论》发表于同期《小说评论》。翟苏民谈道：“迟子建小说意境之美的产生首先在于人物形象的刻画上。……迟子建小说意境之美生成的另一个原因，是在人物塑造、事件叙述中对自然美的描写。……在对大自然描写时，迟子建还以许多中心意象去表现自己的艺术指向，这些中心意象大都是由自然之景、之生灵去担当的。……赋予自然景物中的万物以生命即拟人化，也是迟子建作品生发起诗情之美的一个特点。……除了人物塑造的特点，及对大自然的无比热爱与深情描写之外，对艺术追求的美轮美奂和在作品之中洋溢着艺术激情也是迟子建小说意境之美产生的原因。”

21日　付艳霞的《极致的乡村叙事——评孙惠芬长篇小说〈上塘书〉》发表于《文艺报》。付艳霞认为：“孙惠芬的《上塘书》完全是散点透视型的，即使有焦点也是匆匆停留，她瞩目的始终是有关上塘这个小村的整体形象和整体信息。于是她的作品为阅读和评论都提出了挑战，如何让读者跟随‘无事之事’的小说进展而不放弃、不厌倦；如何让评论既控制篇幅、又击中要害都是孙惠芬的难题。在碎片化的、局部的微观行进中，细节淹没了隐喻、冲淡了结构，当然也掩盖了创作者的立场和声音。”

25日　何平的《魏微论》发表于《当代作家评论》第5期。何平认为：“魏微似乎用她的写作对她同时代人宣称的‘无父’状态作出了回应。阅读魏微的小说，我们忽然意识到‘父亲’决不会因为我们的拒斥而不存在，《寻父记》就凸显了‘父亲’的出走和缺席所造成的精神惶惑和心理焦虑。”

晓华的《叶弥论》发表于同期《当代作家评论》。晓华认为：“叶弥的作品口语化程度高，属于我说的那种‘声音派’作家，有着相当快的叙事速率和高亢的音频，这样的语音效果与小说的幽默品格极为吻合，这种幽默并不是表层的戏剧性结构，而是体现在叙事人的内在视角上，以幽默的语气与心态去叙述一切……从表面上看，很难说叶弥的作品与权力有关，与政治有关，但权力却实实在在是叶弥小说潜在的表现对象，而对集权的质疑、批判与消解也因之成为她作品突出的主题。……在长篇中，她非常注意叙述的力量，因为对一个长篇来说，没有相当的力量是无法完成绵延的叙事长度的，这种力量来自宽广的背景、复杂的人物关系、处于中心位置同时又具有结构功能的故事框架，以及不断拓展、渲染和次第展开的氛围情境，因此，《美哉少年》绝无时下所谓小长篇的通病。”

周立民的《被囚禁的欲望——谈金仁顺及七十年代出生作家的创作》发表于同期《当代作家评论》。周立民认为：“金仁顺小说中比较明显的一个关节就是她在叙述中所把握的‘度’，这个度是对叙述的刻意控制。在金仁顺的笔下，无论是故事的发展，还是情感的表达，作者从来不将它们推向极致，却常常是在叙述的顺利推进中戛然而止，在人们的期待中突然转换，呈现在读者面前的不是万物花开，而是含苞待放，它给人的则是期待和某种不见芳香却可以想象的微妙。……金仁顺的小说将人性中对自由和欲望的渴望展露无遗，但这个欲望却又不曾一往无前地冲到现实的层面中来，它们是被囚禁的欲望，道德、规范、尊严等等捆着它，容不得它张扬恣肆，这就构成了文本中一个内在的对立，就形成欲望与欲望被压抑之间的强大张力，它笼罩在金仁顺小说之上，与光怪陆离的当代社会图景一起激起了一种莫名其妙的焦躁，散布在金仁顺的文字间。”

30 日　赵海彦的《英雄人物形象塑造得失谈》发表于《文艺报》。赵海彦谈道：“尽管平民化、大众化是今后英雄人物的必然趋势，但‘英雄品格’不可消解，英雄特质不能缺失。因此，在当下塑造英雄人物的文艺创作中，必须防止两种倾向的出现：其一，把英雄人物形象的复杂性简单理解成给其人为地加上一些‘可以原谅’的性格弱点，甚至恶习。……其二，把英雄人物加上新的光环，使其重新神圣化。”

十月

2 日　陈晓明的《小叙事与剩余的文学性——近期〈小说选刊〉评述》发表于《小说选刊》第 10 期。陈晓明认为：“总而言之，宏大的历史叙事已经很难在当代小说中出现，特别是中短篇小说，小人物小叙事小感觉构成了小说的基调，而文学需要进入到人性更隐秘的深处，需要在生活变形和裂开的瞬间抓住存在之真相本质，文学性的意味只有这样时刻涌溢而出。这就是我们这个时代的文学性所赖以存在的那种质地，这是历史事件的剩余物，也是宏大的文学史的剩余物，这就是文学性的最小值，也只有最小值的文学性，构成最真实的审美感觉。‘剩余’是历史的遗产，也是历史的馈赠，更重要的是，它是历史的积淀，最后剩余的东西，是负隅顽抗的东西，它最有韧性，也最真实。它存留在具体的文本中，存留在每一次真实的写作中，它是语言、文字书写与生活存在的敞开与关闭浑然一体的时刻，是尼采所说的那种山谷时刻，是海德格尔所说的空地敞开的时刻，是德里达所说的无限延异的时刻。这一切在后历史时代的文学书写中，成为一种更为真实的文学品质。”

11 日　《生活经验与文学想象——〈上塘书〉作品研讨会纪要》发表于《中

华文学选刊》第 10 期。王纪人指出："孙惠芬的小说中，农村的景色、日子和人物十分鲜活，好像没有经过刻意的加工和提炼。因此我把她的小说定位在乡土文学上。但是称之为新乡土小说，是因为她的小说没有以前的明显的典型化，是一种原生态，和过去的乡土文学有所不同。……第二点是她的小说写作手法和以前的不一样。小说结构独特，整部小说没有贯穿人物和情节，很散；她的手法是渐进式的、并列式的；她的地理观念、时间观念、空间观念都是农村式的；上塘的政治、交通等又完全是文学的小说。"

30 日　黄立平的《关于小小说评点》发表于《求索》第 10 期。黄立平谈道："小小说评点写作从体式上说，应属应用文体。小小说评点的内容主要包括立意、选材、构思、语言表达等各方面。小小说评点写作的方法主要有：比较法、'拨云见日'法、'显影'法、'煽情'法、疏导法等。"

本月

陈村的《关于小说的乱想》发表于《上海文学》第 10 期。陈村认为："小说的正源应该是张家长李家短，是那些奇闻逸事。……在小说的时间、地点、人物三要素之外，要加上情节。情节是人物的走向，它让小说中的主人公处于动态，引发悬念。有了情节的发生、发展、结局，人物的命运就像活动图像，动起来，真实或虚幻起来，是活动的视频而不是图片。""小说也是人的欲望的载体。……小说对那些不刺激的事情往往缺乏热情，这首先因为读者缺乏热情。人们要读小说，是要在其中找到非常的或非分的东西，探寻不同的经验，验证自己的非常规经验。小说是我们贫乏生活的补充与升华。"

十一月

1 日　莫言、刘睟的《我写农村是一种命定——莫言访谈录》发表于《钟山》第 6 期。莫言认为："所谓故乡的限制，我觉得更是一种语言的限制。一个作家的语言有后天训练的因素，但他语言的内核、语言的精气神，恐怕还是更早时候的影响决定的。我觉得我的语言就是继承了民间的，和民间艺术家的口头传说是一脉相承的。第一，这种语言是夸张的流畅的滔滔不绝的，第二，这种语言是生动的有乡土气息的。在农村我们经常看见一个大字都不识的，当你听他讲话时你会觉得他的学问大得无边无沿。他绘声绘色的描述非常打动人，语言本身有着巨大的魅力。炮人炮孩子，尽管你知道他是瞎说八道，但你听得津津有味，因为你会把它当故事听，这是一种听觉的盛宴。我想我的语言最根本的来源就在这儿。第三，我想，是中华民族的传奇文学的源头，或者是一种文学表达的方式。传奇文学主要是靠口口相传的，越往前推，识字的人越少，当然现在大家都认字了。口头的故事本来就是经过加工的，每一个讲述故事的肯定要添油加醋，所以二百年前一件普通事，经过口口相传，到现在肯定了不得了。所以说，第一从语言上第二从经历上，故乡对人是有制约的。尽管后来我看了很多西方的翻译过来的著作，也看了很多我们古典的文学作品和当代的，但为什么我的语言没变成和余华的一样，为什么我的语言和苏童叶兆言的不一样，虽然我们后来的基础都差不多。我和余华是鲁院同学，听的东西都是一个老师讲的，看的书也差不多，但我们的语言风格差别是十分鲜明的。王安忆作品中的上海乡下，苏童的苏州，我觉得都是故乡因素的制约在起作用。这一方面是好事，一方面也是坏事，是无可奈何的存在事实。这样更多的作家才有存在的价值。当然大家都试图在突破，试图在变化自己，但深水的鱼到了浅水就难以存活，是一个道理。我们现在能做的是千方百计把这种限制变得有弹性一点，努力地增长它，往里面填充新的材料。我必须把故乡记忆故乡经历的闸门打开，必须把它从死水变成流动的河流，必须要学习学习再学习，任何新鲜东西都要努力地去接受，天南海北发生的事都要过滤接受。这样说，我小说里的故乡高密东北乡完全不是一个地理概念了，真实的高密东北乡和它已经完全不是一回事，它是一种文学的情感的反映。而且我小时候的高密东北乡和记忆里的也不是一回事，比如我现在回老家，就发现哪还有高密东北乡啊，完全不是一回事。但母本还是过去的那点东西，比如说河流，街道，而且还有很多传说中的，并不是现实生活中存在的。清朝的事我不可能知道，凭的是邻居乡亲在茶余饭后或田间地头休息时说的话和典故，那些都变成了我的东西，而且可能长时间保存突然在某一天被激活。”“我一直强调小说的第一个因素是小说应该好看，小说要让读者读得下去。什么样的小说好看？小说应该有一个很好的故事精彩的故事。因为所谓思想、人物性格的塑造、时代精神的开掘，所有的微言大义，都是通过故事表现出来的。而且做评论文章，单纯从结构和文体，也是没有多少话好讲的。所以我认为还是应该有故事，而且应该有精彩的故事。尤其是在长篇小说里，更应该有让人看了难以忘记的故事，这样才有可能产生让人难以忘记的可以进入文学画廊的典型人物，那些美丽的语言才有可能附丽。皮之不存，毛将焉附？这种故事淡化的短篇存在，像孙甘露的一些小说，《信使之函》等，但后来的第三、第四、第五篇还有人读吗？我觉得作为一种实验是可以存在的，如果所有的长篇所有的小说都这样了，那将是小说的末日。”“地方小戏是民间文化中对我产生影响的很重要的艺术样式。这些东西在我过去的小说里肯定已经发生作用，《透明的红萝卜》《檀香刑》里都有，后者用小说的方式来写乡村的戏剧，这个时候作家的主观意图就比较明确了。这也很难说好还是不好。”

同日，余华、洪治纲的《阅读、音乐与小说创作》发表于《作家》第 11 期。余华谈道：“我觉得音乐在叙述上能给人许多的帮助。写《许三观卖血记》的时候，我就亲身经历了这种感受。我是 1993 年热爱音乐的，真正地迷恋上了古典音乐。但是我相信，我的全面的文学底子给我打了良好的基础。因为艺术是相通的，所以我欣赏音乐的时候，我可以非常快地进入，而且没有丝毫的障碍。那个时候，对我产生很大的影响的，是巴赫的音乐。……我为什么喜爱音乐，因为我认为音乐也是一种叙述性的作品。它和文学作品一样，它是流动的。但是，我为什么更愿意到音乐里去体会一些叙述的美妙呢，因为你要是去读一部《战争与和平》去了解它的叙述，一个月都下不来，脑子里会很乱很复杂，但是你要是听一部最伟大的音乐作品，也就是几个小时就听完了，而且你是在享受中听完的，很轻松地，你就了解了它的叙述力量是怎么产生的。”

5 日　吴义勤的《极端的代价——20 世纪 80 年代以来中国新潮小说观念革命之反思》发表于《花城》第 6 期。吴义勤认为：“新潮小说在打破文学的‘内容’、主题和意义神话的同时又建构起了关于语言和形式的神话，他们把语言和形式视为文学的‘终极’，从而从一个极端走向另一个极端，同样构成了对于小说的伤害。因为，语言和形式的探索说穿了仍然只应是文学‘可能性’之一种，它不能涵盖的文学的无穷‘可能性’，更不应成为否定文学的人文内涵和思想内涵的借口。”

6 日　侯文宜的《奇崛大气与朴野灵动之美》发表于《文艺报》。侯文宜谈道：“不同于近年来一些女性作家笔下的都市琐碎生活、私人化写作、‘欲望化’叙事，这是一种独特的富有社会历史蕴涵的新乡村小说，也是从民间立场写照底层民众的一种重要的文本类型。从处女作《甩鞭》和《地气》开始，葛水平的小说不断引起反响或好评，且一发不可收，可以说简直是奇迹般的崛起。……葛水平小说的成功及反响已经说明了问题。葛水平的小说显然起点较高，她的小说让人觉得很别致，一方面写的是实实在在的广袤山野中村夫村妇的故事，有点自然天籁、空谷足音的浑厚感，另一方面又是一个超现实、超历史、充满奇幻和象征意象的世界，达到了对现实生活的超越和形而上意义的思考。……这种奇崛大气与朴野灵动之美，又主要来自三个因素：意象氛围的营造、民间人物故事、有质感的叙述语言。小说中大量选取天地间造化自然的种种物象和民众生活情景，构成了一种天文、地文、人文圆通的有意味的艺术空间。”

10 日　叶向阳的《文本内外》(《世世代代》创作谈——编者注)发表于《中篇小说选刊》第 6 期。叶向阳谈道：“小说家是用文字来经营故事的人。如果说这种定义还显浅薄的话，那么，小说家必须通过故事来经营自己的思想。这种思想，不应该仅仅是对唯美主义的开采，更应该是对故事本身所含意义的挖掘。一个不能通过故事来经营思想的小说家，他可以存在，但他难以永恒。当然，这只是我个人出于自身好恶的观点。”

钟晶晶的《什么是我们应该相信的历史》(《空坟》创作谈——编者注)发表于同期《中篇小说选刊》。钟晶晶提到：“革命和人性，历史和真实，拯救者和被拯救者，理想主义和家族传统，都是让我迷恋的主题。我探索过拯救众生的理想主义曾让人达到何等的迷狂，以及这一切背后的苍凉虚妄；而这篇《空坟》，则既写了烈士就义的血的热烈，也写了烈士坟头野草的苍茫，它想让人们看到，在我们竖立起来的一座座高耸入云的纪念碑的下面，曾有过多么肥沃又贫瘠的复杂土地。”

15 日　王海铝的《论艾伟小说的叙事维度》发表于《当代文坛》第 6 期。王海铝谈道：“艾伟的小说常出现死亡主题与飞翔、飘游等意象，在《标本》

等小说里有明显体现。……与《越野赛跑》的奇幻色彩不同，稍后出版的《爱人同志》具有写实与寓言的双重维度。……艾伟的作品具有双重的叙事维度和叙事气质：在形而下的层面朴实、严峻甚至有些沉重，在形而上的层面却又轻盈、飞翔、超凡脱俗的诗意倾向。”

张学军的《残雪的叙事陷阱》发表于同期《当代文坛》。张学军谈道：“在近作中，虽然其荒诞意识和魔幻手法依然存在，但那种阴冷怪癖的感觉和紧张焦虑的情绪却已经消退，温和从容的叙述态度正在确立。但是，近作中毫无联系的事件碎片的象征意义的模糊和暧昧，则取代了早期的那种较为单纯的意义指向，这些难以猜度、令人费解的叙述迷宫，就为用清晰准确的概念进行阐释带来了很大的困难。……无疑，残雪受到了博尔赫斯的影响。但与博尔赫斯的创作又有很大差距。博尔赫斯叙事迷宫的设置，有着设置悬念、引人入胜的魅力，也有对人智力的考量。叙事上的迷宫，并不影响它意义上的明确指向。而残雪的迷宫则成为令人难以猜度的、意义含混的一团乱麻。丝毫没有阅读博尔赫斯作品时的智力愉悦，有的却是茫然不知所措的莫名其妙。”

同日，吴朝晖的《走进寻常巷陌间——王安忆近年短篇小说的审美性》发表于《理论与创作》第6期。吴朝晖谈道：“王安忆的日常生活叙事并没有停留在自然主义的显微镜下，也没有止步在新写实主义的平庸浮泛里。她力图挖掘出日常生活的诗性特质。在王安忆看来，日常生活充满了安宁而又扎实、坚韧而又向前的内质，犹如一阕浪漫的诗词、一曲优美的音乐、一幅迷人的图画，充满了柔情和刚毅的诗性。……这种审美性的创作不仅仅来自文字本身，更来自王安忆对生活充满了审美理解的感受和关注。这种审美性的创作使得审美主体与审美对象在互动中获得了交汇时的灿烂光芒，显示出中华民族在历史性的巨大变迁中最美好也是最纯粹的感情和心态，同时也达到了审美体验的最高目的，即审美的自由无限性。”

赵学勇、樊晓哲的《高处不胜寒，何似在人间——毕飞宇创作道路兼及九十年代小说的流变》发表于同期《理论与创作》。赵学勇、樊晓哲认为：“倘如说毕飞宇前期的追问历史的创作是眼光向上的，那么，当他创作城市题材的作品时，他的眼光便已经转为平视。这种写作眼光的转换得自于九十年代初的‘新写实’创作。……写作的这一转向表明了在几经调试之后，九十年代的文学似乎终于找到了可以执重的所在，使得文学再一次恢复了对人性、生命的切实关注，肩负起了文学固有的批判与救赎的职责；使文学再一次有了浓郁的生活气息和深厚的人文底蕴。”

同日，赵允芳的《公众话语的个人化解释——论毕飞宇小说语言艺术》发表于《南方文坛》第 6 期。赵允芳谈道：“毕飞宇小说语言里更为普遍的现象就是对意识形态性公众话语的移用，并在这种移用的过程中构成一种突出的语风，成为小说家个人主义话语的重要组成部分，在这里，我把这种高频率存在于小说里的语风归结为‘公众话语的个人化解释’。”

17 日　张学昕的《生命与历史在叙述中流动——评格非长篇小说〈人面桃花〉》发表于《光明日报》。张学昕指出：“这部取材于历史的小说，以宏阔而从容的气魄表现了近、现代中国社会乡土与民间、政治与世俗、人性与欲望、理想与梦幻相互交织的历史场景。历史题材，一直是格非感兴趣的领域，但在这部小说中，格非似乎更注重在看似变动不拘的具体历史情景中，捕捉、感受生命存在的确实性、鲜活性，以审美的方式在历史的积累中寻找正义、公正、进步和文明的价值尺度和人性维度。小说以个人化视角进入历史、参与对历史的书写……这部小说基本上延续作者极为个性化的抒情性风格，叙述语言的宽柔与弹性，叙述中大量描述性语言，具有浓郁的诗的修辞特征和古典气韵，构成了小说叙事整体上的苍凉美感，人物、历史、人性故事传达着作家对生活与世界的独特理解，生命和历史也在我们的理解中流动着，留给我们无尽的思索和向往，而且，这种思索将肯定超出小说文本自身所承载的范畴。”

20 日　《当代》第 6 期发表《卖米》一文的“编者手记”。编者谈道：“不久，稿子到了我手上，我是带着一点悲伤看完《卖米》的，飞花一开始就说，这不是小说，里面的每一个细节都是真实的。但面对现实的苦难，这个年纪轻轻的作者，态度是朴实的，从容的，甚至是面带微笑的，平淡中有一种只有经典的现实主义才有的力量。如果飞花活着，那将有多少期待啊。”

同日，白军芳、郑升旭的《一种女性文学的新启迪——比较王安忆〈桃之夭夭〉与“身体写作”》发表于《小说评论》第 6 期。白军芳、郑升旭谈道：“细细研读她的《桃之夭夭》会发现她的创作在极力刻画时代的喧嚣背后，从头到尾都在讲述一个女性声音丧失的故事，而且‘故事’震撼人心，虽然没有一句女性的呐喊和对女性话语的展示与‘建构’，但却是再明显不过的女性写作，只是她的切入角度更加巧妙，也更加现实，因而从内容到形式，从阅读习惯到文化底蕴都更加全面更加深刻地揭示了男性文化的瑕疵罢了。”

党艺峰的《小说叙事空间及其文化意味——刘震云论》发表于同期《小说评论》。党艺峰认为：“刘震云的小说越来越倾向于远离现实生活而走入历史，而且历史在他那里呈现出明显的个人色彩……刘震云的历史书写具有明显的自我关联，我希望理解的正是刘震云所描述的历史和他自己的生命之间的关联——因为历史与作家的关联使之成为一种特定的小说叙事空间，并且有其独立的文化意味。”

李建军的《小说病象观察之十八——论小说的说服力》发表于同期《小说评论》。李建军认为：“小说也是一种修辞术，也是一种通过说服而对读者的内心生活发生影响的伟大的精神现象。我曾在博士论文《小说修辞研究》中，给‘小说修辞’下过一个定义：‘小说修辞是小说家为了控制读者的反应，“说服”读者接受小说中的人物和主要的价值观念，并最终形成与读者间的心照神交的契合性交流关系而选择和运用相应的方法、技巧和策略的活动。’”

李明德和张英芳的《关于成长，关于爱——魏微的文学风景》发表于同期《小说评论》。李明德和张英芳认为：“魏微的小说是纯净的，优雅的，是淡淡的栀子花，芬芳却不馥郁，她的小说给读者的更多的是内心的一种震撼。无论用大师的衡量标准还是评论家的标准去检验魏微的小说，表层来看，她的小说没有逻各斯，即中心，而且骨节上的排序也是混乱的，与传统的小说宗旨好像有背离，对文学理念置之不理，但是剖开小说疏疏淡淡的纹理，小说的体系又是那么严密，内部贯注的肆意淋漓的情感使得小说具有一种智慧的力量。这也是魏微的小说无法与大众文学商业化契合的原因所在。”

於可训在《小说家档案·韩少功专辑》栏目中的《主持人的话》发表于同期《小说评论》。於可训认为：“韩少功在哪一股文学潮流中，都堪称得风气之先，或作为首开风气的始作俑者，从未落在时代潮流的后面，他的思想历程也因此可以套用一句时髦的话说，叫作与时俱进：从‘伤痕’‘反思’文学阶段激进的政治批判，到倡导文学‘寻根’过程中深刻的文化反省，乃至近期的主张‘传统的现代再生’，等等。在这个文学和思想与时俱进的过程中，尽管有人时而把他归入文化保守主义，时而又把他归入‘新左派’之列，但他似乎并不十分在意自己所属何门何派，恰恰相反，倒是对人们强拉他去入伙的那些个左门右派，都持有一定的怀疑和警惕。这怀疑和警惕，就使得韩少功在二十余年来中国社会瞬息万变的思想文化（有时候也包括文学）潮流中，永远是本辑主笔张均博士所说的一个‘不合时宜的“少数”’。”

张均的《仍有人仰望星空——韩少功的 1992-2002》发表于同期《小说评论》。张均认为：“在当下生存分割和话语重构的语境中，他的写作具有交互关联的多重意义：一，在 1990 年代‘个人’群起对抗宏大叙述的潮流中，韩少功兼取域外经验与本土资源，穿越个人化的陷阱著力创构了一种‘词典’样态的‘微小叙事’，该形式内涵的革命性、解构性与开放性为当代文学的多元建构提供了一份至为难得的经验；二，他以小说、随笔等多副笔墨，广泛批判当下中国新右派、老左派和后现代主义等文化现象及其意识形态‘控制形式’，并因此成为我们时代‘不太合群’的思考者；三，他的叙事探索与近于解构式的批判诉求，没有走向后现代主义的价值虚无与犬儒主义，他为当代文学与思想探求找到了一种源于实践归于实践的精神持求和一种基于底线正义的叙事美学。”

23 日　郑允钦的《我看微型小说》发表于《文艺报》。郑允钦谈道：“我们认为，微型小说之所以能够走俏市场，受到广大读者欢迎，不单单是因为其篇幅短小，能够迅捷地反映社会生活，适合当代快节奏社会生活的需要，更重要的是其个性化的艺术特征，也就是说微型小说的独特结构和独特的艺术表达方式决定了它具有独特的魅力。微型小说篇幅短小，又要求它具有故事情节和塑造人物形象，还要求它具有新颖深刻的思想内涵，这就迫使它必须讲究含蓄，讲究巧妙，讲究‘弦外之音’，讲究‘计白当黑’，讲究‘出奇制胜’，等等，只有这样，它才能够以‘极短的篇幅包容极大的思想’，才能够像原子弹胜过一般的重磅炸弹那样以小胜大，经过读者的阅读，碰撞出思维的火花，最后引爆，释放出巨大的思想能量，震撼人的心灵。因为这样，微型小说成为一种充满了幽默智慧、充满了空灵巧妙的独特文体，这就不但使它与一般的散文、随笔明显地区别开来，也和长、中、短篇小说明显地不同。它更讲究写作技巧，更注重构思立意，更具有幽默、荒诞、夸张、幻想、象征、空灵的色彩。”

25 日　洪治纲的《悲悯的力量——论余华的三部长篇小说及其精神走向》发表于《当代作家评论》第 6 期。洪治纲认为：“从 1990 年到 1995 年，在前后不到六年的时间里，余华先后完成了《在细雨中呼喊》《活着》和《许三观卖血记》三部标志性的长篇小说。迄今为止，这三部长篇仍处在不断地重版之中，可算是当代长篇小说出版史上一个小小的奇迹。但是，更重要的是，在这三部长篇小说中，余华不仅成功地完成了自我艺术上的再一次转变——回到朴素，回到现实，回到苦难的命运之中，而且也实现了自我精神上的又一次迁徙——从先前的哲学化命运思考向情感化生命体恤的转变，从冷静的理性立场向感性的人道立场的转变。因此，在这三部长篇中，以往的暴力快感不见了，代之而起的却是‘受难’的主题；以往的冷漠尖利的语调消退了，代之而来的是充满温情的话语。”“随着《活着》的完成，这种对苦难生存的全力关注，已渐渐地成为余华精神深处的艺术目标。此时的他，已不再冷漠地拒绝现实，也不再自觉地将自己放在现实生活的对立面，而是带着自身特有的体恤之情，深入到悲苦的现实命运中，深入到扭曲的人性状态里，通过自身独到的探索与体验，以种种独标真愫的方式，将那些被不合理的现实世界所磐压、钳制的痛苦状态生动细腻地揭示出来，向人们提供人类精神境域的不幸真相，表达创作主体对世间温情与生存平等的捍卫立场，以及对多难的现实世界的沉思和忧虑。”“但是，从《在细雨中呼喊》开始，余华在面对深重的记忆和现实时，尤其是面对那些个体生命无法超越的苦难本质时，余华已无法做到叙事上的冷静，他的悲悯、无奈和体恤都会不自觉地随着人物的命运变化而流淌出来。所以，在这两部作品中，我们可以感受到创作主体浓烈的情感辐射倾向，可以感受到一种无法言语的感伤、无奈甚至绝望的气息自始至终地笼罩在整个话语之中，形成了一种温暖与悲悯的审美格调。这种情形到了《许三观卖血记》中，可以说是获得了全面的爆发。如果说，《在细雨中呼喊》是写了一个孤独的少年如何体验到了生存的苦难，《活着》是写了一个成人在漫长的岁月中如何忍受生存的苦难，那么，《许三观卖血记》则写出了一个成人如何来消解生存的苦难。从体验苦难到忍受苦难，这已是人生的一次跨越，也体现了余华对苦难更深一层的理解。”

莫言的《当历史扑面而来》发表于同期《当代作家评论》。莫言认为：“张宏杰不是从政治、道德或者学术的角度，而仅仅是从人性的角度去接近古人。他不批判也不仰视，他只是抱着悲悯之心，替他笔下的人物设身处地，悲欢与共。也仅仅因为此，那些在历代史书中伟大或者邪恶得光怪陆离的历史人物被他还原成了可以信赖的人，与以往的描述面貌迥然不同。”

同日，吴义勤的《新生代长篇小说的艺术问题》发表于《文艺报》。吴义勤认为：“新生代长篇小说作为中国 90 年代长篇小说家族中独特的‘一元’，确实为 90 年代的中国文学贡献了崭新的可能性。但与此同时，我们也应看到，新生代长篇小说受时代审美风尚、世俗文化趣味、商业化氛围的影响以及自身艺术能力的限制也存在着突出的艺术问题。这些问题除了表现为在艺术观念、艺术态度上一定程度的媚俗和自我炒作倾向外，还表现为创作上的急功近利和自我重复、自我复制，以及艺术精神和艺术敬畏感的丧失。这里，我对此不作进一步的展开，而是重点探讨一下新生代长篇小说存在的具体的艺术局限与艺术矛盾。其一，表象化的世界图像与‘无根’的思想。……其二，狭窄的想像通道与日益苍白的私人经验。……其三，‘小气’的长篇格局与单调的艺术风格。……其四，粗鄙放肆的语言与诗意情感的流失。”

本月

郝敬波的《后现代语境中的夸张与缩小——90 年代新生代小说的缺失对当下文学的启示》发表于《山花》第 11 期。郝敬波谈道：“尽管西方的后现代文化热潮已淡了许多，中国的作家尤其是 90 年代以来的小说家仍然——自觉或不自觉——以十分夸张的姿态在书写后现代浸染给他们的感觉，并且在影响着中国当下小说的创作。……一是书写姿态的夸张。……二是欲望和情感的夸张。……夸张的姿态使作家的艺术沉思走向浅表，从而影响了文学创作的各个过程和结果。”“新生代小说家由于夸张造型所缩小的空间也许正是我们真正需要关注的东西。这里的‘缩小’是指小说创作中本应该持守和彰显的东西由于受到其他因素的挤压而萎缩。……一是作家创作生命的萎缩。……二是艺术创新空间和读者阅读期待视野的缩小。”

十二月

1日　吴义勤、房伟的《一部奇书　一个“圣人”——评钱宁的长篇新作〈圣人〉》发表于《光明日报》。吴义勤、房伟认为：“‘表现的深切’必然是与‘格式的特别’融为一体的。开阔的文化、艺术视野，出众的语言功底和深厚的学养，决定了钱宁先生非凡的艺术感受力和形式创新能力。《圣人》不但语言干净利落、铿锵有声形成了典雅纯净、简洁冷静的独特风格，而且故事流畅自然，人物形象鲜活生动，在叙事形式和文学时空建构上均形成了独特的风格，既不同于传统的‘写真实’的历史小说，也不同于新时期以来以‘解构历史’‘追求历史偶然性’为旨归的所谓‘新历史小说’，而是通过叙事的灵活运用，用双线时空线索、多角度的叙述视角转移、古今杂糅的鲁迅式‘杂文历史小说’的文体探索，为我们展现了一个‘不合时宜’却有着很强创造力的‘有意味的形式’。”

26日　李培的《雌性的魅惑——试析严歌苓小说中女性形象的独特内涵》发表于《华文文学》第6期。李培谈道：“严歌苓作为一名敏感的女作家，一直致力于书写女性身上的雌性特征，她用原始雌性的最高层表现——母性——来颠覆传统男性与女性的强弱观念，从雌性的本能扩张——情欲——来考察她们灵与肉的争斗，以雌性特征的能否自然绽放来衡量她们的人性是否完整，从而在小说文本中营造出独特的魅惑氛围。”

2005年

一月

1日　《当代》第1期发表《诚惶诚恐做编辑》（《桥溪庄》一文的“责编手记”——编者注）。编者指出：“开放和启蒙多年，边缘和基层的作者已经不缺思想，而拥有思想的都市作家，多半又缺了一线生活。”

王华的《给冰冷以温暖》发表于同期《当代》。王华指出：“我还希望，我的故事能给我的心灵带来温暖。我想到了，却做得不好。周昌义老师说，我的作品缺少温暖。再回头看我笔下的那些故事，确如周老师所说，冰冷太多。于是，故事又成了现在这个样子，但不知道是不是做好了。”

同日，阎晶明的《中篇小说断想》发表于《作品》第1期。阎晶明认为：“中篇小说与短篇小说相似，所依托的载体主要是文学期刊。很显然，在今天文学杂志的竞争力和吸引力正在日渐减弱的时候，中篇的影响力也就受到直接或间接的影响。当短篇小说成为文学青年的策源地和成名作家的文体实验场，当长篇小说成为影视剧的文学剧本‘初稿’和图书市场的独立产品时，中篇的位置就难免有一点尴尬，很显然，它的热度和受注目程度正在下降。不少作家正在把他们的中篇拉长成为长篇，或者把‘系列’中篇小说改装成长篇小说争取出版和发行的机会。说到底，短篇可能因其‘故事’和‘精短’，长篇可能因其规模和题材，从而有更多机会成为社会读物，中篇相对而言更多投影在文坛内部，这使它成为一个相对寂寞，也相对安静的文学场所。这倒暗示着中篇小说可能更多地蕴含着作家完整的思想和分寸得当、长度适宜的艺术表现。如果辅之以时代背景的强烈映照，中篇很可能会出现更加成熟、健全的景象。”

2日　《小说选刊》第1期《阅读与阐释》板块中编者谈道：“小说与现

实的距离，是一个值得探讨的问题。聪明的小说家懂得把握距离，善于把握距离的小说家，容易发现更广阔的空间。”

贺绍俊的《染绿生活大地的文学精神——〈小说选刊〉2004年第4季度述评》发表于同期《小说选刊》。贺绍俊认为：“小说以想象的、虚拟的世界把人们的精神世界充实起来。所以从某种意义上说，小说的文学精神首先体现在它弥补了当下社会的精神空缺。”

3日 《2004 · 反思与探索——第三届青年作家批评家论坛纪要》发表于《人民文学》第1期。李洱认为：“中国作家在处理乡土经验时有两个关键词：一是‘苦难’，这是就表现对象而言的；一是‘传奇’，这是就写法上而言。其实这两个词是相辅相成的，写苦难往往用到传奇的方式。”吴义勤提出：“我希望作家们能从细节、局部或细部去切入外部世界，而不是去建构什么‘完整’‘整体’的乌托邦。”毕飞宇认为：“我的小说必须走向社会，走向市场。……所以，我现在觉得公共经验恰恰是最可爱的，当然，这只是对我个人来说。”

4日 李建军的《还是现实主义有热情有精神力度——2004年中篇小说创作一瞥》发表于《文艺报》。李建军谈道：“2004年的中篇小说创作贴近生活，直面问题，远比那些力单味薄的长篇小说留给我的印象要深刻，要美好，因为它们执著地捍卫了文学的具有永恒性质的现实主义精神，热情地体现了具有普遍意义的人道主义情怀。”

石鸣的《制约小小说发展的七大因素》发表于同期《文艺报》。石鸣谈道：“一、创作者对小小说审美特性的忽视。……现在的一些小小说作者在创作时，或者只关注小小说的特性而忽略了其具有的叙事文学的共性，或者与之相反，从而使小小说出现了只有故事没有生活（或者臆造生活）、情感虚假、思想生硬、整体倒述没有小说氛围、人物形象面具化等问题，削弱了小小说的表现力和艺术感染力。……二、在小小说创作过程中信息提取不精。……三、创作者对小故事与小小说的界限的模糊。……四、人文精神的缺失。任何一种文学形式，如果缺少了人文精神这一重要的内核，其感染力和生命力都将大受影响。……五、对小小说字数的拘泥。……六、理论和批评的缺失。……七、发表阵地对市场的迎合。”

10日 迟子建的《我们曾经走过》（《蝌蚪游向大海》创作谈——编者注）发表于《中篇小说选刊》第1期。迟子建谈道：“我喜欢从很小很小的事情和很卑微的人物入手，去展示一个时代。在《蝌蚪游向大海》中，我也作了这样的努力。那样的求学生活也许现在仍然有学生在经历着，只是情怀却不是我们那个时代的了。小说家所要做的，是推开一扇窗子，让户外的空气丝丝缕缕地飘进来。被描写的人物在窗里，而时代在窗外。有许多窗子竖在小说家面前，就看你用什么方式去推开它。无论采用哪一种方式，我在推窗时都喜欢轻轻的。”

王大进的《种种可能》(《小于千分之一》创作谈——编者注)发表于同期《中篇小说选刊》。王大进提到：“毫无疑问，这是一个全然虚构的故事。然而，就是这样的一个全然虚构的故事，我却要努力地使读者相信它。……一个好的小说家必须要会说故事，而好的故事必须符合三个条件：一、它是简单的。这里的简单是指一个作家在选择故事上的简单。二、要引起读者的兴趣。故事讲的一定是我们感到重要的、感到极端的重要问题，是你我在生活中都会遇到的事。三、一个好的开头。从这个开头可以让读者看到另一个故事的开始。”

王祥夫的《关于小说的几句话》（《愤怒的苹果》创作谈——编者注）发表于同期《中篇小说选刊》。王祥夫说道：“从音乐到我的小说，很奇怪，我常常能体会到一种人的精神方面的‘切肤之痛’。我个人总认为好的小说要有这种‘切肤之痛’。小说不能‘飘忽’，不能‘平林漠漠烟如织’，让人看不真切，不能总是让语言和技巧出演。写小说重要的是要让社会生活站出来说话。”“作家应该通过他的作品指出人性的丑陋，同时呼唤美好人性的复苏。如果你给读者提供的仅仅只是一个故事，那么你的作品与民间故事和网上笑话又有何异。我认为，好的作家必须要有同情心——对民众；还要有正义感——对社会；更要有斗争性——文学作品的不死之灵魂便在这里。”

11日 《中华文学选刊》第1期刊登署名为编者的《想象生活飞扬》一文。编者指出：“如果要给2004年的文学找到两个关键词的话，‘写实过剩’与‘想象匮乏’应当是比较准确的。当下的小说写作，无论是对于现实生活的关注还是对于个人情感、心理状态的书写，关注的都是人所共知的生存现实，而在这样的现实经历中，小说却没有在现实之外提供一种升华，提供生存以外的诗意，或者叫‘文学性’。于是这成为了当代小说另一个症候的来源：‘想象匮乏’，当下的写作者越来越多地沉溺于繁琐的现实，在大量的生存讯息蜂拥而至的时候，判断难以实施，想象难以飞腾。”

15日　李曙豪的《论20世纪90年代中国小说文体的发展与新变》发表于《当代文坛》第1期。李曙豪指出：“20世纪90年代对于人的个体生命的关注可以说是前所未有的。与80年代对个体的关注不同的是，90年代关注的是人的个体的‘本真’状态。它更多地指涉意志、情感和性等方面。……90年代小说在更大程度上走向个人化以后，就出现了大量的内心独白体小说，值得注意的是这些小说都带有文体上的显著特点。……20世纪90年代是一个大众传媒与小说叙事互动的时代，大众传媒向小说叙事的渗透无形中给小说施加了压力，为了达到反抗这种压力的目的，小说在叙事上反过来借用了大众传媒的文体形式。……20世纪90年代小说开始向内转，回到本土化。本土化有两个含义，一是题材上描写中国本土发生的事件；二是摒弃了先锋小说的技巧上的西化倾向，用中国本土的小说方法来写小说。”

同日，路文彬的《小说之名：从历史到虚构到迷幻的合法想像》发表于《文艺争鸣》第1期。路文彬指出：“印刷技术的普及将大量民众纳入了小说读者的范畴，致使小说逐渐成为人们日常生活的一部分。小说的此种大众化，不单终结了小说阅读作为某种权力的象征，也彻底终结了小说创作一直所处的少数话语霸权地位。就是在这一刻，小说的现实感开始获得日益增强，历史题材从此失去了自己的优势。现实主义与自然主义审美原则的崛起，在一定程度上应当说正是此种现实感的激进表现。然而，这不过只是小说内容上的表面不同而已，在实质上，小说的内涵并未发生什么革命性质的变化，现实题材的讲述策略采用的依然是历史话语的编织方式。……为小说的虚构品质正名，在某种程度上已经不仅仅属于小说文体自身的冲动，它实际上更透露出了现代社会中人对于自我生存境遇的某种感觉和认识。小说虚构权力的合法化，昭示的依然是人们源自于物质现实的心灵强烈诉求。这既是一个文学的呼声，也是一个现实的呼声，因为恰恰是孤独与迷惘等具有普泛性的异化心理情绪，促使现代社会中人体验到了自身存在的虚构性。至此，自我和现实双双都失却了它们既有的确定意义。”

20日　雷达的《2004年的长篇小说》发表于《小说评论》第1期。雷达认为："俯瞰当今长篇小说创作，我感到许多作家对于我们的时代、社会及其精神存在方式，缺乏一种整体性的把握和体察，因而也就缺乏雄强的艺术概括力、重构力和原创力，这已经影响到了大作品的产生。另一方面是文学缺钙，问题同样严重。文学的钙体现在作品的精神气度上，直面现实，直面心灵的魄力上，体现在哲学的高度和意义的丰饶与否上，同时还体现在作家的人格精神上。"

李建军的《小说病象观察——被任性与愤恨奴役的单向度写作》发表于同期《小说评论》。李建军认为："仅仅局限于'一半'或某一侧面来写人的写作，就是异化性质的单向度的写作。这是一种虽然很有市场但又极其有害的消极写作。""这种样式的写作不懂得尊重人，既不能完整地观察人、理解人，又不能深刻地全面地写出人的人格结构，或者说，不能以真正人性的方式，真实地写出人的情感世界的丰富和复杂。"

徐坤的《自述》发表于同期《小说评论》。徐坤认为："我希望在我写作的每一个个体化的情感故事背后，都能发掘出人类内心里最本质的东西，因为那才是人的真实所在。今天，当我们不再去动辄宣称那些伟大的理想，也不再将探究真理挂在嘴边时，作家的使命，他最能够简单平易达到的使命就是在人类的心灵与心灵之间搭筑起一座桥梁，以助人们之间的相互沟通和理解。"

易文翔、徐坤的《坚持自我的写作——徐坤访谈录》发表于同期《小说评论》。徐坤认为："以前写出什么就是什么，根本不会去想别人看得懂看不懂，能不能接受，那时是初生牛犊不怕虎，被说成'有才气'就是最大的褒奖。像《先锋》这样的小说，当时只在很小的圈子里引起关注。现在就不同了，在写东西时，先考虑一下读者定位，这篇东西是想写给谁看的。这里边有区别。……作家就是要在日常生活中挖掘出人性最本质、最内在的东西，不是表面的轻微划伤，而是内心深处的感受和震撼。我基本上是放在人物的内心描写上。"

於可训在《小说家档案·徐坤专辑》栏目中的《主持人的话》发表于同期《小说评论》。於可训认为："她（徐坤——编者注）起先在作品中的'反串'男性角色，是刻意回避女人的'小'（即所谓'小女人'文学）。而后很快就意识到女人的'弱'，于是就有了《狗日的足球》等作品的无力的抗争。再后来进一步发现了女人的‘弱’和‘小’，皆缘于女人自身的困惑和矛盾。这困惑与矛盾，换一个中国式的词语来表达，就是‘懦’。于是便有了《厨房》等作品的二难处境。”“徐坤的这些表现，与其说是张扬女性的权利和性别特征，不如说是对张扬女性权利和性别特征的一种自觉的反省。因而就其创作的种种表现而言，与其说是属于女性文学的范畴，不如说是在对标榜女性主义的女性文学一种颠覆和解构。”

25 日　迟子建的《我能捉到多少条“泪鱼”》发表于《当代作家评论》第1期。迟子建认为：“我觉得要想做一个好作家，千万不要漠视短篇小说的写作，生活并不是洪钟大吕的，它的构成是环绕着我们的涓涓细流。我们在持续演练短篇的时候，其实也是对期待中的丰沛的长篇写作的一种铺垫。”

洪治纲的《谎言是何等的楚楚动人——〈二○○四中国最佳中篇小说〉序》发表于同期《当代作家评论》。洪治纲认为：“在二○○四年的中篇小说里，首先激起我心智愉悦并构成审美挑战的，是刁斗的《身份》、苏炜的《米调》、王璞的《啤酒》、韩少功的《山歌天上来》和陈昌平的《国家机密》。在我看来，这些作品无一例外地坚信‘谎言’的力量，并对‘谎言’给予了合理的尊重。它们自觉地将‘谎言’视为创作主体展示生命情态和审美理想的重要方式，以‘完美的谎言’作为人物行动的理想和信念，让他们异常执著地沿着这种虚幻的精神目标奔跑着，抗争着，期待着，从而有效地打开了某些人类隐秘的精神景观，凸现了另一种可能性的生活状态。”

林白的《低于大地——关于〈妇女闲聊录〉》发表于同期《当代作家评论》。林白认为：“文学从来就是源于生活，又高于生活的，而《妇女闲聊录》几乎等同于粗糙的生活本身，既不提炼，也没有寓言，也看不出重大的意义。……在写作《妇女闲聊录》的时候，我感到自己回到了大地，并且感到了大地给我的温暖。这种低于大地的姿势是适合我的。以这种姿势潜行，将找到文学的源头，那种东家长西家短，柴米油盐。像风一样吹过，又像水一样流走。最早的文学就是这样的吗？后来我们把它忘记了吗？过度的文明像一只压榨机，把这样的文学清除了，不是吗？”

施战军的《让他者的声息切近我们的心灵生活——林白〈妇女闲聊录〉与

今日文学的一种路向》发表于同期《当代作家评论》。施战军认为："在不断的摸索和调整中，写作的成长经验和转换能力越来越显得重要，它必将带来对自我的文学命义的质疑和蜕变。除此，对世界经典文学资源——尤其是其中隐含的作家情怀与作品品质的关系——的领悟，让我们看到这几年在充分'个我'之后，'他者'已经成为中国作家中的优异者所倾心关注的对象，经由阅历的成熟，他们意欲直面'我们'的人性生存状况，以呈现的方式给庞杂繁复的日常生活理出某种头绪，进而看清自身所处的时代裂变的真切性。于是，'一个人'和'他们'达成对话的心心交流的文学时代正在开启，一个有所承担、在充分包容中尊重、体恤甚至化入'他者'的文学路向即将豁然开朗。"

苏童的《短篇小说，一些元素》发表于同期《当代作家评论》。苏童认为："我推崇《鸿鸾禧》，是因为这篇作品极具中国文学的腔调，是我们广大的中国读者熟悉的传统文学样板，简约的白话，处处精妙挑剔，一个比喻，都像李白吟诗一般煞费苦心，所以说传统中国小说是要从小功夫中见大功夫的，其实也要经过苦吟才得一部精品。"

铁凝的《诱惑我一生的体裁》发表于同期《当代作家评论》。铁凝谈道："我的写作是从短篇小说开始的。即使后来写作了几部长篇小说，我也从不认为短篇小说创作是营造长篇小说的过渡和准备。""从某种意义上说，人生实在不是一部长篇，而是一连串的短篇。一部长篇有它看得见的终极，一连串的短篇则有它不可预测的无限。这又是短篇小说给人的诱惑了：世界上本不存在一气呵成的人生，我们看到的他人和自己，其实都是自己和他人的片断。这些片断或者是隐蔽、琐细的，也常有一种来得急去得快的无序，它们每每令人猝不及防，令人无暇观瞻。好的短篇小说诱惑我们细品这人生和世界的犄角旮旯，我们内心深处那些琐细而又深重的'无序'。每一个人都是独特的，时间虽然永远局促，生命也永远值得我们细品。"

王安忆的《生活的形式》发表于同期《当代作家评论》。王安忆认为："小说还有可能是有着另一种较为公众性质的生活，第一次真实在不断地转述中变成虚假，向又一次真实渡去。但这需要诚恳的性格，还有纯真的情感。所以这是一条危途，在任何时候都可能夭折，流传下来的便是天助人佑，比如话本传奇，还有无数民间传说，都是钟灵毓秀。”

张新颖、刘志荣的《打开我们的文学理解和打开文学的生活视野——从〈妇女闲聊录〉反省“文学性”》发表于同期《当代作家评论》。张新颖认为：“我们二十世纪建立起来的小说观念，其实是一个西方观念，是近代以来的西方小说的观念。它传到中国，经历了一个世纪的漫长过程。现代以来的中国人对小说的认识，其实是西方近代以来对小说认识的翻版。反省到我们对小说认识的西方来源，再考虑我们自己关于小说的来源，‘闲聊’其实正是中国小说的某种来源。中国古人说小说是街谈巷议，道听途说，不就是‘闲聊’？反观我们自己的小说来源，《妇女闲聊录》倒正是一部‘正宗’的小说。”

本月

吴励生的《从词典到“象典”——评韩少功的两部长篇小说》发表于《山花》第 1 期。吴励生认为：“韩少功采用的是非常感性的小说（实则乃大散文）笔法。企图‘对生活中万千声色的含义、来源以及运用规则’作系统的记录整理，编撰一本世上从未见过的‘色典’（感性生活之典）或‘象典’。”

二月

8 日　高小立的《最难的是深入人心——访作家关仁山》发表于《文艺报》。关仁山认为：“在创作中把握时代生活本质，是个硬功夫，需要独特的眼光和丰厚的生活积累。既需要对生活的亲近，更需要跳出生活做总体把握。作家对当代现实生活的认识遇到了巨大的困难，我也如此。我们常常被生活表层迷惑，洞察不到内在本质和规律。要做到对现实生活有一种总体把握，需要拥有大量生活素材。现在作家深入生活，很难像前辈赵树理、柳青做得那样好，那么纯粹。时代不同了，学习前辈的精神，把创作建立在对人民与土地的生活体验和生命体验之上，将政治情怀融入文学具体的意象描绘之中。”

22 日　雷达的《短篇领域有好东西——从第三届鲁迅文学奖短篇小说奖谈开去》发表于《文艺报》。雷达认为：“无论从哪方面说，我们都应该提倡短篇小说，鼓励短篇创作。首先，消费时代的文学为了生存，商品性会增强，深度模式被不断消解，我看短篇小说就是维护和修复深度模式的一个途径。……第二，短篇小说具有伟大的传统，它的文学价值是不可剥夺的。它相对轻便的形式，有利于及时、敏锐地表现当今变动不居的时代生活。第三，文学性下降，热衷新的假大空，是当今文学的一大病症，短篇有益于‘治病’。……第四，认为市场会拒绝短篇是没有根据的。”

三月

1 日　魏微的《都市、小城、乡村——小说的资源》发表于《作品》第 3 期。魏微谈道：“‘乡村’在中国文学字典里是个重要词汇，于我亦如此，因为我出生在这里，我的父族得到过它的滋养，我的爷爷奶奶葬于此，我家族的大部分穷亲戚都在这里落地生根，长睡不醒……推己及人，我愿意得出一个结论：乡村——它是集体中国人的故乡。它与现代中国人的关系，或许不都是亲历，然而却比亲历更重要，那就是血肉相连：一脉相承，生生不息。”“我愿意把这些视为写作的资源，那就是身处其中，游离其外，对这个熟稔的世界怀有爱、新鲜和好奇。”

2 日　陈福民的《沉重的声音与生动的伦理——葛水平〈喊山〉读后》发表于《小说选刊》第 3 期。陈福民谈道：“好的小说总是能够让人反复阅读并且不断有所体味有所发现。很久以来，小说的写作与阅读在各种理论教条的裹挟下处于一种被‘绑架’和‘劫持’的状态，这个相当被动的状态具有一种观念方面的强制性，小说因此被纳入各种理论框架中变得条分缕析苍白僵硬起来。它使得小说日益远离着真实生动的现实和我们丰富复杂的内心生活。”

8 日　孟繁华的《文学仿真术——林白〈妇女闲聊录〉》发表于《文艺报》。孟繁华认为：“小说无论以什么样的方式呈现，最终还是由作家的文学观念决定的。同时，作家的心情决定了作品的叙述语调和修辞风格。《妇女闲聊录》以拼贴和散点的方式结构作品，没有故事主线，没有贯穿小说始终的人物，借一个农村妇女的‘闲聊’来呈现木珍/林白视野所及的底层民众生活和心灵世界。”

10 日　胡学文的《丈量距离》(《土炕和野草》创作谈——编者注)发表于《中篇小说选刊》第 2 期。胡学文提到：“生活永远是有距离的，这正是我们关注它的理由。我认为，小说家的任务就是丈量这种距离。丈量并不是简单的记录，而是有限地缩短或无限地延伸。”

朱日亮的《叙述的诚实和小说的瘦身》（《破坏》创作谈——编者注）发表于同期《中篇小说选刊》。朱日亮提出：“小说也一样，小说也该诚实。小说当然是虚构的东西，但虚构也是应该讲良心的，叙述也是有伦理的。现在有不少的小说不诚实、不真实，这里有两个意思，一是有的小说家不知道自己在撒谎，他是真诚地糊涂着，有的则是有意在撒谎，因为他无法超越；二是有的小说家既对读者撒谎，又对自己撒谎，他们不是在小说中探寻真实的生命感受，而是让自己缺席。比较起来，后者更为致命。”

11 日 《中华文学选刊》第 3 期刊登署名为编者的《叙述的美丽与陷阱》一文。编者指出：“如今，小说写作与其说是不断映现现实生活的真实一面，不如说是在令人把捉不定的生活中寻找确认叙述者自己的方式。换句话说，小说叙述早已丧失了照亮现实的亮度，而更多地充满了寻找叙述主体身份感的魅力与陷阱。”“本期的主题是‘热力叙述’，所选择的篇目都是在叙述上有特色的小说。无论是悬念的设置还是故作深沉的叙述表演，无论是层层推进还是戏剧化的突转，都从某个侧面体现了时下小说叙述所惯用的方式。”

15 日 傅明根的《影像化的叙事文本——吕不小说〈如厕记〉的叙事分析》发表于《当代文坛》第 2 期。傅明根谈道：“《如厕记》的叙事风格之所以是一种‘影像化’的，主要是通过对该文本叙事之‘叙’的分析中得出。如果说前者涉及的是作者‘讲什么’的问题的话，那么后者就是关于作者‘怎么讲’了。”

管淑花的《语言的狂欢——浅评新历史小说的叙事策略》发表于同期《当代文坛》。管淑花谈道：“这些历史小说同以往任何一种文学历史话语的客观现实不同，挑战和瓦解了传统的历史精神，他们不再构筑光辉灿烂的历史故事，对历史的反思也失去了深沉严峻的色彩。家族的往事、传说、野史、稗史、民俗、宗教、世态人情从历史帏幕的破裂处源源涌出，迅速占据了历史前台，寓言式地表达了作家对生活世界及自我的理解，为人们提供了别样的价值标准与审美境界。这些新历史小说的语言大多充满了巴赫金所谓的狂欢化色彩，是一种洋溢着激越的生命意识的民间化语言或者说广场化语言。……新历史小说的哲学精神，其一就是这种新的历史哲学观念，它源于当代西方怀疑一切既定精神的后现代主义哲学，是在解构和重新叙述世界的话语欲望下生成的新历史主义。……其二是小说中体现的解构主义哲学，它张扬被历史掩遮或忽视的一面，从而以一种断续的、颓败的历史颠覆了主流意识形态的历史。其三，在文本的深层，还渗透一些现代非理性主义哲学——存在主义的人本气息。新历史小说既然要传达一个颓败的历史形象，必然要编织一种与之相应的意识形态，以表现人的荒诞、孤独与隔膜的历史境遇。新历史小说家们用充满狂欢化色彩的语言和叙述策略，削平了历史深度。”

焦会生的《须一瓜小说论》发表于同期《当代文坛》。焦会生谈道：“具体地讲，须一瓜的小说充分表现了当今社会中严重存在着的非道德甚至反道德的现象，以及这种现象对人性的戕害。首先，作者描写了‘玩忽职守、不负责任’等非道德行为对人们生存勇气的伤害。……其次，作者描写了‘仗势欺人、贪财、自私’等恶劣品性对美好人性的侵蚀。……第三，作者还描写了‘贪色’这种丑陋本性对人的尊严的危害。”“须一瓜小说的叙述话语，具有细腻委婉，扑朔迷离而又富于意味的特征。首先，她的小说非常注重细节描写和心理描写，使作品给人以细腻委婉，真切动人的感觉。……其次，她的小说还具有扑朔迷离的叙述特征。……须一瓜的小说创作还没有达到炉火纯青的地步，还存在着这样那样的问题，比如思想力度的欠缺、内容意蕴的单薄等缺点，都还有待改进。”

马卫华、李生滨的《余华小论》发表于同期《当代文坛》。马卫华、李生滨认为：“余华先锋反叛的姿态和叙述背后的苍凉，说明了对生命更深层的关怀和同情，所以才会那样敏感而貌似冷静地敢于揭示人性的乖张、命运的飘忽和逃离死亡的卑怯。故事的裸露和直截了当，掩盖不了叙述背后那双窥视的眼睛和眼睛里的惊恐不安。小说家的敏感和聪明，在余华那儿表现为叙述的冷静和后来长篇的温情嘲讽。”

同日，东西的《要人物，亲爱的》发表于《南方文坛》第 2 期。东西认为：“事实上，每一个作家在写作的时候，都不会不写到人物，就是写故事也离不开人物去实现。问题是，作家们是以人物来构思故事呢，或是为了讲故事才涉及人物。如果把写好人物放在首位，那就不是讲一个完整的故事，而是在说一个人物的是非短长，有时甚至可以忽略时间和空间，这就是卡夫卡笔下的甲虫，加缪笔下的局外人能够打动读者的原因。哪怕像阿 Q 拿着偷来的萝卜跟尼姑狡辩：‘这是你的？你能叫得他答你么？’这么短短的一句，也是作家深思熟虑之后的下笔，它足以塑造阿 Q 耍赖的性格。而今天，造成文学人物大面积缺失的原因，作家欠功力是一个方面，另一方面就是作家们根本不以塑造人物为己任，而是以堆砌字数换稿费为目的，写出来的人物要么太符号、太扁平，要么就是太苍白，故事讲完了，人物却没立起来，只留下一个平庸的姓名。……文学作品中缺的不是人物，而是缺那些解剖我们生活和心灵的标本，缺我们还没有意识到的那一部分。如果达不到这一水准，那我们充其量也就是在对人物进行素描。许多作家以为自己塑造人物了，其实他只不过是在素描，津津乐道于主人公的服饰、别墅、轿车，详尽人物出入的场所，喝的什么饮品，与什么似乎都有关系，就是跟我们的心灵没半点重合，这是塑造人物的天敌，必须引起足够的警觉。”

文波的《近期研究热点两题》发表于同期《南方文坛》。文波指出：“2004年有关长篇小说的评论，大量的文章还是有关新出的长篇小说的品评与推介，视角相对宏观的研究文章，则主要着眼于长篇小说创作的‘新变’及其从不同角度对这种‘新变’的成因与走势的阐释与解读。……因为主客观的原因所致，新世纪以来的长篇小说数量越来越多，而质量却良莠不齐，甚至向着世俗化、情欲化、物质化一路倾斜。”

吴义勤的《文学革命与“小说人物”的沉浮》发表于同期《南方文坛》。吴义勤认为：“我们应该承认，现代小说在‘人学’领域对传统小说的革命不仅拓展了人性表现的深度，丰富了人性表现的可能性，同时也提供了小说艺术的可能性与自由度，余华等作家在小说叙事上的自信应该说多与此有很大关系。这是因为，‘人’的神圣性被解除之后，作家面对的就是一个完全物化的世界，在这个世界里作家没有了对于‘人’的情感的、心理的、文化的、历史的禁忌，相反，他们获得了一种难得的优越感和轻松感，拥有了文本操作的绝对自由，叙述、写作上的无所顾忌、随心所欲也就理所当然了。这也是中国新潮小说长期乐此不疲地沉醉在形式领域从事‘叙事革命’的一个‘人学’背景，是他们发动对‘人’的革命的一个艺术理由。”

肖鹰的《真实的可能与狂想的虚假——评阎连科〈受活〉》发表于同期《南方文坛》。肖鹰认为："作者阎连科并未意识到自己写作的危机所在，同时诸多一路赞誉过来的批评家也为他高歌猛进地遮盖了危机。相反，危机被表述为潜力，缺陷被描绘为优势。因此，我们看到，阎连科就纵情狂想，并将之奉行为指导自己写作的'超越主义'。《受活》就是在这狂想的'超越主义'操纵下的'现实'写作。……情节与人物的空洞、简陋之外，《受活》最大的问题就是主题对叙事的强制、抽象，即概念化对小说的极度钳制。……阎连科在《受活》的写作中，不仅简单地背弃现实生活而恣意狂想，而且在偏激的疾病伦理的自我迷信中拒绝了对人生世界的希望和真诚。因此，在《受活》中，我们看不到作为文学生命内核的真实的可能，我们只能看到作家无谓放纵的狂想的虚假。在这种彻头彻尾的狂想的虚假中，人生世界完全被当作任作家操作的某种叙事技巧机械处理的对象。我没有勇气再读《受活》第二次，归根结底，就是没有勇气面对它的狂想的虚假及其对人生世界冷漠无情的机械处理。"

同日，陈晓明的《"人民性"与美学的脱身术——对当前小说艺术倾向的分析》发表于《文学评论》第2期。陈晓明指出："'人民性'是一个现代性概念。近年来，艺术上趋于成熟的一批作家倾向于表现底层民众'苦难'的生活。这使他们的作品具有现实主义的显著特征，在对苦难生活的把握中，对人物性格和命运的展示中，这些小说在'人民性'与美学表现之间建立起奇异的依赖关系。但'人民性'的表达并不能在思想意识方面深化下去，而变成一种美学表现策略。在小说叙事中，运用突然转折的情节和技巧，寻求从表达'苦难'压抑性的结构中逃脱的途径，形成当下小说艺术表现的审美脱身术，并形成小说特有的艺术效果。"

刘复生的《"反腐败"小说的表意模式与叙事成规》发表于同期《文学评论》。刘复生谈道："在'反腐败'小说中，我们可以清晰地感受到，在这场'正与邪'之间的生死较量中，与其说是法律获得了胜利，还不如说是人格、意志、操守、信念获得了胜利。这里很有意思的是，以反传统，反'人治'，追求现代法治和理性目标为基本诉求的'反腐败'小说，高扬的恰恰不是现代法理与程序，而是带有儒家'内圣'色彩的人格操守。……'反腐败'小说以其大众化的、好莱坞式的叙事模式，深刻地影响了大众对腐败问题的认知，可以说，以读者为中介，‘反腐败’小说正在悄悄地成为建构现实与未来的一种力量。这种模式化的叙事虽然抚慰了被现实困扰的大众，却在一定意义上，遮蔽了深刻反思历史的可能。”

18日　雷达的《市场拒绝短篇小说吗》发表于《光明日报》。雷达谈道：“我谈了这么多作品，是想说，短篇领域还是有不少好作品，细加品味会获得有别于中长篇小说的某种精神上和审美上的满足。它们在思想，哲理，人物，风俗画，人性人情，语言魅力，情调氛围，抒情性上，都可给人以享受。别看它短小，这种享受却是某些长篇通俗故事永远提供不出来的。但是，如果放到整个文学发展的大背景上看，目前短篇创作无疑是不太景气的。问题还是回到消费时代短篇小说的有无价值上来。我认为，无论从哪方面说，我们都应该提倡短篇小说，鼓励短篇创作。首先，消费时代的文学，为了生存，商品性会增强，深度模式被不断消解，我看短篇小说就是维护和修复深度模式的一个途径。为什么呢？因为短篇的形式特性强调小中见大，缩龙成寸，短小精悍，寄寓较深切的思想或意味。它甚至会强迫作者进行思考。第二，短篇小说具有伟大的传统，它的文学价值是不可剥夺的。它相对轻便的形式，有利于及时地敏锐地表现当今变动不居的时代生活。第三，文学性下降，热衷新的假大空，是当今文学的一大病症，短篇有益于‘治病’。短篇讲究高度的技巧性，要求在尽可能短的篇幅里表现尽可能多的内容，十分讲究选材，细节提炼，氛围烘染，语感和节奏，有很深的学问，这对大量新作家技巧训练，技术性含量的提高，大有裨益。第四，认为市场会拒绝短篇是没有根据的，近年小小说的走红已很能说明问题，读者需要节约时间的、高品味的短篇佳作。其实，鲁迅的短篇小说并无计划经济出来‘护驾’，它不正是在二三十年代的市场上站住了脚，并且一直保持着强旺生命力的吗？”

19日　吴义勤的《现实的困境与人的挣扎》发表于《文艺报》。吴义勤认为：“好看、耐读、故事性强是许多读过《色》的读者的第一印象。这不奇怪，尤凤伟是一个讲故事的好手，他知道怎样把现实生活变成‘故事’，也知道怎样的‘故事’才曲折动人、充满悬念与传奇色彩。……《色》的成功当然离不开小说中那些栩栩如生的人物。作家不是简单化、理念化地处理人物，而是努力挖掘各种人物性格的复杂性和矛盾性，使得小说中的人物画廊异彩纷呈，各具魅力。”

20 日　洪治纲的《小说的全面探索和再度开拓——序〈2004 中国短篇小说年选〉》发表于《小说评论》第 2 期。洪治纲认为：“当下的小说创作中，无论是叙事形式还是表现对象都有着太多的相似性和类同化。一方面，过度的自信与超稳定的精神结构，导致作家们自觉地恪守自身既定的思维程式；另一方面，由于受到公共经验和审美趣味的制约，这些思维程式又变得彼此模糊，差距甚微。所谓的自我挑战和自我超越，仅仅是一种空洞的艺术设想，作家的想象力、思考力以及艺术嬗变力，都变得越来越弱。慵懒的叙事语调，惯常的表现手段，自我复制或彼此拷贝的艺术思维，构成了当下很多小说的似曾相识，致使整个文坛缺乏强劲的内在活力，只剩下那些以出生年代来四处招摇的娱乐化写作明星，同时也使我们的审美期待变得鲜有激情。”

黄毓璜的《小说走向和走向小说》发表于同期《小说评论》。黄毓璜认为：“我们在何种意义上看待创立新宗、实践独标一格，是为了‘求索’，还是为了‘造势’？是‘调动一切艺术手腕’，还是‘不惜一切艺术代价’？回过头来做些检点，不一而足的‘诗化’‘散文化’‘纪实化’‘哲理化’‘感觉化’‘信息化’‘符码化’‘图文化’乃至‘个人化’‘私秘化’皆未尝可以一概厚非，只是若然化来化去化完了‘小说’，非独放逐了小说的精神，且拆卸和弃置了小说艺术的内、外部关联，就不可避免地成不了小说的道理也办不成小说的事体。”“若说进入 90 年代以后小说走向上有什么值得欣慰，在我看来，莫过于创作实践上出现了以‘回到自身关系’为底里的‘回到小说’，莫过于‘一代代’抱团结伙地走得神乎而邪乎的小说家走向了偃旗息鼓。不是说什么‘主义’上的‘回归’，我是指不‘回家’的小说在其大游走的苦难历程上，历经过进入‘玄思’的‘向上走’，历经过坠落‘世俗’的‘向下走’，历经过觊觎异质‘文化’的‘向外走’，历经过追究原初‘人性’的‘向内走’；几度浪迹之后终于有了‘蓦回首’，小说的前沿有了在‘技术革命’上竞跑之后的镇静。由‘智性’朝向‘心性’、由‘技术性’朝向‘精神性’的转机，以‘走向自身’为实质的那些内部、外部关系的自觉修复，无疑为小说的光复和创新提供了前提和可能。”

李建军的《假言叙事与修辞病象——三评〈狼图腾〉》发表于同期《小说评论》。李建军指出：“我将他的这种奇特的叙事命名为‘假言叙事’。这是一种极其消极的叙事模式。它把缺乏可靠性的事象和冲突，当作推动情节展开和发展的动力；把虚假、可疑的或然性质的判断，当作得出真实、深刻的实然性质的结论的根据和前提。但是，由于作者的猜测通常基源于一种偏见甚至谬见，由于它的情节的因果链条之间缺乏充分的逻辑关联，因此，造成一种极其虚假而混乱的叙事效果，给人一种诡诞而荒唐的阅读印象。”

李敬泽的《如诗的欢乐与秘密——2004 年的短篇小说》发表于同期《小说评论》。李敬泽认为：“时间、空间、命运，这些因素常被用来区分短篇和长篇，学者们苦心孤诣、拗断了舌头，其论断大多只需一根指头就可以推翻。那根决定性的指头，我认为是，短篇小说其实根本不关心什么时间问题、空间问题、命运问题，所有长篇小说借以成为霸权体制的问题它都不关心，恰恰相反，短篇小说在它起源的那一刻起——比如在商朝或周朝的某个喜欢侃大山的车夫那里——就是为了逃离时间、空间、命运，逃离国王、史官和圣人，它具有与长篇小说完全不同的虚构激情：长篇小说的虚构有目的，目的统治着过程，即使它是‘伪经’，它也倾向于成‘经’，而短篇小说的虚构在本原上是无目的的，或者说，虚构本身就是它的目的。”

谢有顺的《小说诞生于孤独的个人——序〈2004 中国中篇小说年选〉》发表于同期《小说评论》。谢有顺认为：“小说在今天，似乎到了需要重新辨析的地步。至少，我们不能再简单地将经验的诉说理解为小说本身，小说有着比这更复杂的精神事务需要解决。”“小说不死的惟一理由就是发现别人没有发现的存在细节，塑造别人没有塑造的精神景象，这就是创造，而对于创造者来说，世界永远是宽广的，心灵永远是有待发掘的。这才是当代小说还未用力、但值得用力的地方，也是影响小说发展的核心要素。应该看到，细小的、技术性的变化，已经无法改变小说日渐被故事所取代的事实，小说要重获‘文学整体观’，以期在叙事和精神上，都建立起新的、广阔的视野，才能在整体上恢复它那自由主义式的精神品质——而非被经验或消费文化所奴役。”

25日　陈思和、王晓明、王鸿生、严锋、罗岗、王光东、张新颖的《文学创作与当下精神背景——关于张炜〈精神的背景〉的讨论》发表于《当代作家评论》第2期。陈思和谈道："小说本来就是与社会结合实行流通的，肯定就是商品，不通俗都不能卖。现在的文学创作，像张炜说的要和背景完全分离出来，你就不可能写小说。小说不可能分离，你不管支持还是反对，总是在这个生活背景下的，你能编出一个跟生活完全无关的东西？如果真的达到分离状态的作家，他一定会创造一种新的文体，这个文体我们谁都不知道，重新来建构他的美学。"王晓明谈道："如果能够用小说的方式和社会脱离，他不但能提供各种各样和主流相脱离的片段的经验，他还能够提供把这些经验组成整体的跟社会脱离的叙事结构，他的脱离才完成了。我觉得今天作家的问题是，有片段的经验，有片段的感受，能够写散文，但是写不出小说来。小说的叙事结构和这个社会的脱离看不出来。"

格非的《中国小说与叙事传统——在苏州大学"小说家讲坛"上的讲演》发表于同期《当代作家评论》。王尧、林建法在文前"主持人的话"中谈道："在长篇小说泛滥的当下，二〇〇四年的《人面桃花》告诉人们，究竟什么是好的小说。多年来，我们对当代汉语写作的新可能一直怀有强烈的期待，二十世纪九十年代以来也不时有具备'新可能'素质的小说面世，而《人面桃花》无疑是这类小说中的上乘之作。小说对一段时间以来已经被搁置的'乌托邦'的叙述以及置身其中的人的根本处境的描写，在一个新的层面上突出了'中国问题'的意义；小说在大局与细部的构造上，确立了新的叙事美学，古典、优雅和精致的语言，以及弥漫着的书卷气，再次显示了汉语无与伦比的魅力。"格非在文中提到："很多人说你们先锋小说比如说余华啊苏童啊，包括我啊，说先锋小说对语言的改造，我说你们错了，这个语言的第一次革命是从汪曾祺开始的。他的这个语言是像古代的语言复辟，但是又完全不是说跟他四十年代的小说相连接，他有他的思考，那么现在大家都知道他的来源可能是晚明的小品。""在叙事方面，我刚才说中国跟西方不一样，中国人更关注的不是这个外部世界，而是内心、感觉，是人情。"

金汉的《逼近："人本"与"文本"——世纪之交中国小说的深层变革》

发表于同期《当代作家评论》。金汉认为：“疏离现实社会政治经济之后的中国小说，即进入世纪之交的中国小说，总体上是向着‘人本’和‘文本’的方向逼近、回归。正是这种对‘人本’与‘文本”的逼近和回归，导致了中国小说在其深层发主了质的本体性的变化。……进入九十年代以后，随着作家们对现实社会政治生活的疏离，有相当一批作家离开现实走向了历史，到历史深处触摸人性的光辉与伤痛，集中写出一批无论历史深度、人性内涵还是艺术品格都远远超出以往历史小说的作品。……所谓走向‘文本’就是越来越向着小说作为一种独特文体它在美学上的独特要求和独立特征逼近和回归，即越来越接近本体意义上的现代艺术小说。现代艺术小说至少有如下四个方面的美学特征：现代化的叙述方式，虚构化的文本，人本化、生命化的人物创造，抽象化、哲学化的主题等。”

杨扬的《一部小说与四个批评关键词——关于孙惠芬的〈上塘书〉》发表于同期《当代作家评论》。杨扬谈道：“《上塘书》中没有大人物和重大历史，呈现出来的都是被正史所排斥的细碎的东西，这些繁琐的东西所构成的小说，能不能吸引读者，这是对写作者创作才力的一种考验。……《上塘书》纠合了四个值得关注的关键词，即乡土、历史、女性和文体实验。……《上塘书》脱离了那种预设性很强的女性主义理论视野，转而从作者自己的个人生活经验中孵养出文学的生命。我们可以注意到，《上塘书》中的女性视角很个人化。……《上塘书》在文体上有较为自觉的考虑。所谓自觉体现在作者有意识地对小说文体的张弛空间有了某种改写的欲望。”

张学昕的《格非〈人面桃花〉的诗学》发表于同期《当代作家评论》。张学昕认为：“格非喜欢以小说的方式探索存在的未知世界，而乌托邦建立的世界本身就具有极大的虚幻性，乌托邦幻想意识本身就是诗学的地基和温床，它虽然不构成叙事的全部，但却使整个叙述充满了诗意。格非在‘先锋后’沉寂、困扰多年，但仍坚持理论、文字、艺术气质的多重历练，他摄取了先锋的精华之气和现代小说的坚实内功，并执著于中国小说叙事的史传、笔记小说与诗论传统的结合，去发掘小说语词的潜能和力量。格非的叙述语言自由、干净、流畅，而且能细微地表达出意识到的存在的复杂性，他不断地变换着主体、语言和世界的关系，不仅使讲述生活的语言贴近生活，也使所讲述的生活有更合适的语言来表达，这既是一种修辞学上的完善，也是试图让词与物、语言和存在在一个新的维度上体现一种叙述的优美。可以这样讲，当代作家中至今还较少像格非这样，始终远离语言匮乏的困境并保持自己说话、叙述方式和美学维度的。所以，小说韵致迭出，呈现独特、鲜明、饱含神秘敬畏，风云舒卷、博约书简的唯美气派，令人轻松愉悦，难以释卷。”

本月

高秀芹的《都市的变迁与作家的书写——从张爱玲到王安忆》发表于《山花》第 3 期。高秀芹认为：“上海没有完全融进王安忆的叙述和形式中去，她或许只是王安忆叙述的一个客体。……王安忆是一个上海市井的寻找者，一个重新发掘者，这就是使她的叙述视角比起张爱玲来要高超得多。这种高超，使王安忆的叙述视角比张爱玲的叙述视角更宽广，也因此更具有历史的意味，但也因此而丧失了张爱玲的浑然不觉的贴近。”

四月

1 日 路侃的《短篇佳作的艺术启示》发表于《光明日报》。路侃谈道：“刘庆邦的小说几乎全是最普通的农民、工人，是所谓‘草根’阶层，他笔下的普通民众不仅是主人公，不仅具有题材意义，更显示出人民群众的创造主体性、理想追求、喜怒哀乐，有着丰富的人民精神。”

同日，林白的《生命热情何在——与我创作有关的一些词》发表于《作家》第 4 期。林白谈道：“我有相当一部分作品是片断式的。长中短篇都有。我知道这不合规范，看上去零乱，没有难度，离素材只有一步之遥，让某些专家嗤之以鼻，让饱受训练的读者心存疑虑。但我热爱片断。片断使我兴奋，也使我感到安全。是谁确立了这样一种价值观的呢？只有完整的、有头有尾的、有呼应、有高潮的东西才是好的，整体性高于一切，碎片微不足道，而我们只能在这样一种阴影笼罩下写作？在我看来，片断离生活更近。生活已经是碎片，人更是。每个人都有破碎之处，每颗心也如此。《说吧，房间》如果不是片断式的，我将会没有写作的热情。一个离婚下岗的女性，生活、情感、工作、婚姻，一切都已经破碎，而一个光滑完美的叙事离现实是多么遥远。《万物花开》也如此，一个脑子里长了五个瘤子的乡村少年，我不愿意把完整连贯的故事强加给他。……在我看来，《去往银角》和《红艳见闻录》是另一部《一个人的战争》，虽然写的是下岗女工，跟社会问题有关，但跟我个人的生命本体却有着某种一致性，一种叠合。这两篇小说，在精神上是一种自白，在艺术风格上也是。在生命本体上，那个弱势的女性，跟我本人，有着一种一致性。那个受到体制的、男性的、科学的控制的女人，她不是别人，正是作者本人。作者沉浸其中，感受到人的处境，孤独无助的人类的处境。就是这样。每个人写什么都是与生俱来的。一个人的生命底色就在那里，写作不是杂耍，今天耍这个明天又可以耍那个。每个人的风格都只能从她自己生命的深处长出来，像植物那样缓慢地生长。”

2日　李建军的《小说伦理与中国经验——〈小说选刊〉2005年第1季度述评》发表于《小说选刊》第4期。李建军认为：“小说是一种伟大的精神现象，本质上是一种与道德完善、人性解放和精神拯救密切相关的伦理现象。就此而言，小说从来就不是自言自语的独白文体，也不是释放力比多的秘密通道，而是为了与他者交流才被创造出来的对话文体，是展示生活图景和传递人生经验的伟大手段。”“事实上，在小说伦理的价值构成中具有核心意义的，还是作者的情感方式和道德态度，是作者对他人处境和命运的人道关怀。”“从对现实的关系说，小说伦理意味着对残缺和罪恶清醒质疑和尖锐批判的勇气，意味着对市场的暧昧诱惑和体制的公开裹挟的拒绝；从与人物的关系说，小说伦理意味着平等的对话，意味着对他者的同情、尊重和爱，公正而客观地观察、叙述每一个人物的内心生活和外部动作；从与读者的关系说，小说伦理意味着严肃的责任意识、巧妙的认知说服和温和的道德劝善。”

阎晶明的《小说里的艺术生活》发表于同期《小说选刊》。阎晶明认为：“‘艺术家’是这些人最熟悉的人群，‘艺术家’的性情里，呈现出当下社会最敏感又最固执、最前卫又最堕落、最率真又最虚伪的品质，小说家借此可以直通人性深处，特别是可以把这种人性写到极端，于是我们就看到了一幅幅并不全面却惊心动魄的‘艺术生活’的图景。”

3 日 《人民文学》第 4 期刊登署名为编者的《留言》一文。编者谈道：“小说就是讲述人的可能性、探索人可能成为什么样子，小说提供人的千姿百态、无穷无尽的形象。但在当下的小说写作中，有一种可能性在很大程度上被忽略、被回避，那就是人可以在他的道德实践中向善，人的形象有可能不是庸俗的，而是高贵的；不是阴暗的，而是明亮的；不是蝇营狗苟、随波逐流，而是决意做出英勇的选择。对此，小说家们较少探索。一个耐人寻味的现象是，小说家们似乎并不惧怕阴暗、庸俗，不惧怕拉动人性向下的地心引力，但他们在明亮、高贵和善的可能性面前却在退缩。”

5 日 王卫平的《当今小说的缺失与自救》发表于《文艺报》。王卫平谈道：“依我之见，当今小说最缺少的首先是‘精神’二字，包括民族精神、时代精神、崇高精神等。一个民族自有一个民族的精神。它是在长期的历史发展中，无数仁人志士用智慧、心血，乃至生命浇灌形成的，它是一个民族的精神支柱和前进动力，也是包括小说在内的文艺的精魂，而文艺又是民族精神的火炬。然而，我们从当今的小说中很难看到这种精神的承传与丰富，更难说随着时代的前进而发展了。……与此相关的是，当今小说太缺少理想、激情，缺少崇高与壮美的品格和刚健的风格了。当今的小说，即使是获得了大奖的小说，评论家几乎一致的看法是：虽然好看，但就是缺少震撼。原因何在？我认为就是因为在作品中缺乏理想之光的烛照，缺少激情之力的冲击，缺失崇高与壮美之气的灌注。”

8 日 陈晓明的《读徐虹的〈青春晚期〉》发表于《光明日报》。陈晓明谈道：“徐虹的小说显然融进非常真实的个人经验，她一直在面对自己的内心写作，如此坦诚而不留余地。因而她可以如此真切地写出消费主义时代女性异变的心理，写出爱情在当代变异和异化的那些时刻和场景。青春晚期的爱是爱的剩余，又是爱的超载，也是超载之爱。徐虹试图写出的，正是当代女性的精神困境。”

11 日 《中华文学选刊》第 4 期刊登署名为编者的《生活仿写文学》一文。编者指出：“读多了当代小说，经常会在生活与文学、现实与虚构间产生某种错觉，熟悉的生活场景在文学作品中的一再展现让人深深感到文学虚构能力的强大和日常生活经验的匮乏。……于是，在当代小说中寻找叙事的异端、在熟悉的生活场景和模式化的叙事缝隙中寻找文学性的创新成为了很多阅读者期待的事情。文学与生活在当下以空前暧昧的方式交织着，充满偶然性和戏剧性的生活和充满必然性和因果律的文学在某一时刻的碰撞会让人恍惚。”

12日　王干的《王蒙长篇小说〈尴尬风流〉——当技巧已成往事》发表于《文艺报》。王干谈道：“《尴尬风流》属于王蒙减肥式的自我健身，他对形式和技巧的简约化处理，打个不确切的比喻，就像吃腻山珍海味之后对农家菜和家常菜的回归，对那些文学技巧未入门或未成熟的人来说，还是不谈无技巧的问题为妥。技巧不是文学的全部，但文学不能忽视技巧的培训和操练。即使在《尴尬风流》中，王蒙也没有放弃他对形式感的追求，那些漫不经心的片段，其实是非常酷似佛经故事的文体，那些尴尬的暧昧的感悟，也颇得偈语的神韵。文学其实是没有最高境界的，人的最高境界，就是忘我。”

19日　任时的《贾平凹长篇小说〈秦腔〉——乡土挽歌》发表于《文艺报》。任时谈道：“贾平凹的《秦腔》是一部读起来非常吃力却非常有份量的长篇小说。说读起来非常吃力，指的是读者的阅读习惯受到了某种挑战——这种挑战通常来自现代派小说而并非如此纯粹的乡土小说。作家用极为绵密且看上去很随意的语言叙事，改变了他以往一些最受读者欢迎的作品如《商州》《浮躁》那种围绕情节主线展开的表达，使这部小说看上去像一幅劳动量过大的工笔画，成功地吸引我们注意每道线条，而摸不着表现的主题和故事进程。说非常有分量，则是指一个最优秀的小说家在努力探索对乡土的新的表现方式中，仍然体现出丰厚的生活积累和非凡的语言功力。”

26日　石一宁的《长篇小说：繁荣中的缺失——鲁院学员“会诊”当下长篇小说》发表于《文艺报》。石一宁谈道：“近年来，我国长篇小说创作持续高产，每年发表和出版的长篇小说在千部以上，呈现出空前的繁荣局面，其中也涌现了相当一批比较优秀的作品，丰富了人们的精神生活，提高了读者的审美水平，为提升全民族的文化素质和弘扬民族精神作出了重要贡献。学员们认为，这是评价当下长篇小说创作时首先应该肯定的。但是也要看到，与长篇小说量的丰收相比，精品力作还是不多，长篇小说创作存在着种种误区，繁荣中也暴露出诸多的缺失。杨光祖说，长篇小说热使许多作家心态浮躁起来，感到不写长篇就不是一个作家似的。于是，能写长篇的多写，不会写的照样写。有的作家两年之内出版了6部长篇，把不成熟，和题材内容重复之作也拿出来。……刘忠认为，当下长篇创作的问题突出表现为主体精神的萎顿和生命关怀的匮乏。作家大多停留在生活的表层，没有用‘心’拥抱生活，用‘美’烛照生活，让作家的主体精神穿透日常生活，形成价值判断，构成精神品格。而‘自我’叙述的强化，导致小说对民众生命关怀的严重匮乏，缺少一种对生命的负责精神，作家群体普遍存在精神懒惰现象。……王晖也认为，当下写实倾向明显的长篇小说乃至其它文艺样式中，呈现出由‘诗化文学’向‘非诗化文学’转型的反浪漫趋势。”

五月

1日　尤凤伟的《走进现实的迷宫——关于〈色〉的片言碎语》发表于《作家》第5期。尤凤伟谈道：“可以说《色》是向上的，是昂扬的，作品主人公吴桐是一个坚定自己的人生信念，不甘堕落的人，他遵循自己做人的底线。诚惶诚恐。从某种意义上说吴桐是个英雄，当代英雄。因为有了他，作品便呈现出一种暖暖的调子，向人们传递出温馨的气息，也许有人会问，这个英雄吴桐是可靠的吗？生活中存在吗？我想这是肯定的，我相信生活中有千千万万个吴桐。吴桐的最朴素的信念是坚持正确，做正确的人，做正确的事，也正是这种意志不移的‘正确’支撑着社会生活的大厦。他们的努力可谓艰苦卓绝。我想，《色》不回避现实，写了当下社会的重大事，但不谋求所谓‘宏大’主题。作品写了官场，但不是官场小说，作品写了商场，但不是商场小说，作品写了男欢女爱，但不是情爱家庭伦理小说。那么这究竟是一部怎样属性的作品？我想只能算是一部‘生活流’小说，是一部好看的小说。‘好看’是我一贯的追求，或许过于‘老派’，但我清楚小说是让读者看的，不是让读者买来望洋兴叹尔后束之高阁的。我认为致力于将作品写得生动好看，是对读者的尊重。通过作品完成与读者心灵的对接，这才是写作的本质。”

《〈人面桃花〉的授奖辞》发表于同期《作家》。文中指出：“小说以中国近代史上的辛亥革命作为书写背景，但它试图照亮的却是历史的暧昧性。小说以它可贵的精湛笔法，刻画乡村女子秀米的传奇生涯。她的一生奇崛而富戏剧性，与家庭及乡村文化的崩溃相联系，与历史的动荡与激进革命的历史阵痛相关联。以个人的故事，贯穿了近现代中国的历史裂变，伴随着乡村的强烈震颤。格非似乎要借助一个美丽的生命卷入中国现代性的历史的悲剧，来写出可贵之生命是如何消失，而历史依然以其强大的逻辑推演向前。纵观这部小说，它既遍布先锋小说积攒下的技术元素，具有神秘、迷幻、未知的迷宫般的效果，又具有古典汉语小说的典雅、华美与诗情，实现的是一次宗教般的虔诚而无限的母语之旅。这部精湛的小说表明中西叙事智慧的沟通与结合是完全可能的。当然，格非的小说还保持着探究历史的愿望。尽管解构历史这种说法已经不新鲜，也不算惊人之举，但格非还在持之以恒地对历史进行零打碎敲，把破败的历史时刻写得异常鲜明，重现历史阵痛时期的情况，依然有着强烈的震撼力。显然，格非还是保持着他早期的那种写法，在制造障碍与迷局方面，格非依然毫不手软，这是难能可贵的。迷宫一样的故事走向，不经意消失的关键部位，谜一样的细节，不断引向疑虑。尽管说格非并未超出他过去的小说，但他是依然有勇气按照自己的风格和意愿写小说的人，在这个意义上，格非又是唯一生活于先锋派的童话世界里，他的写作又超越了现实。”

《〈受活〉的授奖辞》发表于同期《作家》。文中指出：“《受活》堪称当代汉语写作的奇观，它几乎是突兀地点燃了一堆篝火，照亮了现实与记忆中的那片晦暗之地。这部小说，依赖狂飙般的艺术想象力和非凡的语言才能，以奇崛而吊诡的故事设计，摧枯拉朽地越过文学地形图上的种种禁忌，极富穿透力地凸现了耙耧山人复杂而奇特的现代境遇，并表达出对乡土中国乃至人类命运的无以诉说的忧思和悲悯。……《受活》所携带着的沉重的历史与现实内容，又无不被一种生气勃勃的戏谑或嘲讽所渗透。小说一方面充分利用了社会记忆和能够激活这种记忆的各种各样的材料，重新组装出一段人们似曾相识的历史，并将之催化、放大成一个关于生存与梦想的总体性的隐喻；另一方面又通过方言，通过由于后现代多样性叙事元素的卷入而形成的文本内爆力，使世界得以在分裂的、对立的和自我迷惑的意义上展开。这种反乌托邦的乌托邦叙事，不仅改写或丰富了五四以来乡土中国的书写传统，而且显示了这种书写与后现代主义的表现方法或美学趣味实现嫁接的可能。当然，由于对语言和想象力的放纵还缺乏必要的节制，这部作品在阅读伦理方面也造成了一定的困惑，在不同读者中间，评价可能存在较大的差异。”

10 日　施战军的《出现徐则臣，意味着……》发表于《文艺报》。施战军谈道：“小说确实好：有点老到，那是‘长成’了的小说家对世事沧桑的体认，在体认中又明显地对世道不服气；有点年轻，笔致疏密转换间有着克制着的青春倾说欲。清晰、沉实地向广袤的地方着眼，从浩大人群的正面着手，这种面对世界的习惯类似于常规的经典传统方式，仿佛有意同饮水过量而导致频频内急的今日写作风俗找别扭。这种坚韧地梗着脖颈的书写姿势，让人不能不对他心生钦敬，同时也会为之攥一把热汗。出现徐则臣，在今日中国文学写作的语境里是一个值得心中暗喜的信息，它从学院传出来，意味着中国文学被忽视或者说曾经断裂的学院写作的传统有了新的生机。”

11 日　《中华文学选刊》第 5 期刊登署名为编者的《我们的心多么顽固》一文。编者指出：“叶兆言的小说《我们的心多么顽固》……表达的甚至是带有一种自豪感的自我坚持，是一种用记忆沉淀出来的个性。实际上不仅现实经历如此，文学的记忆也是如此。”

15 日　李晓玲的《社会底层小说的叙述特色》发表于《当代文坛》第 3 期。李晓玲谈道：“这些作品与其它的同类小说一样都反映了现代价值理论的核心理念，即人作为主体的价值表现在人对客体的需求和欲望上，而客体的价值在对主体的需求和欲望满足的性质和条件上，因而，客体的价值是依赖于主体价值存在而存在的。从这个角度观照社会底层小说就会发现作家在写什么和怎样写两个方面都在揣摩读者，这种努力的结果外化为底层小说独特的叙述特色，使得小说在叙述角度的选择、叙述顺序的安排和叙述内容的表达三个方面满足了人们阅读时的心理需求，从而在读者与作品之间产生了感应关系，正是这种感情交流，使作品实现了它的审美教育功能，并使读者获得了审美享受。”

同日，黄发有的《短篇小说为何衰落？》发表于《南方文坛》第 3 期。黄发有认为：“90 年代以来的传媒环境，一方面把短篇小说打入冷宫，压制其正常生长；另一方面是逼迫作家改弦易辙，使短篇小说成为少人问津的文体。”“而传媒对于中长篇的偏爱，为‘新写实’絮絮叨叨的文风推波助澜，使小说的‘长’风愈演愈烈。更加具有冲击力的是，世纪之交电脑的普及和不断的升级换代，以及互联网的飞速发展，使文字文化原有的地位变得岌岌可危……写作进入了一个无聊的废话时代，四处飞扬的都是口水，空话、大话、假话、疯话、鬼话横行无阻。”

南帆的《面具之下》发表于同期《南方文坛》。南帆指出：“小说逐渐进入了百无禁忌的阶段。历史风云，军机大事，闲言碎语，宫闱秘闻，小说的胃口从来没有像现在这么好。尽管如此，许多作家仍然不愿意善罢甘休。他们不惮于冒犯传统和舆论，悍然闯进了危险的领域。这些作家的笔触潜入裙子底下，被窝里，正面暴露床笫之事，甚至聚焦畸恋或者异常性取向；另一些时候，小说的血腥和残忍远远超出了一般人的承受限度，尽管作家可能构思出一个复仇或者侠义的情节给予伪装。这时的文学抛开了真、善、美的传统观念，作家认为文学享有道德豁免权……那些勇气十足的作家可以无视道德底线问题，然而，这是一个不可混淆的命题：道德挑衅不一定是文学的震撼，就像文学的震撼不一定诉诸道德挑衅一样。”

17 日 宋丹的《当今长篇小说缺失了什么——兼与王卫平先生商榷》发表于《文艺报》。宋丹谈道：“近年来像这样‘精神’指向相当突出的长篇小说还有很多，就精神层面的表现而言，应当视为比较充分而绝非‘缺失’。当今长篇小说是否还缺失‘思想’二字？虽然说九十年代风行一时的个人化写作和边缘化叙事等倾向，至今仍在影响某些小说家对于作品思想性的追求，但是从总体上看，能够体现作家思想探索的长篇小说，还是占有相当多的比例。……然而有必要指出，在当今长篇小说创作中，某些作品的思想表现是笔者不能认同的。比如时下被包装得十分到位的《狼图腾》，作者把充满血腥暴力的‘狼文化’与过去时态的游牧文化互联而推崇，百般诋毁所谓‘羊文化’即农业文明与中原文化，更排斥历史的巨大进步与文明的必然发展，其叙述立场及表现倾向是完全值得商榷的。……在当今诸多的拥有进步思想倾向的长篇小说中，真正具有思想穿透力和震撼力的艺术精品，也是较为鲜见的。当今的长篇小说并不乏‘思想’二字，欠缺的则是如何以完美的艺术形式，来表现作品思想的深刻性及其震撼力。关于王文提出的当今小说‘也缺少对百态人生和万家忧乐的关注’之看法，我也不敢苟同。就目前长篇小说创作状况看，我认为大部分作家比较关注的，仍然是社会现实中的‘百态人生’。”

20 日　方秀珍的《神秘主义：从祛魅到审美——扎西达娃小说论》发表于《小说评论》第 3 期。方秀珍认为：“寻根作家的小说创作拆解了他们的理论主张，重铸和镀亮民族自我的勃勃野心化作了一个遥不可及的梦，但同时他们完成另一个任务：如果说五四文化批判的目标是中国正统传统文化的话，那么，寻根小说的文化批判已经走向了民间，对更深层的民间文化积淀进行了一次完全祛魅过程”。

吕政轩的《民间世界的诗意抒写——刘庆邦乡村系列小说阅读笔记》发表于同期《小说评论》。吕政轩谈道：“刘庆邦似乎把他的所有目光都投注到了民间，并通过其不懈地创作为我们建构了一个完整而又多样化的民间世界。说它是完整的，就是说刘庆邦并没有走马观花式地信手拈来民间世界的一鳞半爪加以叙写，而后便将民间抛于脑后一走了之。刘庆邦对民间世界的叙写是全方位的，多层次多角度的。如果把刘庆邦所有描写民间生活的短篇小说归结在一起，人们就会发现，这就是一个完整的民间村落。”“刘庆邦乡村系列短篇小说就是一面多棱镜，它折射出来的是一个多角度，多层面的民间世界，现不妨归纳如下。1. 生命与艺术的启示。……2. 风俗与人情的图画。……3. 土地与爱情的乐章。……4. 孤独与苦难的童话。……5. 民间法规的原始注解。”

於可训在《小说家档案・张炜专辑》栏目中的《主持人的话》发表于同期《小说评论》。於可训认为：“在我们多年来所习惯的西方化的意义结构和价值判断之外，应有中国文学自身的阐释和评价系统，这个阐释和评价系统，就张炜而言，是他的乡村生活经历，让他深入地领会了儒家的自然伦理，同时，他的坎坷的人生历程，又让他经验了一个儒者所必须经历的身心两方面的历练，包括一些内省的经验，而后，才是他的人格理想与社会现实之间的矛盾和冲突，这种矛盾和冲突，有时候是见之于一种政治斗争的历史（如《古船》阶段），有时候是见之于一种欲望化的现实（如上个世纪 90 年代的创作），总之是心与物的一种无法调和的关系。迄今为止，张炜的创作大体上都没有逸出这条路线，这条路线既是一个儒者修身的路线，也是一个儒者察世的路线，从这内外两条路线的交合点上去看张炜的小说，我觉得可能要比套用几个西方的概念、包括文化保守主义之类套上中式长衫的概念，要管用得多。”

张均、张炜的《“劳动使我沉静”——张炜访谈录》发表于同期《小说评论》。张炜认为：“小说是虚构，是故事，更是想像。个人经历是虚构的强大动力，但仍然不是小说，更不是虚构本身。”“道德是文学家和所有知识分子最基本的东西。当然它不是一种僵死的概念。它是很具体的。”

张炜的《自述》发表于同期《小说评论》。张炜谈道：“我对表面上的‘文本先锋’总是怀疑的。我觉得真正的先锋是更内在的，由内到外，逼迫了文本，这才是真正的先锋。”“先锋可能不光是学学外国，比如学学翻译作品；先锋大概是一个时期文学大格局中全新的表达和表现，是最新的文学因素和思想因素，是一次次最大程度的文学自觉。”“先锋说到底还是一个民族内部的事情。我们很难看到脱离了自己民族的所谓‘先锋’。”“其实文学（小说）是多种多样的。我们可能更习惯于那种较传统的描叙，问题是要写出一个时期最需要的文学，就要有一种新的特质。”

24 日 王干的《阿来长篇小说〈空山〉——拯救被遗忘的经典写作》发表于《文艺报》。王干谈道：“在《空山》里，阿来首先对‘长篇小说’的经典内涵进行了很好的注解。在长篇小说越来越‘水’的今天，阿来用 6 个敦实有力的中篇小说来组成强有力的‘机村传说’三部曲，这不仅表现阿来的营建史诗的雄心和理想，而且在提醒人们长篇小说不应只是畅销书和快餐读物，而应是昆德拉所说的人类精神的‘最高综合’。……阿来的《空山》在小说的形式方面作了较大的努力，却不露痕迹。他把象征主义、魔幻现实主义、黑色幽默等西方小说的手段化入到文本。在结构上又借鉴结构现实主义的方法，采用花瓣式开放的结构来表现一个村庄的命运沉浮。小说的主人公是一个村庄，而不是某一个人物，具备了史诗的品质。”

25 日 樊星的《禅宗与当代文学》发表于《当代作家评论》第 3 期。樊星谈道：“传统文化精神，是当代作家超越浮躁的重要思想之源。既然如此，我们就可以得出这样的推论：中国作家从传统文化中获取智慧，与灵感的‘寻根’

之旅永远也不会完结。”“如何从中国的传统文化精神中汲取创造的灵感，是中国文学避免跟在西方文化思潮的后面亦步亦趋的关键所在。”

李洱的《为什么写，写什么，怎么写——在苏州大学“小说家讲坛”上的讲演》发表于同期《当代作家评论》。李洱谈道：“应该有一种小说，能够重建小说与现实的联系，在小说的内部，应该充满各种对话关系，它是对个人经验的质疑，也是对个人经验的颂赞。它能够在个人的内在经验与复杂现实之间，建立起有效的联系。至于这样一种小说，是不是属于百科全书式的小说，其实并不重要，重要的是小说内部要有这样一种机制，对话和质疑的机制，哪怕它讲的是关于恐龙的故事。”

李陀、苏炜的《新的可能性：想象力、浪漫主义、游戏性及其他——关于〈迷谷〉和〈米调〉的对话》发表于同期《当代作家评论》。李陀谈道：“我一直在鼓动严肃的文学写作（还是不用‘纯文学’的说法），要回头向经典学习，重新把《水浒传》《三国演义》《红楼梦》等中国经典，以及十八、十九世纪西方文学经典中的文学技巧，经过选择再捡回来。当然，这‘捡’不能偷懒，不是对传统的技巧简单重复，而是把这些东西，在新的写作策略和新的叙述激情里加以重新组织、提炼、改变，改造成新的小说叙述元素，这样，严肃小说就有可能重新变得‘好看’，批判性的写作才有可能和消费性的写作展开竞争。”

毛丹武的《须一瓜小说简论》发表于同期《当代作家评论》。毛丹武谈道：“须一瓜叙事的重点并不放在人物的外部行动之上，她更注意的是人物的心理事件。她将人物的种种心理的隐秘插入和缠绕在行动的叙述之中，结合充盈、细密的意象，形成了繁复的叙事风格。而那些意象对氛围的描述特别精彩，读她的小说，读者就不由自主地进入到那种特别的氛围中去，也许在须一瓜小说中艺术感觉是最为突出的。”

张学昕的《话语生活中的真相——李洱小说的知识分子叙事》发表于同期《当代作家评论》。张学昕认为：“知识分子的公共历史或存在境遇被李洱重新编码，衍生成对知识分子个人内心生活的情感表达。我感觉到李洱在知识分子叙事上潜在的叙事雄心，他试图去写作这个时代知识分子的精神发展变化史。因此，在他的‘叙事诗学’中就呈现出很大的包容性。在对个人经验、个人无法进入公共空间、个人生存方式及其困境毫无保留的揭示中，既有对于知识分子神性、人文性、和谐性、永恒性追求的古典情结，又有对其浮躁、寻找、怪异、失落、裂痛等精神震荡、集体无意识的深刻剖析。李洱的知识分子叙事儒雅、机智、诙谐，既具有深厚、结实的古典性，又具浓厚的现代主义诗学特征。从整体上讲，李洱的知识分子叙事，基本上不关注重大的历史、生活事件，而是不断返回到个人的日常性存在，个体生命体悟，直指知识分子精神内核的蜕变。这就使李洱的叙事具有生活的刺痛感和焦虑性。……李洱近十几年的小说创作，专注对知识分子群体的精神考察，他通过独特的话语形态、叙事策略的不断变化和调整，面对‘现在’写作，在生活的缝隙捕捉当代知识分子生存的奇观异质，表现、解析中国所谓‘现代性’历史发展中知识分子被解构的‘后现代’感觉和体验，显示出执著的精神性，并渐渐形成了李洱式的‘叙事诗学’。……他用个性叙事取代、替换了意识形态叙事，使‘叙事性’向多元性的转化成为可能，这无疑是对新的小说审美表现形态的一种革命性建构。李洱小说叙述以其自由而富有穿透力的话语形式，对知识分子进行了独到的描写，他的小说不仅让生活艺术地发生变形和变异，主要是，让我们看到了知识分子存在的种种局限性，看到了事物、生命存在的真相。”

《第三届“华语文学传媒大奖”专辑》刊登于同期《当代作家评论》。格非在受奖词《守护记忆，反抗遗忘》中谈道：“《人面桃花》虽然披上了一件中国近代革命的外衣，但我的确无意去复现一段历史事实。我以为文学和宗教一样，是人类企图超越现实的两大激情。在日益庸俗化和实利化的现实境遇的压迫下，像我这样相对脆弱的人不免就会日有所忧，夜有所梦，去寻求寄托和慰藉……写作这部小说，也可以看成是一次返回久已不存的故乡的想象性旅途。”

林白在受奖词《文学的岔路》中说道：“《妇女闲聊录》是小说吗？它的文学性何在？我准备躲开这些锐利的问题。文体在我们的文明中，在现存的文学体制中，不断地分隔与疏离，已经变得越来越坚硬了。对于我，一个内心充满焦虑的人，如此坚硬使我不安。凭着一己的性情，我以闲聊的方式处理了我的素材，我希望它不是某种坚硬的东西，我希望，它是一滴水，虽微小，却也湿润柔软。我当然希望有一种小说是这样的，它就是这种闲聊的形态。妇女们闲坐，东家长西家短，有的有趣，有的无趣，但都像风一样，自然而随意，说完就过去了。现在处理成书，成为被留住的生活，是生活的一截，是最真实的那一小块，同时它生动、鲜活、幽默，也有着必不可少的粗糙，我以为，这些都是文学的重要元素。”

26 日　李思清的《王安忆长篇小说〈遍地枭雄〉——有“理”有“趣”》发表于《文艺报》。李思清谈道：“倘从技术的层面上来看《遍地枭雄》，似乎看不到新的气息，仍然是王安忆一以贯之的手法和格调。这手法和格调，甚至更显得‘严重’了。有时候也让人怀疑，是不是过于强调迂回曲折，过于讲究一唱三叹了？景致、心理、哲理、典故、动作、表情，每一笔都绵密如织，非写到滴水不漏、纤毫毕现不可。小说的这种做法，倘是低水平的赘语，那叫作絮叨。王安忆显然抵达了更高的层面。即使带着批评的、尖刻的态度来谈《遍地枭雄》这部长篇，我们也得承认，它充满了‘理趣’——有‘理’，而且有‘趣’。”

六月

2 日　阎晶明的《善与苦不是生活的全部》发表于《小说选刊》第 6 期。阎晶明认为：“由于当代中国小说的本土化要求，乡村生活显然不可能从小说家们的笔下消隐。不过，如果你回味这些小说留下的印象，会发现历史的幕布正在变得柔软轻薄，幕布后面上演的生活罩上了一层神秘的幻影，‘共时性’增强的同时，突显出的是故事本身的寓言色彩。小说的主题符号常常指向命运苦难与道德至善的混合。这简直就是当下乡村小说不约而同的一次主题集合。”

9 日　杨晓敏的《小小说是平民艺术》发表于《文学报》。杨晓敏谈道：“小小说却是另外一副姿态，它使小说最大限度地还原为平民艺术。无论如何，在一两千字的篇幅里，是摒弃言之无物的。它容不得耍花招，所有的艺术手段，只能用来为内容服务。小小说不是故事。就其文体而言，小小说自有它的字数限定、审美态势和结构特征。它的规范性更有别于散文、小品等。一句话，麻雀虽小，五脏俱全，也是一个完整的艺术世界。……小小说虽属方寸之地，却能提供出无限的艺术空间。稍偏颇一点说，小小说和小小说作家的出现，从某种意义上来讲，它褪掉了长期笼罩在小说（小说家）头上的神秘光环。因为小小说可以‘集束式’生产，小小说作家可以一茬儿一茬儿涌现。”“小小说是一种最具读者意识的小说文体。它的兴起，是对‘长小说’而言的文体创新。随着时代进步和生活节奏加快，广大读者和有识之士，都希望把文章写得短些、精粹些，所以，20世纪80年代初期，小小说这种文体一经出现，很快便风靡文坛，日益显示出它的优势和旺盛的生命力。小小说简约精致，情节单纯，尺幅波澜。它除了具备短篇小说的人物、情节、故事等要素外，还有不可忽视的另一种功能，即‘新闻性’。它贴近生活，紧扣时代脉搏，因其小而灵便，宜于操作和占版面小，便负有‘传递信息’的特殊使命。大千世界，无奇不有，瞬息万变，当长篇、中篇或短篇小说对此还来不及作出反应时，小小说便已四处开花，捷足先登了。有趣的是，‘新闻’把重要的内容放在‘导语’里，小小说则善于在‘结尾’时再揭示谜底罢了。由于小小说能以艺术的形式，不断迅速地反映生活热点，传导社会信息，因此具有‘新闻’的某些特征，这是由它自身的特点所决定的。小小说是智慧的结晶，是艺术精灵，是大众化的文体，能产生近距离的心理效应。无论对于作者、编者还是读者，小小说都有一种谜一般的诱惑。”

11 日　《中华文学选刊》第 6 期刊登署名为编者的《不如相信谎言》一文。编者指出：“写过《尘埃落定》的阿来又出了一本新书，写的是藏族一个小村的历史，名字叫《空山》，或许是取‘静故了群动，空故纳万境’之意。这本书包括两个中篇，《随风飘散》和《天火》。前者写的是机村的自在状态，是所有外来的冲击都没有抵达的‘前现代’状态，而后者写的是‘文革’，写的是森林大火的蛮横抵达和‘现代性’的自觉冲撞。小村就这样在不断的与外界发生联系的过程中，重新确证着自己的身份。而从文本的细部描写看，这是两个有关‘谎言’的故事。前者是村落中的谣言，后者则是有关意识形态的谎言。少年格拉在杀死兔子的谣言中忧伤而死，青年索波则在意识形态的翻云覆雨中茫然迷乱。而所有这些谎言的产生，都是因为人，因为人与人之间无处不在、无时不在的‘界限’，和人本能般的划分意识和归属需求。于是，谎言的故事变成了‘界限’的故事，这界限让人在相互争斗中爆发出来的恶的力量触目惊心，又让人在相互缠绕的、毫无逃脱可能的宿命相似性中倍感苍凉。于是，制造谎言变成了人屠杀自己心灵的利器，而追逐真实和探求本源则显得异常荒诞；于是，谎言破解和重新制造谎言这样的轮回使所有的人成了山脚下因巨石而存在的西绪福斯。”

15 日 冯立新、王峰的《论余华的先锋小说》发表于《江汉论坛》第 6 期。冯立新、王峰指出：“余华的叙述策略（方式）既与先锋派同仁存在着相同之处，显示出流派的共性，同时也具备他的独特贡献，显示出个性的魅力。余华的小说叙述方式可分为三种：纯粹的故事叙述；拆散的故事叙述；没有故事的故事叙述。”

16 日 曾凡的《现实的写作姿态》发表于《人民日报》。曾凡谈道：“《秦腔》则是一种知人阅世的，理解，看，然后叙述。它的叙述不是外在表面的，也不是外加上的，而是把日子铺开了去写的。不按通常的人物故事情节结构等要素展开，而是按日子的感觉去写，写出那种自然而然不得不然的东西。……与这种不动声色的叙述联系在一起的，是《秦腔》的表现风格极度地写实，返朴归真。可以说，贾平凹通过《秦腔》的写作终于回归本色，达到了看山是山看水是水的境界。这对当前新的社会经济文化背景中农村题材的小说创作有不可绕过的启示作用。”

本月

周立民的《在观念或者概念之外——谈孙惠芬近年中短篇小说创作》发表于《山花》第 6 期。周立民指出：“孙惠芬近年的小说创作几乎都是围绕着民工和民工走出后的乡村而展开的，难能可贵的是孙惠芬首先没有将民工与其他人分割开来，似乎他们就是社会的另类；其次，孙惠芬不是在同情他们，同情不论动机怎么善良和美好，总还是带有高高在上的施予成分，孙惠芬是表达他们或者说是在为他们表达，这个时候，她就是他们中间的一个，正因为这样孙惠芬才写出了他们的尊严、内心的丰富和对生活的一种执著与忍耐。并不是孙惠芬两耳不闻窗外事对民工生存困境视而不见，也不是说她认同现状对此毫无立场，而是如同所有的行业一样，小说家的国土也是有疆界的，他不是包治百病的神医，他的本领应当在用笔去探求人的心灵，如果他能够在这方面出色地完成任务，他的立场、思想和很多宏大的认识其实已经表达出来了。”

七月

1日　《当代》第4期发表《退税》一文的“责编手记”。编者认为：“当今文坛，遍地是才华横溢，所缺的，是对民生的关注。即便关注，也如隔岸观火，少了贴身又贴心的真切。很多作家，成名且成熟，就因为和民生的距离，不能有更大的成就，实在是遗憾。基于这样的感慨，我在撰写《当代·中篇小说专号》2005年1期的导读文字时，对柯云路的中篇小说《底线》作了如下介绍：‘本篇作者，可能是本期作者中惟一的职业作家，读他的《底线》，既读医疗腐败，也读职业作家的尴尬。’出刊之后重读，忽然发现不妥。应该是‘职业作家的努力’，起码也应该是‘职业作家的艰难’。以我们对柯云路的了解，在职业作家中，他在贴近民生方面的努力，的确比别人更多。《当代》的习惯，对业余作者多鼓励，对成名成熟的职业作家多挑剔。方向不错，但挑剔上瘾，却可能失去尊重和厚道。而无论对职业作家还是业余作者，一视同仁的尊重，都应该是《当代》编辑的基本素养。柯云路《底线》的导读文字，显然有悖于此。”

同日，冯天海的《当今小说创作病相简析》发表于《作家》第7期。冯天海谈道：“小说创作的浮躁之气主要是指作者的创作心态。在商品社会物质利益的驱使下，一些作者急功近利，大量地制作一些粗俗的文字垃圾，这其中不乏一些知名作家……翻翻当今小说，那种对历史、灵魂、人性的沉重的拷问、责难、发问越来越少，不少作者沉迷于对历史情态的再现，醉心于民族历史上的污秽与伤痕，他们丢失的却是民族的苦难与抗争。……对于作家而言，我们自处的文化环境，我们面对的生活素材，应该有自己的独特创造，既要面向世界超越传统，又要继承和发扬中国优秀的传统文化精神，这才是一种严肃的艺术。”“1989年以后那些先锋实验派的作品由于疏离文化环境，受到读者冷落，于是有些作者明智地进行自我调整，终止文本游戏，开始关注人物命运和故事情节，追求价值意义。但思想深度与价值取向各有不同。这种尴尬的处境就说明了临摹与仿真的后果。回想上世纪二三十年代，我国现代文学史上一些优秀的作家也曾积极地学习西方优秀的文学创作手法，如钱钟书、胡适、鲁迅、巴金等人，但他们都是以自己深厚的国学素养为基础的，所以他们的作品充满着时代的和民族的文化气息，他们的语言显得更加清新、厚重，故而他们的作品就能受到国人的欢迎。”

2 日 南帆的《叙述与经验的形成——〈小说选刊〉2005 年第 2 季度述评》发表于《小说选刊》第 7 期。南帆谈道：“如何叙述，这当然不仅是单纯的技术问题。由于 20 世纪人文学科的‘语言转向’，文学批评出现了深刻的转折。从‘新批评’、形式主义到结构主义，‘叙述话语’成为一个众目睽睽的话题。在我看来，作家没有必要详细地考察这个话题的符号学脉络，他们充分地意识到这个结论的分量就够了：叙述涉及经验如何形成。这个结论至少包含了两方面的命题。首先，叙述是对于素材的深刻处理。这是叙述隐藏的思想含量。正如人们时常看到的那样，软弱的叙述无法完成素材的全面转换，炼制出种种潜在的内涵；另一方面，叙述不是神奇的灵丹妙药，种种苍白的片断并不会因为某种奇异的叙述配方而聚合为伟大的杰作。”

10 日 乔叶的《我和小说》(《他一定很爱你》创作谈——编者注)发表于《中篇小说选刊》第 4 期。乔叶指出：“诚实是一种享受。生活中的虚伪处处可见，几乎是每个人的必然。如卡夫卡所言：‘说真话是最难的，因为它无可替代。’这样的难度导致了如此状况：虚伪才是最普遍的诚实。在小说中，卡夫卡这句话依然有效。只是难度的方向发生了变化：由逃避真话指向了寻觅真话。如何找到最无可替代的字、词、句子、故事、细节、人物——如何毫不留情地逼近我们内心的真实，如何把我们最黑暗的那些东西挖出纸面——那些最深沉的悲伤，最隐匿的秘密，最疯狂的梦想，最浑浊的罪恶，如何把这些运出我们的内心，如同煤从地下乘罐而出，然后投入炉中，投入小说的世界，燃烧出蓝紫色的火焰，这便是小说最牵人魂魄的力量和美。”

11 日 陈思和的《移民潮里的新新人类故事》(《吴川是个黄女孩》主编推荐语——编者注)发表于《中华文学选刊》第 7 期。陈思和指出：“其实这篇小说在歌苓关于移民诗史小说系列中有一个新的意义。……这篇小说第一次正面描述了新新人类的一代华人，在海外的生活与处境，以及他们所面临的文化冲突又是什么。”

洪治纲的《“意外”背后的悲凉——读鬼子〈疯女孩〉》发表于同期《中

华文学选刊》。洪治纲指出："鬼子的小说始终逼视着那些潜藏于现实深处的苦难。这些苦难，既是底层生命的现实遭遇，又被日常生活的表象所遮蔽。它尖锐，犀利，直击人性的悲凉，凸现命运的无助，却又常常让人们在不知不觉中漠视了它的存在。鬼子的叙事就是经常从这种情形入手，层层撕开那些庸懒的目光和脆弱的经验，让我们惊愕于生活内部的沉重与悲凉，《疯女孩》当然也不例外。它用一连串的'意外'作为故事的内驱力，通过主人公'我'在良心促动下的本能式的努力，揭示了常态生活之下的另一种苦难和伤痛。"

邱华栋的"主编推荐语"（《儿童不易》主编推荐语——编者注）发表于同期《中华文学选刊》。邱华栋指出："张悦然这篇小说的独特之处在于作者对文本声音和视角的处理。每个作家都在追寻自己在文本中的独特声音，年轻的张悦然在较浅的文学阅历中获得了这样的写作意识，无论是她自我训练的结果，或者是天赋使然，对于读者都是一件愉快的事。作者企图在一篇一万多字的小说中完成多种视角的转换，而这种转换造成的文本多层次性最终又统摄于一个声音下。在这篇小说中，年轻的作者体现了一种写作的自制力。作者选用的题材和所讲的故事在我看来似乎和这种写作的自制力互为动力，遮蔽了可能的缺陷，张扬了张悦然一贯的小说美学优势。我把这篇小说推荐给读者，望读者能在作者传达的新颖经验中读出更多的言外之意。"

12日　木弓的《周梅森长篇小说〈我本英雄〉——政治家形象放异彩》发表于《文艺报》。木弓谈道："周梅森的小说总是能够站到时代的制高点上，纪录着中国的改革开放时代前进的脚步。他特别善于抓住中国当代经济社会发展的尖锐、重大的矛盾冲突，升华出深刻的思想主题，打造丰满的小说人物。新近完成的长篇小说《我本英雄》（作家出版社出版）又是这样一部大格局、大气派的作品。实际上，这部长篇小说比他以往其他作品更好——他笔下的政治家形象新颖独特，大放异彩。……有评论家批评周梅森的小说过于模式化，缺乏创新。其实，模式化只要能被激活就不是什么缺点，反而会具有创新的优势。长篇小说《我本英雄》激活了周梅森创造的小说模式，使其具有创新的意义，那是丰富新颖的人物形象给模式注入了新的内涵。这部小说将以人物的光彩证明作家完全有能力突破模式、突破自己。在当代小说创作中，周梅森的作品独树一帜，占有重要的位置。《我本英雄》使这一重要位置更加稳固。”

15 日　陈晓明的《身体穿过历史的荒诞现场——评东西的长篇〈后悔录〉》发表于《南方文坛》第 4 期。陈晓明认为：“这是一部关于身体的后悔录，也是最直接的身体批判檄文，因为后悔的思绪，对身体的批判就是对自我的批判，而所有的自我批判都是批判的误区，所有的后悔都是后悔的歧途。”

梁鸿的《神话、庆典、暴力及其他——阎连科小说美学特征论》发表于同期《南方文坛》。梁鸿谈道：“在阎连科的神话中，无论是从物质还是从精神层面来看，都可抽象为两个完全不同的世界：一个是耙耧山脉的世界，阎连科小说中经常出现的词语‘一世界’就是指它；另一个是九都世界。在他所有获得大家关注的作品中，他都细致、深入地发掘这两个世界各自的特征以及它们之间不可避免的冲突。……他善于运用各种手段描述场景，就像庆典中的游行和喧闹一样，大规模人群的狂欢，天空，大地都是这一场景必不可少的部分，气氛被烘托到极致，心理期待也到了紧张得不能再紧张的地步了，然而，在这万目注视之下，世界突然发生了改变，朝着相反方向发生了急转：欢乐突然变成了悲剧，幸福突然变成了残酷。因为这无数目光的注视和凝聚，时间突然被凝固，场景成为一个定格，一种仪式，一个象征，悲剧在瞬间呈现出它的残酷面目。”

南帆的《诱惑和恐惧——读东西的〈后悔录〉》发表于同期《南方文坛》。南帆谈道：“《后悔录》的主人公多少显出了某些特别的禀赋。……哪怕小说的后半部分有些粗糙——后半部分的叙述给人留下匆匆完事的感觉，但是，人们还是可以从故事的缝隙听到了作家的沉重叹息，察觉到作家讥刺时尚的良苦用心。”

谢有顺的《中国小说的叙事伦理——兼谈东西的〈后悔录〉》发表于同期《南方文坛》。谢有顺指出：“叙事伦理也是一种生存伦理。它关注个人深渊般的命运，倾听灵魂破碎的声音，它以个人的生活际遇，关怀人类的基本处境。这一叙事伦理的指向，完全建立于作家对生命、人性的感悟，它拒绝以现实、人伦的尺度来制定精神规则，也不愿停留在人间的道德、是非之中，它用灵魂说话，用生命发言。……东西一直在探索个人命运的痛苦、孤独和荒谬，但他的小说有丰富的精神维度：一面是荒谬命运导致的疼痛和悲哀，另一面他却不断赋予这种荒谬感以轻松、幽默的品质……《后悔录》是一部重要的小说，它激发起了我追溯中国小说叙事伦理的冲动。在这部小说中，有着足够广阔的灵魂视野，有仁慈而平等的目光，有'好玩之心'，有生之喜悦和生之悲哀的相遇，有超越善恶的、温暖的同情心，有'伟大的审问者'和'伟大的犯人'同时并存的精神维度——总之，它见证了一种新的叙事伦理，并让人想起由曹雪芹、鲁迅、张爱玲等人所代表的伟大的小说传统；这样的写作及其可能性，在当代是值得引起重视的。"

同日，李建军的《是高峰，还是低谷——评长篇小说〈秦腔〉》发表于《文艺争鸣》第4期。李建军谈道："作者对疏密、快慢、繁简、浓淡的处理远未达到恰如其分的境界，这使得这部小说的节奏'控制'得并不好，读来给人一种单调、沉闷、疲劳的消极感受。……取消了'叙事'，等于放弃了小说的概括力，放弃了以更直接的修辞方式建构意义的追求。而缺乏意义和内在深度，正是《秦腔》的一个严重病象。它在形式上看似乎是生动、真实的，但本质上是僵硬、虚假的；外表上看似乎是丰满、充实的，但实质上是苍白、空洞的。我们从这些纷杂的描写中，看不到有价值的理念，把握不到一个有深度的主题。……《秦腔》到底是贾平凹小说写作的又一座'高峰'，还是像他的前几部作品一样，是一部充满病象和问题的失败之作？答案简单而明确：这是一部形式夸张、内容贫乏的失败之作，是贾平凹小说写作的又一个低谷。"

19日 林雨的《刘醒龙长篇小说〈圣天门口〉——圣的理想与幻灭》发表于《文艺报》。林雨谈道："好小说的思想是通过出色的小说艺术表现出来的。刘醒龙展示出来的另一种现实主义，同样依赖他出色的小说技巧和艺术感觉。带有地域特色的言语方式和作家精到的语言表现力，使小说从一开始就有了抓人的力量，极强的虚构能力和张力在刻画人物尤其是细节的刻画上有着入骨入髓的力量，比如对阿彩的美貌和美好腰身的描绘，语言是张扬而到位的，而随后对她的癞痢头的描写，又是神形齐具的，因此这随后雪茄的离家出走和阿彩的愤而投身革命才变得合情合理顺理成章令读者信服，也为阿彩临死前的言语埋下了伏笔。这种语言的准确到位还表现在语言的节制和张扬的分寸上，表现在语言的节奏上。""当然，小说也并非没有瑕疵。和所有这类题材的小说一样，因为历史年代的限制，最后部分略显粗糙。好在刘醒龙高明在以杭九枫的豪勇和乡土情结为眼来发展小说，使小说能基本一气贯下来。但后代的性格和命运相对他们的前辈就模糊了许多，尤其是一县和雪茳的死，让人觉得不值而且不必要。不过，这仍然不妨碍《圣天门口》成为当前难得的好小说。”

20 日　李星的《当代中国的新乡土化叙述——评贾平凹长篇新作〈秦腔〉》发表于《小说评论》第 4 期。李星认为：“《秦腔》是一种既不同于各种现代主义，又与中国现当代文学史中许多现实主义小说拉开了距离的一部小说文本，恐怕只能从《金瓶梅》《红楼梦》中找到它的源头。但比《红楼梦》更少设计和提炼，甚至典型化。……在当代文坛上，《秦腔》是一部貌似传统，实则十分浓厚的新的长篇小说文本，他对当前西化式的追求，商业化、技术化的写作，是一种勇敢的挑战。这是他从上世纪八十年代初期就自觉到的‘以中国传统的美的表现方法，真实地表达现代中国人的生活和情绪’的不懈追求的继续和丰厚的报偿，也是他在小说民族化道路上的又一座醒目的碑石。”

李遇春的《悖论中的〈扎根〉和〈扎根〉中的悖论》发表于同期《小说评论》。李遇春谈道：“悖论（Paradox）原本是一种古老的修辞格……在本文中，我所谓的悖论并不是指一种语言策略，而是指的一种叙事策略，一种叙事中的结构原则。具体来说，是指作者有意识地在叙事文本中将两种相互对立的主题（观点）、表现手法、叙述方式等共时态地呈现出来，这在表面上给读者造成了一种矛盾、荒谬的印象，但实际上由于它已经形成了一种深层的文本结构，并以艺术张力的形式作用于读者，因而产生了奇特的艺术功效。……韩东的《扎根》是一部充满了悖论的文本。作为一种叙事结构，悖论在《扎根》中表现在各个不同的方面。这首先表现在主题上，准确地说，应该是表现在小说的主题话语中。……在《扎根》的主要人物形象的塑造上，韩东显然也运用了悖论的叙述策略。这主要表现为，作者一边展示他们的外在人格，一边又揭示他们的内在人格，在两种人格的对比中体现出人物形象的悖谬性，从而暗示人生的荒谬意味。这是真实的荒谬，也是荒谬的真实。……悖论在《扎根》中无处不在，它在精神结构和形式（叙述）结构之间达成了同一性。无庸讳言，《扎根》中的自反叙述策略运用得还不够多，有些也不够好，如果能够‘把真事写得更假’，而不是‘把假事写得更真’，可以预见，小说中的叙述悖论将会产生更加强大的艺术冲击力量。”

唐海东的《用方块字深刻地表达自己——李锐小说的叙事探索》发表于同期《小说评论》。唐海东认为：“李锐对汉语的热爱让我很感动。他把汉语当作自己的生命，一边用《旧址》《无风之树》《万里无云》和《银城故事》这些在叙事风格上各各相异的小说来实践，一边还大量创作散文和随笔，并利用一切可能的机会（特别是到国外访问的机会）宣讲自己对‘现代汉语主体性’这样一个大问题的思索。他力图做到的一切，用他自己的话来说，就是‘用方块字深刻地表达自己’。换句话说，就是用合格的‘现代汉语写作’表达出‘本土中国’的灵魂。其实找寻恰当的现代汉语写作的过程就是直探本土中国灵魂的过程，这两者不是工具与目的的关系，而是合二而一的同一件事。为了做到这一点，李锐需要首先在理论上确立全球化时代现代汉语写作存在的必要性。他是从两个方面进行论述的。第一，汉字的象形特征成为它区别于世界上其它主要通用语言的标记。汉语是一种以字为本位的语言，蕴涵在具有象形根性的文字里面的独特人类经验将注定它只能由象形的汉字来进行充分的表达，注定它永远不可能被拼音文字复写。汉字是中国人存在的家园。基于这样的认识，李锐对新文化运动在语言方面表现出的激进主义（废除汉字、汉字拉丁化）进行了反思，认为这是挖断自己老根的冲动之举。第二，以鲁迅、沈从文、老舍等人的创作为例证，验证了用现代汉语创造出经典的可能，并为以后的写作设立路标。与文言文不同，现代汉语的历史只有八九十年，仍然处在不断发展的进程之中。从李锐本人在《厚土》《旧址》和《无风之树》三部作品中表现出的多样性就可以看出现代汉语的未定性与可塑性。这既是一种危险，也是一种机遇。说它是危险，是因为一种缺乏传统和稳定性的语言特别易受其它语言的干扰和污染；说它是机遇，在于伴随未定性与可塑性的是无限的可能性，描述此时此地的人类经验的可能性。因为有了象形特征，也有了自己的经典作为依靠和超越的坐标，所以，现代汉语写作就不仅是可能的，而且是必要的。李锐做的第二件事是把语言从‘工具论’的藩篱中解救出来，重新赋予其本体地位。当然，这个工作并非是李锐开启的，但他对此不遗余力。对语言的哲学审视是西方二十世纪人文科学领域蔚为大观的现象，从某种意义上说，语言就是人类的本质。”

吴义勤的《“道德化”的乡土世界——刘玉栋小说论》发表于同期《小说评论》。吴义勤认为：“从上个世纪 80 年代新潮小说面世开始，中国青年作家对语言的挥霍就成了一种时尚，这种挥霍当然具有正面的价值，那就是还原了语言的野性、丰富性，并某种意义上解放了那种被政治和意识形态异化了的语言。但他的负面价值，也日益暴露无遗，那就是语言的文学性越来越受到轻视，语言在审美品格上越来越偏离汉语的审美规范，汉语的神韵、汉语的魅力在新潮作家、新生代作家那种铺张性的语言策略面前已是荡然无存。实际上，他们在解放语言的同时，又不自觉地完成了对‘汉语’的谋杀。”

25 日　范小青的《别一种困惑与可能》发表于《当代作家评论》第 4 期。范小青谈道：“我特别感谢汪曾祺先生，是他的小说让我悟到，小说可以这样写，也可以那样写。他的贡献就在于，让小说开始了别种的可能性（我不知道汪先生是有意为之，还是于无意达到这样的一种效果的，我更认为这是与生俱来的艺术感觉，而不是有意为之的）。汪先生的小说，曾经很受到年轻作家的追捧，他使得许多人从封闭式的传统小说道路中走出来，走上了开放式的现代小说之路。”

蒋韵的《我们正在失去什么》发表于同期《当代作家评论》。蒋韵认为：“新时期以来，中国文学对于西方的借鉴，是非常自觉和积极的，几乎是一种全盘的输入，但对于我们自己的资源，我们自己文化和文学传统的资源，则是漠视的。”“直到今天，我们其实也没有完全弄明白，从审美的意义上看，中国文化和文学传统中最有价值的资源是什么？”“属于我们的最独特的贡献是什么呢？我想，是乡愁和巨大的生命悲情。这一点，无论在中国的诗词、戏剧、还是小说比如《红楼梦》中，都表达到了极致。全世界没有任何一种文学，能像我们一样，将乡愁和生命悲情，高度意象化、象征化，成为整个民族灵魂的印记，这显然是无人可以企及的文学高峰。”

李洁非的《向历史要小说》发表于同期《当代作家评论》。李洁非认为：“历史小说写作一经落入真正小说家之手，就必定不会是‘以小说写历史’，必定要变成‘向历史要小说’。”“历史小说应该忠实于历史真实，但把握这种历史真实的方法却应该是富于想象力的，它在向读者提供对历史必然趋势的认识的同时，要带给读者充分的惟有从小说中才能得到的创造性艺术愉悦。”

孙谦的《叙述嬗变与文体反讽——李洱长篇小说简论》发表于同期《当代作家评论》。孙谦谈道：“李洱在文体实验与叙事策略的转变中，始终努力谋求个人艺术上的创新和汉语叙事的突破。从《遗忘》《花腔》考证式叙述、当事人讲述的叙事吊诡到《石榴树上结樱桃》‘显示’式叙事的平实，文本的叙述模式、叙述基调、叙事语态始终处在动态的演化之中。叙述的嬗变既是叙事主体叙述意识自觉追求的结果，也是对象主体（或叙述客体）因自身不同的编码需求和叙事规约而主动召唤使然。李洱的叙述策略清晰地展示了一条从‘讲述’到‘显示’的叙述嬗变轨迹。三部长篇小说叙述上的嬗变十分有效地承载了李洱叙事诗学和历史诗学的内在意蕴，而叙述演变过程中所生成的文体反讽则更进一步彰显了小说文本的思想旨趣。可以毫不夸张地说，李洱的长篇小说从文化、历史和现实等多个维度拓展了当代知识分子的叙事经验。……对比于新生代作家的欲望化叙述和对生存表象的迷恋，李洱对生存表象的穿透是具有相当的精神力度的。他远离文学时尚，致力于对二十世纪中国文学中一些敏感而又具有相当复杂性的主题的开掘，表现出了对知识分子叙事经验的自我增殖和改造能力。”

王璞的《小说与智能》发表于同期《当代作家评论》。王璞提到：“作为一个以写小说为毕生爱好和追求的人，我认为，小说，或者再加大一些范围来谈，文学，就是帮助人们丰富心灵、培育智能的一条最有趣最方便的途径。”“而从形式上来看，好的小说是智能的结晶。无论对作者和读者来说，创作或是阅读一部小说的过程，也就是历练智能的过程。我认为，传统小说和现代小说在形式上的一个重要区别，是现代小说让读者最大程度地参与创作。”“故事讲到这样聪明练达一以当十的程度，可以说是知识与智能的经典结合了。到了这时候，无论是奥地利生活中的荒诞野蛮，还是哥伦比亚现实的血腥恐怖，都兴观群怨地成了跨越空间和时间的世纪哀伤和孤独，是人类共同的苦难，由人类共同承担和化解。”

28 日　尤杨的《谈新生代的“女性书写”》发表于《文艺报》。尤杨谈道：“新生代作家竟无意中廉价地出卖了女性可贵的身体主权，新生代女性小说家将身体书写建成权威话语的美好愿望也成了乌托邦。”

本月

贾平凹、郜元宝的《关于〈秦腔〉和乡土文学的对谈》发表于《上海文学》第 7 期。贾平凹认为：“原来那种写法写出来的农村是一码事，回到农村，面对的是另一码事。原来的写法一直讲究源于生活，高于生活，慢慢形成一种规矩，一种思维方式，现在再按那一套程式就没法操作了。我在写的过程中一直是矛盾、痛苦的，不知道该怎么办，是歌颂，还是批判？是光明，还是阴暗？以前的观念没有办法再套用。……我以前的作品总想追求概括的高度，理念，等等，一旦写家族，写亲戚这些事情，太熟悉，太丰富了，这些反而全用不上。这也是实际情况，知识越多，越琢磨不清。书读得多，就越糊涂。我所目睹的农村情况太复杂，不知道如何处理，确实无能为力，也很痛苦。实际上我并非不想找出理念来提升，但实在寻找不到。最后，我只能在《秦腔》里藏一点东西。至于说，抽象的理念，不知道应该是什么，抽象的理念好像都不对。”

八月

1 日　格非、于若冰的《关于〈人面桃花〉的访谈》发表于《作家》第 8 期。格非谈道：“那么过去的作品呢，对我个人而言是诗化的，也就是你所说的‘虚构’的。它一看就是不真实的，那么这种办法是一种现代主义的办法，极其简单地来处理我所感觉到的真实。打个比方来说，我可以不管文本本身，我想我只要通过象征、隐喻，通过其他的一些方法把我认为很重要的真实表达出来就够了，而不考虑它的小说性。……小说的创作包含着许多的作者意图。我有我的意图。对最核心的意图我是不会放弃的，就像我刚才所说的，是如何表达一种真实性。……富于智慧的小说永远是完整丰富的。为什么需要小说这种形式？正是因为它提供了相对丰富的历史与现实场景。它不是发现了一个真理，把这个真理告诉你，如果是这样的话我觉得写一篇论文就行了。用小说来传达真实是因为‘真实’太复杂了，需要一个相对复杂的境遇来让人们感受‘真实’而不需要我去告诉你什么。这是小说的一种功能。”

2日　阎晶明的《黑暗中的心灵决斗》发表于《小说选刊》第8期。阎晶明谈道：“写出心灵的秘密，并将这种秘密放到一种争斗与角逐中表现，这的确是文学家的特长，并且是最适合运用于小说的材料和主题。因为人物故事和心理活动同时呈现，事与心同样得到直接和透明的表达，只有小说具备条件。”

4日　杨立元的《新乡村小说的特色》发表于《文艺报》。杨立元谈道：“世纪之交的历史衔接带上，乡村小说也掀开了新的一页。它真实而又深刻地反映了现阶段的农村在市场经济大潮冲击下的复杂矛盾和行为走势，真实地摄录了农民在历史的变迁中命运的变化和观念的更移，生动表现了农民走向自我觉醒、自我选择的确立自主人格和独立意识的心路历程，逐渐形成了冷峻沉郁、质朴生动的独特的艺术特色。……新乡村小说作为现时文学的一种主要表现形态，显现出冷峻沉郁、质朴生动、幽默诙谐的艺术特色。新乡村小说在客观的写实中显示出了一种沉郁的色调，是因为作品在表现‘三农’问题现实困境的同时，对造成这种局面的原因进行了深刻的思索和反省。同时新乡村小说还表现出了一种‘世俗化’的倾向，它在叙写生活时，不做刻意的美化和净化，有时甚至不回避生活的粗鄙和俗气，显得富有生活情味。同时，也采取了魔幻现实主义、象征主义的一些优长，丰富了创作的表现力。”

11日　贺绍俊的《何不惬意地在都市风景中容纳进乡村的精神？》发表于《中华文学选刊》第8期。贺绍俊提到：“《驼啸关东》的魅力来自人物刻画的神韵。一句对话，一个细节就把人物的精神气质传达出来了。这是一种功力。最重要的是，小说看似是松散的人物素描，但作者对几个主要人物的刻画，都在集中体现辽西关东的自由不羁的天性，豪爽中透着一股悲壮。”

林万里的《另面乔叶》（《解决》主编推荐语——编者注）发表于同期《中华文学选刊》。林万里指出：“读乔叶的小说，我感觉她的写作是绵里藏针式的。她手握着利器，贴着生活本身抒写，尽力地戳穿生活的表象，抵达人性的深度。乔叶的小说也向我们呈现了一个青年作家个人体验的丰富性。”

吴俊的《叙事的冒险》发表于同期《中华文学选刊》。吴俊认为：“也许小说家的愉悦之一，就是他们能够把生活中那些游移不定、变动不居的感觉落实为语言事实，把对生活和世界的梦想变成语言的梦想，把在生活和世界中的冒险转化为叙事的冒险，林白的《红艳见闻录》堪称一例。”

杨晓升的《小故事，大哲理》（《扇嘴巴子的故事》主编推荐语——编者注）发表于同期《中华文学选刊》。杨晓升指出：“《扇嘴巴子的故事》，以小见大，构思新颖，视角独特，故事生动，叙述机智，语言凝炼。它将感性与理性有机地融合在一起，使之清新可读，同时又耐人寻味、发人深思；它不仅钩沉历史，更在于观照现实，洞察中日关系的现状、未来与走向。作品不长的篇幅，却显示出迷人的魅力。”

18 日　黄毓璜的《小说走向和走向小说》发表于《文艺报》。黄毓璜认为：“上世纪 80 年代 90 年代之交，可归于生态母题的小说蔚为大观。跟热切求索的执拗迥异其趣，此一类多取冷静旁观，以平和的态度平实的笔墨表现平常人的日常事，所谓‘新写实’当为代表。……若说进入 90 年代以后小说走向上有什么值得欣慰，在我看来，莫过于创作实践上出现了以‘回到自身关系’为底里的‘回到小说’，莫过于‘一代代’抱团结伙地走得神乎而邪乎的小说家走向了偃旗息鼓。……由‘智性’朝向‘心性’、由‘技术性’朝向‘精神性’的转机，以‘走向自身’为实质的那些内部、外部关系的自觉修复，无疑为小说的光复和创新提供了前提和可能。毋庸讳言，小说领地上纷纭杂沓的情况依旧，批评与创作还在制造虚假上可耻的合谋，这并不妨碍我们于造势、炒作的花样翻新中看到走向坚实的步履，任何时代的任何立论都无法也不必涵盖全盘，更何况是以求异为要义的文学。我指的只是这‘回到自身’的情形，已经可以证之于一批实力派作家尤其是前卫青年作家的艺术调整，包括对于世俗性与精神性、现实性与终极性之间某些偏废的纠正；可以证诸他们的自省和宣言，见诸其分量沉实、可以为不同审美层次和不同审美旨趣的读者普遍接受的作品。”

本月

李洱的《小说不死》发表于《山花》第 8 期。李洱谈道：“小说当然不会死。只要我们对这个世界还有疑问，只要人类还有记忆，只要人类还没有变成动物还需要通过语言来交流，小说就不会死，那些发问，描述和解释，那些命名，独自和冥想，就依然存在。……与其讨论小说是不是死了，不如讨论如何根据世事变化而对小说叙事做出必要的调整。比如，小说如何有效地在公共生活和私人生活之间重新建立起联系，如何有效地对当下现实作出必要的应对；既然别的艺术门类都曾从小说中吸取过营养，小说又该如何从别的门类中吸取智慧，等等。这些讨论才有意思。当然，我不得不承认，小说也有死亡的那一天，肯定有。不过，那时候，已经没人来得及宣布小说死了，因为那时候已经没有人类了。”

九月

1日　宗利华的《一种新文体的全方位崛起——小小说现象解析》发表于《文艺报》。宗利华指出：“小小说的艺术含量与思想价值趋向应该密不可分。甚至在深水域，它们几乎是水乳交融。我将它单列出来，是因为小小说这一文体作为艺术之一种，还有其浅层肌肤上的外在艺术形式展示。如果说思想内涵像人的灵魂处在最深领域，那么小说文本里的叙事语言、构架故事的情节和推进、刺激情节发展的细节等，就算是小小说的肌肉和血液。小小说的表现形式在这一个区域也得到了很好的印证。……小小说的美学特质既有作为大文学氛围里的共同性，又有其独特个性。这种共同性表现在小小说文体所散射出来的思想艺术性带有高度自由状态，充分体现出大众的审美趋向。不管是创作者还是阅读者，在折射和接受思想内涵的时候，都可看得出来是一种自由愉悦的状态。小小说对自身艺术特征的锻造，也正是对艺术美的追求。遣词造句的灵巧与优美、文字型构的韵律感，是小小说最表象的直接体现。”

10日　裴蓓的《快乐随心》（《南方，爱你我说不出》创作谈——编者注）发表于《中篇小说选刊》第5期。裴蓓谈道：“这篇小说写的是现代大都市里的人和事，但无论是写作方法还是从中透出的价值观都是传统的、乡村的。”

田耳的《夹缝记录》（《姓田的树们》创作谈——编者注）发表于同期《中篇小说选刊》。田耳谈道：“灰色的面目，夹缝中求生存的状态，定然是大多数人的写照。也许，正由于人们共有的这种晦涩，才导致生活复杂多变，有了各种可能。我听过一种偏执的说法：小说是关于‘复杂’的艺术。这话我信，并且想，那是因为生活中的‘晦涩’两个字本身就排斥被我们的语言强行叙述。”

11 日 荆歌的《“鬼话”连篇的李洱》（《狗熊》作家推荐语——编者注）发表于《中华文学选刊》第 9 期。荆歌指出：“他的作品，还是那么处处充满了机智，还是那么见招拆招，还是那么分不清是正经还是戏弄，还是那么奇思异想鬼话连篇。我确实非常喜欢李洱的小说，这是一个鬼精鬼精的活泼泼的生命在嘲弄和破坏着世界的价值和秩序。”

张发的“主编推荐语”（《浮生》主编推荐语——编者注）发表于同期《中华文学选刊》。张发指出：“如果我们把《浮生》当作一篇关注现实，反映‘三农’问题的作品来读，未尝不是一篇深刻感人的好小说。但是葛水平并没有简单停留在这一层面，作品深深打动我们的，是唐大熊及其儿媳水仙身上闪烁的人性光芒，以及被贫穷和屈辱压得抬不起头来的那点可怜的人格自尊。”

15 日 姜飞的《可持续崩溃与可持续写作——从〈尘埃落定〉到〈空山〉看阿来的历史意识》发表于《当代文坛》第 5 期。姜飞谈道：“从《尘埃落定》到《空山》，阿来小说的经验内容不但与当代内地作家大异其趣，而且与藏区作家相比也是判然两分。阿来在他长长短短的叙述中重建历史，但是他重建历史依据的是自己的历史意识，而不是轻巧地袭用曾经长期有效的乐观主义叙事话语。……阿来的小说《尘埃落定》《空山》则体现了后一种视角，他的这些小说无疑也写到了新事物、新秩序的接踵登场，但是他着重看取的是旧事物、旧秩序、旧信仰、旧文化的相继崩溃和黯然落幕。这一点，在《尘埃落定》中已经呈现，而在其近作《遥远的温泉》和《空山》中，则尤其显著。……从《尘埃落定》到《空山》，阿来面对着历史进程中可持续崩溃的侧面，展开了可持续的写作。他的写作寄寓了可持续的哀挽和可持续的批判。这是阿来迄今为止的小说写作特征，相信也是此后他的小说很难割弃的特征，如果他的小说写作能够实现可持续发展的话。”

同日，徐肖楠、施军的《市场化年代的小农叙事》发表于《南方文坛》第 5 期。徐肖楠、施军谈道：“市场叙事表现的小农品质，实际上是一个我们的现代性与市场化之间的精神性关系问题，市场化年代的精神性问题，在根本上与小农意识有关。市场叙事与小农意识有两方面的精神性问题：一是人性品质的根性或传统怎么样，有什么现实表现和叙事表现。二是市场化给这种人的根性提供了什么样的环境。即是说我们的市场化在根本上提倡人的什么？进一步涉及的就是文学的根性问题——文学传统怎么样、有什么样的现实表现。……这种具有小农品质的市场叙事意识有两个特点：第一，中国传统的人际制衡关系和人情观念在市场中保留延伸，并格外发展起来。……第二，这样的市场叙事意识依托于市场化现实生存意识：利益成为一种可以任意干什么或者任意不干什么的理由，也成为不要人性、尊严、情感的理由，一个人可以振振有词地不做任何与利益无关的事情。在市场叙事中，这样的人物和情景比比皆是。”

20日 陈染的《陈染自述》发表于《小说评论》第5期。陈染谈道：“小说的个人化不等同于写我自己。……既然小说是艺术的创作，是对经验的想象的产物，那么与作家的个人隐私有什么关系呢？”“个人化不等于‘小’，群体化不等于‘大’。”“缺乏个人化的文化是‘贫穷的文化’……有个人色彩的文化、缺乏独特的个体思想的艺术，则是‘贫困文化’的特征。”“小说艺术从某一侧面始于个人化。……所有的艺术包括小说的创作都是由个人化的进入而成其为始，它是以是否融入了个人化的独特性来区分‘复制’与‘艺术’的概念。”

卢翎的《滕刚的意义》发表于同期《小说评论》。卢翎谈道：“今天的微型小说不是古代笔记体小说简单的复活，而是现代生活的产物。”“小说中人物形象的塑造、性格的描写与刻画是通抵人性的丰富而复杂性内涵的途径之一，而人物心态的描摹、人物复杂隐秘内心世界的展现则是在另一个层面上构成了通往人、人性的一种可能性，或者说是另外的一种途径。如果说前者是传统的现实主义小说所惯常使用的‘途径’，那么20世纪以来出现并获得发展的现代主义小说则侧重于后者。”“微型小说是现代生活的产物，以传统的小说理论与批评观念来建构微型小说创作的世界显然已不能体现其‘现代性’……微型小说的作者们过于注重如实地反映生活，传达生活经验……小说创作不仅是经验的传达，更为重要的是发现。”

杨敏的《论陈染小说人物的心理困境》发表于同期《小说评论》。杨敏谈道：“陈染的主要作品多发表在90年代，在这些作品中，陈染执拗地以类型化的人物与故事表达知识女性的个体体验与感觉，展现女性矛盾重重的内心世界，创造出颇具精神分析意味的独特文本。……不断地寻找与逃离，是陈染小说人物面对世界的姿态。循着她们生活的轨迹，透过一幕幕颇具象征意味的生活场景，可以看出情感的追寻与失落显然是她们内心生活的重要内容，其追寻的执着与失落的绝望展示了一个现代女性残缺的生存处境。……关注个体，倾听自我，在陈染自足封闭的私人空间里，女主人公们进行着心灵的厮杀与拼搏，而场场心灵战争的对手并非外在的他人，而是她们自己。……性别的复苏与自我意识的觉醒是陈染小说中女性的共通之处，也是造成她们生存困境的首要原因。从异性到同性，她们不断地'寻找与逃离'，竭力反抗传统男权社会赋予女性的角色规范，进行着精神的追逐与流浪，从而也将自己置于极为苦痛的境地。"

杨敏、陈染的《写作，生命意识的自由表达——陈染访谈录》发表于同期《小说评论》。陈染认为："不同阶段不一样，跟每个阶段的精神状态有关系，像早期80年代的小说中以直白的语言宣泄青春期的躁动情绪，'小镇神话'系列的诡异神秘；90年代的《与往事干杯》《无处告别》等小说的抑郁与紧张；到1997年之后基本上就跟现在的精神状态很接近了，像2000年之后的《梦回》《离异的人》有神秘主义的东西，也有更加灰色的东西。""我现在诗化的语言没有以前那么强烈了，神秘主义还是一以贯之的，灰色的调子更足了。""我比较欣赏那种超功利、超性别之爱。"

张浩文的《效率原则与网络小说》发表于同期《小说评论》。张浩文谈道："从根本上来说，在效率原则统制下的浏览式阅读对文学是一种'祛魅'行为，即使再优秀的文学作品，在这种阅读方式中也黯然失色，同时一切好作品和差作品都一视同仁地被简化成了讯息和消息。话说得明确一点，那就是：浏览式阅读是非文学性的阅读。这是问题的第一层次。第二层次是这种浏览型阅读方式对网络写手的影响。……我们可以从两方面来分析这种影响。首先，它牵制着网络作家的创作兴趣和内容：欲望化、粗痞化、色情化。……其次，它还直接影响网络作家的行文方式。……综上所述，网络的效率原则决定了网民浏览型的阅读方式，网民浏览型的阅读方式又左右了网络写手的写作兴趣和行文格式，这两个层面是相互影响的循环过程。"

25 日　陈思和、杨剑龙等人的《秦腔：一曲挽歌，一段情深——上海〈秦腔〉研讨会发言摘要》发表于《当代作家评论》第 5 期。贾平凹谈道："我对那片土地确实有一种很深的感情，有很多的东西我看到了，我经历了，所以我很想把这种感情表达出来，说不清是什么感觉，也许是悲伤吧，也许不仅仅是。我只是想把自己一直憋着的感情抒发出来。所以我写《秦腔》就像完成一个交代，心灵的交代。对于《秦腔》的内容，我只是想说出农村的现在的状况，农民的生存状态如何。这是我一直放在心里的东西，我把它表达出来了，就是这么多。"杨剑龙认为："对《秦腔》这部作品来说，首先是它的叙事方式有了新的探索。它受到了西方魔幻现实主义创作的一定影响，小说叙述者是个疯子，而且整个的角度有了一种引人入胜之处。这样用一种带有魔幻现实主义色彩的叙述方式来讲一个农村故事，带有很强的探索色彩。还有这篇小说很关注当下，把当下的现实状况呈现出来了。"王鸿生认为："《秦腔》给我的第一个感觉是，它的表现方式本身就是音乐性的。读着读着，你就被感染了，就品出它的味道来了。""关于这部作品的总体风格，如果要概括一下的话，我想用一个矛盾的说法：《秦腔》是'反史诗的史诗性写作'。一般来讲，史诗是记载英雄业绩的，很宏大很崇高，传统的史诗往往用于讴歌和赞美。而贾的这种矛盾、痛苦甚至惊恐的心理，不允许他去写一部这样的史诗出来。但《秦腔》的确又具有史诗的规模，它所包容的生活具有整体性，从政治、经济、权力一直到日常生活的细节，以及文化、信仰、习俗，展示几乎是全景式的。他对乡土的感觉太复杂，太悖谬，很难用观念化的东西来加以统摄。在这个意义上讲，它是'反史诗的史诗'。这种写法给文学史提供了重要的参照和启示。"罗岗认为："我认为在贾的小说中一直有一种抗拒。在抗拒着时代中逐渐成为主流的东西。当他在抵抗这个时代时，他不完全具有否定的因素，而要把这否定的因素转化为肯定的因素，就是说，他要营造一个结结实实的生活。"

30 日　胡良桂的《现实题材：长篇小说空间的拓展》发表于《光明日报》。胡良桂认为："现实题材长篇小说创作在时代的挑战下正在逐步走向复兴，而且我们必须珍视现实生活这块广袤的生活领地，关注随时代的发展现代人所具有的多样化的现代意识、现代精神、现代情感，不断拓展和深化现实题材长篇的表现内涵和层面，进一步拓宽现实题材长篇小说的精神向度。……只有真正认识中国现状，中国现实的作家，才能写出揭示当代深层文化结构的作品，才能表现出一个民族心灵的历史。也只有贴近群众，贴近时代生活，走现代化、民族化结合的道路，对现实进行审美的诗性表达，创造出充满激情和张力及富有故事魅力、结构力量的厚重的阅读文本，塑造出能立得住站得住的文学形象，在主旋律与多样化之间，在'精英表达'与'大众文化'之间，做出我们合理的正确的选择。才能写出无愧于我们时代的精品力作，让现实生活这块沃土再次透射出民族振兴的精神锋芒。"

本月

迟子建的《短歌行（创作谈）》发表于《山花》第 9 期。迟子建谈道："短篇小说是宏大的交响乐后面的牧歌，是驱除人们芜杂心境的纯美的小夜曲，它能有效地保持一个作家身上质朴、温暖和单纯的情怀，而这些对一个作家来说，是非常重要的。缺少了它们，就像一条河流缺乏了众多的支流，是不可能诞生真正的气势磅礴的作品的。""当你觉得一个题材是完全可以用短篇去展现时，千万不要动用中篇的长度。如果不蕴涵着丰沛的激情和力量，长度无疑就是空的剑鞘，没有威慑力。"

李建军的《小说的正途》发表于《上海文学》第 9 期。李建军认为："事实上，把小说写得不像小说，写得难懂难读是行不通的。""塑造人物是小说艺术的核心任务。"

十月

2 日　张志忠的《追问死亡与体验生存——〈小说选刊〉2005 年第 3 季度述评》发表于《小说选刊》第 10 期。张志忠谈道："关注社会现状，表现现实生活，揭示民间疾苦，一直是文学的本义之一。"

10 日　李建军的《朴素而完美的叙事经验》发表于《十月》第 5 期。李建军谈道："写作的具有重大意义的教养，就是清楚地知道写作是一种为人类生活的完美化和文明化服务的事业，因此，作家要自觉承担起启蒙者和领路人的责任。”

11 日　吴义勤的《小说的“写意”与“写实”》（《回溯》评论家推荐语——编者注）发表于《中华文学选刊》第 10 期。吴义勤指出：“瘦谷的中篇小说《回溯》和德福的短篇小说《像歌一样飞》可以说是风格完全不同的两类小说，前者唯美而感伤，有着诗性而浪漫的质地，后者人间烟火气弥漫，有着世俗而感性的气息。但是，两者都展示了小说的魅力，并各自代表了小说的一种境界。”

星竹的《复杂中的真实》（《石碑村女人》作家推荐语——编者注）发表于同期《中华文学选刊》。星竹指出：“《石碑村女人》我一连看了两遍，首先是小说语言的那种特殊的情绪化吸引了我，大概这是由于我本人很喜欢这类语言所构成的小说氛围。”

25 日　林雨的《张者长篇小说〈零炮楼〉——小人物的抗战让人感动》发表于《文艺报》。林雨谈道：“这部小说让人回味的首先是它的冷酷。这种冷酷，准确一点说是作者确定的小说的叙事基调。小说写到了酷烈的战争，而这战争并没有血腥的场面。……小说的冷酷还表现在作者对民间文化心理和生存智慧的不留情面的解剖。”

十一月

2 日　《小说选刊》第 11 期《阅读与阐释》板块中编者谈道：“现实感是一种能力。是现实感帮助作家与生活保持血肉联系，并努力以作品的形式进入问题的核心。同时，现实感也应该成为当代文学的一种必要的品质。在‘超现实主义’走得精疲力竭之时，是现实感让小说回归常识。常识之一便是：小说必须有性格鲜明，令人过目不忘的人物。”

苏牧的《被淡漠谋杀的男人》发表于同期《小说选刊》。苏牧提到：“第二人称的写法，对小说本身来说，并不存在现实上的意义，当你用第一或第三人称替换掉所有第二人称时，表述不会受到任何影响，但会失去一种暧昧蒙胧的意味，而变得过于直露。”

10 日　杨剑龙的《小说：塑造我们时代的人物形象》发表于《文艺报》。杨剑龙谈道：“要塑造时代的人物形象必须观察社会思考生活。人是生活在社会中的，人固然需要观察自我反省自身，但是作为小说家应该更多地关注社会关注人生。……要塑造时代的人物形象必须寻找打开人物心灵的钥匙。小说创作必须真实地描写生活反映生活，无论采用哪一种艺术手法，荒诞、变形、魔幻的基础仍然是真实。现代生活的五彩缤纷千变万化，需要小说家梳理分析，寻找打开人物心灵的钥匙。……要塑造时代的人物形象必须选择切合自身描写的艺术形式。……要塑造时代的人物形象必须注重民族性与世界性。”

同日，阿宁的《我们的哭泣什么时候变了》（《泪为谁流》创作谈——编者注）发表于《中篇小说选刊》第 6 期。阿宁谈道：“我有一个想法，觉得作家就像那个女人一样，写出的文学作品不过是一次长歌当哭。哭得好不好，跟会不会哭有关，更和是不是真的难过有关。”

姚鄂梅的《他的名字叫杨青春》（《穿铠甲的人》创作谈——编者注）发表于同期《中篇小说选刊》。姚鄂梅提到：“小说作为一门艺术，其魅力存在于故事的骨骼里，思想的精髓里。让故事充满思想的火花，让思想沉入故事的脉络，让故事和思想融为一体，一直是我在写作上努力坚持的方向。”

11 日　何锐的《对社会底层人的尊严的深切呼唤》（《乡下姑娘李美凤》主编推荐语——编者注）发表于《中华文学选刊》第 11 期。何锐指出：“这是一个司空见惯的乡下姑娘进城打工的故事，作者围绕乡下姑娘李美凤展开的叙述，从容自如，平实自然，毫无矫揉造作之感。较之通常表现风尘女子生活的作品，这篇小说显得技高一筹。它并不刻意去展示畸形变态的生存表象，给读者一席欲望的盛宴，而是透过一个进城打工的乡下女子，在特定的生存环境中，如何一步步地丧失起码的人的尊严，去感受一种对底层的悲悯情怀和内在焦虑。这就使得这篇作品具有意味深长的现实感。”

黄土路的《〈风吕〉读后感》（《风吕》作家推荐语——编者注）发表于同期《中华文学选刊》。黄土路指出：“在我看来，陈希我是少数能准确把握当下人们心灵真实的作家。他的写作不粉饰，不矫情，不虚伪，向我们呈现的心灵真实是那么的使人感到触目惊心。”

田瑛的《新世纪的“围城”——关于〈到什么山上唱什么歌〉》（《到什么山上唱什么歌》作家推荐语——编者注）发表于同期《中华文学选刊》。田瑛指出：“小说可贵的是叙事真诚、文笔流畅、条理清晰，能在很小的体积里提供曲折离奇的故事，让人回味。不足之处是不够空灵。”

许春樵的《话说苏北》（《蚂蚁巷轶事》作家推荐语——编者注）发表于同期《中华文学选刊》。许春樵指出：“苏北固执地认为，‘写小说就是写语言’……写什么语言是很困难的选择，苏北认为汉语言写作的诗性、留白、造境、推敲在写人写事写景状物过程中能起到点铁成金、化朽腐为神奇的叙事效果。”

15 日 张懿红的《伸向窗外的绿叶——从张翎、项小米近作看女性写作的新走向》发表于《当代文坛》第 6 期。张懿红谈道：“张翎的《雁过藻溪》和项小米的《二的》以鲜明的女性意识观照历史和女性生存境遇，完美地实现思想传达与审美意蕴，是当代中短篇小说创作的重要收获。……项小米的《英雄无语》是我读到的最感人的一部历史反思性质的长篇小说，她以女性眼光穿透坚硬的革命历史，把先辈钢铁般的革命性放在平常人性的天平上考量，从而暴露其一向被正义性所遮蔽的残酷；又通过当下‘小人时代’的反衬来反思革命性那种无私奉献的真诚与道义力量，深沉的双重批判打开了省思历史的宽广视野。作为女性作家，项小米强大的思想与情感力量、多层次结构故事传达意义的技巧给人留下深刻印象，新作《二的》（《人民文学》2005 年第 3 期，《小说月报》2005 年第 5 期选载）再次强化了这种印象。……张翎和项小米切入历史与生存困境的犀利笔锋让我们见识了女性写作金刚怒目忧愤深广不让须眉的一面，巧妙委婉的叙述角度、细腻丰富的女性感觉和情感表达增加了技巧的圆润和批判的力度，再次展示了女性写作强健的生命力——窗外明媚的阳光、新鲜的空气的确是治愈文学软骨病的一剂良药。”

同日，汪政的《王家庄日常生活研究——毕飞宇〈平原〉札记》发表于《南方文坛》第 6 期。汪政谈道：“《平原》确实是毕飞宇‘文革’写作的一个明确性的标志，当他换一个视角不再去关注‘文革’这一个国家政治生活时，乡村的另一面必然成为表达的中心。‘文革’对中国乡村的影响确实是巨大的，但是不是唯一的力量？它的改造与渗透程度如何？……如果不是唯一的，那是什么？毕飞宇‘乡土中国’的知识考古为我们展示了一个民间的社会生态，在他看来，这是不应该被遗忘的，否则，那一段生活迟早会被抽象化，简单化，甚至漫画化。《平原》的叙述是从土地与家庭开始的，它为小说的整体定下了调子。”

吴义勤的《秩序的“他者”——再谈“先锋小说”的发生学意义》发表于同期《南方文坛》。吴义勤认为：“首先，先锋小说关于文学观念的大胆革命以及敢于探索、勇于创新、大胆反叛、广采博纳的艺术精神极大地解放了中国作家的文学想象力和主体创造性。……其次，先锋小说充分展示了汉语小说写作的丰富可能性。……先锋作家把西方的现代主义、表现主义、心理主义、未来主义、新小说派、魔幻现实主义、后现代主义等各种各样的文学思潮都统统纳入他们文体实验的视野之内，中国当代文学的面貌由此发生了翻天覆地的变化。一方面，小说的主题内涵已经根本上脱离了传统现实主义文学的那种理性的、直观的、对应式的反映论模式，而呈现出非理性的、模糊化的、难以释解的不可知景观。也就是说，现在先锋小说再也不像从前的小说那样好懂、好读了。另一方面，先锋小说形式层面上也难以再见传统小说那种具有因果逻辑性的情节和故事了，就是话语的讲述方式也都具有相当的陌生性。……特别是先锋作家把关于小说写作的思路从‘写什么’转移到‘怎样写’之后，‘叙述’的地位在先锋小说中被强化到近乎神圣的地步，西方近一个世纪以来的各种各样的文本操练方式都被先锋作家置入了他们的文本中，中国小说写作的可能性和丰富性可以说是达到了空前绝后的程度。……再次，先锋小说对于西方先进叙述方法的大规模引进和出神入化的融会贯通，初步满足了新时期中国社会关于审美现代性和文学现代性的想象与期待，释放了文学的焦虑，也某种意义上解决了现代化的时代诉求与陈旧的文学形态之间的矛盾。”

同日，初清华的《新时期之初小说对知识分子身份的想象》发表于《文学评论》第 6 期。初清华指出：“宗璞小说《我是谁》再现了‘文革’时老一代知识分子在由‘雁’到‘虫’的身份转变中的困惑，提出了如何认识知识分子的问题，这是中国当代文学研究避不开、也绕不过的一个问题。新时期知识分子政策的调整提供了契机，重塑‘知识分子’身份的写作成为新时期以来的重要文学现象之一。由于不同作家思想资源、知识谱系以及关注的问题存在差异，新时期之初小说对于‘知识分子’身份的想象具有层次性特征，大体可分为谋士、被改造者、代言人。这些差异仍然是以意识形态为依托的。……在新时期之初很多作家的思维方式仍然没有太大突破。尽管小说中这样的想象并不能给知识分子身份一个准确的、最终的、理性的答案，但其中对过去、现在、未来生活状态的描绘，共同参与了由旧意识形态向新意识形态过渡的过程，为 90 年代知识分子题材的写作做了准备和铺垫。”

同日，侯德云的《小小说：现实与理想》发表于《文艺报》。侯德云谈道：“小小说不是短篇小说的缩写，不是故事，是一种最具读者意识的小说文体。它的兴起，是对‘长小说’而言的文体革新。小小说简约精致，情节单纯，尺幅波澜，有相对规范的字数界定、审美态势和结构特征等艺术规律上的界定。在我看来，小小说中的大众化趣味是显而易见的。所以，杨晓敏先生说，小小说‘使小说最大限度地还原为平民艺术’。在目前各种各样的小小说理论当中，我认为这是一个最重要的观点。”

同日，纪众的《历史叙述的文学文本——张笑天的小说特性和方法》发表于《文艺争鸣》第 6 期。纪众谈道：“说张笑天小说叙述是历史叙述，除了叙述方式上与历史叙述相同外，更主要的根据还是见出于他在历史叙述与虚构叙述相异上的倾向性。亦即在相异性上，他也是明显地朝向历史叙述倾斜的。……历史叙述的‘情节编织’是为了更有效、更真实地展示不能重复的过去的本来面目，而虚构叙述则是为创造一个自足的艺术世界，是通过这个创造出来的世界来感知现实生活。张笑天小说的‘情节编织’，在一般意义上，不是通过创造一个虚拟世界来比较认识现实世界，像所有历史叙述所做的那样，他的‘情节编织’主要是给人以历史的知识——被遗忘的历史事实和他的感受认知，以及涵括在此中的对主题的解释和达到属于对象自身的理解等。”

周立民的《平庸·疲沓·小说的内在张力——对当下中短篇小说创作的看法》发表于同期《文艺争鸣》。周立民认为：“小说缺乏张力，似乎是由于叙述涣散造成的，但实质是作家精神的涣散，精神涣散软化了作家的思考和判断能力，使其安然享受这个时代提供给他的一切。他们没有太多的分辨力，只能津津乐道于日常生活中的鸡毛蒜皮，除了这些，他们看不到更多了，只好将它们逐一拣进小说里。”

20日　刁斗的《自述》发表于《小说评论》第6期。刁斗提到："原来，在我观察到的真实与想象中的真实之间，是存在着一道晦暗裂隙的，这道裂隙所分割开的，不仅仅是形式美学的技术指标，更是伪与真、表与里、公道与私见、言传与意会，这些艺术道义上的精神参数。前者用实在规定我的视域，只允许我按图索骥，后者则以虚有打通我的直觉，帮助我天马行空，这是叙事向我泄露的天机。捧读一部文学作品，若能超越故事地感受和体验叙事，进而把玩和整合叙事，那才是最有趣、最刺激、最诱人、最奇妙、最最最的，身心享受呀，套用巴思一篇小说的题目就是，它能让人'迷失在开心馆中'——哦，我没说它是能让人'迷失'的惟一享受，我谈的也只是它对我的意义。"

王春林的《对20世纪中国历史的消解与重构——评刘醒龙长篇小说〈圣天门口〉》发表于同期《小说评论》。王春林认为："作为一种本应以还原展示真实历史图景为根本旨归的历史小说之一类，'革命历史小说'一个根本性的缺陷就在于未能够突破意识形态目的的规限而对自己所表现的那一段历史生活进行一种尽可能逼近历史本相的真实表达。而刘醒龙的《圣天门口》在处理历史事实时一个值得充分肯定之处，则正在于作家在很大程度上摆脱了一种外在的意识形态的规限与控制，相对于'革命历史小说'而言，在更大程度上尽可能地逼近了（因为从理论上说，当历史的过程完成之后，任谁也不可能真正地把曾经的历史予以完全的还原，这正如古希腊先哲所言'人不可能两次踏入同一条河流'）历史的本相。……总之，我们一方面固然应该承认《圣天门口》与'革命历史小说''新历史小说'之间存在着文学传统意义上的承继性关系，应该承认刘醒龙的确曾经在很大程度上受惠于这样的两种历史小说创作潮流，但在另一方面，我们却更应该强调这三者之间绝不相同的一面的存在，只有这样，我们才能见出以消解与重构20世纪中国历史为基本艺术旨趣的刘醒龙《圣天门口》相对于'革命历史小说'，相对于'新历史小说'所表现出来的明显的超越性。事实上，也正是依凭着这样一种超越性的具备，《圣天门口》才成为了当下中国小说界一部不容忽视的长篇历史小说佳作。"

向荣的《反腐叙事的另一种可能与小说的伦理性——关于长篇小说〈天地平民〉的札记》发表于同期《小说评论》。向荣谈道："伦理原则在小说修辞中的自觉运用，有效地强化并且提升了小说关于人物复杂性格形成原因的历史透视与审美观照。”“文学就应当有同时代精神相呼应的叙事伦理，以此去审视和呈现现实生活中未经命名的重要经验。”

於可训在《小说家档案·刁斗专辑》栏目中的《主持人的话》发表于同期《小说评论》。於可训认为：“刁斗先生赖以服人的，决不是因为他是‘60年代出生的’‘晚生代作家’，而是他孜孜矻矻于文学事业的一片精诚。这精诚不仅在于他所得的‘劳动模范’的美誉，同时还因为他是这个行当里的行家里手。这行家里手的表现，我以为可以用以下十六个字来概括，就是：表面‘轻浮’，内里庄重；表面‘游戏’，内里严肃。究其实，文学的真谛恰恰就在于这庄与谐、轻与重之间，不管你喜不喜欢刁斗的作品，我以为他是深得此中三昧的。”

张赟的《走进刁斗的“性灵生活”》发表于同期《小说评论》。张赟认为：“刁斗是以现代都市生活为主要创作资源的，他以自己对现实生活的敏锐、出色的反应力、再造力表现自己对文学的理解，对生活的感悟。他的小说总是散发着新鲜的现实生活的气息，他敏锐地捕捉着现代人的灵魂世界，表现他们的精神的困境和灵魂的焦灼，同时，又把对人生世相的具体精确的描绘上升到形而上的寓言的层面，去探讨生命、欲望、人性、困境等问题，体现了刁斗对人类终极问题的关注。”

张赟、刁斗的《“边缘是小说最合适的位置”——刁斗访谈录》发表于同期《小说评论》。刁斗认为：“我比较喜欢西方二十世纪上半叶的现代主义小说，一方面，它们的叙述调子与构成方式符合我的美学趣味，给我带来的愉悦感更强，另一方面，它们对于普遍人性和日常生活的关注角度与关注立场更让我认同，更贴合我的参悟与感受。”

25日 王小妮的《小说的当下性和诗意》发表于《当代作家评论》第6期。王小妮认为：“谁说诗性排斥着现实，而现实诋毁着诗。事实经常相反，如在眼前的东西才栩栩如生。无论是出现在作品中的一个十九世纪的人物，或者今天早上的一个人物，写作者都必须让这个人处于自己动笔时候的‘当下’，包括昨天所发生的。”“多么困难，又多么期待在一篇小说里见到新鲜的东西，哪怕一点点都行。这时候，让人再想到诗意。它的张力太大了，它给这个世界带来的拯救性太不可思议了，当然，它也太难了。在人人都感到了那是诗的时候，它其实已经不是了，只有当它似乎什么都不是的时候，它才有意义，才真正用上了力量。”

张学昕《“虚构的热情”——苏童小说的写作发生学》发表于同期《当代作家评论》。张学昕认为：“我在近些年对苏童创作的思考中渐渐发现，苏童正在小说这种‘虚构’的工作中实现着他虚构的梦想和叙述的快乐，而且虚构在成为他写作技术的同时也成为他的精神血液，不仅为他‘个人有限的思想’提供了新的增长点和艺术思维广阔的空间，同时，虚构也使文字涉及的历史成为个人心灵的历史，同时，也是使自己在审美回忆中建立起来的生命气量不被吞噬。”

29日 李敬泽的《王蒙长篇小说〈尴尬风流〉——知中国人之“心”》发表于《文艺报》。李敬泽认为：“《尴尬风流》是知中国人之‘心’的书。这不是自传，因为王蒙根本不相信《圣经》式的自传性。《活动变人形》到《季节》系列是有头有尾有逻辑有发展有‘因为所以’的比较标准的长篇小说，但即使在那里，王蒙横逸斜出汪洋恣肆的空间扩张干扰着、破坏着线性外壳和自我的历史叙述；而在《尴尬风流》中，他一不做二不休，线形的‘过程’索性就碎裂了，变成了无数片段，变成无数具体的境遇和疑难的思绪，变成了大珠小珠落玉盘，变成了‘明镜’之上纷纷扬扬的尘埃，对此，一个可能的简易解释是，王蒙以此模仿生活的无序流动，但我认为他的真正目的是以此表达老王之心：这个人，他的心是非线性的，是一个巨大空间，是延展的、卷曲的、循环的、挥洒的，但反正不是向着一个目标一个终极不断前进的。”

本月

王祥夫、段崇轩的《把短篇小说的写作进行到底》发表于《山花》第11期。王祥夫认为：“短篇小说和其它文学形式都不应该回避现实，就好像生命不应该回避血液和呼吸一样重要，小小说的活跃是正常的，所谓的车厢文学就是要以小小说为主力军……短篇小说存在的三个问题很重要：反映现实，思想深度，艺术探索。尤其是艺术探索，短篇小说在这方面存在的问题更加突出，众多的作家在那里探索，其实就是要自己不要模式化、机械化，不要自己抄袭自己，很重要的一个问题。短篇小说是一种很容易让一个作家不断重复自己的文学形式，中篇和长篇在这方面存在的问题就不多。短篇小说会把一个作家写死了，这很可怕。所以说，短篇作家在写写短篇之后一定要写写中长篇，让自己摆脱一下，也是一种调整。……我认为为了与这个时代合拍，也应该提倡短篇小说，鼓励短篇小说的创作，但最最要命的是功利主义在现在大行其道，我们知道短篇不可能给作家带来更多的金钱，所以媚俗、虚肿、粗糙会纷至沓来，沙子从来都多于金子，要是中国一下子出现一百个优秀短篇小说家那倒是一种怪事，宝塔的顶部永远只是那么一点点，坚持者自在坚持，不坚持者且让他们流向他方，这不是能够强求的事，世事如此，何况文学，何况短篇小说。真正的艺术家的创作行为是一次次生命的焕发，作家也是如此，是生命的必然而不是技巧的演出，他必须从生命深处喜欢这件事，我惟愿我的生命和情感还能够让我开放出更好的短篇之花。”

须一瓜的《小说是霸道》发表于《上海文学》第 11 期。须一瓜认为：“小说家百分百回到内心，沉浮于内宇宙，用他生命的本能，个人的经验，勾画着他的世界一个部分的蓝图。它太耗费精力了，小说家像上帝一样辛苦和麻烦，人、物、事、关系，这里的逻辑秘密你必须一样一样搞精准，有时候，他要使用最精密的衡器。还要动真气，吹气，给人物以灵魂，每个穴位都是活的。这个世界里的生老病死、物换星移，都随着写作者灵魂而舞，看上去写作者摆布这一切，实际上，这里的一切和写作者的基因凝聚条码相承，血肉相袭。所以，我猜测优秀的小说家，在这个过程也是霸气凛人的，他不能容忍对别人的依附、投靠甚至和弦，就像不能容忍合唱、不能容忍搀兑了绒毛、野草的‘毛燕’窝一样，或者说，他根本想不到还有别人。他眼里只有自己的世界，他分泌的世界。在他自负的阐释中，他纵横捭阖的轨迹可能就是平庸者的写作天条，可能什么也不是。”

十二月

8 日　陈继会的《关于“新都市小说”》发表于《文艺报》。陈继会认为：“循着这样一种思路，我们尝试对新都市文学（新都市小说）重新进行界定。首先是它所以产生的大的文化背景。……新都市文学不是空穴来风，不是天外来客，它是已有的中国文学从清末的‘市民小说’到后来的‘城市文学’（都市文学）的一个合理的承续和发展，它有着丰厚的文学资源和明确的文学个性。……谈论新都市文学的文化资源，意在讨论新都市文学赖以存在的，即其孕育、生成的文化背景、文化土壤——中国城市的现代文化形态。”

11 日　白连春的《向生活进发》（《我的破烂儿生活》作家推荐语——编者注）发表于《中华文学选刊》第 12 期。白连春认为：“说来说去，还是说生活。生活不是小说，但是，小说必须是生活，至少，是有一些生活的，而且这一些小说里的生活，必须是有背景有现实的，即必须是真实的，不是虚假的。一个成功的作家，总是很敏锐地捕捉真实生活中的某些偶然性的事件，然后精心结构，开掘出这些偶然事件中隐藏的必然意义。”

韩石山的《一个灵异的小说家》(《高高的山岗之上》作家推荐语——编者注）发表于同期《中华文学选刊》。韩石山指出：“如果小说都要啃才能读得下去，那么读小说应当作为监禁的刑罚，而不能说是优雅的享受。不必费力的一个最大的特质便是，故事要简，人物要少，不必让读者去记那许许多多的人名，错综复杂纠缠不清的故事。太累人，常是空耗心力。不明白于心不甘，明白了于心无益。”“还有更绝的。几乎全是叙述语言。几乎没有对话，几乎没有场景描写，更没有什么人物外形的刻画，一句话，构成故事和情节的一切特定的描写，都消融在叙述里。换个说法也可以，她把故事、情节，还有那些好的小说必须的一切，都掰碎了，揉匀了，掺和在她的，赵玫独有的那种叙述语言里，然后一条小溪似地，不管不顾地流淌下去。归入大海？不，你又错了，归入你我的心田。”

刘益善的《情撼心灵》（《妈妈》主编推荐语——编者注）发表于同期《中华文学选刊》。刘益善认为：“文如其人。岳恒寿是个实实在在的人，写小说也是实实在在，没有花架子，弄出来的都是厚重的干货，能撼得你心灵震动流眼泪。”“《妈妈》的最大特色，就是推情，作者把你的感情慢慢推到高处，而且是不声不响，他的目的达到了。”

张颐武的《行路的文字》（《《欧阳黔森小说二题》评论家推荐语——编者注）发表于同期《中华文学选刊》。张颐武指出："欧阳黔森的小说，经常是关于行路的小说，自有其独特的风格特色。他常常用第一人称的叙述来支撑起自己的故事，将感性、直觉、思考和机敏的反应和某种独特的反思结合起来。虽看来只是记忆的片断的流动，却也别有洞天。"

13 日　张燕玲的《东西长篇小说〈后悔录〉——人心的后悔录》发表于《文艺报》。张燕玲谈道："作为上世纪 90 年代以来最出色的青年小说家之一，东西在《后悔录》中不屈不挠地直问本心，他在历史、政治与人性的错综关系中对中国人复杂的精神生活做出了有力的分析和表现，在严峻的难度下推进着精神叙事。……东西始终以他无穷无尽的幽默和荒诞、以他的反讽和含泪叙述重新显现这个本来之心，曾广贤在最后一章'如果'（这也是全书的关键词）的哭诉，不仅使在饱经风霜后变成植物人的父亲醒了，也为我们呈现出一种迷失与破败之后的澄明之境，一种对生命的痛感、对生活的同情心，一种于绝望中的希望，这是一抹人间的暖意。东西不仅是一个尖锐的小说家，还是一个饱含同情心的人；东西的写作并未悬空，东西在人间。为此，东西出色地完成了他在《后悔录》中的精神叙事，他的写作体现出独特而成熟的艺术才能。他在本年度发表的长篇小说《后悔录》是一部不屈不挠地直问本心的作品，它在历史、政治与人性的错综关系中对中国人复杂的精神生活做出了有力的分析和表现，证明了东西对中国小说面临的根本疑难的敏感和克服疑难的雄心和能力，也证明了年轻一代小说家的写作所可能达到的超越性境界，《后悔录》由此堪称本年度较为突出的长篇小说代表作之一。"

23 日　张学昕的《长篇小说写作的"瓶颈"》发表于《光明日报》。张学昕认为："虽然长篇小说是一个厚实的文体，它拥有很大的内在空间，也有极大的长度给作家以实现自己才华、经验、思想、睿智、精神、技术和耐力的机会。我们在一些作家的写作中看到了这种深刻的表意的焦虑，以及沉溺文体之中给长篇小说写作带来的急功近利的弊端和失控，这也恰恰形成了近年长篇小说写作的'瓶颈'，使长篇小说写作陷入'怪圈'。这种'瓶颈'，主要表现为对一些传统、经典表达方式的放弃、淡化和实验性文体形式的过于'放纵'、文体的颠覆性意图，致使一些作品变成动作花哨的叙事游戏。……摆脱写作的‘瓶颈’状态，对存在中的‘经验’作哲学的、艺术的、本土化的文学表达，必须增强小说的整体性力量，它既是‘形而上’的，同时也是‘形而下’的，这不仅仅是一个简单的写作姿态或立场的问题，更是超越了文体层面的哲学、美学的问题，这些都寄希望于在作家长期、艰苦的艺术攀登中完成，当然，这将是一个漫长的积累与发现、创造的过程。”

29 日　黄伟林的《长篇小说繁荣中的缺失》发表于《文学报》。黄伟林谈道：“关于长篇小说创作繁荣中的缺失问题，我觉得可以换一个提问方式，即长篇小说创作的瓶颈在哪里？我的回答是在对于人的理解的狭窄、陈旧与单一。确实存在一个大众读者与精英读者的阅读分裂现象。即讨好大众读者的作品往往受到精英读者的歧视。比如一种可称为主旋律的作品，因为它较为深入地触及时代问题，获得了大众读者的关注，但几乎得不到精英读者的青睐，如周梅森那一批被改编成电视剧的长篇小说。我觉得它得不到精英读者青睐的原因主要还是在于将人简单化了。这种简单化表现在两个层面：其一，它对于人的理解基本还停留在单一现实主义的维度，人是社会时代的反应物，社会时代环境成为决定人的存在的唯一力量；其二，由于顾虑主流话语对作品生存权的影响，它必然要设定主要人物的合乎主流意识形态的精神品质，人的精神品质的预先设定和导向，再次使人简单化。……总而言之，对人性理解的单一与狭窄是长篇小说创作的瓶颈所在。文学发展到今天，时代发展到今天，人的复杂性已经显而易见。在我看来，人不仅是社会关系的总和，同时也是历史文化积淀和神性意志的结果，更是文化身体的存在。人可作如是观，作为人的镜子的小说，也可作如是观。超越狭隘与单一，将人放到现实主义、现代主义和后现代主义三维复合的时空中加以观照，这是当下长篇小说弥补缺失、自我超越的一种途径。”

30 日　祝敏青的《当代小说语境中的对话审美》发表于《福建论坛（人文社会科学版）》第 12 期。祝敏青谈道：“对话参与小说文本建构，从话语层面展现了小说文本的美学价值。当代小说对话无限释放话语空间的‘扩容’，使对话充溢着鲜明的时代标识，对传统对话形式的解构使对话充满了生机与张力。

人物话语的屏蔽是对话主体的潜在置换，在显性交际对象之间呈零代码、零信息状态的屏蔽话语，开启了作者与读者的信息通道。打破二元对话模式的独白，作为对话的一种变异形式为读者审读人物提供了无界域的广阔空间。……屏蔽话语的常见形式是由作者转述的人物想说而最终并未传送给交际对象的话语。对交际对象而言，它以无声语言为表现形式。但它又不同于传统小说的人物心理活动描写，它有着隐在的交际对象，从话语形式与内容来看都应该是对话。只是这种对话并未通过有声语言，并未通过正常的信息通道传递给对方。……独白形式为话语表达者提供了释放个性的广阔空间。这是作者为人物提供的广阔的言说空间，也是为读者提供的审读人物的宽广空间。由于言说对象话语权的隐去或缺失，话语表达者具有了充分的话语权，可以任意地自由地发泄自己的情感，传送自己意欲传送的信息。读者也由此凭借独白去把握人物内心世界，释读人物的个性特征。”

本月

艾伟的《小说的社会反思功能》发表于《上海文学》第 12 期。艾伟提到：“我基本上不相信所谓的永恒的人性。但我相信人的内心结构千百年来是一样的，即所谓人性中有善与恶，有罪与罚等等。变化的是时代面貌，是加在人性身上的‘力’，正是由于这个‘力’，人性就会变形成另外一种极端的状态，如果说你能触及人性中最隐秘的部分，那一定也触及到了这个‘力’，有时候，这个‘力’就叫做荒谬或荒诞。这就要求小说同现实之间建立广泛的联系，并且有介入并反思现实的能力。”

本季

傅翔的《中国小说问题白皮书——关于对话、故事、人物与结构》发表于《文艺评论》第 6 期。傅翔认为：“对话对于一部小说的重要是别的小说技法所无法比拟的，特别是对于长篇小说而言，对话的能力更是考验一个小说家能力的至关重要的因素。可以这样说，一个写不好对话的小说家是写不出杰出的长篇的，而对话的能力恰恰可以作为衡量一个小说家是否优异的关键因素。……

可以肯定的是，小说家不仅要能讲一手漂亮的故事，能够吸引人，而且还要有求新的意识，要把故事讲得与众不同，而最重要的则还是故事背后的精神指向，是小说家对于故事的理解与阐释的深度。杰出的小说家善于从人们司空见惯的故事中发掘出人类最本质的概括与最普遍的境遇，这样的时候，故事好像并不重要，而实际上这也是一种误读。……一部好的小说也有自己的节奏，这节奏就是情节发展与悬念解开的急缓过程。一个故事有开端与发展，有高潮与尾声，还有结局，而在其间又常常一波三折，跌宕有致。正是因此，小说才会有扣人心弦的魅力。”

刘绍信的《当代小说叙述者的五种形态》发表于同期《文艺评论》。刘绍信认为：“单纯的叙述者的叙述是一种直线型的叙述，少许波澜不能阻挡矛盾的欣然克服，倒是有意提供了阅读趣味。……伤痕、反思、改革小说中，忧患的叙述者的身影穿行其间，不时地诉说痛苦、思考、期望，一种涕泪飘零忧国忧民的心态确立了忧患叙述者的存在。……这（超然的叙述者——编者注）是文化寻根小说表现出的叙述者形态。之所以谓之超然，一是叙述者竭力以一种客观的冷静的叙述口吻来讲述故事。……二是叙述者开始摆脱忧患的叙述者的精神状态，在叙事结构、人物结局、情节发展中尽可量使‘我’隐匿。将评价、品评的责任推给读者。……不可靠的叙述者则由于是隐含作者的存在导致叙述者与隐含作者的距离矛盾。正因如此，不可靠的叙述者的叙述因素走向消解。叙述者所担负的文化整合功能，统一性的意义也就会自我弥散，文本所余下的叙述形式的意义则成为最重要的内容。……私人化的叙述者以超凡脱俗的道德勇气坦然，喋喋不休、喃喃自语、黯然神伤、忧郁空虚地诉说私人的故事。”

2006年

一月

1日　王小王、宁肯的《不能给你温暖——关于宁肯〈环形女人〉的对话》发表于《作家》第1期。宁肯谈道："我的确在试图用一种可读的形式传达一种复杂的经验，通常可读性强的小说往往内涵比较单纯鲜明，也就是说作品背后的意识形态简明易解，相反，具有复杂内涵或复杂意识形态的作品又往往不好读，我的这部小说在两方面进行了一些尝试性的探索。这类探索一般失败的情况比较多，很可能不伦不类，我这部小说面临着同样的可能。……当代小说应敢于面对大众文化，敢于面对流行时尚，敢于面对当代经验，当代小说应有文化批评的视野与智性的穿透力。"

2日　《小说之魂：现实、爱与真诚——本刊主编答中国作家网记者问》发表于《小说选刊》第1期。杜卫东谈道："故事应该是小说的基本层面。……小说家的意图就是通过一个有趣的故事来讲述一个有用的真理。当然，更加美好、更加完整的小说应该既具有戏剧性又具有史诗品格。它真实而又伟大，生动逼真而又富于诗意，切合实际而又富有理想。"

3日　《生活与心灵：困难的探索——第四届青年作家批评家论坛纪要》发表于《人民文学》第1期。阎晶明认为："乡村小说把农民的苦和善作为小说家演绎主题的基本腔调，道德良善被推到极致。而在都市文学里，无根基的消费和精神的冷漠又成为另一种极端主题。这样的极端化成了最为方便的写作姿态。田间的劳动场景，城市人的生存挣扎和奋斗，城乡人口的高速流动和因此造成的人生悲喜剧，在我们的小说没有得到充分表现。"

10日　林雨的《铁凝长篇小说〈笨花〉——尘埃里开出人情美的花》发表

于《文艺报》。林雨谈道："在铁凝的理解中，笨很有些沉重的意味，同时也表白着劳动的根基。她看重的是在'笨'字中生成的本分、诚实和大智慧。因为有了这样的创作前提，铁凝的这部小说也因此和她此前的小说有了很大的不同，安静本分中透出着智慧和大气。……铁凝在这部小说的创作中在意的显然不是如何表达自己对历史的解释，而是对构成历史的众多小人物的理解、关切和情感上的沟通，她追求的是一种更为深沉、更为人道主义的人文关怀。"

11日 胡学文的《武歆的阴谋》（《链条枪》作家推荐语——编者注）发表于《中华文学选刊》第1期。胡学文指出："武歆的小说总是充满悬念，读他的小说就像走进迷宫，害怕而又充满期待。读者跟随着武歆，往往快看到结果时，却被他推了一把。这一推反激起更大的探求欲望，死心塌地跟着他走了。武歆总是面带微笑，在小说背后却是一副诡秘的神色。"

林宋瑜的《底层的阳光》（《我的叔叔于力》评论家推荐语——编者注）发表于同期《中华文学选刊》。林宋瑜谈道："很久没有读到这样的作品了。这个小说……让我们看到那种生存挣扎中人性朴素的一面，爱与善的原始表达，它包涵一种无限温柔的悲悯。这让我看到作者的创作理想，看到他的独特，也看到他的潜质。那些无名小卒，奇怪而有些疯癫的小说人物，他们几乎毫无美感，甚至病态的，有些邪恶的，他们却又是那么忍耐，有着顽强的生命力，偶然光芒四射；还有那偏僻闭塞的乡村，在中国现代化进程中被遗忘的角落，充满悲剧，令人绝望。"

宁肯的"主编推荐语"（《云间雪崩》主编推荐语——编者注）发表于同期《中华文学选刊》。宁肯指出："故事相当悲壮，亦富隐喻色彩，昭示着生命、土地与正义的三位一体并与邪恶命运的抗争。小说叙事的一大特色是在结构上采用了复调的叙述方式……小说的第二个特点是作者独特的叙述语言，虽仍是口语，但用的是一种内心的口语，简洁，硬朗，有一种类似岩石般的东西，无论描写、叙述、对话都斩钉截铁，准确，充满张力。"

欧阳常贵的"主编推荐语"（《胡杨泪》主编推荐语——编者注）发表于同期《中华文学选刊》。欧阳常贵指出："这是一部'很奇特'的小说。'很奇特'在两点。一是结构。小说套着小说……但有一点是肯定的，小说中套着的小说，其实是融为一体的，是红柯耍的一个戏法。二是人物故事的‘亦真亦幻’和‘支离破碎’。在红柯笔下，军人出身的父亲和读了大学的两个儿子，行为怪异，举止失常，全非我们日常生活中的常人常态，小说中的其他人物亦然。人物的怪异，决定了故事的‘支离破碎’。小说通篇时空交错，情节纠缠，跳跃飘浮，颇似夏夜山野四处跳动的鬼火，在捉摸不定和神秘莫测中划出一道似有似无、似实似虚的轨迹。”

12 日　张建安的《小说创作缺了什么？》发表于《人民日报》。张建安谈道：“但当下小说创作，很少见到淡雅飘逸、舒缓隽永、透露出对于传统文化和谐美的崇尚的语言，已很少有激情智慧、夸张幽默、表现出对于艺术陌生化追求的语言，也缺乏淡雅朦胧、奇巧沉郁、具有唐人绝句的凝练与含蓄的语言……相反，平白直露的作品比比皆是，许多作品仅仅是在叙述一件事，讲述一个故事而已，那种叙述语言的技巧艺术已经荡然无存。小说是语言的叙事艺术，小说家应该也必须始终具有清醒的语言意识。”

同日，王干的《2005：小说走在回家的路上》发表于《文艺报》。王干谈道：“一如既往，长篇小说依然是该年度的重点和热点，2005 年似乎是名家长篇小说作品大聚会的一年，这种创作周期的巧合，让 2005 年的文坛色彩斑斓，目不暇接。……这种创作周期的巧合，说明当代创作的中坚力量在聚集能量向经典冲刺，一个明显的特征就是作家们对自己的创作进行某种梳理和调整。这种梳理和调整表现在作家们对以往熟悉的生活和题材的‘重写’，这种‘重写’让乡村叙事在 2005 年表现得极为复杂和显眼。”

15 日　雷达的《新世纪长篇小说的精神能力问题——一个发言提纲》发表于《南方文坛》第 1 期。雷达指出：“新世纪以来，还是产生了一些具有较高精神价值的长篇小说，其主要特点是，一些作家在不同的视角下，冷静地关注真实的中国的人生，把关怀人的问题看得比关怀哪些人的问题更为重要，使得新世纪以来的长篇小说在较为普遍和较为深刻的层面上触及了关怀人的大主题。……我个人认为，没有必要把表现哪些人的问题看作唯一重要的事情或者首先重要的事情。……决不能说，只有写了底层，平民，弱者，农民，无告的人，才叫现实主义，别的都不是。时代已经发生巨变，‘人民’的涵义也发生了变化，现实主义文学也在变化，我更主张一种开放的吸纳了多元方法的某些积极元素的新现实主义。所以，关怀人的问题不需要附加外在条件。”“在当代中国文学的相当一些作品中，一个明显的共同特点，就是只有揭示负面现实的能力，只有吐苦水的能力，或者只有在文本上与污垢同在的能力，这往往被誉为直面现实的勇气，或被认为忠于真实。……由于没有永恒的人文关怀，没有相对准则之外的长远道德理想，人的灵魂总是漂浮和挤压在暂时的处境之中，像风中的浮尘一样飘荡无依。对当今的文学来说，最迫切的也许莫过于精神资源问题。”

邵燕君的《2005：从期刊看小说》发表于同期《南方文坛》。邵燕君认为：“与 2004 年长篇乏力、中短篇出彩的状况相反，2005 年小说给人的印象是中短篇缺少力作，而长篇收获甚丰。……虽然总体看来，2005 年度的文学收获还算丰硕，但若考虑到长篇多为几年的积累，单从中短篇来看，文学的创作力比 2004 年更有所下滑。当前文学危机最关键的症结在于两点：现实主义创作缺乏有效的意识形态资源支持，先锋探索缺乏创新动力。前者使‘宏大叙事’沦为‘小叙事’，直至‘小故事’；后者使所谓的实验之作沦为病态呓语，或者拾人牙慧的纸上空翻。”

同日，段崇轩的《消沉中的坚守与新变——1989 年以来的短篇小说》发表于《文学评论》第 1 期。段崇轩谈道：“1989 年之后，多元化的文学格局逐渐形成。短篇小说却由于种种外因和内因的困扰，‘疲软’了、‘消沉了’。但当我们溯流而上，深入检视短篇小说所走过的路程、代表性的作家作品之后，就会发现它在寂寞的‘边缘’，正在进行一场‘静悄悄的革命’，它的本体特征、艺术形式和叙事方法都发生了深刻变化，逐渐走向了成熟。尽管当前的短篇小说还存在诸多弱点和问题，但它的重振依然是大有希望的。……我以为当前短篇小说的主要问题有如下四个方面。一是现实精神问题。小说的现实精神其实包含两个方面，一是对现实社会、民众生存的关注与表现，二是对人的精神世界的揭示与关怀，二者的结合与互补，才能充分体现小说的现实精神。……三是人物塑造问题。新时期小说并不完美，但在塑造人物上却达到了一个令人瞩目的高度。谢惠敏、乔厂长、陈奂生、香雪、李秋兰、刘三老汉、马而立……这一连串鲜活而坚实的人物形象，至今活在我们的记忆里。1989 年之后的短篇小说，时间跨度已是新时期文学的两倍，在人物的类型上、表现方法上也作过种种拓展，但究竟塑造了多少具有审美价值又让读者铭记在心的人物形象呢？令人沮丧、令人深思。……四是艺术创新问题。”

19 日　谢志强的《关于小小说阅读和创作的札记》发表于《文学报》。谢志强认为：“小小说这种文体，我们目前写得太像小小说了。比起长、中、短篇，小小说在文体形式上，有着更大的发展空间和潜力。何况，它有种能力，迅疾地表现现实，我想，它可以和媒体之类的任何形式取得嫁接的优势，表现它的自由，灵活，多样，新颖。它更可以在已有的文学库存形象里提取资源，反讽式地改造。小小说与短、中、长篇的区别在何？从操作层面上讲，小小说偏重理性，它不能放纵，它需要节制。要在有限的规模里展示，时不时有刹车的机制在作用。……追随细节，关爱细节。如果一个人的骨骼是故事的话，那么，血肉、神经便是细节了。骨骼都一样，而血肉不一，一个人具有个性特征，独特情感，不正是由细节体现吗？所以，小小说得由细节构建，甚至，一二个精彩的细节，能使全篇生辉。没有关键细节的小小说，像一具僵尸，或是副骷髅。”

20 日　雷达的《民族灵魂与精神生态——2005 年中国小说一瞥》发表于《光明日报》。雷达谈道：“我们不能说，2005 年的小说突变了面孔——一个年度不会有那么大变化，却可以说，努力穿破欲望化层面，向更深更广的民族精神的层面突入，却是一个重要的事实。一批作品共同关注中国乡土的精神生态，共同思考民族精神的当代生长，这是个特点。”

同日，贺绍俊的《人民性：从抽象到具体的降落》发表于《小说评论》第 1 期。贺绍俊认为：“他在 2005 年发表的小说中总少不了一个县长当主角，这是他进入当代社会问题的一种方式，虽然县长、乡长一类的芝麻官曾是上个世纪九十年代所谓的现实主义冲击波的主要角色，但杨少衡笔下的县长明显不同于前者，这就在于前者基本上是要与这些角色‘分享艰难’，而杨少衡则是以知识分子的身份，去同县长们交流对话的，他因此对县长的行为有所理解甚至谅解，也有所反省和质疑。……表现社会现实问题仍是中短篇小说的主要内容，小说的好坏和作者思想高尚与否并不能由表现不表现社会现实问题来决定，这是常识，不必多说，但即使表现社会现实问题，也需要以文学化的方式表现出来才是真正的小说，否则只是体现作者社会责任感的调查报告。”

雷达的《2005 年中国小说一瞥》发表于同期《小说评论》。雷达认为，2005 年的中国小说“底层意识的强化是其明显特征”，“一些作品不约而同地由道德伦理层面进入了人性深层”：其一是“由家族、乡土、政治文化进入民族灵魂”，其二是“个体精神成长的独特性与丰富性”，其三是“沉重的‘农民工’小说”，其四是“道德的重建与伦理的焦虑”。

李从云、熊召政的《寻找文化的大气象——熊召政访谈录》发表于同期《小说评论》。熊召政认为，当代长篇历史题材小说创作“首先要有新的历史小说观”。“其次，还是要有新的创作方法和新的认识历史的方法。如何解读典籍是进行历史小说创作的关键一环。”

李遇春的《对话与交响——论长篇小说〈秦腔〉的复调特征》发表于同期《小说评论》。李遇春认为：“如果借用俄国人巴赫金的术语，《秦腔》应该属于比较典型的‘复调小说’，洋洋 45 万言的《秦腔》其实是一场充满了各种不同声音的大型对话，是一曲沉郁悲凉、浑然杂陈的民间交响乐。无论是小说的文体还是精神，《秦腔》都为现代中国乡土小说的发展做出了宝贵的艺术探索。甚至可以这样说，如果不从文体上揭示出《秦腔》的大型对话体结构，我们就无法真正全面地理解《秦腔》的内在精神旨趣，《秦腔》对现代中国乡土文学形态的突破意义自然也就无从谈起。……真正为这部长篇带来复调品格的是小说的叙事视角及其所开创的叙述话语空间。《秦腔》选择了第一人称限制叙事视角，小说通过一个名叫张引生的疯子的视野，向读者真实地呈现了市场经济背景下乡土中国何去何从，众声喧哗的复杂境遇。……《秦腔》具有大型交响乐的织体结构。《秦腔》不仅拥有多旋律和多声部，而且还具有真正的多元性，那些不同的声音或旋律占据着平等的话语位置……在人物关系上的‘主体间性’是《秦腔》文本结构的又一重要特征。……最后，《秦腔》的文本结构还具有‘未完成性’。”

卢翎的《“重构”中的文学版图——从中国小说学会年度小说排行榜（2000—2004）看小说在新世纪初发展的可能性》发表于同期《小说评论》。卢翎认为：“通过对中国小说学会年度小说排行榜（2000—2004）上榜作品的分析、研究与比对，新世纪初小说创作从其总体发展走向上，以下四种现象值得引起关注，它们体现出新世纪初小说创作发展态势及走向的可能性。第一，创作群体的重组。……第二，‘历史’的再书写。……第三，小说创作中东西部的‘差异’。……第四，‘个人化’的强化与乡土化、思潮化与流派化的弱化。”

王富仁的《“小小说”与“大小说”——黄荣才〈小小说集〉序》发表于同期《小说评论》。王富仁认为：“‘小小说’虽然‘小’，但却是一种独立的文体形式。从形式上看，它更像小说的一个细节，但细节在小说中是没有独立性的，它必须组织在小说的整体中才获得自身的意义和价值。‘小小说’则是有其独立性的。不论在其思想意义上，还是在其审美价值上，它都有其独立性。它不是在与其它文本的联系中获得自己的独立意义和价值的，而是自身就有其独立的意义和价值。”

谢有顺的《为破败的生活作证——陈希我小说的叙事伦理》发表于同期《小说评论》。谢有顺认为：“强调写作的存在感和精神性，这对于丰富中国当代作家的文学维度，有着不可忽视的价值。中国文学自二十世纪八十年代以来，经历了多次文学革命，它为后来的文学发展奠定了重要的基础……陈希我的小说是有骨头、有力度的；许多时候，为了使自己的小说‘骨感’更为显著，他甚至来不及为自己的叙事添加更多的肌理和血肉，而直接就将生存的粗线条呈现在了读者的面前。所以，阅读陈希我的小说，你会为他的尖锐和突兀而感到不舒服，他似乎太狠了，不给生活留任何情面，并将生活的一切掩饰物全部撕毁，但他的确让我们看到了生活的破败，一种难以挽回的破败。……他没有像一般的年轻作家那样，热衷于讲述消费主义的欲望故事，他关注存在，关注平常的生活内部显露出的存在危机。所以，陈希我的小说，一开始总是从一个平常的人或事件入手，但在那束潜在的存在眼光的打量下，人物和事件很快就改变了它原先的逻辑和演变方向，转而向存在进发。”

徐肖楠、施军的《市场化年代小说叙事的偏离》发表于同期《小说评论》。徐肖楠、施军认为：“对中国小说叙事现状，应该考虑这样的叙事双重性或叙事的一体化：从人的生存状况讲是历史叙事与个人叙事的一体；从人的生存现场讲是政治叙事与日常叙事的一体；从叙事形态讲是故事叙事与主题叙事的一体。……市场叙事偏向于个人、身体、欲望和日常生活，倾向于否定历史叙事、人性叙事和灵魂叙事，也疏离淡忘了小说的经典性之一在于每部小说都是一个独特的故事。并且，在以市场化代替历史正义、以利益欢乐代替世俗幸福时候，两者表面的相互混淆和实质性排斥，造成了现实化的生存错觉，也造成了叙事与现实关系的混乱。”

於可训在《小说家档案·熊召政专辑》栏目中的《主持人的话》发表于同期《小说评论》。於可训认为：“司马迁曾把中国古代一些重要典籍文字，归结为‘大抵贤圣发愤之所为作’，我不敢以召政比古之‘贤圣’，也不敢说《张居正》就一定是传世之作，但其‘发愤之所为作’的著述精神，却可以承古‘贤圣’之余绪，继一脉之薪传，是所谓‘意有所郁结，不得通其道也，故述往事，思来者’。从这个意义上说，四卷《张居正》，亦可谓是道尽胸中‘隐约’，成其志意襟抱之书。在‘发愤著书’这一点上，召政是直接承袭了中国文化的精神传统的。”

25 日　林白的《时光从我这里夺走的，你又还给了我》发表于《当代作家评论》第 1 期。林白认为：“在我看来，长篇小说是没有界限的。写得长的就叫长篇小说，它是一个人对这个世界的情感、看法、记忆、呼喊、咒骂、绝望、微笑的总和，应该有十亿种，而不应只有一百种。”

莫言的《捍卫长篇小说的尊严》发表于同期《当代作家评论》。莫言认为：“大约是两年前，《长篇小说选刊》创刊，让我写几句话，推辞不过，斗胆写道：‘长度、密度和难度，是长篇小说的标志，也是这伟大文体的尊严。’所谓长度，自然是指小说的篇幅。没有二十万字以上的篇幅，长篇小说就缺少应有的威严。……我认为一个作家能否写出并且能够写好长篇小说，关键的是要具有‘长篇胸怀’。‘长篇胸怀’者，胸中有大沟壑、大山脉、大气象之谓也。要有粗粝莽荡之气，要有容纳百川之涵。所谓大家手笔，正是胸中之大沟壑、大山脉、大气象的外在表现也。大苦闷、大悲悯、大抱负，天马行空般的大精神，落了片白茫茫大地真干净的大感悟——这些都是长篇胸怀之内涵也。”“长篇小说的密度，是指密集的事件，密集的人物，密集的思想。……密集的事件当然不是事件的简单罗列，当然不是流水账。海明威的‘冰山理论’对这样的长篇小说同样适用。密集的人物当然不是沙丁鱼罐头式的密集，而是依然要个个鲜活、人人不同。……

密集的思想，是指多种思想的冲突和绞杀。……也可以说，具有密度的长篇小说，应该是可以被一代代人误读的小说。这里的误读当然是针对着作家的主观意图而言。文学的魅力，就在于它能被误读。”“长篇小说的难度，是指艺术上的原创性，原创的总是陌生的，总是要求读者动点脑子的，总是要比阅读那些轻软滑溜的小说来得痛苦和艰难。难也是指结构上的难，语言上的难，思想上的难。……好的结构，能够凸现故事的意义，也能够改变故事的单一意义。好的结构，可以超越故事，也可以解构故事。……长篇小说的语言之难，当然是指具有鲜明个性的、陌生化的语言。但这陌生化的语言，应该是一种基本驯化的语言，不是故意地用方言土语制造阅读困难。方言土语自然是我们语言的富矿，但如果只在小说的对话部分使用方言土语，并希望借此实现人物语言的个性化，则是一个误区。把方言土语融入叙述语言，才是对语言的真正贡献。……长篇小说不能为了迎合这个煽情的时代而牺牲自己应有的尊严。长篇小说不能为了适应某些读者而缩短自己的长度、减小自己的密度、降低自己的难度。我就是要这么长，就是要这么密，就是要这么难，愿意看就看，不愿意看就不看。哪怕只剩下一个读者，我也要这样写。”

王尧的《长篇小说写作是灵魂的死而复生》发表于同期《当代作家评论》。王尧认为：“以我的阅读经验以及我对长篇小说的理解来看，一批写作者当他们以为自己和长篇小说联系在一起的时候，其实还是远离长篇小说，他们在‘经营’长篇小说时‘颠覆’了长篇小说。……我们不妨说长篇小说写作是灵魂的死而复生，而不首先是技巧的耍弄。这里我要特别提到‘世界观’对长篇小说写作至关紧要的作用。九十年代以来当代中国的文化转向，再次考验着作家的世界观和文学观，而不是挑战技术层面上的写作能力。……我比较担忧的是，一批写作者从来没有认真观察和思考过这个世界，也从来没有得出自己的结论，苍白的灵魂无处着落。这正是许多长篇小说空空荡荡、徒有形式的原因。”

谢有顺的《重申长篇小说的写作常识》发表于同期《当代作家评论》。谢有顺认为:“有必要重申以下的写作常识和叙事精神:一、要强化写作的难度。……重申写作的难度（艺术的难度和心灵的难度），就意味着作家必须对艺术世界有独特的发现，对人性世界有崭新的认识，因为小说写作的使命并不仅仅是讲一个故事，它还需要完成一种故事精神，还需要书写广大的世道人心，从而为当下的生存境遇作证。”“二、要扩展经验的边界。……怎么写固然重要，但写什么也同样考验作家面对世界发言的能力。世界不能沉默，人必须站出来说话，这是我对长篇小说写作的一个迫切期待。”“三、要有叙事的说服力。……摹写现实的小说假若在材料（情节和语言）上无‘信’，在叙事上没有‘不可抗拒的说服力’，它和读者之间的阅读盟约即便建立了，也难以维持下去。”“四、要有‘文章’的从容。……写作的技术日益成熟，可写作所要通达的人心世界却越来越荒凉——小说如果只是故事的奴隶，而不能有效地解释人心世界的秘密，小说存在的价值也就变得非常可疑了。”“五、要对世界存一颗赤子之心。……长篇小说写作的理想出路，极为重要的一点，就是要恢复‘心’之尊严，使写作再次深入到人心世界，重铸真实、感人的力量。”

阎连科的《长篇小说创作的几种尴尬》发表于同期《当代作家评论》。阎连科认为：“就长篇小说创作而言，我所遇到的最尴尬无奈的写作景况之一是，面对现实时对把握现实无能为力的尴尬。”“二是长篇小说创作面对历史的尴尬。……在自己的创作中，自己连对自己经过的历史都表达不出一个个人的看法来，表达不出一个历史的文学观，或文学的历史观。……历史在自己的笔下，永远是演绎、发展故事的背景，是为故事服务的条件，这是写作的尴尬，也是写作的无奈。”“尴尬之三是面对写作时出现新的重复。这种重复是明知重复又无可奈何的重复。早期的写作，最重要的重复表现为故事与人物的重复。可当这些重复在努力中还没有完全克服时，新的重复就又渐渐显现和突出了。即，认识生活方式的重复。或者说，是长篇小说表达的重复。……这种‘新重复’将是我今后创作中所遇到的最大的尴尬和无奈，是最不能打倒和战胜的创作的敌人。实质上，它是前边说的面对现实难以把握的尴尬和面对历史没有个人的、文学的新识的尴尬的根源。”

周景雷的《苦难、荒诞与我们的度量——评东西的〈后悔录〉》发表于同期《当代作家评论》。周景雷认为：“《后悔录》讲述的仍然是关于苦难的故事，但是与此前的创作相比，它在三个方面实现了超越，即它透过政治发现了在苦难背后所隐藏的东西、它呈现了荒诞情境中的伟大思想、它实现了对苦难的宽宏大量。……《后悔录》还蕴涵了一种伟大的度量，这是比之一般的关于苦难叙事的一个突出的意义。这个度量包括两个方面，一是永不停止的自我追问（后悔就是追问的一种），二是自觉承担的宽厚情怀。”

26日 洪治纲的《洗尽尘滓 独存孤迥——2005短篇小说创作巡礼》发表于《文艺报》。洪治纲认为：“一个优秀的短篇小说就像一幅精美的中国画，它提供的是一种浑然一体的审美境界，而不是某个局部的人物、情节或场景。这是短篇小说的魅力所在。它的意蕴既拥裹在叙事之中，又延伸到叙事之外；它的韵致既跃动于话语之中，又回旋于话语之外。只有‘洗尽尘滓，独存孤迥’，方能使作品拥有丰厚精深的审美内涵。……回顾2005年的短篇小说创作，尽管也有不少作品值得我们分析和品味，但是，真正能够称得上是‘大手笔’的，真正能够体现‘独存孤迥’之境界的，真正能够让我们体会到‘以追光蹑影之笔，写通天尽人之怀’的，我觉得微乎其微。”

本月

王晓明的《对现实伸出尖锐的笔》发表于《上海文学》第1期。王晓明认为：“如果说，在这个金玉其外、败絮其中的世界上，什么都遮得好好的，只有‘弱势群体’和‘底层’问题，是捅开了一个窟窿，为当代思想提供了洞察世事的契机，那么同样，也正是这个‘弱势群体’和‘底层’问题，以它对作家的灵魂和才智的双重刺激，为当代小说提供了勃发活力的空间。”“运用种种文学的方式，创建一个充满感性的文字世界，打破那些流行图式的遮蔽，深切地呈现‘弱势’‘底层’困局的全部蕴涵：这不正是今日中国小说的一个重大的意义所在吗？”

徐志伟的《〈报告政府〉：对小说可能性的再次探寻》发表于同期《上海文学》。徐志伟认为：“当韩少功在进行形式的试验的时候，他其实是在形式的外衣下，对现实和历史进行更深入的探寻。这种探寻既包含着作家对经典小说叙事编码方式的不满，也包含着作家对社会变动的一种持续关注。”“在他（韩少功——编者注）新近发表的中篇小说《报告政府》中，他这种重新挖掘小说活力的倾向体现得尤为明显。在叙事技巧的微妙变化中，我们能够看到作家在当代社会的背景下，重新对小说的叙事因素编码、让小说重新介入到当代思想的构成中去的企图。”

二月

1 日　胡平的《小说家要学会编故事》发表于《作品》第 2 期。胡平认为：“编不好故事的小说家就不是真正的小说家。……作为小说家，他可能不喜欢写故事，但绝不能不善于写故事……我这里说的编故事的能力，专指编精彩故事的能力，不是有故事就行了（现在的小说大部分不是没故事），好故事是极富诱惑力的，令人叫绝的、能传说复述的、有些是普通的作家打死也想不出来的。可惜这样的故事不多见，长此以往，会影响读者的胃口。”

2 日　《小说选刊》第 2 期《阅读与阐释》板块中编者谈道：“在大多数情况下，小说是故事，故事往往由事件组成，一个个相互关联的事件充满悬念地向纵深发展，使读者欲罢不能，这是小说的一种比较常规的做法。事件是由人物制造的，什么样的人物制造什么样的事件，二者有逻辑关系。”

李建军的《重新理解现实主义》发表于同期《小说选刊》。李建军认为：“现实主义的确是一种影响文学的价值生成和写作的成败得失的积极力量。……从根本上讲，现实主义主要是指一种精神气质，一种价值立场，一种情感态度，一种与现实生活发生关联的方式。……现实主义即人道主义，它意味着无边的爱意和温柔的怜悯，意味着对陷入逆境的弱者和陷入不幸境地的人们的同情，意味着作为‘道德力量’和‘人民的良心’，它必须像伟大的俄罗斯文学那样密切关注‘小人物’的生存境遇……现实主义即批判精神，它意味着始终以分析的态度面对现实，以怀疑的精神思考并回答时代‘最艰难的问题’；现实主义即客观态度，它意味着对事实真相的忠实反映，对人物个性的充分尊重，意味着认同马尔克斯的深刻判断：‘真实永远是文学的最佳模式’，因此，它努力追求真实可信的叙事效果，表现具有普遍意义的‘世界感受’；现实主义即文化启蒙，它意味着用理想之光照亮黯淡的生活场景，意味着要求作家要有自觉的文化责任感，要致力于从精神上改变人、提高人和解放人。”

11 日《世界语境下的〈蒙古往事〉》发表于《中华文学选刊》第 2 期。雷达说道：“我把《蒙古往事》看作是一部长篇的叙事诗，一首古歌，长调，它内在表面写实性强，其实，它的写意性非常强，虽然没有虚张声势的渲染、夸张、呻吟，但内在的抒情写出了大无畏的野性主义、英雄主义，其内在精神非常切合蒙古文化。”陈晓明指出：“而冉平却简朴地传达了北方蒙族强烈的生命本真的状态，它把蒙古民族的精神气质、文化意味、状态写出来，可圈可点之处很多，给人一种由强力和文字之力碰撞出来的力量。”张颐武认为：“我看《蒙古往事》以后，感觉到用现代民族国家的框架来处理，会是无解的，因为现在民族国家疆域有些是随机划定，或者是按照一个历史特定的环境划定，《蒙古往事》提供的框架有不一样的地方，《蒙古往事》实际上是对《蒙古秘史》再阐释、再想象的过程。阎晶明认为：“在《蒙古往事》里，作者借助蒙古比较混乱部落式征战的进程，传达对正义精神的理解，在混战中没有正义，历史就是这样，无所谓正义。正义需要新的思考，如果在这个意义上再加一点，文学性和超历史感就会更强。”

邱华栋的《徐岩的短刀》（《河套》作家推荐语——编者注）发表于同期《中华文学选刊》。邱华栋认为：“徐岩的小说中，充满了对在底层生活着的普通人的关爱和打量，悲悯和同情。普通人的生活已经相当不容易，但是就是这些普通人，却总是要和自己生活中的突然变故相遇，并且面临毁灭性的打击。阅读徐岩的小说，总是有很多快感。在这些短篇小说中，徐岩把故事讲得相当有控制力，他在一种叙事的悬念和历险当中，将故事推向了我们期待的高潮，而小说中的人们也重新找到了生活平衡点。”

16 日　铁凝的《〈笨花〉与我》发表于《人民日报》。铁凝说道：“这本身对我的写作就是一种挑战。但我必须正视他们生存的那个背景，我以为每个人都有他生存、生长的根基和依托的，这个乱世给他们的生活、命运带来一些或偶然或必然的变化，他们才不是来无影去无踪的。这段历史确实很难把握，我试着去触摸和把握这段历史，或者说通过触摸这段历史去刻画活动在其中的一群中国凡人。所以我更愿意说，这部小说有乱世中的风云，但书写乱世风云和传奇不是我的本意，我的情感也不在其中，而在以向喜为代表的这个人物群体身上。虽然他们最终可能是那乱世中的尘土，历史风云中的尘土，但却是珍贵的尘土，是这个民族的底色。我还侧重表现在这个历史背景下，这群中国人的生活，他们不败的生活之意趣，人情之大类，世俗烟火中的精神空间，闭塞环境里开阔的智慧和教养，一些积极的美德，以及在看似松散、平凡的劳作和过日子当中，面对那个纷繁、复杂的年代的种种艰难选择，这群人最终保持了自己的尊严和内心的道德秩序。……《笨花》里还需要什么？我给自己对这部小说的叙述限定了 8 个字：结实、简朴、准确、温润。这里的凡人和凡事我想让读者闻得见摸得着——生活的肌理，日子的表情在哪里呢？它们不在被符号化了的‘类型’里，它们浸泡在结实、简朴、准确、温润的表达里。这关系着作品的整体气象，我深知这是不容易的，于是再次想到了‘笨花’的‘笨’字。就文学而言，笨是不容易的，也许‘笨’才是想象力和‘大巧’的发源地。我希望自己的耐心‘笨’下来，在创作中不断去试着触摸‘笨’字里所蕴含的本分、沉实和大的智慧。”

同日，汪政、晓华的《万物花开——2005 年长篇小说创作述评》发表于《文艺报》。汪政、晓华认为：“在以往消解人物与情节中心的叙事背景下，让人们觉得对人物命运的关注已经到了古典的境界。人物的完整性，叙事方向的惟一性，使得 2005 年的许多作品显得相当谨严、整饬。……日常生活，成为 2005 年长篇小说自觉表达的对象，成为作家们勘探存在的重要路径。”

17 日 杨经建、郭君的《在批评中解读——2005 年长篇小说阅读札记》发表于《光明日报》。杨经建、郭君谈道：“《世说新语》是短篇小说结集，而《尴尬风流》是长篇小说。前者提取野史杂传、逸闻轶趣，通过 1000 多则叙说单元来品察众名士的仪态情韵、遣发心胸逸气和体悟世间玄机，形成‘世说体’之小说范型；后者以一个具有人物‘类象’特征的在家居士贯串 300 多个单元性生活片断，撷取凡常生活的流光片羽摹写其超俗意味的风度和行状。然而其间差异遮蔽不了艺术创意的异曲同工，即‘以清浊论人衡文’，以短简形态‘志人’遗意。王蒙真正‘光复’的应是传统的‘世说体’小说的创作精神和思维方式。令人难以理解的是，明明是再简明不过的仿‘世说体’式的创作，王蒙本人也有相应的注解，众人却又偏偏以长篇小说名之。”

同日，阿特的《写好小说的次要人物》发表于《作品与争鸣》第 2 期。阿特谈道：“《挣脱》这篇小说有一定的内涵，主要人物的选择也有独到之处，撇开主人公描写刻画上的一些不足，我以为，主人公关系人物的设置、处理上的不尽得当，在很大程度上损伤了主人公的形象内涵。”

三月

1日 邓菡彬的《看2005〈当代〉小说》发表于《当代》第2期。邓菡彬提出：“长篇小说：新人崭露头角，名家略输风骚……本年度《当代》的中篇分为两类：一类重心在‘怎么写’，于艺术形式颇有用心；一类重心在‘写什么’，主要满足于讲故事的乐趣。……短篇小说：双峰对峙……2005年，《当代》仍然保持了其一贯作风，贴近现实，不避粗粝。”

同日，高晓声的《为密西根大学的二年级学生讲他们看过的几篇小说》发表于《钟山》第2期。高晓声认为：“作家要写好一篇小说，只有写熟悉的生活才有可能（否则连可能也没有）。……我可以坦然地告诉读者，你们从我的小说里了解的农村和农民的情形是真实的，不会让你们受骗。我写这些小说的主要目的，也是要把中国农村和农民的真实情形告诉读者，让读者理解他们，认识到他们同自己的密切关系，因此寄予关心、寄予希望。”

同日，解芳的《马原与虚构》发表于《作品》第3期。解芳认为：“先锋一派的虚构，到后来便不再限于纯粹的形式了。马原最早写先锋派小说。他在故事里面告诉读者，如何组织一个故事。又在实在的场景里提醒读者，如何怀疑它的真实性。他一面写，一面说，说他是如何把小说写出来的。马原以后，譬如残雪、苏童，则没有那样直白。虚构的意思不再是表面的，而是融进了私人化的意象与记忆。……再以后，先锋一派的作家好像归于了冷静与朴素。他们的创作便也从一种浓郁的虚构走向夸大的写实。”

2日 顾艳的《一支苍凉的世纪绝唱——读迟子建长篇小说〈额尔古纳河右岸〉》发表于《文艺报》。顾艳谈道：“《额尔古纳河右岸》是一部充满诗意、大气的小说。它为我们展开了原始森林的图卷，其结构精巧耐人寻味。可以说这部作品是一个汉族女作家充满激情而又饱含感情地对鄂温克民族的世纪绝唱，它让我们感到一种现代文明与古老民俗的冲撞，而古老民俗也是我们中华民族精神的一部分。”

吴义勤的《日渐成熟的“新生代”——2005 年中篇小说漫谈》发表于同期《文艺报》。吴义勤认为：“2005 年的中国中篇小说依然保持着良好的发展态势，并让我们对我们时代的文学满怀信心。在中篇的世界里，现实的探索更具广度，人性的解剖也更为沉潜、深刻，而‘新生代’作家的成长更是成了中篇小说领域里的一道奇异的风景。”

同日，邵燕君的《“底层”如何文学？》发表于《小说选刊》第 3 期。邵燕君认为：“由于反映人民疾苦的作品与现实主义文学传统具有着天然的联系，‘底层如何文学’其实也是现实主义如何在今天的创作环境中重续优秀传统、获得新的思想和艺术发展动力的问题，其基本途径或可从以下三个方面进行尝试。首先，重建知识分子立场、重温人道主义价值关怀。……第二，重倡作家‘下生活’的创作传统。……第三，重续从基层培养作者、严格把关的编辑传统。”

6 日　曲娜的《爱情冷气流——试析金仁顺爱情婚姻小说》发表于《当代小说》第 3 期。曲娜谈道：“金仁顺小说描写了爱情的各种情形，有激情，有平淡，有背叛，有暧昧，它们犹如阵阵令人绝望的冷气流，侵袭着在物质的热流中拥挤挣扎的男女。她的小说没有现代小说常见的夸张的新人类作派和私人经验的泛滥，也没有概念化的技术卖弄。……她撕去了生活的假象，对爱情始终怀疑、否定和批判，她与笔下人物恪守距离，对生活的探询触摸表现出近乎冷漠的冷静内敛，从这一意义上说，她的小说诚实睿智，犀利超脱。”

10 日　格非的《喜剧与悲剧之间》发表于《中篇小说选刊》第 2 期。格非说道：“这篇小说并不是对 80 年代的怀旧，而是想表达身处两个时代之间的分裂感，或者说，喜剧和悲剧之间的不真实感。就像两面镜子，一个映照出另一个，说不上是丰盛还是苍白。我自己常受到它们的折磨，或者说受到它们双重的滋养。”

徐岩的《让人性与心灵碰撞》（《向上的云彩》创作谈——编者注）发表于同期《中篇小说选刊》。徐岩指出：“无论是始于简单而终于复杂也好，还是戏剧性的巧合和偶然一再出现也好，都是小说的一种写法，而且任何一种写法都能够表达写作者的立场，或者更提升一步，是写作者的理想，因为在这个现实理想无从寻找的时代，文学往往是有理想者的最后堡垒。我想对于我的小说，也恰恰是一种真正的理解和碰撞。”

11 日　陈福民的《一塌糊涂之后还有什么——叶兆言〈榆树下的哭泣〉读后》（《榆树下的哭泣》评论家推荐语——编者注）发表于《中华文学选刊》第 3 期。陈福民认为："用新'拍案惊奇'精神来比照叶兆言这篇小说却是意外地恰当。所谓'拍案惊奇'精神，并非刻意搜神趋魅，亦非街谈巷议有闻必录，而是直面生活的尴尬离奇乃至种种不经之处，使得因现代艺术膨胀以来演变为'大说'的小说艺术重新回归生活中那些久被忽略的生活角落和点滴场景。这变化乃是生活的力量使然，并非叶兆言一个人异想天开。"

李凤臣的《古老的声音依然美丽》（《残花》主编推荐语——编者注）发表于同期《中华文学选刊》。李凤臣指出："小说《残花》里，胡学文则以锋利的笔触，撕开生活的表层，为你展示了一个在人们惯性思维和经验目光之外的别样的世界。"

魏心宏的《秋菊并不只是传说》（《秋菊打假》主编推荐语——编者注）发表于同期《中华文学选刊》。李凤臣指出："和《秋菊打官司》一样，《秋菊打假》也一样穿插着荒诞不经的故事，作者并不只是喜欢以这种类似戏谑的方式来说事，而是，作者深知，这样的故事在中国是完全有可能发生的。"

14 日　陈晓明的《莫言长篇小说〈生死疲劳〉——乡土中国的寓言化叙事》发表于《文艺报》。陈晓明认为："在这个意义上，莫言的《生死疲劳》肯定是一部非同凡响的作品。莫言的叙述比以往作品更为自由，无拘无束；对乡土中国历史的书写采取了全部戏谑化的表达，那种黑色幽默渗到骨子里，在欢笑嘻闹中悲从中来。……当然，莫言这部作品依然在依靠历史框架在叙述中起作用，历史主义的魔鬼还是附身于他，这是中国作家目前写作长篇小说始终无法摆脱的幽灵。也许中国的历史太过于强大，历史难以终结，这不只是历史记忆和历史的延续性问题，更重要的是一种思维方式。他们以其无意识的艺术敏感性在努力突破历史主义的限制。""这部作品可读解的地方异常丰富，在看似非常具有莫言个性特征的艺术表现上，隐含着与传统和众多的经典文本的对话。莫言的胆大妄为决不是胡作非为，而是建立在对传统和经典的真正领会上。他的历史变形记也是魔幻色彩十足的后现代叙事，那不只是对当下的后现代魔幻热潮的回应，也是对中国本土和民间的魔幻的继承，例如《西游记》《聊斋》

等名著的人兽同体，人鬼同形。中国传统和民间的这种魔幻资源十分充足，莫言的运用得心应手，源于他的自信心。在这个意义上，《生死疲劳》是一个艺术杂种，一个艺术上的人兽同体，是魔法小说的历史化和当代化，这也是小说的魔法，对小说施魔。”

15 日　何镇邦的《我们从赵本夫短篇小说中读到什么》发表于《南方文坛》第 2 期。何镇邦认为：“首先，我们从赵本夫短篇小说中读到的是民族文化的积淀，人性的温暖和生命意识的张扬。赵本夫的短篇小说，大多是写他那片处于黄河故道的乡土的，但有别于当下一般意义上的乡土小说，他不把那片乡土田园诗化，不想用田园牧歌来粉饰农村的生活。……其次，就艺术上的源流来看，赵本夫的短篇小说师承的是发轫于我国南北朝，兴盛于明清时期的笔记小说，当然又受到东晋干宝的《搜神记》到清初蒲松龄的《聊斋》的不小影响。应该说，在短篇小说艺术上，他是杂取古代笔记小说和古怪小说的种种艺术养料，并吸取 20 世纪 80 年代以来汪曾祺、林斤澜为代表的新笔记小说的艺术经验，含英咀华，独创属于赵本夫的短篇小说文本。”

申霞艳的《穿越迷雾——2005 年长篇小说阅读札记》发表于同期《南方文坛》。申霞艳认为：“伟岸的全景图、史诗般的宏大对长篇小说依然是一个巨大的诱惑。《秦腔》《空山》《平原》《开端》等小说似乎不约而同地听到远古史诗传来的召唤，他们希望通过小说重新构筑整体的历史，返回生活的现场。贾平凹的语言是富有特色的，但这个不健康的时代只会选择性地呈现某个侧面。《秦腔》力图为故乡清风街立碑，重绘当代的农村日趋凋敝的世相……《秦腔》除了节奏拖沓沉闷之外，更不可取的是有点脏，对偷窥赃物污秽及苟合之事有种病态的迷恋，整个文本被明清没落时代的腐朽阴暗所笼罩。”

同日，陈黎明的《魔幻现实主义文学与“寻根”小说》发表于《文学评论》第 2 期。陈黎明认为：“魔幻现实主义文学在新时期文坛曾激起强烈反响。魔幻现实主义文学给予‘寻根’小说的冲击是全方位、多层面的，其中最重要的是引发了小说创作思维中心向民族传统文化的转移，使得此期小说创作出现了一次精神返乡。魔幻现实主义文学在改变和丰富了‘寻根’小说对人的认识、拓展了人的观念的同时，也激扬起一股开拓文学艺术空间的热情，使得此期小说在一定程度上超越了传统现实主义与现代主义的文学实践。……在魔幻现实主义文学和'寻根'小说中，那些具有鲜明地域色彩的风土人情、神话传说正是由于现代意识的渗入，才使它们在进入我们的审美视野时并不给人以恍如隔世之感，它们在给我们带来独特审美享受的同时也给予我们许多超越传统的对世界和人性的思索。"

刘志荣的《缓慢的流水与惶恐的挽歌——关于贾平凹的〈秦腔〉》发表于同期《文学评论》。刘志荣认为："《秦腔》的叙述节奏平静而缓慢，由此暗示乡土中国所发生的巨大变化是一点一滴积渐而成。它散漫而铺张的叙述本身，并非要对乡土变迁进行条分缕析的社会剖析，而是力图让叙述自身，呈现处于巨变之中的现实的'象'。《秦腔》叙述背后，包含着作者面对乡村衰颓而惶恐、辛酸的情绪，但对表现这种深在的对乡土的感情来说，颇具特点的叙述效果似乎并不理想，值得推敲。……真要表现内心深处的哀伤、悲悼、惶恐、冲突、分裂、纠缠，一个洗去一切装饰的、普通的、朴素的第三人称叙述者的叙述效果其实更好，更可以牵动读者内心深处的那根弦。半痴不傻、半疯不颠、神神道道的叙述者，不但不一定能抓住读者，反而破坏了自己内心深处的朴素的情感。成全自己的常常也是束缚自己的，怪力乱神，恶浊之气，用来形成风格，甚而抓住不放则有失。"

20 日　白烨的《雄浑的现实交响曲——2005 年长篇小说巡礼》发表于《小说评论》第 2 期。白烨认为，2005 年的长篇小说写作主要集中于乡土、平民和成长这三个主题。在乡土主题上，"在叙事手法和写作态度上，较之以前发生了明显的变化，这就是在小说的内容构筑上不一定以故事为主，而是一种细琐的事象和连缀的断片，向乡村生活的原生态逼近……让人们同作者一起进入对当下乡村现实的沉思与反思之中"。在平民主题上，"注重一般人物的性格描画，尤其是刻意把普通人物提到主角的地位加以浓墨重彩的塑造，在近年来的中短篇小说创作中渐成趋势……使得其作品在'以小见大'之中，更富于严谨的现实主义精神，也更具有亲合大众的人民性"。在成长主题上，"'成长'却成为了一个重要的关键词，为不同的作家所共同关注，并以他们各具其妙的人物和故事，演绎了'成长'的丰饶主题和无尽内蕴"。

洪治纲的《没有大事情　只有大手笔——2005年中国短篇小说巡礼》发表于同期《小说评论》。洪治纲认为："传统的小说总是借助外在的情节冲突来推动叙事的发展，让人物的个性和小说的意蕴在一波三折的故事中获得呈现——而细节，那种饱含着人物内心意绪的细节，那种说不清、道不明却又真实地盘旋于人物心中的状态，却常常受到话语的遮蔽。而现代小说则对这种被遮蔽了的生存细节普遍地给予了高度关注，并通过各种叙事手段对其进行必要的扩张，因此，这也使得现代小说在人性的揭示上更显丰饶。……短篇小说作为一种技术要求极高的文体，它在呈现作家对生活的看法和判断时，其有效部分往往只是某些敏感的片断或细节，只有抓住了它，并生动地彰显了它，作品才能获得自身独特的魅力。"

孟繁华的《文化消费时代的镜中之像——2005年的长篇小说》发表于同期《小说评论》。孟繁华认为："《秦腔》的感伤是正对传统文化越来越遥远的凭吊，它是一曲关于传统文化的挽歌，也是对'现代'的叩问和疑惑。""历史叙事是一种编码过程，读者的接受和理解是解码过程，在解码过程中完成了意识形态的接受。那么，《圣天门口》对历史的重新编码，使我们有机会了解了还有另外的历史叙述存在的可能。""在李师江这里，小说又重新回到了'小说'，现代小说建立的'大叙事'的传统被他重新纠正，个人生活、私密生活和文人趣味等，被他重新镶嵌于小说之中。""《天下兄弟》因其戏剧性而具有可读性，它奇异的故事以及围绕故事的节外生枝，都诱惑或吸引着读者。但夸张的戏剧性和密集的故事更像是一部长篇电视连续剧，这样又压抑或制约了小说文学性的生成。直白的语言和过多的交代叙述，使这部小说几乎一览无余，小说的'意味'所剩无几。这是对大众文学因素接受或吸收过多所导致的。此前他的小说也程度不同地存在这样的问题。这个问题对石钟山来说，可能是今后需要超越的最大的问题。'石钟山现象'是一个值得研究的现象，同样'石钟山模式'也是一个值得警惕的模式。"

於可训在《小说家档案·毕飞宇专辑》栏目中的《主持人的话》发表于同期《小说评论》。於可训认为："毕飞宇的写作是'地道的中国写作'，换言之，也就是说，他写的是地道的'中国经验'。""即使是像毕飞宇这样的用'地道的中国写作’写‘中国经验”的作家，他本身的经验和写法，也是非常复杂的。其中就难免有从知识和教育，包括他的人生经历和创作历程中所接受的异质影响，也就是说，在他所写的中国经验中，也可能掺杂有非中国的抑或干脆就是‘西方经验’的因素。”“更何况中国文学无论从五四算起，还是从所谓新时期算起，都经过了毕飞宇所说的一个‘以西方文学作为先锋回到本土的’否定之否定的辩证行程，其中所接受的影响、掺杂的异质因素，就更为复杂。正因为如此，所以在文学中谈‘中国经验’，包括它的表达方式，就不能不慎之又慎。”

张琦的《迂回与进入：近期方言小说对历史的叙述》发表于同期《小说评论》。张琦认为：“方言写作不可避免地与某个特定的地域相连，与被过滤了自身独特性之后作为平均数和普通名词存在的‘城市’（或‘乡村’）相对。小说写作引入方言或以方言来结构小说营造一种不同的精神生态并呈现文化的多样性，这表现出一种空间化的策略——撕开想象中均质的‘本土中国’，凸现裂缝，但最终发现个别并不可靠，依然陷落在历史（时间）之内，只是这里的历史在方言的打量和讲述中发生了变化——复数化、小写化，同时也更加感性。它们给板结的历史形象打开了一个缺口。”

郑丽娜的《我们应该向福克纳们学什么？——关于当代小说态势的断想》发表于同期《小说评论》。郑丽娜认为：“一是确立正确的整体文学观念，摒弃皮相的技法移植模仿。……二是坚守民族的优秀文学传统，告别低俗的人性欲望描写。……对本土文化尽可以什么都能遗忘，但是惟独不能丢掉中国文学传统的人文精神，惟独不能奉低俗为圭臬。否则，这种接轨不是吞噬和消解掉中国小说固有的美质和丰沛精神，就是将小说文体引领到它的末路歧途。”

25 日 艾伟的《对当前长篇小说创作的反思》发表于《当代作家评论》第 2 期。艾伟谈道：“一、情感信服力的不足。……对小说人物我的想法比较古典。要写好真切的复杂的有正常情感的独特的人物，并且令人信服，是件不容易的事。处理这种正常的现实的情感关系并且要有深度，需要的是更深的洞察力，也是要有想象力的。……二、社会反思能力的欠缺。……这些年的写作，也不能说没有反思社会的作品。但那种关注现实中人性处境，既具有人性深度又有社会反思能力的作品确实是不多的。三、这个时代的精神疑难……我们在这类人物面前无能为力，正好证明我们这个时代的精神疑难，也证明了我们所掌握的话语其内在的精神欠缺。”

东西的《寻找小说的兴奋点》发表于同期《当代作家评论》。东西谈道：“写内心秘密、写人物和对生活的预测，成为我写小说的三个兴奋点，这种兴奋会让我暂时忘记小说的销量，并坚信会逐渐赢得更多的读者。当我写作疲倦了，或者是无趣了，我就会像咬住舌头一样紧紧地咬住它们，让自己保持亢奋，让小说得以继续。也许这就是小说的可能性，至少是我的小说的可能性。”

四月

2 日　洪治纲的《反抗精神慵懒的写作》发表于《小说选刊》第 4 期。洪治纲认为：“经验的还原对于小说创作当然重要。它不仅是作家们进行想像和虚构的基石，而且是叙事中建立逻辑关系的核心依据。……可以说，没有必要的经验作为创作主体的理性参照，小说就很难在阅读过程中给人以必要的信服力。”

11 日　汪政的《史铁生长篇小说〈我的丁一之旅〉创造奇迹的写作》发表于《文艺报》。汪政认为：“《我的丁一之旅》是一部互文的作品。史铁生对爱的诠释也可以适用到作品本身，它是敞开的，对自己敞开，更为他者敞开，它既是一次完整的叙述文本，从‘我’（魂）进入丁一之躯始到‘我’离开丁一之躯终，但又是多种叙事的复合，是多种文本的集合与叠加。……《我的丁一之旅》多次以戏剧的方式来展开叙述，其实它本身就可以被看成一部戏剧，或者一个舞台，众多的文本就是不同的角色，它们在作家的导演下展开对话。《我的丁一之旅》的互文性不仅体现这种文本的集合上，还体现在词语的梳理与意义勘探上，借助印刷技术，作品对许多语词用不同的字体予以区别、凸显与强调。”

同日，胡平的《谜与非理性》（《梅生》评论家推荐语——编者注）发表于《中华文学选刊》第 4 期。胡平指出：“王松小说是越写越精致了。他现在的小说富有灵动感，布局巧妙，意多在不言中。至于这一篇，还带些诡秘、扑朔迷离的氛围。同样是这个题材，交普通作者处理，多半写出一个恶狠狠的生涩故事，观念简单得可以用一两句话拎清，在王松笔下，写出的就不纯然是故事，还是一团朦胧的感觉，边际模糊，形状如一片模糊的系外星云诱惑人们的想象。”

李明的《〈微白〉的细节》（《微白》主编推荐语——编者注）发表于同期《中华文学选刊》。李明指出：“写好短篇更需要作家的功底和艺术潜质，尤其是在刻画细节方面，更能看出作家的刀功和火候。细节从某种意义上说它传递着作家更为隐秘的心理信息。”

李铁的《每个人心中的那玉红》(《陪木子李到平凉》作家推荐语——编者注）发表于同期《中华文学选刊》。李铁指出:“作为一个小说作者，我非常佩服睿智、敏感的同行，郭文斌无疑就是这样一位作家。他目光敏锐，心怀美好与善良，不想有结果却满怀希望。表现手法随着情感起伏自然而然转换，具体而散淡的记忆被安排在巧妙精炼的小说结构里，产生了诸如‘神秘感’‘陌生感’甚至‘悬疑感’的效果。细致的场景描写，穿插其中的地貌介绍以及有关堡子的传说，赋予了小说某种独特的吸引力和象征意味，是真正的智性写作。”

吴玄的《读曹寇〈新死〉》（《新死》作家推荐语——编者注）发表于同期《中华文学选刊》。吴玄认为：“先锋虽然已经被冷落，但并不表示先锋已经死亡，至少，对于像曹寇这样的作家来说，先锋已经成为一个传统，一个有别于现实主义的现代主义传统。在八十年代，先锋是以反抗者的姿态出场的，先锋对传统的文本是一场破坏，但先锋和传统也不一定是对抗性的，它们是可以融合的，而且正在走向融合，起码《新死》就是这样。”

13 日 张俊苹的《由“三垛”小说看铁凝的创作转变》发表于《文艺报》。张俊苹谈道：“三垛小说分别叙述了下乡时光、抗战岁月和商品时代的男女之间的故事。在故事本文层面，垛以其‘帮手’或‘对手’的作用，促使三角关系的人物以其行动和争夺价值不断推动故事的发展。在《麦秸垛》的困惑、《棉花垛》的问诘和《青草垛》的无价值的反抗中，折射出特定社会环境下对自我社会角色认同的危机。”

21 日 孟繁华的《乡村历史叙事的新经验——评铁凝的长篇新作〈笨花〉》发表于《光明日报》。孟繁华认为：“《笨花》是回望历史的一部小说，但它是在国家民族历史背景下讲述的民间故事，是一部‘大叙事’和‘小叙事’相互交织融会的小说。它既没有正统小说的慷慨悲壮，也没有民间稗史的恣意横流。……《笨花》是一部既代表了家国之恋，也表达了乡村自由的小说。家国之恋是通过向喜和他的儿女既不张扬，但却非常悲壮的方式展现的；乡村自由是通过笨花村那种‘超稳定’的乡风乡俗表现的。因此，这是一部国族历史背景下的民间传奇，是一部在宏大叙事的框架内镶嵌的民间故事。可以肯定的是，铁凝这一探索的有效性，为中国乡村的历史叙事带来了新的经验。”

25日 南帆的《余华长篇小说〈兄弟〉——夸张的效果》发表于《文艺报》。南帆认为：“到了《兄弟》的下部，余华欣然将这种性格派遣到喜剧之中。尽管‘戏说’、周星驰、无厘头幽默、赵本山们的小品以及铺天盖地的手机段子正在共同生产笑声，但是，对于写过《在细雨中呼喊》和《活着》的余华说来，加入这个队伍并且动用喜剧风格处理这个时代，这仍然是一件耐人寻味的事情。喜剧风格显然更多运用了夸张的修辞策略。《兄弟》的下部，人物的僵硬倾向有增无减。没有人折磨他们的灵魂，这些人物的内心扁平单一。自始至终，他们动作不太连贯地向一个事先设定的目标迈进。”

27日 李秋菊的《论陈染的镜像叙事策略》发表于《文艺报》。李秋菊谈道：“她的人物无一例外都具有敏感寡言多思、想入非非、现实与梦幻频繁转换亦真亦幻真幻难辨的性格和思维特质，她们经常是生活在自己的想像中，活在内在的虚设的生活里；她凭借敏锐的感觉和丰富的想像力，建构起了自己的词汇、自己的符号、稀奇古怪的喻象和自己的艺术世界，纷繁诡秘的通感意象往往成了通向内隐多变的内心世界的一条隧道；此外，她还借助种种具象化的人物形象，像镜中之像身后之影一样，互相映衬，互相观照，互相发现，共同烛照女性世界的幽微，言说掩藏在生存表象之下的生存之痛。”

本月

高晓声的《小说创作体验——1988年5月17日在哈佛大学的演讲》发表于《上海文学》第4期。高晓声认为：“虚构之所以有必要是使读者能够更加鲜明、深刻地理解现实生活，虚构并不是胡编乱造或甚至说谎，它在小说创作中的作用只限于两个方面。一个方面是使小说中要写的人物得到一个能够充分表现自己性格的环境，之所以必要是因为在现实生活中，各种人物并不是在任何场合下都能充分表现自己的，作家既然要写他们，就要提供他们表现自己的方便，另一个方面是描写一个人的性格，往往不能光靠一个真人身上取得，常常可以从另外一些人身上找到一些细节，能够更加突出地表现这个人物的性格，这样写出来的人物，既是他自己，又不是他自己，既是这一个，又不仅仅是这一个。”“短篇小说的水平往往表现为语言文字的水平。……语言来源于写这篇小说时作家的情绪，作家当时有什么样的情绪，就会找到什么样的语言。……如果我们再进一步观察的话就会发现语言文字还不光仅仅被动地受作家情绪的支配，在被支配的同时，还能够反过来影响作家的情绪。”

五月

11 日　刘玉山的《融历史风云于凡人小事——铁凝长篇新作〈笨花〉读后》发表于《人民日报》。刘玉山谈道：“《笨花》截取的是从清末民初到上世纪 40 年代中期近 50 年的那个历史断面，以冀中平原上一个小村庄的生活为蓝本，以向氏家族为主线，前后出现 90 余个人物展开叙述。不难想象，如此巨大而无序的历史跨度，如此众多而复杂的人物调度，对作家的艺术把握能力显然是一个严峻的考验：顾此失彼、非此即彼等种种风险随时在伴随着作者的创作。然而，在《笨花》中，铁凝通过朴素、智慧和妙趣盎然的叙事，将中国那段变幻莫测、跌宕起伏、难以把握的历史风云巧妙地融于‘凡人小事’之中。时代风云的繁复波澜、世态民俗风情的生动展示以及人物命运的起落沉浮均被她智慧地糅为一体。好看而不流俗，耐看而不艰涩。个人与时代、民俗与命运、生存与气节等一系列重大的命题在作者的艺术处理下，举重若轻，挥洒自如。卒读全书，你不得不佩服作者的匠心独具和深厚的艺术驾驭功力。”

同日，雷达的《冰凉的深思》（《第三地晚餐》评论家推荐语——编者注）发表于《中华文学选刊》第 5 期。雷达谈道：“最近读到的《第三地晚餐》仍然具有迟子建式的悲伤，但悲伤的抒写之中却多了一种对于现代都市人生活的深入揭示与思考。……整篇小说中还了无痕迹地穿插了生活在都市中各个角落的陈青家人及同事的生命遭遇，在这些情节之上，迟子建把一个无情的现实摆在了我们面前：现代都市人生存的荒诞、心灵的孤独，以及相互间永远无法交流的痛苦。”

15 日　蔡丽的《呼吁“不平”的诗意叙事——从迟子建长篇新作〈额尔古纳河左岸〉说开去》发表于《当代文坛》第 3 期。蔡丽谈道：“迟子建拥有诗意叙事的基本气质——单纯和诗意，这在她早期的小说，尤其是中篇小说中体现得非常充分，我们从那些小说美丽独异的名字就可感受一斑。同时，在这些小说中，体现得同样明显的是她小说的缺陷：一种生命感受繁复生发的诗意和激情明显压倒了叙事也压垮了叙事，叙事的繁复和杂乱显而易见。……而在《额尔古纳河左岸》中，以往迟子建的叙事推进中通常可见的繁复和迷思荡然无存，叙事变得真正的单薄了，冷静和平实主导了一切并渗透进故事和话语的构建。”

同日，程亚丽、吴义勤的《痛失前现代乐园的怀旧性神话——重读〈九月寓言〉》发表于《南方文坛》第 3 期。程亚丽、吴义勤认为：“《九月寓言》在张炜的小说中又是思想、文化、美学意蕴最为模糊的一部，其内涵意象的晦涩、神话性寓言化的喻旨以及无时态的故事形构均给批评者留下了多元而歧义的阐释空间，因此围绕这部小说的各种争论也是此起彼伏，并从而构成了这部小说‘经典性’的另一个重要方面。……在我们看来，《九月寓言》归根结底是对欧洲 18 世纪以来浪漫主义，特别是 20 世纪现代主义文学传统的继承，这一文学传统否定科学理性，抗拒现代工业文明，主张回归人类原初的生命状态，并自觉担当起文学哲人的使命，普遍展开对人类生命存在的哲学玄思。然而，对于张炜来说，身处 20 世纪 90 年代‘现代性’发展如火如荼的中国，张炜的价值选择和道德感受无疑又是充满矛盾的，《九月寓言》可以说正是这种困惑与矛盾的具像化，小说所展示的也就是作家所唱响的虚幻的前现代田园牧歌和现实现代性的后果之间所存在的那种难以克服的结构性悖论。……《九月寓言》是一曲悲悼乡村文化没落的挽歌，既埋下了怀疑现代性的种子，也寓言了现代性将使人类不再诗意地栖居于大地上的历史必然，文本中现代性与乡土表面上的二元对立其实揭示的恰恰是一种深刻的统一性。”

洪治纲、余华的《回到现实，回到存在——关于长篇小说〈兄弟〉的对话》发表于同期《南方文坛》。余华说道：“我发现问题就出在叙述的过于精美，为了保证叙述的优雅，有时候不得不放弃很多活生生的描写。精美和优雅的叙述只适合于‘角度小说’，也就是寻找到一个很好很独特的角度，用一种几乎是完美的语调完成叙述……‘角度小说’在做到叙述的纯洁时是很容易的，可是‘正面小说’的叙述就无法纯洁了，因为‘角度小说’充分利用了叙述上的取舍，‘正面小说’就很难取舍，取舍就意味着回避，叙述的回避就不会写出正面的小说。当描写的事物是优美时，语言也会优美；当描写的事物是粗俗时，语言也会粗俗；当描写的事物是肮脏时，语言就很难干净，这就是‘正面小说’的叙述。”

同日，贺兴安的《王蒙晚年小说变异》发表于《文学评论》第3期。贺兴安指出：“王蒙的小说艺术以变异活跃著称。本文认为，王蒙批评过去把恩格斯关于典型的论述绝对化、一元化之后，晚年在理论上又有新的论述。青狐形象把当代人物刻画同中国古典志怪传奇中‘狐女’形象结合起来，在人物多面性、立体感上，有新的掘进。《尴尬风流》属短制的大集纳，是老年作家摄取过往生活万象的小说形式，形散神不散，不断粘贴，既善于描写‘尴尬’，又能表现‘风流’。”

20日　戴承元的《中国传统文化对李春平文学创作的影响和渗透》发表于《小说评论》第3期。戴承元认为：“作家的艺术表现力直接受制于他的文化艺术修养（这里我主要谈的是文化艺术修养，除此之外还应包括思想、理论修养），文化艺术修养决定了他们对生活的理解程度、概括方式、表现形式以及表现技巧。”“由亲民思想，仁政思想衍生出的积极入世、刚健有为、建功立业的人生价值观和‘止于至善’的道德观就成为中国古代文学的一个显著特点。”“中国古代小说成长于说书艺术大行其道的文化环境中，因而，故事性强就成为中国古代小说的一个最基本的特征。”“一个小说家的学养，直接决定着作家小说语言的表达效果和文化含量。”

胡群慧的《文本中的文本故事——鬼子小说侧记》发表于同期《小说评论》。胡群慧谈道：“文本对鬼子而言，是一个基于权力的事实。它既涉及文本生产、流通，传播过程中的控制与利用，也涉及作家利用文本对世事的认识加以话语性表达的特权。鬼子文本中的‘文本故事’并不只是关于文本的故事，它还是一个有关文本如何介入人们包括作家的生活的故事，一个有关作家如何利用文本的方式表达他对这个世界包括文本的认识的故事，一个‘世界、语词和言说之间的自我实现’的故事。”

胡玉伟的《小说延伸的一种可能——新闻话语的介入与须一瓜的小说建构》发表于同期《小说评论》。胡玉伟认为：“须一瓜以记者的行动精神进行着她的小说创作。作为一个兼具新闻记者身份的小说作家，她的创作与传媒的密切联系具体体现在小说叙事当中。须一瓜将‘新闻’邀请进小说的话语生产的空间，作品也由此被打上了新闻的印记。……须一瓜的小说传递着与现实生活进程同步的多元经验，展示具有某种‘流行’色彩的事件或‘问题’，在作品中创造出一个信息迅速流动的公共空间，帮助读者透过戏剧性和仪式性的故事去感知生活的世界。”

於可训在《小说家档案·鬼子专辑》栏目中的《主持人的话》发表于同期《小说评论》。於可训认为：“所谓‘文本中的文本故事’……就是一个文学文本生成之后，可以通过引伸、转换、嫁接、反串等等‘改写’活动，生成新的文本。……这些‘文本中的文本故事’，虽然有各自不同的生成方式和表现形态，但终归都是拿先前已有的一个文本（或文本的残片断章）说事。这种取材的方式，较之常说的那种一空依傍的所谓独创，似乎来得容易一些，但究其实，也毕竟不是一种文本的游戏，而是对先前的文本的一种新的阐释方式，这阐释，或带了对历史文化的新的看法，或带了对社会现实的新的感受，或带了对世道人心的新的理解，或者干脆就是为了表达一种哲学和人文理念，总之是各自依了各自的性情和兴趣，在先前的文本之中或之外或之后，极尽腾挪变化之能事。从这个意义上说，这又是中国现代小说极为自由又极富个性的一种叙述方式。”

25 日　李静的《未曾离家的怀乡人——一个文学爱好者对贾平凹的不规则看法》发表于《当代作家评论》第 3 期。李静认为：“从《废都》到《秦腔》，贾平凹的小说写作走了一条‘直面真实，立此存照’的扎实道路。这位当代中国写实功力堪称翘楚的作家，对不堪热爱的生活饱含了虔诚的敬意，其笔下形象，似乎皆是他长久体验和结识的对象，充满无可湮灭的真切质感，也反射出其批判精神的光芒。我们能够看到，强大的否定性思维赋予了贾平凹洞见现实黑暗的清醒力量，但是，也取消了他对抗黑暗、自我拯救的主体意志。”

王尧的《重评〈废都〉兼论九十年代知识分子》发表于同期《当代作家评论》。王尧认为："如果我们由《秦腔》所表述的这一层意思再回到《废都》，不难发现从《废都》到《秦腔》贯穿了贾平凹的一条思想线索，即对现代化背景下的'本土中国'的忧思。如果说《秦腔》书写了农民在乡村变革中的'拔根'状态，那么《废都》则叙述了知识分子在文化转型中的'无根'状态。在这里，贾平凹是熟悉乡村还是不熟悉城市的问题则退居其次了。……不是贾平凹放弃了'宏大叙事'或者解构了'宏大叙事'，而是在贾平凹写作《废都》之前或者写作《废都》时'宏大叙事'已经被解构。在这个意义上，《废都》呈现了知识分子无法救赎的可能性。"

汪政、晓华的《"语言是第一的"——贾平凹文学语言研究札记》发表于同期《当代作家评论》。汪政、晓华认为："对于贾平凹的语言实践，特别是古语、方言的运用，其意义值得认真研究。""他（贾平凹——编者注）的'新汉语'写作虽然是以五四以后的现代汉语作为前提，但拓展的途径一是传统，二是民间，而将这两种统一起来的是'古意'。……在贾平凹看来，古典汉语与方言是天然地联系在一起的。"

30日　雷达的《陈继明长篇小说〈一人一个天堂〉——找不到的天堂》发表于《文艺报》。雷达谈道："《一人一个天堂》的叙事模式和结构都极其独特。作品抛弃了常见的叙事模式，而选择了杜仲、小天鹅和作者三者交替作为叙述者的一种叙述模式，而且都以第一人称'我'进行叙事，三者轮换，共同形成了一种特殊的叙事效果。"

本月

吴义勤、刘进军的《"自由"的小说——评莫言的长篇小说〈生死疲劳〉》发表于《山花》第5期。吴义勤、刘进军认为："《生死疲劳》中的'章回体'不过是莫言创造的一种小说形式，它与中国传统的'章回体'小说并没有直接的关系，最多只是形似而已。这个形式已经完全莫言化了，莫言赋予了它崭新的内涵，与其说是'古典'的，还不如说它是现代的，至少它是古典和现代的融合，其本身的现代感是非常强烈的。而这同样也是莫言创造力和想象力的一个证明，在他这里，所有的艺术形式只有‘自我’和‘非我’之分，而没有了东方与西方、古典与现代的界限，换句话说，他已远远超越了这些界限而进入了一个艺术创造的自由境界。”

葛红兵等人的《个体经验的坚守与长篇叙事的转化——谈新生代长篇小说创作的几个问题》发表于《上海文学》第5期。葛红兵认为：“新生代作家在完成个体和感性信仰的重塑之后所必须要解决的问题就是长篇叙事的转化问题。解决的出路在哪里？我认为有三个方面值得注意：一是个体经验和感性经验的可叙事性在哪里？从国外来看，有米兰·昆德拉、村上春树、纳博科夫、杜拉斯的经验可以借鉴。二是个体经验的独特性、丰富性在哪里？长篇小说应当有独特的掘进才能突破这个瓶颈，不能简单停留在身体就是欲望这个层次，身体叙事的可能性是非常丰富的，如中国现代小说史上萧红的作品很有意义，从诗歌的角度，‘下半身’的写作把身体当作本体论来坚守，都是可供借鉴的。我们既有历史资源也有后辈人的努力，三要有关键性，表达时代的欲望和倾向，个人写作是有可能的，问题是我们有没有力量来触摸这个时代关键性。”

六月

1日　梁鸿鹰的《智慧而质朴的艺术创造——谈铁凝的长篇小说〈笨花〉》发表于《文学报》。梁鸿鹰认为：“长篇小说《笨花》是近年我国文学创作值得祝贺的重要收获。这部作品表达的是对土地的敬意，对劳动的礼赞，对从灾难深重岁月中走过来的人们的激赏。小说的史诗品格来自时光难以磨褪的历史记忆，反映着与土地的血肉般联系，也得益于作家对乡村人间烟火的专意营造，铁凝在艺术化地复活的历史人物身上寄寓了人生的理想，表达了对那些让民族延绵不绝的恒久价值观的认同，是她以创造的智慧和辛劳对在心里珍藏已久的一切的最质朴纯粹的书写。在文本层面上我们首先注意到，与之前所有大量的创作最为不同的是，铁凝在《笨花》中，首次细腻、深沉地把笔触伸向让整个民族绝难淡忘的一段经历。……随着调查研究的深入，对历史事实的亲近，铁凝越发意识到，如何透过时光的迷雾去触摸这段历史，如何以小说的形式加以鲜活可感的呈现，也许是更为重要的考验。”

2 日　李铁的《给小说人物一个质疑自己的机会》发表于《小说选刊》第 6 期。李铁谈道："小说还是写人而不是仅仅表达一种意念。""想要看自己灵魂深处的东西，就来写小说。"

11 日　张学昕的《推断生活的能力——读苏童短篇小说〈拾婴记〉》（《拾婴记》评论家推荐语——编者注）发表于《中华文学选刊》第 6 期。张学昕认为："读罢这篇小说，我们不仅会惊异苏童这位'天生说故事的好手'，竟然将一个'弃婴'的故事讲得如此神奇，如此飘逸和洒脱，而且会深深感受到苏童虚构生活、扭转生活的能力，我们不能不由衷赞叹他在小说中推断和'结构'生活的能力。"

赵本夫的《生活就是苦中作乐》发表于同期《中华文学选刊》。赵本夫指出："长篇小说的写作不是短跑，而是一次马拉松。在这个文学的马拉松的路途上，作家要始终饱含深情，用尽笔力和全部人生的积累，来塑造笔下的人物。稍有不慎，都会前功尽弃。"

20 日　林雨的《张洁长篇小说〈知在〉——让情感成为叙事的主角》发表于《文艺报》。林雨谈道："《知在》是一部宿命感很强的作品，只因为它选择了一个充满了宿命感的叙事主角——情感。与此同时，作者对于情感的理解和表现，也有种无奈的宿命意味。这样，小说中宿命感服从于叙事，叙事又将宿命感形象化艺术化了。与张洁此前的作品相比，这部小说是在一片暮色里展开的，也可以说小说展开了一片暮色。暮色回环里，我们听到了作者的声音，冷静的，略有些沧桑，还微带点疲惫的，言语中间或流露出点翻过几个跟斗后的辣意与凉意。"

本月

刘永涛、欧阳文章的《从"极致"到"无比单纯"的叙事——论〈圣经〉对余华小说创作的影响》发表于《山花》第 6 期。刘永涛、欧阳文章认为："《圣经》的主要叙事情节从《旧约》到《新约》，整体上遵循着从底线一直向上发展的叙事路线：整部《圣经》以人类的罪恶与堕落为其低谷，并由此而慢慢展开。然后，是上帝的惩罚把人类因罪恶而得的苦难一步步推上'极致'。最后，一切在上帝的救赎中归于'无比单纯'的信仰。在对余华小说作整体考察后，我们发现，从八十年代余华小说创作开始到九十年代其小说创作暂告一段落，余华的叙述正好也是从人类罪恶的‘极致’书写中开始，而后，近乎残忍地把人间的苦难慢慢地铺展开来，最终和《圣经》一样，也是在寻求苦难的精神救赎中归于‘无比单纯’，正好暗合了《圣经》的叙事结构。”

七月

6 日　盛可以的《小说的可能》发表于《文学报》。盛可以谈道：“小说家的优势在于，他受到的种种限制的现实生存，可以在小说中想象化地延伸，他可以在小说想象中，去实现现实中无法实现的各种可能性。哲学在没有人物，没有境况的条件下发展它的思想，小说中的思想是为了引入人物的生存境况。衡量作家深入探寻生存本质的程度，一定不是写了多少字，出了几本书，而是作家本人要明白自己为什么这样写，而不那样写，想表达什么，发现有什么问题。……在我看来，阅读这些话本小说，甚至有调节与控制现代情绪紊乱之效用，它语言的灵动、弹性，不拘一格之美，让人完全可以忽略话本小说的局限性。”

10 日　刘继明的《题材与发现》(《放声歌唱》创作谈——编者注)发表于《中篇小说选刊》第 4 期。刘继明谈道：“题材对一个作家没有新旧之分、轻重之分。从某种意义上说，没有重要的题材，只有重要的‘发现’。一个好的作家往往更善于从那些司空见惯的人物和题材中发掘出被世人所忽略的秘密，而不是一味地追新逐奇。中外文学史上许多杰出作家的成功经验可以为我这个观点提供足够的佐证。”

11 日　北村的“作家推荐语”（《到处都是骨头》作家推荐语——编者注）发表于《中华文学选刊》第 7 期。北村指出：“当代中国小说家能把城市题材小说写好的不多，而与此对照，农村题材的小说始终在中国当代小说的主流。在中国的现代化过程中，农村处于政治的边缘，却是政治主流话语具体而微的体现者和变形者。与此同时，农村也是经济上的弱势带，是生存挣扎最激烈、最具传奇色彩的地方。农村形形色色的情状，记载了中国当代社会的变迁，蕴藏着丰富的小说资源。”

15 日　铁凝的《长篇小说创作中的四个问题——从〈笨花〉说开去》发表

于《长城》第4期。铁凝谈道：“我侧重的是在这样一个历史背景下中国人的生活——他们不屈不挠的生活意趣，人情之大美，世俗烟火中精神的空间，闭塞的环境里开拓的智慧和教养，还有积极的美德，以及看起来非常松散的劳作和过日子当中，面对那个复杂的年代种种非常艰难的选择，而这群凡人最终保持了自己的尊严和内心的道德秩序。”“生活的肌理，日子的表情，不在那些符号化的句型里面，而应该浸泡在毛茸茸的刻画里，这些刻画就包括着语言的准确，叙述的分寸，方言的得当应用。”“我个人认为，一些中国当代小说，作家不太在意人物的声音和叙述者的声音，两者往往是一样的，一种语气，用一套词……叙述者尽可以展开你的语言特点，你的叙述魅力和光彩，但是你要切记它不是人物的声音。”“我们暂且把小说‘风云史’的那部分叫做‘粗笔’，但这个‘粗笔’是关乎这个书的全局的；将笨花村的那些‘日子’当作‘细笔’，‘细笔’虽细但也非常重要，是关乎于品相的。有时候细笔比时空更长久。”

同日，黄伟林的《持双刃剑解剖社会与人性——鬼子小说论》发表于《南方文坛》第4期。黄伟林谈道：“当鬼子进入其创作的第三个阶段，显而易见，他在一个新的高度上将前面两个阶段的各种追求作了一个巧妙的调合。……鬼子第三阶段的小说具有的是现实主义的形和现代主义的心。更确切地说，他是穿透现实主义抵达了现代主义。最后，鬼子的通俗写作经验使他有能力将读者带入小说阅读状态，他的叙述技巧使他的小说具有了较强的可读性。这就形成了鬼子小说所具有的三种特色要素：对社会现实的敏锐把握、心灵的穿透力和波诡云谲的叙述策略。”

孟繁华的《历史主义与“史传传统”终结之后——新世纪文学现象研究之一》发表于同期《南方文坛》。孟繁华指出：“乡村叙事整体性的碎裂，在阿来和贾平凹的创作中大概最为明显。……贾平凹几乎所有的长篇创作，都是与现实相关的题材。二十多年来，贾平凹用文学作品的方式，密切地关注着他视野所及变化着的生活和世道人心，并以他的方式对这一变化的现代生活，特别是农村生活和人的生存、心理状态表达着他的犹疑和困惑。……但是，到了《秦腔》这里，小说发生了重大的变化：这里已经没有完整的故事，没有令人震惊的情节，也没有所谓形象极端个性化的人物。……《秦腔》的‘反现代’的现代性，在这个意义上也是值得讨论的。因此，面对‘现代’的叩问或困惑，就不止是《秦腔》及作者的问题，对我们而言同时也是如何面对那个强大的历史主义的问题。……乡村叙事整体性的碎裂，已经成为一个普遍的文学现象。当然，历史主义或史传传统的终结，并不意味着文学与历史不再发生关系，事实上，任何文学的书写都是一种记忆，一种对经验的呈现。如果是这样的话，那么任何文学写作都不可能离开历史。不同的是当下的文学写作书写的是另外一种历史，表达的是另外一种历史观。”

18 日　石一宁的《我们期待什么样的长篇小说？》发表于《文艺报》。石一宁谈道：“北京师范大学教授张柠说，长篇小说应该提供意义结构，也就是说，长篇小说不是一种简单的字数的堆积，而是要体现一种时代的精神结构。……中国社科院文学所研究员白烨说……精神的稀薄或价值观的偏失，确实是当前长篇小说存在的明显问题。但以长河性的、史诗性的概念去找长篇小说，这样的小说现在几乎已经找不着了。”

20 日　段崇轩的《回到现实中去》发表于《人民日报》。段崇轩认为：“生活自身的回环曲折和短篇小说的野生性情已经化合成一种‘有意味的形式’。可惜这样的作品还太少，可惜这些年轻作家还没有引起我们的足够关注。强调短篇小说要回到生活和民间，冲破那种程式化、文化化的创作桎梏，从而唤醒短篇小说的‘野生性’，决不意味着要放弃小说有的理性思想，削弱小说家的艺术表现手段。恰恰相反，愈是要表现变幻莫测的社会和人物，愈需要有现代的、科学的理性思想去烛照；愈是要创新短篇小说的表现形式和方法，愈需要借鉴西方现代后现代、中国古代文言白话短篇小说的一系列表现方式和技巧，庶几才能挽救和重振短篇小说的命运，而这也正是文学面临的课题和挑战。”

同日，李建军的《祝福感与小说的伦理境界》发表于《小说评论》第 4 期。李建军认为：“我们可以从至少两个方面考察小说家的道德情调和伦理境界：一种向内指涉着作者，——他是怎么对待自己的？他是不是一个以自我为中心的利己主义者？一种是向外指涉着人物和读者，——作者是怎么对待他们的？他是不是一个懂得同情和怜悯的利他主义者？”“从对待自己的态度看，伟大的小说家，大都是‘无我型’的小说家。”

魏天真的《李洱小说的“复杂性”及其意义》发表于同期《小说评论》。魏天真谈道：“为了写出种种复杂性，李洱最拿手、最成功的方略是反讽。如前所述，李洱的确像一个老到的批评家一样，对虚构方法和叙事理论有非常清醒和成熟的认知，也十分自觉地将这些理论方法用于写作。在我的阅读视野内，李洱大概是最充分意识到反讽的精义同时精于反讽的作家了。……比改变常识更大的作为或更高的目标是唤醒、培育读者的‘荒谬感’。面对某些事实，生活中的我们可能漫不经心，但在阅读中，同样的事实却使我们感到错愕和震惊。李洱深谙此理，他会不动声色地凸显生活世界的荒诞性，让我们在容易忘却和视而不见的地方驻足，甚至有意激起我们的难堪，在我们因屈从于惯性而致鲁钝的神经上敲打，迫使我们从接受灌输转向独立思考。之所以能做到这一点，除了前面谈到的形成文本的反讽和对话特性的各种因素，从整体上看，李洱的小说还非常重视小说的标题与故事的辨证关系。”

魏天真、李洱的《“倾听到世界的心跳”——李洱访谈录》发表于同期《小说评论》。李洱认为：“小说叙事直到今天还得以存在的一个重要理由，即小说通过虚构的方式，使得我们得以倾听到世界的心跳，真实的心跳。”“小说叙事技术的变革，必然带来形式的陌生化，并可以此唤起读者对于习以为常的事物的警觉。这样一种‘警觉’，说明对话关系已经建立起来了。”

於可训在《小说家档案·李洱专辑》栏目中的《主持人的话》发表于同期《小说评论》。於可训认为：“一个现实主义作家描写的自认为是‘真实’的生活对象，在另一个现实主义作家笔下，却是另外一个样子；一部以现实主义的方法写出的‘真实’地反映生活的作品，包括其中的某些优秀作品或今人所谓之经典作品，也常常难免被人以各种各样的理由指责为‘不真实’。”“我相信没有哪一个先锋作家有这样的信心，也没有哪一个先锋作家敢于这样自诩高明。从这个意义上说，我宁可相信李洱的话，在写作活动中，你是永远也无法做到‘指哪打哪’的；你得承认写作活动的宿命，正是在这种宿命的挣扎中，你才可能向世人显露那个巨大的‘不可言说’的存在。有人说，先锋文学到了李洱，才是一种成熟的形态，我要说，李洱的成熟，就在于，他没有先前的先锋作家那样的牛气，而是谦恭地以一个‘掺了水’的后人的身份，从没‘掺水’的‘先人’（没‘掺水’的‘先人’叫李耳即老子）那里传承了对‘道’的一点感悟和敬畏。”

张学昕、杨亮的《权力和欲望角逐的话语狂欢——论阎连科〈坚硬如水〉对“革命+恋爱”模式的解构性叙事》发表于同期《小说评论》。张学昕、杨亮认为：“《坚硬如水》这部写于世纪初的长篇小说，堪称近几十年来表达革命与欲望诗学的重要文本，它不仅在叙事话语的美学方面对我们构成了强大的冲击力，而且大胆、激烈地彰显了性、欲望与政治、革命之间的隐蔽关系，它将‘文革’梦魇般的生活演绎、转换成动人心魄的历史记忆和历史想象。其文本的修辞学意义自不待言，尤其它对‘革命+恋爱’模式的戏谑性解构和消解无疑具有革命性意义，它大胆而直接地涉及多年来我们的文学忌讳的革命与性、革命与禁欲主义、理想与个人享乐等敏感的区域，包括这背后所隐匿的复杂的权力关系。……从某种意义上讲，《坚硬如水》这部小说应该属于反权威叙事。这种叙事的基本叙事立场就是对权威的蔑视和消解正统。……这部小说政治权力话语与个人私密性话语相杂揉所营造出的话语奇观，无疑是这部小说最大的艺术魅力所在。此外，小说更是从人性、‘原欲’即‘文化大革命’的发生角度重新诠释‘暴力文革’——这一中国社会孕育出的怪胎的本质，为当代中国文学中的‘文革叙事’建立了一个新的维度。我们认为，这便是《坚硬如水》存在更大的意义。”

25日　迟子建、周景雷的《文学的第三地》发表于《当代作家评论》第4期。迟子建认为：“我认为文学写作本身也是一种具有宗教情怀的精神活动，而宗教的最终目的也就是达到真正的悲天悯人之境。……文学的终极理想其实也是对人性的挖掘和拷问。在文学作品中，善和恶不管怎么去写，尊重人性，或者说从人性的角度出发，这才是对的。”“我从发表第一篇作品开始到现在已有二十多年。在这二十多年时间中，我不断在想这些，确实是很虔诚的。写作不管关注的是什么，都要在自己的作品中建立起自己的生命观和世界观。其实每个作家都是不自觉地这样去做了。”“我就是要写日常的历史，因为小说就是日常化的生活。我觉得我们应该从日常化的生活当中看出后面的历史……即使写大人物，也要通过他的日常生活来表现，而不是让他在舞台上演讲。我觉得历史人物应该这样来写。生活流也是靠这些编织起来的。在我看来，一个细小生活事件，既能打断历史波流，也可能加速历史的前进。我觉得思想化的、个性化的东西其实就是包含在日常生活的每一个细节当中。”

范小青的《关于〈秦腔〉的几段笔记》发表于同期《当代作家评论》。范小青认为：“《秦腔》并没有惊心动魄的冲击，没有曲折离奇的故事，它只有絮絮叨叨的农村生活琐事，四十多万近五十万字，能让人一口气读下去，语言功不可没。《秦腔》让我重新认识语言的非凡的魅力。”

南帆的《找不到历史——〈秦腔〉阅读札记》发表于同期《当代作家评论》。南帆认为：“为什么粗鄙成为贾平凹的美学趣味？我猜测，这或许是一个重要原因：贾平凹对于乡村失望了。记录商州时体验到的田园风情不再是沁人心脾的美学对象。幻象已逝，贾平凹深刻地意识到了乡村生活之中的鄙气。……文人与故乡常常彼此引以为荣，可是，他们真的互相需要吗？贾平凹已经意识到夏风的尴尬，因此他不是夏风；或许贾平凹与夏风一般无奈，但他肯定比夏风深刻。”

施战军的《独特而宽厚的人文伤怀——迟子建小说的文学史意义》发表于同期《当代作家评论》。施战军谈道：“一种一以贯之又逐渐深化的文学意绪含化在迟子建的小说中，那就是对在时代日常流程中逐渐流失的美与爱的追怀和寻求，追怀是向后回溯，寻求是面对目下和向往未来，而这一切，关涉当今时代人性的健全发展和人类永恒的生存理想，基底上是对生命的殷切惜重。这种文学意绪所牵引而出的生动可感的人与人、人与其他生灵、人与神魅、相对中心地带的人与边地人等等关系，构成了人心与世情的丰饶景象和阐释的丰厚可能性。……对家园的亲近或者就在家园中领受它的四季冷暖和隐秘灵性，这是迟子建从不移变的情感和信念。……以往那个清水醇酿般的感伤的纯美意义上的迟子建，已经走在通往人文关切的大山深处的路上。细小如缕的人文关爱，不再是以自身记忆为核心的情愫，而是普照式的情怀，绵长弥漫，宽悯如天云浩茫。伤怀之美还在，但更多的是悲凉之雾遍披华林。如果说，早期和几年之前的迟子建总是令人不期然地联想到萧红的话，这个时期，迟子建已经分明蝉蜕为一个新的她自己。”

吴义勤的《乡土经验与“中国之心”——〈秦腔〉论》发表于同期《当代作家评论》。吴义勤认为：“贾平凹对中国传统叙事资源的看重一直贯穿着他的写作历史，在他看来，小说的创新和突破，西方化固然是一条路线，但是中国小说的叙事传统特别是明清小说的叙事传统则是另一条常常被忽略的更重要的路线。因为明清小说的叙事传统对比于现代知识分子叙事显然更适合中国经验的表达，更符合中国人的审美期待与审美习惯，也更能贴近‘中国之心’与‘中国精神’。”“贾平凹的小说对这种叙事传统有着天然的亲和力，这也是他的《废都》等小说总是有着浓烈的《金瓶梅》《红楼梦》印迹的原因。而《秦腔》对清风街芸芸众生的描写同样也深得明清小说叙事传统的精髓，《金瓶梅》《红楼梦》的流风遗韵在小说中可谓随处可见。”

周景雷的《挽歌从历史密林中升起——读迟子建的〈额尔古纳河右岸〉》发表于同期《当代作家评论》。周景雷认为：“轻灵与凝重属性在迟子建新作《额尔古纳河右岸》中得到进一步延续。同为关于民族的叙事，因其历史属性不同，《伪满洲国》写的悲痛，偏于凝重，而《额尔古纳河右岸》则是哀婉，偏于轻灵。……《额尔古纳河右岸》充满了隐喻，它所有的隐喻都是为历史叙述服务的。在众多的隐喻中，有两种是非常值得注意的。一是结构性的，一是时间性，而结构性和时间性又很好地结合在一起。迟子建以此实现对历史的有限性把握。在结构上，她把历史浓缩在一天，并用清晨、正午、黄昏和半个月亮将之分成四个部分。……《额尔古纳河右岸》的写作是对幸而不幸、悲而不悲的生存格调的一次集中展示和总结。”

27 日 周红才、罗如春的《挖掘小世界的内里乾坤》发表于《文艺报》。周红才、罗如春谈道：“阿成的短篇小说《体检》可以说与福柯式的话语考古学、权力谱系学的致思路径迥异，但其内在旨趣却异曲同工，都试图于日常生活的小世界中发掘出微观政治的内里乾坤。作者像个经验老到的郎中把捉住‘体检’这根细脉，老花镜后的眼睛不动声色地察看着脉象，目光游弋处，庖丁式的解牛刀贴身而上，最后呈现在读者面前的就是这个细致而精确的解剖文本——《体检》。”

八月

6 日 宋家庚的《小小说呼唤精品力作》发表于《当代小说》第 8 期。宋家庚谈道：“超微型小说的情节相当于短篇小说的一个细节，此篇就是放大一个生活细节，展开生动具体而又细致的刻画，唤起读者震惊的感觉，反思身边的世界。”“他（指黄孟文——编者注）对小小说创作有精辟的见解：‘精简、注重想象、诗意、意象、留白、出奇制胜等是微型小说的构成要素。’”

10日　刘醒龙、刘颋的《文学应该有着优雅的风骨》发表于《文艺报》。刘醒龙说道：“《圣天门口》实际上只采用了二十几个方言词汇。汉语本来是非常美的，但是我们的语言现在越来越粗鄙，越来越直截了当，越来越不含蓄，失去了汉语的优雅，这其实是很可怕的。所以我要部分地回到方言，将我特别喜欢的那些，用在小说里。我们的方言，无论从音律、音韵，包括意义，比现在流行的都市语言要强得多，这就是为什么《圣天门口》只用了二十几个词汇就感觉通篇非常地出彩。我以为，小说中的艺术含量，恐怕与作家对方言对母语的理解、传承是成正比的，这就是小说家的宿命。也可能你在这种宿命里走很远很远，走着走着发现全搞错了。长篇小说更是如此，不仅要有语言的优雅，还有骨子里的高贵。为什么说《红楼梦》之外没有好长篇，就因为《红楼梦》骨子里的是高贵，是一种高不可攀，它的人物也好，它描写的生活也好，是写作者的精神结晶。缺少这个根本点，仅靠道听途说的摹仿是靠不住的。人对美好生活的向往，也是内心藏而不露的高贵之心在作怪。就像生活中，有的靠粗鄙可以得逞于一时，但能如此粗鄙一生吗？”

11日　阿成的《欣赏与享受》（《胡布图河》作家推荐语——编者注）发表于《中华文学选刊》第8期。阿成指出：“徐岩的这篇新小说《胡布图河》……在不经意当中，将边民、边防、边境和边塞像国画一样自然地融在一起，漫成一幅中国式的国画。其实，好的小说是可以看的，有可视性的。所以有可视性、可以看，是让你参与进去，并为之心动……”

鲍十的“主编推荐语”（《逛庙会》主编推荐语——编者注）发表于同期《中华文学选刊》。鲍十提到：“生活化的叙述是这篇小说的一大特点。小说开篇就大量渲染了浓浓的陕北乡村风貌，笔触非常细腻，给人很丰富的美感。语言少浮辞、不渲染，质朴、洁净、口语性强，富于表现力。在小说中，我们几乎看不到夸张、反语、双关等修辞手法，连比喻也用得很少。这就使语言去掉了一切枝蔓和芜杂，清水出芙蓉般的单纯、明快，细细读来似乎只剩下了语言的原味。此中特有一种童孩情趣，童笔写老情，读来饶有趣味，淡淡的语言中透露着一种悲怆的情怀，读者在不经意中就能领略到这种艺术美感。”

葛红兵的《性感而快乐的言语》（《麻利核酸》评论家推荐语——编者注）发表于同期《中华文学选刊》。葛红兵指出：“小说在影视等声光媒体的裹挟之下，变得更加依赖语言，尤其是书面语言的内在魅力。说起来，它作为描写者、转述者、议论者等等的功能——作为故事的内在功能性正在逐渐丧失，曾几何时，故事是人类生活的非常重要的方面，它承担着人类知识传续、思想传续、生活方式传续和维系的功能，但是，现在，这种功能变得越来越弱，正在被其他媒介替代。与此同时，小说，又越来越依赖想像力，依赖内容上的虚构，那种更有语言意味的精神分析式写作，可能越来越会受到读者的欢迎。尽管，我本人对小说的这种动向持保留态度，我相信小说依然保持着自己作为民族志、思想史、精神史的可能性，但是，我想这可能是不可改变的趋势——毕竟小说从来没有像今天这样面临影视媒体的冲击，它必须寻找自己和后者的区别。”

水运宪的《简约、宿命及意味》（《一朵棉花》主编推荐语——编者注）发表于同期《中华文学选刊》。水运宪指出：“肖克凡先生的小说《一朵棉花》就是由简约和单线型开始的，一个简单的事情在他的笔下翻来覆去，让读者可以从千百种角度细细思量——然而却难以理解。……这篇小说的另外一个特色就是，通篇充满了宿命感。……谈到意味，还要说到这篇小说诙谐动人的氛围和精妙的遣词用字。”

12 日　孟繁华的《范稳长篇小说〈悲悯大地〉——是谁走进了高原深处》发表于《文艺报》。孟繁华认为：“《悲悯大地》（人民文学出版社 2006 年 6 月）是作家范稳继《水乳大地》之后创作的又一部表现藏区历史文化的长篇小说。它不是格萨尔王式的英雄赞歌，不是部落土司的勇武传奇。它是一个藏区文化的‘他者’试图透过重重迷雾，感悟和理解藏区文化的一部小说，是一个执著的文化探险家不畏艰险坚忍跋涉发现的文化宝藏，是一个富有想像力的文学家构建的一个悬念不断层峦叠嶂的文学宫殿，是一个揭秘者在雪域云端追踪眺望看到的两个世界。因此，这部可以称为中国的《百年孤独》的作品，不仅具有极大的文学价值，而且也具有较高的文化人类学的价值。”

本月

莫言、王安忆、曹征路、张炜、严歌苓的《“小说与当代生活”五人谈》发表于《上海文学》第8期。莫言认为：“我觉得小说与当代生活这个话题是相当政治化的。对现实主义的理解要宽泛一些，不要那么狭窄……作家关注现实关注当代生活的方式是多样的，未必只有紧跟着写就是关注……对文学的理解，对作家的创作，应该更注重个性化。不要试图用一种创作方式把所有作家都纳入一个框架中。”王安忆谈道：“我认为我们的小说问题就是和现实太近太近，我们应该尽可能把它拉开来，当然我说的拉开不是说不关注现实，而是走出来。”曹征路认为：“这二十年来，当代小说的主要发展动力是形式创新，而把文学精神给忽略掉了。当我们在技术上已经很强大了，把当今世界的全部艺术经验都操练一遍以后，才发现我们把灵魂丢了，成为失魂落魄的人。对于我个人而言，我关注的就是这个，我希望能找到表述的方法，能够通过形象的方式切入当代生活的本质。”张炜认为：“现在杰出的作品少，关键还是作家关怀的力度、强度和深度不够，没有更高更大的关怀，还是人格问题。这种强烈的关怀，执拗如一的人格力量，最终还是决定一个作家能否走远的最大因素。”

九月

1日　皮皮的《关于〈我的丁一之旅〉》发表于《江南》第5期。皮皮谈道：“分离，无论是内在灵魂和外在肉体的分离，还是自我与客观世界的分离，其实都在突现一个意义：人在寻找指引了自己说服了自己的真理。抛开最后意义上的到达与否，找到与否，人们在寻找过程中可能获得的种种体验，总体来说，最经常出现的就是对力量的感觉。希望也好，绝望也好，在寻找真理的过程中人们可以从这两个极端上获得相同的力量。因此，虚弱是短暂的，是力量隐蔽那一刻里发生的间歇和怀疑。接着，会再次被鼓舞，重新出现的力量伴随重新出现的挑战，促使你继续向前。这过程之后的持续状态，常常被界定为幸福之一种。心路历程上的磨难被印上‘值得’两个字。我觉得，它解释了《我的丁一之旅》

全书一贯到底的亢奋。作者的健康状态无法和书中呈现出的饱满书写状态构成因果。有经验的作者都知道，如此写首长诗也许是可能的，写一部三十多万字长篇几乎是不可能的。由此可见，作者在这部长篇中表现出的力量也许并非仅仅来自自身，无论精神还是肉体。如果偏激些，甚至可以说，它来自作者选定的书写内容，来自选定如此生活的命运。”

10日　阿宁的《一种感想》（《假牙》创作谈——编者注）发表于《中篇小说选刊》第5期。阿宁说道：“海明威有一个冰山理论，说要写露出水面的那一部分，水下的不要写。哪些是水下的，他没有说，这都得自己掌握。也许你没写的，恰恰就是水上的呢。真理差一点儿就是谬误，对权威的话要全面理解。现在再看，我觉得我把水下的写出来不少，水上的却没有写透。这就是我对这篇东西一直不放心的原因。”

11日　田瑛的“主编推荐语”（《医院》主编推荐语——编者注）发表于《中华文学选刊》第9期。田瑛指出：“经过近二十年的技术洗礼，当代小说终于有胆量大面积回到日常生活，回到社会万花筒中，回到小说之‘小’上。但是，由于这种回归，也造成了大量日常生活口水的泛滥，使得许多小说流于乏味经验的拙劣复制和恶性传播。”

12日　陈晓明的《苏童长篇小说〈碧奴〉——这是一个关于“哭”的寓言》发表于《文艺报》。陈晓明认为：“苏童在探讨一种超出内在性格、情感、矛盾和戏剧性冲突的叙事。那个主人公碧奴与她要哭泣的丈夫并没有更多的正面关系，也就是没有内在主要二元关系作为叙事的推动力。那个被哭的丈夫始终是缺席的，这使苏童的叙述就要超出内在矛盾，依靠外在社会化的冲突来推动叙述，而社会化的矛盾采取了寓言的形式，苏童的叙述就是以超然的外在化的视点去透视那个神话般的历史。他把叙述带到了一种纯粹话语的状态，他让故事中的人物都有着自由飞翔随心所欲的姿态。这样的叙述有难度，但苏童以他的语言魅力克服了这一难度。……在神话般的思维中，这部小说的那些情境、场面和细节是相当出色且惊人的。……这部作品，既在历史之中，也在历史之外，既是神话，也是寓言，它们都在我们人性的全部经验中回荡，如此残酷，又能轻松穿行过去，正如苏童所说，它甚至是‘乐观’的。这就是叙述的力量，先锋派的余力依然能够四两拨千斤。这是先锋派剩余的力量，还是苏童重新聚集和开启的力量？这当然需要更认真和深入的阐释，如果不过分追究这部作品存在的文学史前提和当下的潮流，这部作品无疑具有纯粹而高远的艺术境界。”

14 日　王干的《当前现实主义小说优化的几个问题》发表于《文艺报》。王干认为：“因而强化小说的精神链，避免小说的无序和精神的缺席，能否让小说的原生态和精神链有机地衔接已成为衡量一个小说家高下的试金石。老舍的小说对老北京市民的生存状态的刻画不能不说是细致到了每个毛孔，但老舍的小说里那种悲悯的人道主义情怀更是一条特别值得珍惜的精神链。王安忆的《长恨歌》也是原生态写实的代表作，但小说在展现王琦瑶一生的过程中，有时代的印记，还有王安忆对资本主义生存哲学的批判和解构。今年出现的铁凝的新作《笨花》也是用原生态的叙述方式来写就的小说，在叙述态度的冷静和客观方面，甚至可以说达到了冰点，但向喜及其家族的命运变迁，折射的却是近代中国社会的‘现代性’的大主题。……让小说重新回到故事的层面来，让故事具有消费功能，可能是现实主义的古老传统的复兴。……对于现实主义的小说来说，在今天恐怕首先要解决审美穴和读者源的同构，而不是对立和对抗。特别是在今天其他媒介与文学争夺读者的背景下，文学不能将读者拱手相让，而要发挥现实主义自身的优势，将审美追求和阅读完整地结合起来。”

15 日　李遇春的《庄严与吊诡——评长篇小说〈圣天门口〉》发表于《南方文坛》第 5 期。李遇春指出：“对于刘醒龙来说，他在《圣天门口》的创作中择定了一种双重叙述视野，即神性视野与人性视野的双重叠合。这两种叙述视野在小说文本中相反相成、对立共生，使整个作品的叙述充满了内在的张力。……刘醒龙正是通过将笔触深入人物的性心理和潜意识领域来实现他对我们民族的精神结构或文化心理结构的透视，同样，他也通过有别于权威政治话语的民间视角来表达自己对我们民族历史演变，尤其是 20 世纪中国历史大变动的沉思。……《圣天门口》采用的就是反讽的叙事模式了。作者巧妙地运用反讽的结构原则，将发生在天门口的大半个世纪的历史事件重新加以编排（历史编码），并通过这种情节编排模式赋予了历史以‘意义’。”

张清华的《〈红高粱家族〉与长篇小说的当代变革》发表于同期《南方文

坛》。张清华认为："在观念上的突进，是《红高粱家族》最显著的一个特征，如果说此前的长篇小说在主题范畴上还从未超出过社会学领域的话，那么莫言是将我们真正带入了一个陌生的人类学领域；如果说此前的长篇小说主题与审美判断一直是建立在道德哲学之上的话，《红高粱家族》则是第一次高扬起了生命哲学；如果说此前的长篇写作一直是以主流社会生活为写作空间的话，那么莫言则是建立起了一个生气勃勃的民间世界，并将这一世界的精神价值作为了主题与艺术的最终旨归；如果说此前的长篇写作中思想的突破还只是局部和某些个别层面的话，那么这部作品则是完成了质的变化……民间精神与民间价值的寻找与张扬，也是《红高粱家族》作为长篇小说所首倡的思想与价值倾向，这在当代文学中同样具有非比寻常的意义。……《红高粱家族》是一部荡激着异端与另类思想的、焕发着破坏与创造活力的、隐含着复合与多层主题结构的、给当代小说带来了丰沛活力与变革因素的作品。""首先是寓言化，这是《红高粱家族》叙事特征中最突出的一点。……从美学品质的角度看，悲剧性的诗意是《红高粱家族》另一显著的特征。……叙述视角的多变和叙述时空的多维化，是《红高粱家族》在文本层面上最鲜明显豁的特点。"

同日，王安忆的《城市与小说》发表于《文学评论》第 5 期。王安忆认为："城市和小说的关系，如今有太狭隘化的理解。城市小说主要被用于去描写摩登生活。摩登生活会被认为是城市的标志。事实上，它只是一种点缀，而且只是我们想象的点缀。城市的性格，不是人们所梦幻的那样轻薄的、或是仅仅是抒情的。在城市的生活里面，有一些非常结实的内容，城市的力量是相当粗鲁和剽悍的。假如忽略这一点，写作会远离城市，而只追求浮面的东西。……市民阶层是城市的主要角色，市民阶层是社会最稳定的阶层，他们靠天吃饭。市民阶层好在不会沉沦，他永远知道自己要做什么，这救了他。但他的眼光也只看得很近，因此他不会升华，因为在精神上没有太多的要求。但市民阶层自有市民阶层的理性，那是一种自律的品格，就是控制事情不往坏的方向发展。这种理性很值得注意。"

同日，马德生的《惨淡经营中的艺术坚守——对新世纪中篇小说现实处境的思考》发表于《文艺争鸣》第 5 期。马德生谈道："笔者认为，中篇小说因其文体的特殊性，在新世纪既不会像过去那样独领风骚，也不会从此沉寂衰落，它将在时代选择中寂寞生存，在艺术坚守中惨淡经营，呈现出一种多元、平实和稳健的创作态势。……新世纪的中篇小说在秉承90年代不断探索的基础上，呈现出了与市场化的媚俗写作和纯技术展示的文学文本并不等同的多元稳健的艺术追求。或者说，这种多元的追求与稳健的态势，从某种意义上，更为本质地表达了中篇小说作家对这个繁杂多变的时代的独特感受，对其自身文体特性的深刻理解，对其文学艺术性的自觉维护，更加显示了中篇小说戒掉浮躁后的宁静、洗去铅华后的真纯。”

张学昕的《新世纪长篇小说写作的“瓶颈”》发表于同期《文艺争鸣》。张学昕认为：“不少作家或在某种‘史诗情结’的驱动下，仅仅依靠对一些相关文史资料的组合和拼贴，按着陈旧的历史观念和审美价值判断，对社会现实或历史进行表相化的处理，简单地充当某种社会价值代言人的角色，显现出思想内涵和文化底蕴的浅薄，追求小说文化感的乏力；或沉溺于‘个人化经验’‘身体写作’的叙事文本，强烈地排斥人的社会性、公共性价值取向，过度张扬个体生命的存在欲望，降低了文学写作本身应有的高雅审美感觉和审美趣味；或被文坛浮躁心态所困，被某些名利、既得利益所扰，迎合这个煽情的时代，为消费主义意识形态所改造，而牺牲了长篇小说写作应有的难度和文体尊严，涂抹出粗制滥造的冷漠的没有激情、没有灵魂的文本……对长篇小说文体新功能的寻找与挖掘，使一些作家开始抛弃传统的小说元素，试图建立一套更坚硬的叙述体系，以期创造、展现或获得更恒久的魔力与魅力。于是，执着于长篇小说文体的改造，则成为作家努力摆脱平庸的飞翔的力源与现实写作途径。……这种‘瓶颈’，主要表现为对传统、经典表达方式的彻底放弃、淡化和实验性文体形式的过于‘放纵’和颠覆性意图，致使一些作品变成动作花哨的叙事游戏。”

19日　南帆的《传统与本土经验》发表于《文艺报》。南帆认为：“文学对于本土的理解在于，从日常细节之中发现各种因素的冲突、搏斗和相互制约。小说所完成的事情不是论证某一个简单的大口号，而是真正地描绘出历史演变的细致纹理。在这个意义上，我想提到铁凝的《笨花》、格非的《人面桃花》、刘醒龙的《圣天门口》、贾平凹的《秦腔》等一批长篇小说。……根据字面的分析，‘寻根’具有回溯的涵义。也许，‘后寻根’的称呼可以召唤另一种姿态——正视本土的当下经验。这不仅包含了传统文化的再现，而且清晰地意识到传统文化与现代性以及全球化之间的紧张。我们来自传统，这是一个不可更改的命题；传统是我们的负重抑或是我们的资源？这取决于创造性转化的成效。此刻，文学无疑扮演着一个积极的角色。对于本土的未来，小说不仅提供形象，而且提供智慧。”

20日　毕光明的《〈生死疲劳〉：对历史的深度把握》发表于《小说评论》第5期。毕光明谈道：“莫言的历史书写和拷问的最大特点，是他挥洒才华、浓墨重彩描绘波谲云诡的历史图象，其中心位置始终是人，是处在民间的、享有自然生命伦理庇护的人民。《生死疲劳》正是在对人与历史关系的艺术阐释上，达到了对历史的深度把握。……生命轮回在《生死疲劳》中不只是形式结构和艺术创新的需要，它也是作家对历史和人生的关系以及生命价值有了新的角度和更深层次的理解的体现。”

李从云的《论董立勃的长篇小说文体》发表于同期《小说评论》。李从云谈道：“董立勃把小说当作叙事诗来写，既追求诗意，又注重叙事。这样就改变了传统长篇小说重‘史’轻‘诗’的趋向，使他的长篇小说带给人的，首先是扑面而来的荒野气息，继而是蕴含在生活节奏之中的情绪的节奏，最后让你在情绪的回旋转折中对命运、人性有所悟有所思。而且，他所叙之‘事’与传统长篇小说追求的史诗之‘史’也不同。传统长篇小说意在全景式地反映一个时代的社会生活风貌，描述时代、家族或民族的历史变迁。……正因为他发现了人的尊严被践踏、人性被扭曲的现象大量存在，所以他才在小说中不断地重写旧事，这构成了他的长篇小说的主体部分；又因为他不愿、不忍看到美好的人性被扭曲、被毁灭，所以他总是试图在小说的尾声从主体部分的写实过渡到写意，希望真善美的人性永驻人间并得到张扬。因此，从写实转向写意，通过写意来超越写实，是他的长篇小说的一个重要的文体特征。”

李从云、董立勃的《我相信命运的力量——董立勃访谈录》发表于同期《小说评论》。董立勃认为：“我在小说里面追求一种大的诗意。我是把对诗的追求放到小说里去了。写小说对我来说，就是写一首长诗，一首长长的叙事诗。

在我的叙述里，语言看起来很平实，但一定会有一种诗意透出来。写小说时，常常会有诗歌的感觉控制我的情绪。”

李建军的《论美好人物及其伦理意义——以陀思妥耶夫斯基为例》发表于同期《小说评论》。李建军认为：“什么无神论改革者‘是很危险的’？因为，由无神论者统治的国家‘能够剥夺个人的自由，并且能够以国家利益的名义为所欲为’；为什么需要那种建立在宗教基础上的‘绝对价值’？因为，正是依赖这种‘绝对价值’，‘理想的社会’才能形成，人的自由和每个人的价值才能得到尊重和承认。而对小说写作来讲，只有依据这样的‘绝对价值’，一个作家才有可能创造出‘美好的人物’。”“美好的人物是一种理想，一种有着充分现实性的理想。没有现实性，他是空洞、虚假的；没有理想性，他是灰暗、贫乏的。因此，对一个真正伟大的作家来讲，他既必须是高度现实主义的，——要有勇气直面生活中令人战栗的苦难和罪恶，同时，他又必须是高度理想主义的，——充满对生活和人性无限的爱意和热情，竭尽全力发现和表现任何苦难和罪恶都难以毁灭的人性的伟大和神圣、高贵和尊严。”“美好人物就是指那些懂得爱和同情的价值，从而体现出对生活的‘肯定指向’的人物；是指那些懂得做人的信念和原则，从而在道德情操和人格境界上达到很高水准的人物。”

於可训在《小说家档案·董立勃专辑》栏目中的《主持人的话》发表于同期《小说评论》。於可训认为：“前些年中国年轻的诗人追求日常化，也就是追求这种本真的状态。如今，董立勃又用小说呈现这种状态，所以说他追求的也是一种本真：生活的本真和人性的本真。海德格尔有一句被人们反复征引、已经耳熟能详的名言：诗意的栖居。所谓诗意的栖居，我理解，也就是一种本真状态的存在。董立勃的小说写了这存在，所以他的小说才透着一种骨子里的（本真的）诗意。”

25 日 金理的《身体与灵魂驳难中的“罪与罚”——读艾伟长篇小说〈爱人有罪〉》发表于《当代作家评论》第 5 期。金理认为：“小说对罪责担当、承受的拷问是惊心动魄的；但是更深刻的主题是，审判的正当性如何确立。……我在读这部小说的时候有些困惑，比如俞智丽这个人物的精神意志力真是强悍，如此地锲而不舍，总让我觉得这个人物和俄罗斯文学有血缘承继；再比如，末尾几章反复引用《诗篇》，宗教的力量到底在多大程度上可以作用到一个普通中国人的精神生活中？这些问题很难解答，但我猜测它们很可能是艾伟的用心所在，他兴许就是要搭建这样一个‘与众不同的世界’，在这个世界里‘恪守自己的视角法则’，去探讨人性的复杂，以及他素所追求的——‘深藏在我们内心的时刻规约我们的伦理关系’。”

南帆的《快与慢，轻与重——读铁凝的〈笨花〉》发表于同期《当代作家评论》。南帆认为：“可以从《笨花》之中读出铁凝的某种恋旧之意。当然，恋旧与保守是迥不相同的两回事。时代的翻新愈来愈快，乡土叙事似乎就要成为绝响，人们的文化重心何在？……铁凝突然发掘出另一种历史片段，召回一批大半个世纪之前的人物。这里有另一种缓慢的生活节奏，朴质简明的人生观念……笨花这个小村庄一如既往地稳稳扎在那里。这是回忆，这种回忆对于未来有意义吗？从这个意义上，每一个被这种历史图景打动的读者都将回味一个问题：这是现代社会尚未消化的历史残留物，或者恰恰相反——这恰恰是永驻内心的精神根系？”

汪政的《“你将我们的罪孽摆在你面前”——漫说艾伟和他的〈爱人有罪〉》发表于同期《当代作家评论》。汪政认为：“它首先是一部社会心理小说，小说的开头就是一出社会狂欢的连续剧，这种狂欢是以社会正义、国家尊严、英雄崇拜的名义进行的……与《爱人同志》相比，《爱人有罪》线索更繁多，人物更丰富，作家对这些元素的交待安排也更从容，处处有照应。虽然主线突出，轻重有别，但各种构成都能各就各位，组成了一个有机的整体。”

本季

庞秀慧的《余华小说叙事中的时间颠倒》发表于《文艺评论》第 4 期。庞秀慧谈道：“余华似乎十分喜欢时间倒错，即故事时序和叙事时序之间各种不协调的形式。既然有时间倒错，这就意味着存在叙述时间与故事时间完全重合的状态，可这种重合状态在余华小说中是找不到的。……余华把人类社会对时间的概念全部打乱，时间失去了发生的先后顺序，而且没有了长短之分。时间是变形的，那么和时间关系密切的空间也必然受到扭曲。这种扭曲的空间，更能表现出时间的混乱和不可相信。尤其是在过去的时间段内，多种空间交织在一起，我们甚至无法把时间和空间一一对应。小说《战栗》充分地表达出时间与空间的互相扭曲。”

张学昕的《先锋或古典：苏童小说的叙事形态》发表于同期《文艺评论》。张学昕认为：“苏童的写作姿态和立场应该说是非常‘自我’的、特殊的，他更把写作看作自己个人生活中的重要内容，这样，就使他的写作既有别于那种传统的作家立场，又能保持在表达世俗生活时超越现实的必要的审美姿态。他坚信非功利性的、个人性写作才是小说获得独特价值的有效途径，这就可能造成两个情状：苏童的写作永远是一种愉快的而非焦虑、焦躁的；在文本形态上打破了叙事和抒情、写实和想像的文体界限，创作真正的‘非经历性小说文本’。……无论在‘先锋小说’的鼎盛阶段，还是整体性‘退潮’期，苏童的文学叙事都表现出执着的对‘古典性’的追求和超越。”

十月

2日　《小说选刊》第10期《阅读与阐释》板块中编者谈道：“当代文学的一个重要品质就是它对现实生活的干预，作家理应具有向生活提问的能力。问题在于作为创作主体如何看待创作与生活的关系，用什么方法认识生活。用逻辑的方法抽象生活，固然有助于占领理论的制高点。但抽象的方法也有局限，它无法穷尽正在变化着的世界和无限多样化的可能性，而这些正是文学需要正视和表现的。逻辑的方法还有一个副作用就是容易将现实生活抽干：从反理性到理性，从反公式化概念化到形成新的公式化概念化。因此文学界许多人希望小说创作能够退一步，重返生活、重返常识、重返中国经验。这就涉及另外一种认识方法，历史的方法、现象还原的方法，即把问题放到具体的历史语境下考察，写出独具个性的‘这一个’。”

孟繁华的《小说创作的叙事资源——以当下长篇小说为例》发表于同期《小说选刊》。孟繁华提到：“对边缘文化和传统文化的发掘或再创造，是近期长篇小说创作的一大特征，我还可以举出许多作品。但值得注意的是，这些小说不是展示历史奇观，不是像电视剧那样大肆地消费历史。而是在重新书写的过程中添加了当代人新的发现，因此，它是对沉睡已久的边缘文化的唤醒，是对传统文化的再阐释和新解读。对小说而言，这无疑是自我救赎的出路之一。”

11 日 贺绍俊的《一份关于异化的使用说明书》（《喷雾器》评论家推荐语——编者注）发表于《中华文学选刊》第 10 期。贺绍俊指出：“这篇小说触及到商品社会环境下十分常见的一种现象：商品对人的奴役、人对商品的依赖。”

木弓的《一篇张扬现实主义精神的好小说》（《落果》评论家推荐语——编者注）发表于同期《中华文学选刊》。木弓提到：“我以为，同是现实主义小说，茅盾作品对社会的批判会更为明确更为果断更为坚决。而温亚军的小说则要显得含蓄收敛甚至有些宽容。……《落果》中的主人公始原村党支部书记亢永年这个形象被成功塑造，表明作家对当代现实特别是农民问题的深刻认识，也表明作家的责任良知也因此实现了作家对当今现实的现实主义艺术把握。”

14 日 苏童、张学昕的《〈碧奴〉：控制和解放的平衡》发表于《文艺报》。苏童谈道：“《碧奴》与以前的作品应该不同。我的写作一直坚持‘个人眼光’，但个人眼光能够反射多大的现实、多深刻的现实，不是一个‘坚持’能完成的，要思考和探索，从题材选择到叙述，都是攻坚战。”

17 日 付艳霞的《小说关注社会问题的限度——由东紫的〈天涯近〉想到的话题》发表于《作品与争鸣》第 10 期。付艳霞认为：“用叙述来关注社会问题是小说的题中应有之意，而在有限的叙事篇幅之内尽可能展现生活的广度和深度也是叙事者孜孜以求的创作诉求。然而，实际的情形是，作家自身对社会现象的观察、对社会问题的理解决定了作品的最初形态；而叙事角度的选择、情节安排等创作技巧则会影响到作家创作初衷的传达，进而影响到对社会问题的探究程度。”

李迎新的《沉重与直白——〈嫁死〉的两个问题》发表于同期《作品与争鸣》。李迎新认为：“细密的直白淹没了小说的对话，原本是小说重要表现手段的对话不鲜明了。直白代替了细节描写，减弱了内在的节奏感。语言缺乏震撼力，甚至给人单调平板之感。故事化的叙述增加了小说的传奇性，作者的讲述是完整的，但这种完整在缺乏细节的直白叙述下造成了对诸多文学要素的损害，使小说的艺术价值打了折扣。”

26日　雷达的《新世纪以来长篇小说概观》发表于《文艺报》。雷达认为："本土化写作的复兴和各式各样的新探索，是近年长篇小说书写风格变化的突出表征。不少作品给读者提供了新奇的阅读感受，给当代小说注入了陌生的新质素，力图扩开正在日益凝固化的小说视野，发掘一些尚未引起重视但却极有价值的新的题材资源，并致力于重新发现本土文化的博大和神秘，重新营构本土化叙述的神奇和绚丽。"

十一月

2日　杨立元的《塑造社会主义新农村文学新人形象》发表于《文艺报》。杨立元谈道："何申、关仁山在塑造社会主义新农村文学新人形象时，既摒弃了高大全、精英式的塑造模式，也拒绝了粗鄙化、媚俗化的创作路数，在平实、真实、朴实的美学情境中凸现人物性格。……在何申、关仁山所塑造的社会主义新农村文学新人形象中，既有各自的独特性，又有互补性。"

同日，阎晶明的《小说怎样介入历史》发表于《小说选刊》第11期。阎晶明认为："就小说写作而言，这一题材选择是作家谨慎进入历史的恰当想法。长征本身就是一部史诗，小说家却选择了其中看上去并不那么具有诗意的一部分生活来写。"

10日　张学昕的《自由地抒写人类的精神童话——读苏童的长篇小说〈碧奴〉》发表于《光明日报》。张学昕认为："他（苏童——编者注）再次找到了讲述故事、自由叙述的天地。因为一部虚构小说的主权不是一种现实，它仍然是一种虚构，关键是，如何让虚构掌控着一种不失分寸感的文体和想象的方式。苏童的小说世界，显然没有受到原有故事框架的奴役，而是另辟蹊径，娴熟地运用现代小说技术，创造出一个独立和自给自足的幻想空间。而且，苏童还有意地放低了写作者的姿态，只有对生命、世道荒凉之意的渲染，而没有任何启蒙之意的张扬，他小心翼翼地考虑着讲述者与人物之间的角度和距离，让所有的故事都穿插在现实与虚幻之间，呈现出存在世界的迷离。"

同日，白天光的《栀子和小毒》（《栀子灯》创作谈——编者注）发表于《中篇小说选刊》第6期。白天光谈道："我喜欢在小说中写一些有毒的人，更喜欢写一些有小毒的人。他们真实地活在世上，直面自己的朋友和敌人，重视或忽视自己的血缘，在善恶的生存线上左右摇摆，顿生情趣，派生险恶。这种创作给我带来无限惬意。”

胡西淳的《打开自己的锁》（《佛手》创作谈——编者注）发表于同期《中篇小说选刊》。胡西淳谈道：“我还是认为：那直入心扉的小说，除了新奇不留痕迹编造的故事外，往往令人欣悦的，就是不经意时闪出独特的视角和新鲜的发现，即别致新颖的叙述。好小说往往是：故事简单，感受万千，语声质感，气息冷暖。”

11 日　何镇邦的《现实主义的品格与魅力》（评论家推荐语）发表于《中华文学选刊》第 11 期。何镇邦认为：“杨少衡与孙春平是两位很有社会责任感、关注现实生活的实力派作家。近年来，他们的作品在文坛内外引起相当强烈的反响。读了他们新近发表的两部中篇小说：《天堂女友》与《预报今年是暖冬》，再一次感受到他们作品的现实主义品格与魅力。两部中篇新作最鲜明的共同的特色是关注变革中的现实生活，关注民生疾苦，切入现实生活中人们普遍关注的社会问题的热点。这可以说是它们的现实主义品格最突出的表现。”

15 日　陈忠实的《再读〈活动变人形〉》发表于《南方文坛》第 6 期。陈忠实认为：“这是一部结构得最随意最自如的长篇小说。它的叙事流程呈开放型，既有现在时倪藻的欧洲足迹，又有倪吾诚等半个多世纪的生命折腾。我几乎看不出作家刻意结构的痕迹。这种随意自如的叙事，说它驾轻就熟、挥洒自如，似乎还不得写作操作意义上的要领。细细体察，主要在于作家把他笔下的人物以及人物生存的生活背景已嚼烂如泥烂熟于心，从生活体验进入一种生命体验的层面；已经不是通常写作的‘随物婉转’，而是达到‘于心徘徊’的自由状态了”。

邵燕君的《“宏大叙事”解体后如何进行“宏大的叙事”？——近年长篇创作的“史诗化”追求及其困境》发表于同期《南方文坛》。邵燕君从三个方面分析了近年长篇创作的“史诗化”追求及其困境。一、“价值虚无的消极性”，她指出：“现实主义作为一种创作方法或者说美学原则，其基本的质的规定性是‘写真实’，‘按照生活原有的样式和形态来表现生活’。不过，这里的‘真实’

不是物相的真实，而是反映‘生活本质的真实’，背后有一套‘正确的’价值观念。在对这套观念的‘正确性’产生质疑后，一些作家采取的方式是干脆取消价值观念，回到对物相的仔细描绘和全面呈现之中。……由价值的虚无导致的精神消极性并不只存在于贾平凹一人身上，在中国作家中，这几乎是一种普遍的精神现象。”二、“‘退守民间’的规避性”，她指出：“如果说‘退守民间’的规避性在《圣天门口》里表现为‘去革命化’，在《笨花》里表现为固守‘日常生活’，在严歌苓的《第九个寡妇》里则干脆表现为‘本能崇拜’。”三、“‘形式突围’的逃逸和‘精神借力’的乏力”，她指出：“由于‘写什么’和‘怎么写’的分离，观念一直附着在技巧之上，未能内化为支持作家从现代性的角度把握中国历史和现实的思想资源。在近来的‘史诗化’创作中，这个后遗症依然存在。”

同日，彭少健、张志忠的《略论当下中国文学的宏大叙事》发表于《文学评论》第6期。彭少健、张志忠认为：“当下中国文学有一种追求史诗气魄和宏大叙事的趋向。本文通过解读近年的一批小说，辨析它们在现代性进程中的特性，揭示包括政治决策、时代氛围和大众心理等要素对个人行为与情感的制约作用，阐述中国文学在现代民族共同体的想象性建构中的重要作用，以及这些作品表现出的中国现实和中国文学的某些民族特色和作家在历史和现实的书写中构建新的情感和理性精神的积极努力。……宏大叙事的强大生机所在，以文学方式书写作家心中的历史的激情，仍然是中国文学继续前行的强大动力，也是其在全球化时代的重要的民族特征。如前所述，这种宏大叙事所依赖的，是关于现当代中国社会生活的叙事中时间与历史的多重叠加，以及由此形成的内在张力。”

王彬彬的《毕飞宇小说修辞艺术片论》发表于同期《文学评论》。王彬彬认为：“这里的‘修辞’不是一个狭义的与‘语法’相对应的语言学概念，而指那种广义的文学性表达的手段、方法、技巧，也就是美国文学批评家布斯在小说理论名著《小说修辞学》中所说的‘修辞’。布斯在《小说修辞学》中，把体现在一部小说中的作者、叙述者、人物和读者之间的各种关系，视作是一种修辞性的关系，而这种关系则是作者通过种种修辞性的考量、选择、经营所构造的。本文就是在这一意义上，谈论毕飞宇小说的修辞艺术的。……通过修辞方式的大幅度调整，毕飞宇大幅度地调整了与现实的关系，从而也大幅度地调整了与读者的关系。当然，反过来说也许更易理解：首先是作为小说家的毕飞宇大幅度地调整了自身与现实的关系，然后是大幅度地调整了小说的修辞方式，而修辞方式的大幅度调整，便使得毕飞宇与读者的关系也被大幅度地调整了。《青衣》以后的小说，引人注目的变化之一，是具有了一种幽默的品格。……准确，也是毕飞宇小说一种值得重视的修辞表现。……在读毕飞宇小说时，我还在某些部分边上写上'分析性叙述'几个字。所谓'分析性叙述'，是指在对某种对象进行叙述时，带有分析的意味，或者说，是以一种分析性的语言在叙述。"

17日　张守仁的《苍凉的伤逝——读〈额尔古纳河右岸〉》发表于《光明日报》。张守仁谈道："《额尔古纳河右岸》抒情味很浓，有些篇章用的是散文化笔法。这使我联想起过去阅读契诃夫的《草原》、叶蔚林的《在没有航标的河流上》、史铁生的《我的遥远的清平湾》所得的感受。书中的人物，生活在天地、山水、动植物中间，他们和大自然水乳交融、亲密无间，真正达到了'天人合一'的境界。"

20日　阿成的《自述》发表于《小说评论》第6期。阿成认为："我相信我写的小说还是有人愿意看的。当然，其中也会有很马虎的。这不要紧，我们慢慢来。相信阿成会像从口袋里掏小银币一样，掏出一枚枚有趣儿的故事。你在你的工作岗位做好你的工作，我在自己的桌子上写好我的小说。我们分别驾驭着自己的马车，从日出赶到日落。"

李建军的《忏悔伦理与精神复活——论忏悔叙事的几种模式》发表于同期《小说评论》。李建军认为："法国模式的忏悔叙事和俄罗斯模式的忏悔叙事，也是迥然有别的：前者具有自我主义色彩和世俗的情调，后者则具有博爱精神和宗教气质。而从忏悔伦理角度看，法国的忏悔叙事显然不如俄罗斯忏悔叙事那样有情感深度，有内在力量。……俄罗斯文学的忏悔伦理的最为重要的特点，是它无所不在地表现出来的镇定的乐观主义态度。……在这个精神之光黯淡、情感之水冰结的时代，我们的文学叙事似乎早已丧失了那种进入精神内部的能力，似乎早已丧失了抵达信仰高度的能力。如何去除面对苦难和不幸时的麻木和冷漠，如何摆脱中国正统文化回避罪恶、文过饰非的坏习惯，如何避免法国忏悔叙事式的自哀自怜和玩世不恭，乃是当代叙事必须面对和解决的问题。而重温俄罗斯忏悔叙事的伟大经验，对我们升华自己时代文学的伦理境界来讲，无疑是一件必需而迫切的事情。”

於可训在《小说家档案·阿成专辑》栏目中的《主持人的话》发表于同期《小说评论》。於可训认为：“我想阐明的只是一种事实，即在当今中国作家的城市书写中，阿成笔下的哈尔滨，堪称灵肉皆俱、毛发毕现，仅此一点，即足见此一阿成的文学功力和艺术贡献。”

张赟的《胡天胡地尽风流——谈阿成的小说》发表于同期《小说评论》。张赟认为：“阿成小说里的小人物系列是其人物形象队伍里最为庞大的群体，就连在流亡者系列人物里，阿成描写最多的也是那些乞丐、流浪汉、平民和犯案者等小人物形象。……在阿成的大部分小说中都有对历史的缅怀和对现实的忧虑。阿成在风俗描写中融入了自己对现实的思考、立场态度，可见他并非眼里只见山水而无疾苦的文人。他有着清醒的头脑，有着严肃的现实批判态度。然而作为一个文人，他似乎又毫无办法，他的作品常常透着一种无奈……阿成小说的叙述者往往就是他本人，他常常毫无顾忌地表达自己的爱憎，并随时即兴发表议论，情之深、意之切是容易让人为之动容的。这颗跳跃在字里行间的赤诚的心，老练又不失天真，纯粹又不无固执，由它的引领你会不由自主地爱上那个城市、那块土地和那里的人们，并为那里的悲欢而歌哭。这也是阿成小说的魅力之一。”

张赟、阿成的《阿成访谈录》发表于同期《小说评论》。阿成认为：“笔记体小说是一种生存的滋味，用笔记体把它写出来，实际上就是用一种聊天的方式把它表达出来。我个人认为，其实，笔记体小说表达的是一种人生的无奈、尴尬、脆弱和一种淡淡的哀愁。当然，还会有许多成分在里面，但它的主要成分就是这些。”“我不属于哪一个流派，但是，我自己认为，我很可能是一个全新流派的一个代表人物，那就是‘后现实主义’。……后现实主义最重要的特点，就是它的每一根神经都无法脱离现实主义的精神与传承。”

25 日 陈美兰的《对历史意义的追问与承担——从〈圣天门口〉的创作引发的思考》发表于《当代作家评论》第 6 期。陈美兰认为：“对于大别山这片热土，刘醒龙为我们提供了非常独到而精彩的艺术描写。那些充满乡土气息的农家生活琐事、那些闪耀着民间生存智慧，既精致又粗鄙的山村习俗，在作家笔下得到了最酣畅、最传神的呈现，使这部‘历史寓言’，浸润在浓郁、丰厚的生活汁液中，给读者带来很强的艺术新鲜感和阅读快感。然而，有一个问题也不容我们不去面对，如果人们转换一个视角用现实主义的常规眼光来看待它，或者甚至用‘史诗’的界尺来鉴量它，那么，很可能就会发出许多质疑，质疑它所反映的历史的真实性和全面性，质疑它在对待革命暴力态度时的客观性。”

郭冰茹的《寻找一种叙述方式——论莫言长篇小说对传统叙述方式的创造性吸纳》发表于同期《当代作家评论》。郭冰茹认为：“莫言的历史叙述在呈现历史自身的多面性和复杂性的同时，也对既定的历史书写构成了颠覆。这种颠覆性的书写效果往往借助不同的叙述方式来完成。史传传统中的实录笔法和小人物视角的选择，使叙述自觉地疏离于主流意识形态的叙事立场和叙事眼光；骚赋传统里铺排的想象力使叙述中的历史片断、现实生活、人际关系都呈现出严肃的荒诞感；轶闻穿插所形成的‘节外生枝’常与相对应的情节构成叙事张力，产生出一种相互依附又相互抵触的阅读效果；时空拼贴所建构的长篇小说的整体结构则是从宏观的谋篇布局的角度实现对历史多层面多角度的展示。”

洪治纲的《“史诗”信念与民族文化的深层传达——论刘醒龙的长篇小说〈圣天门口〉》发表于同期《当代作家评论》。洪治纲认为：“这部作品的确超越了某些既定的历史经验，超越了某些共识性的价值判断，在承续民族叙事的优秀传统中，既渗透了作家对历史的拷问深度，又彰显了许多具有飞翔姿态的叙事细节。也就是说，它既有‘史’的深层考量，又有‘诗’的审美韵致。同时，它还非常清晰地凸现了作家立足于仁爱和善与人性救赎的文学信念。”

黄发有的《莫言的“变形记”》发表于同期《当代作家评论》。黄发有认为：“莫言的小说创作在不断地变化，无论是结构、语言、故事和情感，往往怪招迭出，不落俗套，突破惯性与惰性的重重围困，发掘新的艺术可能性。……如果说莫言作品的叙事情感曾经是熊熊燃烧的烈焰，那么，九十年代以后则是被幻灭的灰烬所包围的暗火。也就是说，其作品的叙事情感变得隐忍而内敛了。……他的九十年代的作品的语言风格开始转向平实，在平实中呈现一种成熟的审美意趣。从《怀抱鲜花的女人》《模式与原型》《幽默与趣味》到《沈园》《我们的七叔》《倒立》，作品的叙述者变得相对冷静和克制，即从外部观察世界。由于拒绝卷入的审美距离的维持，观察者从反讽情境中就能获得居高临下的超脱感和愉悦感。”

季红真的《神话结构的自由置换——试论莫言长篇小说的文体创新》发表于同期《当代作家评论》。季红真认为：“泛乡土社会是莫言叙事最基本的视角，这是决定他神话思维的要素。他的视野则在时空的自由转换中，频繁地切换在历史和现实之间。……莫言小说基本的神话结构是以儿童的心理与想象力为胚胎孕育成长起来的。这使他的神话思维不仅借助已有的各种神话及其变体，而且呈现出神话不断被接受和创生的心智模式。儿童不受约束的独特想象力，使他笔下的神话千姿百态，创造出各种叙事的外部文体。”

孙郁的《莫言：与鲁迅相逢的歌者》发表于同期《当代作家评论》。孙郁认为：“近五十年的文学缺乏的是个人精神，莫言那代人缺少的便是这些。我以为他的真正理解鲁迅还是在八十年代后期，一段特殊的体验使其对自己的周边环境有了鲁迅式的看法，或者说开始呼应了鲁迅式的主题。《欢乐》里散出《白光》的意象，《十三步》的笔法在有些地方像《故事新编》的墨迹。到了《酒国》这样的作品问世，其实已经把五四的中断的流脉衔接上了。《酒国》改变了当代小说的平庸的格局，它的分量足可以和以往的任何一部白话作品相媲美。较之于八十年代的集体主义的歌唱，《酒国》《檀香刑》等让我们看到了一个清醒的中国作家对已有的文明和周围世界的态度。”

王光东的《复苏民间想象的传统和力量——由莫言的〈生死疲劳〉说起》发表于同期《当代作家评论》。王光东认为：“莫言在一九八〇年代写作的《透明的红萝卜》等一批短篇小说就开始复苏了这一民间想象的传统，使人具有了神、鬼的某些能力，透露出超越现实生活空间的追求，某些先锋派作家在时空转换中的文学想象也潜在地承传着这一传统。由此也可以看到民间想象力在当代文学创作中的重要价值。新世纪以来，莫言的《生死疲劳》在小说的整体结构上可以说充分地发挥了这一想象力的作用，在他的艺术世界中，可以看到民间神话传说故事及其叙事文本的想象力参与到小说创作中后的艺术力量。”

张清华的《天马的缰绳——论新世纪以来的莫言》发表于同期《当代作家

评论》。张清华认为："莫言在最近几年的写作中，更强化了他早期就已现端倪的'戏剧性'的追求。""大体上，莫言的本土美学与本土艺术观念主要表现在这样几个方面：首先是与'完整历史长度'同在的悲剧历史观念。……再者，从莫言小说所表现的哲学观念的核来看，似乎也正经历着一个返回本土的过程。……其三是叙述方法上的本土化色彩。……《檀香刑》中采用的是传统民间叙事通常采用的'凤头''猪肚'和'豹尾'的叙述格局；《四十一炮》中使用的是地方性故事'炮'的形式；《生死疲劳》干脆就采用了章回体。和九十年代及之前相比，传统和民间叙事的因素成了莫言最钟情的东西，这无疑是一个成熟作家所表现出来的自信和自觉，它和五六十年代作家被迫使用'民族形式'的叙述方法是截然不同的，是其对艺术的民族特质的理解日趋深化的结果。在这一点上，莫言至少为我们证明了，民族形式是可以与现代艺术观念'兼容'的，它们虽然只是'形'，但也是'神'的不可缺少的外在依托。"

周立民的《叙述就是一切——谈莫言长篇小说中的叙述策略》发表于同期《当代作家评论》。周立民谈道："莫言或许从这种不负责任的叙述中尝到了甜头，在以后的小说创作中不断地以这种方式来换取叙述的无限自由。因为选择了一个不负责任的叙述者，作者可以不必绞尽脑汁去证明出之其口的话哪些是真实的可信的了，举凡庄严沉思胡说八道都让人宽容地姑妄听之姑妄信之。对此，最典型的莫过于《四十一炮》了。……莫言显然是深谙巴赫金论述之道的作家，他的长篇小说总给人以波涛汹涌酣畅淋漓泥沙俱下的壮阔感，这很大程度要归功于他对叙述空间孜孜不倦的开拓。他所惯用的笔法是'众生喧哗'，如《天堂蒜薹之歌》中至少有三种声音汇合……这种写法的变体则是《生死疲劳》所采用的叙述方式：各种声音没有集中在同一时空中，而是将叙述者自身分裂为几个叙述者让它叙述出在时间的河流中所获得的不同感受。……莫言的小说常常会让人感到充满奇思妙想、天马行空、自由奔放，与这种叙述空间的打开，小说结构的多层次有着直接的关系。"

30日 刘新征的《贾平凹小说的情绪基调与人物世界》发表于《文艺报》。刘新征认为："贾平凹上世纪90年代以来的小说弥漫着一种迷惘、焦虑的情绪。我们在阅读他的作品时，他笔下的人物在我们的脑海里流转，然而都带着哀伤的面容，在这些面容的背后依稀隐现着的是作者焦虑的面影。有论者认为贾氏近期的小说给人一种‘丑陋的真实才是世界最终的面目’的感觉，确实如此，并不是说里面没有美好的东西，而是太微小、脆弱，而且往往正在消逝。这一点，明显地体现在其小说人物的设置塑造上……贾氏小说宏大的人物世界涉及各个阶层，从为温饱而操心的贫苦农民到为名利为官位奔走的商人、官员，到忧郁不知所从何来的高级知识分子，人人都免不掉痛苦的缠绕，也正是人类‘餍即成厌，乐旦转苦，心火不息，欲壑难填’的存在困境的揭示，因而具备了叩问存在意义的哲学深度。”

本月

王鸿生、洪佳惠的《信仰与写作——北村与史铁生比较之二》发表于《山花》第 11 期。王鸿生、洪佳惠认为：“北村的救赎神话在确立正义之威权的同时重新确立了人的尊严，而史铁生的反讽神话则反复表明，我们已被某种‘无限之物和不可测度之物撩拨得心猿意马’。……他们的写作是情感性写作，也是思想性写作，是批判性写作也是建设性写作，这是一种在抵达极限的过程中努力寻求安宁与幸福的写作。他们的实践告诉我们，作为挑战性的语言姿态，同时，也作为当代乌托邦叙事的两种最为基本的话语方式，救赎神话与反讽神话完全有能力跃出现代虚无主义的围困，为 21 世纪的汉语文学及其叙事伦理境界展示一幅新的前景。”

十二月

2 日　胡平的《小说八条——我眼中的问题》发表于《小说选刊》第 12 期。胡平认为：“其实评判好小说可以有最简单，最基础的标准，这就是感动。凡感动了你的小说就是好小说，感动越深，就越是好小说（虽然存在情感欺骗的情况）。”

李建军的《乡土中国的疼痛与隐忧》发表于同期《小说选刊》。李建军认为：“如果简单划分，我们可以发现中国社会至少已经存在两个差别很大的文化板块，一个是正在都市缓慢形成的‘团体格局’文化，一个是在农村社会仍然普遍存在的‘差序格局’文化。……《远去的蝴蝶》为什么是一篇值得关注的作品，其原因就在于它真实而尖锐地写出了‘差序格局’文化对中国农村社会的严重影响。”

7 日　周雪花的《〈笨花〉的“中和”之美》发表于《文艺报》。周雪花谈道：“《笨花》这部作品有着说不尽的话题，但是我想作品展现给我们的当是蕴含在世俗生活中绵延不断的民族文化与民族精神，这种文化无意识也许就是铁凝所说的‘延绵不断的连续性’吧。因此，笨花不单单是产自本土的棉花，也不单单象征着一种实实在在的生命与生存状态，而是深刻地象征了源自本土的生生不息的博大宽广的文化精髓。”

8 日　张学昕、吴宁宁的《“青春写作”的缺失》发表于《光明日报》。张学昕、吴宁宁认为：“一句话，经验、故事的缺失，使童贞和性情流于空泛，作品也就难以产生对灵魂的震撼。”

11 日　初清华的《“真”离我们还有多远？》（《真相》评论家推荐语——编者注）发表于《中华文学选刊》第 12 期。初清华指出：“《真相》正是由于描绘了丰富的生活细节、人物细节，而颇具多义性，其戏剧化情节的营构也是在繁琐的生活流中水到渠成。”

张启智的《灰色人生宿命的诠释》（《网的纠葛》主编推荐语——编者注）发表于同期《中华文学选刊》。张启智指出：“作者作为专业的编剧来从事小说创作，给小说添加了更戏剧化的故事情节，更加注重叙事的场景、节奏、色彩，在一个中篇的篇幅里做得比较细致缜密，显得颇为难得。人物关系简单，但性格都比较鲜明，足可见其艺术的表现功力。”

本月

贺仲明的《形式的演进与缺失：论 90 年代以来小说创作的技术化潮流》发表于《上海文学》第 12 期。贺仲明认为：“与‘先锋文学’相比，技术化小说潮流表现出了很多新的发展和变化，最突出的，是本土化的趋势。……许多作家都特别注意从传统文化和传统文学中去吸取营养，自觉地对传统资源予以借用，民族自觉意识更为强烈。”

2007年

一月

1日　王伶的《我的蝴蝶飞来飞去》（《心如蝶舞》创作谈——编者注）发表于《中篇小说选刊》第1期。王伶谈道："小说无论怎么写，最终要能打动人。绝望中的奋斗最珍贵，绝境中的美最美丽。我想表现的就是这个。"

王芸的《疼痛是生命的常态》（《黑色的蚯蚓》创作谈——编者注）发表于同期《中篇小说选刊》。王芸谈道："疼痛，是生命的常态，也成为《黑色的蚯蚓》沉甸甸的主题。正是在承受疼痛的过程中，生命展现出不可思议的韧性，并在相互的纠结与精神摩擦中获得了各自审视生活的新视角。""我还试图写出生活和人性的复杂向度，尽量让笔尖戳破表象，触及到心灵的深处，生活的深邃处，捕捉幽微的、真实的却不乏温情的细部，展现一个普通生命内在的柔软与坚硬、紧张与松弛、平和与挣扎、痛楚与欢欣、无奈与想望、绝望与执拗，它们构成了生命的斑斓底色。"

同日，张鸿的《写作与重返传统——与鲍十对话》发表于《作品》第1期。张鸿认为："根据我自己的情况和这些年来养成的创作习惯，我自知写不了那种现实感很强的作品，也不喜欢人们所说的时尚写作。我最关注的是平凡人和平凡事，喜欢民间文化、民风和民俗，喜欢老百姓的吃喝拉撒，喜欢写小人物。我个人觉得，这才是真正有生命力的东西，如果你能真正准确地把这些表现出来，肯定是有价值的。""一看到哪种作品可以受人青睐，就一窝蜂地扑上来写。这并不是一个好现象，这会形成一个问题：'硬写'。熟悉的写，不熟悉的也写。不熟悉的怎么写呢？瞎写。我认为，文学还是要提倡个性的，还是要百花齐放的。"

2日　李敬泽的《词典撰写者》发表于《文艺报》。李敬泽说道："但在

《山南水北》中，乡村依然自有丰沛的意义。这本书很容易被理解为一部浪漫、感伤的挽歌，被归入那些对着乡村如对落日的脆弱咏叹中去，但这并非韩少功的意图。他是知行合一的，他力图提供另一种对中国的认识路径，他力图将被轻率删减的乡村的意义加入正在迅速更新的对中国的想像和认同中去。……所以，《马桥词典》的作者写《山南水北》时仍是在撰写词典。词典是对世界的整理和编纂，词典是散文，而小说的根本旨趣其实通于词典。在我们这个时代，一部关于中国的庞大的新词典正被撰写——所有中国人都是撰写者，而韩少功，他要补足被我们遗漏或忽略的一系列辞条。”

3 日　《人民文学》第 1 期刊登署名为编者的《留言》一文。编者谈道：“对人生中善好价值的信念和想象是当下小说稀缺的品质。我们习惯于认为，对小说来说，残酷的必是好的，一条道走到黑直到坠下深渊才是‘深刻’的，小说家由此失去对人性和人生的公正看法。古人说，夏虫不可语冰，如果有一种奇异的虫只活于冬天，它也不知夏之炎热丰盛。”“温暖需要小说家寻找和求证，小说的‘真实’、它的说服力不仅在于告诉我们什么是善好，更是在人心中，在人的生活和行动中展现这善好如何备受考验而依然如新：经历一切之后，人物还能对自己说，这世界这生命是善好的，而我们也满怀感动地相信。”

《从心灵走向现实——第五届中国青年作家批评家论坛纪要》发表于同期《人民文学》。其中，东西认为：“小说不应仅仅是展示事实，而是要在读者的心灵产生化学反应。如果仅仅是展示事实，那它比不过新闻，比不过电视镜头。小说能不能给心灵一个化学反应，那就要看作家对小说的理解了。写作不能停留在展示上，而是要升华，要对生活和现实有自己独到的理解，否则，谁会去读一堆常识。同时还要作家感同身受，以字为单位进行写作，而不是以段落为单位。每一个字词在写作的时候，都要经由自己的身体检测。”

4 日　杨晓敏的《2006：中国小小说盘点》发表于《文艺报》。杨晓敏认为：“小小说作为一种文体创新，它不是小品，不是故事，不是短篇小说的缩写，而是具备独立品质和尊严的一种文学样式，自有其相对规范的字数限定（1500 字左右）、审美态势（质量精度）和结构特征（小说要素）等艺术规律上的界定。小小说不仅具备人物、故事、情节等要素，还携带着作为小说文体应有的精神指向，即给人思考生活、认识世界的思想内涵和智慧含量。它质朴而单纯，简洁而明朗，加上理性思维和艺术趣味的有机融合，具有极其本色和看得见、摸得着的亲和力。之所以称小小说为‘平民艺术’，是指小小说是大多数人都能阅读（雅俗共赏）、大多数人都能参与创作（贴近生活）、大多数人读后都能从中受益（微言大义）的艺术形式。有人问我，作为编者，你推选优秀小小说作品的标准是什么。我回答：是思想内涵、艺术品位和智慧含量的综合体现。”

5日　姜广平的《与宁肯对话——“‘怎么写’永远是问题”》发表于《莽原》第1期。宁肯称：“我们身处的生活并不清晰，按照艾略特的观点是一幅‘徒劳无益且无政府状的巨大全景’，我们的生命也是晦暗不清的，正像我们常感叹的‘谁能说得清我们的生活呢’，但小说的意义正好就在于此。不过这并不是说小说家就能说得清生活或生命——凡是试图做此努力的一定是糟糕的小说。小说的意义在于通过还原也即描述我们并不清晰的生活，复活我们对生活的记忆、感知、情绪，从而在一些空间的瞬间让读者的心灵发出瞬间的光，而黑暗仍是绝对的。就像我们晚上仰望星空一样，我们不能说星星就是天空的本质，同样也不能说黑暗是本质。”“讲故事为主的小说自然会牵扯到众多人物，漫长的故事众多人物支撑了通常的长篇小说。但如果是讲述心灵为主的小说就不需要众多人物，在我看来任何一个人的内心世界都足以支撑起一部长篇小说。心灵也产生故事，故事也表现心灵，但两者在思维方式与世界观上有很大的不同。心灵产生的故事不必靠强大的故事线条支撑，靠记忆、感觉、印象、联想——也就是说靠大量细微的东西支撑，心灵有多丰富，小说就有多丰富。当然，它需要有一个类似命运的框架，找到这个框架是这类仍然还要讲故事的小说的关键。不过有人也可以连这个框架都不要，比如普鲁斯特，就是日常的感觉、印象。”

11日　孟繁华的《2006年中篇小说：在“守成”中维护人类基本价值尺度》发表于《文艺报》。孟繁华认为：“2006年的中篇小说，似乎给人以‘向后退却’的总体感觉。在时尚写作引领风潮的时代，中篇小说‘不进则退’、更加理性的‘守成’形象，是相对时尚文化而言的。2006年的中篇小说在彰显、强调文学性的同时，在许多方面都有了重要的突破。正是包括中篇小说在内的文学的守成性，才使得文学在惊慌失措的‘文化乱世’中，最大限度地坚持了文学的艺术性，为人类基本价值尺度的维护作了力所能及的承诺。”

15 日　吴义勤、房伟的《贴着地面飞翔——艾伟小说论》发表于《当代文坛》第 1 期。吴义勤、房伟认为：“艾伟的小说创作对于中国文坛来说，其意义正在于昭示一种新的可能性的出现。90 年代中后期的先锋浪潮之后，汉语小说写作似乎一直在面临着一些困惑，诸如我们如何处理现实和想象的关系，如何面对形式创新的热情和挥之不去的现实批判感之间的紧张等等。无疑，艾伟试图通过自己的创作解答这些问题。他奇特的艺术感觉试图努力弥补新时期以来‘怎么写’和‘写什么’之间的断裂和对立。也许，正如艾伟所说，他理想的小说正是人性内在深度和广泛隐喻性写作的结合。它深入到人类情感的最深处，体验着人性的一次次不经意的颤动，记录着人们内心无处诉说的恐惧和寂寞。它诚实、自省，拥有意想不到的智慧；它最终像一把刀子插入现实之中，剖开黑暗的绝望，释放的却是美好、温暖而无限飞越的声音。”

同日，本刊编辑部的《第五届中国青年作家批评家论坛纪要》发表于《南方文坛》第 1 期。其中施战军认为：“经典现实主义长篇小说总是把现实性融化进小说里，而不是标明在概念上。”李美皆指出：“写现实并不意味着现实主义。现实主义并不单纯是一种创作方法，还是一种精神立场，需要有一个庞大的精神场域作背景，只有这样现实主义才能成立。成就伟大的现实主义，作家要有足够的精神准备，这就是罗伟章所说的写作前的修炼。”谢有顺指出：“文学光写身体和欲望是远远不够的，文学应该是灵魂的叙事；文学不能只写私人经验，只写隐私，文学还应是人心的呢喃。”

郜元宝的《柔顺之美：革命文学的道德谱系——孙犁、铁凝合论》发表于同期《南方文坛》。郜元宝认为：“以孙犁‘抗日小说’代表的四十年代以后的现代革命文学的基调与主题，乃是以对新的人情美和人性美的痴迷追求，是以乐观的理想和明朗温情的风格，表彰柔顺之德，着意寻求自然人性的美好和顺服于革命需要的‘政治觉悟’的综合，由此在中国现代革命文学内部建构一种特殊的美学 / 历史原则，以抚慰和激励来自乡土并渴望建立新的民族国家的年轻革命者们。”“铁凝继续发扬四十年代革命文学的柔顺之德，却是为了安慰被巨变、混乱、敞开的新世界甩出去、未及建立新的自我认同因而不得不回归旧的道德谱系的新时代的孤立无援的单个的中国人的空虚灵魂。……在四十年代以后以至于铁凝，狂人精神逐渐沦为被解剖、被嘲弄、被抗议、被谴责的对象了。始终立于不败之地的，则是偏于女性的阴柔顺服的道德原则。这是中国现当代文学在道德谱系上发生的一次整体性转换。……中国现当代文学的‘民族寓言’乃是‘革命寓言’，而‘革命寓言’最终又通过各种形式的‘革命文学’落实为符合革命逻辑的特殊的道德谱系。……铁凝的创作就处于这一文学史运动当中。她所追求和赞颂的柔顺之德，不仅是上述‘革命寓言’的美学形式，也是这种‘革命寓言’的最高价值内容。革命需要柔顺之德。在绝对美好的柔顺之德之上永远竖立着绝对正确的革命的价值理念：这正是铁凝所提供（重现）的孙犁文学早就蕴涵了的美学／历史原则。”

格非、李建立的《文学史研究视野中的先锋小说》发表于同期《南方文坛》。格非认为：“先锋小说受到批评界批评的一个重要方面是先锋小说把社会政治里面一些很重要的问题给模糊化了，说是文字游戏、叙事学的游戏、迷宫，不太去关注一些社会学的核心的问题。我对朦胧诗的评价非常高，它里面有一个向西方现代主义、意象主义学习的过程……现在有很多人研究张爱玲小说中的物和中国古代比兴的关系，我觉得都是很有意思的题目。而苏童叶兆言小说就完全是虚构性和假设性的，就是想象中应该有什么东西。我觉得这就是中国小说到了先锋小说终于获得了一个自由度，这使得这批作家完全无视他们自己基本经验的贫乏。这是先锋小说出现的一个很重要的前提。……可到了先锋小说已经不管这些东西了，题材的界限被彻底打破了。完全进入了‘虚构’的状态，‘虚构’取得了某种程度的胜利，对想象力的解放是有价值的。暂且不管很多人说莫言小说中的狂欢、酒神精神什么的，更重要的是他对历史的判断发生了很大的变化。就是说，到了先锋小说——我个人也是这样——不再把历史教科书作为信史加以接受了，历史不断被历史情境歪曲、篡改，变成了一个神话性的东西，需要首先被我们反问、辨别。既然这样，我们为什么不能通过‘虚构’历史表达我们的想象性的看法？为什么一定要遵循‘正史’的脉络呢？……对历史的怀疑是先锋小说的一个内核。‘虚构’也不是容易做到的。”

马季的《谁来揭开我们内心的盖头——对当前小说创作的一些思考》发表

于同期《南方文坛》。马季认为："不是说中国小说必须从固定的文化范式出发，那是教条主义，而是说，中国小说应该在精神层面自然形成一个支撑它的体系，这个体系是东方式的，中国化的。""语言的拖沓和粗鄙，也是当下小说创作中一个备受争议的话题。在网络和影视传媒的影响下，文学语言本身的艺术性越来越淡化，不受关注，这对文学意义的消解是根本性的。……现代汉语的产生是历史的必然，却渐渐流失了一部分天然的价值，那恰恰是汉语言传统中的精华部分。可见，与传统文学接轨，确非一个'现实主义'就能解决的事情。"

王士强、张清华的《民间大地上的行走与歌哭——论赵德发和他的"农民三部曲"》发表于同期《南方文坛》。王士强、张清华指出："赵德发则敏感而自觉地意识到了这些问题，他用了接近民间原生态的历史视角，以冷静的笔触，一个历史探求者的良知与勇气，特别是他丰富、直观而深厚的乡村文化经验，以家族场景、私人场景与社会场景的丰富视角，写出了这段历史的偶然、多向、歧路与复杂的可能性。"

19 日　解玺璋的《〈知在〉：一次冒险的叙事》发表于《光明日报》。解玺璋谈道："这是一次相当冒险的叙事，也是一次冒犯规则和秩序的叙事。这样的一种叙事，像着了魔一样，穿行于时间与空间、历史与现实、民族与国家、人种与种族、自我与非我、理性和神性之间广阔的沼泽和沙砾中，显示出文学的野性和狂放，心智的自在和自由。这是张洁的个性使然，也是作家献身于文学的勇气使然。她驱使着如蚁如蜂的文字，随心所欲，纵横捭阖，升天入地，出生入死，形在江海之上，心存魏阙之下，看得我眼花缭乱，心绪不宁，有一种五色迷离之感。"

20 日　孔范今、施战军的《关于人文魅性与现当代小说的对话》发表于《小说评论》第 1 期。孔范今认为："文学是一种魅性的产物……80 年代末开始的'新写实'小说的出现标志着对形成定势的批判性现实主义传统的一种超越和一种走出，开始出现那种不追求理性明晰，但求生命感受的真实的倾向。其实这就是文学魅性所在。""真正动人的让人永远感动的现实主义作品常常并不是首先悬起一把批判的利剑，不是对现实生活进行理念裁剪，而是表现生命存在的悲剧性现实，能够深深地打动人心震撼灵魂。"

刘醒龙的《小说是什么》发表于同期《小说评论》。刘醒龙认为："在技术时代小说是一种奇迹，标准对于小说如果不是意味着死亡，起码也会将其拖入无聊与平庸的酱缸。小说的好坏是小说魅力的一种，与一切标准无关。""小说是写作者说了算，同时众多读者也得说了算，在小说里写作者是主人，读者也是主人，因为这样小说才如此经久不衰。""长篇小说神韵必须是优雅的。长篇小说风骨必须是高贵的。优雅是一种神圣，高贵是一种神圣，尊严也是一种神圣。""对小说的审美表面上存在着千差万别，能否尝试和鉴识这种让无知者手忙脚乱头皮发麻的优雅与高贵，是最为需要和不可或缺的核心。小说的兴起，一定是此二者天衣无缝地结合到书写者的笔下。小说的衰落。也一定是此二者在书写者心里率先沦陷和沦丧。"

谢有顺的《重申灵魂叙事》发表于同期《小说评论》。谢有顺认为："文学光写身体和欲望是远远不够的，文学应该是人心的呢喃；文学不能只写私人经验，只写隐私，文学还应是灵魂的叙事。人心的呢喃，灵魂的叙事，这是文学写作最为重要的精神维度。"真正伟大的写作"应该用更宽广和更仁慈的眼光打量生活，应该发现生活本身更多的丰富性"，而不是"把世界简单化、概念化"。"惟有健全的灵魂视野，才能反抗这种简化和概念化，从而使写作走向宽广。""文学说到底是一种精神事务，它要求写作者必须心存信念，目光高远。"

杨经建的《混沌与衰落——试论转型中的长篇小说》发表于同期《小说评论》。杨经建认为："当前长篇小说叙事真正深刻的危机恰恰在于：繁杂而散漫的创作语境已经不再能够使用经典的叙事方式。因此，如果要给转型中的长篇创作转型做一个描述性判断，可以说从'多元'走向了'混沌'，由'潮涌'趋于'衰落'。"本文提出四个论点：诗意被平庸化和匠气取代；艺术探索演变成形式翻新乃至技巧把弄；叙事能力的简化与审美思维的萎缩；深层次的原因是母语写作的危机。

周新民的《〈圣天门口〉：现实主义新探索》发表于同期《小说评论》。周新民谈道："当《圣天门口》把思想的重心集中在'人'的表现的时候，它的形式规范也就发生了巨大的变化，它放弃了传统现实主义的时间形式，而追求空间形式。《圣天门口》构造空间形式最主要的一个方面是：极力保持田园诗的自身空间形式，让它极力从革命历史叙述中独立出来。……《圣天门口》摈弃了传统现实主义文学对待田园诗的方式，它坚持对天门口的风情民俗作出了细致而独立的描绘，从而确立了自身的空间形式美学风范。《圣天门口》通过不同的方式，维护了田园诗的空间形式。……《圣天门口》叙述的中心是三条线索构成的三种文化伦理之间的对话和杂语。围绕三种文化伦理的对话和杂语，三条线索平行发展，共同构成了一个立体的话语空间，生成了空间结构。小说的叙述也就不可能是线性的时间形式，而是空间形式，从而使《圣天门口》突破了经典现实主义文学的时间形式了。”

周新民、刘醒龙的《和谐：当代文学的精神再造——刘醒龙访谈录》发表于同期《小说评论》。刘醒龙说道：“在小说当中，中短篇小说确实很依附于一个时代，如果它不和时代的某种东西引起一种共鸣，它很难兴旺下去。但长篇小说不一样，长篇小说是一个独立的生命体，它可以不负载当下的任何环境而独立存在，可以依靠自身的完整体系来充实自身。”

25日　林斤澜的《论短篇小说》发表于《当代作家评论》第1期。林斤澜认为：“世界上的小说，都从短篇开始。……现实主义是一种比较古老的、生命力也相当顽强的主义。在文学发展史上，没有其他任何一种流派、主义能够取代现实主义的地位。要讲中国文学传统的话，可以说基本上走的是一条现实主义的道路。”“小说道上的基本功，少说也有两事：语言和结构。……小说的文野之分，我想是分在语言。文体之分，分在结构。作家的面貌之分，我以为分在语言；体格之分，则分在结构上。”“小说究竟是语言的艺术，小说家在语言上下功夫，是必不可少的、终生不能偷懒的基本功。”“情节的线索是明显的线索，最容易拴住人。……多元总比一元生动。……升华与实力，都是写作手艺里的重要手段。……如果一篇小说真正没有一点想象与虚构，会如僵尸。”“真情实感是小说的内涵，是小说无穷的内涵，也可以强调起来说是本质的内涵。”“作为作者，这就逼着我们去思考，去选择，去发现自己，去发现自己的世界，去发现自己的世界的美。发现了美，发现了世界，又再来再发现自己。”

张学昕的《自由地抒写人类的精神童话——读苏童的长篇小说〈碧奴〉》发表于同期《当代作家评论》。张学昕指出：“苏童在这部小说的构思和写作中，延续并牢牢地抓住了他一以贯之的叙述和虚构策略：一是古典而浪漫，一是先锋而唯美。这种具有充分现代感的小说叙事美学原则，以及他对现代小说技术的娴熟的运用，不仅超越了写实主义对想象的羁绊，而且通过文学虚构的本质，赋予生活以简洁而有力的形式，由此探索和推断存在、人性、时代等有关生命的迷津。”

二月

6日　吴义勤的《张炜长篇小说〈刺猬歌〉：悲歌与绝唱》发表于《文艺报》。吴义勤认为：“人民文学出版社2007年新年伊始隆重推出的长篇小说《刺猬歌》则是一枚异常甜美的艺术果实，它让我们又一次重温了《九月寓言》式的艺术感动，那种感性与理性、自然与人性、历史与现实、经验与超验亲密无间的融合，那种浪漫主义、理想主义的诗情以及野性而混沌的艺术风格无疑是对于张炜式的艺术气质的崭新诠释，也是对于《九月寓言》的一次优雅的呼应与对接。它让我们在那个我们非常熟悉的忧患、愤世、批判的思想者张炜身上，又看到了一个隐含的张炜——一个感性十足的、感官与感觉被全面唤醒的、野性而活力四射的张炜。对比于张炜小说整体上理性而沉重的风格，《刺猬歌》的魅力首先来自于其强烈的传奇性。……另一方面，《刺猬歌》的魅力还来自于作家瑰丽而浪漫的想像，来自于作家对自然与人类命运的哲学沉思与寓言表达。这是一部具有大爱、大恨、大痛、大思品格的小说，是一曲自然的悲歌与爱情的绝唱。……此外，《刺猬歌》还是一部充满文体魅力和叙述与语言快感的小说。张炜的叙述与描写松弛而有张力，他以生花妙笔写活了万物众生……小说的语言保持了张炜一贯的风格，感性、丰富、饱满而具有激情，既有浓烈的抒情性温度，又有诗性的质地，对于小说悲剧美感和浪漫情调的塑造发挥了巨大的作用。”

10日　付艳霞的《想像在丛林中自由流浪》发表于《文艺报》。付艳霞认为：“阿来在尝试一种新的小说结构。表面上看，《空山》要用六个中篇作为花瓣，成就机村的现代变迁这个花蕊。实际上，如果抛开小说的外在格局，可以看到阿来在尝试一种‘道路小说’的模式——情节彼此不甚关联，而时间段和主题却又一致。这种模式有些类似于米兰·昆德拉在《笑忘录》中提到的‘变奏形式’的小说。小说的叙事从来不是延伸到结局的直线公路，而只是交叉的山间小径，没有可以让人一眼看穿的目的，小说的想像在布满灌木和草丛的森林中自由流浪，从而获得更为广阔的时间和空间，组成一种更为广阔的视野，这视野是中国传统哲学中的‘道生万物’：因其空而万物尽纳其中。……只是，阿来面临着比昆德拉更多的困难，除了‘历史变迁’比‘自我变迁’更欠缺冥想意味以外，还因为阿来更多地受制于特定历史阶段、特定表达限度、适当的情感距离和思考距离相抵牾等问题。对于阿来而言，抵达圆融的境界，还需要摈弃所有超出小说本身的主观概念，真正进入到‘沉思性追问’的情境之中。这也是值得在写作中继续流浪的阿来思考的问题。”

15 日　陈思和的《我对〈兄弟〉的解读》发表于《文艺争鸣》第 2 期。陈思和认为：“在一部文学作品的文本构成中，除了作家自觉地精心构筑，由作品的主题、情节、人物设计所构成的显性结构以外，还存在着另外一种通过作家无意识的表达，由神话原型、民间传说、经典叙述等所构成的叙事模子，潜隐在文本内部，它深深地隐藏于人物关系之间，制约了文本的艺术魅力。我把这样一种现象称为隐性文本结构，它与作品的显性文本结构构成相对完整的文本意义。回到《兄弟》的隐形文本结构，我们就可以注意到一种奇特的人物关系。……再回过来讨论《兄弟》民间叙事的粗鄙修辞，我们似乎可以理解，作为一部现代小说自然不可能完全再现民间叙事本原的积极含义，但是在作家所采用的流行语修辞中，确实包含了某些民间叙事的残余意义。”

张新颖、刘志荣的《“内在于”时代的实感经验及其“冒犯”性——谈〈兄弟〉触及的一些基本问题》发表于同期《文艺争鸣》。张新颖说道：“《兄弟》好就好在，它跟这个时代没有距离。没有距离的意思就是说，这个作品本身，还有这个作品的写作本身，以及这个作品的出版，出版以后引起的反应，这些东西，都是这个时代的一部分，它没有跟这个时代拉开距离。……余华的《兄弟》也有夸张、变形、对现实的组织，我说余华放弃了‘文学化’的过程，是说余华放弃了按照未经质疑的‘文学’观念来‘改造’现实的过程，并不是说余华的小说就没有文学的处理方式。”刘志荣说道：“余华的这部小说我看了之后很振奋，尤其是下部，他写的其实是现实，但有一种奇幻的效果——他把这个时代很荒唐的一面把握得非常好，但是这个东西又是通过比较实在的方式写出来的——当然也有漫画和拉扯，但不失分寸。……这个小说的叙述者有点看穿这个时代，也有点看穿自己——看穿了这么一点点后，在谐谑的叙述之外，有种悲凉，虽然叙述者没有太加强调。……余华这部小说还是保留了一些他最初的那些先锋小说的血脉的，就是把流俗的理解遮掩的现实的另一面给你看。这部小说描述的李光头的发家史和之后主导的刘镇的改变，不就是知识分子批判的‘成功人士’和‘新富人’的神话吗？只是余华用一种谐谑的、内在的方式写，不那么生硬，更自如，也更贴切。所以这部小说他是有一些冒犯性的，这是从先锋那里传承下来的东西。”

17日 张学昕的《苏童的短篇小说》发表于《文艺报》。张学昕认为：“我们以往关注苏童上世纪80年代中期以来在小说‘反主题’‘反历史’方面的先锋性特征，却很少重视他的短篇小说的文体自觉，其实很早的时候，苏童就开始在短篇中考虑叙述的形式和意图对叙事效果的影响和意义，可以这么说，苏童是20世纪80年代以来最早具有文体意识和形式感的作家之一。……苏童短篇小说整体上精致、和谐、富于古典气息，奇妙的意象和意蕴，语感的精妙、文字的内在气韵，起伏跌宕自然，还有灵气都贯穿其中。特别要强调的是他的语言，这使他在小说中保持有相对稳定的美学风格，在短篇小说有限的篇幅内拓展想像的空间。……苏童的短篇小说创作，是对当代文学的重要贡献。代表了我们当代短篇写作的一个高度。”

27日 易晖的《从神话到小说的坠落》发表于《文艺报》。易晖谈道：“当叶兆言要来‘重述’这个上古神话之时，作者（乃至我们这些现代读者）其实很难走进先民们的神话思维，很难勾画后羿与嫦娥的神话形象。……细腻却过于平实的叙述，以及对形象和环境的庸常化处理，使得作品更像一部写实小说，或者技巧颇为圆熟的‘历史’演义，但又因为无法摆脱‘重述神话’的写作命意以及那些神话元素的掣肘，全然进入个人创造的小说天地。后羿与嫦娥的故事，在从神话到小说的坠落中，遭遇脱胎换骨的瓦解。”

本月

孙甘露、陈村的《盲目而喜悦地走进外国文学》发表于《上海文学》第 2 期。孙甘露认为："我从来没有把西方文学，后来的包括东方文学或者说日本的或者是和我们地理位置相近的比方说苏联的苏俄文学，以及后来所谓的拉美文学，从来不把这些东西看作异质的。可能我从小就是读这种东西开始的。甚至早于我读所谓中国的传统的民间的这个。"

三月

1 日　谷禾的《水怎样变成柴油》（《欠债还钱》创作谈——编者注）发表于《中篇小说选刊》第 2 期。谷禾谈道："小说的真实应该涵指'故事'和'叙述'的两重意义。这也是小说区别于故事的所在。在不损害'故事'真实的基础上，我希望自己对'故事'的改变没有弱化我所追求的'叙述'的真实。"

何大草的《小说是对世界的揣测》（《天下洋马》创作谈——编者注）发表于同期《中篇小说选刊》。何大草谈道："我信服加西亚·马尔克斯所说的，'一切好小说都是对世界的一种揣测。'好小说一旦诞生，它所讲述的人与事，会比那些已经发生的事情，更真实、更激动人心。"

10 日　陈蔚文的《关于写作这件事》发表于《十月》第 2 期。陈蔚文谈道："好小说应当是怎样的？真诚，准确，深入。当然，小说不是社论，它还应当湿润留白，富于景深，散放莫名张力，像迷人的阴天。它和生活有着千丝万缕的关联，剪不断理还乱，别是一番滋味在心头。"

13 日　阎晶明的《格非长篇小说〈山河入梦〉：思想与现实的相遇》发表于《文艺报》。阎晶明认为："格非在写人物故事时，并没有特别强调这个历史时段的必然性和惟一性，他很快就把笔触移开历史本身，而专注于人物个体。……随着谭功达情感线索的不断浓烈，小说的意味开始从再现现实的框架中飘飞而起，超现实甚至魔幻现实的味道开始散发，格非说他至今没有放弃对现代主义表现手法的追求，《山河入梦》果然可以作为佐证。……当然，我绝不是说《山河入梦》已是一部拥有存在主义思想的小说，也绝无把二者进行类比的意思，而是说，很多时候，小说家都在处理一些不为读者所知的问题，不管他们处理的方法有多大不同，一旦被我们感知，就会为我们的阅读带来一种发现别人秘密的欢愉。”

15 日　孟繁华的《长篇小说观潮》发表于《当代文坛》第 2 期。孟繁华指出：“20 世纪 80 年代包括小说在内的文学作为社会生活表意形式的时代已经成为过去，或者说，是时尚文化取代了 80 年代文学的社会功能。这个时代，对意义、价值、问题等的探讨需要，要远远小于对感性、娱乐、休闲和利益的需要。因此，包括小说在内的文学的‘激流勇退’，就不再是被迫的‘审时度势’，而更是自行选择的结果。”

汪政、晓华的《小说在谁的手里成为刀子——谈盛可以的短篇小说》发表于同期《当代文坛》。汪政、晓华认为：“如果硬是要做出认定，我们以为盛可以大概不是那种性善论者，如同当年鲁迅表示过的那样，盛可以也是那种不惮人说她是将人往‘坏处’想的人。说白了，在盛可以的心理分析辞典中，人性深处的辞条大多是恐惧、嫉妒、软弱、伤害、残忍之类的。……还应该谈谈盛可以短篇小说的语言，这是刀子的刃部，直接决定了它的锋利与否。以我们的感觉，盛可以写作的历史并不长，但她的语言却有明显的改变，显然，她在不断磨砺，她的早期语言用她自己的话说‘有点撒蹄狂奔般的随心所欲’，但近来却有揽辔缓行的味道，后期的语言风格已如上引。”

同日，程光炜、王德领、李建立的《莫言与新时期文学》发表于《南方文坛》第 2 期。主持人程光炜、王德领、李建立谈道：“作为二十年来中国先锋文学的亲历者和最重要的小说家之一，莫言的创作经历了‘先锋文学’由踊跃探索到回到写作自觉的历史性过程。在今天，从‘知识考古学’的角度，重新考察作家怎样解读‘先锋性’‘民间’和‘底层’等一些在‘先锋文学’历史建构过程中非常重要的批评概念，如何看待外国文学经典文本对作家生活经验所存在的遮蔽或激活的因素，以及如何认识‘批评’与‘创作’的多层关系等，显然更有利于反思、讨论而不是简单认同文学史已经得出的那些结论。尤其值得一提的是，作家漫长创作生涯中的‘偶然事件’和‘个人记忆’虽然不能不加怀疑地全部纳入研究中来，却可以弥补文学史有时候过于概念化、知识化的遗憾，使在理性分析的基础上，能强化自身的某种‘在场感’，避免与作家具体创作出现明显的剥离。”

段崇轩的《走出迷惘——2006 年短篇小说述评》发表于同期《南方文坛》。段崇轩指出：“短篇小说是一种最‘敏感’的文体，社会、文化和文学的波动，总是直接作用于它敏锐的神经。……它努力开拓着短篇小说的艺术境界，在表现形式和手法上向中国传统小说回归，使短篇小说获得了新的生机。它正在突围，前景看好。”“在现实主义文学的潮流中，我们倒是看到了短篇小说的另一种探索倾向，即向中国古典小说叙事传统的靠拢。借鉴西方的现代主义，或是取法中国的古典主义，都是文学发展的动力。……中国古典小说的叙事方法，与中国现代小说具有许多‘同质性’，难以对小说的发展起到革命性的推动作用。短篇小说的真正创新，有待借助西方现代、后现代小说的‘异质性’因子。”

洪治纲的《民族精魂的现代思考——重读〈白鹿原〉》发表于同期《南方文坛》。洪治纲认为：“《白鹿原》已经具备了某种经典的意味：初读时似乎颇为熟悉，再读时却又每有发现；它提供了某种广博丰沛的中国经验，却又迫使人们对这种经验进行再度审视与思考。我说的这种经验，便是《白鹿原》对中国传统文化之精魂的重新梳理和认定。……《白鹿原》里的人性救赎意味和济世意味，要远远大于历史反思意味。”

孟繁华的《边缘经验与“超稳定文化结构”——当下长篇小说创作的两种趋向》发表于同期《南方文坛》。孟繁华认为：“‘整体性’和‘史诗性’的创作来自两个依据和传统：一是西方自黑格尔以来建构的历史哲学，它为‘史诗’的创作提供了哲学依据；一是中国文学的‘史传传统’，它为‘史诗’的写作提供了基本范型。于是，史诗便在相当长的一个历史时段甚至成为评价文艺的一个尺度，也是评价革命文学的尺度和最高追求。”“陈忠实的《白鹿原》对乡村生活‘超稳定结构’的呈现以及对社会变革关系的处理，使他因远离了整体性而使这部作品具有了某种‘疏异性’。……整体性的瓦解或碎裂，是当前表现乡村中国长篇小说最重要的特征之一。”“《笨花》是回望历史的一部小说，但它是在国族历史背景下讲述的民间故事，是一部‘大叙事’和‘小叙事’相互交织融会的小说。它既没有正统小说的慷慨悲壮，也没有民间稗史的恣意横流。……《笨花》在这个意义上也可以看作是一部对‘整体性’的逆向写作。……《笨花》是一部既表达了家国之恋也表达了乡村自由的小说。家国之恋是通过向喜和他的儿女并不张扬、但却极其悲壮的方式展现的；乡村自由是通过笨花村那种‘超稳定’的乡风乡俗表现的。因此，这是一部国族历史背景下的民间传奇，是一部在宏大叙事的框架内镶嵌的民间故事。可以肯定的是，铁凝这一探索的有效性，为中国乡村的历史叙事带来了新的经验。”

莫言、杨庆祥的《先锋·民间·底层》发表于同期《南方文坛》。莫言认为：“好的小说家的语言都有一种说服力，即使他说的是超出现实以外的事情，但由于他的语言营造出一种独特的氛围，读者就不去追究他的故事是真是假。……语感找到了，故事似乎会自己向前推进。”“尽管模仿、借鉴是大多数作家的必经之路，但一个作家不应该停留在模仿的阶段。他必须千方百计地发现自己的个性，这个性不仅是指语言的风格，故事的类型，构思的方法，也包括小说中经常出现的人物类型。”“对一个作家的真正限制并不是来自外部，而是来自作家的内心。”“我对‘民间’实际上有一个非常宽泛的理解……每个人只要不是生活在达官贵人之家，就是在‘民间’生活，每个人都有自己的故乡，每个人也都有自己的‘民间’。我想对故乡和‘民间’的理解应该有所扩展。……在我看来，‘民间’的意义应该是在和‘庙堂’的对抗中获得，是作为‘庙堂’的对立面而存在的。……‘民间’实际上和当下的所谓‘关注底层’‘描写底层’的口号是互相关联的。前三五年的‘民间’实际上就是现在的‘底层’。现在的‘底层’和前些年的‘民间’单独存在都是没有意义的，它们只有跟体制、庙堂、官方产生一种对抗才有它的价值。这里的‘对抗’，当然是文学意义上的。”

张学昕的《孤独“红粉”的剩余想象——苏童小说人物论之二》发表于同期《南方文坛》。张学昕认为：“苏童在对两性关系的书写中基本保持相对中性的立场和姿态，而且，我们发现，在叙事中心的把握方面，他关心、重视、抓住的是人物的种种欲望而非性格，因为欲望才是能够深入人的复杂层面的关键因素，欲望比性格更能代表一个人的存在价值和意义，性格只是人物的表层特征，只有欲望与人物的精神形态更为接近。……苏童小说的‘作者感’‘叙述感’就是在对一个个女性的推想中获得具体体现的。我们也许会考虑和猜想苏童为何总是喜欢徜徉在二十世纪二三十年代或古代生活中，他对历史、对已逝岁月的凭吊所造成新的审美间离，或许更加使文学的本性在一种新的时间逻辑中获得新的显现。这样，苏童小说女性人物的结构方式就更带有某种先验的味道。”

20 日　白烨的《精神的凸显与艺术的拓展——2006 年长篇小说概观》发表于《小说评论》第 2 期。白烨认为：“在 2006 年的长篇小说创作中，一些文学名家所表现出来的艺术形式的探索，因为既有较大的求新力度，又显得较为圆熟和成熟，因而为文坛内外的人们所广泛关注。”“长篇小说上的这种艺术出新，在一些名家那里，有的主要表现为叙事人的拟物性，使得叙事超越通常的人的视野，而具有一种另类意蕴；有的主要表现为叙事人的分解，使叙事呈现出多头性与立体性；有的则主要表现为以器物为对象或意象，在物与人的对应关系中表现凝聚在风物中的风土与风情。”

陈忠实的《难得一种真实》发表于同期《小说评论》。陈忠实认为：“我读《绳套难解也得解》，首先感到一种毫不置疑的真实。既是艺术的真实，更是生活的真实。我之所以强调后者珍视后者，是有感于某些作品在艺术的名义下对生活所采取的随心所欲的姿态，把对生活的虚拟和虚假，振振有词地淹没或张扬在所谓艺术的天花乱坠里。我对《绳》的真实性的敏感，完全是文本阅读过程中不断引发的感动和感慨，这样兼备着艺术真实和生活真实的朴实文字，似乎好久都寻觅不到了。”

贺绍俊的《肩负现实性和精神性的蹒跚前行——2006 年的中短篇小说述评》发表于同期《小说评论》。贺绍俊认为：“从 2006 年的中短篇小说中，可以读出作家们越来越强烈的现实感和人文情怀。现实性和精神性是当代小说的两极。十多年前，随着市场化的全面铺开，小说越来越形而下，虽然与现实生活的距离很近，却精神的含量越来越稀薄。近些年来，当我们从市场的狂欢中逐渐冷静下来以后，对市场化和欲望化的负面影响看得越来越清楚，也对小说的功能有了更为全面的体认。2006 年的中短篇小说让我们看到了作家们的努力，他们肩负着现实性和精神性蹒跚前行。在这种努力中，既展示着希望，也暴露出危机。”

孙惠芬的《自述》发表于同期《小说评论》。孙惠芬认为：“小说写他人，进行虚构，也还是离不开自己的内心生活、内心冲突，理想与现实的冲突。”“不管是原来不自觉的写作还是后来自觉的写作，这两种方式都是在写人的困惑，写理想与现实的矛盾。”“小说的细节其实是写作时分泌出来的。因为当你虚构了故事，开始写作了，你进入了你的故事和人物，那个人物就会带着你走，带着你走的时候，逐渐地很多细节就会在你内心展开，这展开的过程，就是一次分泌的过程，是从心灵到肉体生长的过程。”

田萱的《新闻的扩张和小说的衰微》发表于同期《小说评论》。田萱谈道：“小说的衰微只能说明一个可能性：人的想象力正趋于贫乏，精神追求正变得萎顿。”“小说可以吸取新闻叙事优势，在多种框架重叠下革新修辞手法与表达技巧。总之，小说要立足现实面向人类的未来，而不能陷入对过去辉煌的无限缅怀和回忆中。”

谢有顺的《小说写作的专业精神》发表于同期《小说评论》。谢有顺认为：“作家的责任应该体现在如何对经验进行辨析、如何使经验获得‘个人的深度’上。”“只有对一种具体的生活进行调查和研究，小说家才有可能重获一种表达生活的权利，才能通过出示一种真实，确立起叙事的说服力。”“一个好作家，要写出真实的实感世界，同时又不能止于写现实，还要写出现实背后的人心世界，写出现实背后还有值得珍重的精神梦想和灵魂指向。真正的好文学，用我的话说就是：从俗世中来，到灵魂里去。文学既要有精细的俗世经验，又要有深广的灵魂空间，既要有专业精神，又要有不凡的胸襟和情怀。”

25 日　徐强的《心之声——听知觉与王蒙作品里的音响世界》发表于《当代作家评论》第 2 期。徐强谈道：“和其他作家相比，王蒙以其听知觉方面的突出敏锐，频繁、大量地调动声音的表现功能，显出自己艺术感知的特色。他不仅‘看着写’，而且‘听着写’。可以说，王蒙是一个听知觉型的小说家。……王蒙的听知觉朝向生活中一切有声对象敞开。从来源性质看，回荡在作品里的声响主要有：乐音、天籁、人语（人的言语或其他声音）、市声（社会生活的声响，如劳动、钟声、车声、街声等）、杂响（上述几类的混杂之音），而以乐音和天籁尤有特色。……心绪的陪衬和潜意识的外化是王蒙声音描绘的第一功能。相同的对象，在不同心绪的观照下可以呈现出迥异的韵味。……在声音描写手段上，王蒙既继承了古典摹音名作中的赋、比、兴等传统技巧，又吸收印象主义、意识流等现代艺术中的手法；既不乏拟声、通感、博喻等常规方式，又屡见非常规方式的运用。多手法融会，共同造就了王蒙听觉想象的旁通、杂陈、辐射的鲜明特征。”

本月

余华、张清华的《“混乱”与我们时代的美学》发表于《上海文学》第 3 期。余华谈道：“在《兄弟》中我就是存心要表达某种程度的混乱。实际上，‘反面’和‘混乱’一直延续在我从 80 年代到今天的写作。”“我觉得是我们这个时代给我提供了这种具象的混乱，我应该抓住它。”“我们的文学叙述中存在形形色色的真实，可以这么说，文学流派之间的不同，以及作家之间的不同，归根到底就是对真实理解和把握的不同，在这里没有谁对谁错的问题，只有谁写下了什么。”

四月

15 日　施战军的《人文魅性与现代革命交缠的史诗——评刘醒龙小说〈圣天门口〉》发表于《文艺争鸣》第 4 期。施战军认为：“《圣天门口》的时间跨度和空间容量，尤其是从正面进入现代革命历史的勇气，着实令人惊奇和感佩。小说只从一个山口切入，却不仅有惊心动魄血雨腥风，而且又有风花雪月柔情似水，更使得曾被遮蔽的极为繁复的历史褶皱和极为丰盛的人文奥秘充分地释展开来，并渐次深入世事人心的腹地。……这部长篇小说的主旨，无疑是以革命之变来考察革命所赖以发生的民族心理需求中的复杂蕴涵，落实到每个人身上，心理反应和行为方式就千差万别。说到底，革命给每一个人带来的是求变与应变的意识和言谈举止。……作为长篇巨制，尤其是和现代转型的中国历史密切相关的宏大叙事，最大的难度，莫过于对于激变的原动力的勘探和对现代以来的正史的人文态度——这可能带来更切合真相和人的本心的历史发展观的新建构的生成。把捉人心本来的追望，再在还原中重构宏大历史叙事，这是今天对长篇小说尤其是对以现实主义为基本创作方法的文学创作的极高要求。在这一点上，《圣天门口》是值得称道的一部。我们看到为数不少的这类题材的长篇小说，表面上或者创作谈中具有这样的意识，但是实际的写作却与这样的要求偏离得很远。由此我们看到了更具体的难度：切入点的选择、故事的节奏、人物类型和角色的定位、中国意识的融入、情绪的掌控、细节的打磨和意味的生发等等，越来越成为对作家艺术水准的考验。”

17日 付艳霞的《好小说与经典小说的距离》发表于《作品与争鸣》第4期。付艳霞指出：“对于当下的文学写作而言，能够出现一部好小说已实属不易，而经典化，显然是更苛刻、更难的要求。在好小说和经典小说之间，横亘的是小说的复杂性精神。这种复杂显然靠单纯的问题呈现无法实现，而必须让读者感受到作者的判断介入。对于力图驾驭烦难社会问题的写作者而言，除了恰切的叙述选择之外，更需要一种勇气，敢于冒犯错误的风险去表达判断的勇气。这种勇气往往是撼人心魄的力量源泉。”

20日 王初薇的《性别迷失：另类的情欲悲剧——评严歌苓的中篇小说〈白蛇〉》发表于《华文文学》第2期。王初薇谈到，严歌苓的中篇小说《白蛇》“在表现形式上，中国民间传说《白蛇传》不仅是情节发展的经典承继与悲情底色，也成为了其中对传统性爱颠覆的范本。而由三种版本构成的多声部文本则进一步回应了个体与他人相互对立、不可调和的宿命式悲剧和人类普遍的、无力抵抗的生存困境。……《白蛇》的美是独特的。它既没有千人一面、缠绵悱恻的两性爱悦，又不属于争抢眼球、新颖猎奇的同性恋题材；既非声泪俱下控诉往事之不堪回首的‘伤痕文学’，也不跻身于标新立异光怪陆离的先锋实验小说。表现形式传统而创新，情节的安排出乎意料之外又回归情理之中”。

24日 孟繁华的《关仁山长篇小说〈白纸门〉：无能为力的传统和无所顾忌的现代》发表于《文艺报》。孟繁华指出：“值得商榷的可能是他所说的‘民间立场’。事实上，我觉得《白纸门》恰恰是典型的精英立场，他对传统文化的反省或检讨的自觉，站在纯粹的民间立场上是不能完成的。如果站在民间的立场上，可能仅仅会‘风俗’性地对民间文化表示留恋或怀念，而难以表达这一文化形态的魅力和功能。而恰恰是这一文化形态本身，甚至为他的小说结构带来了新的面貌，这怎么会是‘民间立场’呢？就小说而言，我惟一不满足的，是小说在现实与传统之间还没有建构起无碍的内部关系，还没有达到不露痕迹的统一或融合，它们之间总像隔着还没跨越的沟堑。”

五月

1 日　罗伟章的《〈红瓦房〉背后》(《红瓦房》创作谈——编者注)发表于《中篇小说选刊》第 3 期。罗伟章提到，“其一：一篇小说的开头等于是开启了一道门，作者从这道门走进去，展示他的人物和故事。然而，那道门绝不是孤立的，门内必须还有门，还有窗户、天井等等。那些小门、窗户和天井的意义，暂时还不清楚，但它一定是存在的，而且一定要让人看到，或者感觉到（作者自己感觉到是首要的，之后是读者感觉到）。否则，门外是空地，打开门一看，那边还是空地，小说就没法往下进行了，即便写，也是硬写，不会有多大价值，因为它不能构成浑然一体的风格。然而，写一个好的开头太难了。我说的好开头，不是标新立异，而是能够让自己进入的门。头没开好，就打不开那扇门。即使写了很长的文字，甚至还觉得写得相当顺手，表达了许多内容，其实只是在门外绕圈子，根本就没进入这部特定小说的门……伍尔夫说，所谓结构，就是环环相扣的感觉，其次才是逻辑，这话说得非常好。要寻找到那种环环相扣的感觉，首先就得打开那扇门。其二：……文学所获取的时间和空间上的自由是巨大的，但无论潜得多深，飞得多高，退得多远，它都应该指向心灵，指向未来。而且毫无疑问的是，文学的人道主义原则注定它必须关怀那些弱小而痛苦的心灵。他们的未来就是世界的未来。其三：……写小说同理，你不能看到人家在用那样一种写法，你就不考虑自己的气质、个性、禀赋，也跟着用那样一种写法，那就完蛋了，小说不单纯是一种写法，它是体验生命的过程。其四：我们一面歌唱着伟大的道德，一面却也在祈祷那些圣贤之言只让别人去遵守。每个人心中都有一块阴湿的土地，在这块土地上探头探脑生长出的，是我们自己暗中渴望却并不认识的植物。因为渴望它，所以纵容它；因为不认识它，所以对它有所抵触。正是在纵容和抵触的较量中，检验着道德的力量。事实上是检验我们自己的力量。道德从来都是清醒的，道德走在大路上，比男人女人的步子都快，我们唯一要做的，就是追随它，让它感动于我们的至诚，然后对我们回眸一笑”。

同日，何平的《张炜创作局限论》发表于《钟山》第3期。何平谈道：“张炜是一个耕读自乐的道德家。……但作为‘道德家’的张炜并没有向我们呈现身心磨难、超凡入圣的修行之路。因此，他所说的‘我们一开始也许就要追究自身的道德问题’，也没有发展为深刻的灵魂的拷问，而是被简单地置换成追究自己纯洁的道德起点，追究一个纯洁的家族来源，追究一个纯洁的血统迁延。于是，纯正血脉源头的追溯使‘追究自身的道德问题’变成了‘圣’化自己证明自己道德没问题的把戏。”“从‘家族’‘血缘’扩展到‘人民’，张炜寻找到更为强大的道德支援，通‘血脉’的同时，张炜接上了‘人民’的‘地气’。在张炜的小说中，现代启蒙理性视野里需要疗救的‘人民’同样被置换成苦难的‘疗伤剂’。”

10日　陈晓明的《小说的真相与谋杀小说——论〈褐色鸟群〉关于时间和记忆的叙述》发表于《大家》第3期。陈晓明认为：“虚构的被称之为文学，真实的就是纪实新闻或实录文体。它们之间的本质区别还有一个讲述方法的区别：那就是，文学是困难地说出事实真相；而纪实的就是直接说出事实真相。”“其实在某种意义上说，小说起源于传闻。”“讲述和流传结果变成是假象在传播，所有那些说出来的都令人难以置信，我们只是满足于倾听，只是感到惊异了，我们遗忘了原来留下的真相。在这一意义上，现实主义小说把讲述本身当作全部事实，并且尽量使它与客观现实或我们经验的可理解性达成一致，它不要背后的真相，它的真相就在事实性里。现代主义的作品则把真相形而上学化，那是一种唯以言喻的哲学或意义。后现代主义则把真相消解掉，真相似乎在那里，但它又不能被确定，真相总是处于逃离之中。我们陷入了外在话语之流的迷宫，我们陷入了话语的圈套。”

15日　黎藜的《理想的爱情与爱情的理想——才子佳人小说与网络爱情小说爱情理想之比较》发表于《当代文坛》第3期。黎藜谈道：“网络小说并不是空穴来风、从天而降，它是从中国传统文学中来，继承文学之传统并注入了新的时尚元素。……社会历史责任的不同，让才子佳人小说与网络小说对理想爱情的共同追求产生了差异：前者在追求个人爱情理想的同时赋予爱情以个性解放的意义，作者也欲借此惩淫戒欲，以为道德宣教；后者则完全是为自己写心，抒发个人对爱情、婚姻的理想、观念与追求。”

吴义勤的《挽歌：唱给那些已逝和正在逝去的事物——评阿来的长篇新作〈空山〉》发表于同期《当代文坛》。吴义勤认为：“阿来的挽歌首先是唱给机村、土地和大自然的。在《空山》中机村既是实指，是小说的中心形象，又是虚拟和象征化的，它是阿来心中‘中国乡村’的一个象征或符号，在这个形象身上阿来倾注了他全部的情感与思考。它不仅是一个自然的、平面的、静止的村落，而且更是一个民族的、文化的、宗教的、政治的、精神的、立体的‘村落’。……《空山》在叙事和结构上进行了多层面的探索。从‘村落史’的主题来说，《空山》无疑是时间性的，机村的消逝与异化的过程实际上也正是历史现代性的过程，是现代性的必然代价。这个代价既是政治的，又是文化的，既是民族的，又是语言的，既是物质的，又是宗教的、心灵的、精神的。……《空山》在结构上彻底改变了线性的结构，改变了以一二个中心人物贯穿始终的宏大的‘史诗’叙述模式，而是采用多声部的、空间拼贴结构，让历史细节、碎片感性地呈现在小说中，让各种各样的‘小人物’轮番登场。”

同日，邵燕君的《“以自己的生命之灯照亮形式的大门”——〈万里无云〉的形式实践》发表于《南方文坛》第 3 期。邵燕君指出：“‘行走的群山’系列（《无风之树》和《万里无云》——编者注）直接以‘文革’为叙述中心，对于当代中国人最无法逃避的处境进行了深刻的勘察和表达。更引人注目的是，这两部作品明显借鉴了美国现代派作家福克纳的‘第一人称变换视角’和意识流的叙述方式，并运用方言的形式进行‘口语倾诉’，使作品具有鲜明的‘先锋色彩’。”

吴义勤的《“戴着镣铐跳舞”——评苏童的长篇新作〈碧奴〉》发表于同期《南方文坛》。吴义勤认为：“《碧奴》的难度就在于如何把这种非现实的、理想化的、假定性的性格，改写成一种真实的、现实性的性格。为此，苏童巧妙地施展了他在人物刻画方面的绝活，他不从碧奴的整体形象入手，而是把她分解成一个个细节、一个个动作、一个个意象，力求全方位地展示碧奴之成为碧奴的‘过程’。小说始终把艺术的聚焦点瞄准主人公的两个核心动作‘哭’与‘走’，以及围绕这两个动作而来的各种人生情境。这种单纯而简单的面对世界的方式既是原始自然思维的体现，又是‘举世皆浊我独清’的‘纯洁’人格的象征，既为碧奴创造了一个独立于孟姜女符号体系之外的真实‘世界’，又为碧奴真实而有生机的性格的‘复活’搭建了舞台。……在我看来，《碧奴》中‘历史’的形象和‘世道人心’的形象其实就是‘长城’的形象，这个被悬置到最后才出场的意象，具有高度的隐喻性与象征性，它既是坚固的实体之墙，又是人心之墙、世道之墙，它分解在碧奴生活的时代空气里，时刻伴随着碧奴的左右，是碧奴爱情悲剧的真正刽子手。而碧奴最终哭倒的就是这样一堵似乎无法崩溃的‘长城’，这是《碧奴》对于‘神话性’的复归，苏童也借此完成了神话意义的增殖与升华。”

兴安的《恐怖小说在中国》发表于同期《南方文坛》。兴安谈道：“我认为恐怖文学作为一种娱乐形式，它不仅给人以娱乐、兴奋和刺激，关键是还能培养年轻读者的冒险精神和坚强的心理素质。它常给读者设置一个假想的可怕的困境，来考验读者的承受能力和胆略，使他们在真正遇到类似的处境时能够应对自如，提高自己的生存能力和竞争力。……恐怖小说还是有很大的市场与发展的空间，而我们的作家也需要有清醒的自省意识和探索精神。如果我们的作家们一如既往，以平庸、虚假、拙劣的面目来敷衍读者，那么恐怖小说的严冬很快将会来临。”

许爱珠的《走向现代的民族化写作——论贾平凹的小说创作与现代文学的关系》发表于同期《南方文坛》。许爱珠指出：“他（贾平凹——编者注）的创作动力是对中国民族如何走向现代化的文化思考，是对中国文学如何成为真正意义上的、具有民族特色的现代性艺术表达的文学思考。”“贾平凹小说创作最大的一个特点，是在继承中国性灵文学中的崇尚山水、寄托性情的创作传统方面甚得神髓，他能在湖光山色的灵动之美中，完成关于现代人的生命故事，这也是符合中国人的民族欣赏习惯的，毕竟文化的集体无意识在起作用。”

阎连科、黄平、白亮的《“土地”、“人民”与当代文学资源》发表于同期《南方文坛》。阎连科指出：“你们谈到我现在小说中的荒诞、隐喻、寓言、象征等有些现代意味的特点，我认为这些和我们通常意义上说的现实没有什么对应和关联，它不是我们大家‘共认的现实’，但它也是一种‘真实’。老实说，我一直觉得，生活中有一种‘不存在的存在’，这种不存在的存在，也许只有个别人能够看到，能够感知。这样一种‘存在’，尽管神秘，但它是一种‘新的真实’，尽管它在生活中会被认为是怪诞、离奇等不可思议的东西，可是它确实是实实在在的存在着。这种对生活不一样的看法，一直体现在我的小说中。在我早期写作的时候，这些因素已经或多或少的时隐时现。”“对于我来说，我力求自己的创作和土地保持血肉相连的关系，这种关系越密切，小说的生命力就越强。我叙述的每一个故事都离不开这块土地，我只有把故事放置在这样一个背景中，我才能得心应手地写下去。我在写作之初考虑的东西，也许很宏大，比如‘人民’、国家、民族等，但反映在我的作品中却是非常小的，还是离不开自己生长的那块土地。离开这块土地，我连一个情节和细节都虚构不出来。……但如何让土地超越文本的意义，就是在热爱这块土地的同时，还要像鲁迅一样真正关注我们的民族，关注这块土地之上、之外的‘人民’，而且还要看你关注的深切程度，这是一件作家最难突破和表现的事情。”

同日，陈淑梅的《叙述主体的张扬——90 年代女性小说叙事话语特征》发表于《文学评论》第 3 期。陈淑梅认为：“90 年代的女性小说以介入故事的叙述人声音和富有个人风格的叙事话语表现出叙述主体的张扬。这一方面表现了叙述人主体意识的成长，促进了新的美学风格以及独特诗学话语的形成；另一方面也存在问题，如声音单一，压抑了人物形象；风格化成为主体发展的束缚等。本文认为，在充分体验了言说自我的自由之后，进一步突破局限、发展自我是女性小说需要认真考虑的问题。……在 90 年代的很多女性小说中，叙事话语不再是无归属的、透明的，不再仅仅是表意的媒介与工具，而更多地成为叙述人个性的标记。在富有个人风格的叙事话语中我们看到叙述人、听到叙述人的声音，或者说，通过叙事话语，叙述人将自我鲜明地突出出来。”

潘文峰的《论阿城小说的启示》发表于同期《文学评论》。潘文峰认为：“阿城认为：中国小说的性格是世俗。小说是随着世俗一路下来的，只是在‘五四’以后小说被拔得很高，转成了反世俗；‘五四’以来，中国小说一直为‘载道’所累，中国小说被‘道’压得半蹲着。1968 年，阿城开始了他的小说创作，试图以小说的世俗性和营造虚实相生的诗境，消除载道文学语法的权力化、内容的严肃性和意义的确定性，让小说还原本真、回归世俗，阿城的小说把 80 年代的小说带入了新的审美维度。”

17 日 唐广川的《乏味无聊的“讲述”——也谈〈野炊图〉》发表于《作品与争鸣》第 5 期。唐广川谈道：“小说讲究的是生活的真实和艺术的真实，而艺术的真实来自生活的真实，也就是以生活真实为基础，通过提炼、概括、集中和虚构，即通过典型化而创造出来的具体生动的艺术形象，表现出社会生活某些方面的本质和规律。”

20 日 李建军的《文学之病与超越之路》发表于《小说评论》第 3 期。李建军认为，文学“病在艺术形式上——在语言文体上，在叙述能力上，在结构技巧上；更严重的病，则是在精神世界里——在人格修养上，在心情态度上，在趣味格调上”。“当代文学的病象，固然见之于‘艺术形式’上，但更其严重地表现在作家的‘心情态度’和作品的‘精神境界’上。”“只有依赖这种强大的‘内在的韧力’，依赖一种独立不移的人格，我们的文学才能摆脱外在的束缚和压力造成的种种‘局限’和障碍，才能最终实现对‘文学之病’的超越，成为禔身善世的风骨清刚的文学。”

马玉琛的《从福克纳到帕慕克——现代小说对叙述人的选择及叙述技巧的演进》发表于同期《小说评论》。马玉琛谈道：“小说发展到亨利·詹姆斯、康拉德和前文提到的博尔赫斯时代，以福楼拜为经典代表的‘全能角度’的作家叙述的传统界框被打破。现代作家为了小说更高层面的真实而借用小说中人物之口来叙述。”“这一全新的叙述手法到了福克纳手里，又产生了一个质的飞跃。福克纳不光采用小说人物来叙述，而且采用多个人物来叙述，而那个质的飞跃则在于福克纳变多个人物叙述为多角度叙述。”“窃以为，帕慕克对小说叙述技巧的延伸贡献起码有三点。第一：死去的人出任叙述人。……帕慕克取得了这样的艺术效果：由于他拆掉了生死界线上的篱笆，既可叙述凡人世界的情形，又可叙述死亡世界的情形，二者融合一处，使得虚幻世界有了真实的样子。……其次，任何物都可以出任叙述人。……帕慕克正是用这种物人同一的叙述角度和方法，为我们组织并描绘出一幅幅扑朔迷离精彩纷呈的生活画面。这画面包含着爱、宗教、哲学、历史、人性。帕慕克笔下的物，完全具有人的特征和人性意义。……其三，分身叙述。即同一个人，却以两个身份出任叙述人，这样，一个人便拥有双重身份，成为两个叙述人。”

邵子华的《生命叙事与小说的价值追求》发表于同期《小说评论》。邵子华认为：“叙事主体首先要加强对感性生活的体验，其次要在这个基础之上进行理性的反思和判断。这就是说，生命叙事既要切入又要超越个体的生命体验，以获得对人类生存本身的苦难的同情和超拔。”

魏天无的《诗人小说家笔下的“观念”与“诗意”——张执浩的小说写作》发表于同期《小说评论》。魏天无谈道：“张执浩的小说，特别是早期小说，之所以给人比较强烈的观念写作的印象，是因为他一开始就将写作定位在对乖谬生活和荒谬世界的究诘上，而不太在意人物形象的完满塑造；一般来说，越是不正常的、有某种怪癖或罕见嗜好的类型化的人物，越是能得到写作者的青睐。加之，作者体现在小说叙事中的超强的控制欲，也使得人物和故事必须按照他设定的思路走下去，很少能摆脱叙述人的掌控而获得独立的生命。张执浩的小说大多采用第一人称叙述视角，正是作者‘控制欲’的典型表征，‘我’代表作者随时干预故事的进程、调动人物的命运。不过，我们也能看到，这种观念写作既揭橥了现实中不易为人觉察的隐秘、诡异的一面，也获得了现代小说的诗性特征。”

魏天无、张执浩的《“写作是抵抗心灵钝化的武器”——张执浩访谈录》发表于同期《小说评论》。张执浩谈道：“所谓‘诗意小说’应该是一种具有绝对指向的小说，这里的‘绝对’是指对存在本体的极端体验性……这样的小说似乎并不谋求人类已有的存在经验，而是将笔触毫无顾忌地伸展到了那片晦暗不明的精神领域，具有对未来的强烈暗示性。这样的小说才是真正的‘诗意小说’，它与作者的想象力紧密关联在一起。”

晓苏的《小说情节理念的新变化》发表于同期《小说评论》。晓苏谈道：“小说情节理念的第一个变化表现为情节的开放。传统的写作者和阅读者一般都认为情节越集中越完整越好，而现代的写作者和阅读者却希望情节不再是一个封闭的整体，而希望它成为一个存在着多种可能性的开放体系。”“小说情节理念的第二个变化表现为情节的淡化。传统的写作者和欣赏者一般都要求情节的动作性强和戏剧性强，而现代的写作者和阅读者则希望情节取消戏剧性，削弱动作性。取消戏剧性和削弱动作性就意味着淡化了情节。”“小说情节理念的第三个变化表现为情节的荒诞。传统的写作者非常看重和注重情节内部的因果关系，而现代的写作者却正好相反，他们常常有意忽视情节之中的这种因果关系，而刻意追求情节的荒诞不经。在情节荒诞的作品中，我们经常看到的有两种情形，一是情节的巧合，二是情节的变异。”

谢有顺的《短篇小说的写作可能性——以几篇小说为例》发表于同期《小说评论》。谢有顺认为：“文学的独特性，就在于它对人类内心不懈的追索，对现实和精神细节的精微观察和雕刻。”“文学的经验已经日益贫乏。文学现在唯一能做的，就是尽可能地书写出生活的丰富性、复杂性和可能性。”“没有生活的丰盈积累，没有在艺术上的用心经营，再好的断片，恐怕一些作家也是切割不好的。因此，在这个长篇盛行的时代，我倒觉得，短篇更能见出一个作家的功力和耐心。”“许多的时候，小说的价值，不在于作家所说出来的部分，而恰恰隐藏在作家想说而未说的地方。短篇小说的写作，尤其如此。”

於可训在《小说家档案·张执浩专辑》栏目中的《主持人的话》发表于同期《小说评论》。於可训认为：“追求存在的‘诗意’，是张执浩的全部创作的一个中心的题旨，不论是写诗也好，还是写小说也好，都是为了回答人与世界的这个‘根基的问题’。”“所以张执浩的写作，无论是写诗还是写小说，又怀着一个极大的恐惧。这恐惧，就是他所说的‘心灵的钝化’。他要用写作来抵抗这心灵的‘钝化’，不管成与不成，他都得像西绪弗斯那样在诗和小说中山上山下地来回折腾。从这个意义上说，张执浩又注定是个宿命的小说家和宿命的诗人。”

25 日　陈思和的《读〈启蒙时代〉》发表于《当代作家评论》第 3 期。陈思和认为：“《启蒙时代》在叙事上回到了《叔叔的故事》和《乌托邦诗篇》的原点，从细节出发向精神层面突进，而故事的层面被明显地忽略了。……我想起王安忆几年前所创作的中篇小说《隐居的时代》，这是作家一以贯之的民间写作立场，她总是在发现，发现民间蕴藏着巨大的生命能力和思想能力。在攀登人类精神高峰的途径上，这是王安忆独辟蹊径的发现，由于第五章的插入，小说中描述的启蒙历程变得繁复而且多元，立体地展示了人类精神成长的丰富性。”

宋炳辉的《王安忆的世界文学视野及其小说观念》发表于同期《当代作家评论》。宋炳辉认为：“在这个意义上，我们就可以看出这‘四不’主张的革命性、开放性和包容性了。结合王安忆近十多年的创作探索，我们还可以分辨出其中的两个基本向度：一是对小说‘物质性’的强调；一是对精神性的探索和追求。在具体的创作实践中，两者之间有时各有侧重，但在总体上又努力寻求相互间的融合。……就在王安忆带点夸张地强调物质性、操作性和技术性的同时，其实心里想着的一直是精神性和思想性的东西。她在许多场合一再地提及情感的力度、思想的质量和精神的崇高，她推崇雨果、罗曼·罗兰的思想力度，在肯定托尔斯泰的‘结结实实’的叙述逻辑的同时，更注重其作品中的精神提升力量。她在自己的许多作品中呈现庸常之辈的卑琐和心计，展现平凡人群的日常生活，她严格遵循叙述的逻辑，不愿走入传奇性和戏剧性的狭隘当中，但同时又时时感觉到精神上的矛盾、困惑和不满足，所以她不满足于福楼拜对现实逻辑的过于丝丝入扣，佩服托尔斯泰能够从猥琐卑劣的人生叙述开始，结结实实地铺就一条通往崇高境界之路。她手上严格地遵循着批评现实主义，但脑子里却时时闪过雨果式的精神超越、罗曼·罗兰式的思想激情和托尔斯泰式的崇高，她渴望通过对中外传统的继承、生存体验的积聚和思想灵魂的冒险，探索着以一种强大的生命力从事‘批判之后再能够建设起来’的工程。其实，她在创作中或隐或显地贯穿着一个一贯精神主题，即不断地追问：我是谁？我从哪里来？我到哪里去？”

王安忆、张新颖的《谈话录（三）：“看”》发表于同期《当代作家评论》。王安忆认为：“我现在写小说，有的时候甚至会有意写得非常传统，我觉得这种形式很重要，否则的话我不能解释我为什么写小说，小说到底给我什么快乐，一定是和它的形式有关的。如果它是什么都行的话，那肯定不是我所要做的事情。”

王尧的《“思想事件”的修辞——关于王安忆〈启蒙时代〉的阅读笔记》发表于同期《当代作家评论》。王尧认为：“叙述一个‘思想事件’，这不仅对王安忆，而且对当代作家来说都是一次大的挑战。所以，《启蒙时代》和王安忆之前的小说写法不同，她仍然细腻丰富，但是这部小说呈现的‘革命者’的思想肌理，这对阅读者的耐心程度无疑是个考验。……也许可以说《启蒙时代》是一部成长小说，其中当然包括自我启蒙的部分（这应该是“启蒙时代”的另外一层意思）。由‘户内’而‘户外’是王安忆确立小说的人物关系、沟通人物与外部世界的一种方式。”

谢有顺的《小说的物质外壳：逻辑、情理和说服力——由王安忆的小说观引发的随想》发表于同期《当代作家评论》。谢有顺认为：“小说是由经验、材料、细节构成的。如果小说的物质外壳（经验、材料、细节）失真了、不可信了，那整部小说的真实性也就瓦解了。一个细节的失真，有时会瓦解整部作品的真实性，这也就是王安忆总是在自己的文章中强调‘经验的真实性和逻辑的严密性’的缘故。”“从俗世中来的，才能到灵魂里去，这可以说是小说写作的重要法则。而世俗心的提出，正是要校正现在一些小说家的高蹈心理，使之具有平常心，并重视小说写作的情理、逻辑和常识。”“一部小说的成功，就是要在情理中将人物立起来；在情理中，使谎言变成现实，使谎言变成可信的真理。因此，小说的虚构并不是胡编乱造，更不是信口开河，它是在为‘信’建立地基。小说写作的过程，其实就是因信而立的过程。”

29 日　汪政的《王安忆长篇小说〈启蒙时代〉：成长是不能僭越的》发表于《文艺报》。汪政认为：“我觉得王安忆除了上面提到的日常与细密之外，就是她的分析。我称她的叙述是一种‘分析性叙述’，这种叙述的方向是向内的，深入性的，它不但有记叙与描写，还有议论与说明，更多的是这些不同性质与不同功能的语言手段的交叉综合使用。所以，王安忆的叙述常是停滞不前的，时间的推移、空间与场景的转换都让位于一种静态的反复的言说，一种深入的‘挖掘’和不同角度的比对。”

本月

赵彬、苏克军的《对女性文化的颂扬与重铸——苏童新作〈碧奴〉的隐喻》发表于《山花》第 5 期。赵彬、苏克军谈道：“我们在通读小说（《碧奴》——编者注）后发现，反讽和悖论确实是小说的主要基调，在这种层面上说，小说不仅仅是对神话的重述，而更是一种隐喻，一种对以男性文化为代表的人类社会文明发展和人性发展的深刻反思、否定和批判，因此小说不仅是对神话的重述，更是一篇深刻的寓言。”

六月

7 日　张未民的《新性情写作：对“80 后”写作的试解读》发表于《文艺报》。张未民认为：“新性情写作最根本的特征就在于童心的率真，而这率真的童心，在文学审美领域并不能用年龄或社会学加以现实化还原，相反倒是应该给予理解和首肯的。无论如何，求真的文学，为大家所共同期待。……性情，指写作者的品性与感情。由于这品性乃是创作者的本色之品性，因此与‘情’联系组成‘性情’一语，则含有本性真情的意味，强调写作者主体的性情投射。作家的品性与情感之于文学的重要在现在已几近常识，但应该说，情感或作家的性情在当代主流文学写作中并没有给予相应重要的位置，许多主流作家首先所要书写和表达的东西，乃是由 20 世纪的新文学观所倡导的社会历史、哲学、思想、人性、生存、文化，或者就是文学形式、文体创造本身等等。正是在这个意义上，新性情写作才有其特有的文学价值，由于它将抒写本性真情放在首要的亮点位置，因此才会走进那些需要真情真性来感染的广泛读者。”

12 日　段崇轩的《短篇小说须有“大境界”》发表于《文艺报》。段崇轩认为：“当下短篇小说作家，最匮乏的正是作为创作主体的精神建构。他们也许不缺乏生活体验和积累，不缺乏文体的自觉和写作技巧，但面对所表现的越来越复杂、陌生的社会和人生，逐渐丧失了真挚的感情、有力的思想和超然的审美，直接导致了短篇小说艺术境界的严重缺失。这是当前短篇小说萎靡不振的主要‘症结’之一。”

17 日　鲁守平的《荷露虽圆不是珠》发表于《作品与争鸣》第 6 期。鲁守平指出：“小说创作有自己的规律，在材料的选择和情节的处理上，与报告文学和戏剧作品有着不同的真实观，或者说有不同的审美特征。不同的文学体裁之间可以嫁接，可以探索文体的‘边缘化’，甚至可以在一部作品中搞跨文体写作，但是最终的文本都不可以牺牲它最基本的前提——真实感。”

朱晓科的《平面镜、哈哈镜和透视镜》发表于同期《作品与争鸣》。朱晓科指出："'底层写作'蔚然成风有一段时间了。作品的面目如此统一以至于'底层文学'的全部意义似乎就在于把这个阶层完整地区分出来。如果把小说比作镜片，那这些作品大多是平面镜，履行摄像机的职能，再现底层社会——惨；好一些的作品则是哈哈镜，通过艺术地遴选和夸张，着力渲染苦情戏的特写镜头——更惨！作品被放到良心的天平上，标签是人物的阶层和收入，而砝码是读者的眼泪和叹息。""'底层话题'包罗万象、影响深远。它不仅是一类题材，而且也是一抹底色，渗透到生活的各个角落。'底层写作'既不是'写底层'的同义词，也不必廉价地等同于'为底层写作'。"

25 日　陈蔚的《赋予生活一种有意味的形式——论朱天文小说的日常书写》发表于《世界华文文学论坛》第 2 期。陈蔚谈道："朱天文以这种貌似无意实是有意设计的语言描绘了日常生活，以审美的视角取代了政治学、社会学的视角，从日常生活的缝隙中漫溢出来的感觉和感悟被惊人地异质化，原本颓废、无奈、苍凉的人生被神思清明的语言幻化为可感可触的生命感觉，赋予了原本世俗的日常生活一种有意味的形式。"

朴静钰的《台湾乡土文学的艺术范例——陈映真小说艺术特点阐释》发表于同期《世界华文文学论坛》。朴静钰谈道："陈映真的艺术特质是在中国文学传统的基础上对西方文学精神和技巧的融汇，把现实主义深沉的笔触与西方现代派的象征、暗示、意识流、心理分析等艺术技巧灵动多变的相融合，形成他的独特的艺术风格。……多方面的因素形成了陈映真文学深深的民族风格和浪漫气质。他以传统的、严肃的现实主义为创作总原则，但不囿于此，注意艺术表现的多元化，在创作中大量吸纳了西方现代主义的技巧和方法，追求'现实主义的张扬'，多年以来，不断深化之。因此，陈映真是台湾乡土派作家中受西方艺术影响最深的作家之一。这种对西方文学精神和技巧的刻意摄取和有机融汇，不仅使陈映真的小说世界在根本上具有了一种现代意识、现代眼光、现代品格，而且还造就了他的小说艺术世界的思想深刻性和艺术表达的贴切圆融。"

本月

梁鸿的《新的小说诗学的建构——李洱论》发表于《山花》第6期。梁鸿认为："各类知识的出场成为李洱小说最典型的特征（这也是百科全书式小说的最显性标志）。……《花腔》的体例显示出了李洱对于知识的叙事能力和把握能力。……知识本身或对知识的传播并不能成为文学本身，最根本的任务是探讨知识以何种方式进入叙事话语的，这一进入的方式最终决定小说意义的生成和文体的形式。""在通常的小说叙事中，故事是核心元素，有完整的开头、高潮与结尾，并以此给人启发、感染与教益。但是，在'共时性'结构中，线性历史观被否定，事物的存在本质并不是以进化论方式出现的，而是通过比较、关联、分析映照出来的。"

刘恪的《作为艺术手法的先锋》发表于同期《山花》。刘恪认为："我们说现代小说可能是这样一种东西，在描写一个虚构的故事时，并思考其虚构与现实的关系为何物，这个关系一直延伸到幻觉与想象的领域，我们同自己经验与精神玩一次藏猫猫的游戏，我们可以用文本冒险，去性爱，去执行一种暴力，并把这一切都提升到形而上的哲学思考。娱乐与教化粉碎在我们关于现代经验的思考之中，因此，客观现实变得不那么重要了，除了那些飘散在高空中的隐喻云朵或象征性星星，展示精神思想便成每个人都会说的口头语，我爱我家。人类一直生活在时间里但并不知它是什么，对人到底有多大的作用，因此，时间成了小说的主题，而意识变化过程的词语，便是时间框架里最好的形式组织材料。这就是小说，但它也可能是一切现代艺术的本性。……所有的先锋小说都是现代小说，即使在历史的长河里它又演变成为历史的一部分，它仍是先锋小说。先锋小说是一个悖论的产物，它既有现代小说的全部内容，又具有反现代小说的全部方式。还必须说的是，先锋小说是在现代小说基础上，极端地实验了一切现代技巧手法。即它改造旧的技巧使它成为一种新的方式，同时它还要创造出前无古人后无来者的新技术，哪怕在一百年以后它会成为旧传统。我们今天仍要写下那些方法的名称：元叙述，意识流，荒诞，拼贴，碎片，戏拟，变形，魔幻，迷宫，含混，飞散，凝视，互文性，陌生化，游戏，反神话，包括反小说等等。特别是那些极端的试验，如时空错乱，人物性格强制性错位，故事的解构破碎，语言的能指表演……”

苏童、陈村的《在小说弥留之际》发表于《上海文学》第 6 期。苏童认为：“一部长篇小说自然要依赖所谓大构思，对长篇的信心其实就是对‘大’的信心，‘大’不排斥精巧和细腻的叙述，叙述是有技术含量的，姑且把叙述叫做‘小’，但是再美好的叙述也可能会被这个‘大’构思歧视的，不是叙述背叛构思，就是构思否定叙述，长篇的辩证法就是这大和小的辩证法。长篇的麻烦，就在于‘小’做成‘大’的麻烦。如果写不下去，那就是你发现‘小’越来越小，不能垒起‘大’了。最终无所适从，最终你不知道是大出了问题，还是小出了问题，干脆不管了，什么大和小，也许没什么长篇的辩证法，只有一个直觉的引导。”

七月

1 日　津子围的《我们都在河流里》（《隐姓埋名》创作谈——编者注）发表于《中篇小说选刊》第 4 期。津子围谈道：“卡尔维诺将自己的小说《寒冬夜行人》送给安贝托·艾柯，他在书的扉页上写的献词是：‘读者在上游！’的确，在时间的河流里，印着文字的书刊是有待点燃的薪柴，而读者才是捧着火光的那位。从同一个侧面的不同角度来说，作者和读者都在河流里——时间的河流以及空间的河流里，我们在共同感知和体会着生命，这是一个绕不过去的命题，既不是作者设定的也不是读者设定的，有时候我们的理性结论并没有真的改变事实。”“就如前面提到的话题——‘读者在上游’，而作家的确是在‘下游的’。我们都在河流里，这是真诚表达和尊重的重要理由。”

孙春平的《尝试一种新的叙事角度》（《守口如瓶》创作谈——编者注）发表于同期《中篇小说选刊》。孙春平谈道：“我一直希望我的小说好看。小说好看不是什么毛病，关键是这好看里是否包含着让人思索的内容。”

13 日　胡良桂的《科学发展观与新型农民形象》发表于《光明日报》。胡良桂认为：“我们的乡村文学曾经塑造过像刘雨生、梁生宝、肖长春、李双双那样的著名形象，但近年的乡村文学却鲜有类似的典型产生。现在一些作家笔下的农民，人物性格单一、浮泛、缺乏内蕴而显得苍白。这种状态不能不说与乡村文学缺乏具有震撼人心、具有一定审美价值、高层次的新型农民形象有极大关系。因为，有生命力的新型农民形象与小说神奇的想象力、精彩的故事、引人入胜的情节、丰富的文化内涵、纯净的文学语言一样，是不可或缺的重要因素。要在思想观念、科学文化、法制意识等上提升农民素质，就必须走出缺失误区：一、对农民主体地位缺乏充分认识，在近几十年的农村改革历史中，数亿农民始终是变革的动力和主体，强有力地推动了中国的现代化进程，但由于他们在社会利益的分配中处于弱势状态，使我们轻视了他们的社会和历史地位，因此表现在作品中就使这一庞大的群体渐渐萎缩和虚化了。二、缺乏对各式各样新型农民形象的塑造……在我们的乡村小说中还是现实叙事的少，正面讴歌的少，体验深切精心提炼的少。出现的还是那些似曾相识、灰头土脑的旧式农民，新型农民形象寥若晨星。三、作家的写作，很难超越特定时期具体的乡村文化环境，以及与之相关的时代氛围、价值取向、人文立场，人物总是深深地刻有具体时期的社会政治痕迹并主导人物的行为，人物在这里只是情节的产物，木讷的符号，他们的地位是‘功能性’的，并没有进入人物的精神—心理这一本质层面，就是说，人物从属于故事或事件，丧失了饱满的性格和丰厚的内涵。四、市场化、商品化对乡村社会生活和文化的影响、冲击。”

15 日　张光芒的《麦家小说的游戏精神与抽象冲动》发表于《当代文坛》第 4 期。张光芒认为：“阅读麦家需要有一种游戏精神，而理解麦家也许还需要有一种抽象的冲动。游戏精神是说麦家小说的叙事总是善于营造难度系数极高的技术动作，在智性领域、特情场景、神秘地界煞有介事地给你讲着奇妙的故事，这些故事虽然不乏扣人心弦的紧张和刺激，但它既非以感性叙事或欲望叙事来进入，又不能单凭理性的心智就可以解释，非常接近席勒意义上的游戏精神。……当麦家小说对人性的社会与本能双重属性中的‘恶’采用‘减法式’手法时，并非表明作家对天才人物的命运有着乐观的预见；相反，当天才或英雄人物更彻底、更充分地运用了自己的聪明才智，并且抽空了可供人为阐释的空间之后，那无往而不在的灾难更凸显出生存的真相，直抵悲剧意识的根源。这意味着，麦家着意营造的虽然往往是英雄的悲剧，天才的悲剧，但更是人的悲剧。”

同日，贺仲明的《当前中国文学到底缺什么？——以长篇小说创作为个案》发表于《南方文坛》第4期。贺仲明认为："近年来长篇小说几乎没有塑造出真正独具个性、给人深刻印象的人物形象，取而代之的是大批面目模糊的类型化、平面化人物；作家的细节描写能力也普遍下降，无论是在人物语言、心理描述，还是在景物和场景描述上，有感染力的细节普遍匮乏；语言的粗糙简单更是近年来许多长篇小说（也是其他小说）的共像……困扰当前小说艺术性的关键，也许最主要的不是作家的能力问题，而是创作态度问题。因为相当一部分作品的艺术缺陷并不复杂和艰深，它们不是作家们不能做到，而主要是由于创作者的心浮气躁，不能静下心来专心打磨。与之相应的是，当前的文学批评界也缺乏对文学艺术性足够的重视。""我以为，当前文学界在生活方面有一定的不足。首先，我们一些人对文学和生活的关系理解存在着极端化和简单化的倾向。……而另一方面，一些人对文学和生活关系的理解显得过于狭窄（这一点，在当前许多'底层写作'中有较突出的体现）……其次，我们对作家的生活积累和生活描写能力问题的关注有所不够。""思想性的缺乏，是当代长篇小说最突出的问题，这一点，在现实和历史两个题材领域都有明确的体现。"

17日　欧阳明、徐薇的《在通向诗意现实主义的道路上》发表于《作品与争鸣》第7期。欧阳明、徐薇谈道："小说的诗意不仅表现为现实主义精神在作品中阳光般灿烂，而且体现为对现实主义精神的呕心沥血般的诗意表达上。小说的这种诗意集中表现为任象征艺术贯穿于整部作品的始终。象征是一种具象暗示，运用者通过象征体与象征本体间水乳交融般的沟通来传达主体取向（欧阳明《诗歌象征艺术手法探析》，见《中南民族学院学报》1992年第3期，第94页）。在象征艺术的运用中，象征形象来自生活，但较之写实的艺术形象，象征艺术又往往更多了艺术概括与添加了一层艺术语境的折射，并因此生成更为丰富的艺术张力。"

20日　陈海燕的《小说也要"爽"》发表于《小说评论》第4期。陈海燕谈道："我们想要让文学被人关注，想要重新赢得读者和市场，文学必须'爽'起来。""小说要'爽'，奥妙首先在语言。因为语言是文学见诸读者的唯一通道，是兼具感官刺激和精神引导双重属性的特殊媒介。读者首先接触的是语言，'爽'与不‘爽’首先取决于语言对读者的吸引力上。”“‘原生态’小说无疑是走向民间的写作。首先民间语言是最有生命力的语言，它是解决目前小说语言矫情和苍白的最好的杀毒剂。其次，这是更重要的，‘原生态’走向民间的写作在今天面对的是分层日趋明显、贫富日益悬殊的社会现实，它所贴近的是占社会主体的底层民众、弱势群体，这就使得这种写作天然地具有道德的合法性和优越性，因此也就必然会赢得越来越多的读者；在建设‘和谐社会’越来越成社会共识的情况下，它也必将成为包括主流媒体在内的各种传媒关注的对象。”

25 日　孙郁、姬学友的《汪曾祺片影》发表于《当代作家评论》第 4 期。孙郁、姬学友提到：“汪曾祺的文字无论从哪个层面讲，和废名都距离甚远。但他的儒雅的、平民的眼光，和废名那些人有深切的关联。”“汪氏在经历了‘文革’之后，猛然意识到，回到知堂和废名当年的写作状态，是今人的选择之一。在面对传统的时候，他觉得取神与得意，自成一家风格，是重要的事情。”“废名等人的创作给汪氏的启示是知识人层面的。但他的许多审美记忆和民间艺术也有关系。”“东方乡土的遗音和西洋人式的深情远致，原也可造成一种美的形态，彼此相得益彰。在他的笔下，不可能的东西变为可能的了。”

张学昕的《论苏童小说写作的“灵气”》发表于同期《当代作家评论》。张学昕认为：“研究苏童的小说写作，我们不能不考察、探究直接或间接作用于苏童创作的颇具神秘色彩的灵气。尽管苏童小说对细节的表现，对结构、意象的经营，人物的塑造，更多地体现出他的种种美学经验和艺术匠心，但我认为，苏童小说写作的灵气，似乎在一定程度上决定了他叙述的唯美品质和方向，更体现出苏童在文学写作中独特的艺术天赋、智慧风貌。从其作品整体的艺术风貌观察可以看得出，苏童的内在精神和气质、写作动机，既不矛盾也不很复杂，因此，灵气对于唯美叙述感觉的激活，在他这里就显得纯粹而自然。他的虚构、想象生活的方式，也就摆脱了‘类型化’的写作习气，透出飘逸、空灵和才气。……苏童的灵气，在于他对世界、生命、自然、人物林林总总的深切体验，尤其是对于人性空间的细腻而富有哲思的感悟。……我认为，《祭奠红马》《水鬼》《人民的鱼》《拾婴记》和《桥上的疯妈妈》都是最能显示苏童小说灵气的代表性作品。……苏童一路循着自己对生活、历史独特的感觉方式、表达方式和幻想力，以他极好的小说意识，进行历史叙事的独特而富有个性的美学逻辑，弥补了他一定程度上的现实意识的阙失，并建立起属于自身的纯粹的小说本体意识。在此，苏童为当代中国文学打开了唯美写作的一路，灵气、颖慧、想象和意蕴，这种诗学和美学的感悟，构筑了写作新的维度与小说写作新的可能性。无疑，这同样是我们时代文学需要且缺少的一种重要品格和方式。”

八月

9日　黄毓璜的《自由与限制——关于微型小说的思考》发表于《文学报》。黄毓璜认为：“依我看，跟外在长相呼应，微型小说的内在特质可以归结为一个‘精’字，精选、精粹、精彩是微型小说奉行的要义和艺术的目标。……一是我自己的阅读体验，我指的是一些平淡的非微型的小说抑或非小说的散文以及剧本的阅读体验……会忽发奇想，以为若把这些细部独立出来，倒不失为上好的‘微型小说’；二是别人的阅读感受……这里其实也附带地说明了一个问题：微型小说可以从大篇幅文本中‘摘’出来，可以跟诗成为‘共同体’，还发生过散文家的精短散文被选家不无道理地选入《小说选刊》的微型小说栏目的事；应该说明微型小说在表现形式上确有某种不主故常的自由自在。”

16日　贺绍俊的《面对现实的漂亮转身》发表于《文艺报》。贺绍俊认为：“关仁山是一位擅长描摹生活真实的写实派画家。但这一次关仁山并非要单纯地描摹一张现实生活的图画，在《白纸门》里，现实生活的故事不过是一株粗壮的大树，关仁山要在这株大树上嫁接上他在现实生活中的新发现。他发现了什么呢？他发现了具有悠久历史的民俗文化。尽管现代化猛烈冲击着渔村的生活和渔民的观念，但民俗文化却像一个结实的楔子牢牢地嵌进渔民的现实层面。”

17日　阎晶明的《〈白纸门〉：描述冲突意在和谐》发表于《光明日报》。阎晶明认为：“这部布满了冲突的书，骨子里是要寻找一种生存的和谐。这里既有人与自然的冲突，也有人与人的冲突，但作家本人的立足点，是要表达对人与自然、人与人的和谐。这样说的原因，是我们可以从中感受到关仁山所欲表现的冲突并不鲜血淋漓。他更倾向于把冲突与和谐交融在一起，实现对于故事的平衡感的追求。……这是一部传统与现代杂糅的书。一个海边小镇的现代生活，必定会是传统与现代相交叉的奇异形态，这样的形态在当代小说里并不鲜见。《白纸门》在表现这种杂糅共存的状态时，使用了非常具有标识性的描写方法。……这是一部网状结构与散点流溢互相呼应的书。‘白纸门’是贯穿小说始终的意象，也使小说在结构上形成一种天然的网状与封套模式。小说的开头是白纸门，结尾最后一节，又是白纸门，作家的匠心可见一斑。传统与现代、野性与‘文化’在书中相对均匀地分布，在同一时间、同一空间同时呈现，使小说的立体感、流动性大大增强，在网状结构与散点映现的故事框架中，作家适度地展开冲突性的情节，推衍和寓意一个追求和谐的主题，让这部小说读来具有格外灵动的感觉和印象。”

24 日　张学昕的《长篇小说写作的文体压力》发表于《光明日报》。张学昕认为：“文体形式作为小说创作的一个重要方面，它最终还是无法取代小说的精神性价值，因此我们说，文体的独立性仍然要依赖小说精神的独特性而存在。大多数中国当代作家需要解决的问题，恐怕还是如何整合个人经验与世界关系的问题，也就是一个哲学的问题，是作家如何真正地进入一种自由创造的文学精神空间和层面的问题，而文学的丰富性，能否真的能在对文体创造冲动中呈现新的景观和奇迹就显得尤为重要。”

28 日　李运抟的《“底层叙事”的道德误区》发表于《文艺报》。李运抟认为：“在新世纪小说尤其是中短篇小说中，描述底层状况和弱势群体的创作令人注目。这种被称为‘底层叙事’的对象，主要包括贫困农民、进城民工和城市下岗职工。底层叙事给我们提供了很多思考，其流行的道德审判却值得注意。从道德出发，容易导致以道德审判替代法律和权力的阐释，甚至严重遮蔽后者。中华民族文化本身就具有泛道德性质，道德主义既可以和权力话语联姻，也能和民间情怀同构。这也是底层叙事流行道德审判的主要原因。”

本月

梁旭东的《讲述存在的精神困窘——艾伟小说简论》发表于《山花》第 8 期。梁旭东谈道：“在艾伟的小说中，斑斓的欲望是最活跃的力量，它往往选择匪夷所思的方式吸引读者的眼光。”“作为叙事策略，艾伟对少年视角有着某种偏爱。即便是叙写当下社会现象、日常生活中的戏剧冲突以及生存体验，艾伟时常通过叙事变位，让少年视角以隐性方式出现小说中，替代成年叙事者的眼光。通过这一叙事立场，作者摆脱了意识形态的束缚，以孩童般的无所顾忌，细说灵魂的复杂与幽暗。”

九月

1日　李铁的《面对熟悉的背景》（《安全简报》创作谈——编者注）发表于《中篇小说选刊》第5期。李铁提到：“在我看来，小说应该表现的一是人性，二就是肉身。人性是独立的，肉身却带有很强的依附性，是与时代与社会与背景分不开的。从这层意义上讲，小说就是人物与背景的关系。”

15日　郜元宝的《回乡者·亲情·暧昧年代——魏微小说读后》发表于《当代文坛》第5期。郜元宝指出：“就在先锋小说狂热的形式追求笼罩一切时，魏微开始了她的反叛。即便在《父亲来访》和《寻父记》中，对形式感以及背后隐藏的抽象的哲学观念的兴趣也已经有所节制，并没有发展到痴迷的地步。这主要是因为，那摆在正面的血缘化和身体化的亲情，无论如何也绕不过去，而魏微在内心深处恐怕也不能容忍将父女之情彻底变形与陌生化。先锋派作家可以拿爱情和友情说事，魏微偏偏在爱情和友情之外引入了——或者说首先撞见了——亲情。这种选择本身逼迫她用贴近生活的叙述，固执地修改着（抵抗着）先锋派小说流行的那种将一切都陌生化、戏谑化的手法，以亲情为基本的生存感受，推己及人，进一步正视普通中国人的爱情和友情，由此重写普通中国人的情感故事，将被颠倒的再颠倒过来。在这意义上，魏微的小说或许可以视为‘先锋派’的自我赎罪。……魏微是一个忠实于自己的作家，她自己就生活在一个细节充满而全局混乱的暧昧年代，她不愿随波逐流，及时挣脱出来，就成了这个暧昧年代的若干暧昧情事的一个无力的旁观者与记录者。”

同日，洪治纲的《“心魂”之思与想象之舞——史铁生后期小说论》发表于《南方文坛》第5期。洪治纲认为：“史铁生的后期写作始终以一种强悍的超越性姿态，直面各种潜在的精神困境，长久地盘旋于人的‘心魂’之中。……纯粹的内心化叙事，既使他的写作带着强烈的理性思辨意味，充满种种终极性的悖论景观，又使他的文本形态无法归服惯常的美学规范，呈现出碎片化和杂糅性的审美特征。”

李丹梦的《反抒情的自我抒写——李洱论》发表于同期《南方文坛》。李丹梦认为：“李洱的作品以写知识分子的居多，而他的表达和叙述中，智性的特质亦很明显。我指的是那冷静的温情和机智的从容——或可谓之表里如一？——虽然免不了些许匠气与做作，但也透出让人适宜的‘民主’气息，《花腔》里各种话语的兼收并蓄便是突出的例子。李洱的表达是日常化的，有些松散而随意。就叙述本身而言，并没有多少征服的欲望和野心。一种对于形而上的警惕和戒备，李洱智性的抒写亦由此开始。……如果说《午后的诗学》《喑哑的声音》和《饶舌的哑巴》表达了人类抒情的悖谬，是对抒情本身的哲学思考和形象化书写，那么，《花腔》则是对这一悖谬的抒情方式的展开与运作。主体不由自主地、深深地卷进了这种抒情之中；在此，抒情不再是一个思考的、有待描述的客体与异物，而成了主体自身的存在方式及证明。在我看来，这也是‘花腔’命名的真正内涵：虽然有着模仿、生硬的痕迹，但总的说来，‘花腔’式的歌唱乃是出自存在的必然，‘花腔’幽深、错叠的形式本身即是主体生存结构性的呈现与绽放。”

阎连科的《走向心灵之死的写作》发表于同期《南方文坛》。阎连科谈道：“在我可以重新坐下写作时，我没有继续《日光流年》的创作，而是用一周的时间写了中篇小说《年月日》。由于对坐下写作的渴望，由于坐下写作又给我带回了写作的生命之愉，《年月日》的创作不是在写，而是在泻，一稿而就；就而寄出。1997 年 11 月，我完成了《日光流年》的初稿，完成了走向心灵之死、又使心灵复活的一次写作。”

同日，吴义勤的《自由与局限——中国“新生代”小说家论》发表于《文学评论》第 5 期。吴义勤认为：“新生代小说家是 20 世纪 90 年代以来中国文学的新生力量。对于‘新生代’的命名文学界虽然存在争议，但它的合法性却是不容置疑的。新生代小说家表现出了对于传统和主流文学秩序、文学观念的全面反叛，他们的写作姿态以及在其小说中所体现出的生活伦理与叙事伦理都值得认真总结与反思。……首先，‘新生代’的命名以及新生代小说家的崛起是以 20 世纪 80

年代的先锋小说家为参照系的。……其次，新生代小说的崛起也是20世纪90年代以来中国文学边缘化处境的产物。……新生代小说家的写作是以对于‘生活’的重新发现与开掘为发端的。在这里，我们看到了一种非常有趣的矛盾：一方面，新生代作家对传统主流的文学秩序、文学现状极度反感，另一方面他们却对‘生活’表现出了前所未有的热情；一方面是义愤填膺，一方面又宽宏大量。……新生代作家在叙事伦理上的革命性与颠覆性同样是值得重视的：一方面，新生代作家在呈现其新的生活经验的同时也提供了新的审美经验；另一方面，新生代作家对于自我的解放也带来了对于艺术的解放。新生代作家在叙事心态方面是极度自由和放松的，与中国作家长期以来的焦虑性叙事相比，新生代作家对于焦虑的克服，正是决定其小说叙事伦理维度的重要因素。”

17日　赵晖的《艰难的寻找与温情的慰藉》发表于《作品与争鸣》第9期。赵晖谈道：“一篇好的小说，或许更应该执著于探究世界的模糊性与复杂性，而不是将其以提炼主题的名义削减。米兰·昆德拉曾在《小说的艺术》里强调：‘小说的精神是复杂的精神。每一部小说都对它的读者说：“事情并不像你想的那样简单。”’‘如果说，小说有某种功能，那就是让人发现事物的模糊性。……同样的词对这些人或那些人是怎样掩盖完全不同的现实……小说应该毁掉确定性。况且，这也是作者与读者之间产生误解的根源。读者时常问：“您究竟在想什么？您要说什么？什么是您的世界观？”这些问题对小说家来说是很尴尬的，确切地说，小说家的才智在于确定性的缺乏，他们萦绕于脑际的念头，就是把一切肯定变换成疑问。小说家应该描绘世界的本来面目，即谜和悖论。’”

20日　陈忠实的《寻找属于自己的句子（连载二）——〈白鹿原〉写作手记》发表于《小说评论》第5期。陈忠实说道：“我想给我死的时候有一本垫棺作枕的书。”“这是我当时最真实的心态。这心态发生在基本确定要写这部长篇并着手做准备事项的时候。这部尚未成形的小说，让我开始感觉到不同于已往中篇小说的意义，是已经意识到的历史内涵和现实内涵，尽管还在深化着这种意识和体验。”

金理的《重申价值叙事的意义》发表于同期《小说评论》。金理谈道：“在价值叙事的意涵中，人们决意过一种符合伦理的生活，决意成全人性，人们感到需要有一种比现在更美好的生活、更健全的人性。首先价值叙事相信人们有能力争取上述二者的实现，这是可能的；其次它有将意愿付诸实践的勇气直至出以行动，向那样的一种生活与人性努力趋近、走入，而不是永远被犬儒主义和无可奈何所拘禁而畏葸不前。”“接下来的问题是：针对什么样的文学处境而重申价值叙事的意义。面对虚无主义盛行而要求个人担当……面对美好人物消失而召唤人类内在的尊严……面对失信的写作泛滥而重树写作的信心。”

於可训在《小说家档案·陈应松专辑》栏目中的《主持人的话》发表于同期《小说评论》。於可训认为：“与其说陈应松搞的是西方的现代派，不如说他搞的是现代的‘公安派’。后来，他把写诗所培植的这一点性情转用在写小说上，故而有一段时间的小说，尤其是中短篇小说，也都成了‘见性情’的文字。我说的这个见性情的文字，不是什么小说的诗化之类的俗套，而是说生活中的任何一点细微末节，他都能够用心灵去咂摸体味，然后把他咂摸出来的这点味道，用文字敷衍开来，尽管仍是人间烟火，却褪尽熏燥之气，满纸都是作者的人生趣味。所以他这时候的作品，不管有没有故事，情节浓淡与否，你都得细细咂摸，咂摸久了，也就放不下来。我曾说，这就是陈应松写小说的本事：不要很多的材料，随意点染，就能成篇，而且耐读耐看，经得起琢磨。”

周新民、陈应松的《灵魂的守望与救赎——陈应松访谈录》发表于同期《小说评论》。陈应松说道：“我的小说里有极强的善恶报应的道德说教和模式，对生命终极意义的追寻。再就是寻找模式，这是《圣经》故事的一种基本模式，就是不停行走中的寻找，寻找水源，寻找母亲，寻找幸福。”陈应松表示，底层叙事的出现有深层次的原因：“1. 它可能是对真实写作的一种偏执实践。这就是小说必须真实地反映我们的生活，哪怕是角落里的生活；2. 底层叙事是对我们政治暗流的一种逆反心理的写作活动，它的作品，可能是新世纪小说创作收获的一个意外；3. 它是一种强烈的社会思潮，而不仅仅是一种文学表现方法；4. 它是当下恶劣的精神活动的一种抵抗、补充和矫正。”陈应松指出：“小说应该用充满寓言意味的语言来表现具有强烈现场感的、真实的生活，要使小说充满着力量。小说一定要强烈，对现代麻痹的读者要造成强烈的刺激。一定要复杂，不能单薄，要丰厚、丰富、丰满、丰沉，所谓‘四丰’。要真实，令人感动，还要让人疼痛！”

25日 程光炜的《阎连科与超现实主义——我读〈日光流年〉〈坚硬如水〉和〈受活〉》发表于《当代作家评论》第5期。程光炜认为：“《日光流年》的奇绝之处，是以‘超常’写‘正常’，以‘不可能’写‘可能’，这些反常态的叙写，确实照出了中国人几十年浑然不觉的所有荒诞和全部的挣扎。”“你不能让一个小说家完全像我们这样‘平庸’地生活，虚构与现实、狂欢与写实、幻想与实在，在他们那里其实是没有清楚的界限的。事实上，当他（阎连科——编者注）完成一部小说，他已经证明了他自己；当他把个人生活及其记忆变成小说材料，通过虚构来完成文本，他所叙述的历史就已经活着了。”“阎连科的‘超现实’小说其实不是拉美魔幻现实主义的，而是立足于充满鲜活生命力的中国特色上的。说到底，他只是一个口头上的马尔克斯，却是一个彻底的赵树理主义者。”

段崇轩的《打开小说的“可能”之门——评青年作家葛水平的小说创作》发表于同期《当代作家评论》。段崇轩谈道：“葛水平从太行山的皱褶中从容而自信地走来，给我们呈现了一幅饱满、壮阔、惨烈而又弥漫着缕缕温情的乡村图画，给我们展示了一种丰富、细腻、空灵有如协奏曲般的小说文体。……综观葛水平的十几部中篇小说，无论是思想内容还是艺术形式，确有许多新的探索。在表现内容方面，譬如在人物的塑造上，作者总是能把握住人物的精神、人性中那种深层的东西，在有限的情节里凸现出坚实遒劲的人物形象来。譬如对民间生活的描绘，这是葛水平十分拿手的，它强化了她的小说的地域特色和民族韵味。在表现方式上，譬如对故事情节的戏剧性处理，使作品具有了一种引人入胜、荡气回肠的艺术效果。譬如在叙事语言的操作上，作者是善于描写的，但她努力把描写叙述化，把叙述描写化，实现了二者的较好融合。同时它又把自由、灵动的散文语言和具象、抒情的诗歌语言，都化入自己的小说语言中，形成了一种姿态纷呈、细腻委婉的语言风格。……葛水平在写人上还有一个鲜明的特点，那就是她的人物基本没有纯粹的坏人，即便是坏人也是可以理解和宽恕的，这反映了她理性、宽厚的‘人物观’。”

梁鸿的《阎连科长篇小说的叙事模式与美学策略——兼谈乡土文学的“现

实主义之争”》发表于同期《当代作家评论》。梁鸿指出：“从《日光流年》、《坚硬如水》到《受活》，有两个词语被赋予了前所未有的叙事性和结构意义：金钱、革命。在这其中，身体是贯穿始终的重要象征手段。对于阎连科来说，它们不仅是理解中国当代政治、文化及他所关注的乡村世界存在状态的基本词汇，也是世界观的体现。”“阎连科所有的现实主义叙事都酝酿着一种反向的力量，呈现出典型的‘反现实主义’特征，这使得他的小说叙事模式与美学风格之间存在着非常明显的悖论。现实主义的核心概念在这里都被赋予另一重含义，‘现实’由于荒诞而怪异，‘理想’移形为一场身体狂欢，‘典型’由于过于夸张而近乎象征，金钱叙事与革命叙事在这样一种美学错位中被呈现出另外一种存在形态。在解构、颠覆经典现实主义美学概念的同时，阎连科通过自己的书写赋予它们全新的含义，试图寻找到一条新的通向现实主义的道路。”

王尧的《一个人的文学史或从文学史的盲点出发——阎连科小说及相关问题平议》发表于同期《当代作家评论》。王尧认为：“阎连科和现实语境的紧张关系，在《受活》之后的写作中暴露无遗。而在此之前的几部小说如《日光流年》《坚硬如水》，也已经反映出阎连科和现实处于紧张的状态之中。阎连科作品的意义以及他被关注、阐释的原因与此关系密切。……这种紧张的关系以及持续不断、未见缓解的内心冲突，让阎连科的小说文本充满了张力，有时也使他的写作少了从容而多了急迫。在阎连科这十年的作品中，《丁庄梦》无疑是部最直接介入现实的作品。在形而上的意义上，《丁庄梦》重新关注人性、伦理、道德这些日常的问题，一个艾滋病的题材，揭示了人类共有的问题，作者的大爱贯穿始终。……阎连科的小说始终洋溢着一种批判和抵抗的力量。在阎连科的小说中，愚昧和文明还没有构成直接冲突的机会，但是种种产生文明的机制恰恰在生长而不是消灭愚昧、落后和贫困。这正是阎连科的锋芒所向。至于《受活》，当我们把它视为时代的思想形式时，其‘寓言化’的特征以及它作为时代的‘寓言’意义则比此前阎连科的小说要发达和丰富得多。……我觉得讨论阎连科的小说需要搁置主义的争议，特别是搁置现实主义和现代主义优劣的争议。”

王中忱、格非的《“小说家”或“小说作者”》发表于同期《当代作家评论》。

格非认为："我想，不管用什么办法，只要把日常生活的内在真实感精确地表现出来，那就很了不起。""我自己设想，完全按照中国传统的叙事方式去写，恐怕不太现实。可以把现代主义叙事的因素糅进去。这是我尝试的方法。现代主义很多的技巧还是非常有用的，比如说，和传统写实主义相比，它更加直截了当，节奏更明快，适当的变形也使叙事更具动感。我也有意识地引入了现代主义的一些因素，但是我希望把它做得比较隐蔽一点。""故事和人物密不可分，可我觉得写好故事和人物，还有一个东西不能不严肃面对，那就是人物对话。"

谢有顺的《极致叙事的当下意义——重读〈日光流年〉所想到的》发表于同期《当代作家评论》。谢有顺认为："作为阎连科写作史上的转折性作品，《日光流年》所确立起来的极致叙事的风格，对于在精神上日渐疲软的当代小说界，具有不同寻常的意义。阎连科之前的小说不乏温情、朴素，但《日光流年》之后，包括同一时期的《年月日》《耙耧天歌》等作品，他的文字突然被一种强烈的绝望感、苦难意识、生命抗争精神所控制。面对现实，他下手既凶狠，又严厉，并在一种绝境生存的书写中，毫不掩饰地说出一个作家面对基本世界时那种悲凉而荒谬的感受——这种感受，给许多读者带来了很大的震动。""极致叙事创造了这种震惊性的经验，而正是这些震惊性的经验，促使阅读者真实地面对生命的困境、死亡的强大以及人身上那坚不可摧的生存信念。"

十月

3日　《人民文学》第10期刊登署名为编者的《留言》一文。编者谈道："《风声》具有强大叙事力量，'风声'紧急，它的密度高、速度快，它以生死攸关的悬疑引领我们穿越一座封闭的迷宫。但《风声》的力量不仅在于情节，也在于它对人物形象的有力塑造，那个'他或她'，渐渐从迷雾中显现出来，'他或她'具有强大的智力、坚不可摧的信念和超凡意志——我们和麦家一样，被一个人所可能达到的高度所震撼、所感动，我们心驰神往。"

15日　徐阿兵的《论新世纪小说创作的"事件化"倾向》发表于《文艺争鸣》第10期。徐阿兵谈道："当下的小说创作中，有三种结构方式非常值得注意。其一是对立式结构，像乔叶的《锈锄头》就是这方面的典型文本。……另一种可称为编织式结构。比如《一个人张灯结彩》，就将底层、警匪、凶杀和情爱等诸多故事元素结合到了一处。……此外，像杨少衡的《俄罗斯套娃》、阿宁的《白对联》和罗伟章的《最后一课》等，可以视为封闭式结构。……导致小说叙述空间窄化和萎缩的根本原因，可能在于当前叙事资源的匮乏。"

17 日　李云雷的《现实的艰难与未来的希望》发表于《作品与争鸣》第 10 期。李云雷认为："现在的'底层文学'，大多只是在渲染底层生活的悲惨无助，在此基础上抒发人道主义的同情，很多人只是将底层作为一个题材，却没有自己独到的观察、体验与思考，因而不少作品只是在低层次上重复，甚至出现了新的公式化、概念化，但这并不意味着'底层叙事'毫无价值，任何文艺思潮都不乏跟风者，在中国尤其如此，但真正有追求的写作者总能既在潮流之中又超出潮流之外，曹征路便是其中的一个典型。"

张宏的《问题小说的传统与当下文学的使命》发表于同期《作品与争鸣》。张宏谈道："众所周知，中国现代文学的发生，是从问题小说开始的。曾几何时，在新文化运动的历史背景下，当费孝通意义上的'乡土中国'遭遇现代性叙事下空前激烈的思想变局，正是问题小说直面现实，几乎书写了当时中国包括婚恋、劳工、家庭、教育、伦理在内的所有问题。今天看来，问题小说虽然有失稚幼，但是却开辟了中国现实主义文学的一个很好的传统：关注现实，揭示问题。……进入 21 世纪，越来越多的作家和文学评论家已经意识到了当代文学发展的症结所在，同时，也有更多的作家把目光投向当下中国社会广阔而复杂的社会层面，开始在作品中关注现实，揭示问题。于是，一大批被文学评论家们界定为'底层写作''打工者文学''三农小说'的作品应运而生。"

20 日　王春林的《"身份认同"与生命悲情——评李锐、蒋韵长篇小说〈人间〉》发表于《扬子江评论》第 5 期。王春林指出："套用一句比较时髦的话说，李锐、蒋韵'重述白蛇传'的行为也可以被理解为是一种中国文化传统与'现代性'的遭遇。""在对于传统的'白蛇传'故事进行了大胆彻底的颠覆与解构之后，李锐、蒋韵为《人间》设定的基本思想题旨已经演变成了对于'文化认同'或者'身份认同'命题深刻的思考与表达。"

汪政的《短篇小说存在的理由——以阎连科为例》发表于同期《扬子江评论》。

汪政认为："阎连科的创作呈现出艺术的多样性。这些多样性在其小说的各式文体中同样得到了同构性的体现，他既有质朴的、诗意的表达，更对现实与艺术的关系有独特的理解，追求一种奇异的狂欢化的境界，而对语言，阎连科也有相当个性化的不同的处理方式，这些艺术方式在其短篇中都可以得到确认。"

26 日　李运抟的《中篇小说三谈》发表于《光明日报》。李运抟谈道："肯定中篇小说三十年的稳健发展，当然也要看到其问题和不足。如跟踪时代的过程中，中篇小说创作同样存在心态急切和视野局限问题。有些作者对中篇文体特征也注意不够：如把中篇写成小长篇，必然处处注水；或将短篇内容拉成中篇，导致结构松散水分较多。这种'文体错位'既破坏了中篇小说的文体美感，也无法很好地表达内容。"

本月

黄伟林的《身体幻想的后现代书写——论东西的小说》发表于《山花》第10 期。黄伟林谈道："东西小说其实是从人的感觉出发深入人的心灵。不过，空泛地谈人的心灵是没有意义的。东西是制造语言符号的能手，他的小说充满了隐喻的内容。他对感觉的敏锐表达使他的小说具有强烈的符号功能，而感觉与心灵的内在关联使东西的小说形成了他特有的隐喻结构。东西小说具有让人索解其背后内涵的磁力以及其特有的使意义增值的空框结构。从东西小说与其改编成的电视剧相比较，我们可以发现，与东西对社会人生的理解相比，东西的小说其实是做了大量减法和变形的，他更喜欢用反讽的态度去营建他的小说。这一切构成了东西小说不可替代的魅力，他通过呈现一个极具隐喻色彩的感觉世界，意欲书写现代人的心灵神话。""后现代主义看到的与其说是身体，不如说是幻象。正如东西小说设置的梦幻逻辑，人物的身体感觉是高度夸大的。也就是说，我们所见的后现代主义的身体也是高度夸大的。进而，我们可以认为，表面看东西是将我们带进一个现实社会，实质上东西是将我们引入了一个虚拟世界。……身体感觉的夸大、现实世界的虚拟、感觉对象的幻象，所有这一切，指向的正是身体本身的虚幻甚至虚假，后现代的身体写作最终揭露的真相恰恰是身体的虚幻与虚假。"

十一月

1 日　龙懋勤的《旋转的太极》（《本是同根生》创作谈——编者注）发表于《中篇小说选刊》第 6 期。龙懋勤提到："写小说犹如转太极，实中有虚，虚中有实，虚实相融，转出一个个独特沧桑让人惊醒令人困惑的情节，凸现一个个鲜活生动黑白杂糅的人物，令人爱怜憎恶揪心叹息。"

吕志青的《"底层文学"与现实精神》（《老五》创作谈——编者注）发表于同期《中篇小说选刊》。吕志青提到："常听有人居高临下地说要为老百姓写作，为老百姓代言，说得热血沸腾，崇高顿生，对此本人不以为然。昆德拉说，'作家的本性使他永远不会成为任何类型的集体代言人。更确切地说，作家的本性就是反集体的。作家永远是一匹害群之马。'贡布罗维奇说，'我搞的唯一的一种政治就是我自己的政治。我是个特殊的国度。'总而言之，他们坚决主张要让文学完全独立自主。莫言有一个很确切也很滑头的说法：'作为老百姓写作。'本来嘛，我们就是老百姓——热爱写作的老百姓，或者是，热爱写作的老百姓之一。这个老百姓冲着自己的小说理想而去。"

5 日　邵燕君的《徐步向前——徐则臣小说简论》发表于《当代文坛》第 6 期。邵燕君认为："在徐则臣的小说中，我们既看不到时下流行的'控诉'，也看不到对社会愤怒的追问，在城市边缘小人物的颠沛流离与挣扎奋斗之中，装点着他们面对困境的安之若素与自得其乐。或许这才是'底层'的常态，他们来不及感伤，也不知该冲谁抱怨，一点小小的幸福便让他们陶醉而忘掉了明天的没着没落。坚韧的浪漫与苦中作乐的幽默为本该苦闷的乐曲汇入了明亮的色调，使小说充满了饱满的张力。……徐则臣近来的创作中，还显示出一种努力，就是要走出个人化的视角，让作品进入具体的历史时代。……作为一个极具潜力的新锐作家，徐则臣精于感觉、长于叙述、敏于求新，如果能在历史文化上有更深刻有力的把握，并与对现实的经验和思考贯通，将会有一个更大的气象。"

徐则臣的《回到最基本、最朴素的小说立场》发表于同期《当代文坛》。徐则臣认为："什么是最基本、最朴素的小说立场？我以为，首先是做好小说的基本面，语言、故事、结构、意蕴，以及真诚的艺术表达。……小说是艺术，那就要按照艺术的规律去做，就要按照小说的艺术规律去做。小说是发展的，规律要变化，但同时它也是有常的，它有一个能够确立自己而区别于他者的恒常的东西。……小说没那么复杂，也没那么高深，只要你盯紧这个世界和你自己，然后真诚而不是虚伪地、纯粹而不是功利地、艺术而不是懈怠地表达出来，我以为，就是好的小说。如此，我们就不会看到那么多让人备感痛苦的小说。”

8日　吴功正的《长篇历史小说创作得失谈》发表于《人民日报》。吴功正认为：“当前的长篇历史小说通过继承传统，结合自身的创作实践，从思想和艺术上，提供了新鲜经验。首先，坚守先进的历史文化核心价值观。……其次，运用历史与美学互动性创作原则。不少作品在大关节上，吻合历史、酷肖历史，还原历史的生态现场。……再者，追求史诗的宏大叙事。”“就艺术而言，也存在三个主要问题。一是题材雷同。本届参评作品中，宋代题材就有8部（20本）之多，尚不含未参评作品。有的几部作品同时描述一个人物，但又与上届的获奖作品《汴京风骚》不期然相重合。由于面对的是同一历史事件，几部作品之间的情节反复现象也就势所难免。二是想象匮乏。本来由历史所提供的富于情节生动性的资料在个别作家手中却得不到应有的发挥，手笔窘迫，不能充分满足读者的阅读期待。三是武侠流弊。历史小说和武侠小说分属于不同的叙事方式和阅读空间。某些作品受武侠小说影响，人物来去无踪，神出鬼没，令人匪夷所思，削减了历史小说所应有的真实性品格。”

13日　何向阳的《歌为太行山——葛水平创作的地气》发表于《文艺报》。何向阳认为：“无论现实还是历史，葛水平不从概念出发，去演绎一个事件，也不从先验出发，以生活的搬造来肯定一种真理，或者依从了文学史中的某种理论，将农民写得夸大，或将农民写得矮小，她总是从人出发，从人的生存状态而来的心理状态出发，从枝蔓丛生多向繁复的生活与人性出发，书写农民的真实面目。”

15日　贾平凹、黄平的《贾平凹与新时期文学三十年》发表于《南方文坛》第6期。贾平凹提到：“我只是凭我的感知写，尽力写出当时真实的社会的真实的情绪。自己的痛苦，人类的痛苦，如果我们敏感，就会在一个人身上呈现。”“在当时的社会风气、氛围下，《废都》没有顺从和迎合，它有些出格，也就无法避免非议。我在前面已经说过，如果敏感，个人的痛苦、社会的痛苦、人类的痛苦常常会在一个人身上呈现。我不是在说我如何如何了，我要说的是那时我确实苦闷，而恰好我的家庭也出现了大问题，事情就爆发了。而写作的冲动，那颗种子发芽了。”

同日，徐妍的《王蒙小说在八十年代叙事中的意义》发表于《文学评论》第 6 期。徐妍谈道：“新时期，重新复出的王蒙以小说的形式参与了 80 年代集体记忆的建构。激情与梦想，是王蒙小说 80 年代叙事的关键词。它们与 80 年代的集体记忆形成了‘共名’关系。但饶有意味的是：王蒙当时的小说明显区别于 80 年代文学界的主流话语，因为它们叠加着王蒙独异的个人记忆。正是这种差别，既提供了王蒙小说从悖论到‘清明’的可能性，又让我们重新思考 80 年代文学的意义。……王蒙小说的‘八十年代’叙事由激情的、梦幻的、单纯的理想主义逐渐转为理性的、入世的、复杂的经验主义。如果说精神层面的理想王国曾经是王蒙小说的‘八十年代’叙事的强大支撑，那么，世俗层面的经验王国同样是其坚实依托。在这种具有相对主义之嫌的立场转换中，隐含了王蒙意欲告别二元对立的思维的努力。这种立场的思想资源，我以为与其说是后现代的解构主义哲学，不如说源自王蒙先生自身的生命哲学。正是生命哲学的积累和体悟使得王蒙小说的‘八十年代’叙事由悖论抵达‘清明’。”

20 日　陈忠实的《寻找属于自己的句子（连载三）——〈白鹿原〉写作手记》发表于《小说评论》第 6 期。陈忠实说道：“《白》的主要人物重大情节和一些自以为得意的重要细节基本确定以后，如何把已经意识到的内容充分合理地表述出来，结构就成为横在眼前的首要难题。”“《古船》和《活动变人形》对近代和当代生活的叙述，就显示着张炜和王蒙的不同质地和个性，这且不多论。我在这两部小说阅读中得到的关于结构的启示，不单是一个方式方法问题，而是如何找到合理结构的途径；不是先有结构，或者说不是作家别出心裁弄出一个新颖骇俗的结构来，而是首先要有人物的深刻体验，寻找到能够充分表叙人物独特的生活和生命体验的恰当途径，结构方式就出现了。这里完成了一个关系的调整，以人物和内容创造结构，而不是以先有的结构框定人物和情节。我必需再次审阅我的人物。”“这时候刚刚兴起的一种研究创作的理论给我以决定性的影响，就是‘人物文化心理结构’学说。……我在以偷得天机的接受‘人物文化心理结构’说之后，以为获得了塑造《白》的人物的新的途径，重新把正在酝酿着的几个重要人物从文化心理结构上再解析过滤一回，达到一种心理内质的准确把握……我已树立起一个信念，把自以为对这些人物的心灵轨迹心理脉象把准了，还能有恰切恰当的叙述文字，这些人物的内在气质和个性应当是立体的。为了实现从这条途径刻划人物的目的，我给自己规定了一条限制，不写人物的外貌肖像，看看能否达到写活人物的目的。这样，我的思路明晰了，也单纯，就是从人物各个不同的心理结构下笔，《白》书的结构框架也脉络清晰水到渠成了。”

魏天真的《魏微：异质的和纯粹的写作》发表于同期《小说评论》。魏天真谈道：“在魏微的小说中，叙事人非常看重读者，并且常常有意使读者的身份和位置不断变化，比如，由一种泛泛的自在状态变为一个特定的对象，又由这个特定的对象变成一个和主人公对话的文本中人，而后又被作者放走，回归普通的不确定的读者行列。”

魏天真、魏微的《照生活的原貌写不同的文字——魏微访谈录》发表于同期《小说评论》。魏微谈道：“我是想把小说写得跟生活一样，就是照着生活的原貌写，生活是什么样的，我的小说也想是什么样的。”“我说照着生活的原貌写，其实生活是没有原貌的，因为每个人眼中的生活都不一样，那么这里就有一个视角的问题。我仔细想了一下，大概我跟新写实的区别就在于，他们用客观视角，我呢，主观性多一些，就是以一个孩子的眼光来看世界，这个孩子比较敏感，也通人情世故，她就想要把她所看到的世界写出来。”“你作为写小说的人，必须要具备这样一种素质，就是尊重你笔下的人物，要跟他平等对话，哪怕他是文盲。”

於可训在《小说家档案·魏微专辑》栏目中的《主持人的话》发表于同期《小说评论》。於可训认为：“众所周知，中国当代文学由外而内，即由反映客观现实转向表现主观情感，亦即是魏微所说的主观性问题，是经过了一个漫长而又曲折的过程的，为此，上个世纪 80 年代还发生过一场文学‘向内转’的讨论。如果说林白的创作的内省倾向，是这一转变的逻辑结果，那么，在她之后出生的魏微，就应该继续发展这种内省倾向，但魏微的主张和创作，刚好相反，似乎又要转到反映客观现实的方向上去，只不过已不是过去那样机械刻板的反映，而是要从个人的主观视角看将过去。这当然也是一种时代的进步，只不过不完全合乎某种理论所预设的逻辑罢了。”

24 日　吕植家的《微型小说刻画人物形象的审美规范及超越》发表于《文艺理论与批评》第 6 期。吕植家谈道：“微型小说中双重组合式人物形象有两种类型：一种是定型化人物的双重组合，一种是性格发展的双重组合。……微型小说既可以刻画出单一性格特征的人物形态，也可以刻画出双重组合式丰富、复杂的人物形态，对于这个事实，我们应该正视它。……微型小说中的双重组合人物形象的出现，突破了体裁本身的制约，超越了原有的审美规范，创造出了另一种人物形态，拓宽了微型小说刻画人物形象的道路，使得微型小说的人物形态更加丰富多彩，因而，这种人物形态的审美价值是不容低估的。”

张春的《大众文化背景下的小小说名称多样性研究》发表于同期《文艺理论与批评》。张春谈道：“小小说这一文体的称谓虽然五花八门，但其内核，或者说本质都是相同的，即小小说应当是篇幅短小（一般不超过 1500 字）、情节单一、结构完整、立意新颖、语言简练、以小见大的有别于长、中、短篇的小说文本。……小小说称呼的多样性，也切实体现了当前我国文化市场的自由发展和有序竞争。”

25 日　陈思和的《主持人的话》发表于《当代作家评论》第 6 期。陈思和认为：“就小说结构而言，作家在中国历史与天门镇史的循环周期里加入了新的因素，那就是二十世纪的中国已经成为世界格局内的一部分，外来的因素为中国现代史提供了历史上前所未有的新的‘质’。这个‘新质’就体现在作家精心塑造的梅外婆身上。”“刘醒龙对于梅外婆的信仰宗教及其文化新质在小说内外都不置一辞，可见他并不是需要在梅外婆的形象里凸出一种新的说教，他所想做的，仅仅是探讨另外一种外在精神渗入民族文化因子的可能性。”“如果我们进一步将（《黑暗转》中的——编者注）浪荡子形象与《圣经》里的亚当夏娃形象做系统的比较研究的话，那也许是一件非常有趣的事情。我们将有可能在汉民族民间史诗里发现精神史的新因素，而在一个更高的文化层面上来讨论东西方民族文化的沟通。”

罗兴萍的《〈黑暗传〉与〈圣天门口〉的互文性研究》发表于同期《当代作家评论》。罗兴萍指出：“刘醒龙的近作《圣天门口》包含了两套文本：一套是散文文本，主要用来叙述二十世纪中国的现实生活中发生的故事，是作品的主要叙事文本；另一套文本是以韵文形式出现的汉民族的创世史诗《黑暗传》的片断，用来诉说整个中华民族五千年的历史。这两套文本在作品里构成了一种有内在张力的联系……但是这些说唱文本与作品中的主要叙事文本之间的关系，超出了其自身的讲史意义，而是与主要叙事文本构成了特殊的对应关系。”“小说文本的互文复合性首先表现为两个文本内容的首尾衔接。……小说文本的互文复合性不仅仅表现于时间概念上两者有相互照应的关系，更主要的是，第二文本的历史纲鉴成了第一文本所叙述的天门口镇故事的‘纲’，使一些被夸大化和传奇化的日常细节有了更深一层的内涵，甚至成为一些故事的原型；因此，第二文本往往含有寓言的性质。”“最后一个特点是，小说文本的互文复合性在艺术上也起到了相互衬托的感染作用，小说第一文本的叙事艺术有了结构上的烘衬，产生出立体的感觉。”

杨松芳的《〈兄弟〉：一部富于经典内涵的作品》发表于同期《当代作家评论》。杨松芳认为：“从艺术手法来看，《兄弟》语言的简洁精致自不待说，……在《兄弟》中余华一如既往地延续了自己的简洁甚至简单的风格。我们看不到冷僻的字眼，也看不到复杂的句式。他避开一切使人眼花缭乱的词句，准确无误地抓住了表现对象的本质并将其形象生动地表现出来。余华的小说简明深刻、干净利落，因而感人至深，这得益于博尔赫斯和海明威。”杨松芳注意到：“在《兄弟》中，虽然语言有‘欧化’或‘西化’的痕迹，但小说的内容却是地地道道地发生在中国民族土壤里的事，并具有自己的民族特点。”“余华用最单纯的手法写出最丰富的作品，这也是中国哲学中所说的大辩若讷、大巧若拙、大音希声、大象无形。此外，这部作品较其先锋时期的作品而言散发着温情的柔光，这里看出余华吸收了道家先贤老子的智慧：‘强大处下，柔弱处上’‘天下之至柔，驰骋天下之至坚’‘弱之胜强，柔之胜刚，天下莫不知，莫能行’。余华努力融合中西方的文化思潮与实践，在西方文化参照下重新阅读、阐释中国文化，重构中国文化经典，并寻求中国独特的文化精神，这就使得《兄弟》带有‘全球本土化’（glocalization）的特征。”

本月

陈应松、李云雷的《“底层叙事”中的艺术问题》发表于《上海文学》第11期。陈应松“把‘底层叙事’作了点概括：1. 它可能是对真实写作的一种偏执实践。这就是：小说必须真实地反映我们的生活，哪怕是角落里的生活；2. 底层叙事是对我们政治暗流的一种逆反心理的写作活动，它的作品，可能是新世纪小说创作收获的一个意外；3. 它是一种强烈的社会思潮，而不仅仅是一种文学表现方法；4. 它是当下恶劣的精神活动的一种抵抗、补充和矫正”。“当文学越来越专业化、贵族化的今天，‘底层文学’能如此强烈地、勇敢地、直接地表达人民的心声，是令人震撼的，是难得的，我们应该对这批作家的劳作保持起码的尊重。”

十二月

14 日　张学昕的《重建短篇小说写作的尊严》发表于《光明日报》。张学昕认为：“重建短篇小说的写作尊严、重拾艺术信仰势在必行。对于作家来讲，当前最需要调整的，还是能唤醒艺术良知的精神机制，不仅要有超脱、虔诚、沉淀的内心，还要有足够的叙事耐心。重新回到生活，回到当代，回到想象力、创造力可以生长、繁茂昌盛的地方，唯有这样，才可能把短篇小说事业带向成熟的境界，恢复这种文体的写作尊严。”

20 日　杨晓敏的《2007：中国小小说盘点》发表于《文艺报》。杨晓敏认为：“小小说既有精英文化品质，注重思想内涵的深刻和艺术品质的锻造，又有大众文化市场的份额，以精致隽永、雅俗共赏见长，在写作和阅读上从者甚众，无不加速着文学（文化）的中产阶级的形成，不断被更大层面的受众吸纳、消费和实用，潜移默化地提升着国民的文化素质和审美鉴赏水平，为社会进步提供着最活跃的大众智力资本的支持。似乎这样的设计更趋合理，文学的少数精英化带动、拓展着大众化，大众化提升、改善着底层的通俗化，使文学成为一个互补、互动的科学和谐的链条，只有这样，才能夯实现代文明进程的基础。所以从广义上讲，小小说的社会学意义便超出了它的艺术形态意义，小小说作家除了文学写作的追求外，他们还具有文学启蒙、文化传播和普及教育的作用。”

21 日　王必胜的《读范小青的短篇小说》发表于《光明日报》。王必胜指出：“范小青的短篇，都是较为精致的小构架，故事多是人物的片断，情节也不枝蔓，没有太多的对话和场景氛围描写。小说的故事情节并不太讲因果关联性，多以或然性，随意展开，因为多是人物片断史，其情节没有从起始到终结的过程。小说故事虽有悬疑的吸引力，但多归结在平实而自然之中，显得视大为小，视有若无。她不太设置小说的伏笔或者所谓的草蛇灰线层层解套，却每每有着较为深重的题旨。从小说叙事风格看，范小青的短篇，严峻中有温情，沉重中有轻松，或者说，在严酷的生存状态的描写中，有浪漫精神的人文情怀。”

本月

李建军的《什么样的小说才是好小说——关于“第四届鲁迅文学奖·中篇小说奖”的阅读报告》发表于《北京文学·中篇小说月报》第 12 期。李建军认为：“一、好小说是能把细节写得准确传神、能把故事讲得引人入胜、把人物写得栩栩如生的小说；二、好小说是充满想象力和具有智慧风貌的小说；三、好小说是具有现实主义精神和底层关怀精神的小说；四、好小说是致力于发现并揭示生活真相的小说；五、好小说是在‘世界上所有的夜晚’寻找光明、给人安慰的小说；六、好小说是富有‘亲爱’的诗意、浪漫的情调和理想主义气质的小说；七、好小说是那种充满正义感和责任感并致力于向上提高人类精神生活水平的小说。”

李洱、梁鸿的《在怀疑意识下的当代小说美学》发表于《上海文学》第 12 期。李洱认为：“我觉得小说的意义的确是某种展示。同时，我觉得现在小说仍有基本的启示意义。但它的启示意义表现为反面的，告诉人们：不能够这样。原来的小说告诉人们：生活应该是这个样子。如果以前的小说类似于神谕的话，它告诉人们‘往哪里走’，而当代小说告诉人们，不应该这样走。”“以前的小说是一种肯定的启示，现在的小说表现为一种否定的启示。”“文学写作必须有变化，必须出现一种新的形式，以此对变化中的生活作出回应，否则你的写作就是不真实的。”

2008年

一月

1日　胡学文的《风景》（《逆水而行》创作谈——编者注）发表于《中篇小说选刊》第1期。胡学文谈道："小说就是往人心的深处走，寻找真实，寻找别样的景致。"

同日，朱文颖的《"到常熟去"——苏童及其小说的一种解读》发表于《钟山》第1期。朱文颖指出："在苏童的小说里，很多人物都具备一种天生、生而为人的快乐。比起那些沉重的悲剧人物来，他们是那样不知天高地厚，兴高采烈地生活在每一个微小、温暖或者诙趣的细节里。但同样，他们又有着强烈的生而为人的悲哀，所以相比起真正的轻松喜剧来，他们的生活最终总是悲凉的、荒诞的，甚至还有着残暴的意味。"

4日　白烨的《表象寂然　成果斐然——2007年长篇小说概观》发表于《光明日报》。白烨谈道："无论名家还是非名家，都在面向市场和适应读者的同时，更为注重在作品的'写什么'和'怎么写'上用心思和下功夫，使得长篇小说在反映生活的点与面上都更为丰博，在艺术表现的手法上也更其多样。"

5日　葛丽君的《乱了套的"家"，不乱套的事》发表于《文艺报》。葛丽君谈道："总之，毕飞宇的幽默蕴涵着巨大的张力，与他的短句叙述所形成的节奏感相配合，营造出一种轻盈且又颇显智慧的叙事氛围。这种叙事氛围，与那群高中生们所营造的乱了套的'家'彼此呼应。"

15日　范小青、汪政的《把短篇搁在心坎上》发表于《长城》第1期。范小青谈道："我想说的开放式的小说，就不是圆型的，是散状的。因为我总是觉得，散状的形态可以表达更多的东西，或者是无状的东西。表达更多的无状的东西，就是我所认识的现代感。”“可能我们对传统小说和现代小说的理解有一点误区，好像重视人物塑造的传统小说已经是从前的事情了，或者说，小说如果只注重人物或只重视讲故事，就会丢失其他许多信息。”“其实问题不在于写不写人物和故事，而在于通过人物和故事再提供多而深的人文信息。”

同日，李旭的《失落与追寻：精神家园的延续言说——评贾平凹的新作〈高兴〉及其它》发表于《理论与创作》第 1 期。李旭谈道：“我们不难发现小说《高兴》不只是书写城市拾荒者的物质层面，更是着力书写他们的精神层面，仍然延续着作者贾平凹一贯的精神特质和精神追寻：游离于城市与乡村之间，延续地言说着精神家园的失落与追寻。……刘高兴对‘城市 / 乡村’的两难选择和尴尬处境不仅是这部小说的重要主题，而且这一主题也贯穿作者贾平凹的诸多作品之中，构成了作者思想意识的深层结构。”

同日，王鸿生的《从叙事批评到叙事伦理批评——一个个案：寻找麦家〈解密〉的悲哀之源》发表于《南方文坛》第 1 期。王鸿生谈道：“从人物到题材到体式，这部作品的风格在当代中国文学史上实属另类。甚至可以说，麦家的写作其实是一种真正激进的写作。……一部《解密》，哪里是在张扬一个天才的传奇啊，它分明是在对人类智能的动力、方向及其漫长的格斗史提出警告和质疑。”

同日，徐德明的《乡下人进城的一种叙述——论贾平凹的〈高兴〉》发表于《文学评论》第 1 期。徐德明认为：“贾平凹长篇小说《高兴》，提供了乡下人进城后的一种文本叙述：主人公从自我命名的努力，开始了进城乡下人主体的艰难建构过程；作家通过对其族群阶层和女性生存的叙写，揭示出进城乡下人族群的多层性和生存的复杂性；在贾平凹小说从‘废都’到‘废乡’再到‘城市化’的发展过程中，显示出当代作家选择并能偕同叙述对象从边缘地位返归社会问题中心的行迹。……小说《高兴》中，大量乡下人进城小说中的人物或死或伤或回乡竟是对他们主体角色与价值否定的寓言。由此可见，底层不是固定的、同一的阶层，只有从多层性上去把握，才能有实事求是的文学批评。”

同日，薛健的《迟子建祝福翩翩》发表于《文艺报》。薛健谈道：“《百雀林》《第三地晚餐》《西街魂儿》都是迟子建笔下底层人物命运交错中酸楚而又温情的表述。这些故事虽然忧伤、不幸，甚至悲惨与不堪，但迟子建讲述的时候，洋溢在人物之间朴素的爱意，遮蔽了生活本相中的庸冗和不幸；正是因为有了这样笃定韧性的爱，他们可以忘却了物质的贫乏困窘，沉浸在丰盈的精神收获之中，于是平凡的日子也焕发了令人神往的光彩。因此，整本书中弥漫着明亮的暖色调。”

17 日 晓宁的《底层深度叙事的缺憾》发表于《作品与争鸣》第 1 期。晓宁认为：“中篇小说作为介于长篇小说与短篇小说之间的文体，势必有其自身的文体特质，因篇幅局限它不能像长篇小说那样有充分的叙事时空，但却比短篇小说有叙事长度的优势，也是最考验一个作家艺术驾驭能力的文体，对它的情节、结构、节奏等因素的把握显得尤其重要。”“现实题材的浪漫化写法或是浪漫题材的现实化写法，目的只有一个，向着文学的本位回归，向着人性的、人文关怀的文学判别标准回归，不仅以受众的接纳为单一标准。”

张立群的《“底层写作”可以容纳的空间》发表于同期《作品与争鸣》。张立群指出：“‘底层写作’作为一种历史性的回溯呈现于世纪初的文坛之上，并逐渐在发展中被赋予较为鲜明的‘伦理’色彩。应当说，将现实生活的平常一面嵌入文字，是摆脱诸如以‘身体意象’等为表征之‘极端化写作’的一种趋势，它可以在表现更为广阔生活空间的同时，揭示当代生活的丰富性和深广性，就此而言，‘底层写作’对于写作者本身是具有伦理意识的。”

20 日 白烨的《依流平进　暗香浮动——2007 年长篇小说概观》发表于《小说评论》第 1 期。白烨认为：“总体来看，2007 年的长篇小说，既没有特别惹人眼目的作品，又没有引起较大争议的作品，似乎不丰不杀，状态平平。但仔细地检省起来，好的和比较好的作品为数也相当不少。与前几年相比较，并不显得逊色多少，可以说是在平稳发展之中有着平实的收获，也可以说是表面上依流平进，实际上暗香浮动。……让人更为可喜的，是看来动静不大的 2007 年长篇小说，细细品味起来，却在暗里藏匿了让人殷殷可感的新意与锐气。如格非着力表现乌托邦社会理想的《山河入梦》，明显的比他先前的作品更为好看耐看了；如池莉的着意揭示女性命运的悲凉感的《所以》，也较她以前的作品更有深沉意味了；徐坤的透视草根女性命运的《野草根》，在通常的读来痛快之中明显地增强了内在思想的浸润力与穿透力；这些连同王朔的《我的千岁寒》突然神神道道起来，让人一头雾水、不明就里，甚至不知所云，其实显现的都是作家自身的某些变化的外化。”

陈忠实的《寻找属于自己的句子（连载四）——〈白鹿原〉写作手记》发表于同期《小说评论》。陈忠实认为：“从我的写作实践看，尽管能充分感知这种叙述语言的难度，心头涨起的却是一种寻找新的语言形态的新感觉，甚至贴切地预感到这种叙述语言的成色，将直接影响乃至决定着内容呈现的成色。这次由小说规模引发的语言选择，很快就摆脱了最初为缩短小说篇幅的诱因，导致成对这部小说语言形态的严峻课题。”

韩东的《抛砖引玉——自述》发表于同期《小说评论》。韩东指出：“综观中国小说，皆对外界的变动趋之若鹜。缺少恒定性，缺少内在的自由，缺少自身演变的动力和目标。断裂不是一个口号，而是实际存在和发生的事。当代中国人在创造力上表现出的萎靡和无能，不仅涉及哲学、艺术等领域，同样也涉及到小说有效方式的缔造。这不是一个理论能解决的问题，将‘中国’和‘西方’进行为其所用的嫁接属于异想天开，‘全盘西化’或‘回归传统’就更是一种绝望的表达。所面临的各种复杂而含混的因素皆不可回避，只因为它是创造的现实，是无条件地展现在我们面前的。但又不可以此作为借口，被动于所处的现实。”

贺绍俊的《小说自成系统的平稳演进——2007 年中短篇小说概述》发表于同期《小说评论》。贺绍俊认为：“2007 年中短篇小说似乎处在平静状态，这或许说明一个问题，小说写作基本上自成系统，按照自我系统的方式在发展着，演进着。一、坚硬的现实主义与温和的批判……二、平民精神与善良品质……三、‘70 年代’与荒诞感。”

金理的《书信中的文学史信息——从余华的一封信说起》发表于同期《小说评论》。金理指出：“在传统小说里，语言的意义在于表达外在世界的内容与客观事件的自然行程；在先锋小说中，语言‘叙述’自身的规则而不依照客观逻辑。在先锋批评中经常可见所谓能指与所指的‘断裂’，唯有‘断裂’才造就了一个‘自足’的文学王国：叙事游戏在抛弃‘写真实’‘写本质’的要求、甩开外部世界之后，仍然可以按照自身的规则以及话语内部复杂的自我指涉以及文本间性，向人们提供奇异缤纷的海市蜃楼。”“一、辩证地理解 1980 年代先锋小说的语言、叙事实验。他们所营造的‘语言乌托邦’并非无源之水，我们必须放到新时期以来文学发展的脉络中去探究其意义。……二、由上，《虚伪的作品》、信和创作转型，都是为了表达对复杂世界的不懈探索。……三、我们也可以从另一个向度，作如下粗略的推测：在 1989 年，《虚伪的作品》呈现的，是公开宣言中的挑战姿态（这是‘必须’的）；而私人信函中，则保留了对某种艺术规范的遵守（或说‘迁就’？）。”

李伯勇的《当“小说难度”成为一个问题》发表于同期《小说评论》。李伯勇指出：“真正有价值的小说应该是社会意义与文学意义的统一，人物和作品的思想意义应该是文学意义极为重要的组成。”“小说难度的背后是作家知性的萎缩和匮乏。”“知性的萎缩和欠缺，必然导致社会责任感的降低，主体意识的弱化。燃起知性的热情，增强知性，是克服小说难度的重要一环。”

李勇的《卑微，这唯一的高贵！——论韩东及其小说》发表于同期《小说评论》。李勇谈道：“韩东的小说不仅保持了取材和艺术上的‘谨慎’姿态，甚至连内容也绝少那些张扬、猛烈的东西——这不是那个现实中常常袒露自己愤怒的韩东。从‘他们’到‘断裂’，他给我们留下过太深刻的印象，可是他的小说却如此宁静！联系到韩东是一个有着绝对清晰的理智能力和思维能力的人（全面阅读后得来的印象），这种错位耐人寻味。……韩东基于卑微和真诚的追求而坚持了自己个人化的取材方式，并保持了似乎有些过分的谨慎和节制。然而，这一点无关紧要，我想强调的是诚实和卑微这种精神信仰和追求本身，即便它们确实导致了某些人所认为的那种刻意，那至少更能证明一点：韩东是真诚的，而且心口如一、言行一致。至于所导致的后果，那是纯粹艺术上的事，在读完了韩东之后，我想强调和突出的已经不是艺术，而是他的‘写作’——那种贯注了个人精神信仰和追求的写作。”

李勇、韩东的《我反对的是写作的霸权——韩东访谈录》发表于同期《小说评论》。韩东谈道：“生活经历对写作来说应该或者可能是决定性的。”“‘虚构’是文学写作命定的方式，重点在于‘方式’，也就是如何写，而不在于你到底写了什么。”“道德苦闷或者冲突是一个主题，但写作者应该探询的是这样的一种状态，而非做出是非黑白的判断。”

於可训在《小说家档案·韩东专辑》栏目中的《主持人的话》发表于同期《小说评论》。於可训认为：“经验是故事的底子，故事是经验的外化，不是从经验里长出来的故事，是胡编乱造；没有通过故事讲述的经验，是家常理道，算不得小说。韩东的小说把这两大要素，揉合得恰到好处。”“有刻骨铭心的经验，必有刻骨铭心的故事，这其中的差别，只在于讲述者是否能如实地用自己的故事传达出这经验的刻骨铭心，倘能，艺术性自然就有了，倘不能，就是添加再多想像和思想的佐料、方法和技巧的做功，也不管用。”

张清华的《在时代的推土机面前》发表于同期《小说评论》。张清华谈道：“在一个一切文化形式迅速走向娱乐化的时代，在小说家大都把小说写得‘感性’、‘好看’、充满技术含量的时候，我们应该更重视那些有思想厚度、有精神诉求的作品，正像《刺猬歌》中所传达的思想一样，我们需要倾听那些细弱的声音——那些来自自然、看起来更弱小的生命的声音，它们在我们‘时代的推土机’般的轰鸣与合唱中，是最宝贵的、最珍稀和最应该关注的声音。”

25 日 贺绍俊的《现实主义的意义重建——从新时期文学三十年读解范小青的创作》发表于《当代作家评论》第 1 期。贺绍俊认为：“八十年代的范小青为了摆脱当时宏大叙事的约束，尽量疏离政治，倚重于苏州所给予的浓郁地域文化性。但九十年代的范小青却以鲜明的政治意识观察‘新的现实’，并从正面直接进入到现实生活中的政治领域。我以为这实际上意味着范小青的现实主义已经到了炉火纯青的地步，她可以自由地探寻现实世界的意义，自由地表达自己的体悟；因而政治这个曾是约束文学才华的樊篱在她面前就变成了观察世界特殊性的窗口。当一个现实主义的作家的写作达到这一步时，就会有意识地建构自己的宏大叙事，通过这种宏大叙事，能够更好地从意义层面去把握现实和历史。”

南帆的《良知与无知——读范小青的〈女同志〉〈赤脚医生万泉和〉》发表于同期《当代作家评论》。南帆认为：“社会问题的美学处理必将呈现为特殊的文本特征，《赤脚医生万泉和》的视角耐人寻味。相对于《女同志》之中那些机灵伶俐的聪明人，《赤脚医生万泉和》设置了一个‘傻子’的眼光。我在其他场合不止一次地指出，文学时常对于‘傻瓜’‘疯子’‘白痴’表示特殊的青睐，例如塞万提斯的《堂吉诃德》，鲁迅的《狂人日记》，或者福克纳的《喧哗与骚动》。这个世界的许多异常现象已经得到如此广泛的认可，以至于只有某些特异的眼光才能发现问题。如果说，那些高踞云端的思想家、哲学家具有一双洞悉一切的慧眼，那么，另一些‘稚拙’的追问也可能甩开种种世俗的成规，返璞归真——许多时候，思想家、哲学家与‘傻瓜’们并没有多少区别。尽管万泉和的智力仅仅略微低于平均数，但是，众多聪明人的言行无不因为他的映衬而显出了猥琐的一面——例如《女同志》之中的芸芸众生。《赤脚医生万泉和》之中出现了某些不无怪诞的情节：万小三子来历不明，牛大虎、牛二虎异常精灵，小向奇怪地咄咄逼人，万人寿瘫痪多年之后重新行走和说话——这些片断提供了种种解读的空间，然而，在我看来，这更像世界在万泉和残缺意识之中的奇怪映像。”

施战军的《中国叙事与中篇小说——〈二〇〇七中国最佳中篇小说〉序》发表于同期《当代作家评论》。施战军认为：“作家对中篇小说的容量开掘和艺术指向的自觉探索，三十年来形成并巩固了它的审美优势。……生成了渐渐水落石出的现时代‘中国叙事’的特点——简言之，就是‘叙中国事’和‘中国式的叙事’的结合。”“‘叙中国事’的核心是中国人的生活、命运和中国人的性格、心象。在近年小说中，城市／乡村叙事、历史／成长叙事、战事／革命叙事、婚恋家庭／年龄危机叙事、知识分子／文化情境叙事等，是一些常现样式。‘中国式的叙事’，既汲取传统小说那种说书人的环环相扣引人入胜的叙述特色和亲切晓畅的语势，也有所选择地注重地域文化与方言之于小说的根系感和真切度的作用，对新出现的表现元素也并不排斥。有的小说则融合几种质素在一起，出色地发挥了中篇小说的涵盖力和表现力。”

王尧的《转型前后——阅读范小青》发表于同期《当代作家评论》。王尧认为：“范小青……对世事的洞察、人情的练达在这些长篇小说得到了锤炼，她笔底下的历史与文化开始发生松动，另外一种和既往不同的素质与气息开始在字里行间涌动。她心中的时空再一次发生了错落，这是范小青文化心理变化的一个前奏。”“范小青的转型其实不仅仅是重新投入到活着的生活中来，而是她变化了自己对时空的认识，变化了自己对历史与现实复杂性的认识，变化了自己对这座城市人文结构和社会结构的认识。于是，仍然是写人生写人性，但已经不是‘挽回’的方式，而是构造了冲突之中的人生场景和人性图解。相对于以往的‘静’，现在多了‘动’，相对以往的‘稳定’，现在多了‘变动’，小说的艺术张力也因此而生。”

张学昕的《短篇小说，并没有缄默——〈二○○七中国最佳短篇小说〉序》发表于同期《当代作家评论》。张学昕认为：“小说的虚构本性，还决定了‘经验’的有限性。因此，想象和幻想的品质，在小说中，尤其短篇小说中就显得极为重要。”“在短篇小说中，故事的讲法、悬念的制造、智性的有效传达，甚至叙述语言和其他技术的精致、精到运用，直接影响、控制着小说整体的底蕴和质量、品质。”

本月

程德培的《正视斜视审视凝视——须一瓜的叙事之镜》发表于《上海文学》第1期。程德培谈道：“综观须一瓜的小说，给我们留下最深的印象莫过于那双‘眼睛’，其魅力在于犀利的穿越之力，细察散落于四处的真相，不忘却那作为剩余之物的温情。作为艺术家，尤其是作为小说家的艺术才能，她不缺正视、斜视，关于审视，她始终保留着对‘他者’的权利，而关于自我的审视，似乎是一个弱项。”

二月

1 日　李洱、梁鸿的《百科全书式的小说叙事》发表于《西部·华语文学》第 2 期。梁鸿认为：“从《花腔》可以看出，这种实事求是的叙述给当代文学展示了一种新的文体。各种回忆录，报刊资料，历史事实，虚构叙事，各种知识，如关于粪便的论述，甚至是一篇非常专业的论文……这种知识性的客观表述，各种文体形式的混杂，学科交错的风格（给文本）使小说叙事非常复杂，这是一种知识和历史的考据相结合的东西。……卡尔维诺在《未来千年备忘录》中写道：‘现代小说是一种百科全书，一种求知方法，尤其是世界上各种事体、人物和事务之间的一种关系网。’卡尔维诺这里的‘百科全书’与词源学意义上的‘百科全书’并非一致，相反，依卡尔维诺看来，它们之间还存在着矛盾，因为‘百科全书式的小说’所致力的并非是展示准确的知识及其价值，而是试图在各种知识中建立某种关系，这一关系背后的意义是动态的、怀疑的，甚至可能是纯粹的虚无。”“但是，知识在小说中不只是一个填充元素，显示主人公背景或某种氛围，它是一种求知世界的方法。作家所致力于的是在各种知识、各个事物之间建构起一种复杂的关系网络，展示它们之间的关联性，最终形成对事件、事物的某种认知。”

5日　白烨的《刘震云长篇小说〈我叫刘跃进〉得失之间》发表于《文艺报》。白烨谈道：“刘震云……构筑起故事来，细针密缕，优游自若，但也沉浸其中，难于自拔，使得故事曲折有余，流畅不足，主线不显，枝蔓太多，读起来不免有一种冗赘感。而那些不失其精妙的议论，不知是为了照应，还是编得太好了，一些地方显得有些重复，一些地方显得过于世故。我更为欣赏的，是刘震云状写小人物的特异才情，他既能把他们的心态琢磨透了，又能把他们的形状描画活了……看得出来，民间与民愿，民情与民瘼，大致是刘震云创作的底牌与底色，而这便使刘震云把自己与别的作家有力地区别了开来……但刘震云的《我叫刘跃进》与此明显不同，作品注重故事，也注重人物。尤其是从叙述到对话的小说语言，称得上是精雕细刻，声态并作，因而既引人入胜又耐人寻味。能够做到这些，确乎难能可贵。”

15日　杨经建、鲁坚的《“把故事还给读者，把叙述留给自己”——论鬼子小说的叙事性特质》发表于《民族文学研究》第1期。杨经建、鲁坚认为：“鬼子小说的独特之处在于运用娴熟的叙事艺术将‘现实苦难’和‘叙述方式’完满地融合起来。……鬼子小说的‘叙事结构’重视描述人物的‘行动’而不是性格的发展变化，‘受难’是鬼子大多数小说的主题。在‘叙事话语’层面作者凭借‘叙事时间’、‘叙事语式’、‘叙事语态’这三个话语维度使文本的意义呈现出一种巨大的张力并产生强烈的艺术效果，也彰显了其‘把故事还给读者，把叙述留给自己’的写作理念。”

17日　卢燕娟的《当底层成为一面旗帜》发表于《作品与争鸣》第2期。

卢燕娟谈道："其实，对一篇具体的小说，无论怎样尖锐的批评都是没有意义的。真正的问题在于这样的小说的出现，再次提醒我们，当'底层'延续着左翼文学的承担和立场，成为一面旗帜，凝聚起社会的思想和良知，自己也从中获得力量。"

21 日 汪政、晓华的《2007 年长篇小说创作述评》发表于《文艺报》。汪政、晓华认为："2007 年的创作表明，人文取向越来越成为作家们的共识，他们更看重作品的文化含量。"

22 日 吴玉杰的《新世纪中短篇小说的叙事伦理》发表于《光明日报》。吴玉杰认为："新世纪中短篇小说在创作方法上仍以现实主义为主，但是在叙事伦理方面和以前有所不同。1980—2000 年的中短篇小说的叙事伦理有些简单化倾向，而新世纪中短篇的叙事伦理则有多元化和复杂化趋势。表现在三个方面：一是权力叙事的鲜明伦理倾向。……二是人性叙事的模糊伦理倾向。新世纪小说和新写实主义小说一样关注小人物的命运，再现生活的原生态。……三是无法评判的叙事伦理。新世纪带给作家对生活和艺术新的思考，他们突破二元对立的思维模式，用一种全新的叙事伦理塑造人物，作者和读者都无法评判人物是非，不是不做判断而是无法做出判断。"

本月

雷达的《当前文学创作症候分析》发表于《北京文学·中篇小说月报》第 2 期。雷达认为："如果说现在文学的缺失，首先是生命写作，灵魂写作，孤独写作，独创性写作的缺失。……其次'最缺少'的是肯定和弘扬正面精神价值的能力，而这恰恰应该是一个民族文学精神能力的支柱性需求。……现在的文学的第三方面的'最缺少'是：缺少对现实生存的精神超越，缺少对时代生活的整体性把握能力，面对欲望之海和现象之林不能自拔，如个人化写作或者私人写作，'70 后'的欲望叙事以及为赚取市场卖点的商业化写作等。……现在的文学的第四方面的'最缺少'是：缺少宝贵的原创能力，却增大了畸形的复制能力。"

刘继明、李云雷的《底层文学，或一种新的美学原则》发表于《上海文学》第 2 期。李云雷说道："我所理解的'底层文学'是这样的：在内容上，它主要描写底层生活中的人与事；在形式上，它以现实主义为主，但并不排斥艺术上的创新与探索；在写作态度上，它是一种严肃认真的艺术创造，对现实持一种反思、批判的态度，对底层人民怀着深切的同情；在传统上，它主要继承了20世纪左翼文学与民主主义、自由主义文学的传统，但又融入了新的思想与新的创造。”

刘继明认为：“单就认识层面来看，底层文学首先是一种撑破国家意识形态和精英文化设置的话语雾障，勇于揭示和描写出我们时代的真实图景，站在人民立场，以批判的姿态面向现实发言的文学，这或许就是它跟此前的新写实小说乃至于现实主义冲击波在价值选择上存在的根本区别。”“底层文学的真正价值，正在于它试图召唤和激活一种被宣布已经失效的现实主义和左翼美学传统，在于它和现代主义、后现代主义以及消费主义格格不入的异质性和批判性，而一旦这种异质性和批判性被消解和收编，它的价值也就不复存在了。因此，底层文学的作家们丝毫也不必瞻前顾后，而大可沿着自己选择的人民美学道路走下去，就像一棵树那样，只要牢牢把根须扎在广袤深厚的中国大地之上，任何风霜雨雪都无法摧垮它。而作为一股尚处于发展当中的创作思潮，底层文学也无须担心外部的干扰，关键在于这些作家自身的力量是否能够使他们走得更远。”

龙一的《小说是什么》发表于《中国作家（小说版）》第2期。龙一认为：“小说的‘题材’仅仅是小说的载体之一，而并非小说的‘内容’，小说的内容应该是小说家的思想和小说家对生活的发现——不仅仅是对生活现象的发现，更重要的是对生活规律的发现，是对深层次情感的发现，是对‘典型环境中的典型人物’的发现，是对民族特定心理状态的发现，是对小说叙事方法的发现。小说家需要的并不是题材的奇异性，而应该是对正常生活的认知能力、重新建构的能力和表达能力。小说家的工作应该是化平凡为神奇，而绝非是追逐甚至‘创作’奇闻异事——小说题材上的奇闻只是小说最原始的形态，早就已经失去了艺术价值。”

三月

1日　北村的《自以为是的写作》（《自以为是的人》创作谈——编者注）

发表于《中篇小说选刊》第2期。北村指出："中篇是一个可疑的篇幅，它既无法像长篇小说那样写出一个时代，又无法像短篇那样精练地表现如诗歌一样的灵魂闪电。如若写一个故事或精神断面，短篇绰绰有余，中篇反倒显出写作能力的贫乏来。直到有一天，这个指标获得了新的意义。我突然感悟：如果能用一个中篇的篇幅写出一个长篇所表达的容量，就能创造奇迹。"

孙春平的《梳理与感悟》(《一路划拳》创作谈——编者注)发表于同期《中篇小说选刊》。孙春平谈道："写小说，就是一个对自己曾经历所熟悉的生活不断进行梳理和感悟的过程。"

袁远的《窄路上碰撞》(《不曾预谋》创作谈——编者注)发表于同期《中篇小说选刊》。袁远提到："写这篇小说，就是基于对这样一种现实的观察和感受。当寻找温暖、安定和爱，日益成为不少人的当务之急，生活再次显露出苛刻与'作怪'的一面。"

4日　张学东的《为小说的尊严写作》发表于《文艺报》。张学东谈道："值得我们注意的是，小说的叙事和文本结构非常独特……以作者'我'真实采访的笔触和口吻，巧妙介入故事并进入人物的内心世界；其次，男主人公杜仲和女主人公小天鹅，也均是以第一人称次第出场，这样就营造了此时与彼时、历史与现在、虚构与真实的交替错落的叙述意境，亦真亦幻，相映生辉。……不难看出，作者对于伟大的爱情的理解和诠释同样充满了博爱和侠骨柔情，特别是对当下爱情价值观念的淡薄与婚姻秩序的倾覆混乱，具有明确的警示和针砭效用。如此说来，这部小说在一定程度上的确挽回了长篇小说那种高尚的文学尊严，即作品的社会反思功能。"

5日　谭运长的《格非对于现代汉语书面语的贡献》发表于《莽原》第2期。谭运长认为："格非的文学语言，有明显的'翻译体'痕迹，这是'学院派'或'先锋派'作家共同的特征。然而，他的文学语言又存在同样明显的民间素养，这却是许多'先锋派'作家所没有的。他的小说很多都是写乡村的，可是他笔下的乡村，似乎并不优美，却显得古旧、斑驳。暧昧的色彩，模糊的感觉，神秘的氛围，与沈从文、汪曾祺、贾平凹等'口语体'作家那种清新、纯净，显然不是一路。作者自言《青黄》是献给仲月楼的，仲月楼是什么人呢？他正是格非家乡的一位民间高人。这个名字不一定是真实的，而这个人的存在却几乎可以肯定是真实的。仲月楼给了格非民间语言的素养，正如大学中文系的课堂让他掌握了‘翻译体’一样。而他对于两种语言的锻造，就是对现代汉语书面语的独特贡献了。以前文学界谈论‘汉语写作’，似乎有一个偏向，就是肯定‘口语体’，否定‘翻译体’，这是错误的。‘汉语写作’的真正贡献，应该就是来自对‘翻译体’与‘口语体’的锻造。”

10日 王春瑜的《历史学家与历史小说》发表于《江海学刊》第2期。王春瑜认为：“历史学家写历史小说是我国的文学传统。从前人褚人获、钱基博到今人周远廉、廖心一、王曾瑜等，都表明了历史学家写的历史小说，由于他们的深厚历史素养，使其作品的历史真实性，一般作家难以企及。不应当把演义体裁排斥于历史小说之外。历史学家们创作的历史小说，给历史小说创作领域注入了新的生命力，但至今并未引起文坛足够的注意，更被文学评论家们有意无意地忽略了。这些年来作家们创作的历史小说，虽然成果不少，有几部优秀作品，但还缺少黄钟大吕式的经典之作，近年出版的作品，总体上质量下滑，很大程度上是历史真实性成问题。这些作家应像历史学家那样严肃对待历史，下一番苦功。而写历史小说的历史学家，则应加强文学修养，使小说更有可读性。”

15日 何镇邦的《劳动诗篇与平民传奇的艺术光彩——浅析肖克凡长篇小说〈机器〉的艺术特色》发表于《南方文坛》第2期。何镇邦认为：“肖克凡有过工厂生活的经历与积累，写起来得心应手，也融注进其深刻而独特的审美感受。应该说，小说中关于劳动的抒写与赞美是最具闪光艺术色彩的篇章。因此。我们似可把《机器》当做一部具有独特审美价值的劳动诗篇来读。”“文学创作的重要任务是对生活的发现与开掘，能够从平凡的劳动与日常生活中发现与开掘出诗意、开掘出美来的作家，方可称为高手。肖克凡在他的新作《机器》中做到了这一点，这才是最难能可贵的。”

李星的《人文批判的深度和语言艺术的境界——评贾平凹长篇小说〈高兴〉》发表于同期《南方文坛》。李星认为：“长篇小说《高兴》是继《浮躁》《废都》《怀念狼》《秦腔》之后，贾平凹小说创作的又一新高度，它的意义不只在关注社会‘弱势群体’……而在于作者心灵渗入融合的深度，社会文化批判的力度，对人的生命和价值的人文情怀，以及在污泥中长出莲花，在死亡气息中发现鲜花的耳目一新的审美视野。”“《高兴》的文本价值，它的广度和深度，正在对于具有普遍性的人的心灵和现代文明迷失的透视。”“《高兴》所批判的正是这种忽视人文价值、牺牲几代人利益的，反人文的发展。贾平凹用就像‘忽视了天上的太阳，地上的清水’，指斥了只顾‘揽钱’的商人良知和道义的丧失。”

周景雷的《温暖的现实主义——关于范小青近期的短篇小说》发表于同期《南方文坛》。周景雷认为：“但范小青则不同，她的现实主义充满了人间的关怀和温馨的讽诫。因此，我将之命名为温暖的现实主义。……范小青不是一位刻意追求底层写作的作家，但她又确实一直在坚持着书写底层，所以她的温暖的现实主义就首先表现为对底层的介入。……温暖的现实主义使底层书写充满阳光。当范小青从女性写作者温情善良的心灵出发去观照底层芸芸众生的时候，她不仅看到了在流淌不息的日子中，那斑驳陆离的日影、阴差阳错的事件、稀奇古怪的纠葛、艰难困苦的生活甚至充满邪恶的罪恶，她还看到了这穿过缓慢的日子，照射在人与人之间、人与事之间的缕缕阳光，于是温情就充溢在那些巷子里、老宅中。……范小青非常注意现实主义的尺度和表达方式。她一方面要去表达那艰辛的平凡的人生背后的阳光，另一方面她又要去遏制丑对阳光的遮蔽。……如果把温暖和批判这两个关键词作为范小青写作中的两个方面的话，那么是否可以这样说，批判代表了范小青直面现实、揭示社会问题的一面，而温暖则代表了她承担道义、解决问题的另一面。”

17 日　林中路的《如何表述农村“底层”的精神生态》发表于《作品与争鸣》第 3 期。林中路认为：“面对中国广大的农村底层，他们的物质生活与物质世界、精神生活与精神世界到底是怎样的？该怎样写？或者说，这样的‘底层’或‘超底层’如何实现‘文学化’？如何找到他们的文学代言人？这确是当下文学界所面临的重要问题。其实，对中国乡村的文学化叙述做出榜样的岂止一人。像鲁迅、赵树理、孙犁、沈从文等先辈文笔下的乡村叙事，都饱含着展示现实与颠覆现实的超时空内涵。如果仅仅把农村底层叙事当作作家们自己一厢情愿的文本书写，或者仅仅当作一种获取名声的跑马场，那么，小说最终成为的就可能只是小说家本人的语言游戏，或者什么都不是。”

汪杨的《失踪的立场》发表于同期《作品与争鸣》。汪杨指出："在面对失业农民甚至于中国最广大的底层民众这一题材时，作家一定要从'大众化'重新回归到'化大众'的道路上，在启蒙立场的关照下打破底层道德神话，只有这样，文本才更具深度和普适性。"

20日　金理的《重构与追认中的出发点：关于文学传统的随想》发表于《小说评论》第2期。金理谈道："作家往往是在生存探索中选择形式，同时又在形式实验中发现自我。""'传统'原就不是一个本质性的概念，它总是在当代的叙事中被重构，恰如钱钟书先生所谓'事后追认先驱'，而这种重构与'追认'也正显现了文学的活力。""对于作家而言，重构与'追认'……意味着在自身所属的传统中发现能够成为自己文学资源的存在……这也是今天文学创作的一个基本的出发点。"

李遇春的《底层叙述中的声音问题》发表于同期《小说评论》。李遇春认为："尽管贾平凹在《高兴》的创作中选择了让底层说话，选择了以拾破烂者刘高兴为第一人称叙事，然而，在这部长篇小说中底层叙述的声音却并不是单一的，而是贯穿着两种不同的底层的声音。其一是刘高兴所代表的亲近城市、认同城市的声音，其二是五富、黄八等发出的仇视城市、拒绝城市的声音。前一种声音是被隐含作者所认可的叙述者的声音，后一种是被隐含作者所否定的普通人物的声音。准确地说，后一种声音是另一个被压抑的隐含作者的声音。……刘高兴其实也是无法真正被这个城市所接纳的，他选择继续在这座城市里活着，不过是飘荡在这座城市里的另一个鬼魂野鬼罢了。这在本质上与五富的死是没有多大的分别的。在这个意义上，主人公刘高兴在小说结尾时表现出的理性、淡定和乐天，不过是这部底层小说中喜剧化声音的最后的微弱回响。"

杨建兵、邓一光的《仰望星空，放飞心灵——邓一光访谈》发表于同期《小说评论》。邓一光认为："文学不是材料学，题材不受衰减期影响，问题在于我们自己的写作是陈旧的，甚至是腐朽的，这样的写作当然没有出路。""小说是一种穿越过去、未来和现在时空的认知范式，它的历史视角显然与即时和既是的社会科学不同，这种穿越是一次可能的竖切，如同考古队挖掘出的探方。""小说探方中分布着充满了历史经验之外的知识，充满了对历史学而言是病态的事物，那种超验的、不连续的、破碎的、由语言重组的事物，正是这些事物构成了小说家认知疗救的可能。”

於可训在《小说家档案·邓一光专辑》栏目中的《主持人的话》发表于同期《小说评论》。於可训谈道：“在他们的战功赫赫、英雄盖世，从小就被他们视若天神，无限敬佩，无比崇拜，并引以为骄傲和自豪的父亲身上这些互相矛盾的东西，既可笑又可爱，值得一写。而且，在这些既可笑又可爱的思想和行为背后，似乎还隐含有一层更深的意义。这层意义不仅仅是指向个人的，而是同时还指向中国革命和现代农民战争的历史。所以，他们笔下的这一切，又不仅止于歌颂，也不仅止于嘲讽，而是同时还有一种对历史的反省和思考的价值在。”

张业松的《当代创作六题》发表于同期《小说评论》。张业松谈道：“小说真要写得‘好看’，除了需要具备洞悉阅读心理的高超叙事技巧，更需具备美学和思想上的造诣；而如果该小说指涉现实，则上述清单中还需增加借以读解现实的历史知解能力。”“所谓现实主义是为了帮助我们认识现实，进而对现实加以改造，小说承担了这一意义上的现实主义文学的主要任务。”

25 日　胡玉伟的《走在归“家”的路上——评女真的小说创作》发表于《当代作家评论》第 2 期。胡玉伟认为：“女真的小说叙事为读者展开的是女性在整个现实世界中真实的生存景况和生命状态，这种超然于某种既定的观念或理论预设的写作姿态，一方面在一定程度上导致她的女性书写更接近于女性生活的‘原生态’，另一方面，也有效地避免了抽象的理念可能带来的褊狭和武断以及由之而来的对人性的简单化、符号化表述，从而为读者与文本的对话预留下一个开阔的话语空间。”

黄平的《“人”与“鬼”的纠葛——〈废都〉与八十年代“人的文学”》发表于同期《当代作家评论》。黄平谈道：“随着‘八十年代’以悲剧性的方式终结，历史语境发生了剧烈的变化，‘现代化’的叙事与想象，逐步丧失‘包容’内部‘杂音’的力量，二者的‘张力’渐次绷紧。《废都》在这样一个敏感的历史时刻，大张旗鼓地讲述了‘知识分子之死’，淘空了这一知识谱系的政治性。悲凉之雾，遍被华林，刚刚经历沉重打击的知识界，能否在压抑与愤澧中，接受一份颇富象征意味的‘知识分子’的房中秘史？……在八九十年代的社会转型中，《废都》近乎‘刻薄’地叙述了‘知识分子’从‘巨人’到‘病人’的转变。”

周景雷的《到达现实的途径——关于刁斗小说的三对范畴》发表于同期《当代作家评论》。周景雷认为：“刁斗就是一位追求‘内’的作家，这种内主要表现在，他关注的始终是心理和意识深处的东西，始终在灵魂中盘绕的东西，而这种东西往往又是说不清楚的。他从不把他看到的现实直接呈现出来，尽管他在作品中所表达的都是我们的现实生活。但问题是，读者始终不能将之和某人、某事或者某种情景对号入座，这是他处理现实生活的高明手段。所以阅读刁斗的小说，只有折磨人心的痛苦，而没有当头棒喝的快意。……刁斗所追求的心灵和现实常常是相抵触的、冲突的、不满的，因此为了获得心灵的平衡，他便常常对现实进行解构、揶揄和嘲讽，这正是通过上文所说的‘虚构’来完成的。于是一方面去探察，一方面去嘲讽，探察是带着热情的，嘲讽则是冷峻的，这样，紧张或者敌对的关系就形成了。但有一点值得注意，这种紧张并不是绝对的，更多的时候是犹犹豫豫的。……刁斗的小说是以论代叙的小说，充满了哲学思辨色彩。我以为，刁斗很喜欢在小说中表达自己对哲学的看法，尤其是喜欢致力于日常生活的哲学思辨，所以他就是一位形而上的作家。”

27 日　张柠、吕约的《在往事　现实和想像之间——近期长篇阅读札记》发表于《文艺报》。张柠、吕约谈道：“在两个年份交接的时候，有几个长篇小说值得注意——林白的《致一九七五》、王朔的《和我们的女儿谈话》、艾米的《山楂树之恋》、刘震云的《我叫刘跃进》等。其中两本是写过去的，一本是写现在的，还有一本捎带写了未来，我们或许由此可以大致了解到中国当代作家面对过去、现在、未来的重整和想像能力。”

本季

王菊延的《情系平民写春秋——阿成近期短篇小说论析》发表于《文艺评论》第 1 期。王菊延谈道：“走进阿成短篇小说所营构的艺术世界，迎面扑来的是一股浓郁的世俗生活气息。社会大舞台上各具个性的生旦净末丑都在作者的笔下显露出生存的本相。……整体说来，为追求生活和艺术的大真实，熟练掌握艺术辩证法的作者在讲述一个个旨趣各异的故事时，善于在‘传统’笔法中糅进‘现代’因子，营构一种谐谑与凝重并举、俚俗与典雅兼顾的‘复合式’叙事效果。”

翟永明的《神圣光环下的魅影——论李锐小说中的“革命”》发表于同期《文艺评论》。翟永明谈道：“在李锐关于‘革命’的表述中，‘革命’像一头凶猛的巨兽吞噬了无数个体生命。……李锐的小说还尖锐地批判了一种已发生了质变的异化了的革命，这种革命带来的不是社会进步，相反却是一种破坏与倒退，因此它对个体精神世界的戕害也就更加触目惊心。……李锐的小说在对民众这些负面因素的揭示过程中，不仅实现了对‘革命’客观冷静的全面审视，而且也折射出李锐对于神化大众的态度。”

四月

1 日　马季的《读屏时代：对文学可能性的一次遐想》发表于《作家》4 月号。马季认为：“从根本上说，文学不仅要表现民族精神和时代精神的高度，而且要与世界其他文明进行横向联系。网络文学在这方面显然是有优势的，它的时代特征非常明显：有自由、宽容、真实、平等的原则；有宽阔无比的向别人学习、向自我挑战的空间：有无拘无束，充分表达的民主权利。更重要的是，网络文学基本上摆脱了对意识形态的依附，让文学回归到了新的起跑线上。”

10 日　雷达的《呼唤优秀的政治小说》发表于《文艺报》。雷达认为：“不少作家喜称自己的官场小说为‘政治小说’，其实真正上升到政治小说的并不多，它们的问题就是逃不出官场小说的封闭格局。官场小说也有成败与高低之别，现在不是写得多与少的问题，而是写得好不好的问题。我一直觉得，当下中国的文学缺的就是优秀的政治小说。政治小说不仅会涉及社会深层结构问题，还会涉及政治文明和文化心理结构，深触人的灵魂世界和时代的精神课题。我期望作家们潜心修养，开阔视野，大力强化艺术概括，多出几部我们时代的一流的政治小说。”

岳雯的《对时代精神的表现更为深广》发表于同期《文艺报》。岳雯谈道：

“本年度，还出现了一批以开掘文化沃土、寻求精神支撑为旨归的长篇小说。……重温历史，熔铸社会责任感：对于历史的重温是近年来长篇小说一以贯之的着力点，这重温，来自于小说家们对民族历史的深切了解和深沉热爱，也来自于他们从历史中发现前进动力的坚定决心。2007 年，对于个人生活历史的追述集中进入长篇小说的表现领域。”

17 日　刘晓南的《〈起舞〉的得与失》发表于《作品与争鸣》第 4 期。刘晓南认为：“文学得以被人类恒久记忆的根本不在于当时流行的新闻效应，而在于其中恒定不变的价值，这价值就在于对现实存在的独到发现。如果文学仅仅是对生活的温习，那我们生活去就是了，还要文学干什么？如果文学不能提供更新鲜的发现和思考，只停留于新闻给我们的震撼和思考上，那它的价值就十分可疑了。因此，文学应该干点文学该干的事，而把处理现实实际问题的任务留给政论、报告文学、新闻报道。”

本月

张清华的《当代小说：美学的新变与复辟》发表于《上海文学》第 4 期。张清华认为：“当代小说不但出现了一个‘新变’的局面，同时它在美学上还出现了一个‘复辟’。当我们仔细审视，会发现这样一个回归。中国当代小说不但是向西方学习的，不但是以外来文化、文学为蓝本的，同时也是以我们自己的本土经验、以我们自己的民族传统作为学习对象的。”

五月

1 日　王棵的《小说家应是运筹帷幄的帅才》（《透不过气》创作谈——编者注）发表于《中篇小说选刊》第 3 期。王棵谈道：“小说家最重要的素质，是对小说各要素的调控能力。语言、结构、线索、主题、情节，诸如此类的小说要素，是小说家手中的兵卒，而小说家本人，就是一个运筹帷幄的将军。”“小说也可以说是一种与读者斗智斗勇的艺术。从某种角度说，你有没有斗过读者，就看你是否在最恰当的时机让读者看到你最恰当的某个方面的才华。”

哲贵的《故事与意见——跟《雕塑》有关和无关的几句话》（《雕塑》创

作谈——编者注）发表于同期《中篇小说选刊》。哲贵谈道："往小里说，小说是设计人生的另一个蓝本。是一种假设。是无中生有。是一出戏。是娱乐。往大里说，是言志。是对人生提出不同的看法。是挖掘人的精神深度。是对社会提出不同意见。不管这个意见正确与否。但是一篇小说能不能成立，我认为，最主要的就要看作者有没有提出自己的意见。"

周海亮的《欲望之蛇》（《蓝蛇》创作谈——编者注）发表于同期《中篇小说选刊》。周海亮谈道："当一件事情说不明白，当一件事情变得复杂并且矛盾，我首先能够想到的，就是小说。对我来说，小说是可以偷懒的文体，因为没有答案。既没有表面上的答案，也没有藏起来的答案。任何试图从小说里寻到答案的想法都是愚蠢的。小说既不是哲学，也不是宗教。"

5日 陈海燕的《亦史亦幻 至情至性——评网络盛行的"穿越"小说》发表于《当代文坛》第3期。陈海燕指出："首先，'穿越'小说沿用了'戏说历史剧'的故事模式……第二，致力于塑造'现代人'视野中的历史人物形象……第三，由于以学生和白领女性为主要阅读对象，'穿越'小说大多高调畅谈爱情故事，主人公'穿越'时空的目的似乎就是为了'与古人谈情说爱'。……随着这股愈演愈烈的浪潮，作品模式化的问题也凸显出来：相同的历史人物、相似的爱恨情仇、雷同的故事情节，往往沦落为俗套，招致了很多批评。然而，无论是尖锐的批评抨击还是盲目的跟风追捧，都不会影响'穿越'成为本年度最为热门的写作、阅读和出版题材。怎样才能做到繁荣却不泛滥，的确是一个值得深思的问题。"

6日 张燕玲的《林白长篇小说〈致一九七五〉：在漫游中狂想》发表于《文艺报》。张燕玲认为："于是，《致一九七五》便有了漫游的气质。这种灵魂的游走，无限地扩展着林白的精神疆域，她的小说场。场中，日常灵动，人物鲜活；叙述迷人，结构出奇；灵魂飞扬，狂想遍地。这是林白式的狂想，一个人的狂想。个人化的想像，始终是林白创作的一大特征，而近年，她的想像似乎更为自由自在了。从《万物花开》脑子长瘤的大头的拼接细节，到《妇女闲聊录》的口述实录，再到个人想像山花烂漫的《致一九七五》。在此，'回忆+狂想'的叙述方式，使上世纪70年代南流江两岸的生活庸常，在林白的回忆中获得了生命与灵魂，林白与笔下人物共同成长，天上人间。”

15日　洪治纲的《形式·成长·语言——论林白的〈致一九七五〉》发表于《南方文坛》第3期。洪治纲认为：“林白对小说形式的颠覆则完全来自于自身的感性铺展。她似乎正在走向另一种极端——高度依赖自己的直觉感受，依赖自己的生存体验和灵性的想象，抛开理性对文本结构的控制，也拒绝理性思考在叙事中的渗透。……林白的小说一直保持着轻逸的叙事语言。她总是能够轻松地剥开那些极为庸常的生活外壳，在想象之中赋予它灵光四溢的叙述特质。我以为，这一方面得力于她那敏捷的感官体验和强劲的直觉感知力；另一方面也得力于她早期诗歌创作对于语言的特殊锻炼，尤其是那种瞬间感受的捕捉与呈现。”

阎晶明的《读〈风声〉兼谈麦家》发表于同期《南方文坛》。阎晶明认为：“《风声》是一部尖锐的小说，吸纳着发自骨髓的精气，也散发着血腥的味道，有正义与恐惧相伴的惊悚，也有智慧与胆魄相融的力量。这是一部写法干净利落，意味丰蕴绵长的小说。《风声》里有历史，这是一种带着正义力量和民族气节的正史，但历史是在故事出口处方才被人醒目看到，是小说在最后时刻的主题笼罩者。小说里有智力的搏杀，这是小说故事的入口和通道，也是人物较量最致命的武器。可以说，小说故事沿着智力搏杀一路前行，斗智斗勇始终吸引人的眼球，打到最后，方才知道这不是一场江湖拼争，不是一次争夺‘密宗’的炫技表演，而是整个民族斗争中的一部分，它同样是枪林弹雨，硝烟弥漫，不过常人看不到，因此鲜为人知。”

17日　孟繁华的《比苦难严酷的是精神遭遇》发表于《作品与争鸣》第5期。孟繁华认为：“‘底层写作’，是近一个时期最重要的文学现象，关于这个现象的是是非非，也是近年来文学批评最核心的内容。这一写作现象及其争论至今仍然没有成为过去。在我看来，与‘底层写作’相关的‘新人民性文学’的出现，是必然的文学现象。各种社会问题的出现，直接受到冲击和影响的就是底层的边缘群体。他们微小的社会影响力和话语权力的缺失，不仅使他们最大限度地付出代价，而且也最大限度地遮蔽了他们面临的困境。也许正是因为这一状况，‘底层写作’才集中地表达了边缘群体的生存苦难。但是，过多地表达苦难、甚至是知识分子想象的苦难，不仅使这一现象的写作不断重复，而且对苦难的书写也逐渐成了目的。更重要的是，许多作品只注意了底层的生存苦难，而没有注意或发现，比苦难更严酷的是这一群体的精神遭遇。因此，我曾不止一次提到，底层的处境更是这个时代的精神事件。”

20 日　陈忠实的《寻找属于自己的句子——〈白鹿原〉写作手记（连载五）》发表于《小说评论》第 3 期。陈忠实认为：“在我个人的创作实践里，还有一个不可或缺的东西，就是对生活的直接感受和直接体验。如果既保持活跃丰富的想象，又对具体一部小说所描写的生活背景和人物生存环境有直接的体验和感受，我就会进入最踏实最自信也最激情的写作状态。缺失几十年前白鹿原上或原下乡村生活氛围的直接感受和体验，在我构思《白》书的两年里，一直是无法实现填补的一个亏空。”

黄轶的《新世纪小说的城市异乡书写》发表于同期《小说评论》。黄轶认为：“20 世纪末以来，随着‘宏大叙事’得以存续的文化语境土崩瓦解，‘小型叙事’扶摇直上，但描写生活的‘原生态’绝对不应该就是一种立场。只有当作家对‘原生态’经过深刻细致的反刍，达到一种理性认知和历史思辨的纯度，并能以人性和人道的立场注重农耕文明、工业文明、后工业文明伦理冲突下悖论的复杂心理和各自在人类进程中的价值评判和哲学意义，才能驾轻就熟地写出中国当前这次巨大的移民潮独特的‘中国经验’，‘城市异乡者’书写才能走出‘问题小说’式的粗浅，真正负载起批判和审美的双重力量。”

林霆的《生活的离散与现代性的匮乏——当代短篇小说创作的现代性观察》发表于同期《小说评论》。林霆认为：“若仅仅追求一种形式上的‘先锋探索’，仅仅关注‘手艺’上的事情，对‘境界’‘思想’‘诗意’‘存在’等等视而不见，就是对现代性的一种误解和屈就，是一种精神惰性。”“作家在想象中虚构了事实，并且按照作家对于世界的理解形成了新的配置，这一虚构的过程就是作家境界彰显的过程，当小说完成后，小说境界高下立现。即便是小题材，也能够反映大时代，也可以具有穿透力、精神的指向性和灵魂的重量，就因为这个道理。”

沈奇的《重构：古典理想的现代叙事——评马玉琛长篇小说〈金石记〉》发表于同期《小说评论》。沈奇认为：“一部成功而堪可被指认为优秀的小说（无论长篇短篇），除了要有独到的选材、立意和人物塑造外，还要有独到的小说叙事才能的特别表现。”“好的小说语言，在承载叙事、推演情节、塑造人物的同时，语言本身也要有‘意思’，有‘味道’，即‘叙事’要和‘被叙之事’一样成为小说审美活动的有机组成部分。可以说，用现代汉语书写的现代小说发展到今天，语言不行，其艺术魅力也就失去了一大半。”

25 日 李洱、梁鸿的《虚无与怀疑语境下的小说之变》发表于《当代作家评论》第 3 期。李洱认为：“一个最直接的感受，就是叙事的统一性消失了，小说不再去讲述一个完整的故事，各种分解式的力量、碎片式的经验、鸡毛蒜皮式的细节，填充了小说的文本。”“我们整个生活的结构被打破了，所以生活不再以故事出现，生活无法用故事来结构。”“不是作家太无能，而是生活变得太快了。它变得没有形式感，没有结构。”“以前的小说是一种肯定的启示，现在的小说表现为一种否定的启示。”“文学写作必须有变化，必须出现一种新的形式，以此对变化中的生活做出回应，否则你的写作就是不真实的。”

林舟的《招魂的写作——对叶弥近年小说的一种读解》发表于同期《当代作家评论》。林舟认为：“在阅读叶弥这些小说的时候，一个突出的感受是，小说中的人物都有自己坚执的生活态度和逻辑，这些生活态度和逻辑，开始于极其日常的经验，最终却通向不合常理、充满悖谬的所在。小说的叙事逼迫我们在这样的逻辑面前就范，从而去体认按照人物这样的逻辑建立起来的是一个与我们身处的世界迥然有别的世界。”“在这个小说世界的构筑中，叶弥的叙述呈现出的一个重要的特质是它的非历史性，即是说，它取消了我们从时间上定位把握叙事的可能。在历史坐标的如此空落状态中，小说驱使我们将它看作一个——哪怕是暂时的——封闭的、虚构的空间，我们在这里看到的一切无法从与外部世界的关联中索解和落实，于是，我们面对的是精灵或梦影，观看它们的舞蹈，倾听它们的声音。”

申霞艳的《狂想带我们飞翔——读〈致一九七五〉和〈漫游革命时代〉》发表于同期《当代作家评论》。申霞艳谈道：“这两部前后历时十年、写作时间跨度非常大的文本，叙事上完全依循回忆的特点：舒缓、闲散、婉转，有如日常流水，到了一种彻底轻松彻底自由的挥洒境界，时而蜻蜓点水，时而浓墨重彩，随情绪流转。宏大的革命事件被付诸日常流水及个人记忆中零落的珠片。

这两部小说一起打乱了林白往常的写作节奏，打乱了我们对她的阅读期待，也打乱了我们对于小说文体的理解以及对故事和真实的追求。同时它与林白既往的作品一道构筑致命的飞翔，被翅膀深度诱惑。……我要特别提一提林白的通感——这可能也是她的写作秘密和她的写作动力。这种‘狂想’所致的通感构成了她的语言奇观，构成了她独特而丰富的意象世界：色彩斑斓、浓烈，气息馥郁，芳香缭绕，让人沉浸并吐纳。”

《第六届“华语文学传媒大奖”专辑》发表于同期《当代作家评论》。王安忆在获奖演说《在现实中坚持虚构》中说道：“现实与小说就是这样粘缠，你不找现实，现实也要找你，而且你终究缠不过它。所有的虚构全在现实中放大，覆盖了本意。因此，在小说这共同的陷阱之中，我又堕入了我的特定的陷阱，这陷阱的名字就叫‘长恨歌’。这是一个极其狭小的陷阱，它将我限制于这样的定位：描写上海。事实上，上海只是我的小说的布景。我在《长恨歌》中虽然孱弱地无法表现生活应该是怎么样的，至少我表现了，生活不应该是怎么样的。然而，人们都以为我在说——上海。是这样的。”

麦家在获奖演说《我用大脑写作》中谈道：“我记得李敬泽曾讽刺我们小说家都是地铁司机，只管一路狂奔，把人拉到目的地了事。他认为小说家应该是三轮车夫，一路骑来，丁当作响，吆五喝六，客主迎风而坐，左右四顾，风土人情，世态俗相，可见可闻，可感可知。我用大脑写，就是想当一个三轮车夫，把各条路线和客主的需求研究透彻，然后尽可能以一种能说服人的实证精神，给客主留下一段真实的记忆。”

徐则臣在获奖演说《历史、乌托邦和文学新人》中谈道：“对一个作家来说，文学就是历史，历史也就是文学，只要其中穿插一个作为独特个体的‘我’。……小说中人物的历史，说到底就是我的当下。我在当下想弄清楚的，经由他们带进时间深处去经验一番。历史和当下在这种文学的表达里达成了和解。”“而历史和当下在我这里，共同与一个乌托邦有关。……我的乌托邦不敢如此宏大，它只是我用文字建造出的一个和我有关的世界，也是我所经营的与我有关的‘历史’，存储我的生活、想象、虚构、质疑、批判和向往，承载我的趣味和思考。”

本月

王十月的《创作谈：几点随想》发表于《北京文学·中篇小说月报》第5期。王十月认为："小说说到底是写生活的，当然，这生活包括精神和物质两个层面。然而，我们正在经历的生活是如此的纷繁复杂，让人眼花缭乱，如何穿越这纷繁复杂的生活表象，去发现世道人心的真实图景，对我们这一代写作者来说，是一个考验。"

陈晓明的《在终结的命运中拓路——2007年当代小说的多向态势》发表于《山花》第5期。陈晓明认为："80年代后期还只是叙述方式和语言的变革，先锋小说创造了一种新型的汉语小说经验，但现在仅只依靠形式是显然不够的，形式也不再有新奇感。而经验与形式的结合，反倒是更深入回到中国传统中去，或是回到乡土中国的生活经验中去，汉语小说的叙事才会找到有陌生化的感觉。"

六月

1日　蓝爱国的《网络文学的题材类型》发表于《社会科学战线》第6期。蓝爱国谈道："网络文学题材广泛，主要有言情、都市、幻想、军事、推理、游戏、历史、同人耽美、竞技9大类别。作为网络时代文化新变化的反映，幻想性、内在性、消费性、衍生性等网络题材新特征表明网络文学更为注重文学书写的内在心灵表达，同时也具有潜在商业、市场写作倾向。网络文学正在成为一个当代大众文化的大本营，一个趣味通俗的文学领地。……网络文学体现在题材上的新特征实际上是网络时代文化新变化的反映，幻想性、内在性特征表明网络文学更为注重思想的自由翱翔，注重文学书写的心灵表达。网络文学是一种突出主体意志的文学。……它突出文学的消费性，突出文学的可读性，突出文学的市场导向。"

本月

李辉的《创作谈：小说与想象力》发表于《北京文学·中篇小说月报》

第 6 期。李辉谈道："我时刻提醒自己，努力给想象力插上翅膀，去新天地里翱翔。小说来源于现实，但不能跟现实画等号，不仅不能画等号，而且要努力做到现实生活中不会发生这样的事，这样的事只能出现在小说中，永远是'可能发生'，就像格里高尔，现实中的人再怎么变异，也不会变化成一条虫子。但是，这个人物却是真实的，真实得让我们震惊，真实得让我们永远无法忘记。"

吴义勤的《陈应松的力量》发表于《中国作家（小说版）》第 6 期。吴义勤认为："陈应松给我们的审美惊奇表现在以下几个层面：其一，他突破了一些写作的边界，边界的突破是他作品魅力的源泉，如突破了'实'和'虚'的边界。……如《马嘶岭血案》中的村庄显得非常'实'，仿佛乡村中土地的气息都能闻到，但从'虚'的角度看又完全是'虚'的，也可以认为它根本就是不存在的。它有真实的一面又有荒诞的一面，模糊了'虚'与'实'的边界，这种虚实结合是非常好的。现实主义，浪漫主义这些边界被他突破了。其二，他突破了人与物，生与死，爱与恨等等的边界。在作品里他写人、写物、写自然、写生和死、精神与灵魂、存在与虚无、爱与恨，没有一个很鲜明的价值判断，不是很清楚地表明作者要表达什么……其三，他突破了人性的、人心的边界。他不再简单地从善和恶的角度写人性，他其实就写了一种很本能的人性。不管是人性的哪一方面，他都写得轰轰烈烈，你无法去给这种人性作简单的评判。"

本季

陈斯拉的《桃花源：抵达存在的路径——论格非小说的精神内核》发表于《文艺评论》第 2 期。陈斯拉谈道："其实，在格非那里，小说的形式仍然是由写作的精神内核所决定的，小说依然保持着对现实的浓厚热情，以及对存在的思索。正因为如此，格非最终回到现实、回归传统，书写精神乌托邦，也就成了一种必然。……格非的写作也有自己的'基本的命题'和'意念的核心'，那就是存在——存在，正是格非写作中所坚守的精神内核。"

七月

1 日　陈家桥、姜广平的《"我是一切小说的当事人"》发表于《西湖》第 7 期。

陈家桥谈道："好小说，最重要的方面在于它是否在小说中有了它独立的发现，它是否有一道门，是通向那个不为所知的地方，小说的最神秘的地方就在于此。实际上《三国演义》是不错的小说。但不是最棒的，为什么？因为它总是把那种应有的玄虚给前置了，它最敏感的权谋往往并不在乎人的命运，它讲的是天下与人的分合趋势，它没有内部的独立性，然而《红楼梦》是最好的，《城堡》也是最好的，《百年孤独》也是最好的，它们的共同地方在于，它们把人的命运的神秘之门找到了，开启了一道微光，洞见了人心深处的一点绝世的光痕，使人的命运获得了精准的难以言传却一再扑闪的存在，这是小说的恒久魅力所在。小说在发现的不是奇特的东西，它是给予记忆和经验，一个颤栗的恍惚的然而又明确的感知，是对一个故事的倾听的同时，获得精神的游历。所以小说的有趣，最主要的还是阅读的有趣，是对一个故事的个人精神重建，深刻地于沉默中近似成为另一个人，有了他者的观感，看到了浮世，历史和自我的人。"

同日，白林的《那一抹感觉挥之不去》（《水银情感》创作谈——编者注）发表于《中篇小说选刊》第 4 期。白林提到："著名作家苏童曾经跟我说过，一个在你脑子里盘旋多次的事件，就是你该写的素材。于是我就把这个挥之不去的感觉写了出来，这便是我写《水银情感》最初的冲动。在创作中我又加强了理性上的想法，那就是人在环境中的局限性。"

徐则臣的《城与人》（《天上人间》创作谈——编者注）发表于同期《中篇小说选刊》。徐则臣谈道："城与人。挑出两个要素中的任何一个用小说来解决，都是件相当麻烦的事。而我必须把两个放在一块来考虑，因为人活在城中，城里面挤满了人，谁也离不开谁。"

10 日　孟繁华的《一个文体和一个文学时代——中篇小说三十年》发表于《文艺报》。孟繁华谈道："中篇小说很像是一个当代文学的'活化石'。当然，从来没有一成不变的'不变'，中篇小说的这个'不变'是指对文学信念的坚持和对文学基本价值的理解。在这个前提下，无论中篇小说书写了什么，都不能改变它文学性的基本性质。因此，三十年来，中篇小说成为各种文学文体的中坚力量并塑造了自己纯粹的文学品质。"

15 日　苏童、李建周的《纸上的海市蜃楼——与苏童对话》发表于《南方文坛》第 4 期。苏童谈道：“我不知道别人怎么样，对我来说，写作大概十多年以后，才认真探讨写作对于我的意义。这也是滞后的，写作对于个人的意义，对于我的意义是什么？我觉得巴尔扎克的一个说法好，他说写作是私人的民族史的版本。这个说法的好处就在于它强调了小（私人），强调了个人，但是同时它强调了一个大，一个民族，它把小和大对接起来，所有小里面有大。我觉得我比较认同对于写作价值的这么一个宏观判断。……关于我的小说语言，自由和禁忌的魅力都在里面。我是有忌讳的。比如我就是不能忍受连篇累牍的对话，哪怕对话的功效再好。在我的所有的小说当中，我不能忍受人物之间超过一页的长时间的对话。这个是毛病。就是不觉得小说可以这样子，用这么长的篇幅去对话，让叙述一边站着。写两个人的对话，篇幅也严格控制。这肯定是我的偏见，没有什么依据，就像我到现在不知道为什么特别怕用双引号。已经养成这个习惯了，到现在也不想改。我也不太喜欢成语，必须要用的时候用，很不甘心，通常来说，我很排斥成语。自己的禁忌说不出理由。”

於可训的《读〈圣天门口〉（修订版）断想》发表于同期《南方文坛》。於可训认为：“刘醒龙的写法比较高明。他的高明之处，在不以重大历史事件为中心，尤其是那些具有标志性的历史事件，以前的作品往往让主人公作为当事人，参与其间，演出种种历史故事，从一个侧面或一个个体身上，表现出这一重大历史事件的性质和特征，目的不在写人，而在写这一重大历史事件。刘醒龙的写法，则略有不同，他既不去追寻某一历史事件发生的原因，也不想弄清它的来龙去脉，因为这些重大历史事件已被政治家和历史学家说得一清二楚，或已成定论，无须作家再来演绎，或作翻案文章，他只当不知道何时何地，有哪些人要制造哪些‘历史事件’，他只注意普通人的日常生活，只有当这些后来被称作‘历史’的事件，侵入到普通人的日常生活领域，打乱了他们的日常生活秩序，影响了他们的日常生活进程，他才让他手中的笔接触这些历史事件。但即便如此，他仍不去正面描述这些历史事件本身，而是对准这些历史事件在普通人的日常生活中所激起的反响和回音。”

同日，王侃的《九十年代中国女性小说的主题与叙事》发表于《文学评论》第 4 期。王侃认为：“语言作为文化的本体象征，在女性写作中被用于隐喻女性的本体境遇，对语言的批判也就是对由男权文化机制给定的女性本体境遇的批判；而欲望则涉及文学中的性表达，涉及女性作为欲望主体的文化意义，同时，这一主题的写作，使在男权机制中被'扁型化'处理的女性形象得以丰富和饱满。批判性的主题叙事导致这一时期女性小说的在叙事方式与叙事形态上都有了明显的变革，使女性小说有了可供辨识的文体。这些文体的浮现，以及对于这些文体的研究，将使在叙事学或审美层面上定义女性小说成为可能。"

同日，孟繁华的《青春中国的傲骨柔情》发表于《文艺报》。孟繁华谈道："看到《八月狂想曲》之后，对徐坤敢于触及、驾驭当下重大题材的勇气深表敬佩，对她出色的艺术想像力和文学虚构能力有了新的认识和了解。'奥运'题材是'宏大叙事'，多年来，'宏大叙事'一直处在被解构的处境中。这是缘于文学关注自身的考虑，也是文学避免过于依附政治的策略性手段。"

17日 李云的《如何叙述底层的尊严》发表于《作品与争鸣》第7期。李云认为："'底层文学'不断深化的一个标志，是它们所关心的不再仅仅是社会问题，而将笔触深入到了底层人的精神世界，不再仅仅关注他们外部的物质问题，而把视角深入到了他们内部的心灵底处。与外在的社会问题相比较，底层的精神创伤更隐蔽，但是对他们的影响却更深远，关注这一方面，可以使底层的生活感受与内在逻辑得到展现，同时也使小说在艺术性上有了更多探索的空间。"

鲁太光的《我们怎样才能拥有尊严》发表于同期《作品与争鸣》。鲁太光认为："只要简要回顾一下中国当代文学史，我们就可以发现，自从'冷也好热也好活着就好'作为一种理念在文学界流行之后，中国当代文学的风景就为之一变，由色彩分明变得模糊不清了，或者说，中国当代文学，特别是80年代中期之后的文学，逐渐被一种灰蒙蒙的暧昧色调给笼罩了。之所以呈现这样的景观，原因也比较简单：当价值判断、道德承担、情感关怀等所谓的宏大叙事在怀疑论的整体时代氛围中被搁置后，作家们就可以放下'包袱'了，可以心无旁骛了，只要一心一意地实践'情感的零度介入'就可以了。"

20日 陈忠实的《寻找属于自己的句子——〈白鹿原〉写作手记（连载六）》发表于《小说评论》第4期。陈忠实说道："自1985年秋天写作中篇小说《蓝袍先生》引发长篇小说创作欲念，到最后完成删简和具像，足足用了两年半时间。我把最后完成基本构思说成删简和具像，似乎更切合《白鹿原》构思过程中的特殊体验。”“这个过程自然是多重因素促成的。自我感觉是完成了至关重要的一次突破，也是一种转折。此前是追寻和聚拢的过程，由真实的生活情节和细节诱发的想像产生的虚构，聚拢充塞在我的心中，取舍的犹疑难决和分寸的把握不定形成的焦灼，到这种突破和转折发生时也发生了转折，开始进入删简过程。删简的过程完成得比较顺利，整个白鹿原很快删简到只具像为一个白嘉轩。实现这个突破和转折再到删简的过程，自然是由多重因素促成的，其中接受并初试‘文化心理结构’这个新颖理论，对我看取白鹿原的世象和正在酝酿着的小说《白鹿原》里的人物，确凿有某种点化的神奇效应。”

李建荣的《长篇小说的语体思辨——兼评马步升的〈青白盐〉》发表于同期《小说评论》。李建荣认为：“小说的语体就是小说的‘身体’，小说的生命与其身体必然为一。文体使小说像小说，语体使小说是小说。小说的语体就是小说的整体，语体一旦形成就具有自足、自能、自由的生命活力，小说语体是小说灵魂的具体承载者，小说文本的变革必然通过语体的发展来实现。”

骆冬青的《叙事智慧与政治意识——20 世纪 90 年代小说的政治透视》发表于同期《小说评论》。骆冬青谈道：“小说，无论如何，都处身于政治的变迁之中，有意识也好，无意识也罢，总是以叙事的方式阐释着政治，参与着政治，成为政治美学形式的表达。20 世纪 90 年代的小说，尤其如此。在世纪末的政治变迁中，中国社会的现代性转型和后现代性的透支，使得小说创作回归了此岸世界，回到了明清时期的某种状态：繁荣而寂寞，真正成为了‘小’说。”

阎真的《崇拜经典　艺术本位——自述》发表于同期《小说评论》。阎真说道：“在我看来，一部经典作品首先应该具有精神和艺术上的原创性，这种原创性是对作者精神力度的检验，也是对其艺术才情的检验。……其次，经典作品首先是一种艺术存在，艺术性是其第一品格。……第三……在强调艺术性作为评价一部作品的前提性标准的同时，我也非常看重作品的精神表达。”阎真在高校授课中提出了四项基本原则：“第一，艺术标准是前提性标准”；“第二，超越公共空间”；“第三，用具体超越具体”；“第四，只有艺术能够面对历史。这是我的文学史观”。在阎真看来，只有坚持“以文学的眼光看文学，把艺术的标准作为文学史的标准”，“才可能在历史稳定性上建构文学史格局”；“作为一个艺术本位论者，我坚信艺术性是文学作品价值的起点和终点，它既是对作品经典性最严酷的考验，也是对其价值的最终确认”。

杨经建、吴丹的《现象学式书写：20世纪晚期小说的一种存在主义创作倾向》发表于同期《小说评论》。杨经建、吴丹谈道：“现象学的悬搁包括两项基本内容：一是对存在加括号即排除对自然界和人的世间存在的信仰，对现实世界是否存在的问题不予考虑从而直观现象本身；二是对历史加括号，即把历史上关于世界的种种观念、思想、见解搁置一旁并使其不作为前提和出发点。”“如果说‘先锋小说’在寓言化和象征性地阐释世界时总是以对‘生活’和‘世界’本身的架空与扭曲为代价，那么‘新生代’小说则首先维护的是‘生活’和‘世界’的原生态和日常性……这意味着‘新生代’从‘先锋派’极端的叙事实验向朴素的‘经验化’叙述还原，这种‘见素抱朴’的还原思路使人类的一切‘经验’都得到了敞开并从容而堂皇地进入了文学的领地。”

於可训在《小说家档案·阎真专辑》栏目中的《主持人的话》发表于同期《小说评论》。於可训指出：“在阎真的艺术观点和创作实践中，似乎同样也存在着与他的小说所表达的意思相类似的‘悖论式情境’。我所指的是他的‘崇拜经典’和‘艺术本位’的说法。在这样一个时尚流行、物质本位的时代，还有人这么善待‘经典’，膜拜‘艺术’，这本身也许就可以称作是一种时代的悖论。在这种‘悖论式情境’中，阎真对经典的崇拜和艺术的虔诚，还真有那么一点‘知其不可而为之’的儒者精神。但问题是，在这样的时代，何谓‘经典’，何谓‘艺术’，这本身就是一个问题。更不用说是否有更多的人像阎真这样，去崇拜经典，以艺术为本位了。”“我不知道阎真在探讨知识人‘悖论式’的生存情境这个‘经典’的人生问题的同时，是否同时也考虑过将自己的艺术多多少少向大众靠拢一点，否则，在这个大众文化主宰世界的时代，岂不是要使自己的创作终身陷入一种‘悖论式情境’。”

余中华的《面对虚无的写作——阎真论》发表于同期《小说评论》。余中华谈道：“阎真对于世界的基本理解主要体现为‘悖论式情境’的设置。在他的小说世界中，所有的人物都面临着无法解决的生活难题。……阎真的写作可以纳入日常生活叙事这一概念，拒绝传奇故事的同时是对现实生活的细腻表达。”“阎真的小说中没有宏阔的历史场景，也没有重大的社会事件，完全依靠对人物内心世界的剖析隐蔽地传递自己的哲学观念，获得叙述的深度。另外一个显著的特点是，阎真的小说并不依赖情节出奇制胜，那些故事本身对已经见怪不怪的当代读者而言其实已没有多大的吸引力。阎真用以攫取读者心神的是密不透风的人物对话。……阎真从金钱场、权力场、性别场三个维度构建故事，对不同的人群、不同的存在进行考察和询问，从而建立起了他的小说世界的三根栋梁。”

25日　麦家的《作家是那头可怜的“豹子”——在苏州大学“小说家讲坛”上的讲演》发表于《当代作家评论》第4期。麦家说道：“我认为，这只豹子是所有挑战人类极限者的象征，当然也包括作家在内。极限是什么？是无知，是无底，是无边无际的宽大，深不见底的深渊，是从已有开始，向未有挑战。……毫无疑问，写作会让作家变得多愁善感。正如写作会让作家变得多愁善感一样，阅读文学作品也会让我们变得感情更加丰富，心灵的感觉敏感起来，细腻起来，生动起来，因为花谢而忧伤。学会忧伤，从某种角度讲不是一件好事情，所谓忧从识字起。但难道我们的生命就是为了无忧吗？要无忧其实很容易的，就像死是容易的一样。对我们来说，难的是生，是活着，是像一个人一样的活着，有思想，有尊严，有情感，有追求，有意义，有忧喜。从这个意义上说，我们要感谢作家，诗人，艺术家，他们代代相传、年复一年、日积月累地照亮了我们内心的一个个死角，拓宽了我们内心四面八方的边沿。”

王光东的《意义的生成——张炜小说中的“主题原型”阐释》发表于同期《当代作家评论》。王光东认为：“从‘主题原型’的角度看，张炜在二十世纪八十年代中期以后的《三想》《问母亲》《我的老椿树》《梦中苦辩》等作品应特别引起重视，在这几篇作品中，‘主题原型’所生发出的意义，都体现在其后出版的《九月寓言》《柏慧》《刺猬歌》等长篇小说中。张炜的这几篇作品所着力表现的是人与自然之间的关系。他对于人对自然的破坏及对其他生命的戕害充满了深深的忧虑。”“自然、动物及其他生命对人是有恩的——人负义残害、蹂躏它——人最终要受到惩罚。在他的小说中虽然这一主题的表现形式有所不同，但其基本内涵并没有根本的改变。张炜小说的这个‘主题’从民间故事、传说的‘原型主题’看，是与‘动物报恩系列传说’和‘感恩的动物忘恩的人’等故事类型联系在一起的，也可以说民间故事、传说的‘原型主题’在张炜的小说中以当代的形式呈现出来。”“当然，在张炜的小说中原型的类型不像民间故事的原型这样单一，要复杂得多。他的长篇小说甚至是多种原型、类型的复合，但在总体上所表达的‘人与自然、动物及其他生命之间的关系’，与民间故事中的原型主题是基本一致的，在作品内涵、情节结构上有着惊人的一致性。这样说并不意味着张炜的小说是‘主题原型’的简单重复，而是说他赋予了原型主题新的创造性之意，具有深刻的当代性内容。原型的复现不仅是回忆过去，而且是新的意义的生成。”

张光芒的《比写作立场更重要的是发现真实的能力——评尤凤伟长篇小说〈衣钵〉》发表于同期《当代作家评论》。张光芒认为：“《衣钵》通过独特的叙述重构了历史与现实的辩证法，即它是把历史作为现实来写，把现实当成历史来写，把真相当成影像来写，把影像当成真相来写，在多重视野的聚焦下实现对本质真实与真理性的勘探。……在《衣钵》这里，当喜剧到来时，却有更大的悲剧感袭来，而历史上的悲剧却留下了一个喜剧的缺口。正是在这不为人知的黑色区域内，我们似乎看到了衣钵是怎样传承的。”

31 日　杨晶的《从乡下人进城的叙述看中国经验书写》发表于《文艺报》。杨晶谈道：“‘乡下人进城’为当代文学提供了最新鲜的中国经验，我们需要探问的是，文学叙述能否成功地书写这一新鲜的中国经验。不少作家都注意到这一社会现象，而且把这些进城的乡下人作为社会底层予以人文关怀，这些作品往往被纳入到‘底层写作’序列之中。不可否认，当下的底层写作中，道德的评判和苦难的渲染是这种写作最基本、最醒目的两个模式。而从精神指向和思维惯性来看，这两个模式在对‘底层’的态度上有着内在的同一性。这表现在：其一，尽管许多作家称自己的写作为‘民间立场’，但实际上，底层写作的叙事向来是典型的启蒙立场。无论是对‘底层’的怜悯、同情，还是对城市文明病的批判，都是高高在上的知识分子叙事。这是积淀已久的叙事传统。底层从来都是作为‘他者’和‘客体’来被观看的，他们任何时候都没有获得过与作家平等的‘主体’地位。其二，底层写作的叙事方式是以‘代言’为手段的，失语常常使底层经验被简化、被遮蔽，无法呈现真实的自身，最终变成符号化表述。这两点也正是中国当下的底层叙事虽然成为盛行的一个潮流，却总是无法触摸到底层生活的本质和真实，总是给人隔阂、游离之感的根本所在。并且，新的文化背景下，时代和历史的发展也需要我们对人道和人性重新思考，对历史的必然性做出新的评判。我想，这正是令有所追求和突破的作家们最为困惑和痛苦的地方。”

八月

17 日　董闽红的《在法与情的夹缝中窥破人生》发表于《作品与争鸣》第 8 期。董闽红认为：“文学创作的核心问题并不是什么主题和题材问题，而是精神与价值问题。今天已很少有人提主题先行或题材决定一切，尽管主题和题材还很重要；但最终检验作品是否成功，还需要看作家赋予了主题与题材什么样的精神意义与价值形态。”

28 日　李鲁平的《社会历史视野下一种开放的英雄主义——评邓一光长篇小说〈我是我的神〉》发表于《扬子江评论》第 4 期。李鲁平认为：“乌力天扬是小说的另一个重要人物形象。乌力天扬在与命运的抗争中体现出的责任感具有强烈的英雄色彩，而乌力天扬试图完美拯救生活和朋友、亲人又具有一种博大的理想主义意味甚至是普世主义意味。这一宗教般的情感色彩是作品的另一重要内涵。”

九月

3 日　《人民文学》第 9 期刊登署名为编者的《留言》一文。编者指出：“我们相信，《推拿》是二〇〇八年中国小说的重要成就。这里是盲人的世界——目光明亮的人们由此可去想象世界的另一重面相：一切都看不到，没有注视没有目光的交流，只能靠声音、靠手和身体去感受、认识和表达。”“古人说，五色使人目盲，说的是，人可能被目光欺骗。我们看见了那么多，可看得太多也许目迷五色，什么都没看见。在这个影像时代，人们所见之多，古人难以想象。但在这里，我们不得不痛切地回到自身，闭上眼，哪怕是暂时的，让被目光覆盖的心和感官恢复灵敏，面对生命中那些基本而朴素的事：爱、责任、尊严、劳动和梦想……”

5日 邵燕君的《“智性写作”与“游戏精神”——晓航小说论》发表于《当代文坛》第5期。邵燕君认为：“晓航小说以其‘智性写作’的独特风格令人耳目一新，并为中国文坛带来了长久匮乏的富有理性精神的想象力。本文在对其‘智性写作’风格进行界定、阐释的基础上，提出晓航写作的最大特征是建立了一种具有‘物质性’和‘可操作性’的‘晓航模式’，并在将‘晓航模式’与通俗文学中类型文学‘模式化’写作的对比中，确认了晓航小说‘纯文学’的内在属性，并指出其对既有的、带有僵化性质的雅俗分野标准具有某种挑战性和跨越性。在赞赏作家创作的‘业余状态’和‘游戏精神’的同时，指出这也是保持其创作的纯粹性和可持续性的基础动力。”

15日 李梅的《被男权话语误读了的两性世界——评阎真新作〈因为女人〉》发表于《理论与创作》第5期。李梅谈道：“小说叙述的男女人物性格及男女之间的冲突一律简单模式化，甚至人物尤其是男人们的语言及说话方式都大同小异，毫无艺术构思可言。……作为一个教授作家，也许他对社会不健康现象的思考是深度的，遗憾的是他的作品选取性别的角度，给我们呈现了这样一个表面、单一、片面的人世图景，给不健康的病态的世界一个看似颠扑不破（上帝在男人那一边）的理由。”

罗益民的《含混的叙述与欲望的魅惑——评阎真的〈因为女人〉》发表于同期《理论与创作》。罗益民认为：“这是一部为女人鸣不平的作品，女人在欲望时代宿命般的失败可归结为作品的标题‘因为女人’。但就女人遭遇这一创伤的‘天敌’来说，这一切也可归结为‘因为男人’。不仅仅是女权主义认为的男权文明成为女性沦陷的无形之手，男人在欲望场上对女性肆无忌惮的追逐更成了看得见的魔掌。问题是，女性的这种警醒并没有换来期待已久的解放，而是让女人在半推半就中加入了这场欲望游戏。这同样也是‘因为女人’。由此，《因为女人》显示出了一种含混的叙述。……作品人物的知识者身份也并未穿越这种含混。知识在欲望的阐释场中反而成为了欲望的同谋。正是在欲望的操纵与知识的共谋中，欲望成为了欲望时代真正的胜利者。含混也就成了这个时代的人们在欲望前面的真实心态。”

同日，施战军的《个性正史的长调　水火相容的杰作——评邓一光的〈我是我的神〉》发表于《南方文坛》第5期。施战军认为，《我是我的神》“这部长篇小说的突出贡献在于，它用不着痕迹的生活化叙述，赋予了中国式的军人小说和成长小说以更有深度的生命哲思和更有质感的人生况味。从而同时实现了中国式的军人小说和成长小说的全面刷新。有鲜明的历史标识，更有浓郁的人间烟火。小说对人物，既呈现了他们都怎样活着怎样死去的过程，又不避追问为什么会这样生和死的本质，这个追问不是抽象的而是具体化了的。命运和性格导致了每个人人生关节和细节的不同，他们互相牵扯互相呼应，实现了现代战争史及其当代生活史的无间融合。它的出现，对于今天的创作而言，其意义不容低估。至少在军人小说、家族小说、成长小说、共和国史小说和‘个人化’小说这几个方面标示了它文学成就的非同寻常，而把这些倾向性较强的方面杂糅为一个不可切分的整体，将正史与个性的关系处理得如此丝丝入扣天衣无缝的作品，在此之前，确乎未曾得见。我们只要提取其中一种特质，就可明证，《我是我的神》构成了新世纪以来长篇小说领域的制高点”。

汪政、晓华的《父与子——邓一光〈我是我的神〉断评》发表于同期《南方文坛》。汪政、晓华谈道：“读过《我是我的神》，那种阳刚之气如山崩地裂，如山呼海啸，如暴风骤雨，如金戈铁马，呼啸而来。这是一种久远的风格与书写的方式，是英雄史诗的流音余响。这一风格可以说已经构成了邓一光小说创作的审美特性。”

17日　周展安的《道德书写的限度》发表于《作品与争鸣》第9期。周展安认为：“当代文坛虽然自九十年代以来就一直被裹挟在由小资、中产、新富人等所织成的‘新意识形态’的罗网中，但毕竟没有完全失声。尤其是近几年，很是出现了一批描写农民工生活的作品。这些作品的风格各有不同，水平也参差不齐，但它们大都显示出一种眼光向下、极力去逼近真相的冲动。”

20日　陈忠实的《寻找属于自己的句子——〈白鹿原〉写作手记（连载七）》

发表于《小说评论》第5期。陈忠实认为："我后来才找到一个基本恰当的词儿——剥离，用以表述进入上世纪80年代我所发生的精神和心灵体验。""我对生活的回嚼类似'分离'，却又不尽然，在于精神和思维的'分离'，不像植物种子劣汰优存那样一目了然，反复回嚼反复判断也未必都能获得一个明朗的选择；尤其是在这个回嚼过程中，对于昨日既有且稳定了不知多少年的理论、观念，且不说审视、判断和选择的艰难，即使作出了劣和优的判断和选择，而要把那个'劣'从心理和精神的习惯上荡涤出击，无异于在心理上进行一种剥刮腐肉的手术。我选用'剥离'这个词儿，更切合我的那一段写作生活。""剥离的实质性意义，在于更新思想，思想决定着对生活的独特理解，思想力度制约着开掘生活素材的深度，也决定着感受生活的敏感度和体验的层次。我之所以注重思想，是中外优秀作品阅读的影响。""是80年代不断发生的精神和心理的剥离，使我的创作发展到《白鹿原》的萌发和完成。这个时期的整个生活背景是'思想解放'，在我是精神和心理剥离。"

洪治纲的《现实之外　寓言之中——中国六十年代出生作家群研究之一》发表于同期《小说评论》。洪治纲认为："他们在深入现实或历史的同时，又不断地让叙事超越单纯的现实和历史的表意功能，从而使文本获得广泛而又丰富的内在意蕴。应该说，这种寓言化的写作，在这一代作家的大多数人笔下都有所体现。""在这一代作家里，鲁羊、李大卫、邱华栋、曾维浩、夏季风、红柯等人的创作则体现得更为集中。他们的一系列代表性作品，都带着明确的寓言化倾向，从而使这一代作家的叙事在审美空间上获得了进一步的拓展。""寓言化的写作作为一种现代美学追求，之所以在六十年代出生作家的笔下获得了广泛的体现，甚至成为很多人孜孜以求的叙事理想，我以为，有两个非常重要的原因：一方面，它可以帮助创作主体有效地摆脱就事论事的局限，使叙事从容地进入超验性的审美地带；另一方面，它又可以将文本的内在意蕴伸展到各种不确定的解读空间之中，在一定程度上激活了文本再创造的审美接受功能。……过度地追求寓言化，也会导致叙事因为抽象而失去艺术的鲜活与灵动。"

李春燕、周燕芬的《行走与超越——叶广芩创作论》发表于同期《小说评论》。李春燕、周燕芬认为："叶广芩背负曾经显赫也曾经落魄的家族历史，以贵族后裔的身份写作，创作中的身份认同感明显存在，但更重要的是，脱离家族生活的人生体验和知识分子的自省批判意识，又造就了叶广芩与家族文化之间的疏离乃至相向的姿态。既可以置身其中而又自觉置之度外，这就取得了一种文化审视和文学审美的最佳距离。既非缠绵眷恋也非决然背离，而是在传统和现代的引力场中，穿照中华民族文化体系的深层结构，感性的叙述中潜藏着理性的估定和批判，这使得叶广芩的家族小说区别于当代其他历史、家族书写，具有了另一重思想情怀和艺术韵致。……叶广芩《青木川》对历史和历史人物的重新考量，与她的自然生态写作有着内在精神的一致性，同样吻合着传统的天人合一的自然生命观，即是说，自然是在多样生命的和谐共生中存在，历史也是在人类文化的多声部合唱中演进，任何强势的扼杀和专制的裁断，最终会伤及人类自己和文明自身。从这个意义上说，《青木川》也属于叶广芩新世纪艺术创造系统中的优秀之作。”

夏中华的《关于小说视点冲突问题的探讨》发表于同期《小说评论》。夏中华认为：“人们由于基于不同的经验与知识背景，对同一事物的认识或同一语言片段的表达理解都会产生差异。人们的认知差异必然表现为视点的冲突，而最为重要的冲突载体就是语言。正是由于作家把握了人们运用语言的这一基本规律，因而可以利用语言视点的冲突去反映文本所要揭示的各种矛盾。我们要对文学文本进行深入细致的分析，必须准确弄清文本人物话语视点及其关系。这也是我们进行文学批评和鉴赏时的一个重要的视角或方法。”

阎真的《语言的表演与语言的终极》发表于同期《小说评论》。阎真认为：我们应该“以看表演的心态”去看待语言本位的文学价值观。“语言在终极意义上，仍然是一种手段，是表达思想塑造形象的方式。语言的意义不能自我证明，要通过思想表达和形象塑造来体现。”

於可训在《小说家档案·叶广芩专辑》栏目中的《主持人的话》发表于同期《小说评论》。於可训谈道：“有人说，在中国的文化传统中，贵族精神原本就不多，而且还把国人今天的某些缺少文明、教养的表现，也归结为贵族精神的匮乏，如果这话有几分可信的话，那叶广芩的这些小说就更加弥足珍贵。”“究其实，除去了阶级、政治之类的人为标签，还原了的，古今中外就是个人。叶广芩和白先勇都写了这人的事儿，人的变化……虽然所写和写法有诸多不同，但在这一点上，二者确有异曲同工之妙。从这个意义上说，称这两位分住海内外的新老贵族的后裔为文学的双璧，似不为过。”

周燕芬、叶广芩《行走中的写作——叶广芩访谈录》发表于同期《小说评论》。叶广岑认为：“行万里路”对作家来说很重要，“人生经历决定着你是一个什么样的作家，什么样的艺术个性”；作家“仅靠才气和机遇是不够的。创作的后劲还是来自作家的文化底蕴、生活积累和艺术积累……文化的浸润，人格的操守，心态的宁静是以写背景文化为衬托小说的必备条件。”

25 日　张清华的《作为一种“新笔记体小说”来读》发表于《当代作家评论》第 5 期。张清华认为：“中国有古老而发达的短篇小说传统，但中国古代的文人常常使用‘笔记’的形式来写小说，只注重简洁的叙述，并不注重‘描写’。细读劳马的小说，我觉得他很有这种传统的笔记小说的神韵——常常只是点染一下，叙述一个戏剧性很强的故事，活画出其中的人物，而人物通常是非常类型化、性格化的，而关于‘文学性’的细节描写，他倒很不刻意为之。”

本月

孙新峰的《一条根上生出的并蒂莲——〈白鹿原〉〈秦腔〉论》发表于《山花》第 9 期。孙新峰认为：“它们（《白鹿原》《秦腔》——编者注）在内容和形式上呈现出一定的相似性。首先最典型的，是史诗品格。……其次，是世纪末对‘老家’的悲情回眸，对中华民族根的探寻。……第三，都体现出文化阉割的审视与拯救意识。”

曹征路、李云雷的《立场、审美与“动态的平衡”》发表于《上海文学》第 9 期。曹征路认为：“在小说中的审美，我认为主要是指一个作家眺望新世界的能力，想像人类合理生存方式的能力，激发美好理想的能力。”“一部好小说一定是既有局部的丰满生动又有整体的内在肌理，而且能通过局部联系想像到整体的艺术品。”“其实古今中外小说的各种写法，无非是写意或写实两大类。王国维以西式花园和中式名园打比方是很贴切的，进入现代以后的小说都在向各自的相反方向发展，西方进入了写意，中国进入了写实，写实多了就要求写意，写意多了就要求写实。这里没有谁对谁错，谁高谁低的问题，趣味不同罢了。但由于中国的赶超情结作怪，就夸大了西方话语。”“重建作家的主体性才是中国文学走向世界的根本前提，这个问题才是真问题。”

十月

1日　戴来、姜广平的《用意料之外的手法讲好经得起推敲的故事——与戴来对话》发表于《西湖》第10期。姜广平认为：“戴来在70年代作家里也许是个非常鲜明的异数。在身体写作与女性写作甚嚣尘上的时候，在这一批作家中，可能惟一没有遭此恶谥的就只有戴来了。戴来更关注‘几乎无事的悲剧’，也更关注小说品质的圆整。小说到了戴来的手上，显然得到了更大的尊重。作为70后女作家的杰出代表，她素以娴熟的中短篇小说艺术、理性审视的目光与凛冽的精神分析著称。戴来无疑是目前深富创造活力的青年作家中非常引人注目的，她的出色的小说文本与预设的‘女性写作’领地之间有着一种自觉的距离，对于当下生活的突入与体验有着迥异于同时代女性作家的独特风格和罕见深度，其在叙事和语言方面所表现出来的才华更是令人惊叹。”

17日　范国华的《精致的说教》发表于《作品与争鸣》第10期。范国华认为：“小说的文学价值，在于把道德层面的冲突推演到极致，逼迫主人公在利益和道德面前做出选择，从而把读者引向更加深入的道德思考。深刻的经典小说与平庸的说教小说的区别往往就表现在这里。”“崇术失道，或者说作者心中没有自己确信的核心价值观，是当下小说缺少风骨的主要原因。一些作家认识到了，却是知易行难。”

谢刚的《故事的诱惑：底层写作陷阱之一种》发表于同期《作品与争鸣》。谢刚认为：“只有在无限丰富和复杂的人物身上，小说才能找到对现实不断掘进的可能，才能把批判的使命贯彻到宏阔深远的文化甚或哲学层面。也只有塑造出成功的人物形象，小说的美感才有坚实的依托，才能进而抵达意味隽永的审美高度。”

21日　曾镇南的《关仁山长篇小说〈天高地厚〉：沉重的厚土　奋争的精力》发表于《文艺报》。曾镇南认为：“关仁山长达47万字的长篇小说《天高地厚》，以其深沉有力的主题内涵、绚丽多彩的生活画面、鲜活新颖的人物形象和淳朴浓郁的土风乡情，引起了文坛内外的广泛关注。时隔六年，河北教育出版社在改革开放30周年之际，再版了这部作品。今天重读这部作品，依然让我们亲切，让我们感动。长篇小说的思想和艺术成就，往往集中表现在那些富有社会生活内涵和时代意义、具有较高的艺术真实性和艺术魄力的人物形象塑造上。《天高地厚》在这方面是成功的。它塑造了各种各样性格鲜明的人物形象。……《天高地厚》以华北平原上具有丰厚的历史承传和诡丽风土人情的蝙蝠村为生活舞台，在我国近三十年来农村大变动的广阔背景上，展开了鲍家、荣家和梁家三个家族三代人升降沉浮、盛衰进退的生活变迁史，把中国农民在时代潮汐的牵引掣动下求生存、求温饱、求发展的坚韧意志、不息的奋争和所遭逢、所承受的曲折、挫败、困顿、辛酸和盘托出。”

十一月

1日 劳美的《让温暖的阳光照进现实》（《飞翔的锦衣》创作谈——编者注）发表于《中篇小说选刊》第6期。劳美谈道：“当我获得小说这个可以透察万物之灵的镜子时，我开始让它在照见一些现象和事件的同时，更加专注对那些向上的温暖的火花的寻找和捕捉。”

李春平的《对当下爱情的幻想》（《大上海的小爱情》创作谈——编者注）发表于同期《中篇小说选刊》。李春平提到：“我们不能对爱情太苛刻，太固执己见，要宽容我们的爱情，谅解我们的爱情，把我们的爱情放到尘世中去看待，而不要放到天堂上去考察，这样的话，我们的心态就会好一些。正是基于这种想法，才有了这篇小说。我想表达的是，这个社会，还是有真爱存在的。”

杨少衡的《“伪教授”说》（《啤酒箱事变》创作谈——编者注）发表于同期《中篇小说选刊》。杨少衡说道：“写作时我给自己提出忠告，认为自己应当选择一个其他小说作者涉及较少的角度，争取有别于他人。……我觉得自己还应当在这小说里提供一定的社会信息量，展现现实生活的若干内容，也许该内容只是我自己的理解，它似乎已经不太为小说作者和读者们注意，我可能吃力而不讨好，但是惯性使然，我还想一试。另外就是这小说应当让人读得下去……并有所感觉与收获，对我而言很具挑战意味。”

周暄璞的《我们的写作指向哪里》（《失语》创作谈——编者注）发表于同期《中篇小说选刊》。周暄璞谈道：“如果一个人的写作，不是按照自己对文学对生命对美的独特理解和感悟，而是一味按风向和流行来写，那么他的写作又有什么意义呢？”“我不知道，这世上的写作，不指向心灵，应该指向哪里？”

同日，洪治纲的《范小青论》发表于《钟山》第 6 期。洪治纲认为：“范小青的创作虽然在不同的阶段也呈现出不同的变化，但始终贯穿着一条非常清晰的精神主脉，即，一种富有人道主义伦理的叙事温情，一种宽厚柔韧的人性基质，一种游离于创作主体知识分子角色的平民化叙事心态。正是这一精神主脉，决定了范小青的创作一直保持着非常纯正的文学趣味，也使她的很多小说在表达现实生活时，总是洋溢着浓郁而又别具意味的世俗气息。她似乎不太注重理性的思考深度，也不太在意小说结构上的逻辑关系以及叙事内部的繁简控制，而是凭借自身对世俗生活的敏感把握，从容地传达出各种充满艺术质感的生存状态，并以此彰显了俗性生活所特有的美学趣味。”

5 日　孟繁华的《总体性的幽灵与被“复兴”的传统——当下小说创作中的文化记忆与中国经验》发表于《当代文坛》第 6 期。孟繁华认为：“在不同的历史阶段，‘继承’或‘弘扬传统’几乎是不变的、永远‘政治正确’的口号。对当代中国文化与文学来说，它具有‘元话语’性质。传统究竟如何继承，或者究竟什么是我们的文化与文学传统？在过去的理论表达中，只有民族的才是大众喜闻乐见的，才是中国作风和中国气派的；在当下全球化的语境中，只有民族的才是世界的，也只有民族的，才能够保证国家文化安全而抵制强势文化的覆盖或同化。这两种理解的功利性诉求所建构起的意识形态，在不同的历史时期都有它的历史合理性。但是，在现代性追求的过程中，社会求新求变的激进演化，总体性的传统文化已经无从表达。在文学中对神秘事物、‘边缘文化’、文人趣味和乡土中国的风俗伦理的刻意或不经意的表达中，传统仍幽灵般地存在，它的复兴也正悄然萌生。……在近期的小说创作中，文化传统的‘复兴’成为一个令人瞩目的现象，这就是体现在当下小说创作中的民间文化、文人趣味和乡村的世风与伦理。”

同日，王安忆的《小说的创作》发表于《花城》第 6 期。王安忆认为：“我想说的第一点就是什么叫小说。我想说小说它的形式。它的形式是叙述。它的叙述是在一维时间里进行的……小说它是根据时间的，它是在一个时间的长度里进行的。所以说它就具备了某些特性：一个是它比较间接，它不是让你看见什么，是让你知道，通过语言的描述；另外一个是它只能依次进行，它不可能同时推给你，它要按照次序进行，次序以什么规定，则要视具体情况。它有很明显的缺陷，它就是很不直观，它这个不直观给我们带来什么问题呢？它表现空间和动作是效果不好的。……这说明语言展示空间是有难度的，你讲了半天未必能让人明白，哪里是哪里。总起来说，主要是空间的问题，动作也是属于空间的性质。因此，当我们写小说的时候，就要把空间转换成时间的形态，成为可叙述的。”

13 日　梁一儒的《人生悲喜二重奏》发表于《人民日报》。梁一儒谈道：“小说在由衷地赞美改革开放的新生活的同时，它尖锐辛辣的讽刺锋芒、无所顾忌的谴责力量也焕发着新颖独特的光彩，给读者痛快淋漓的艺术感受……《静静的大运河》的作者基于他中西文学雄厚的根底，把历史与现实、真实与梦境融会贯通，创造出一个植根民族文化土壤又散发着现代气息的艺术世界。”

15 日　洪治纲、欧阳光明的《现代知识分子的沉沦与救赎——论阎连科的长篇小说〈风雅颂〉》发表于《南方文坛》第 6 期。洪治纲、欧阳光明认为：“在中国当代作家群里，我们几乎很少看到有人像他那样，对现实永远保持着高度紧张的关系。也正是这种紧张关系，使得他总是自觉或不自觉地选择一种‘剑走偏锋’的极端方式，为他内心的某种理想，不断地向各种现实伦理发出巨大的挑战。这种持之以恒的挑战姿态，在他的长篇新作《风雅颂》中再一次展示出来。在这部小说里，阎连科以中国最有名的高等学府“清燕大学”为背景，通过一位大学教授、《诗经》研究专家杨科的荒诞命运，在充满诙谐和反讽的叙事语调中，对中国当代知识分子的人格气质和精神操守进行了一次无情的解构。……从反抗权力的规训到重返民间的自由，杨科的命运其实就是中国知识分子自古及今所普遍尊崇的人生选择。济世不能实现，理想无法完成，便退回民间，保全所谓的‘自我’，这种方式一直是中国传统文化中精英群体的主导意识。从创作主体的潜在思维中，我们同样可以看到阎连科对这种思维的不自觉的重复。因为，杨科的沉沦，与其说是中国现代知识分子的一次荒诞的精神之旅，还不如说是作家对传统文化思维的一次惯性书写——当然，在这个过程中，作为规训主体的权力体系，则出现了各种令人玩味的形态。而这，或许才是《风雅颂》的核心价值之所在。”

孟繁华的《风雨飘摇的乡土中国——近年来长篇小说中的乡土中国》发表于同期《南方文坛》。孟繁华认为：“新世纪以来，特别是近年来，我们在表现乡村生活的作品中，明确地感知了乡村文化的真正危机。城市现代化建设的全面展开，一方面征用了大片土地，可耕土地面积越来越少；另一方面农村过剩的劳动力大量地涌进了中心城市，他们成了城市强体力劳动的主要承担者或其他行业的‘淘金者’。乡村的留守者大多是年迈的老人或困难重重更加弱势的人群。走进城市农民也只是他们的身体，事实上城市并没有也不可能在精神上彻底接受他们。城市因‘现代’的优越在需要他们的同时，却又以鄙视的方式拒绝着他们。他们带着乡村文化走进城市是小心翼翼甚至是胆怯的。城市的排斥和乡村的胆怯构成了一个相反的精神向度：乡村文化在遭遇城市屏蔽的同时，那些乡村文化的负载者似乎也准备了随时逃离。因此，近年来长篇小说中乡土中国的形象已几近难以整合。碎裂的乡村是我们常见的形象。”

同日，李丹梦的《红柯中短篇小说论》发表于《文学评论》第6期。李丹梦认为：“红柯的小说大多依托于新疆这片‘异域’，本文探讨了这种‘异域’写作的历史渊源、心理动机和内在的神话原型思维。出于朴素的个体拯救和完善心理，红柯将神话引入到现代小说的体式中。摹拟的神话语境一面允诺了红柯奇特想像的可能，同时也让其作品对现实的包容度、穿透力打上了折扣。神话与所谓‘文学性’呈现有意味的纠缠。……总体说来，红柯的文本洋溢着强烈的浪漫理想气息，但并非平板一块，其内部充满震荡，一个动态的自我说服与抗争的结果。……在察觉回归自然的悖论后，红柯的文学神话将向何处发展？就红柯近来的中短篇小说来看，其风格趋于平静、写实。虽然回归自然的细节依旧频繁，但浪漫的笔调已明显收束。”

17日　李云的《黯淡中的光彩，粗鲁中的希望》发表于《作品与争鸣》第11期。

李云认为："从'新写实小说'到'底层文学'，可以看作'底层'的自我意识与阶级意识觉醒的过程。在文学与现实中，这些'小人物'曾经被压在无数大山之下，但只能以犬儒主义式的态度去适应与迎合，最后失去了自身的'主体性'，正如鲁迅先生所说，当奴隶歌颂自己的处境时，那才是真的无可救药了。只有发出自己的声音，哪怕是粗鲁的声音，才有找回'自我'的可能性。"

孙佳山的《无法死去的"底层"》发表于同期《作品与争鸣》。孙佳山认为："'底层'文学……已经初具规模，在文学界已经具备了很大的影响力。对于'底层'文学的批评主要来自'纯文学界'，而争议的核心大致集中在两个焦点上：第一，这些'底层'文学不够审美、缺乏文学性，因此这些作品的意义也就是反映了一个时代的某些风貌，只具有'历史文献'的价值，最多也就是比文学研究低一个层次的文化研究理论操练的一个载体而已；第二，'底层'不能被表述、不能自我言说，因此，这些作品不过是知识分子的精神意淫，在当下语境下'底层'更只是被比知识分子还略差一些的作家代言而已，于是这种'代言'的身份就十分可疑。"

20日 陈忠实的《寻找属于自己的句子——〈白鹿原〉写作手记（连载八）》发表于《小说评论》第6期。陈忠实认为："我在上世纪80年代初发生的精神和心理剥离，延伸并贯穿着整个80年代，既涉及现实和历史，也涉及政治和道德，更涉及文学和艺术。这种连续不断的剥离的每一次引发，几乎都是被动的，一种新的政治理念和新潮口诀，一种新的文学流派或一种文学主张，一种大胆的生活理念和道德判断，都会无一例外地与我原有的那些'本本'发生冲撞，然后便开始审视和辩识，做出自以为可信赖的选择。""确凿在我意料不及的是，这种自我选择的纯粹拷问自我的精神和心理剥离，竟然拷问了地理上的白鹿原和正在酝酿着的小说《白鹿原》，自然是拷问这原上的人，在我已确定的上世纪之初，无论男人和女人，也遭遇到一种精神和心理的剥离。这个绵延了两千多年有文字记载的白鹿原，遭遇或者说开始发生了划时代的剥离。相对于渺小的我的剥离，这是一座原的剥离。"

格非的《中国小说的两个传统——格非自述》发表于同期《小说评论》。格非认为："中国小说的两个传统"除了"中国古典小说"这个传统外，还有"从近代开始受到现代性影响的小说传统”。“要想全面了解中国古典小说的美学体系，我们还必须考察汉语的复杂表意系统，考察中国人特殊的时空观以及对于文化记忆的处理方式。”“将中国小说放入世界性的文化空间中加以思考，同时将它置于中国文化、文学发展史的时间链中进行考量，我认为在全球化的今天具有特别重要的意义。但空间和时间是互相包孕的两个概念，每一个空间都沉寂了巨大的历史内涵；而反过来说，时间的线性过程本身就是一个认识理论上的假象，实际上它也蕴藏着丰富的空间性细节。”

仵埂的《小说的伦理精神》发表于同期《小说评论》。仵埂认为：“真正的小说伦理，恰恰是站在个体偶在的立场上，表达人物生活其中的世界的终极悖论。表达而不是消除或解决，他让我们看到了人性的深渊，看到了我们生活其中的世界的多义和矛盾，看到了每一个个体生存的困境，在困境中的泪水和无奈。这样，我们在无明中见到了天光，人物的困境使怜悯心萌生，既对他们也对自我，在人物心理和境遇的纵深之处，在人的无奈叹息中，从而抬起头来，宽慰自我，并仰望天光。”

晓苏的《小说创作与艺术想象》发表于同期《小说评论》。晓苏认为：“从艺术想象与文学作品的基本构成要素之间的关系来看，想象在文学创作中的艺术功能主要体现在以下几个方面”：“第一，想象可以增补情节的长度”；“第二，想象可以加强人物的厚度”；“第三，想象可以设制环境的限度”。晓苏还介绍了几种“被现代写作者经常使用的技巧”：第一种，“假设式想象”；第二种，“对比式想象”；第三种，“夸张式想象”。

於可训在《小说家档案·格非专辑》栏目中的《主持人的话》发表于同期《小说评论》。於可训认为：“在中国当代小说家中，我还没有看到哪一位作家像格非这样对中国小说的历史传统，有如此系统、深入的研究，和如此精深、独到的体会。他的独到之处，就在于，论小说不以小说一体为限，而是放眼中国文学乃至中国文化的整个叙事传统。而且注意到中国小说的‘向内超越’的特征，实在是不可多得之论。”“事实上，当我们说这个‘小传统’改善和充实了‘大传统’的同时，从某种意义上说，这个‘大传统’也融入了‘小传统’，或体现于‘小传统’。”“作为一个曾经以‘先锋’和‘现代派’名世的小说家，如今有这样的认识，确属难能可贵。”

余中华的《雨季·梦境·女性——格非小说的三个关键词》发表于同期《小说评论》。余中华认为：“格非的小说是一个混沌体。那些虚构的故事里，他故意为读者设置了一些陷阱，尤其是在叙述链条上暗地里卸掉一些螺丝，抽去某些关键的环节，于是一个平常的故事瞬间变得奇特，本来清晰的线索如草蛇灰线般模糊起来。同时，格非的小说又是一个透明体。在那些看似扑朔迷离的故事外表下，我们总能感到有一些东西是那么清晰、亲切，与我们的物质距离是近的，心理感觉也是近的，并不遥远，亦不复杂。这些东西与他小说中的三个常见事物有关：雨季、梦境和女性。……雨或者说雨季，这个在古典文学史上占据了重要地位的经典意象，具体到格非的小说中，它具有哪些叙述功能和美学意义？我认为可以从三个层次上来进行理解：叙述的背景设置；通往记忆的道路；关于世界的本体性想象。……他的叙述具有女性气质。语言上典雅清丽，富于书卷气，精巧修饰的句式不失华丽，抒情细腻，语速匀称；这与短促、急切的男性语言截然不同。在形象塑造上，人物性格内敛而不外露，惯于思考而乏于行动，稍有风吹草动，便立即将感觉的触角缩回内心；尤其是与作者的自我有较大重叠的男性叙述人，惮于行动而耽于冥想。在情节构造上，虽然并不缺乏引人的故事，极少意识流式的处理，但整体的神秘风格十分契合女性的阴柔气质。格非小说的女性气质引发了另一个问题，它提请我们注意其文本中的女性形象。格非对于女性的想象集中在九十年代转型后的文本中，她们的代表是张末、陆秀米、姚佩佩们。她们有着如下特征：美丽而矜持，性格温柔而坚强，情感激烈而内敛。”

余中华、格非的《我也是这样一个冥想者——格非访谈录》发表于同期《小说评论》。格非谈道：“关键不在于‘欲望’，而在于欲望的形式。你说的对，单纯对于欲望的批判没有太大的意义。可是当欲望被文化化了，这就需要我们认真加以思考。写作所表现的当然是人的处境。人一方面受到欲望的支配，同时也在自我欺骗，那么所谓‘超越’从何产生呢？这是我一直在思考的问题。”“写作中的读者都是虚设的，它是一个开放的结构。我的虚设读者首先是我自己，其次是那些在时间和空间中存在或不存在的人，写作就是寻找这部分与你感同身受的人。当这些人与我达成了默契，那便是我与世界的交流获得成功的时刻。”

25 日　陈思和的《“历史—家族”民间叙事模式的创新尝试》发表于《当代作家评论》第 6 期。陈思和认为：“历史的反思与批判不是莫言的擅长，他将兴趣着重放在叙事的艺术形式上，叙事形式作为这部小说的主要元素，其意义远远大于小说所展示的历史内涵。我们在其中获得了大量的生动活泼的民间信息，神话与历史、轮回与血缘、天道与贪欲，通过西门家族和蓝脸家族交错在一起。所以，这个文本在‘历史—家族’二元建构的民间叙事系统里是非常特殊的一部作品。”“在《生死疲劳》中，由于叙事形式的意义要大于历史大叙事，作为民间的、边缘的叙事者身份出现的鬼魂叙事、怪胎叙事和动物叙事，有意遮蔽了历史大叙事的庙堂记录，呈现出特有的民间记忆。”

汪政、晓华的《苏童的意义——以中国现代小说为背景》发表于同期《当代作家评论》。汪政、晓华认为：“我们以为苏童的短篇形态除了前面详细论述过的拉开与现实的距离，摆脱社会功利话语的束缚，从现代性意义上探究人的生存状况特别是精神困境这一重要方面以外，还有这样几个特点。首先，它的实验性与叛逆性。”“苏童的短篇则是一种否定性的文学行为，与其说它是什么，不如说它不是什么，这使它与传统、与当代短篇小说始终保持着距离。他的短篇小说很难用一种形态去描述，一直在变化之中，从外在叙事形式上讲，它们之间并不是在相互认同，而可能是相互对比，相互否定。”“其次是对传统戏剧性叙事方式的解构与颠覆，苏童的小说叙事大都是连贯的，甚至是完整的，但是却并不追求传奇与戏剧化。……戏剧化是建立在世俗性的基础上的，它将注意力牢牢地锁定在‘事件’上，因此，从本质上讲，它是非现代性的。”“第三就是氛围的营造。苏童的短篇既不去刻画什么展开人物，也不依靠戏剧化的情节，那么它的精神追求靠什么去完成呢？靠氛围，苏童不去讲故事，但他是一个善于叙述的作家，有相当的自信，会通过看似平淡的故事，似断非断的场景，出入自由的叙事人的评价和散文与诗化的渲染慢慢地向目标接近，最终完成于一种情绪、色彩、调子与感觉之中。”“第四就是简单性。这与苏童的反戏剧化是联系在一起的，为了戏剧化，小说必须繁复、叠加、层层推进或转折，做的是加法，而苏童做的是减法。”

张学昕的《苏童与中国当代短篇小说的发展》发表于同期《当代作家评论》。张学昕认为："从很早的时候开始，苏童对短篇小说的精心结撰，对短篇小说形式感的追求，就已经远远地超出了'表现生活'的主题学限制和范畴。""以曲折的作品情境，透射人生，隐喻世界，阐释存在哲学和独特体验，寓深度、深刻、深厚于平淡、平静的叙述，同样能开启人们的灵魂之门。……这也就决定了苏童小说写作的精神起点。""从短篇小说的结构功能角度看，苏童较早就意识到短篇小说的技术要求，重视作品的内在力量和外部形态之间的关系，努力发掘小说结构的弹性和张力。而且，他不是将其视为简单的叙事技巧问题，而是对短篇小说这种文体有相当理性和充分的认识和把握。""语言不仅决定了苏童小说叙述的方向，也决定着苏童短篇小说艺术的形态和风貌。……他的语言是一种始终贯注于字里行间的美学气韵，不仅极大地扩展了短篇小说表达的话语、意识边界，而且，作家的心理体验、文学感觉、想象的故事、人物的情绪情态、叙述人的感受在文字中相互依傍、相互渗透。语言单纯、干净，甚至沉溺，语流随着故事、人物和叙述人的意绪起伏波动。句子与句子之间，相互推动、逼仄，体现着逻辑而规整的语言质地和叙述声韵。这种叙述语式虽然在一定程度上受到像塞林格、福克纳、博尔赫斯等人翻译小说的影响，但苏童主要还是通过语言所建立的'抒情性'和'古典性'，以及汉语独特的'只可意会，不可言传'的美妙'通感'，避免了句子的'欧化'意味，形成了自己的'苏童式'文体。"

张学昕、苏童的《感受自己在小说世界里的目光——关于短篇小说的对话》发表于同期《当代作家评论》。苏童认为："说到短篇的结构，我感觉无所谓紧和松，文字如果是在虚构的空间里奔跑，本来就怎么跑都可以，只是必须在奔跑中到达终点；不会有人计时的，也不会有人因你奔跑姿势不规范而判你犯规的，如果说结构出问题，那作者不是气力不支爬到终点，就是中途退出了。用传统美学探讨短篇，是一个途径，一种角度，'聚'和'散'说起来是'气'的分配，其实也是个叙述问题。我一直觉得创作的魅力很大程度上是叙述的魅力，如果一个小说自己很喜爱，多半是叙述的力量，自己把自己弄晕了。这时候，你觉得你可以和小说中的人物握手拥抱，你甚至会感受到自己在小说世界里的目光，比在现实生活里更敏锐，更宽广，更残酷或者更温柔。""我认同这么一个观点，人们记住一个小说，记住的通常是一个故事，或者一个或者几个人物，甚至是小说的某一个场景，很少有人去牢记小说的语言本身，所以，我在叙述语言上的努力，其实是在向一个方向努力。任何小说都要把读者送到对岸去，语言是水，也是船，没有喧哗的权力，不能喧宾夺主，所以要让他们齐心协力地顺流而下，把读者送到对岸去。”“作家对所谓真实现实生活秩序在小说中的重新安排，才使小说成为虚构的产物。而小说中所有的现实既可能是大家的现实，也可能是一个人的现实。问题在于现实建立的方法。我记得，在提到叙述与现实世界的关系时我说过，我投向现实的目光不像大多数作家那样，我转了身，但转了九十度，虚着眼睛描写那个现实，我好像不甘心用纯粹的、完全现实的笔法去写。”

十二月

4 日 雷达的《近三十年长篇小说审美经验反思》发表于《文艺报》。雷达认为：“近年来长篇小说中的一些力作数量有限，却能在相对边缘的状态中寻找位置和转机，不断地增生新的生长点，其艺术概括力、思想内涵、叙事能力，都在逐渐摆脱‘引进’与‘回归’的依赖性，在形成表达中国经验的独有的、本土化的、丰茂的叙述美学的道路上奋力前行。……注重人的发现，是现今长篇与以往某些长篇的根本区别之一。寻找‘人’和‘人是什么’不仅是 80 年代，而是整个新时期包括新世纪文学最根本的精神向度。……作家的根本使命应该是对人类存在境遇的深刻洞察，一个通俗小说家只注意故事的趣味，而一个有深度的作家，却能把故事从趣味推向存在。当代性不应该只是个时间概念，主要还是作家对当下现实的体验达到的浓度是否能概括这一时代。很多作家都在情感和故事上浪费了太多。”

13 日 王春林的《新时期长篇小说文体流变概述》发表于《文艺报》。王春林认为：“1990 年代长篇小说对民族形式的重新借鉴，在新世纪文坛上演变为一股不可遏止的潮流。作家们普遍感觉到，纯西方的现代主义乃至后现代主义的文学观念和创作方法不一定适合本土文学的发展，所以，他们在小说文体的探索实践中，自觉地将民族形式作为一种可以用来平衡‘先锋叙事’某些极端化倾向的手段，力求植根于本土文学的深厚土壤，创造出更适合本民族语境的文体形式。”

16日　王艳荣的《迟子建中篇小说简论》发表于《文艺报》。王艳荣谈道：“迟子建的小说氤氲着一种令人心疼的情致，多数小说有一种让人难以放弃的吸力。在当前的市场化和资本创造神话的时代，文学与市场联手在某种程度上也是对一个作家的认证。在市场这个看不见的手的操控下，作家在写作姿态上做相应的调整当然是必要的。讨好读者、吸引受众的眼球，做身体隐秘揭示式的写作，几成通天之径。迟子建没有走这样的路。她的小说纯粹，洁净，清爽。她讲述故事的能力与技巧、构思人物的超越与丰富，都使她的小说呈现出一种大气，不粘滞。迟子建不故作惊人之笔，而是以穿透人心灵的温情与厚道深深地感动了读者。”

17日　李雷的《小说的“核”与层次感》发表于《作品与争鸣》第12期。李雷认为：“一篇小说的梗概很简单，但叙述的过程却是曲折的，叙述的方式也是多种多样的。好的小说往往是梗概所无法概括的，它的内容更加丰富，更加生动与饱满，如果说梗概更接近于树干，那么小说的叙述则仿佛那些旁逸斜出的枝条与树叶，正是有了这些枝叶，整个树冠才不会光秃秃的，而是充满了勃勃生机。”

张昭兵的《底层风度及做人与药及酒之关系》发表于同期《作品与争鸣》。张昭兵认为：“小说要反映现实，甚至要干预现实。好的小说往往对现实有更好的反映……但小说对现实的揭示不同于新闻报道，与新闻相同的地方是，小说也求‘真’，但这个‘真’是艺术的‘真’，这是更高层次的‘真’，或者说我们只有通过小说的渠道才能真正看清世界的真相。因为我们在现实中看到的听到的往往并不是世界的真相，多半是一些假相，如果我们直接把这些东西搬到作品里面去的话，其实是上了现实的当的。那些所见所闻所感的东西是要经过作家的思想的过滤和情感的浸泡才能显现其真实的面貌的。”

20日　林雨的《毕飞宇长篇小说〈推拿〉：在黑暗中寻找光明》发表于《文艺报》。林雨谈道：“与毕飞宇其它的小说相比，这部小说的情节具有不可复述性。小说没有完整的情节，整部小说叙事的推进，有点像稚子有口无心的成语接龙，上一节的故事说到谁了，下一节就是谁。虽然没有一个严格意义上的完整情节，但小说不缺好的细节，而细节的多少和细节的质量往往是一部小说成功的关键。推拿中心的每个人，都是一个细节的有意味的呈现。他们之间的微妙细小而复杂的情感，也在这样的叙事方式中得到了立体的多面的显现。这样的结构文本的方式，本身也远离了叙事性作品对悬念和高潮营造的苦心孤诣和对故事情节的病态追逐，呈现出安静、平和的面目。”

本月

章仲锷的《短篇小说：回顾、现状与前瞻》发表于《中国作家（小说版）》第 12 期。章仲锷认为：“从长远的、可持续发展的短篇小说创作艺术上探求，仍然存在某些不足和应予正视的问题。比如，它不能同中长篇小说相提并论，一写就是跨时代的家族史和乡镇史，要宏观叙事，总体把握，反映‘中国经验’等；但它可以关注社会的热点焦点，体现更多的平民意识和人文关怀，承担正义和信念的守护，真正起到‘引导国民精神前行的灯火’（鲁迅语）的作用。”“作为‘人学’的文学，短篇小说当然也不例外。如何在凸现人性、人情、人道、人权方面，纵横捭阖，反映现实，揭示本质，着重于批判性的深层描写和叙事；而不是轻描淡抹，缠绵悱恻，过多地闲愁绯闻，男欢女爱，堕为商业的附庸，市场的仆役。这将是作家们一项长期为之奋斗的艰巨任务。另外，如何在小说的‘小’字上下功夫，不贪大求洋，盲目地赶时髦、充先锋，注重细节描写，结构短小精悍，语言简练精俏，多反映小人物的命运疾苦，凡夫俗子的爱憎情仇。这既有技巧的磨练，更是创作思想和手法的倾向性问题。”

2009年

一月

1日　葛芳的《父亲与我的小说创作》（《去做最幸福的人》创作谈——编者注）发表于《中篇小说选刊》第1期。葛芳认为："小说可以虚构荒诞，但生活一旦脱离了原有的轨道，便会被认为荒唐，被人耻笑。"

王清平的《谁在买单》(《最后一张欠条》创作谈——编者注)发表于同期《中篇小说选刊》。王清平提到："我知道，小说永远不是社会问题的调研报告。但作家不可能漠视社会问题对人性的奴役折磨。因为任何人都无法摆脱社会而遗世独立。"

2日　刘醒龙的《一首小诗的启发》发表于《小说选刊》第1期。刘醒龙谈道："小说的经典性就在于它对阅读的引领，而不应当在阅读的时尚中随波逐流。经典小说总是以超乎常规的形态出现。在人对文学的想象中，通常受到形式主义的引诱，将小说当成了某种日常事物。真正的小说是一种精神，一种意义；小说不是历史、现实或未来，而是一个阶段的社会良知；小说不是檄文与颂歌，而是每个人以思想为背景的审美。小说是一种心灵状态，它可以表现为个人的，归根结底还是群体的。小说的最佳状态是包括写作和阅读在内的许许多多心灵聚在一起反复碰撞。"

5日　李建周的《身份焦虑与文本误读——兼及王朔小说与"先锋小说"的差异性》发表于《当代文坛》第1期。李建周说道："同为80年代创新的先锋，王朔和先锋小说家的文学史命名迥然有别。成长于大院的特殊身份和改革初期的经历使王朔产生强烈的相对剥夺感，身份焦虑成为其自我意识的重要内容。市场逻辑使他的小说具有通俗性，'文革'经验又使其超出写实层面，具有了先锋性意涵。在多重误读中存在的王朔小说和‘先锋小说’的差异性，构成我们重新思考被‘现代派’重塑的‘当代文学’的契机。……顽主们玩世不恭的人生态度，在一个思想解放不断深化的时代，确实迎合了普通民众的叛逆心理。同时又获得了激进批评家的赏识，认为王朔用通俗文学的故事模式改写了主流文学一直宣扬的‘大写的人’。对于王朔来说是自然而然的，因为这就是他所闻所见的日常生活。但是，对于批评家来说，这个挑战的意义是不同寻常的，其中蕴含了后现代的因素。……同处于这场反抗‘现实主义’的‘叙事学革命’，王朔小说和‘先锋小说’显示出了很大差异。编辑和批评家也有着不同的认识。程永新更关注的是‘反抗’本身，因此认为二者的差异性就很小；而批评家们更关注‘如何’反抗，必然会看出二者的很大差异。在我看来，二者对‘故事’的不同处理方式背后体现的是对‘西方传统’的不同态度。先锋小说家对待西方传统的认识很大程度上是真理性的，他们对‘故事’的态度体现的是一种整体性的历史观的断裂，历史的真实只存在于碎片之中，所以故事的完整性就变得可疑。而王朔对待西方传统是游戏式的，他不断通过笔下的人物来嘲弄时髦的西方传统。”

8 日　修磊的《当代视野下的女性文学》发表于《人民日报》。修磊谈道：“在艺术表现上，女作家们把‘我’推向前台，走向个体化，普遍摒弃宏大叙事、重大题材，以个人化、私语化的写作对抗宏大叙事。从儿女情、家务事等日常生活支点切入社会。个人经验、个人记忆成为女性作家书写的中心，很多女作家的小说带有精神自传的特点。较典型的就是武汉作家池莉的系列作品，如《生活秀》《来来往往》等。”

15 日　李建军的《小说的魅力与生气》发表于《长城》第 1 期。李建军谈道：“《白鹿原》的成功，首先在于作者把故事性看作小说的重要特质，并能不厌其烦地营构充满悬念张力的故事情节。”“中国小说追求的境界，与春天的暖日、夏天的树阴、秋天的豆棚和冬天的火炉是联系在一起的，是要能舒散身心的疲劳、消释生活的沉闷、添培人生的经验的。”“花大力气刻画圆整的人物形象，是《白鹿原》成功的又一个原因。”“你在这里很少看到以某种抽象品质为依据塑造的固定死板、性格层面单一的人物形象。人物大都是在善与恶的交替中、好与坏的对立中、顺与逆的转化中、生与死的煎熬中、悲与欢的折磨中、离与合的颠簸中很难保持一种稳定的状态和固定的心性。”

谢刚的《新世纪长篇写作：“古典复辟”的缘由和陷阱》发表于同期《长城》。谢刚谈道：“正是由于全球化作为中国当代作家一致的现实感应和体验，才使得对重寻传统成了一种不约而同的写作追求。”“在当下蔚为壮观的复古写作潮流中，理应对上述两种不良的认同倾向保持警觉，一方面力避面向古典小说资源时，‘时代内容为体、传统技法为用’这样简单肤浅的看法，另一方面避免在正面认同的过程中，完全沉入古典趣味的汪洋大海，把认同传统视为复制传统，深陷于传统的迷阵中不能自拔。……更不能在‘古典美学复辟’的文化实践中大肆狂欢，从而为市场力量和大众口味所俘虏，蜕变为恶俗不堪的‘古典贩子’。”

同日，李云雷的《我们如何叙述农村？——关于“新乡土小说”的三个问题》发表于《江苏社会科学》第1期。李云雷认为：“对于今天的作家来说，不变的‘故乡’只能存在于内心了。在这个意义上，我们或许可以说‘故乡’已经消失了，与‘故乡’相联系的一整套知识——祖先崇拜、宗族制度、民间风俗等等，在现代化的冲击下已经或正在慢慢消失，而这一变化对现代中国人的影响，似乎还未得到充分的重视与表现。”“土地问题是中国农村的核心问题，但在文学中却没有得到足够的认识与反映……在中国土地制度可能发生重大变化的时刻，如果不从土地这个核心的问题入手，我们将很难深入认识农村的整体面貌。”“当前描写农村的小说，大多仍局限于旧的主题，对于新出现的问题却并不敏感，这不能不说是一个缺憾。……当然我们并不是说作家一定要表达上述问题，但在这些问题出现之后，中国农村已并非传统意义上的农村了，它出现了一些新的因素，也使旧的因素在新问题中得到了新的表现或组合，如果没有新的视野，不仅无法理解当前的中国农村，更无法创作出具有新意的大作品。”

周景雷的《史诗与英雄：向正义回归的乡村叙事——从几部长篇小说看新农村题材写作的一种类型》发表于同期《江苏社会科学》。周景雷谈道：“新农村题材的写作出现了新的类型，它不是要着力表现农村土地的破碎和人心的散落，而是要表达对这种恶化的救治和对未来的美好想象。它试图恢复和重建某些新质因素，并通过史诗性和英雄性的描写来实现对传统的回归和继承。……上述新农村题材写作，之所以在几令阅读者和写作者窒息之后而没有放弃和绝望的一个根本原因就在于作品中设置了新英雄的形象。我感觉这是在新世纪之后陡然出现的新质因素。……或许，在某一个时候，乡土作为文学表达的对象也像土地一样消失了。在这种背景下，新农村题材的史诗性、英雄式写作就呈现出一种怀念性的色彩，也表达了一种正义拯救的渴望。这个意义是非同一般的。”

同日，孟繁华的《从外部世界到内心世界——评吴玄的小说创作》发表于《南方文坛》第1期。孟繁华指出：“吴玄的创作还是经历了一个不小的变化。这个变化是从生存到存在的变化，是从外部世界到内心世界的变化。……对外部世界的理解和描摹，是吴玄看到了‘现代’的两面性，他的批判意图非常清楚。……从《谁的身体》和《虚构的时代》起，吴玄开始转向了与内心世界相关的文学叙述。但实事求是地说，这时的吴玄所要表达的东西在思想上还是朦胧的，他只是隐约找了一个令他兴奋不已、能够表达心理经验的文学入口。”

聂震宁的《历史的讲述与阅读——关于长篇历史小说〈铁血祭〉》发表于同期《南方文坛》。聂震宁指出：“相比较那些气象很大的作家，他所把握的题材也许稍嫌单薄，他所刻画的人物也许稍嫌冷僻，然而，他却能进行倾情且一丝不苟的写作，犹如猛虎搏兔，投入自己的全部心力与感觉。任君先生就是这样一位值得我们去认识和理解的作家。《铁血祭》就是从他心田里生长出来的家乡历史之花。……《铁血祭》的格局和气象是恢弘的。作品既是一位地域作家对家乡历史以及闪耀于其中的中华民族精神的宣讲和致敬，也是中国近现代史上那个民主滥觞时期的一个独特文本，还是一部值得今天普通读者津津有味去读的历史传奇。”

同日，谢有顺的《当代小说的叙事前景》发表于《文学评论》第1期。谢有顺谈道：“从先锋小说发起叙事革命开始，小说写作就不仅是再现经验，讲述故事，它还是一种形式的建构，语言的创造。到20世纪90年代，叙事革命出现了停顿，这种停顿，暗含的是现实、经验和欲望的胜利。但人既然是‘叙事动物’，就会有多种叙事冲动，单一的叙事模式很快会使人厌倦。当小说日益变成一种经验的私语和故事的奴隶，也许必须重申，文学还是一种精神创造，一张叙事地图，一种非功利的审美幻象，一个语言的乌托邦。”

20日　陈忠实的《寻找属于自己的句子——〈白鹿原〉写作手记（连载九）》发表于《小说评论》第1期。陈忠实认为：“我在未来的小说《白鹿原》里要写的革命，必定是只有在白鹿原上才可能发生的革命，既不同于南方那些红色根据地的革命，也不同于陕北的‘闹红’；从沉积着两千多年封建文化封建道德的白鹿原上走出的一个又一个男性女性革命者，怎样荡涤威严的氏族祠堂网织的心灵藩篱，反手向这道沉积厚重的原发起挑战，他们除开坚定的信仰这个革命者的共性，属于这道原的个性化禀赋，成为我小说写作的最直接命题。让我获得创作这些革命者形象的自信和激情，却是和那些从我生活着的原上走出的革命者的切近感和亲近感，确凿是始料不及的事，也是我已往小说创作中起码不甚明朗的一种创作感受。”

洪治纲、范又玲的《乱花渐欲迷人眼——2008年短篇小说创作巡礼》发表于同期《小说评论》。洪治纲、范又玲认为：“从整体上看，2008年的短篇小说发表数量并没有减少，但质量依然不尽人意。最让人感伤的是：粗糙。创作主体的理念过于突出，未能很好地融入叙述之中，达到羚羊挂角之境。结构安排疏散，叙事的随意性四处可见，很难看到作家精心营构的思维。叙述语调凌乱，常常颠覆了人物的文化心理和精神视野……”“无论是大到技巧方面，还是小到结构方面，对于短篇来说，都是艺术核心之所在，也可视为短篇创作的‘叙事密码’。但是，一切艺术的美妙之处又在于它的独创性，在于它的非因循守旧。这又从另一个角度告诉人们，短篇虽然注重叙事技术，但这种技术并无什么特别的规律或模式……”

胡传吉的《论情爱激情》发表于同期《小说评论》。胡传吉认为：“小说为什么强调叙事的基本职能，是因为叙事不仅要论证人的肉体，也要论证人的灵魂。人的有限，使语言摹仿而不得；人的自爱，让语言看到但不点破。文学有没有悟性，怕是要想想这其中的道理。”“流传已久的修辞术，比喻、拟人、借代、夸张、对偶、排比、设问、反问、对比、引用，等等，并不单纯作为工具性文字技术而出现，很可能，它们也因回避情爱等激情而产生，至少，克制血气是原因之一。”“情爱激情毫无意外地回归主体、个体。情爱激情离开家、国、禁欲要求的绝对管制，重新从肉体感官出发，她们有可选择的目的地——自我、他人、金钱、精微的物质。但这种转变能否让自我与爱人之心更为健全，还是未知数。”

孔会霞的《浓墨一个不该被文学遗忘的主题——论鬼子对侠义精神的自觉表达》发表于同期《小说评论》。孔会霞认为：“鬼子凭借其对文学精神追求的执着，重新在小说中阐发侠义精神，使其不至于成为武侠小说的专利。另外，对社会的深刻了解让他把这种精神落实到了民间，事实是，历史不断洗礼排挤，侠义精神最终也只能在民间小巷的普通人血脉里栖居传承。鬼子作品中普通人身上的侠义精神既表现出传统文化对民族性格的哺育渗透，也表现出与当下文化精英们不断倡导的人道主义同质的特征，其普泛的人性化内涵显而易见。”“侠义精神是鬼子作品被人忽略的一个重要主题，也是被当下写作久久遗失的中国文学的重要主题。所以他责任当头，浓墨重彩，层层渲染，使这种精神在他的小说世界里熠熠生辉。揭示黑暗并痛心疾首是鬼子的特点，但他文学精神的可贵在于绝望处写出希望，让文笔探索得更远，挖掘得更深。具体而言，鬼子在作品中把侠义精神落实在普通人甚至底层弱者的人性内涵上，侠义精神的文本表现，渗透着他对这种精神现实意义上的人性化理解；侠义者形象的象征意蕴，又寄寓着他对侠义精神在物质社会存在困境的体悟和命运流向的深切担忧。”

雷达的《20 世纪近三十年长篇小说审美经验反思——中国新文学大系第五辑长篇卷序言》发表于同期《小说评论》。雷达认为：“新时期以来的长篇，不但在哲学内涵和精神价值上有了重大突破，在文体上也有重大的突进。”“譬如，在写实性与表现性上发生了很大的转变。一些表意性、象征性、寓言型的富于探索精神的作品，提升了长篇小说的艺术品位。”“与文体变化无法拆开的是语言。汉语的叙事能量有没有提高，在驾驭长篇小说这样大型文体时是否有足够的表现力？回答应是肯定的。这是一个较少谈论却是非常根本的问题。”“近三十年，汉语的叙事潜能得到了进一步挖掘和释放。一些风格独具的作家，一出手就有自己独特的语感与语调，把自己和别人区别开来。”

孟繁华的《疲惫的书写　坚韧的叙事——2008 年长篇小说现场》发表于同

期《小说评论》。孟繁华认为：“2008 年长篇小说给人的总体印象，似乎是因其疲惫而显得步履蹒跚。在艺术上别开生面、在思想上别有洞见的作品、甚至引起较大争议的作品都为数很少。这一情况既与我们的视野有限有关，也与长篇小说多年连续不断地‘喷发’有关。长篇小说数量上虚假的繁荣，已经不能遮掩长期患有的思想和艺术上的‘贫血症’。勉强维持的长篇小说创作格局，在 2008 年虽然没有遭遇‘金融风暴’般的危机，但其脆弱性或萎缩的征兆已堪比股市或楼市。一面是疲惫的书写，一面是坚韧的叙事。”

彭学明的《从茅盾文学奖看近年长篇小说创作的得与失》发表于同期《小说评论》。彭学明谈道：“现就第七届茅盾文学奖年限里的长篇小说和 2007、2008 年的长篇小说创作，谈谈个人感受。一是有高度却无高峰。……二是有广度却缺厚度。这个广度是作家们视野的广度，题材的广度，探索的广度。……三是有质感却少美感。”

25 日 何平的《山已空，尘埃何曾落定？——阿来及其相关的问题》发表于《当代作家评论》第 1 期。何平在文中谈道：“阿来进而追问的是，‘西藏何以成为这个样子’？值得注意的是，和仅仅把西藏之变归结到现代进入之后撕裂一样的巨变的观念不同，阿来在更富有长度的时间上展开思考。”“至于当下中国文学写作，张炜、韩少功和莫言等作家则已经在我们所研究的现代还乡母题的母题构成和基本主题之外，开拓出还乡母题书写新的天地，这就使得我们未来的研究向世界、向当下的延伸成为可能。而和这些作家比较，阿来又有自己的地方性经验。阿来的‘还乡’固然有些可以在上面的背景上得到解答。但这样的解答只能是部分的解答，因为阿来的‘还乡’不只是回到前现代自然已经在人事遮蔽下沉沦的乡土中国，他的‘还乡’更接近的是人类本原意义上的自然，是万物各安其生，是心灵守着稚拙，特别是后者，我们往往忽视的阿来小说的那些傻拙的人物，可能更接近我们人类心灵的自然。”

何言宏的《现时代的中国书写——〈二〇〇八中国最佳中篇小说〉序》发表于同期《当代作家评论》。何言宏认为：“中国书写，成为二〇〇八年的中国最为重要和最为广泛的社会书写实践。但在这些面广量大的书写实践中，甚嚣尘上和占据主流性地位的，主要是那些对改革开放以来辉煌成就的激情叙述、乐观总结和充分体现出信心与豪迈的关于‘大国崛起’的自我想象，我们的文学所书写的中国——这也许更加重要、更加独特、也更加深刻的中国书写——却亟待我们及时地总结与呈现。”“我在这里所说的中国书写，主要指的是对中国社会和广大民众的精神、命运与生存的自觉书写，这样的书写，应该充分体现出文学知识分子所应具有的真正独立的精神意识与话语立场。”“见证与回望改革以来的中国历史与中国现实，是艾伟的《乐师》、葛亮的《阿霞》、魏微的《在旅途》和劳马的小说《烦》所具有的共同特点。而这些作品中的见证与回望，大多又是通过对时代现实和历史变迁中诸多人物的精神、命运与生存的书写来完成的，其中既有突出的批判精神、悲剧意识与历史感，也有令人动容的精神伤悼与人生反刍。”“以见证与回望的精神姿态自觉书写这些年来的中国历史和社会现实，在劳马的《烦》和魏微的《在旅途》等小说中，一样有着相当突出的表现。”

王德威的《〈诗经〉的逃亡——阎连科的〈风雅颂〉》发表于同期《当代作家评论》。王德威认为：“这是阎连科的世界：荒凉的山乡，愚昧保守的农村，世世代代为了苟存性命而挣扎的中国人。他们的郁闷与不甘让他们铤而走险，却仍然难逃宿命。然而如上述的例子所示，他们的行径如此决绝，竟然触动生物锁链的裂变，以及伦理秩序的违逆。一种难以名状的荒谬感因此而生，其极致处，生命变调，文明退位，各种各样的死亡成了既恐怖又魅惑的奇观，令人无言以对。然而阎连科提醒我们，同样是在这片穷山恶水的所在，远古的黄河文化落地生根。《诗经》的抒情底蕴，其实潜藏着残酷的、天地不仁的讯息。……阎连科所要凸显的是像杨科这样的人与生俱来的自卑感：农村背景成为他的原罪。在城里杨科谨小慎微，甚至以自嘲自虐作为‘赎罪’的手段，由此产生可怜又复可笑的场景，一方面加深了他的屈辱感，一方面也吊诡地满足了他自我作贱的欲望。但其中被压抑的暴力因子，随时一触即发。……如果《诗经》象征了中国文学抒情表意的原型，所谓兴观群怨、一唱三叹，阎连科的文字世界恰恰要让我们怀疑：在后社会主义的中国，诗，还有可能么？阎连科只能用冗长驳杂的小说叙述形式，写出个《诗经》不再、诗意荡然的故事。”

张清华的《“发现惟有小说才能发现的东西”——〈二〇〇八中国最佳短

篇小说〉序》发表于同期《当代作家评论》。张清华认为："如果说现代以来短篇小说有什么危机的话，我以为首先是戏剧性的衰减所致。小说家误以为小说叙述可以完全由写作者的意志所驱遣，而故事仅是观念的载体或抒情的工具，这样小说的魅力，尤其短篇小说特有的强烈而集中的戏剧性元素便大打折扣了。这是尤为值得反思的。"

张学昕的《朴拙的诗意——阿来短篇小说论》发表于同期《当代作家评论》。张学昕谈道："而令我们遗憾的是，在很长一个时期里，我们却在不经意间忽略了他的短篇小说。我感到，这些短篇，除了具备其长篇小说所具有的那些基本品质外，还拥有着长篇不可取代的更强烈的诗学力量和沉郁的魅力。这些作品，给我们别一种诗意，他所描画的'异族'，光彩眩目，含义无穷，甚至远远超出文学叙述的框架。每一个短篇，都是一线牵动远近，在他对世界的诗意的阐释和发掘中，无论是外在的叙述的激昂与宁静，宽厚与轻柔，还是飘逸与沉雄，我们感受着隐藏其间的闪烁着的佛性的光芒和深刻。……阿来短篇小说的路径、取向，深厚的佛教影响，显现出不同凡响，这是我们在其他作家的短篇小说中很难看到的。那是一种独到的选择，也是一种极高的文学境界。那平静、平实的叙述告诉我们，文学的魅力不只是轻逸的虚幻，而且有如此厚实的朴拙。……阿来小说的人物形态是'拙'的，结构形式是'拙'的，叙述方式是'拙'的，即使那些掩藏不住的诗性的语言也荡漾着'拙'意。也许，拙，正是一种佛性的体现。正像阿来在写作这些短篇时渴望与佛性的一次次'相逢'，我们也期待他的小说带给我们一次次的'神遇'般的感觉。……阿来正努力通过短篇小说这种文体，追求空白、空灵、空阔的小说境界。这体现出一个有艺术抱负、有责任感的作家的力量和信念。阿来的长篇小说《尘埃落定》和《空山》，早已显示或者说代表了这个时代的写作，但我想，他的短篇小说给我们带来的价值和诗意，恐怕同样难以作定量的估算。"

本月

洪治纲的《个体自由与历史意志的隐秘对视——读陈河的〈夜巡〉》发表于《上海文学》第1期。洪治纲认为："短篇小说之难，很多时候就难在人物关系的营构上——因为篇幅和结构的限制，要在一定的叙事长度里，成功地演绎各种跌宕起伏的人物冲突，几乎是非常困难的。正因如此，很多作家在迷恋人物的外在冲突时，通常都会倾心于一种‘欧·亨利式’的结尾，以便迅速而又富有意味地结束故事。而更多的现代作家则主动回避人物的外在冲突，精心推演那些人物心理之间的摩擦和碰撞，于往返和盘旋之中，缓缓地打开人物隐秘的心灵镜像，展示丰饶的生命质感。”

陈思和的《双重叠影·深层象征——从〈小鲍庄〉谈王安忆小说的一种叙事技巧》发表于《中国作家（文学版）》第 1 期。陈思和认为：“双重叠影的深层象征，作为王安忆小说叙事艺术的一个经常性出现的特点，是王安忆创作的形象思维的一个重要特征。双重叠影不一定参合神话模式，但是用两重，甚至是多重的结构重叠（而不是拼接）在同一个文本，说的是同一个故事，既写出了现实性、流行性故事的显性结构而受到读者欢迎，又包含对显性结构的解构（《长恨歌》）、补充（《叔叔的故事》）、超越（《小鲍庄》）的隐形结构，达到了某种深层次的意识和无意识，从而使小说文本产生了内在分离的空间，寄托读者的想象和补充。这样的创作思维特征，在王安忆以后的小说如《遍地枭雄》《启蒙时代》里也是若有若无地存在着……”

二月

6 日　白烨的《平中见奇　淡中有浓——2008 年长篇小说概评》发表于《光明日报》。白烨认为：“整体来看，2008 年的长篇小说在对生活现实的观照与审视上，较之以往普遍表现出求新与求深的努力，因此，许多传统题材的写作，或在现实的‘面’上有所拓展，或在生活的‘点’上有所掘进，给人们带来既熟悉又陌生的新颖感受。而另有一些长篇作品，则以各有千秋的艺术概括，由奇崛的故事和奇特的人物，表现出作家强烈的主体意向与独到的艺术理想。这些隐含于作品之中的审美取向的不一而足，无疑是 2008 年的长篇小说之所以平中见奇、淡中有浓的内因与主因。”“2008 年的乡土题材长篇小说，给人们印象深刻的，是凸凹的《玄武》，蒋子龙的《农民帝国》，忽培元的《雪祭》等，而这些作品既以农村基层权力的运作现状为重心，又在具体表现中各有不同的侧重与意趣，总体上看，可以说表现了作家们对于乡土现实复杂情状与隐含问题的深刻反思与深切忧思。”

12日　贾梦玮的《心灵的窗户被彻底关闭之后——毕飞宇长篇小说〈推拿〉简评》发表于《文学报》。贾梦玮谈道：“《推拿》对心灵的体会和表达反而由此更好地达到了全感觉、全方位的立体高度，实现了心对心的直接互通。《推拿》用的是内视镜，不再是外在的探测，不再是望闻切问。……《推拿》的文字，无论是‘推’还是‘拿’，重当所重，轻当所轻，行当所行，止当所止，急之所急，缓之所缓，因为每一下都在穴位、都在人物的心穴上，无论是紧张酸痛，还是放松舒叹，那种感觉，对于像我这样的所谓‘专业读者’来说，大概只能用‘过瘾’来形容了。……更重要的原因还有，小说家对他小说中的人物，不仅是用了心，而且是用了情了——作家‘爱’他们。有人把这种‘情’称之为‘悲悯’。但一个优秀的小说家、一部优秀的作品，恰恰是不能有居高临下的‘悲悯’的，无论是对什么人。”

金莹的《周梅森：资本时代的“梦想与疯狂”》发表于同期《文学报》。金莹谈道：“市场的不断变化和资本故事的不断翻新，也使周梅森小说发生了很大的变化。一开始，小说的主要人物不是孙和平等资本人物，而是一位女作家和证券报的记者。后来，他发现作家和记者这种边缘人物无法承担这个庞大而沉重的时代主题，于是又重新设置人物……就是这‘不听招呼’的三个人物，体现着一个资本时代的典型环境：孙和平是市场英雄和道德混蛋，是这个时代最成功的资本实用主义者；杨柳是迷惘中的理想主义者，他代表的资本和他的个人人格是割裂的，在体制和市场现实的压迫下经常会无所适从；而刘必定则是草莽资本的代表人物，一个极端的个人主义者，其邪恶而强大的生命力和暴发力，常常会使市场和世人目瞪口呆。在创造出这些人物的同时，周梅森也在思考和困惑着：这个时代的道德底线在哪里？还有没有道德底线？有没有理想？”

19日　岳雯的《2008年长篇小说几种态势》发表于《文学报》。岳雯谈道：“2008年的长篇小说创作，也并非完全乏善可陈，总体而言，呈现出几种态势：一是较之于诗歌、纪实文学、散文等体裁，纵横捭阖的时代生活并未完全占领长篇小说。二是精神性重新回到了长篇小说。重新发现人，在想象中展开人生而为人的诸种可能性，不断拓展生活的边界成为作家们的精神追求。三是类型小说的形式要素逐渐渗透到长篇小说的创作中来。故事性、可读性成为创作者追求的指标之一。”

本月

崔庆蕾、吴义勤的《探险与冒险——李浩小说论》发表于《山花》第 2 期。崔庆蕾、吴义勤认为：“寓言体小说，与寓言故事的一个相同特征是：小说的意蕴往往越出文本本身，体现出丰富的内涵。”

葛红兵的《文言与土语——从〈秦腔〉看中国当代文学的语言困境》发表于《上海文学》第 2 期。葛红兵认为：“‘字中心’的汉语本可因‘不论发音’而给多音保留空间，但是，这种可能性现在反而被封闭了，小说因为作家将汉字发音定位于‘普通话音’的一尊而丧失了在声音上和地域性的、方言性的声音要素有机接壤的可能，这是中国当代文学的语言困境——狭隘的普通话共同体认同，是解放后汉语文学缺乏大家的重要原因之一，汉语‘文人共同体语言’的传统本来是‘字中心’而容纳‘多音’，我们应该重新重视这种传统。从这个意义上说，贾平凹的方言尝试是非常有价值的探索，不同于韩邦庆的方言小说，贾平凹实践了一种‘方音小说’的写作模式，他以普通话写作、现代汉语写作，但是，容纳了方音，成为现代汉语方音写作的成功例证。”

汪政、晓华的《失去记忆的故乡——贾平凹笔下的乡土中国》发表于《中国作家（文学版）》第 2 期。汪政、晓华认为：“可以将贾平凹的乡土中国书写从好多角度进行划分，如果从视阈上看，《高兴》之前是一个阶段，贾平凹的视点在乡村，《高兴》是个大改变，写乡村，但视点在城市，而到《秦腔》，视点又回到了乡村，但这一回，态度与认识都有了大改变，他似乎收拾起所有的火气，将乡村置于下面书写的地位，进行总结式、‘树碑’式的书写。”“贾平凹在《秦腔》中已经以其宽广宏阔的乡村视野，书写了当代中国农村在现代化转型过程中出现的一系列新问题，展现出新中国成立后老一代农民与新一代农民在政治、经济、文化理念的现代性裂变，尤其是表现了有几千年中国文化积淀的乡土文化日趋湮灭的悲惨境遇，是对当代中国问题的一种中国经验叙事。在贾平凹新近发表的《高兴》中，更进一步延续了新世纪乡土中国现代化裂变的主题，展现了乡土中国农民从农村来到城市的新的异质生活，隐喻书写了农民工在城市空间的悲惨境遇及其灵魂的自我救赎过程。”

三月

2日　李云雷《王蒙的“编织术”》发表于《小说选刊》第3期。李云雷谈道：“王蒙先生的小说《岑寂的花园》，以花园及其主人的故事为核心，以不同人的叙述或想象编织出一幅纷纭复杂的画面。小说引人注目的有两点：一是小说的中心内容是一个‘造反派’的忏悔故事，这样的故事延续了王蒙对‘十七年’‘文革’的持续关注，嵌入了作者对历史与现实的思考；二是小说的叙述方式，小说的结构是拼贴式的，以一种‘编织’的方式，将不同的叙述段落、不同的叙述方式（画面，小说，诗歌，戏剧）连接起来，相互补充，形成一种参差的叙述结构。”

3日　《人民文学》第3期刊登署名为编者的《留言》一文。编者谈道：“《一句顶一万句》……是一部‘立心’之作。作者先做了减法，先把小说家和评论家习惯的看人看事的条条框框拆了去。没了这些条框，很多小说家大概就不会写小说了，很多人也不会读小说了，拆了条框，白手描之，刘震云是要‘及物’、要触摸条框下兀自跳动的人心。”“‘心’完全是中国的，西方文化中讲的不是‘心’而是‘灵魂’。当然，现在中国文学也讲‘灵魂’，但中国人的‘心’大概没有因为知识分子的讲而更新。《一句顶一万句》力求不隔心，它让我们看见了新的、又是如此亲切的景象，由此，这部长篇向我们习惯的小说思维提出了有力的挑战。”

5日　孟繁华的《文学的速度与作家的情感要求——2008年的中篇小说》发表于《当代文坛》第2期。孟繁华认为：“文学曾以‘速度’表达着自己的变化，速度既是社会生活不确定性的反应，也是文学失去目标之后的错乱。近年来，文学与读者的关系正在逐渐或缓慢地建立。2008年的中篇小说，速度感正在消失。它既延续了‘底层写作’的没有间断的潮流，同时提供了新文学想象和经验。家庭、伦理内部的裂变给人以突出的印象，灯红酒绿红尘滚滚的表象掩盖下的城市问题，令人震惊地浮出地表；城市病患者在利益、金钱、网络中的挣扎和表演触目惊心。密切联系现实中国的全部复杂性，是 2008 年中篇小说的最大特征。”

翟永明的《论李锐小说历史阐释的独异性》发表于同期《当代文坛》。翟永明认为：“李锐的小说体现了自 20 世纪 80 年代以来当代中国历史小说观念的转变，并显现出独异的个性，这种独异性主要体现在三个方面：由‘个体’言说与言说‘个体’表现出的历史叙述方式的变化、通过对个体生存状态的描述完成对历史进化规律的解构、由对非理性历史的叙述实现对历史事件的改写。……李锐的小说，无论是直接取材于历史题材的创作，还是将历史推成背景的小说，都在一定程度上反映了当代小说创作历史观念的转变，同时他又以自己独特的创作个性丰富着这种转变，显现出既受某种理论启发又不囿于这种理论的可贵创新。……从李锐的小说创作来看，明显表现出对这种‘大写’历史方式的反拨与颠覆，而是着眼于‘小写’的历史，即言说‘个人’的历史。在李锐的小说中，其书写单位已开始转移到村落、家族，所隐含的价值观也已悄悄转移，不再强调个人奉献一切，而是将‘个人’作为书写历史的最小单位。”

15 日　陈思的《“底层”的限制——谈曹征路长篇〈问苍茫〉的“传统依赖症”》发表于《南方文坛》第 2 期。陈思指出：“从《问苍茫》这里，我更多地看到了‘底层’的限制，尤其是其对传统文学资源自觉不自觉的依赖。阶层分化，是小说对社会的基本判断。恰如小说标题《问苍茫》所喻指的，我们看到了三个阶层组成的‘社会全景’，其中有资本家的生死爱欲、资本掮客的左右为难、工人阶级的懵懵懂懂及其最后的觉醒反抗。……我们看到了曹征路《问苍茫》切入现实肌理的努力，看到他以文学方式回应艰难时世的不懈努力。资本正以各种匪夷所思的方式渗透到世界的每个角落。从这个意义上，作者已经或轻或重地掐住了时代的命门。遗憾的是，他问了一个很有分量的问题，却给出了一个片面而简单的答案。我们从艰难的发问与轻巧的应答中，看到了‘传统依赖症’对曹征路乃至底层叙述的限制。”

段崇轩的《静水深流见气象——2008 年短篇小说述评》发表于同期《南方文坛》。段崇轩认为：“文坛的整个格局未变，短篇小说的边缘状态未改，但作为一种较为特别的文体，在‘柳暗花明’中又多了一份灵动、澹定和成熟，显示出一种‘静水深流’的发展动向。这样的态势，自然难以大红大紫，引人注目，但这样的态势，更有利于它的生长、发展和自强。一年来可以说长势良好，佳作迭出。代表性的作品有：韩少功《西江月》，范小青《右岗的茶树》，宗璞《恍惚小说》，聂鑫森《塑佛》，乔叶《家常话》，刘庆邦《美满家庭》，王祥夫《桥》，笛安《圆寂》，迟子建《一坛猪油》，张炜《东莱五记》等。这些作品，显示了当下短篇小说的发展走向，呈现出一种沉静而自在的艺术追求。”“近年来，表现底层社会和民众的作品格外受到关注，被称为‘底层文学’，短篇小说的表现尤为突出。2008 年同样涌现了多篇这类作品。刘庆邦和王祥夫是‘底层文学’的代表性作家，他们均以短篇小说著称。”“短篇小说不排斥写任何故事情节，但更应该关注当下的生活，特别是社会的精神动向和人们的精神状态，通过切入精神领域表现更广大的现实世界。”

付艳霞的《从生活到文学——〈问苍茫〉之编辑手记》发表于同期《南方文坛》。付艳霞指出：“从我的角度而言，对曹征路写作价值的判断，有两个不得不说的语境。这两个语境说起来也特别有代表性。其一是文学教育。……曹征路的写作恰恰兼顾了我两个方面的需求。一方面，我能够用文学史思维找到话题对他的作品发言，同时，我又能够从普通读者的角度为他的作品找到生活的根基。但，他的兼顾似乎同时也意味着他的问题：理论界嫌理论化不够，普通读者嫌生活化不够。曹征路的写作看来注定要成为一个话题。其二……从曹征路这里，我看到了‘批判现实主义’的激情，看到了文学对社会生活发言的自信，看到了文学写作者拒绝‘娱乐至死’的尊严。”

贺绍俊的《显型的故事性和隐型的思想性——读伍稻洋的小说》发表于同期《南方文坛》。贺绍俊指出：“伍稻洋从写作来说有着充分的优势，他有丰富的生活经验，对社会人生又有自己的思考和见解。这决定了他的小说写作可以朝着两个方向发展。一个是将丰富的生活经验结构成精彩的故事，一个是以自己的思考和见解为核心营造一个新的艺术世界。”

李云雷的《〈问苍茫〉与“新左翼文学”的可能性》发表于同期《南方文坛》。李云雷认为：“如果从‘左翼文学’的传统来看，《问苍茫》无疑借鉴了《子夜》式的社会分析框架，作家的抱负或许在于向人们展示出一幅丰富的社会全景，同时在错综复杂的矛盾中找到一种社会进步的动力——这在某种程度上达到了——但从小说中所体现的来看，他尚未找到一条《青春之歌》式的明确道路，也没有提供一种新的整体性的远景或‘乌托邦’，而只能在现实的困境中谋求点滴改善，而之所以如此，或许不仅由于社会现实的纷纭复杂，亦由于‘后社会主义时代’左翼思想的困境与想象力的匮乏。在这个意义上，我们可以将《问苍茫》视作一个集中体现了时代、文学、思想‘症候’的作品，当一个时代无法回答或不愿面对‘问苍茫大地，谁主沉浮’这一问题时，我们所能做的，或许只有继续‘问’，继续在‘苍茫’中寻找出路，而这部小说亦可以视为曹征路的‘问’与‘寻找’。而《问苍茫》的最大意义，也在于它为我们提供了一个反思时代、文学、思想困境的平台。”

刘纯的《从“说服力”看〈问苍茫〉的艺术与思想困境》发表于同期《南方文坛》。刘纯谈道：“无论是小说的艺术结构还是人物的典型意义，《问苍茫》所试图呈现的‘必然性’都因为‘说服力’的缺失而显得捉襟见肘，这种症候正反映了《问苍茫》的艺术困境。就小说结构而言，曹征路在《问苍茫》里并没能体现其之前创作中那种积累矛盾的蓄势能力，没有了扎实可信的层层推进，《问苍茫》中的劳资矛盾更像小说开篇的那场台风一样只不过是雷声大雨点小的虚张声势，到最后不得已只好用‘天灾’来号召大家反对‘人祸’；就人物塑造来说，小说里的人物大多都像常来临一样，很少表现出性格情绪与行为逻辑之间的挣扎。”

王迅的《苍凉色——凌洁小说论》发表于同期《南方文坛》。王迅指出：“为了艺术地表达一种遥望历史的情绪以及两性之间的情感波澜，凌洁的创作基本上秉承了这一叙事法则，月亮、箫、海岛、桨声灯影、白帆、水草、船骸、礁石、船和鱼等都是她小说中常用的意象，这些以海洋文化为背景的隐喻体，在小说中参与文本旨归的构造，或是隐喻着人物的命运，或是承载着人物的内在情绪或者精神气质。意象参与到结构和线索中去，从而疏通行文脉络，贯穿叙事结构，不仅使小说情节具有层次感和节奏感，同时也使意象蕴含得到逐步丰富和深化。由于这些意象直接来自现实中作家的生命体验和创作冲动的表达，它更能刺激读者的审美体验和想象，使读者在空灵的叙述中体悟到小说深邃的命意。”

闫作雷的《“〈子夜〉传统”与工人阶级的反思文学——评曹征路长篇力作〈问苍茫〉》发表于同期《南方文坛》。闫作雷指出：“《问苍茫》的‘野心’在于它力图大规模反映当代中国复杂的社会问题、社会现象，同时试图超越《子夜》式小说在创作上所产生的一些问题。作者试图在写作时直面人自身，用作者自己的话来说就是写人‘孤苦无着的情感’；同时，将人放在社会中，他在这方面有着明确的认识：‘人的情感经验是离不开社会生活的，倘若认为小说应该表现人的心灵，那么真实的心灵一定是博大丰富的，绝不可能抽去社会历史内容。’就此而言，《问苍茫》尝试整合批判现实主义与《子夜》的传统，在表现‘人类情感’、时代的‘真理内容’与新人的‘阶级意识’的基础上，眺望一个合理生存的‘新世界’。在历史与美学上力图做到‘立场’与‘美学’的‘动态的平衡’。首先把握时代变迁中的‘真理内容’；其次在艺术上，作者强调‘真情实感’与‘局部与整体的关系’，认为‘一部好小说一定既有局部的丰满生动又有整体的内在肌理，而且能通过局部联系想象到整体的艺术品’。”

张莉的《两个“福贵”的文学启示——以赵树理〈福贵〉和余华〈活着〉为视点》发表于同期《南方文坛》。张莉谈道：“从同一传统中寻找资源的努力，使赵树理小说和余华小说在语言追求方面和面对民间态度方面具有某种细微的相似性。赵树理因对民间语言风格和叙述模式的借用成为了现代知识分子与民间形式之间的媒介人物，余华则因对民间叙述形态的借用和对简洁而准确的语言风格的追求而成为了先锋派回归‘写实’之路上最早的和最成功的实验者。1940—1950 年代，《小二黑结婚》风靡解放区，实践了现代文学的‘大众化’梦想；1992 年以来，《活着》则因持续畅销而续写了上世纪最后一个纯文学作品‘大众化’的实绩。”

周景雷、王爽的《打开日常生活的隐秘之门——魏微小说阅读笔记》发表于同期《南方文坛》。周景雷、王爽谈道：“她的成长叙事更注重的是家庭的空间这种更多带有私人性的视阈。和以前的成长小说写作不同，以前的写作很注重社会空间的。……魏微的小说既不是乡村的血泪苦难，也不是都市的男欢女爱，更不是向主流致敬的宏大叙事，她就是在宁静的怀旧中表达对日常生活的真切感受。这里有疼痛，也有幸福；有冷漠，也有温暖。魏微很认同张爱玲和萧红对她影响，但我以为这种影响更多的是对日常生活的关注或者对这一传统的继承，技术或者精神倒是在其次的。魏微作为日常生活的写作者的意义也就在这里。……‘强烈的内向性’是连接魏微和伍尔夫的一个关键词，她们都共同地发现了和使用了这样一种现代派的方式：只有把现实生活内化或者转移到人的精神层面才能发掘到真正的生活。她不止一次地表达自己的这种想法。”

同日，杨经建的《“身体叙事”：一种存在主义的文学创作症候》发表于《文学评论》第 2 期。杨经建谈道：“‘身体叙事’是 20 世纪晚期中国文学的一种创作现象。在存在主义视域中对其重新审度不失为一种新的阐述思路。以‘身体’话语为标志的非理性主义是西方现代哲学转向的标志，这种转向更多的是由存在主义完成的；而中国传统文化中所推崇的体用不二的‘身体’也即现象学式物我合一的‘身体’，这种‘身体’言说因此与存在主义有内在的意义关联，‘身体叙事’正是在中、西话语资源中获得存在主义性质的哲学（美学）和文学的价值意义。”

17 日　李云雷的《城市、“北漂”与爱情》发表于《作品与争鸣》第 3 期。李云雷认为：“‘北漂’近来已成为小说题材的一个焦点，不少作家本身即是‘北漂’，对切己的生活自然深知个中甘苦，而对于另外的作家来说，对北漂感兴趣则出于不同的原因。可以说，‘北漂’这一现象本身便是极为吸引人的，它与城市相关，与青年相关，与‘现代’相关，与理想、爱情以及生活道路的选择相关。透过‘北漂’，我们可以看到对城市生活的理解及其与更广阔的空间的关联，可以看到青年人的生活方式、精神状态及其面对现实困境的挣扎、奋斗与妥协。”

20 日　白烨的《生活的拓展与主体的凸显——2008 年长篇小说概评》发表于《小说评论》第 2 期。白烨认为：“整体来看，2008 年的长篇小说在对生活现实的观照与审视上，较之以往普遍表现出求新与求深的努力。因此，许多传统题材的写作，或在现实的‘面’上有所拓展，或在生活的‘点’上有所掘进，给人们带来既熟悉又陌生的新颖感受。而另有一些长篇作品，则以各有千秋的艺术概括，由奇崛的故事和奇特的人物，表现出作家强烈的主体意向与独到的艺术理想。”

陈忠实的《寻找属于自己的句子——〈白鹿原〉写作手记（连载十）》发表于同期《小说评论》。陈忠实说道："我的心境踏实而且单一，只集中在写作上，几乎再没什么欲望，尤其是在《白》的构思完成开始草拟以后，我对这个世界几乎再无任何个人欲望了。""作品在完成之前是一直捂着不说的。我把这种心态比拟为蒸馍，馍未蒸熟之前是不能揭锅盖漏气的，否则就会弄成一锅半生不熟的死面圪塔了。"

郭昭第的《贫困的叙事：2008年小说叙事的美学反思》发表于同期《小说评论》。郭昭第认为："近年来尤其2008年小说叙事却在这些方面暴露出非常突出的贫困现象。""相当多的小说家丧失了对小说叙事策略的广泛借鉴，乃至只能采用单一的甚至相对模糊的叙述视角，不能综合运用多种叙述视角并使其相得益彰，最终导致了小说叙事策略的贫乏乃至艺术成就的滑坡。这是最值得深思的教训。因为正是叙述视角与叙事策略的贫乏最终暴露了小说家叙事素质的下降。"

韩春燕的《神性的证明：解读迟子建小说的"原始风景"》发表于同期《小说评论》。韩春燕谈道："我们相信《额尔古纳河右岸》不是迟子建在全球化时代对'地方性'，也即'差异性'的最后书写，我们希望她仍能不断穿越众生喧哗的时代，避开社会意识在文学对象身上碾压而成的多条大道和蹊径，抵达自己的文学世界——一个纯净鲜活的世界；我们希望在她构建的那幅'天人合一'的'原始风景'中，仍能看到坚忍美好的北方女子和勇武霸道又不乏责任感的北方男人，仍能看到爱情失之交臂的忧伤和人生缺损的疼痛。我们渴望着那个精灵飞舞的原初世界。这是其他地域的作家无法给予的。"

贺绍俊的《波澜不惊的无主题演奏——2008年中短篇小说述评》发表于同期《小说评论》。贺绍俊认为："2008年的中短篇小说简直有些如这一年不合节拍，它平淡无奇，波澜不惊；它没有中心，也没有主题。但是，如果我们抛弃官场上流行的政绩观的话，就会意识到这种平淡、这种无中心，恰是中短篇小说写作最正常的表现。小说不是新闻，更不是现实生活的跟屁虫。当这一年的小说写作并没有跟在那些轰轰烈烈的社会事件后面不断变换面孔时，就说明了小说写作具有充分的内在力量，它不需要靠外力来推动，而是按照小说写作的既有目标向前行进的。因此，2008年的轰轰烈烈，让我们看到了当下的中短篇小说写作的定力，这是一种成熟的标志。”

李建军的《内部伦理与外部规约的冲突——以〈红豆〉为例》发表于同期《小说评论》。李建军认为：“现代小说研究，大体上讲，有四个不同的路向：一个是文本为中心的客观主义研究，一个是以作者为中心的修辞研究，一个是以策略和技巧为中心的叙事研究，一个是以读者的阅读反应为内容的阐释学研究。”“然而，这些理论似乎都忽略了‘人物’，忽略了与‘人物’有关的伦理关系和伦理问题。这与中国小说的叙事经验有着明显的不同。”“小说的核心是人物，而不是别的。小说家的根本任务，则是写出活泼泼的人物。小说是处理人物与作者、人物与人物之间关系的一种艺术。这些关系本质上是一种伦理关系，体现出作者如何对待人物和读者的心情态度。小说修辞研究在其初始阶段虽然注意到了‘道德性’因素的存在，也强调了这一因素的重要性，但是，它的反驳对象是‘客观主义’，所以，也只是从作者介入的‘责任伦理’的角度强调了这一点，而没有从人物的角度，从人物的人格尊严、情感自由和思想独立的角度，限制作家的主观任意性，限制作家对人物权利和尊严的轻慢，以免将人物降低为无生命的符号和承载观念的工具。”

刘继明的《我的“创作转向”及其他——自述》发表于同期《小说评论》。刘继明认为：“在这种状况下，我觉得不仅文学本身，就是社会公众也都有理由要求作家对处于激烈震荡中的社会现实表达自己的认知，而不是充当一个闪烁其词的记录者或通俗故事的讲述者。所谓价值碎片化和多元化更不是文学在现实面前止步或者退缩的理由，真正杰出的作家，应该而且能够通过对这个世界的描述和发现，提供一种整体性的视野。这也是让文学参与到当代社会进程和公众精神生活的必要途径。”

田甜的《“背负着疑问写作”——刘继明创作剪影》发表于同期《小说评论》。田甜谈道：“证之刘继明二十多年来的创作，无论是先前作为‘新生代’‘文化关怀小说’的代表作家，还是如今作为‘底层叙事’的代表作家，贯穿他的创作始终的，是他对历史、人生和社会问题的独特思考，是对人的精神困境问题的密切关注，他的作品是他长期思考和关注这些问题的结晶。如果联系他的创作发展历程来看，他的早期创作是通过一个超验的世界，表达了他对社会人生的‘文化关怀’，晚近的作品则以这种‘文化关怀’来书写社会人生，尤其是‘底层’社会的生存困境和‘底层’民众的坎坷命运，他的创作因而始终在以一个知识分子的良知，不停地回答他的内心向历史和现实发出的‘疑问’。……刘继明的早期作品比较重视叙事技巧，在叙述上下了很多功夫，随着叙述功力的日见深厚，后期的作品则将先锋手法融入到小说机理之中，使形式与内容达成了有机的结合。在这期间，刘继明仍然不忘形式的探索，如借助侦探小说的形式，来表达他在其他小说中也关注过的主题或事物。”

田甜、刘继明的《“我差点儿成为了基督徒”——刘继明访谈录》发表于同期《小说评论》。刘继明认为：“佴城是我从海南岛回来后写的大部分小说共用的一个地名。有人说佴城就是海口，但我更倾向于将它看成 1990 年代中国城市的一个缩影。”“所谓‘用文学来追赶来表现时代主题或口号’是本末倒置的，甚至将复杂的问题简单化了。”“比较而言，我也许对人的精神层面的探究更感兴趣一些，而不是所谓私人生活或日常生活。当然，它们之间并非对立或者不相干的。好的小说也许是能够在两者之间达成某种平衡。当然，极端的例子也不是没有。”

王德福的《小说文本隐喻话语的四个世界》发表于同期《小说评论》。王德福认为:“所谓四个世界理论,系指每个话语符号单位,都可以区分为物理世界,即客观存在的事物或现象，相当于罗素、卡尔那普等逻辑实证主义者所说的‘由观察可以检验的事实’。物理世界反映到文本当中，则是在现实中可以找到对应的客观现象的语词符号，比如马、花朵、蓝天、高大的树木等等；语言世界则是构成文本的语言系统和言语现象，包括抽象的音位、语法、语义关系，以及修辞、风格、色彩、语用等具有可取消性的言语标记；至于心理世界，是指说写者、听读者的心理，还包括话语或文本中的人物的心理；最后是文化世界，主要是指语言符号所镜映的文化内涵、文化现象。”“虽然我们只是从隐喻角度对小说文本的‘四个世界’作了考察，但实际上，小说乃至大部分文学文本其实都可以区分为‘四个世界’，它们之间或者呈复调式关系，或者呈互文性关系，彼此总是互相依存的。”

於可训在《小说家档案·刘继明专辑》栏目中的《主持人的话》发表于同期《小说评论》。於可训认为："刘继明的小说后来被《上海文学》包装成'文化关怀小说'……其实他所'关怀'的，何止是书本上的'文化'，而是现实的人的生存，只不过拿"文化"作一架天平，来衡量衡量人的生存价值罢了。所以刘继明的创作后来写底层社会，实在不是什么'转向'，而是顺理成章的发展。"

25 日 程光炜的《如何理解"先锋小说"》发表于《当代作家评论》第 2 期。程光炜认为："当年存在的'先锋小说'，实际正是八十年代中国的'城市改革'所催生，并由上海都市文化、众多'探索小说''新潮小说''超越历史'假定主题，以及马原、余华小说奇异故事等纷纷参与其中的非常丰富而多质的先锋实验。但'城市改革'的多元文化主张，并没有真正促成'先锋小说'向着多样性的方向发展，形成百舸争流的文学流派，相反它最后却被树为一尊。这种一派独大的文学现象，有可能会在文学史撰写、教育和传播中长期地存在。虽然我在文章中力图'还原'它文学生态的驳杂性，呈现当时人们对它不同的甚至分歧很大的理解，然而它的'历史形象'早已经被固定化，要想'改写'将会遇到极大的困难。在此基础上我进一步认识到，'今天'的当代文学史，事实上被塑造成了一部以'先锋趣味''先锋标准'为中心而在许多研究者那里不容置疑的文学史。它已经相当深入地渗透到目前的文学批评和文学史观念之中，正在潜移默化地影响和支配着今天与明天的文学。"

洪治纲、葛丽君的《用卑微的心灵照亮世界——论毕飞宇的长篇小说〈推拿〉》发表于同期《当代作家评论》。洪治纲、葛丽君认为："毕飞宇是一个极力推崇叙事力度的作家。他常常盘旋在那些世态人情的微妙之处，以极为敏捷的心智和眼光，捕捉和发掘各种难以言说的人性特质，并以内敛而又短促的叙述话语，迅猛地将之呈现出来，果断、冷静、强悍，且不留余地。因此，读毕飞宇的小说，我们总会在不经意中体会到某种猝不及防的震慑力——它既来自隐秘人性的自然呈现，又来自叙述本身的锐利和迅猛。……《推拿》以一群生活在现实边缘地带的隐秘人群——盲人推拿师们作为叙事对象，通过对他们敏感、繁复而又异常独特的内心世界的精妙叙述，既表达了他们置身于现实世界中的无助和无奈、伤痛和绝望，又展现了他们身处黑暗世界里的彼此体恤和相濡以沫，也折射了他们渴望用自己的心灵之光照亮现实世界的朴素意愿。……毕飞宇却能以其特有的叙事耐力和洞察力，不动声色地呈现了一个又一个的内心悲剧，包括这部《推拿》。当然，与作者以往的小说相比，《推拿》又明显地突出了那种发自人性深处的坚韧、友善和梦想。”

王纪人的《解读孙甘露》发表于同期《当代作家评论》。王纪人指出：“孙甘露的创作是一种内省式的写作，他不赋予外部的东西，倾向于含糊其词的叙述。除了迷宫的风格、想入非非的叙事、晦涩的故事，还有精神漫游的梦呓和狂想，充满了一种无处不在的不确定性。”“在他（孙甘露——编者注）的作品里，我依然看到印象主义的光和影、非理性哲学的相对主义、文学的诗性、对文学教条和制度化写作的叛逆，以及现代主义通常具备的表现性、抽象性和象征性等鲜明的特征。”

本月

张清华的《介入、见证、一路同行——莫言与中国当代小说的变革》发表于《中国作家（文学版）》第 3 期。张清华认为：“从艺术上说，《檀香刑》可谓是‘炫技之作’，随着艺术技法的日益纯熟，莫言在这部小说中使用了典型的戏剧性结构与语言形式，使叙事成为一个高度形式化和艺术化的表演。”“另一点不能不提及的，是《檀香刑》传统的叙事风格，莫言自己说是‘大踏步后退’的方式，即完全采用了中国传统的白话小说、戏曲和民间小调中的语言方式，这在新文学诞生以来也是独一无二的。它在继承了五四新文学的批判主题的同时，在语言与结构形式上却回归到了传统，这是一个大胆的尝试。”“如果说《红高粱家族》是开启了当代长篇小说文体变革的进程的话，那么《丰乳肥臀》是构造了成熟并且具有‘伟大气象’与结构的长篇小说艺术典范。或许在篇幅上《丰乳肥臀》并不是最大的，但在结构的容量和叙事的气象上却是难有匹敌的。而《檀香刑》在叙事上彻头彻尾的中国化，可谓又标立了一个转折，它表明了新文学叙事在经过一个世纪的西向探求与借鉴之后的一次‘返回’，这个返回是富有象征意味的。……象征着汉语新小说在形式上的某种自信和成熟，象征着新文学的某种成熟。”

四月

3 日 《人民文学》第 4 期刊登署名为编者的《留言》一文。编者谈道：“这是中国人的海外秘史。——张翎的长篇小说《金山》，我们将分两期推出。……每一个中国人，都能从这部小说中、从几代中国人在故乡和异域之间的颠沛奋斗中感到共同的悲怆、共同的血气和情怀。”“《金山》是一部浩大的作品，它关乎中国经验中深沉无声的层面，关乎现代中国的认同的形成——中国的普通民众如何在近代以来的全球化进程中用血泪体认世界，如何由此孕育出对一个现代中国、对我们的祖国的坚定认同。”“《金山》是传奇，但这是一部用坚实砖石构造起的传奇，张翎将对人物心灵和命运的想象和体验与对人的条件、环境的确切考证和把握融为一体。这部书是重的，具有现实主义之重，而我们一些以反映现实或历史为名、立意同样浩大的作品却是轻的，有态度、观点而无‘真实’的肌理和砖石，轻重相较，张翎这位远在海外的作家向我们提出了严肃的问题：我们是否真的掌握了现实主义的方法和精神？”

15 日 罗慧林的《当代小说的“细节肥大症”反思——以莫言的小说创作为例》发表于《文艺争鸣》第 4 期。罗慧林认为：“莫言是中国当代文坛上自觉追求艺术创新、艺术感较好的重要作家之一。然而，所有的技巧的极盛之处常潜藏着危机。莫言小说中有许多精雕细刻的细节，既给他的小说带来特色，但他时常卖弄语言想象力，过分炫耀细节，使细节描写恶化为‘细节肥大症’，这种症候具体体现如下：首先，对景物过于细化的描写和以及描写语言的驳杂造成了场景描写的失真。……其次，人物的行为刻画过度细化，而细节描写的失真必然带来情节和性格的失真。……总之，景物描写、人物行为描写的过度细节化必将带来失真的效果，使小说丧失反映整体社会现实的能力而成为涂抹着虚伪色彩的作品。”“‘细节肥大症’在本质上是作家没有恰当得处理好空间叙事策略和时间叙事策略的关系，对空间叙事策略的过分强调使作品的描写和叙述的比例失调，从而造成小说整体构图比例的失衡乃至失真，它既暴露了作家对于语言和结构驾驭的无力，也暴露了作家抽象概括能力的贫乏和缺少超验性追求的缺点，这种症候是作家创作时需要时刻警醒的。”

徐英春的《传统文化与现代观念的有机融合——再读新历史小说》发表于同期《文艺争鸣》。徐英春认为：“新历史小说并不是单纯的传统文化的载体，通过作品中无处不在的反传统描述，它又展示出现代观念的重要地位。受传统文化影响，以往的作品总是将性爱作为邪恶、下流的同义词进行另类处理。……而在几乎所有的新历史小说中都有赤裸裸的性爱描写，尤其是在《白鹿原》《丰乳肥臀》等作品中。因为在现代观念中，人的本能欲望是健康的，满足欲望是人性的，人道主义的。”“新历史小说中传统文化与现代观念的融合主要表现在人物形象塑造上。通过对传统与现代观念的有机融合，新历史小说塑造了许多富有生活气息，性格鲜明突出，心理变化复杂多样的个性人物。”

晏杰雄的《从凌虚高蹈到贴近大地——新世纪长篇小说文体论》发表于同期《文艺争鸣》。晏杰雄认为：“质朴，粗放，民间，从这些关键词可以看出，新世纪长篇小说文体意识开始视点下沉，作家们的目光转向作品的内在美，认同从作品坚硬的质地上自然生长出来文体之花，认同从朴素粗犷文体中焕发出的率真之美和阳刚之美，文体的深度和边界都得到了进一步拓展。”“新世纪重要作家文风转变的现象也反映了长篇小说文体意识的沉淀趋势，比较典型的有贾平凹和林白的创作，新世纪和90年代简直大相径庭。”

25日 梁海的《寻找生命的河岸》发表于《光明日报》。梁海谈道：“《河岸》中这种叙事的古典性，在很大程度上体现在意象的建构上。与他以往的小说相比，苏童在《河岸》的创作中加大了意象的叙事力度。意象不仅在所指和能指中传递出象征意味，同时，它们也承载着重要的叙事功能。河岸、胎记、鱼等这些反复言说的意象，几乎贯穿于所有的叙述中，将主体对生命的感受聚焦到这些意象之中，打通了感觉与世界的对应。”

本月

贺绍俊的《香雪一直走过来……——论铁凝的文学底色》发表于《中国作家（文学版）》第4期。贺绍俊认为：“八十年代末到九十年代初，铁凝主要精力在‘拷问’和反省，凝重构成了作品的主要成分，她的善良之心和温暖情怀则处在一种蛰伏的状态。经历了九十年代初的谐趣期之后，铁凝逐渐从抽象化的意象中走出来，恢复了她所最擅长的生活化的叙述中，当她贴近非常具体的生活场景时，她的善良之心自然而然地浮出地表，再次成为她作品中的一个亮色。”“当新世纪以后，铁凝动笔写长篇小说《笨花》时，她的文学底色已经铺得非常坚实了。而她对历史和人生的越来越深入的把握，使她有了更强烈的敬畏之心。这种敬畏之心置于她的温馨、善良的文学底色上是相当的和谐。这就决定了铁凝在《笨花》中所表现出的写作姿态，这是一种对民族和历史充满敬畏之心的写作姿态。因为有这种敬畏之心，她在写这部作品时就收敛起以往的主观色彩和情感倾向，用她自己的话说，就是面对历史和人物时‘不要多嘴’。”

五月

1 日　温亚军的《烟雾弥漫的背后》(《地烟》创作谈——编者注)发表于《中篇小说选刊》第 3 期。温亚军提到：“我一直认为，小说的意义在于一个作家对现实世界的理解和对生活认识的表达。”

肖江虹的《触摸那些看不见的疼痛》（《百鸟朝凤》创作谈——编者注）发表于同期《中篇小说选刊》。肖江虹提到：“一篇小说的‘气场’越大，它的生命力就越强。营造多大的‘气场’，除了和写作者的语言、叙述、阅历等等有关系外，更重要的是写作者有没有博大的心胸和真正的悲悯情怀，这也是决定写作者能营造一个多大文学‘气场’的关键。只有那些把眼光投到人类共有的快乐和苦痛上，和笔下的人物肩并肩、手拉手、心连心的写作者，才能在有限的文本里营造出宽广无垠的文学‘气场’来。这种‘气场’不仅不会随着时间的流逝而流失，反而会在历史前进的脚步中越发辽阔宏大，熠熠生辉。”

5 日　蝼冢的《章回之外的中国笔记体小说——我的文学传承或东方文学观》发表于《花城》第 3 期。蝼冢认为：“叙事形式在中国的故事中一直不大重视，中国的古代的‘小说’艺术似乎是以‘散’为美的，各种笔记体小说都是这样，这种散，当然也是美的，他与日本草纸文学构成一道辉煌的风景线。”“首先，在形式上，它（中国笔记体小说——编者注）区别于章回体小说，套层结构是传统留给我们的形象，应该还有很多的形式途径可走。取消章回，问题也随之出现了，即作品的形式问题（形式即内容），笔记体小说主要依靠一种较强的形式来弥补取消章回之后带来的连续性，比如层层相因的套层结构，套层结构保证了多重叙述的可能性；当然也可以根本不需要连续性。人们还可研究更多的叙事原型。其二，它的囊括性，百科全书式的汪洋恣意。……第三，打破情节律，这也是笔记体小说的一个突出特点。……第四，集团心理、集体无意识，笔记体小说打破情节，不重情节，是为了表现集团（集体）心理的存在。……第五点要说的就是小说的语言，我主张把小说的语言纯粹度提升到诗歌或叙事诗之上。最后，笔记体小说之反电影。小说就是小说。这是电影出现之后，小说重新面对的一个问题。在此之前的小说都是很迁就视觉的。我相信笔记体小说和以后的不管怎么样的小说在这点上会不断地自我觉醒。”

15 日　吕雷的《追寻现代人感觉认同的轮回——从“新感觉派”到莫言再到盛可以》发表于《南方文坛》第 3 期。吕雷认为：“在感觉语言的运用上，莫言与前辈们之间的不同点主要在于：一是莫言的文字更多使用了‘感觉的拼接法’。……二是莫言惯用近乎孩子气的主观感觉。……进入了 21 世纪，中国文坛再次涌现出大量有才华的青年作家，他们的知识结构和对多种语言的驾驭能力，显示出他们跨越了莫言这座高山的潜力，广东青年女作家盛可以就是其中之一。我在一篇评论中分析了盛可以解构式叙述描写的最大特点，是充分运用了敏感的感觉语言和文字，这些鲜活的感觉语言成了她手中的手术刀，盛可以经常用它愉快地干脆利落地在剥光了的男男女女身上运用自如，在最隐秘和最不可见人处手起刀落，然后捧出血淋淋的一块块器官和肉体。……莫言、盛可以在一些作品中，都同样有着令人遗憾的倾向：有时运用感觉语言几乎达到了走火入魔的程度，失去了应有的节制，感觉塞得太满，超过了人们能接受和认同的需要。”

17 日　何希凡的《深窥历史宿命与现实规则的人性关怀》发表于《作品与争鸣》第 5 期。何希凡认为：“当体现西方小说叙述技术的叙事学理论传入中国后，它在积极冲击深受写实主义统治的中国文坛的同时，也使得实验西方小说叙述技术的先锋作家们不同程度地进入了审美体验的误区。他们更多注重西方现代

“超验”，而忽视民族生活体验和叙事传统，注重小说的技术美学，而忽视小说的生命价值。但当先锋小说的实验努力退潮后，大众文化的冲击又把当今过于泛化的小说创作引向了放逐技术的歧途。如果说有的先锋作家曾让读者感到小说的神秘莫测，而当今的有些作家则让读者难以感到什么是小说。”

20日　陈忠实的《寻找属于自己的句子——〈白鹿原〉写作手记（连载十一）》发表于《小说评论》第3期。陈忠实认为：“第一次陷入在那些既陌生又熟识的人物的情感世界和其身临的生活环境的时候，迸发出来的文字往往是最恰当最准确的，甚至常常有始料不及的出奇的细节涌现出来，让我享受到任何奖励都无可替及的陶醉。”“如果写得不尽人意，要想重新写作，或者作重大修改，最大的障碍不是费时费劲的劳作，恰恰在于对人物和环境的新鲜感的淡化和消失，很难再恢复重现，以至文字叙述常常都发生迟顿和艰涩。这是我多年写作的个人感受，显然有违‘文不厌改’‘千锤百炼’的古训，权且只作为个人的‘忌讳’，然而又不易改变。”

房伟的《一种独特的“中国经验”叙述——评赵德发长篇小说〈双手合十〉》发表于同期《小说评论》。房伟认为：“通过对汉传佛教的探讨，赵德发的关注点，集中于有特色的“中国文化经验”上。汉传佛教经过千年历史的演进，已与儒、道一起，融合入了中华文明之中，并共同塑造了别具特色的中国式的‘文化体验’。这种文化体验，也许会随着历史变迁而有所改变，但是却是一个民族文化性格养成的重要基点。它的‘普世情怀’，它的‘人间宗教’的宏愿，都对中国现代化转型提供了很好的参照。”“在《双手合十》中，赵德发小说原有的启蒙与愚昧、道德与欲望、传统与现代的对立紧张关系，也在这部小说中得到了舒缓，并有了新的启示意义。在这些变化中，佛教原有的弃世之意被淡化，神秘性和抽象性被淡化，而普渡众生之意被强化，这与儒家文化在某种程度上也是相通的。……正是通过这种独特的角度，赵德发很好地实现了通过对汉传佛教的描述，进一步挖掘传统文化对于中国现代化的借鉴意义。……信仰的力量，只有真正与普渡世人、造福社会的伦理观结合，才是现代宗教的价值所在，也是现代宗教发展的方向所在。他试图通过这个现代修佛的故事，让我们重新审视中国传统文化资源对于现代社会的积极意义，那就是通过‘天人和谐’的道德自律，需求内心欲望冲动的有效平衡，从而实现更为完美、健康的人性。”

付品晶的《中国当代小说的音乐叙事》发表于同期《小说评论》。付品晶认为：“汉语言的音乐性也体现在小说文体中，由此形成了当代长篇小说语言音乐性的多向维度。这种语言的音乐美首先也是主要的体现便是：语言回环往复的节奏美。节奏美是指声音的强弱长短快慢有规律地变化。回环美，是指‘重复或再现。……’中国当代小说创作领域更本体、更深层的音乐叙事体现在作家利用音乐结构方法来结构小说文本，具体说来就是采用奏鸣曲式的音乐创作方法。……中国当代小说从语言到结构的音乐叙事，使小说文本从‘质料因’到内部构造都亲近音乐艺术。然而更全面的音乐叙事则是小说对文本氛围的音乐式营造，这种营造主要通过文本情绪化的流淌来实现。音乐是情绪表达的一种语言，是对情绪的艺术表达。”

贺芒的《论打工小说中的游侠精神》发表于同期《小说评论》。贺芒谈道：“打工小说塑造的游侠精神首先表现在对力量的推崇上。这种力量，既包括武力，也包括脑力。”“打工文学中游侠精神的出现是与社会时代与传统文化心理分不开的，一方面反映了底层打工者对未来生活以及成功的想象，由乡入城的农民工在城市中的矛盾心理；另一方面，对扶危济困的游侠的幻想，也是传统农耕文明的血缘、地缘观念在文学中的反映。最后，‘侠’也是文学生产的畅销元素，证明了打工文学面向市场的主动性。”

李建军的《永远站在鸡蛋一边——论超越了文学的文学精神》发表于同期《小说评论》。李建军认为：“在‘后现代主义’的价值真空和萎靡不振的境遇下，这种刚健有力的文学精神显得弥足珍贵。……‘利他主义’和‘关心别人’这是一切伟大文学的最为本质的精神特点，也是十八世纪和十九世纪伟大的文学遵奉的伦理原则。我们时代的文学和艺术之所以缺乏强烈的感染力，之所以缺乏能被无数读者共同接受的普遍性，之所以缺乏经得住时间考验的生命力，最根本的原因，就在于我们的作家太关注‘自我’，太关注外在的没有价值的东西，太缺乏那种超越现实功利目标的文学精神。……只有选择站在做为‘鸡蛋’的弱者一边，只有超越了‘形式主义’和‘个人主义’的有限性，文学才能超越‘文学’而成为伦理性的精神现象，才能成为既有益于‘自我’又包含着‘利他主义’

精神的伟大的文学。”

李洁非、杨劼的《旧形式的利用和改造》发表于同期《小说评论》。李洁非、杨劼认为：“如果说，‘五四’全面否定旧形式意味着民族在文化上价值上陷入严重的自我怀疑，那么，延安文艺重新肯定弘扬旧形式则恰恰象征着民族光荣感正在恢复——就如过去千百年一样，旧形式打造神话、英雄的深厚传统，再一次焕发出巨大生命力。通过肯定、发掘旧形式，延安时代为后来长达三十年的英雄主义文学奠定了一种艺术基础。”“一方面，是革命意识形态给予旧形式以肯定，另一方面，旧形式却以它本身的起源、含义对革命意识形态构成否证。原因何在？关键在于旧形式作为旧中国民间文化的产物和反映，从来作为统治性文化的破坏者、消解者而存在，它骨子里生而就有一种野性，这野性来自民间社会对一切统治（包括它们试图使社会规范化、秩序化、法度化）的反抗意愿。”

马建梅的《新文学背景下文学创作的民间性——鲁迅文学奖获奖短篇小说透视》发表于同期《小说评论》。马建梅认为：“民间性是上世纪 90 年代以来文学创作的一个重要向度，是相当一部分知识分子的人文精神理想，是知识分子对诗性文化生活精神家园的追寻与构建。”“作为对当下文化特别是传统文化在后现代语境中的出路与命运的思考，作家们由中心走向边缘，由庙堂走向民间，坚守个体话语立场，开辟一个与主流社会文化相异的，清洁的，属于自己的话语空间，为新文学时期文化精神的委顿与道德价值的失范提出了警示，为上世纪 90 年代末乃至 21 世纪初的文学现状保持了一抹亮色。”

杨建兵的《对底层的诗意抒写——论刘庆邦的小说创作》发表于同期《小说评论》。杨建兵谈道：“刘庆邦还是一个充满迷惘和困惑的作家。他的创作风格与题材等的多样性，是他的迷惘与困惑的注脚和证明。……刘庆邦在‘浪漫乡土’中遨游徘徊的同时，从来就没有离开过‘现实乡土’。这就形成了他乡土小说的两种风格——‘柔美’和‘酷烈’。……既想超越现实，又不可能不去关注身边的世界，刘庆邦在‘浪漫乡土’与‘现实乡土’之间来回穿梭，从而形成了他创作风格的两面。而在这种创作现象的背后，表现出的则是刘庆邦在文化立场和价值观念上存在着的深刻的矛盾与困惑，换言之，他的理性精神和文化情感始终处在难以弥合的紧张之中。……对风景画、风俗画和风情画的细致描绘，使刘庆邦的小说充满了浓郁的诗情画意。这是他的短篇小说最重要的特点之一。”“丰富的乡村经历，质朴的乡村情感，使他始终保持着对题材的敏感和触角的广泛，密切关注着现代化进程给乡村带来的强烈震荡，关注着农民的命运沉浮和人性的变迁。尤其他对底层的‘诗意’抒写，为中国当代乡土小说开启了一种新的观照视角，丰富拓展了乡土小说的审美空间。因此，刘庆邦在新世纪乡土小说中的地位是无人可以取代的。但刘庆邦也面临着文化情感选择的迷惘与困惑，面临着艺术表现失衡的困惑，面临着单一与丰盈的困惑……不过，在今天这个文化的批判和重建正在紧张进行的时代，没有一点迷惘与困惑的作家，是很难写出有深度和广度的作品的。也许刘庆邦更多的精品力作，将会在这种迷惘与困惑中孕育延生，这是读者的期待，也是刘庆邦的宿命。”

於可训在《小说家档案·刘庆邦专辑》栏目中的《主持人的话》发表于同期《小说评论》。於可训认为：“刘庆邦所写的，当然不是传统意义上的短篇小说。他在接受本辑主笔、我的博士生杨建兵的访谈中就明确说过，受到现代作家的影响，尤其是鲁迅和沈从文。……他自称‘柔美’和‘酷烈’的两类小说，就颇得这两位作家的真传。偏偏这两位作家的小说创作，也以中短篇取胜，这就难怪刘庆邦要爱屋及乌，钟情短篇了。……现如今都在讲‘中国经验’，何谓‘中国经验’，人类自从开始了相互交往的时代，就没有一个纯粹的何国、何族何地之经验，但经验既以人为主体，毕竟有主体之别，这区别就是在主体身上所沉积的一国、一族之历史文化传统，或一地之风俗习尚，以这传统和风俗为主体，吸纳融汇他国、他族或他地之经验，始为自体之经验。从这个意义上说，刘庆邦的短篇小说创作，既受传统浸润于前，复受现代影响于后，剩下来的就该是那句套话说的，融汇古今中西，别开生面，另择新机了。这当然不是一件易事，但要做起来，未必就不可行，须知，在刘庆邦心仪的鲁迅和沈从文的小说中，就流淌着传统的血脉，灌注了传统的气韵，只是因为藏身于现代的躯壳，披上了一件现代的外衣，不为常人所见、所道罢了。要说‘中国经验’，这便是现代中国文学的‘经验’。”

张晓琴的《平原美学及铁凝小说创作的自我突破——以〈笨花〉为例》发

表于同期《小说评论》。张晓琴认为:“平原美学不是哗众取宠,不是故弄玄虚。在平实朴素中讲述一个引人入胜的故事,吸引你饶有兴味地读下去,读出作者对一个时代的思考,这是一种美学追求。”“铁凝的创作一直以一种稳健著称,但这种稳健中有许多模式化的东西。……作为深受杨朔、孙犁创作模式影响的铁凝,新时期以来一直能够关注正面道德价值的弘扬,如广受好评的《哦,香雪》《没有纽扣的红衬衫》等,而《玫瑰门》则从女性的角度探讨百年以来中国女性的生命追求。如果说所有这些作品的创作还带有鲜明的时代的阶段性特征的话,《笨花》则超越了现实性的追求,而去寻求生活的普世价值。”

25日　韩春燕的《写作:隐秘的皈依之途——孙春平近年小说创作研究》发表于《当代作家评论》第3期。韩春燕认为,孙春平的创作“大多以现实层面上斗智斗勇的故事性取胜,多少年来,他不断编织着这样引人入胜的故事,塑造着各种足智多谋的人物。在他前期的小说文本中,我们不难发现,他关注现实,但还缺少穿透现实超越现实的力量;他重视人物,但还缺乏对‘人’本身的注重。孙春平小说所表现的生活无疑是广阔的,但向这种广阔的深处掘进得还不够。而他小说里的人物,无论是男是女,是老是少,是农民还是工人亦或是干部,他们的性格都有着共同之处,我们从不同生活背景下不同身份性别的人物身上可以感觉到相似的东西,那就是他们都老于世故,心思细密,心机深沉。因为有这些精明人的参与,他所编织的故事无疑就非常精巧好看,但这也难免给他的创作带来千人一面,文本模式化的弊端。在艺术上,孙春平行文朴实,尤其善用东北土语,使文本洋溢着浓烈的地方气息和土腥味,他的小说结构缜密,故事性强,情节张弛之间充满智慧,应该说他的每篇小说里都有一场智力竞赛,机谋角逐。但有的时候,所长也即所短,孙春平语言上的‘乡’化,‘土’化,也使文本样貌显得缺乏美感,那种密实的叙述,则使小说缺失了灵秀,而人物共同的精神谱系,更让每篇小说里的人物都似曾相识。诗性的缺乏应该说是孙春平小说的最大遗憾。……应该说,是广阔的生活打开了孙春平的眼界和胸襟,使他从单纯地编织故事,到故事中滋生出人文情怀,使他从单纯地对人的智力的关注,到对人的生存和灵魂的关注。他的笔不再停留在生活的表层,开始有了向生活纵深处的掘进,他的小说开始有了温暖和爱意,有了超越和反思,形而上的意味也渐渐萌生”。

刘志权的《平民文化心理与新历史小说》发表于同期《当代作家评论》。刘志权谈道：“在新历史小说中，对生命意识的强调首先是通过对灾祸和节庆的描写来实现的。新历史小说的时间往往指向不确定的过去。由于我们已经认同了这是一个关于过去的记忆，我们潜在地就赦免了叙述者在某种程度上的卖弄、省略、选择、炫耀、模糊，作者正是通过这样的方式重构了历史与日常生活之间的距离。……从实际创作角度而言，正因为新历史小说不妨是传奇，它们频频指向战乱、饥荒、瘟疫、节庆、游戏等特定时刻，这些时刻如同小说中一个个闪亮的岛屿，串连起了新历史小说强烈的平民化感受，具备了激发生命意识的天然势能。”

本月

阎连科、蔡莹的《文体：是一种写作的超越——阎连科访谈录》发表于《上海文学》第 5 期。阎连科说道：“现在，回到文体上来，我以为我最大的文体的问题，是如何让小说的内容和形式和谐，如何水乳交融。《受活》和《风雅颂》都有相当强的形式感，文体意识有时候压迫小说的内容。其实，就文体和内容的结合上，《丁庄梦》是比较柔和，也比较统一的。”“文体应该产生于内部和外部的结合、糅合，因为故事的内在需要不得不要有理想的文体；因为文体的存在反过来应该对故事（内容）有很好的丰富和推动。”“形式也好，文体也罢，一句话，就是希望它外在更内敛，内敛更散发。让读者觉得故事离开这个形式就不存在，形式离开这个故事就没有意义，就无法成立。”

周立民的《树后边是太阳——论冯骥才小说及民族民间文化》发表于《中国作家（文学版）》第 5 期。周立民认为：“在当代作家中，冯骥才是一个非常有文化自觉意识的作家，文化打开了他的小说世界，绘画、民俗、传统文化、西方文化等等多重资源滋养着他的小说，文化不仅是作为符号，而是作为人物活动的背景、气氛和集体无意识给了他笔下人物以灵魂。在冯骥才驾轻就熟的叙述中已经触及到民族文化的深层心理，地域文化的一般性格，留下了具有特征的文化信息的记录，这使他的小说在具有审美功能的同时，更具民俗学、社会学的意义。”

六月

6 日　张晓峰的《关于当代小说的叙事伦理》发表于《当代小说》第 6 期。张晓峰谈道：“小说的职责的确是可以指陈事实而不做价值判断的，但这并不意味着作者可以不进行分析，不运用头脑。”“在生活中体会、发现，以艺术的形式提出自己的理解，应该是小说叙事的基本伦理。”“从某种意义上讲，所有好的作品都是一种召唤，都是有话要说，而且真的道出了他们的心声。”

18 日　黄孝阳的《说说小说的俗与雅》发表于《文学报》。黄孝阳认为：“小说的俗与雅同样如此奇妙。甚至可以这样说，一部作品是好是坏，同样取决于我们的观察方式，即阐释。作品之意义彰显的关键处是被叙述，被如何叙述，被谁叙述。过去，我评论《兄弟》粗糙，结构畸形，硬伤无数。现在反思，相对于它所书写的荒谬时代，它具有某种经典气质。一个文学作品是经典的，同时也是失败的。这是传统文学话语体系里无法想象的，但在量子文学的话语体系里却可以成为常识。……小说的俗与雅，在我的理解里，‘俗’是现世的，是活泼有野性的男人与女子。它是热气腾腾的红尘，是具体的吃喝拉撒，世俗社会的诸多法门与感受，是‘此处’的一切。‘雅’是写给一小撮人与其他作家看的，它开创某种叙述方式，是诗意的，形而上的，它为写‘俗小说’的作家提供范本，饱含智力因素，是不好阅读的。‘雅’是‘俗’的源，是少数。‘俗’是大多数。‘雅’的泉眼哺育着‘俗’，有的泉眼会渐渐消失，而有的泉眼很深，至今还淌着水。”

本月

葛红兵、陈佳冀的《“方言写作”与“底层写作”的可能向度》发表于《上海文学》第 6 期。葛红兵、陈佳冀谈道：“方言不只是一个地域概念，它本身又是一个阶级概念，而它最为明确的基本的阶级指涉又恰恰是底层，那么，方言写作成为‘底层写作’的一个有效路向，就更加恰如其分了。无论从工具载体还是精神表达的层面，方言写作都将似一股清澈的暖流，缓缓汇入稍显浑浊的‘底层文学’当中，以起到浇灌、疏浚、净化、补救之效，让它从此清澈见底，语势丰沛，特质尽显。也许之于整个当下中国文学，方言写作的意义同样于此。”

刘继明的《小说与现实》发表于同期《上海文学》。刘继明认为：“小说与现实关系出现重大调整的标志，是80年代中期寻根小说和先锋派小说的出现。……作家们一方面把目光投向了现实和政治之外的广阔领域，另一方面把目光向内转，返回到小说的内部和人自身的领地。……与现实分手后的中国小说像一匹脱缰的野马那样一路狂奔，开拓出一片艺术的新天地，但另外一个方面，却也因此堕入了无边无际的价值虚空之中。”“进入90年代之后，情况似乎出现了一些变化。随着中国的市场化进程，小说与现实的关系又重新成为一个需要面对的问题。市场在进一步将人从传统的意识形态控制下解脱出来的同时，又被裹挟进了无处不在的市场经济的大潮。……90年代初期新写实小说以及晚生代或新生代小说的出现，多少带有一种向现实回归或让步的意味。但这种回归更多的只是从写作策略而言，而不是价值层面上的。……无论是新写实、新生代还是新现实主义冲击波，他们在90年代的相继出现，都表明了这样一个事实，即在如何处理同现实的关系上，小说家不应该采取规避或者逃逸的姿态，也就是说，小说的生存和发展，不可能像许多人想像的那样，在一个封闭的系统内单独完成，而是必须在与现实世界的互相缠绕乃至对峙过程中共生共荣，不断前行。”

张学昕的《“南方想象”、幻想与空灵——论苏童小说创作的唯美品格》发表于《中国作家（文学版）》第6期。张学昕认为：“苏童小说叙述话语的文法和语态既得西方、拉美小说的诱发和启迪，更深受古典小说、诗词的浸淫，其体式、格调和功力直逼王国维评论近人词时所言，‘言情体物，穷极工巧’且‘深婉’‘隐秀’，叙述中言外之味，弦外之响呼之欲出。我们看到，这种独创性的叙述话语创造出了文学表现中‘暧昧’‘迷蒙’的唯美诗学格调，叙述已将具体的历史、道德等形而下内容引入一种文化上的超验性体悟。”

七月

5日　刁斗的《写什么与怎么写》发表于《花城》第4期。刁斗认为：“小说讲述故事却超越于故事。小说是通过故事更通过其他，酿制而成的有意味的精神信息。”“小说的叙事伦理与美学品格，正是建立在形式对故事的加工剪裁上。”“小说的内容包括形式，小说的形式即是内容。”

15 日　阎真、赵树勤、龙其林的《还原知识分子的精神原生态——阎真长篇小说创作访谈》发表于《南方文坛》第 4 期。阎真指出：“作为一个作家，我是一个绝对的现实主义者。写出生活的真相是我的最高原则，其他的考虑都必须让位于这个原则。……我是把小说当做‘历史’来写的，从宏观的时代氛围到微观的心灵波动，我都以‘真实’为准则加以描写。”

17 日　冯静的《文学担当与历史建构》发表于《作品与争鸣》第 7 期。冯静认为：“一直以来打工文学所承载的就不只是文学意义，还有更多的社会意义和历史意义。在大部分的打工文学作品中更多的是对打工艰辛的渲染和对农民工苦难的无休止刻画。不可否认这样的文学作品确实给城市生活带来了冲击，也引起了社会对这群弱势群体的广泛关注，但就文学本体而言，文学性似乎被弱化了。一部部打工文学作品好像每个打工者的自叙传，真实而又缺乏文学应有的想象和虚构，批判现实的力度自然就只停留在了文本表面。”

20 日　陈忠实的《寻找属于自己的句子——〈白鹿原〉写作手记（连载十二）》发表于《小说评论》第 4 期。陈忠实认为：“我确实很想听到别人读《白》的真实感觉，如实说来，几乎是迫不及待的一种焦灼心理，更多的是担心乃至害怕。担心和害怕的唯一一点，就是对《白》的阅读反应，且不说完全否定，单是对《白》里所表述的我对那段历史生活的体验和对体验的表述形态如果反应平平，无疑标示着我的失败。我能沉住气在原下的屋院写作 4 年，现在却按捺不住期待审判的焦灼。”

冯晶的《张炜创作中民间意识的形成流变探析》发表于同期《小说评论》。冯晶谈道：“客观地讲，在张炜小说创作的初始阶段，作家的民间意识并非完全出于自觉，他是基于自己的出身、成长经历，也可能是由于受到时代风潮的影响，张炜不由自主地也把笔触伸向了自己无比熟悉的乡野世界。……这一时期的作家，其民间意识尚处朦胧状态，只是基于个人的生活阅历和朴素的对乡野生活的认知，或赞美民间世界的淳美，或从维护民间正义出发对丑恶现实发出愤激之声。”“从《古船》开始的张炜对民间世界自觉而全面的探寻，至其后的《九月寓言》又进入了一个新的境界。……此一时段的张炜，其民间意识已自觉形成，并以成熟的民间视野审视着乡土世界，发掘着民间社会的劣根性，更开掘着民间世界潜藏的激情与活力，同时对现代工业文明给乡野世界的伦理价值和生存秩序带来的冲击表示出深沉的忧虑，思考着应该何去何从。”“这一时期，作家已毫无犹疑地表示出对现代文明负面因素的强烈拒斥，立场鲜明地朝向以乡野民间世界为代表的传统文明的皈依，重塑民间伦理和生存秩序，为现代人已无处交付的灵魂寻找栖息的家园。”“张炜逐渐建构起自己独特的民间意识，以民间的文化视野读解着田园大地，以民间的是非判断、善恶标准、价值取向对历史、现实做出评判，认定只有走向民间，融入野地，灵魂才能安放，世界才有希望。显然，这与高倡现代文明的主流话语形不成共谋，这是来自野地的声音，发自民间的思考。”

傅元峰的《传说重述与当代小说叙事危机》发表于同期《小说评论》。傅元峰认为：“当历史主义的新历史叙事与西方的新历史主义思潮错位的时候，中国文学错失了尊重叙事与叙事主体品质的机会。文化寻根和先锋试验的双重挫折，使 20 世纪 80 年代崛起的作家群体和在这种氛围中诞生的一代新人，都无法担负文学审美现代性的探索和呈现使命，造成了当代文学持续的美学品格的低靡。”“当代大陆传说之伤，既有历史主义的求真力学的扭伤，比如在历史求真冲动中对历史事件的复写，这些复写背离了小说的更高审美境界的方向，在历史考古的惯性中，丧失了最有价值的中国经验；也有极权压榨下的修辞扭曲，比如过度反讽所导致的审美肌理的紊乱。……‘神话重叙’带有的叙事挫折，验证了当代作家薄弱的传说叙事能力。代表了较强叙事能力的当代文学‘名士’，要么继续沉溺在毫无自我审美超越能力的重复叙事中，要么死于强大的传说面前，暴露出普遍孱弱的叙事机能。”

洪治纲的《“底层写作”的来路与归途——对一种文学研究现象的盘点与思考》发表于同期《小说评论》。洪治纲提出：“‘底层写作’研究也在逐步走向丰富和多元，并呈现出如下几个鲜明的特点：（一）与社会学研究保持着紧密的共振关系。……（二）理论资源的丰富和多元。……（三）研究思路的超前与客观。”“从整体研究的演进过程来看，‘底层写作’研究仍然体现了两种重要的价值倾向。（一）以介入性姿态，展示了文学研究者对人文精神的自觉彰显。……（二）以理性的评判尺度，强调‘底层写作’必须对艺术性进行有效承诺。”“从知识分子的伦理使命与主体意识来看，‘底层写作’所蕴含的精神诉求，不仅仅是一种简单的道德关怀和情感立场，也不仅仅是对现实的表象化跟踪和再现，还涉及对社会整体文明进程的深度反思，包括对公义、平等、自由等生存权的现代建构。它隐含了现代知识分子对社会结构变化的创造性思考与判断，对现代文明积极承担的精神姿态。”

李修文的《写作和我：几个关键词——自述》发表于同期《小说评论》。李修文谈道：“小说有很多功能，一种是像博尔赫斯一样，很智慧地去发现这个世界的部分真相；还有一种功能是小说让一个人可以去体验、可以去重温、可以去倾诉一些事情，对我来说，我的任务不是去发现，就是去重温、去回忆。”“做小说家，首先要做的是一个能把故事讲好的小说家。”“小说的魅力仍旧是直接作用于心灵。仅仅需要一种非常强大的力量来驱使我写出第一句话，在我看来，这种力量就是情感。”

吴俊的《徐则臣小说简评》发表于同期《小说评论》。吴俊谈道：“徐则臣小说里最为人称道的是所谓‘京漂’系列。批评家们已经对此有过相当充分的评价。概括而言，徐则臣的京漂小说和他笔下的京漂们，不仅写出了一个时代特定社会人群的生态、命运和人性的诸色相，而且还能够在最卑微、最无助的灵魂里生发出坚韧、超拔的人道勇气和精神关怀。徐则臣的京漂小说在许多方面都足以让人格外看重。京漂的人生和命运恰逢其时地接榫了一种叫做‘底层’写作的文学流向和评论舆情，——不过这并不意味着徐则臣的小说就是一种迎合或策略，尤其是京漂，这种身份不仅是个人或一般的社会标记，而且还应该含有特别的政治潜台词——一种在首善之区政治中心没有定所而漂泊挣扎谋生的人数庞大的流民群，这是必然会引起冲击性想象的一个概念。徐则臣的独到处和高明处在于，他用脉脉温情的低姿态化解了这类小说中常见的愤怒、残酷、怨毒、攻击等等相关的表面的坚硬情绪，他的忍耐和幽默过滤、积淀同时也是压抑了生活与人性中的悲苦，那些流民更像是我们社会中的最大大的良民，他们都在用生命的最后的一点智慧和可能方式艰难却又不失期待地生活在人间，徐则臣自己、也带着我们进到了他们的世界里和他们的情感中。……徐则臣小说的文学语言性格显然没有走向张扬恣肆的极端路子。与小说的整体温情语调相比配，徐则臣小说使用的是较为平稳的日常书面语，即在一般普通话的表达中调和进了一些市井俚俗之语。看似特征并不彰显，实则耐人玩味，具有非常舒适的阅读感受。”

阳燕的《李修文的文学资源与创作个性》发表于同期《小说评论》。阳燕认为：“如果对李修文的小说作全面的观察，将会发现他的小说有一个从颠覆破坏到建构树立、从否弃传统到回归传统的变化过程。……李修文以忠贞不渝、不离不弃的古典主义的爱情观念以及抒情、意境、俗世传奇等中国古典文学的审美方式‘回归传统’。”“对于中国传统文化，李修文除了‘追慕’与‘重返’，还有对‘极端’之美的发现。李修文用‘烟花’比喻爱情，爱情给人灿烂炫目的美感，能充分地激发起相爱之人的生命活力，但爱情也如烟花燃烧一般盛开即谢、转瞬即逝。‘极端’之美既体现在小说女主人公对爱情‘自我毁灭’式的强烈追求上，也体现在小说的情节设置与对比、反衬等修辞手段的运用上。”“借助日本文学这座桥梁，李修文发现了中国传统文化里除‘中和’‘辞微’的主流审美观念之外的别一种色彩——除了怨而不怒、哀而不伤、婉约内敛，还有‘极端’之美。并且，李修文还以他的小说形式重新书写了这种极端之美。”“现代主义的先锋精神、古典的传统文化和流行的大众文化，这三种性质不同、形态各异的文学资源在李修文的小说中达到了较高程度的交流与融合，其间，传统文化起到了十分重要的‘调和’或‘化合’的作用。因为有了对传统文化和古典文学的审美精神的重新发现，先锋文学才能切实摆脱对西方现代派的生硬摹仿，回到自己的土壤上寻找灵魂和根底，大众流行文化才能有效地祛除漂浮、肤浅的状态，获得真正的生机与活力。同样，对于传统文化和古典文学来说，只有与现世存在接续才能保持它的鲜活，并源远流长。于此，李修文丰盈而独特的创作个性才有可能发扬光大。”

阳燕、李修文的《“我们来到了痛苦的中心”——李修文访谈录》发表于同期《小说评论》。李修文谈道：“我认为日本文学的要旨中国文学从来不缺，只是因为我后来强调了日本文学人们就以为我只跟日本文学有重要联系，其实我也在强调中国古典文学啊，但就没人去听了。”“我是从西方现代派小说当中接受西方文化的影响的，从卡夫卡的小说里我体会到人类存在的精神困境和荒谬处境，我对那些黑暗的东西也颇为好奇、着迷，对西方现代派文化的理解，我更多是从整体上着眼的，是理性的，形而上的，但我对中国古典文化、传统文化则更细节化一些，更感性一些。”“我对人性和情感的关注执著、广泛，始终如一，我一直是拿这个当养份的，我觉得我要写那种贴己的、可以说‘小话’的小说，这种小话里头浸透了中国式的人情世故，很多文学看似在写小人物但它事实上没有说小话。就我们而言，指导一个当事者的准则和观念，更多的不是从精神上出发的，而是从肉体感受上出发的，中国哲学如此，中国民间的价值观、道德观也大都是这样的。”

於可训在《小说家档案·李修文专辑》栏目中的《主持人的话》发表于同期《小说评论》。於可训认为：“晚近三十年，中国作家从学习、借鉴东、西洋文学中，确实受益良多。其中自然不乏亦步亦趋的套用、模仿者。李修文仿佛不是这样。尽管他把《滴泪痣》的人物和故事放在了日本，也让作品的主人公坐上了《挪威的森林》的主人公坐过的同一线路的电车，根据某个专家的说法，在《滴泪痣》的主人公身上，甚至还可以‘隐约窥见’《挪威的森林》的人物的‘投影’，但我坚信，他写作的根须，依旧是扎在中国人的心灵和情感的深处，依旧是受着中国文化传统的浸润和滋养。……中国文学尤其是戏剧、小说，向来以‘传奇’著称，所谓‘无奇不传’‘无传不奇’，其中自然颇多‘极端’‘惨烈’的作品，只是中国的文化传统因为背着一个‘中和’之美的盛名，主张‘温柔敦厚’，‘不语怪、力、乱、神’，‘乐而不淫’‘哀而不伤’‘怨而不怒’，所以就难免要给外人一个不写‘极端’‘惨烈’的印象，一旦像李修文这样写了‘极端’‘惨烈’，自然就有人要说，那是受了日本文学的影响。因为日本文学也写‘极端’‘惨烈’，就断定二者之间必然有‘恍惚神似’之处。”

25 日　何平的《重提作为“风俗史”的小说——对迟子建小说的抽样分析》发表于《当代作家评论》第 4 期。何平认为：“迟子建写作为风俗史的小说，但迟子建是一个把自己看得很渺小、微弱的作家，她的风俗史是一部属于北中国大地沉默者的风俗史。”“迟子建‘编制恶行和德行’风俗史的‘清单’，而且熟谙由恶至善调控的转换术。在今天这个复杂得让我们晕头转向的世界，迟子建却执意于简而直的善恶两分。”“当我们读迟子建的小说，从她的悲悯和宽宥之心看去，我们每个人原来都揣着良善之心，或者只要我们愿意把那些自私、猜疑、嫉妒、贪婪、残忍从我们的心底赶走，世界将会重新接纳我们。”“幽灵神迹对中国人的日常生活和精神世界的参与曾经是中国文学中最富有想象力的部分，同样也是迟子建小说中最为惊艳的部分。”

胡传吉的《迟子建：温柔敦厚，一往情深》发表于同期《当代作家评论》。胡传吉谈道：“营造神话色彩，有很多种方式，当代作家不乏尝试者。贾平凹、陈忠实，善于借用神形鬼状、阴阳乾坤、风水堪舆等，去猜想大地上的人事际遇；莫言，天马行空、夸张其辞，他偏爱魔幻气氛；于残雪颓废扭曲的变形记里，依稀可见神幻的神经质色彩；张承志以信仰肯定生命力，以奔跑狂放的姿态反思世俗百态；张炜的古宅里，有知识分子式的狐疑；阿来在人物的懵懂内心世界里追寻渐行渐远的神性感召。《额尔古纳河右岸》走的是另外的路子，它把为人处世的理想放到写作中去，把人的美好性情写到小说中去。贾平凹、陈忠实等作家对阴阳家的宇宙观有所承接，莫言等人以非常现代的眼光返观过去、审视现在，各有所长。迟子建则由情感进入无限的事物。他们的笔下，几乎都是没有英雄的，但他们却不约而同地对卑贱落没的人生，进行了深切的表达。”

沈杏培的《论儿童视角小说的文体意义与文化意味》发表于同期《当代作家评论》。沈杏培谈道：“作为一种小说类型（儿童视角小说——编者注），它所书写的童年记忆、乡土经验、个体成长等主题包含了作家更多的心理真实与心理原型，积淀了作家更多的真实情感与经验的内容，为我们深入理解作家艺术的独特性、作家的文化品格、创作心理的形成提供了重要的文化资源。”

王安忆的《刻舟求剑人——朱天心小说印象》发表于同期《当代作家评论》。王安忆谈道：“文字和结构兜也兜不住，将本来就脆弱的情节的壳撑变了形。在朱天心，现实迫人，危机重重，每一个现象底下都有着无限深的历史渊源，现象显得过于肤浅，不够用的。尤为糟糕的是，在这现象越积越厚的时代，我们怎样去辨别什么才是原始的第一手的现象？小说的织体是现象，现在，我们面对的现象发生问题了，用什么去编织你，我们的小说？在朱天心的刻度之下，是满涨的水，几乎漫出河床，激流涌动，舟船没有一息的停留，与水中剑相逢，只能求之偶遇。难免的，她多少会有故事虚无主义的观念。小说里的故事是模拟生活的现实，现实是有限的，因它多是由普通人创造，而知识的思想却无穷无尽，生生不止，远远超出现实可能提供的方式，可是，没有现实所制造的庸常的躯壳，思想无以寄身。这就像灵魂和肉身的关系，没有肉身，灵魂寄予何处？没有灵魂，肉身又是一具行尸。朱天心小说就很像是一场较劲，看谁能较过谁，这场较劲终是会留下踪迹，这大约就是朱天心的新小说。”

张莉的《看吧，这“非常态”书写———陈希我论》发表于同期《当代作家评论》。张莉认为：“作为读者，你不得不承认，陈希我以其直面黑暗和疼痛的勇气，以其对庸俗生活和传统审美的冒犯，使自己的写作独具风格。我以为，陈希我的小说，使读者对‘存在’有所触动，也重构了当代物质主义中国的别种图景。他以他的劳动使读者看到了一个不断渴望冲出‘常态’牢笼的写作者形象，深刻接触了一种‘非常态’的书写。”

八月

15 日　贺绍俊的《怀着孤独感的自我倾诉——读刘震云的〈一句顶一万句〉》发表于《文艺争鸣》第 8 期。贺绍俊认为：“刘震云俨然是在以小说的方式来完成一个元哲学的猜想，关于说话的猜想。假如说他在这些小说中一直进行着这种猜想的话，那么，《一句顶一万句》可以说是他在这个猜想的攀登中达到了一个顶峰。刘震云对于说话的思考在两个层面展开。第一个层面，他将小说叙述当成了说话的技术，他在小说中的追求可以看成是对于说话的艺术领悟。……这就涉及到刘震云思考说话的另一个层面。刘震云的‘喷空’并不是纯粹为了获得一种摧毁的快感，他其实是对人们习以为常的日常逻辑表示深深的质疑。……在《一句顶一万句》里，我们分明能够感觉到，在那些活动着的小说人物和故事情节背后，有一个怀着浓郁孤独感的作者，他借助他笔下的人物倾诉着自己的孤独感，但他完全是一种自我倾诉，因为他本来就没有准备让别人来分担他的孤独感。他就怀着孤独感固执地追问着说话的问题、语言的问题，他把这些问题引向形而上的方向，引向元哲学的方向。”

本月

王春林的《被遮蔽的文学存在——重读王蒙系列小说〈在伊犁〉》发表于《中国作家（文学版）》第 8 期。王春林认为：“具体来说，在汪曾祺、王蒙的小说作品中，透露表现出的更多是面对文化时的自信与从容，而在很多‘寻根文学’的作品中，体现出的则是一种面对文化时的紧张与焦虑不安。”

九月

1 日　初清华的《秋千、蛇与刀——金仁顺〈春香〉的“知识场”批评》发表于《当代文坛》第 5 期。初清华谈道：“金仁顺的长篇小说《春香》，蕴涵了她之前的小说中一直以来在传统与现代观念对照中对女性的成长、爱情、命运的思考。运用‘知识场’的方法分析小说中的关节点——秋千、蛇与刀，可以看出：秋千不仅是摇摆于现代与传统观念间的女性命运的象征，而且也是具有独立意识的女性一种处理世事重要手段的隐喻；蛇则暗喻了小说中女子所有的神魔本性；刀大多是对现实世界中对女性造成伤害的某种力量的象征。……如果说，‘秋千’暗喻了女性处理世事的技巧，‘蛇’是女人神魔本性的隐喻，那么，在金仁顺小说中时隐时现的‘刀’，则可看做是她对现实世界中能对女性造成伤害的某种力量的象征。……就这样，传说如刀，被金仁顺重新演绎的小说《春香》终于也成为《春香歌》森林中的一棵。春香虽不完美，对诗词时调从来就没什么鉴赏力，这并不妨碍她变成传奇。秋千依然荡漾，红颜依然妖娆，一贯客观平实的叙述基调却难掩作者对笔下女子的爱怜。或许她原本就想以笔为刀，刺破种种理想主义的谎言，还人生一个真实。”

朱坤领的《小说形式与内容的新尝试——林白〈妇女闲聊录〉研究》发表于同期《当代文坛》。朱坤领谈道：“在《妇女闲聊录》中，林白大胆进行小说形式的试验，开创了‘聊天录’这一新的小说形式，它原汁原味的村民口语、松散的故事情节和不分主次的人物，都迥异于传统意义上的小说。作者掌控着叙事者木珍闲聊的大方向，同时也给予其充分的自由发挥的余地，生动再现了王榨村民独特的生活方式和狂欢精神，以及该村妇女的生活状况等。……《妇女》纯粹的村民口语、松散的故事情节和不分主次的人物活动，都迥异于传统意义上的小说。如果说《战争》是作者在内心深处‘和另一个自我的对话’，那么《妇女》则是她‘和外界的对话’（封底语），都体现了她对人的探索和理解。”

同日，金磊的《无可言说》（《半推半就》创作谈——编者注）发表于《中篇小说选刊》第 5 期。金磊谈道：“多年之前被众说纷纭、唏嘘叹息过的一个话题‘小说已死’，其实更令人无奈的不是读者群体的消亡，而是小说作为表达方式本身的穷途末路。”

罗伟章的《另一条道路》（《水色时光》创作谈——编者注）发表于同期《中篇小说选刊》。罗伟章说道：“有人义正词严地指出，探询人生的可能性，是文学唯一的‘道德’，但我觉得这还不够，文学除了探询人生可能怎样，还要探讨应该怎样。”

王祥夫的《不问鬼神问苍生》（《寻死无门》创作谈——编者注）发表于同期《中篇小说选刊》。王祥夫谈道：“文学之所以是文学而不是街头巷尾的故事，是有着其最基本的标准与条件，那就是它必须要具有文学本身的严肃而庄严的信仰。底层文学与民间故事的区别在于，只有当它们上升到文学的层面才具有意义。”

15 日　陈福民的《长篇小说和它的历史观问题》发表于《南方文坛》第 5 期。陈福民认为：“近代历史哲学这种把握世界绝对理念的一揽子雄心，可以被称之为‘整体性的历史观’，它对长篇小说的创作理念发生了致命的影响。尽管优秀的作家在自己的创作过程中也会由于对事物的偶然性、非理性因素感到迷惑，因此有逸出历史轨道的艺术冲动，但总体说来，19—20 世纪的长篇小说家基本是相信历史进而去寻求历史规律的一群大师，文学的历史化或者历史的文学化是他们自觉的使命，并且为此付出了艰苦卓绝的努力。”“中国现当代文学及其长篇小说创作，是这种欧洲文学观念的忠实学生。至少在新时期先锋小说之前，中国现当代长篇小说无论在创作上，还是在批评研究上，及至文学史编撰的理念上，基本是亦步亦趋地实践着上述欧洲观念。它们相信历史是有规律的，这个规律是可以被发现的，而在文学方面，长篇小说正是承担这个任务的最理想的文体。史诗性、厚重、历史进步、大容量的社会生活等等，这些因素正是在欧洲近代历史哲学观念之下才成为长篇小说的刚性规定。这个欧洲传统，基本上构成了中国现当代长篇小说的主流。一般地说，短篇来源于对日常生活偶然性和悖逆性的发现，长篇则来源于某种伟大的理念和关于世界整体性的思考。中国现当代文学关于长篇小说的积累建构以及阅读训练，总体上是在西方文学这个强大的历史哲学影响下进行的，也因此进一步形成了关于长篇小说的创作观念、评价体系与鉴赏习惯。”

胡平的《关于长篇小说的“写什么”》发表于同期《南方文坛》。胡平指出：“小说无非两种方式，一种是从不平凡中写出平凡，一种是从平凡中写出不平凡，你至少要占一条。……更多的作品，是从平凡中写出不平凡。……而我们现在的许多小说，都在平凡中写平凡，仅以写生活的原生态为圭臬，作品内容始终平淡无奇，这是目前的小说整体上缺乏吸引力的一种原因。”“我们长篇小说总体上很大的问题就是呈现有余，‘照亮’不足，‘照亮’的小说太少了。……仍然应该有一部分创作是‘照亮’式的，必须有一部分创作在思想主题上震撼人心，给现代人的精神世界带来直接的冲击。现在，这样的作品太少了。”“有关写什么的问题还可以提出很多，也都重要。譬如，关于大主题、小主题和无主题。……归根结底，问题在于没有主题，没有思想，也就没有内在的发展线索。文学的自足性与依存性的问题，个人经验、集体经验、民族经验的问题，主旋律创作的问题，工业题材创作问题，行业文学创作问题，底层写作问题，等等，也都涉及创作最初的构思，涉及写什么的问题。”

李敬泽的《1976年后的短篇小说：脉络辨——〈中国新文学大系1976—2000·短篇小说卷〉导言》发表于同期《南方文坛》。李敬泽指出：“短篇小说与中、长篇小说有重要的不同——它不仅更近于诗，从其源头来说，它是稗官野史，是趣闻轶事，是流言和片断，是绝对的偶然和殊异，是一种从世界边缘生长起来的狂野的想象力，它与长篇小说的不同绝不仅在篇幅，它在美学上不以‘模仿’为职志，不管是模仿自然还是模仿社会。”

汪政的《多样化与长篇小说生态》发表于同期《南方文坛》。汪政指出，长篇小说生态的变化对传统长篇小说创作的影响有：“第一是新型的现代长篇小说体式已经诞生。……（《推拿》——编者注）从主题上讲，它试图观照的是当下人的生存状况及其背后的世道人心，它是一部当下的作品，当下生活的截屏，它在许多方面违背了传统长篇的美学定律。这就是‘现代长篇’。像盛可以的《道德颂》、鲁敏的《百恼汇》等都是这一类作品。它们让人们思考长篇小说如何与现实生活接轨，如何从精神气质、形式节奏上与时代同步，如何适应现代人的阅读口感等等这些问题。我们过去称这样的作品是‘小长篇’。小长篇并不指篇幅短，也不仅指适合于刊物发表，它的‘小’在本质上是指告别了传统长篇的宏大叙事。”“第二是长篇小说的平民化倾向。……这种努力的要义就是放低小说的姿态，不再人为地拔高小说的地位，不再在语言与技术层面将小说作为知识分子专业的对象化，作为个人自我实现与自我观照的产品。把小说还给人民。表面上看，这好像是种倒退，其实里面包含着很深的哲学与伦理学精神。……清醒的姿态之一就是回归。这种回归不仅有助于小说回到民间，也有利于小说艺术的新陈代谢。”“第三是先锋小说的深化。……所谓先锋，正是这样，它必须要将自己逼到精神的最前沿，必须是对藏匿在社会总体氛围中叛逆的发现与指认，必须是对我们内心深处的深度剖析，是对那种某些存在者自我感受到却还无以名状的病灶的明确表达，从而为这个社会送上时代精神状况最新性状的检测报告。”

吴义勤的《关于新时期以来“长篇小说热”的思考》发表于同期《南方文坛》。吴义勤指出：“首先，倾斜的‘深度模式’。……比如真实性与本质论就是很长时间以来中国长篇小说的一个‘深度误区’。所谓‘真实’‘本质’‘必然’等语汇曾一度是许多长篇小说追求的目标并被视作了小说深度的标志。但是对现实的描摹与反映并不能用外在的、客观的‘真实’去验证，那只能导致形而上学的认识论；而对历史本质的抽象概括也可能恰恰是牺牲了历史的本质和历史的丰富性。……真正的思想性是引领读者一同思索、一同探究、一同警醒、一同‘思想’，而不是告知某种‘思想成果’‘思想答案’。从这个意义上说，小说中的‘思想’从来就不是艺术的添加剂或附属物，它在一部小说中之所以是必要的，本质上正是因为它本就是艺术的一个必不可缺的因素，一个有机的成分。或者说，思想其实也正是艺术化的，它就是艺术本身。也正因此，小说中的思想越是‘裸露’，越是直接，就越是偏离了艺术的轨道。”“其次，技术和经验的失衡。……中国传统的长篇小说由于过分追求所谓‘史诗性’和反映现实生活的深广度，作家往往认为‘生活’本身的力量就能决定一部小说的成败得失，而‘技术’‘技巧’等都是次要的。这就造成了中国长篇小说长期以来叙述滞后、形态粗糙、艺术性不足的通病，许多作品的价值和成就都不是体现在其艺术上的成熟与创新上，而是体现在其反映、追踪时代的现实性、报告性或所谓真实性上。”“再次，现实的割裂。如果单纯从主题或题材的意义上讲，我认为把‘历史小说’和‘现实小说’对立起来是毫无道理的。就人类漫长的历史长河来说，‘历史’与‘现实’无疑是相对且不停地转化着的。……但问题随之而来，‘真实性’常常是我们评判一个现实主义小说最高标准，但由于小说与现实之间“距离”的丧失，恰恰就会导致其艺术沉淀的不足和对真实性的悖离。”“最后，文体的困境。如果说当代中国的长篇小说创作存在种种混乱和无序的状态的话，那么其表现在文体方面的无知和误读就尤为令人触目惊心。”

朱小如的《漫谈近期长篇小说反讽、谐趣的叙述表情》发表于同期《南方文坛》。朱小如提到：“从叙述语言到叙述内容，肌理交融地突出表现中国人的‘文化灵魂’，近期的这样一些长篇小说创作不约而同地让我们充分领略了完全有别于现实主义的一种新的审美趋势，我们姑且可以把它称作为‘中国经验’式或‘文化智慧’式叙事。”“虽然，我们再三强调作家要‘三贴近’，始终极力推崇现实主义小说的批判现实力量。但我们不妨自问：我们是否真正给足了批判现实小说创作，如《羊的门》《国画》《沧浪之水》等诸如此类作品自由生存和充分评价的空间。而一旦作家的直面现实、批判现实创作激情受挫之后，传统的民族文化智慧的再生就有如神助一般。因为任何一种充满民族文化智慧的文学叙述表情，都是和此民族的文学创作长期以来所遭遇的生存环境有着无可否认的关联。……我以为衡量这样一些作品的成功与否，首先就是要看其叙述语言和叙述内容，能否达到肌理交融。其次是要看它能否用‘嬉笑’的方式来完成‘怒骂’的效果。”

20日　陈忠实的《寻找属于自己的句子——〈白鹿原〉写作手记·后记（续

完）》发表于《小说评论》第 5 期。陈忠实认为："作家是用作品和读者实现交流的，作家把自己对现实或历史生活的体验诉诸文字，形成独立体验的小说或散文，发表出来，在各种职业各种兴趣的读者那里发生交流，如能获得较大层面读者的呼应，无疑验证了作者那种体验和表述那种体验的艺术形式的可靠性和可行性，作家的写作用心和探索也就实现了。""作家倾其一生的创作探索，其实说白了，就是海明威这句话所作的准确而又形象化的概括——'寻找属于自己的句子'。那个'句子'只能'属于自己'，寻找到了'属于自己的句子'，作家的独立的个性就彰显出来了，作品的独立风景就呈现在艺术殿堂里。""我也在'寻找属于自己的句子'。……许多年后，当我在经过短篇小说中篇小说的探索，进入到长篇《白》的创作时，企图要'寻找'到真正'属于自己的句子'的欲望是前所未有的。然而，欲望不决定结果。我在这本小册子里只是写到寻找过程里的一些零碎的事，却不标明我真正寻找到了属于自己的最好的句子。我还将继续'寻找属于自己的句子'。"

何弘的《网络化背景下的小说观念》发表于同期《小说评论》。何弘认为："网络小说作为一种新兴的文学样式，经过发展，肯定会因精英的介入而发生转变，开始成为这个时代的主流文体，开始具有更丰富的精神内涵，担负起'载道'的功能，并不断向精致化的方向发展，产生新的经典。目前的网络小说，不再注重人类经验的书写，对形式的完善似乎也不是特别重视。这是它与传统小说观念最大的分野。"

虹影的《"我的写作就像我的名字"》发表于同期《小说评论》。虹影认为："写作根本就没有男女之分。写小说是一件很苦的事儿，不少女作家便把大场面、大视野、大气魄让给了男作家，选择了一条容易走的路，避开写有历史背景的故事，借此自我安慰，自我怜悯，把女性写作当作了一颗定心丸。我认为自己之所以受到很多非议，就是因为没有按照大家认同的男女写作的规矩写，我所做的就是挑战自己的写作极限，努力尝试各种不同的方式，自然所花费的工夫往往比其他作家更多。""我的写作就像我的名字：虹影，空里东飘，地上西移，若现若隐。这样好，适合作家这样的职业。"

胡传吉的《意义的负重》发表于同期《小说评论》。胡传吉认为："比之'史'

记，小说创作与文学评价，有其独特处，即容纳经验、张扬感觉，但也许正是这一性格，纵容了小说创作及文学评价对意义无节制的追逐，意义的前提也因此经常被抛诸脑后。”“但凡伟大的作品，必蕴藏丰富广博的意义，这一结果，是作者看重意义前提之所得，而非放弃前提直奔意义所得。”“因为意义的负重，小说评论及研究失去了对结构、语言、表现手法、故事、境界、气质等要素的赞赏激情，写作者丧失了对实在生活细致考究的耐心，表现才力日见欠佳。”

康桥的《网络小说纵横谈》发表于同期《小说评论》。康桥认为：“如果说明清市民小说是网络小说的前世，那金庸的武侠小说周星驰的无厘头电影就是网络小说的叔祖，而西方魔幻小说与电影就是它们的表亲了。”“其实，网络小说是市民小说长河中的一段，而文以载道或表达自我意志的文学长河，也会在另一侧继续流淌——需求并未消失。当然人们有理由对网络小说抱以信心，网络小说也会‘进化’，因为作者与读者都会成长，会明白具有美感的欲望表达，人格完善，心灵丰满，也是人的基本愿望。网络小说也会产生自己的经典，正像“大明朝”的经典小说一样。网络小说就像活泼好动的鲇鱼，会激活更多的作家，动起来，变得自由一些，飞扬一些，让人们的阅读充满乐趣，改变过于沉闷过于老实的文学格局。这或许是网络小说的另一个功绩。”

李洁非、杨劼的《从小说看“转换”（下）》发表于同期《小说评论》。李洁非、杨劼谈道：“扬弃‘启蒙’主题，就要瓦解它的基础——知识分子中心论。这是延安知识分子改造运动的重中之重……”“当后期延安小说透过‘解放’主题的演绎，让李老三们脱离一切困境、成为从内到外通体幸福而完足的人，鲁迅式的忧患连同‘五四’以来文学孜孜致力的‘启蒙’这一基本维度，终于作古。二十世纪文学再一次——继告别‘古典’之后——重置了它的问题系列，以后长达三十多年的文学将在另一个完全不同的主题群上展开，这是文学史出现分野的毋庸置疑的明证。”

於可训在《小说家档案·虹影专辑》栏目中的《主持人的话》发表于同期《小说评论》。於可训认为：“多的不说，仅就中国人的文学常识而论，从巴尔扎克到高尔基，从莫泊桑到契诃夫，都是以写边缘化的小人物取胜。就连现代派作家如乔伊斯、普鲁斯特和塞林格、萨特等，也大多是通过边缘化小人物的意识和命运，来表现生存的焦虑和困境，说明边缘化的小人物确有非同一般的文学意义和价值。”“偏偏就有这么一些作家，不想顺着大人先生的意思说话，不想为大人先生树碑立传，而是反其道而行之，专写那些大人先生不屑、历史典册不载的小人物，在文学的大海洋里‘溜边儿’。海外华裔女作家虹影便是其中之一。”

25日　梁鸿、李洱的《九十年代写作的难度》发表于《当代作家评论》第5期。李洱谈道：“日常生活的写作，个人化的写作，同样可以具备历史想象力，就看你怎么处理了，就看你的写作是否有穿透能力了。从表面上看，九十年代以后，作家在处理个人生活的时候，好像是把它从大的历史叙事中分离了出来。但是，说到底，你是无法分离的，你的个人生活也是历史叙事的一部分：你和现实的紧张关系，你的分离的努力以及分离的方式，都是历史叙事的一部分。”

张学昕、格非的《文学叙事是对生命和存在的超越》发表于同期《当代作家评论》。格非认为：“我后来慢慢地接触到一些西方的叙事理论，接触到二十世纪的文学理论，我发现叙事问题不仅仅是一个技术问题，或者是一个修辞的问题，它当中反映了社会意识形态的一个变革。特别是语言对写作活动本身的这种制约，慢慢地我开始对这个方面比较感兴趣。为什么一个作家会采取这个叙事方式，这背后有很多的政治、社会的原因，不仅仅是一个技术手段。”“我觉得中国叙事学的源头恐怕还是在《诗经》《史记》《左传》这一类的作品，这一类的作品实际上对中国的叙事影响最大；所以你要研究中国的叙事，你就不能仅仅研究小说，同时也要关注其他的文类。这大概就是我思考的一个基本的脉络。”

本月

高俊林的《无法抗拒的宿命：在前现代、现代与后现代之间穿行——谈墨白新世纪以来的小说创作》发表于《山花》第9期。高俊林认为：“融汇现代技巧，讲求叙事策略，宣布与发轫于19世纪欧洲的传统现实主义叙事手法告别，是新世纪以来许多具有先锋意识的作家的共同特征。”

十月

15 日　曹书文的《论新时期家族小说创作的泛化现象》发表于《文艺争鸣》第 10 期。曹书文谈道："由于新历史小说创作的重点立足于新的历史观，不同时代往往体现出相似的价值理念，因此，新历史小说与家族小说尽管都有贯穿始终的主人公，但人物形象常常成为传达作家思想的符号和工具，不同人物之间尽管有个性的差异，但行为背后的动机常常表现出惊人的相似之处，即使是作家所着力塑造的人物，在他们身上流露出的也多是人性的原型色彩，缺乏理想之光的照耀。……先锋作家在对家族制度解体原因的描写、对家族叙事结构模式的设置、对家族伦理的性别审视等方面走向对家族小说的彻底反叛，它们的出现不是对家族小说的丰富与发展，而是对家族小说审美属性的消解与颠覆，家族小说中的所指被悬置，能指空前膨胀，因此，造成家族小说创作的泛化。……女性家族小说重要的特点之一在于鲜明的女性本位的性别立场，她们常常自觉或不自觉地表现出对不同姓氏女性血缘传承的情感认同，而有别于建立在男姓血缘基础上的宗法家族观念。"

20 日　曾庆江的《新移民小说中中国形象的三个维度》发表于《华文文学》第 5 期。曾庆江谈道："在国家形象显得越来越重要的今天，新移民小说家因为时间隔离和空间隔离的双重因素，在构建中国形象方面具有得天独厚的优势。他们或者是展示异域环境下华人当下的生存现状；或者是通过记忆和缅想展示历史场景中的中国性格和中国精神；或者以一种有意的立场和视角进行反思甚至凭空想像。新移民小说家笔下中国形象的三个维度虽然各有千秋，但是仍然都有很长的路要走。"

22 日　李清霞的《普通人的都市生存体验——评温亚军长篇小说〈伪幸福〉》发表于《文学报》。李清霞谈道："近年来，'底层叙事''打工文学'成为文坛的热点，都市两极的人群受到广泛关注，普通市民的生存却被忽略和遮蔽了，温亚军的都市叙事却将普通人的生存和体验作为叙事核心，他笔下的小人物总是拼命努力想要抓住身边的一切，结果却在不断妥协中迷失自我，最终回到生命的原点，陷入新的更加尴尬的困境。……用世俗化的故事和庸常猥琐的普通人的精神存在，阐释作者形而上的哲学思考，努力打通存在与精神的审美想象空间，这是一种有益的尝试，是温亚军艺术上的又一突破。”

本月

刘海燕的《行走于小说和理论之间的刘恪》发表于《山花》第 10 期。刘海燕认为：“2000 年以来的新作，倾向于超文本试验，也就是把不同形式的文体融于一个艺术结构之内，从而形成一个新的艺术规范，小说因此有了更大的兼容性。”

十一月

1 日　王琳的《〈妇女闲聊录〉——溢出小说边界的后现代文本》发表于《社会科学研究》第 6 期。王琳谈道：“林白的《妇女闲聊录》从文体来看，完全是一部标准的口述实录，但作者本人、出版社、评论界都将其看作一部独立的长篇小说。口述体被小说借用缘自于后现代思想背景。后现代社会电视、电台、报纸杂志、网络、手机等大众传媒的兴起，带来了信息碎片的泛滥，消解了纯文学以陌生化的自然语言为媒介并且包含具有精神深度的隐喻性叙事；而消费社会的泛审美化也消解了生活与艺术的界限。《妇女闲聊录》正是通过林白的记录和作品的发表，使得木珍的原生态生活产生了‘移位’，让我们在‘他者’的生活中感受了阅读的震惊和陌生化，从而获得了叙述的意义，也具有了文学性。”

同日，乔叶的《都在这一边》（《失语症》创作谈——编者注）发表于《中篇小说选刊》第 6 期。乔叶提到：“‘并不只有小说家才撒谎，但小说家的谎言与其他人的不同，因为没有人会批评小说家说谎不道德。甚至，他说的谎言越好、越大，制造谎言的方式越有独创性，他就越有可能受到公众和评论家的表扬。为什么会这样呢？我的回答是：即，通过讲述精巧的谎言——也就是说，通过编造看起来真实的虚构故事——小说家能够把一种真实带到新的地方，赋予它新的见解。在多数情况下，要以原初的形态领会一个事实并准确描绘它，几乎是不可能的。因此，我们把事实从它的藏身之处诱出，将之转移到虚构之地，用虚构的形式取而代之，以试图抓住它的尾巴……’这是村上春树今年在以色列接受耶路撒冷文学奖时的获奖演讲里所说的一段话。此话深契我心。我觉得从某种意义上讲，他道出了我心目中小说创作的实质。”

宗利华的《有个女孩叫米朵儿》（《香树街》创作谈——编者注）发表于同期《中篇小说选刊》。宗利华提到：“小说作者的目的，在于展示而不是在评判，或者说以展示的方式进行隐蔽的评判，再或者说应尽可能多地把评判权交给读者。小说作者提出问题，却未必一定能解决问题。”

10 日　何开四的《意蕴的深化和叙事的诗意——简评郭严隶小说〈所有花朵开满的春天〉》发表于《大家》第 6 期。何开四谈道：“诗意的叙事构成了小说最大的特色。……首先，小说的意匠经营不在于情节和故事的铺陈，而在于诗意的营造，作品经过情感浸润的文字，以独白和倾诉的方式拉近了和读者的距离。但是作者的高明之处是情感的表露十分有节制，从容澹定。”“其次，作品叙事注重诗歌意象的建构，荷花、月光、小桥、清风等是小说章节的标题，也是作品中出现最多的意象。这些既是叙事的空间，也是审美意象。”“再次，小说的叙事，大量采用了诗歌的暗喻手法。古人云，‘不学博依，不得安诗’，即诗歌中必须运用比喻，这是诗歌的一个基本属性。作家深谙此理，在从容的小说叙事中，蕴含了丰富的象征意义。”

同日，邰科祥的《“创作成就取决于作家的敏感、深刻和独特”——陈忠实先生访谈录》发表于《文艺研究》第 11 期。陈忠实认为：“很多评论者都提到白嘉轩是一个好地主、新地主形象。如果放在文学史上地主类人物的画廊中去看，的确与以往的形象大为不同。但是，实际上一开始我根本就没有这个意识，我没有想着去塑造一个新地主的形象，更没有想着把白嘉轩等与南霸天、黄世仁等有意区别开来。我所想最多的是，处于封建制度解体、民国建立这种改朝换代的特殊区间的中国人到底做了什么，我们传统人格中一个完整的人是什么样的？我有一个很清醒的理念：那就是如果传统人格、文化全是腐烂的、糟朽的，在乡村具有重大影响的人都是黄世仁、刘文彩，那封建社会还能延续两千年吗？虽然有些朝代的皇帝昏庸无能，但总体的传统文化精神未变，决不能简单地用‘腐朽’一词来概括。王朝更替，人的文化心理结构不变。准确地说，支撑我们民族延续几千年的文化因素是最优良的基因与最腐朽的基因的结合物。我没想着写一个地主，而是要写一个族长。”“对我写作产生了重大影响的两部作品，一个是米兰·昆德拉的《生命中不能承受之轻》，另一个就是加西亚·马尔克斯的《百年孤独》。”

15日　赖大仁的《也谈小说“死”与“生”》发表于《南方文坛》第6期。赖大仁指出：“文学写作的价值，可能并不仅仅在于是否得到社会认可，能否成为经典以及能够流传多久，对于作者来说，写作即表现，这是一种精神的追求与灵魂的寄托，是一种生命价值的实现，就如同一朵花的盛开，它开得蓬勃艳丽展现了生命的光彩，这就足够了，至于是否有人欣赏赞誉，其实并不重要。花开一季即使短暂，它也不会因此而放弃展现其生命的美丽，因而才有年年季季花开花落绵延不绝，才有大千世界的五彩缤纷。”“文学是人学，它的表现领域很宽，无论写什么只要写得好，有自己独到的审美发现与感悟，都可以成为精品杰作，其中当然也包括写社会政治生活的作品。”“坚守‘文学性’即文学的审美精神，也就意味着坚守文学的心灵诉求、人性关怀和精神超越性，不至于在平庸媚俗中自我陷落，这在世俗化与消费主义时代尤其具有救治人心的特殊意义。如果当今的文学写作不能抵御这种庸俗之风，一味沉迷于游戏玩乐不能自拔，那最终就只会被娱乐主义所杀死，这对于当代小说来说尤其如此。”

孙桂荣的《个人性·时代性·文学性——重版之际再话〈废都〉》发表于同期《南方文坛》。孙桂荣提到：“像被许多评论家注意的‘哲学牛’……其实是贾平凹‘自我’的思想与文化趣味在小说中的不自觉流露：从形式上说，‘哲学牛’承担了贾平凹所熟悉的我国古典笔记小说中经常出现的‘评点人’角色，其实是他个人借老牛从文本叙述的背后跳出来‘现身说法’；从内容上说，老牛的言说体现了贾平凹以他熟悉的‘乡村’视角看取他所不熟悉的‘城市’生活的看法，有批评家将之评价为‘政治上“不正确”’的反都市化、反现代性思维，我觉得文学不是意识形态，原始主义思想同样可以写出伟大的作品，但对于《废都》来说，这种‘个人意志’的随意倾泄无疑破坏了小说的内在统一性，因为从小说本身来看，城市及城市人的声色犬马生活其实并未得到明显的批判与谴责。”

杨庆祥的《“孤独”的社会学和病理学——张悦然的〈好事近〉及“80后”

的美学取向》发表于同期《南方文坛》。杨庆祥谈道："就我个人的阅读感受而言，无论从任何一个角度来看，孤独都是理解这部小说最关键的入口，而且正因为张悦然试图在孤独的主题下与她的读者取得一种互动，她实际上拓展了孤独对于这部作品的意义……正如《好事近》所隐喻的，如果语言本身也已经被'去历史化'和'虚拟化'了，被卷入无尽的'游戏'之中，'疗愈'如何可能？作为一个小说家的张悦然或许更愿意尊重故事本身的逻辑，因此，《好事近》的'疗愈'方式最终不是'语言'，而是摧毁性的毁灭一切，在这个意义上，张悦然印证了布洛赫关于小说的可能性的言论：发现只有小说才能发现的。……在这个意义上，我更喜欢《好事近》和《浮血猫》，因为相对于《一个人的巴黎》中那种机械的、死气沉沉的、毫无活力和摩擦感的孤独相比，《好事近》和《浮血猫》中的孤独至少还保持着抵抗的血性和活气，因此对于她们来说，通过对孤独的想象和书写，疗愈孤独并建构起新的想象中的主体及其形式，是有可能的。我觉得这一点正是张悦然和她的《好事近》透露给我们的最宝贵的一种气息。"

卓今的《在焦灼与惶惑中的精神突围——残雪对经典文学作品的解读与自我解读》发表于同期《南方文坛》。卓今指出："残雪擅长采用三维立体式的透明结构，螺旋式的导入，人性的无限张力和不确定性被一一展示出来。在语言方面，象征、暗示、隐喻，形成语言的表层网状形式，在句义构成和句子的语义结构方面，简约中透着繁复，质朴中深藏着华丽，柔美的里层裹挟着强悍的力量。"

20 日　段崇轩的《论史铁生的小说创作》发表于《小说评论》第 6 期。段崇轩认为："史铁生打破小说创作的套路和陈规，创作了一种跨文体的、独具个性的表现形式。在中国的当代文学中，有各种各样的流派和思潮，但史铁生的小说创作却难以归到任何一派一家门下。他置身于文学潮流之外，踽踽独行，却令人瞩目。他的创作似可称为'生命文学'，一种以生命主题扩展开去的文学。他是中国文学中的一个独立存在，代表了新时期文学的另一个高度。"

红柯的《文学的杂交优势》发表于同期《小说评论》。红柯认为："人类学家弗雷泽的《金枝》可以作文学批评著作来读，《金枝》体现的是文化的整体观，文学也是一种整体关系，不要把疆界绝对化，这些疆界有无数的缝隙，可以接受来自世界上任何地方的影响。这种相互间的渗透与影响是文学发展的动力。‘愈是生动有力的文学，就愈要依靠杂交授粉使自己繁茂地成长。’植物学、人种学上的杂交优势已成一种常识，文化与文学上的封闭与偏执依然盛行。而越是同一化越带有地方性的社会里，我们从中学习‘杂交优势’对应所得到的，就越只能是一些在朋友那里不断被重复，然后又受到媒体一再支持的偏见。”

胡传吉的《小说的技术冷漠症》发表于同期《小说评论》。胡传吉认为：“技术之所以被写作事业贬谪为速朽之物，固然是因为技术自身的淘汰基因，也还因为一般的语言及知识修养，很难去把握它的原理、洞察它的内在趣味及秘密。或者说，技术是对世界的另类看法，它几乎可以直接挣脱一般世俗语言的描述与把握，去追求它那永无止境的境地。技术尤其是高端技术更新过快，让人产生恐惧感，非顶尖专业人士，不能解释亦不能跟上其内在节奏，它的传承习性，更难捕捉。这从另一个侧面说明，不同种类的语言及表述之间，有沟通上的巨大难度，那被压抑的现代性，当包括被压抑的技术。压抑或贬谪，可能来自不能理解、无法沟通，而非源于物事本身的贵贱。”“技术有如身体，都是人的躯壳、牢笼、隐喻，对技术的冷漠心（或者说视而不见）——更不用说对科学的冷漠心，这大大局限了中国当代小说的想象力，包括对人之未来、现在、过去的想象力。我们的小说家不乏才气，语言上的花招称得上是层出不穷，但与外物交流的困难及德性上的妄自尊大，限制了小说家更上一层楼的可能性，要从小聪明走到大聪明，才、学、识样样重要。”

李勇的《论红柯小说创作新变》发表于同期《小说评论》。李勇谈道：“有人称红柯的小说为‘诗意小说’，其实这种说法并不贴切，因为从总体来看，‘诗意’所包含的优美和余裕并不属于他，他的小说更浑朴粗野，而在浑朴粗野中所流露出来的那种清净肃穆气，仅用‘诗意’来形容又显得有些单薄。说‘诗化小说’是不是更好一些呢？‘诗化’不仅强调了结果，也强调了过程，而红柯小说的与众不同之处也正不仅仅在于对诗意以及何种诗意的传达，还更在于其传达的方式和过程。”

李勇、红柯的《完美生活，不完美的写作——红柯访谈录》发表于同期《小说评论》。红柯谈道：“写活一个人物就意味着作家全部的智慧与力量，根本无法去想什么民间与知识分子立场，而你写活的这个人物是有生命的，生命是活的，变化的，他（她）分裂不分裂，作家无法控制。作家只能控制叙述的语调，最好给人物自由与空间。所谓分裂，可能是理论与概念上的。”“作家与世界最核心的关系是体验，用心也好，用脑也好，把感性上升到理性再还原到感性世界。”“喜欢一个古词，混沌。我所有的小说写完后才找题目，好多散文也是这样。我不喜欢对一件事，有太明确的洞见，太清楚意味着功利，我喜欢康定斯基对美的谈判，美就是心灵的内在需要。”

欧阳光明的《论史铁生的后期小说》发表于同期《小说评论》。欧阳光明认为：“在史铁生的后期小说中，‘心魂’一直是一个出现频率极高的词。可以说，它既是史铁生后期创作的核心密码，也是打开史铁生后期小说审美内蕴的精神通道。……史铁生以‘日神’喻人之身影，而以‘酒神’喻人之‘心魂’，并以‘常常醉出躯壳，在一旁作美的欣赏’，表明了‘心魂’是一种纯粹的精神存在，它既不受肉身的拘囿，又时时关注着肉身的存在。”“在史铁生看来，面对‘心魂’的写作，就是要求作者打破客观实在的束缚，膺服内心的冲动，膺服于主观的真实，从而有效地突破客观生存的规囿。在‘心魂’的自由曼舞中，发现生命被遮蔽的存在形式，发现种种可能性的存在。在追随‘心魂’的漫游中，作者看似让笔下的人物经历了各种荒诞不经的存在之路，实则包含了创作主体对存在本质的洞察——对人生困境的本源性思考。这也使史铁生的小说（尤其是后期小说）迥异于其他中国当代作家的作品，并在形而上的层面上，抵达了一种新的审美高度。”

张均的《底层、基层及表述的悖论》发表于同期《小说评论》。张均谈道：“《天行者》的‘特殊’源于刘醒龙对乡村社会的熟悉，也得力于他与‘主流’‘精英’的天然疏离。……《天行者》的价值还在于刘醒龙倾注于这一切‘悲辛’之上的文化理想。……将《天行者》归入‘底层写作’毫无疑义，但刘醒龙对‘底层’概念的敏感与谨慎（其实‘底层’仅是结构性概念，政治语义并不比‘民间’更多），清晰显示了他的身份认同与文学认同的差异。这种差异表现在陈述‘底层经验’时‘基层’立场的介入。基层立场与精英立场区分明显。《天行者》对乡村贫穷及底层政治触目惊心的记述，在精英构筑的‘觉醒’‘变化’‘狂欢’

等谱系性‘真实’中颇为罕见。而且，刘醒龙还有意识疏离‘批判性’叙事。……刘醒龙的时代记录是良知的见证，他的‘基层’与‘底层’相互纠结的叙事立场，在文化多元时代，也是一种特别表述。”

25 日　金理的《〈平原〉的虚和实》发表于《当代作家评论》第 6 期。金理谈道：“《平原》中没有一般描写‘文革’的作品中所常见的铺天盖地的大字报、轰轰烈烈游行和群情激愤的政治狂欢等定格化叙事，毕飞宇回应的是一系列复杂的问题：乡村社会对外来势力如何作出具体的反应？‘文革’对中国乡村的影响是巨大的，但当时的权力是如何改造和渗透的？在组织程度相当高的年代里，中国乡村人们的生活所依赖的途径是不是唯一的？近年来，社会学与历史学的研究越来越表现出对‘小传统’‘文化网络’这样的概念的尊重。……在《平原》中，‘天和地’‘自然’与小说人物的塑造以及‘作品的整体结构’形成了一种有意味的张力关系。”

王光东、里程的《我们为什么看不见〈春香〉》发表于同期《当代作家评论》。王光东认为：“金仁顺在收获上发表的《春香》，是一部很好的作品。这作品的题材来自韩国的民间传说故事《春香传》，作品在内在精神和叙事方式上都很有特点，与民间文化和民间审美有密切的关系。”“《春香》结尾的改写，改变了原来的故事框架，实际上也牵扯到神话原型的当代置换问题，包含着金仁顺对当代情感和精神的思考。”

张新颖的《人人都在什么力量的支配下——读〈生死疲劳〉札记》发表于同期《当代作家评论》。张新颖谈道：“莫言放笔直干，让西门闹堕入六道轮回，投胎转世变驴、变牛、变猪、变狗、变猴、又变人，一而再再而三地介入和见证人间的纷纷扰扰、争争斗斗。叙述滔滔不绝，以充沛的能量，极夸张想象之能事，酣畅恣肆，穷形尽相。……莫言没有着意去写这个巨大的静默。但千言万语，所归何处？为什么要有这千言万语啊？只是为了热闹而热闹，为了惊心动魄而惊心动魄？在普通人的苦口婆心和佛的普度众生之间，是小说家和小说的大悲悯。这大悲悯连接起千言万语的热闹和最终巨大的静默。”

十二月

15 日　胡功胜的《论消费社会的叙事转型》发表于《江淮论坛》第 6 期。胡功胜谈道："消费社会是当下文学所面对的文化语境。在现代文化工业的整合下，传统的小说叙事开始转型，面向市场写作成为文学边缘化时代的价值反拨，转型后的小说叙事以日常性和平面化为叙事特征，以欲望与趣味作为迎合消费阅读的操作策略。""消费主义的文化工业虽然掳掠了数量众多的作家和读者，小说作为一门叙事的艺术，正在经受各种世俗化和商业化的考验，短时间内，叙事要想挣脱被消费和市场改写的局面并重获独立的审美品格，这也许是需要时间的事，但我们仍然可以乐观地相信，在市场经济价值原则的挤压下，仍然会有少许作家坚守在叙事探索的空间里，让叙事保持着语言自我建构的维度，他们必将找到最合适的话语方式来表述他所面对的生存本相，并以一种唯美的品格通过时间的验证。"

本月

孙良好的《"怪味"小说家林斤澜》发表于《中国作家（文学版）》第 12 期。孙良好认为："统观林斤澜的小说，我们会发现，看透世事的叙述者所叙述的都是当代的故事，这些故事的取材一般都来自于叙述者对自身生存世界的静默观察和深刻体悟，而其中最引人注目的部分是对'文革'和'改革'情境中凡人生活的'虚拟'、对纷扰人世近于尘埃落定的'抽象'。所谓'怪味小说'之'怪'，这种'虚拟'和'抽象'也起了很大作用。不过，这种'虚拟'和'抽象'不是空中楼阁的恣意建构，而是通过新颖的角度和深刻的感悟建构起来的另一种真实，平常的人世故事因此穿越了时空的屏障而成为一种更具魅力的"传说"或者'寓言'。""在'怪味'的人和'怪味'的事之间，有一道必不可少的中间环节，那就是被林斤澜视为'文学第一要素''文学作品的唯一工具'的语言。……方言俗语的介入，尤其是温州方言俗语的介入，是林斤澜的小说语言显出怪味的一个重要原因。"

本季

许苗苗的《网络小说：类型化现状及成因》发表于《文艺评论》第 5 期。许苗苗认为："通过对网络小说创作现状的分析，可将其当前存在的问题归结为原创性的欠缺，想象力的枯竭，作者独立性的丧失以及突破的尴尬等。……除本文分析的几点原因外，文学网站商业运作模式所提出的市场主导方向；网站更新速度所要求的大量作品的迅速输出和更新；网络快速浏览所引起的文字的浅白、意义的稀释，都为更多问题埋下了伏笔。"

2010年

一月

1日　陈晓明的《对中国当代文学60年的评价》发表于《北京文学（精彩阅读）》第1期。陈晓明认为："汉语小说有能力以汉语的形式展开叙事；能够穿透现实、穿透文化、穿透坚硬的现代美学。如贾平凹的《废都》《秦腔》。"

李建军的《如此干净而温暖的反讽——读〈到处都很干净〉》发表于同期《北京文学（精彩阅读）》。李建军认为："这篇小说虽然写到了性，但却写得那么干净；虽然写到了人在饥饿面前的尴尬和痛苦，但却写得如此温情。它本质上是一篇关于'尊严'的小说，从中我们不仅可以看见作者直面苦难的精神，也可以看见叙写不幸的智慧——刘庆邦通过干净而温暖的反讽，赋予了难以言说的特殊经验以及丰富的人性内容和美学意味。"

同日，盛慧的《小说是发现，也是发明》发表于《作品》第1期。盛慧认为："小说是语言的艺术，但内容与语言却永远是一对欢喜冤家，它们的关系，就像皇帝和皇后的关系。皇后垂帘听政，是一个国家灾难的开始，语言凌驾于内容之上的作品，必然是一部失败的作品。但没有好的语言，小说的韵味，将会大打折扣。在我看来，好的语言，应该是完美的清澈，如同棉布一样柔顺、服帖，它有着内在的节奏，既不冗长，也不晦涩，极有分寸感和节奏感。"

张鸿、盛慧的《找到一条属于自己的文学脉络》发表于同期《作品》。盛慧认为："语言代表着作家对于世界的态度，对于世界的认识。我觉得自己是文体之间的流浪汉，但是诗性却是永远携带在身边的一件行李，因为，世界的本质是诗。……对于一个作家来说，最光荣的一件事情，就是用母语写作，使母语发出新的光泽。小说不能过分依赖技术，就像健康不能完全依赖于药物。

小说家与素材之间，是相互选择的过程，素材也没有高低之分，真正的小说家，能在寻常的事物中发现不寻常。诗性语言、小说的叙述技艺、独特的素材，这都是小说中很重要的部分……语言的最高标准，是完美的清澈，像棉布一样柔顺、服帖。这样的语言是一种享受，一种愉悦，充满果实的香味。这种完美，比较抽象，它至少需要有几个特点，准确、简洁、自然、丰富。……简洁是一种天赋，运用得当的减法，可以让表达的效果成倍增长。准确，指的是无可替代性，而修改，就是寻找更准确的表达，而自然，可以通过朗读来检验。丰富，对于作家来说是个挑战，它考验作家的创造力。”

2 日　李云雷、刘复生、何吉贤的《从海外看“中西文化冲突”——〈老康的哲学〉三人谈》发表于《小说选刊》第 1 期。李云雷认为：“最近，海外华人作家写出了一些优秀的作品，对国内文学界有着不小的冲击，比如于晓丹的《1980 的情人》、张翎的《金山》、严歌苓的《第九个寡妇》和《小姨多鹤》等，袁劲梅的小说，也可以说是这一潮流的一部分。这些海外华人作家的作品，在题材、风格、经验、情感与思想意识等方面，都与国内作家有着明显的不同，为我们提供了一个观察与理解中国经验的新视野，值得深入分析。同时，这些作品也与 1980 年代以来的‘留学生文学’有着显著的区别，主要是对西方国家（主要是美国）的价值观念与生活方式，不再持一种理想化的态度，而更注重中国经验、中国文化或中国人的‘身份’。这一变化，可以说与中国在世界格局中位置的变化有着密切关系。但同时我们也应看到，这一变化又是有限度的，而这主要在于中国尚未完全‘崛起’。同时，1980 年代以来形成的思想框架，在意识或潜意识层面仍影响着人们的判断。”谈到《老康的哲学》，李云雷表示：“从小说的层面来说，作者将抽象命题与日常生活经验结合起来，虽然有点‘主题先行’，但抓住了有价值的命题，呈现出了其丰富性，也发挥了作者哲学训练的长处，可以说很有‘特色’。……如果从叙述上来看，作者所挑战的，实际上是自老舍等现代作家起就存在的一个历史难题。一方面是作家要阐释、比较的观念，一方面是中国读者的阅读与审美习惯，这中间有一个较大的断裂带。如何跨越这断裂带？于是，幽默等‘寓教于乐’的手法就成了一个有意识的选择。”

8 日　穆涛的《写意贾平凹》发表于《光明日报》。穆涛认为：“评价贾平凹的写作，可以用一个词，中国做派。看中国这片土地上发生的事情要用中国人的视角。思维方式和表现手法可以‘引进技术’……贾平凹的文学语言是中国式的，是汉语化的，他基本不受翻译词汇和句式的影响。用看‘国画’的眼光去打量贾平凹小说的笔法，效果更清晰一些。他擅用‘破笔散锋’，大面积的团块渲染，看似塞满，其实有层次脉络的联系，且其中真气淋漓而温暖，又苍茫沉厚。渲染中有西方的色彩，但隐着的是中国的线条。他发展着传统的‘大写意’……”。

15日　何平的《“个”文学时代的再个人化问题》发表于《南方文坛》第1期。何平认为：“‘个’文学时代，技术将有可能从外在的叙述策略‘向内转’作为一种人生体验和一种世界观。而且小说作为一种‘散文’将越来越‘散’，小说将越来没有章法，没有技术。文本和现实、文体和文体的边界越来越模糊，比如李洱的《遗忘》、韩少功的《暗示》……这些主题书中的所谓‘小说’明显出入纪录、论文、杂著、札记、随笔等等之间。”

梁鸿鹰的《在中国故事的长河里——谈高建群的长篇小说〈大平原〉》发表于同期《南方文坛》。梁鸿鹰认为：“《大平原》在语言上的成就是多方面的，作家把地方语言元素，古汉语的元素，很好地融合起来了，同时也不经意间把口语与书面语完满地结合在了一起。作品的语言突出了秦地的地方性、民间性，反映了历史的悠久、积淀的深厚。在语言与人物身份的契合、与主观议论的契合方面，作家没有刻意去雕琢，但流畅中，自有阳刚的、大气的意蕴在其中。”

本月

李建军的《从简单化叙事到深度化批判——论蒋子龙小说创作的路向转换》发表于《中国作家（文学版）》第1期。李建军认为：“小说是一种与生活的复杂性和残缺性密切相关的精神现象。它本质上是以幻灭、挫折、屈辱、失败和苦难为主题的文学样式。它必须对残缺和不幸保持着极度的敏感，能在几乎无事的地方，发现那些让人不安或者不自在的细节与故事。伟大的小说本质上不过是一个否定——对社会不公、权力腐败的否定，对战争和暴力的否定，对人类的贪婪和粗俗的否定。它的视点常常聚焦在光荣与辉煌的背面。它几乎生来就是金钱、权力和名利的敌人。它对一切‘镀金时代’都不屑一顾。它深入人物的内心，写他们对爱情、自由、尊严和公正的渴望和追求，写这些愿望的落空和梦想的破灭。总之，深刻的悲剧意识、尖锐的否定性和博大的人道情怀，这就是那些真正伟大小说作品不朽的秘密。”

李建军还认为：“塑造人物是小说艺术的核心任务，但也是最为艰难的工作。然而，为数不少的现代小说理论家似乎倾向于将蔑视‘人物’当作小说观念‘现代性’的标志。他们将小说研究的中心转移到了‘叙事’‘视点’‘文体’和‘模式’等技巧形式层面。人物常常被当作微不足道的‘话语构成’，当作作者主观“想象”的结果。殊不知，人物在很大程度上是一个近乎‘天造地设’的客观性存在。在很大程度上，他与其说是被‘创造’出来的，毋宁说是被‘发现’的。在一个既定的叙事语境里，小说人物有自己的个性和尊严——他只能以这样的方式思考、言说和行动，而不能以那样的方式思考、言说和行动。小说人物的客观性和独立性如此之强……”

李建军指出：“在小说写作上，现在流行的是感觉主义和物化主义的叙述方式。感觉主义就是随意地叙写自己的身体经验和内心感受，把小说降低为近乎个人生活流水账一样的东西；物化主义则是将日常生活的场面和细节，芜杂地堆砌在一起，把小说当作了收集异闻趣事的垃圾箱。这两种叙述方式共同的特点，就是极端的盲目性和无意义感。排斥思想性和分析的态度，缺乏力量感和批判精神，是这些写作方式的另外一些特征。同时，在这样的小说里，你常常会看到一些智力低下或精神变态的人被当作‘叙述人’——他们通常被称作“不可靠叙述者”。然而，在蒋子龙的小说里，客观性和意义感是一些很受尊重的价值，而叙述者则总是‘可靠’的——‘文本内叙述者’与‘文本外叙述者’的严重错位和不对称现象，在他的小说里，几乎不存在。”

二月

1 日　孟繁华的《“憎恨学派”的“眼球批评”——关于当下文学评价的辩论》发表于《北京文学（精彩阅读）》第 2 期。孟繁华认为：“在我看来，自 80 年代到现在，中篇小说可能代表了这一时段文学的最高水平。……中篇小说的容量和它传达的社会与文学信息，使它具有极大的可读性；大型文学期刊顽强的坚持，使中篇小说生产与流播受到的冲击降低为最小限度。文体自身的优势和载体的相对稳定，以及作者、读者群体的相对稳定，都决定了中篇小说获得了绝处逢生的机缘。这也是中篇小说能够不追时尚、不赶风潮，能够以守成的文化姿态坚守最后的文学性。……在这个无处不变、无时不变的时代，‘不变’的事物可能显得更加珍贵。……在这个意义上，中篇小说很像是一个当代文学的‘活化石’。”

同日，张鸿、王棵的《整合、规划，再出发》发表于《作品》第2期。王棵认为："短篇最能考量一个作家的艺术造诣。……因为短篇最高的境界是每一句话都要有用，你得考虑后面怎么给前面每一句话画圆。一个短篇得有高度一致的精神气，就像一首歌，从头到尾，得符合一种音调和拍子。这就需要你在写出它最后一个字之前，精神高度集中。短篇也更能实现一个小说家的艺术观，从文体思考到个人的思想认识。它是小说的各种要素高度协调后而合力呈现的一种东西。”

2日　白桦的《关于〈蓝铃姑娘〉的创作》发表于《小说选刊》第2期。白桦写道：“故事中小小的‘雪松王国’只能在偏僻和高度封闭的地域里存活。在其阴影下，人性的扭曲几乎使所有人都具有双重人格，因而衍生出许多离奇的人生悲剧。……赵长天说我‘用一个浪漫故事穿越了古典和现代’。是的，这个浪漫故事穿越了古典和现代。我很喜欢浪漫主义的作品，因为它们色彩鲜艳，情感强烈。至于‘穿越了古典和现代’，这很容易。在中华古国，古典其实并不遥远！”

焦洱的《所有的人都是饥饿的——从〈饥饿的人们〉看现代现实主义小说》发表于同期《小说选刊》。焦洱认为：“也许‘现代现实主义’这一概念正反映着现当代文学艺术家复杂且矛盾重重的内心世界：既不愿放弃人道主义理想，却又难以用冷静、客观、现实的理性精神把握现实生活，因为现实生活一再证明了自身的复杂多变和难于规范；为现代主义别出心裁的艺术手法所吸引，认识到它们对于表现今天的现实生活和主观感受具有无可替代性，但又厌恶完全陷入形式的泥淖中去。”具体而言，“《特里斯坦》是一篇地道的现实主义小说，而《饥饿的人们》则是一篇用传统的现实主义手法表现复杂多色的现代人精神风貌的现代现实主义小说。在小说《特里斯坦》之中，托马斯·曼行使着他作为现实主义作者的巨大权力。而在《饥饿的人们》里，托马斯·曼似乎躲藏在了德特勒夫——那个多感、渴望投身生活却又疑虑重重、经常在生活的洪流之中驻足不前的作家——的背后。作为小说家的托马斯·曼不再高高在上，他站到了和小说人物同一的高度上，收敛起了冷静、犀利、入木三分的锋芒，宽容地，甚至有一点唠叨地叙说着他（们）的感触和困惑，表达着一个经年累月浸淫在艺术创造中的作家在面对生活的飨宴时，既不愿置身其中又心有不甘的那份尴尬”。

4 日　邵燕君的《微型小说的实验文本——滕刚〈异乡人〉的文学实验意义》发表于《文学报》。邵燕君认为:“微型小说不同于市场直接催生的网络文学和《故事会》那样的民间文学，有着‘新时期’文学的血脉，如果能成功接纳，也意味着将长久失落的读者群重新整合进来。但前提是，必须打破‘纯文学’体系的傲慢与偏见，尊重微型小说的文类特征和读者需求，形成良性互动。”谈到《异乡人》的文学实验，邵燕君说道:“实际上是微型小说在自身发展的路径上，向‘纯文学’方向的一次挺进，试图打通以往文学评价体系内横亘在微型小说和主流文学之间的壁垒。而其实验的成功，不仅意味着一直徘徊在主流文学圈子之外的微型小说有可能‘登堂入室’，同时意味着，有着庞大读者群和强大生命力的微型小说可能为日益边缘化的主流文学注入生命力——后者恐怕才是评论家热切关注的真正原因。也就是说，对于《异乡人》实验意义的解读，需要放置在当下文坛正在发生的重大变局中进行。”

15 日　季红真的《归去来——论王安忆小说文体的基本类型》发表于《文艺争鸣》2 月号（上半月）。季红真认为：“研究一个作家的文体，实际上就是进入一个作家的思维方式。……她（指王安忆——编者注）的小说文体意识渗透了普遍的人类学理念，而差异的呈现则是民族传统文化的外显形式。……她的小说文体大致可以分成如下几大类，这就是启示录、文化寓言、神话、反神话、家族史、心灵史、日常传奇”，一、“启示录的文体是王安忆面对旋转的世界，迎击各种文化潮流，容纳积极批判精神最顺手的文体”，二、“文化寓言是她关注时代生活与历史变动的主要文体”，三、“神话的文体类型最为得心应手地适应了王安忆对于中国现代历史命运的文化追问，它比文化寓言更加深入了民族情感的核心地带，触摸到民族精神心理的深层创伤”，四、“反神话的写作，在王安忆的创作中承担着还原世俗生活的重要功能，也承担着对人性的基本探索。区别于启示录的文体，这是她回应时代的文化思潮，最富于认知智慧的熟练文体”，五、“家族史这个文体是王安忆，以血缘情感的方式进入历史隧道的创举。她以这样的方式完成边缘文化立场的自我确立，也以大的种族伦理为基石，建立起自己坚实的文化认同”，六、“心灵史的写作，是她面对自我最坦诚的独白。而能把自己的心路历程叙述得如此清晰，也是一个文体成功的秘诀”，七、“日常传奇是王安忆凝视民间社会的基本文体，也是集中体现着她民本思想的一类文体”。

雷达的《新世纪十年中国文学的走势》发表于同期《文艺争鸣》。雷达认为：“如果要用几个关键词来形容对新世纪历史文化语境的影响最大的焦点，这里不妨提出以下三点：高科技、网络、图像。它们作用于人，又通过人作用于文学。”首先，“在文学领域，科学也在极大地改变着作家的创作心理。文学中的现代主义、后现代主义，抑或后殖民主义、解构主义都与现代科学的巨大影响不无关系。科技给这个世界和人类带来的所有幸与不幸、快乐与郁闷，对精神的失望抑或对物质的依赖，现在或将来，都会成为新世纪文学的题中应有之义”。其次，“电子图书的盛行和网上阅读的习惯，使文学的传播形式发生了革命性的变化，这标志着一个快餐文学时代的来临”。再者，“图像和文学在争夺着消费群体，文学的消费群似在日日减小，而图像的消费群却在日日增大。……文学与影视的关系正在发生微妙逆转，文学自足性的存在和洁身自好的清高感正在逐渐消失。……快感阅读在某种程度上取代了心灵阅读，消费性、游戏性的阅读取代了审美阅读，而且所占份额过大。于是，传统意义上的文学更趋边缘化了”。

28日　梁鸿的《“中国生活”与“中国心灵”的探索者——读〈一句顶一万句〉》发表于《扬子江评论》第1期。梁鸿指出：“从早年的《一地鸡毛》《故乡天下黄花》，到《故乡面和花朵》《一腔废话》，我们就可以感觉出刘震云对‘说话’的兴趣（大部分批评者仅仅把它归结为一种反讽或文体模式）。在‘说话’中，中国文化的模式、心灵、它的最终命运被体现了出来。刘震云拒绝对他的作品进行价值判断，尤其拒绝用知识分子的意义系统对他作品中所描述的平民世界的精神状态进行意义阐释。……刘震云用‘找话’一词来概括民族的心灵状态和‘知己’难寻的寂寞，这正如小说腰封上所写的‘中国人的千年孤独’，‘一个人的孤独不叫孤独，一个人寻找另一个人，一句话寻找另一句话才叫孤独’。”梁鸿进一步指出：“在中国文化的语境中，只有一个精神空间，即人间世界。在宗教国家，‘上帝’是永恒的倾听者，它可以适应任何一个愿意向往他的人，而在中国，由于‘共同的倾诉者’的匮乏，民族的人际关系、精神交往变得尤为复杂，充满着心灵的困顿。……灰尘一样普通的民众生活同样能够体现生存的本质，这里面既有抽象的、普遍的‘人’的意义的探讨，也有具体的对‘中国农民’生存方式的考察，我个人以为，刘震云倾向于从‘中国农民’生活方式中探索出‘人’的生存本质。”梁鸿还指出：“这一视角及由此带来的启发是通过语言完成的。刘震云创造了一种‘说话体’，这一说话体首先是指民间最日常的对话，文中的对话都是生活中原生态的话语，不加任何文学的修饰，就是日常大白话，但是，却又能够达到文学上的修辞效果和形而上的意味。即使是作者的叙述，也基本上依照民众原生态的思维模式，一种自然的流动与叙说，简洁、质朴，与中国民间生活相一致，又夹杂着戏文韵白，两者结合起来，一切看似返朴归真，但却又华丽无比，有内在的韵律与节奏。”

徐炯、徐德明的《〈白虎关〉中“花儿”的叙述功能》发表于同期《扬子江评论》。徐炯、徐德明认为：“《白虎关》比较当代都市小说，情感要深厚得多，这里有都市文学中已经绝迹的深情与活泼泼的民生。雪漠古道热肠地写出了西北人的生命，这是最根本的东西。他对西北人的同情，不只限于理解，小说家有深入人物之心的心，所以他的笔端常带感情，情感的主要寄托在于‘花儿’。这‘花儿’是生命，是宗教，是信仰，是爱，也是西北土地上古典的美学。小说写莹儿对灵官的一往情深，几乎是古典化的。只有对生命充满尊重，才会这样叙述。这里的生命有崇高、有尊严。小说世界虽然并不单纯，但丑陋中有美丽、黑暗里面有光辉、恶中更有善。这只能是古典的，这是小说家对贱视生命的后现代社会价值观的对抗。雪漠不自量力地用‘花儿’来对抗资本的逻辑，其勇气值得钦佩。”

三月

1日　张柠的《中国当代文学评价中的思维误区》发表于《北京文学（精彩阅读）》第3期。张柠指出："所谓的'本土经验'或者'民族经验'，不是去写一些人家不懂的怪癖，而是通过本土（民族）经验的独特性，去传达人类能够感同身受的、人同此心、心同此理的东西。题材研究要向经验研究逼进，主题研究要向母题研究逼进，风格研究要向意象演变史研究逼进。"

同日，鲁敏的《叶弥小说的腔调》发表于《钟山》第2期。鲁敏认为，叶弥的小说采用了"小题大做、往死里揪着小毛刺不放的写法"，"但小题大做的难度在于落脚点"。接着她评述了叶弥小说的结尾，"中国昆剧里，把中场称为'小煞'，终场称为'大煞'，前者讲究'留有勾想'，后者要'收于无形'，而叶弥小说的结尾，却好似把这两且都占了"。

2日　郭宏安的《"自由选择"与生活的偶然性——从〈墙〉看存在主义小说》发表于《小说选刊》第3期。郭宏安写道："萨特等人的小说的确是'形象的哲学'，但是'好的小说'不多，原因就在于'哲学漫出了人物和动作'，小说成了存在主义哲学的说明书。《墙》是一篇好的小说，因为它重在描述，而不是阐释，具有一种古典的现实主义小说的美。萨特的另一部篇幅较长的小说《恶心》（1938年），仅就它是否一部小说，评价就不那么一致了，虽然他因此而一举成名。《恶心》没有情节，实际上是一部日记体的、哲学的内心独白。虽然《恶心》中的罗康丹只是迈出了超越存在的第一步，即拒绝，但是他获得了清醒的意识和真实的感受，这也正是这部小说打动和激励读者的地方。"

王彬的《分解的叙述者》发表于同期《小说选刊》。王彬指出："依然将第一人称的'我'处理为'蠢物'这样的第三人称，以疏远的身份进行思索与议论。为什么会是这样？答案是这样的分解在中国有着长久的传统而多有体现。比如王充《论衡》中的《自纪篇》……这种转化的方式可以追溯到司马迁的《太史公自序》，在这篇自传式的文章中，司马迁在谈到自己的时候，也是回避'我'，用自己的名字'迁'来替代。此时的叙述者不再立足个人，而是站在客观、他人的立场进行叙述，从而获得艺术的真实。"

10 日　殷实的《忆记花月风烟——长篇小说〈突围〉印象》发表于《文艺报》。殷实认为："《突围》在小说技艺方面的民族化、中国化追求倾向鲜明"，主要表现在"故事却是严格按照历史事件发生发展的时空逻辑，层层递进，环环相扣。读后反观其结构，会发觉那些看似随意的散文式标题下，往往都隐含着精妙的起承转合"。

11 日　李洱、梁鸿的《小说之变》发表于《文学报》。李洱谈道："一个最直接的感受，就是叙事的统一性消失了，小说不再去讲述一个完整的故事，各种分解式的力量、碎片式的经验、鸡毛蒜皮式的细节，填充了小说的文本。小说不再有标准意义上的起首、高潮和结局，凤头、猪肚和豹尾。……即便是顺时针叙述，也是不断地旁逸斜出"，原因在于"作家置身其中的知识体系出现了变化。这些变化，当然都会折射到小说当中来。……'体系'这个词用在这里，甚至有点不恰当，不如说那是各种知识的聚集。生活在这个状况之中，他的困惑和迷惘，一如普通人。所以，我常常感到，现在的作家，他的小说其实主要是在表达他的困惑和迷惘，他小心翼翼的怀疑，对各种知识的怀疑"。李洱说："我太想写出那种小说了，那种能在文学中进行情感教育和道德启蒙的小说了，那种所谓的'总体生活'的小说。但是，我很清楚，这几乎是不可能的。……那个整体性的感受如果存在，那也是对片断式、分解式的生活的感受。"

12 日　艾伟的《〈风和日丽〉写作札记》发表于《文艺报》。艾伟认为："作家要做的工作不是为历史注释，它不追求'历史正确'，也不追求'政治正确'，作家的立场就是人的立场，因此，惟有关心在历史洪流中的人性的处境才是作家的职责"，在艾伟看来，"'先锋'以来，中国小说在处理类似问题时，总是有一个概念放在那儿，往往用极端偏激的方式处理。这种方式迅速地掠过小说需要的物质层面，抵达某个形而上的目标，很少关心日常的贴着大地的人类活动。这种处理让人物成为某个概念的符号，使人成为非人"，谈到《红与黑》，艾伟表示"这部小说之所以成为经典，是因为它包含着长篇小说最基本的价值元素：复杂的人物、丰富的情感和令人喟叹的命运感"。

15 日　陆地的《文坛来去》发表于《南方文坛》第 2 期。陆地认为："古今诗文，何止千万，谈到底，无非是'真情'二字。文学艺术，人情世态的载体。

世态人情，文艺品味的盐。创作小说的要求，不止满足于写得合乎逻辑的伦理世故；最重要的：要求写得引人同感共鸣的真情。……小说人物之所以成活，总也离不开三个要素：一要，能有体现时代精神的健全头脑——思想、灵魂；二要，可有与众不同的鲜明、独特的个性；三要，必有冷静、热烈、真挚的情感。”

张生的《文体的回归，耗尽的身体红利与个体再指认——从王宏图的长篇〈风华正茂〉看近期小说的新变》发表于同期《南方文坛》。张生认为王宏图的《风华正茂》“在文体上的最大的一个特点，就是他对‘秀现’（指客观的呈现——编者注）这种叙事方式的摒弃和对‘说现’（指主观的‘夹叙夹议’——编者注）传统的回归，这在近年来早已把‘秀现’当作小说叙事的不二法宝的中国文坛，无异于是一种‘新变’，从而给人带来了一种崭新的阅读体验，也重新拉近了读者与文本的距离，并且促使读者与小说中的人物同命运共呼吸”。

同日，王一川的《中国现代文论中的若隐传统——以“感兴”论为个案》发表于《文艺争鸣》3 月号（上半月）。王一川说道：“我在这里想探讨的一种若隐传统，正是在古代长久辉煌但在现代一直若隐若显的‘感兴’论，即一种关于文学来自作家的‘感兴’并能激发读者‘兴会’的文学思想传统。”具体而言，“‘感兴’论所代表的中国文学传统中的那些价值观，至今仍富于现代意义和活力。第一，文学创作不是来自理性推论或思想阐发，而是来自个体的活生生的人生体验。中国作家创作讲究‘感兴’或‘诗兴’，正是如此。第二，作家开展创作活动的基础，不在于一时浮光掠影之‘感兴’，而在于多次自觉或不自觉的‘感兴’贮备即‘伫兴’。第三，由于如此，文学作品中的形象不是一般的形象或形体，而是在‘感兴’中抓取的特殊形象，即是‘兴’中之‘象’，是‘兴象’。第四，文学作品中最令读者宝贵的东西，不是那种显而易见的显在意义，而是蕴藉深长的‘兴’中之‘味’，即‘兴味’。第五，读者或批评家的阅读不仅要体会‘兴味’，而且还要尽力追寻那在个体记忆中绵延不绝而令人感动不已的剩余兴味，即‘余兴’。由于如此，不妨尝试重新激活古典‘感兴’论，将其用于当前文论建设中。”他进一步提出，“当前汉语文学的一条可行之道在于，让古典‘感兴’与现代‘修辞’范畴实现一种新的融合。具体地说，从古典‘感兴’传统与现代‘修辞’相结合的角度，可以把汉语文学视为一种‘感兴'中的'修辞'，也就是说，汉语文学是一种感兴修辞，简称兴辞。"

20 日　蒋子丹的《这本书似曾相识——自述》发表于《小说评论》第 2 期。蒋子丹认为："真正的荒诞小说，应该是所有的细节都真实可信（至少是貌似真实可信），没有一句话是让人费解的，没有一个词是用来胳肢读者以获取笑声的，却在骨子里横着一个荒诞的内核，这个内核中还包裹着某种险恶的真实。"对于"高妙的艺术就是带着镣铐舞蹈"这句经典的话，蒋子丹认为："所谓舞蹈，就是精神与想象的飞扬，所谓镣铐，就是真切体验的制约。……技巧当然是不可或缺的。……但无论如何技巧只是文学构成元素的一部分，并不是小说的唯一，更不是文学的全部。它的功能应该有助于作品构建文学的真实，使文学的真实较之生活的真实更全面更概括更深入，而不是它本身自恋的炫技。"

本月

何同彬的《现实的幽灵与历史的梦魇——论 1990 年代以来文学的"现实主义"障碍》发表于《山花》第 3 期。何同彬指出："1990 年代以后的文学实验多半是以规避现实的虚假姿态，呈现着短暂反抗、迅速妥协的败势。"而 90 年代以来"现实主义冲击波"等思潮看似是新的现实的再现，实则"并没有改变现实自身的逻辑走向，只是以不断重复的、缺乏创新性的低劣的作品填补着文学史的空间"，体现在长篇小说上，"总体上内容的展现大于文体、语言等层次上的进步"。针对文学面临的现实主义障碍，作者从根本上指出"现实主义"和文学本质的矛盾之处，小说不应该承担新闻的功能，在当下的时代"中国的新闻比小说精彩"，"现实比艺术表现更具想像力和'创造力'"。

周景雷的《长篇小说的难度——以〈尘埃落定〉和〈秦腔〉为例》发表于同期《山花》。他认为当代"长篇小说的难度不在于它的文学性的不足，而倒是在于其文化与思想表现力的缺乏"。周景雷还详细解读了《尘埃落定》和《秦腔》，认为"原质文化"和"精神力量"是当代长篇小说缺乏但又必须具备的特质。

莫言、魏格林、吴福冈的《莫言、魏格林、吴福冈三人谈》发表于《上海文学》第 3 期。莫言谈到关于拉丁美洲文学对其的影响，"马尔克斯的文学有点像鸦片，染上以后很难戒掉。按他的写法作家会感到一种创作上极大的快感，因此产生了很大一种惯性。当然我也意识到总是按着他的风格写肯定是不行的，我必须开创出有自己风格的东西。用什么去对抗呢，只能从中国的民间文化中发掘资源”。关于民间文化的价值所在，他提到两点：“一是中国的小说传统，中国人讲故事的方法；二是讲述民间文化所使用的语言。”他还谈到对“新历史小说”的认识，“作为我本人，对于‘新历史主义’的认识，首要的是超越党派，超越种族，站在全人类的角度观照历史。其次是脱离官方的历史，从民间的视角去发现民间的历史。官方的历史只有时间和事件却没有人，而非官方的历史充满了活生生的人；官方的历史只有经济、政治，没有情感，而民间的历史充满了情感。不要试图用小说来再现一个事件的过程，而是要牢牢记住我要写这个事件中的人”。

四月

1日 张新安的《中国的事该由自己办——要有“中国立场”毋庸置疑》发表于《北京文学（精彩阅读）》第4期。张新安认为：“评价中国文学应该以符合中国人的审美情趣和社会价值的评价立场，而不应该盲目地拿西方的观点来评价中国文学。”

同日，邱华栋的《呼唤文学的原创力量》发表于《作品》第4期。邱华栋认为：“文学会死吗？答案是否定的，因为，我们还在使用着语言，而文学就是语言的艺术。语言讲述各个国家和民族各种各样的原型故事，保持一个民族的特性、心灵世界、生活景观和想象力，除非语言死了，文学的末日就到了。那样，一个种族也就灭亡了。因此，我热切地呼唤文学的原创力量！”

2日 冯立三、孟繁华、李云雷的《是底层的陷落还是文化的失落——〈中锋宝〉三人谈》发表于《小说选刊》第4期。孟繁华谈道：“我对这个小说稍有不满的，也是当下小说普遍存在的问题，就是小说写得太实了。彻底的写实是当下小说的风气，但不是好的风气。小说的想象力、虚构性、浪漫性已经彻底丧失。都在大地上行走，没有飞翔和虚幻，没有天空与大地之间的东西。”

6日 本报记者张健的《我听到的，只有自己的心灵在回响》（采访张炜——编者注）发表于《人民日报》。张炜说道，《你在高原》“对人性的顽强追问，对人道力量的恪守和坚持，在我的作品中都不会改变”。“新时期以来，我们这茬作者受惠极多。这之前之后及同期作家，包括国外作家，在文体上的开拓与实验，都帮助了我。所有这些方法可以归结为两种：想象和描述，也就是诗与真。现代主义使其变得更为自由，却没有背离它们。这就是我感受和实践的现代主义”。

15 日　贺绍俊的《新政治小说及其当代作家的政治情怀——周梅森论》发表于《文艺争鸣》4 月号。贺绍俊认为：“周梅森的政治小说既不是晚清时期兴起的政治小说，也不是泛政治化视角下的社会问题小说。但周梅森的政治小说承续了晚清政治小说的以强烈的政治意识统领情节的基本特点，而对当下社会问题的干预又与社会问题小说、反腐小说以及改革小说相呼应。二者结合起来构成了周梅森政治小说之新。”

梁万新的《“中国经验”与全球化语境中的当代文学发展——对“中国经验”讨论的盘点与思考》发表于同期《文艺争鸣》。梁万新认为所谓“中国经验”，可从如下角度进行理解：第一，“本土 / 现代。……‘中国经验’应该处在开放性和动态性的视野之中，在现代性的观照之下被激活”；第二，“传统 / 当下。……大家对‘当下’的理解并不一致，谢冕、李遇春将之理解为我们一般认为的‘当代’，即从新中国成立开始；而白烨、张颐武则将之定位在了中国目前所发生的状况。颇为一致的是，他们都指出了‘中国经验’的流动性与包容性，它是随着社会的发展而不断变化的”；第三，“整体 / 个体。……‘中国经验’是一个相对宽泛的概念，如果不立足于个体，讨论就容易走向空泛和虚蹈”。

23 日　贺绍俊的《当代长篇小说的精神性》发表于《人民日报》。贺绍俊认为：“当代长篇小说是建立在中国现代汉语文学百年发展的基础之上的，现代文学的现实主义传统赋予了当代长篇小说强烈的现实性和批判性。……但是，长篇小说仅仅有现实性是不够的，仅仅满足于‘记录’也不是真正的文学。”贺绍俊进一步指出：“作为精神慰藉之所，精神性就应该是第一位的因素”，当代长篇小说精神性的重要性在于“精神性涉及世界观、人生观、价值观，但在文学作品中这一切不是直接裸露着的，它渗透在文学形象之中，在长篇小说中就会凝聚成一种诗性精神”。

28日　丁帆的《卷首语》发表于《扬子江评论》第2期。丁帆认为："我总以为在这个消费文化的时代是没有浪漫主义，尤其是古代浪漫主义的一席之地的，我们往往像嘲笑堂吉诃德那样去嘲笑当今的浪漫主义，对'诗性'写作予以耻笑，可能已经成为我们这个被大量现代和后现代主义思潮复制时代的一种傲慢与偏见。然而，文学的精髓恰恰就在于此，一个没有'诗性'的写作，那是行尸走肉的僵化书写；一个没有'诗性'的文学创作时代，就是一个文学堕落与悲哀的时代！我以为张炜这20多年来的创作是一直坚守着'诗性'这一天条般的信念的，同样的观点，我们在王尧的评论当中也可以读到这般况味。我以为从80年代至今，能够始终坚守浪漫主义情怀的作家就是'二张'（张炜、张承志），虽然二人的主题指向不同，一个是传统儒家情结，一个是宗教情结。但是不变的人文情怀始终是他们一以贯之的目标，其韧性是令人敬佩的。……他们手执长矛（古典的冷兵器）冲向风车（巨大的时代思潮的合力）的时候，我们是否能够像桑丘那样再次与之同行呢？！"

董之林的《当代小说的传统延伸》发表于同期《扬子江评论》。董之林认为："当代小说十分幸运，得到了老传统（古典文学传统）和新传统（现代文学传统）的双重浸润与补充。我理解，这里说的'老'与'新'之间不是井水不犯河水，它们并不是'两股道上跑的车'，或'鸡犬之声相闻，老死不相往来'。当代小说受新、老传统影响的具体表现，就像利奥塔在分析后现代语境时所言：'新的语言不断加入到旧的语言之中，形成老城区周围的新区'。在'新'与'老'中间，我们很难划一条严整的界限，辨明或此或彼，但这种新、老交融的景象让人不得不承认，谈当代小说与传统的关系，要么认为它派生于现代，派生于革命文学、左翼文学；要么把它归于古典小说传统麾下，无论用哪一种来勾画当代小说轮廓，都未得其全貌。"

本月

徐虹、师力斌、张颐雯、徐刚、史静的《热议：刘震云和他的〈一句顶一万句〉》发表于《山花》第4期（下半月）。"编者按"写道："在以顾彬为代表的对当代中国文学的质疑声中，刘震云的长篇小说《一句顶一万句》的出现恰逢其时。它是一部提气之作，提了当代小说家的气，提了当代中国文学的气，也可能会提一提许多中国人的气。本来文学不必斗气，文学应当靠作品说话。然而，在如今媒体发达、信息传播超速的时代，特别是在专家意见极大左右着公众认知的当下，一个重量级文本的面世就有了超乎自身、甚至正本清源的效果。无须客气，《一句顶一万句》显然是一部大作。它比一万句辩论都有力。抛开媒体那些大而化之的公众口水，从文学本身来讲，《一句顶一万句》是当代文学的重要收获，它独特的主题，独特的结构，独特的乡土经验，都显示了与众不同的特质。单小说标题所蕴涵的含义之丰富，就足够令人玩味。本期推出的几篇文章，就试图在叙事、风格、主题等几方面进行探讨，以严谨的态度近距离触摸这部作品。几篇文章距离之远，话题之散，都是前几期讨论所无法比拟的，由此也能窥到这部小说的丰富性之一斑。由此也能见出，陈晓明将之作为代表当代中国文学‘高度’的作品之一，确不是心血来潮之论。”

师力斌认为《一句顶一万句》首先写出了“中国气派”，其次探讨了“人类的普遍命题，即人生问题，人的信仰问题”，具有“世界的高度”。张颐雯认为小说写出了“那种中国式的生活里琐碎和不着边际的东西，对生活散漫而充满喜感的描述令它具有了传统中国的气息”。徐刚认为“刘震云就是那个执着的‘讲故事的人’”，小说“鲜明地体现了‘故事’本身所铺陈的灵韵和生命，以及环绕于‘讲故事者’的无可比拟的底蕴和气息”；刘震云成了“说书艺人”，“小说不再是现实生活的忠实记录，亦非故作姿态的无病呻吟。小说退回到了‘故事’的层面，成了一位长者与晚辈的交心和倾诉”，而所讲的故事，“千头万绪、盘根错节，一如我们一团乱麻的生活本身”。史静解读了小说的重复的逻辑，小说就像一个“叙事迷宫”，“在叙述文本内部不断地挑战重复的极限，而重复本身就是叙事规范中一种怪异的形式”；小说的叙事故事、叙事语言、叙事逻辑都在不断重复，“在不断地重复中去寻找自己不知道自己在寻找的东西”，“通过重复，一个故事的真理性可以被无限地扩大，不断地将意义衍生为永恒，也可以不断地解构这个故事所具有的真理性”。

五月

1日　胡淼森的《西方学者为何要对中国文学“厚古薄今”？》发表于《北京文学（精彩阅读）》第5期。胡淼森谈道：“新世纪中国文学应走向自我表述与自我构建形象的世纪工程，申明自身在世界文学之林中的位置与立场，重视来自中国本土的理论话语权与学术批评权，使得中国文学由舞台边缘走向世界中心。”

同日，张洁的《交叉点上的风景》发表于《长篇小说选刊》第3期。张洁谈道：“讲故事是容易的，而一片光影、一缕气息、一种心绪、一种意境……以及生命中的不确定性，却难以言明。也就是中国古典文化中常常说到的，‘写意’是艺术的最高境界。所以我非常喜欢帕穆克先生的《伊斯坦布尔》，它有一种被细雨、而不是狂风暴雨淋湿的忧伤，也许帕穆克先生觉得这是对他的作品的误解……”她谈到中国的小说时说道：“中国小说里的人物，不是黑、就是白。就像绘画，如果只有正红、正黄、正蓝，而没有过度色，叫做‘有颜色没色彩’。”

5日　格非的《陀思妥耶夫斯基与复调》发表于《花城》第3期。格非认为：“在传统小说中，作者观点，叙事代言人的观点和单纯人物观点之间的关系，在作者的意图中，通常是清晰的。尽管读者往往会不予理睬。但是，这一情形到了陀思妥耶夫斯基那里，一切都被人为地反转、颠倒，甚至混淆了。……陀思妥耶夫斯基这么做，完全是一种有意识的修辞行为。陀思妥耶夫斯基作品中充满了各种声音。既有作者观点，也包含各种形形色色人物的议论，而且这些声音和议论，不仅在作者、叙事代言人、主要人物、次要人物之间形成了种种矛盾和纠缠，甚至在某一个人物的观点内部，也充满了矛盾和悖论。另一方面，各种人物的议论和观点，一个人物不同时间段的观点，到了陀思妥耶夫斯基的笔下，都居于同等地位。正是通过这样一种修辞安排，早期小说中常见的那种专断而统一的声音遭到了滤除和屏蔽。很多学者通常将陀思妥耶夫斯基的这种叙事策略，称之为复调。而巴赫金于1929年出版的《陀思妥耶夫斯基诗学问题》一书，则被认为是复调小说理论的奠基之作。”

7日　王杨的《写作是神圣的事业——访作家霍达》发表于《文艺报》。

霍达认为作品的成功，“其中最重要因素就是作家的真诚”，而在作品的形式方面，她认为“内容决定形式，她会根据不同的内容选择最适合的表现形式，不同体裁的艺术手段虽不相同，但文学都是相通的，她在多种文学体裁中自由穿行，兴之所至，游刃有余”。

10 日　佐佐木敦的《四维空间的穿越》（恽怡峰译）（点评柴崎友香的《我不在喀土穆》——编者注）发表于《小说界》第 3 期。佐佐木敦谈道：“极富柴崎特色的缺乏距离感的移动，也就是说缺乏距离的这种移动，换言之便是‘四维空间的穿越’。所谓‘四维空间的穿越’是指使在空间中的任意两点相互重合。”具体来说，“在柴崎友香的小说世界里，谁都有可能成为的‘我’，在‘谁，如何做什么’的一种条件下相联系的‘现在，这里’的时空之中——根据忽略‘现在’和‘过去’、‘这里’和‘那里’之间的距离而使其相重合而言——快速地剧烈地旋转而对立。这就是所谓的‘四维空间穿越’的小说。不过这实际上是在充分认识到了所谓的‘四维空间穿越’不存在的前提下写下的小说”。

15 日　莫言、童庆炳、赵勇、张清华、梁振华的《对话：在人文关怀与历史理性之间》发表于《南方文坛》第 3 期。莫言说道，《蛙》的“书信体部分是用很平实、朴素的语言进行创作，话剧部分则把超现实主义、大量的想象放了进去。这就使得两部分形成一个对比，用学术语言名之曰‘互文’。书信部分也许像讲真话一样地讲了很多假话，话剧部分则像讲疯话似的讲了很多真话，在人物与结构的安排上也形成了前后对比，这也是一种所谓的叙事策略吧。”

20 日　於可训在《小说家档案·墨白专辑》栏目中的《主持人的话》发表于《小说评论》第 3 期。於可训谈道：在学界鼓吹“回归”传统的背景下，墨白坚持表明“在小说的叙事上，我决不会倒退。小说叙事学的发展也决不会倒退”，可见“墨白所坚守的，或许更接近转向的本义，因为如今闹得正响的转向，并非完全的复辟旧制，而是创造性地转化成法。这转化中的创造性，实则仍源于转向者曾经先锋、前卫过的眼光和意识”。

21 日　《文艺报》第 4 版有“编者的话”：“新世纪以来，幻想小说和幻想电影热潮持续不退，成为一个重要的文化现象。去年以来，3D 电影成为潮流，而幻想小说和童话所构造的非凡世界自然成为 3D 电影最便捷、最契合的改编资源。《阿凡达》将目光投向人类的未来和过去，表达对现状的忧思；《波西·杰克逊与神火之盗》和《诸神之战》则从希腊神话中寻求灵感……幻想小说和电影在从童年、童话、自然、神话和民间传说中探讨人类与自然应如何相处、人类的未来将走向哪里等话题。但是这些作品在提供了新思维的同时，也渐渐呈现出模式化、概念化以及思想浅化的趋势。幻想文学以往多被视为儿童文学范畴，而目前在接受群体上显然已经转向以青少年、青年为主，成为儿童文学与成人文学之间的过渡地带。相对于本体研究和概念之争，观察和分析这些作品与童年、儿童文学、儿童阅读心理以及社会文化形态的关系更为必要，而不仅仅讨论它们是不是儿童文学、儿童电影。”

22 日　张炜的《〈你在高原〉（节选）》发表于《光明日报》。“编者按”写道：“经过 20 多年漫长的书写，曾以《古船》《九月寓言》享誉文坛的作家张炜推出长篇小说《你在高原》（由作家出版社出版），该书长达四百五十万字，分三十九卷，归为《家族》《人的杂志》《海客谈瀛洲》《我的田园》《荒原纪事》等十个单元，被称为‘已知中外小说史上最长、最为卷帙浩繁的一部纯文学著作。’作家在这部巨制中追索和记录了一个东方大国在整整一百年中的艰难转型，并描绘了数量多达几百个角色的众生相。‘在艺术制作极为商业化娱乐化、浮躁急就几近常态的情势之下，作家的大匠之心令人敬重。’评论者如此说。这里选取的是《我的田园》单元的开头章节。”

25 日　王安忆、王雪瑛的《夜宴中看现代城市的魅与惑——关于〈月色撩人〉的对话》发表于《当代作家评论》第 3 期。王安忆谈道：“为什么我们同样一个主题可以写成各种各样的小说，还有人要看？因为我们表现的经验是完全不同的。小说是看重经验的，思想是很简单的。”

28 日　陈佳冉的《文学创作何必分“传统”和“网络”》发表于《光明日报》。陈佳冉认为：“互不承认的评价标准导致了网络文学和传统文学的分歧。其实，追求点击率和媒体关注，与回归文学本质、讲求文辞的优美以及思考的深邃并无冲突，我们也无需将它给文学创作带来的改变过分夸大、妖魔化”，因为“作家是一群有笔的人，笔即是一种权力。它可以针砭时弊、裁判是非、定夺毁誉，它是写作者思想轨迹与辞藻造诣的表现。不论握笔的形式是传统的还是网络的，其本质都是文学创作，都在为后继者开拓出一条值得追随的道路”。

本月

闫红、刘雪春的《论铁凝〈笨花〉的女性叙事及和谐美的建构》发表于《山花》第 5 期（下半月）。闫红、刘雪春认为《笨花》采取了理性伦理与叙事伦理完美融合的叙事策略，“把女性写作‘有差异的声音’成功地整合进宏大的历史叙事中”，“将性别意识、社会意识、民族意识联系在一起来诠释女性的伦理生存，淡化了女性文学随波逐流的感性认知方式，在哲学和人类层次上的理性反思和追寻，完成了从现代性的边缘走向中心的一次成功的实践”，“使女性从自造的迷幻花园回归人类的精神家园，有益于创造和完善中国女性文学新的美学传统，预示了新世纪女性文学审美态度上的重大转变”。

六月

1 日　黄平的《“中国立场”与“中国问题”——也谈“重估当代文学”》发表于《北京文学（精彩阅读）》第 6 期。黄平表示：“笔者想问的是，没有‘中国问题’的‘中国立场’是否可能？如果我们的文学无法触及腐败、权贵、失业、三农、高房价等等‘事实’，无法触及公平、正义、自由、尊严、解放等等‘理念’，以及这一切所带来的‘改革’时代心灵的冲突与激变，那么‘中国立场’的立足点在哪里？谁的‘中国’？哪个阶层的‘立场’？它是不是一个由于抵御‘世界文学’所派生的空泛的‘能指’？”总之，“只有直面‘中国问题’的中国立场，才有可能生产出真正深刻的对应‘当代中国’的叙事艺术”。

15 日　李云雷的《新世纪文学中的“底层文学”论纲》发表于《文艺争鸣》6 月号。李云雷指出：“我们可以试着总结一下‘底层文学’的概念或内涵：在内容上，它主要描写底层生活中的人与事；在形式上，它以现实主义为主，但并不排斥艺术上的创新与探索；在写作态度上，它是一种严肃认真的艺术创造，对现实持一种反思、批判的态度，对底层有着同情与悲悯之心，但背后可以有不同的思想资源；在传统上，它主要继承了 20 世纪左翼文学与民主主义、自由主义文学的传统，但又融入了新的思想与新的创造。这是我所理解的‘底层文学’，它在整个文学界基本上还处于弱势的地位。”李云雷进一步指出：“对‘纯文学’的反思，是文学研究、理论界至今仍方兴未艾的话题，而‘底层文学’的兴起，则是创作界反思‘纯文学’的具体表现，也是其合乎逻辑的展开。”

王洪岳的《如何叙述“平凡的世界”——读〈平凡的世界〉》发表于同期《文艺争鸣》。王洪岳认为：“《平凡的世界》叙述者声音在1980年代的小说中有点‘陈旧’和‘落伍’，但也显得在坚守中特立独行，别具一格，在基本保持现实主义小说第三人称全知式叙述的基础上，增加了多种多样的叙述角度和叙述者声音，从而构成了这部作品既厚实又丰富的叙述（者）声音特点。这又分为两种情况，一种是在叙述的时候，叙述者尽量保持‘客观’‘中立’的观察立场及视角，即全知式第三人称叙述。另一种是在叙述中，叙述者直接显现出来，带有强烈的感情来表达，或议论或抒情或阐释等。尤其是在文本中出现的‘我们’的叙述者声音，显然不同于基本保持客观中立的叙述基调，而是传达出叙述者的情感和价值评判的标准。”总之，“三种人称及其变调的交替运用，在不断促使读者进入文本、认同叙述、感同身受之际，又不断邀请读者随同叙述者一起体验、反思、超越。那些有意无意留下的叙事缝隙，又恰好给小说文本带来了较为鲜活的审美契机”。

25日 裔兆宏的《作家要有使命感——对话中国作家协会副主席陈忠实》发表于《文艺报》。陈忠实认为：“《白鹿原》凝结了很多我个人的生活经验，可以说，它是我生命的提炼。……作为一个有使命感、责任感的作家，如果要涉及到民族命运，你要写这样的过程就不可能轻松。这是因为不是你要沉重，而是民族本身就沉痛、沉重……”“我发现文学创作不是技术，应该是一种创造性的劳动，仅凭一种概念上的学习是不可能的，它更多的是凭个人对社会生活的感悟和体验。”

28日 丁帆的《卷首语》发表于《扬子江评论》第3期。丁帆谈道：“他们（一组台湾作家——编者注）虽然各自从不同的角度阐释了自己的创作观，但是，大家对文学审美本质的追寻却是一致的，或许，用朱天文叙述的那个佛陀重生的美丽故事来诠释审美的本质特征是最准确不过的了……就新世纪的大陆作家而言，更多的人是被消费文化熏染得失却了文学的‘嗅觉’，所以他们根本就没有立下文学的誓言，因此，‘失情’俨然成为文学创作的通病。一部作品倘若没有情感的支撑，它当然是一具形容枯槁的僵尸。我们的作家期望能够喝上一口那个具有崇高原始文化符码意味的牧羊女的乳糜（而不是红嫂的乳汁），以获重生，这才是文学最后的归途。”

格非的《物象中的时间》发表于同期《扬子江评论》。格非认为：“中国传统诗文和小说中的物象，从来都不仅仅是一个场景或道具意义上对象化的存在——如铺叙场景陈设，以展现人物活动环境；描写山川风物，以展现大自然的壮美；呈现日用起居之器皿，以暗示人物身份等等。中国文学中的物象更多地被表现为一种‘意象’，可以‘赋’、可以‘比’、也可以‘兴’。它投射和寄托了太多的人类情感和过往记忆。从某种意义上说，‘物’就是‘心’的外在形式。一方面，泪眼可以问花，人与隔雨的红楼，也可以心物相望，彼此窥探心思；另一方面，物象恰恰是时间流逝的见证，是时间箭镞的回响，是瞬息万变的时间之物中较为恒定的标识物。一个普普通通的物象，不仅可以瞬时复活全部的历史记忆，而且可以穿越未来之境，擦去时间全部的线性痕迹。因为中国人相信‘后之视今，犹今之视昔也’。”

朱天文的《我的“台湾书写”》发表于同期《扬子江评论》。朱天文认为：“父亲的原乡之梦，渗透在我从小生长的环境里，犹似土壤和空气。父亲的乡愁，成了他们那一整代人在此岛屿结婚、生子、落地生根成荫的下一代人的乡愁。多么奇特，那个我们从来没有见过、去过的原乡，竟成了我们的乡愁。是的，我们叫它，想象的乡愁。正如‘想象中国’，纠结以想象的乡愁，成了我们这一代人的‘想象共同体’（Imagined Communities）。这个想象共同体，把我们与我们的父执一辈，结合为犹似汹涛大海中同在一条船上的，命运共同体。”

本月

张莉的《旧岁月的“拾荒人”——林希论》发表于《中国作家（文学版）》第 6 期。张莉认为：“熟悉林希小说的人几乎都意识到这是个久经沧桑的说书人，风趣达观，嬉笑怒骂，他常常越过时光讲述幼年的故事，讲述时又不自觉地使用儿童视角。双视角的存在使故事多了复杂性。更为重要的是，虽然这是个书写者，是个识字者，但他的声音是市井的，民间的，他对各种旧时代人事的议论不是高高在上的和启蒙的，因此，这个说书人于他的听者与读者自然也是亲切的。当然，他语言中独有的津味儿也使小说文本中的市民气息浓烈而生猛。简而言之，对卑微者的关注和生动的津味说书人风格是林希小说的最大标识。……许多读者和评论者都认为津味小说是林希的最大贡献，这些贡献包括他对天津民俗的记录，以及他对于津味语言的收集等等。这当然是对的，我也深以为然。但我也有另外的看法，依我读来，林希对近代市民文化的勾勒和描摹，对一种市井文化和民间气息的追溯是他小说最大的特色。正如上文所提到的，林希为卑微者立传不只是指为‘小的儿’和‘陪房’等人立传，也指为市井百姓画像。这些底层市民，大多数时候指的不是农民和工人，而是百年天津特有的那类族群。”

七月

1日 吴义勤的《让“思想”轻逸地穿越现实——读范小青短篇小说〈接头地点〉》发表于《北京文学（精彩阅读）》第7期。吴义勤认为：“短篇小说的力量，绝不在于给读者提供一种关于世界的终极想象图景，或是对现实问题的某种思想性定义，它甚至还会有意保留对穿云裂石的意识形态力量的警惕，对宏大叙事式豪言壮语的怀疑。短篇小说，就文体形式而言，也许是更个人化的”，尽管如此，“精悍短小的篇幅，容不下宏大建构的野心，却绝不等于艺术内涵的浅薄。相比较而言，短篇小说更擅长一种闪电般的切入、不着痕迹的撕扯以及言有尽而意无穷的空白式美学想象——正如范小青笔下那一次鬼影幢幢的‘接头’”。

同日，贺绍俊的《从精神性到典雅性》发表于《上海文学》第7期。贺绍俊认为：“长篇小说的质量是建立在中国现代汉语文学百年发展的基础之上的，在我们的面前站立着一位文学的巨人，这就是现代汉语文学前辈们开创的现代文学传统。”而“现实主义是现代文学传统的重要组成部分，现实主义传统赋予了当代长篇小说强烈的现实性”，但是“长篇小说仅仅有现实性是不够的……现实性也许会带来故事性……小说不同于历史学、经济学、社会学的方面就在于它要为读者提供精神性的东西”，所以“长篇小说应该在现实性与精神性的结合上下功夫”。贺绍俊进一步指出：“批判性是现实主义的灵魂。……但有时候我读到一些充满批判性的小说时又总觉得欠缺点什么。……这就是这些作品所欠缺的东西，它是一种温润的人文情怀。温润的人文情怀是沙漠中的绿洲”，且“人文情怀还是一种超越个人情感的博大胸襟”。另外，“文学的永恒魅力最终是通过语言来实现的，因为文学就是语言的艺术。……中国古代文学的审美经验是中国当代文学最具本土性的、最具原创性的精神资源。但现代汉语与文言文的断裂，使我们难以深入地、有效地开发这一宝贵的精神资源”，然而“书卷气和典雅性还不能说就是口语化的对立面，好的口语同样也具有典雅性。……我们的长篇小说缺乏了典雅性，而典雅性藏在古代文学的文字里”。贺绍俊总结道：“无论是精神性，还是人文情怀，还是典雅性，都指涉到精神价值、指涉到信仰和理想，它让人们有了一种敬畏之心和自省之力……”

2日　王彬的《小说的话语种类》发表于《小说选刊》第7期。王彬写道：“从这个角度看，传统叙事小说是一种‘类脚本’，是对剧本的模仿。为了达到‘类脚本’的效果，一定要通过叙述标记，把叙述语与转述语区别开来。叙述语与转叙述语的大量合流，则颠覆了‘类脚本’传统，可以说，是小说文本的解放。”

徐坤、汪政、刘忠的《“此岸”与“彼岸”之间的泅渡——〈此案芦苇〉三人谈》发表于同期《小说选刊》。刘忠认为：“中国书法艺术有‘密不透风’‘疏可跑马’的要求。好小说也当如此。《此岸芦苇》的叙事做到‘密不透风’了，但‘疏可跑马’尚有不足。叙事密度过大，一定程度上压缩了人物自身的延展空间，规限了小说自身的生成。”

9日　王德领的《构筑精神的高原——读宁肯长篇小说〈天·藏〉》发表于《文艺报》。王德领认为：“最为突出的是，作为叙述方式的试验，小说大量运用了注释。迄今为止，这部小说注释的密度超过了任何一部小说，有几万字之多。小说把注释从文本注释的附属位置提升到第二文本，甚至在一些章节里，本身就是正文不可分割的一部分，注释由传统意义上的对正文的注解，一跃成为小说的重要情节要素。这是作者在文本形式上的独创，迄今为止中国还没有哪一个作家像这样用大量注释的方式进行写作。”至于注释的功能，“注释在这部小说中有多种功能，除了转换视角之外，还植入了大量的情节、某些过于理论化的对话、关于这部小说的写法、人物来源、小说与生活关系的议论、与读者的交流，等等。事实上注释成了小说的后台或客厅，即一个连通小说内外的话语空间”。

14 日 《写作是作家的生活方式——雪漠访谈录》发表于《文艺报》。雪漠谈道：“《西夏咒》是‘反小说’的”，“实现了我在小说形式上的追求”。

15 日 李钧的《中和与重构，归心与返魅——20 世纪中国新古典主义文学论纲》发表于《文艺争鸣》7 月号（上半月）。李钧认为：“20 世纪中国新古典主义文学有两个重要母题：文化中国与大地民间。所谓‘文化中国’是指在经历了‘全盘西化’以后重新寻找民族本位的‘文化中国’之根；其源头可以梁启超《欧游心影录》为滥觞，20 世纪三四十年代与八九十年代为两个高峰。所谓‘大地民间’是指在高速都市化和现代化的进程中关注正在消失的‘大地民间’，源头可以追溯到周作人等人对民俗学、民间文学的整理研究，下讫1990年代以来具有文化人类学意义的‘神秘文化写作’与‘生态写作’。”另外，“在新古典主义文学中始终存在着一个悖论式的两难命题：乡土与城市、返魅与祛蔽、传统与现代。这彰显出中国作家作为第三世界知识分子身处社会转型之际的内心焦虑，他们一方面为社会现代化而欢欣鼓舞，另一方面则关注民间生存境况、文化心理、精神蜕变和集体无意识。至 90 年代，作家们更将文化反思的审美触角伸向环境主题、民俗文化和生态问题，这不能不说是中国作家日趋自觉和成熟的标志”。

20 日 赖大仁的《小说的“距离”与艺术张力》发表于《小说评论》第 4 期。赖大仁认为：“艺术虽然离不开现实的土壤和生活的源泉，但并非离现实生活越近越好；真正的艺术显然不是现实的复制品，也不是直接印证人的感性经验和满足人的欲望需求的替代物，它是艺术家精心打造的艺术品，是经过精心构设的艺术世界，它未必直接作用于现实，却可以诉诸人的心灵……”谈到小说艺术，“对于小说写作而言，传统的小说艺术观念仍然值得重视。比如真正具有艺术品质受人欢迎的好小说，可能还是需要有吸引人的好故事，有个性鲜明给人印象深刻的人物形象，有独具匠心的叙事结构方式和富有艺术质感的文学语言，而这一切都最终要归结到一个根本上来，就是一部小说要富有艺术张力，能让读者从小说人物故事的叙写中，对某种生活形态有所认识领悟和启示，有值得反复思考品味的独特意蕴。如果要做到这样，也许的确需要转变小说观念，充分重视小说的‘距离’问题”。这种“距离”问题主要体现在：“首先，从对待生活的态度上来说，无论写什么样的生活题材，除了有必要‘入乎其内’去感悟这种生活的真实性之外，还需要适度拉开一定的距离，加以理性的审视观照，的确有所认识领悟，才值得加以艺术表现。”“其次，再从小说的艺术表现而言，作为艺术创造，对生活深入认识感悟到了的东西，还需要通过艺术的方式传达出来。”

本月

何平的《“这段长长的写作生涯，流水无痕”——迟子建读记》发表于《中国作家（文学版）》第 7 期。何平认为：“‘稀奇事儿’的童话在中国古典小说中其实和志怪、传奇、小说的‘传奇性’是一路的货色。所以迟子建的小说要讲那么多幽灵、神迹、梦境的诡异，要说那么多悲欢离合、因果报应，甚至中国古典小说察人观世的那种‘平白’，那种朴素的期许也被迟子建收罗在册。”

八月

2 日　石一宁、季亚娅、张慧瑜的《在谎言面前：沉默还是呐喊？——〈惹尘埃〉三人谈》发表于《小说选刊》第 8 期。石一宁认为：“小说在主人公的‘冲突’中向着深处挺进，以对诚信问题的思辨直面当下信任瓦解、道德沦落的社会弊端。小说的故事性并不强，情节也不是很曲折，但这并不是小说读起来让人无法轻松的根本原因。它令人感到沉重，是因为它指出了现实中无所不在的欺骗和谎言，以及当代人在这种虚伪生活面前的无力感乃至甘愿沉沦。这表明鲁敏是一位敏于思考的作家。作家写小说不是为了给人提供廉价的愉悦，而是对人生进行拷问，让人从日常生活的麻木不仁中惊醒，感到思想的锐痛。”石一宁进一步指出：“为社会开药方固不是作家的本职，但传播希望却是文学难以回避的责任。这篇小说表面上是一出喜剧，但其实在某种程度上却折射了时代的悲剧和文学精神的萎靡。”

季亚娅认为：“只不过这一次她用尽全力，把‘谎言’从个体人性的层面上升到社会、历史与哲学的层面，上升到价值观、道德观与信仰的层面，有一种由个体处境到整体命运的宏大野心。也许太用力的缘故，反而显得有些理念化和急躁，无暇顾及技术层面的精致。这绝对是一篇‘问题小说’，它提出的一个重要问题是：在一个缺乏普遍‘大信仰’的时代里，私人间的‘小信任’是否可以拯救在不安中漂泊的孤单灵魂？”季亚娅进一步指出：“当代文学六十年，就是一个从‘信仰时代’（‘三红一创’的革命理想主义）到‘去信仰时代’（北岛的诗句‘我不相信’是一个时代的心声）再到目前需要‘重建信仰的时代’的过程。”季亚娅还认为：“这是被认为早已过时的五四启蒙文学传统。仿佛幽灵重生，鲁敏写出了这个时代里的‘狂人’和‘救救孩子’。启蒙传统在今天有无发挥其能量的可能，可以讨论。但当下文学如何从‘个人’的咒语中走出，重建对于社会整体想象的能力，是一个真问题。”

15 日　王春林的《新世纪长篇小说中的先锋叙事》发表于《文艺争鸣》8 月号。王春林认为：“新世纪长篇小说中的先锋叙事主要表现为以下四种不同的形态。首先是一种貌似现实主义叙事却有着相当程度先锋性色彩的长篇小说，最具代表性的便是吴玄的《陌生人》”，“其次，是一种带有强烈寓言色彩的长篇小说。新世纪以来，这一方面最有代表性的作家就是阎连科”，“第三，是一种更多带有叙事方式上的变革意味的现代主义小说，李洱与刁斗是其代表性作家”，“第四，在一些批评界很少把他们与先锋叙事联系起来的优秀作家的长篇小说中，也同样地存在着某种十分突出的先锋叙事品格……这些同样运用先锋叙事方式的作家们同时更把小说理解为某种关乎于精神的事物，真正地在形式与精神有机结合的层面上对于中国当代小说的发展演进产生了扎实有效的推进作用。具体到新世纪，在长篇小说创作中进行着先锋叙事探索的作家主要有史铁生、韩少功、李锐、蒋韵几位”。

28 日　李心释、姜永琢的《“新文言”与“反语言”：当代文学的语言困境》发表于《扬子江评论》第 4 期。李心释、姜永琢认为：“‘新文言’只是就最初相对于口语意义上的‘文言’而言，指由于一贯脱离口语的书面语写作形成的一套不成文的规矩，并开始妨碍‘民智开通’，遮蔽‘存在’，‘难以胜任新的思想观念的传达’。当代文学中的新文言跟过去的旧文言联系不大，主要体现在以下三个方面：一是冗长、臃肿、晦涩的欧化长句子格局。……二是艰涩、拗口，谜语般的病句格局。……三是文白夹杂、土语标准语夹杂的语言病象。”至于“反语言”问题，李心释、姜永琢认为：“对于‘反语言’通常有两种不同的理解，一是将语言理解为一种意识形态，把先在的语言结构理解为特定的意识形态，由此形成的反语言就是反传统、反价值，如‘非非主义’的主张，韩东的‘诗到语言为止’的还原论，于坚的拒绝隐喻、反意象等；二是在文学中，语言指的就是有一定艺术加工的文学语言，若将口语原封不动地横向移植入文学中，完全不予加工，表征为口水、拉杂、快感、流水账等，是另一反语言，其实质是反语言的诗性。”文章总结道：“‘反语言’病象虽然跟‘新文言’病象相对待，却是在语言意识觉醒之偏颇以后发生的，是为当代文坛话语权争夺中的二元对立思维所利用的一个结果。”

九月

1日 蔡骏、张悦然、韩松、飞氘、徐则臣、任晓雯、郑小琼、唐睿的《新世纪十年文学：现状与未来》发表于《上海文学》第9期。

飞氘认为：“当代文学如何安置‘崇高’成了一个问题。正是在这里，科幻找到了自己的另一个优势，也就是，对未来的崇高叙事。”他说，“也可以说，当一个作家，以严肃的态度，符合逻辑的情节，去处理某些特定的文化命题，或以尽可能合乎情理的方式来展示一个合情合理的未来时，他就已经在进行科幻写作了”。谈到科幻文学的现状与未来，他认为：“科幻更像是当代文学的一支寂寞的伏兵，在少有人关心的荒野上默默地埋伏着，也许某一天，在时机到来的时候，会斜刺里杀出几员猛将，从此改天换地。但也可能在荒野上自娱自乐自说自话最后自生自灭，将来的人会在这里找到一件未完成的神秘兵器，而锻造和挥舞过这把兵器的人们则被遗忘。”

徐则臣谈到了新媒体时代对文学的影响，他认为“当下，在这个新媒体一统天下的时代，整体感和陌生感正在迅速地丧失”；谈到作家的态度，他表示“如果说写作必须面对时代，那么，我们的写作只能在整体感和陌生感日渐丧失的困境中转换思路求得发展”。关于方法问题，他谈道：“我也想不出什么新招，但我觉得欧美的后现代经典如果能被拿来重新扬弃，然后充分本土化，也许是源头活水和思路之一。”

同日，吴克敬的《青灯、木鱼和钟——贾平凹文学创作中的宗教情怀》发表于《钟山》第5期。吴克敬认为：“贾平凹在他的文学创作实践中，虽然满怀深情地拥抱普遍存在于生活的宗教现象，却难说他把持得有多么准确，甚至有所偏颇，潜入神秘皈依的传说、巫术和占卜的泥潭，让人产生一种宣扬封建迷信的不健康倾向。但这并影响他因此而使自己的创作更有质感，在一定的程度上，突破了现实主义的樊篱，表现出较多的非现实主义成分。运用象征、隐喻等艺术手法，成了贾平凹手捉擒拿、常用不疲的方法。”在对宗教情怀的表现上，“大慈大悲，慈悲为怀……这都是宗教所要释放的情怀，贾平凹在他的文学创作中，贯穿始终的，都是一个‘悲’。有悲伤、有悲凉、还有悲惨。他所以充满‘悲’的情状，应该是有鲁迅论及‘悲剧是将人生有价值的东西毁灭给人看’的那一种取向”。

5日　墨白的《博尔赫斯的宫殿》发表于《花城》第5期。墨白指出：“总之，关于时间的交叉和重叠，我是这样理解的：时间的交叉，是时间在平面上流动时产生的，是前后方向和左右方向的交叉；而时间的重叠，则是指时间的深度，是上下的，竖向的。你所说的时间的重叠，是来解释时间深度的。我认为，时间不但是哲学的核心问题，同时也是现代小说叙事的核心问题。明白时间的并行、重叠和交叉的特征，这对于我们写作者来说，不但是打开现代小说叙事的另一个核心——记忆——的钥匙，同时也是解决现代小说叙事的关键。……在我看来，在小说叙事里使用括号，一是使叙事变得有情趣，二是有着如下的叙事功能：一是增强叙事信息的转换；二是对前种事物或事件的注解；三是思维的转换；四是丰富和增强了小说的叙事能量。”

15日　王德领、宁肯的《存在与言说》发表于《南方文坛》第5期。王德领、宁肯认为：“这部小说（指《天·藏》——编者注）的写法本来就和通常的小说不一样，它有两个叙述者，两个人称，是一个由转述、自述和叙述构成的文本。

多种叙述方式的转换，与人称视角的转换，腾挪起来有着相当的困难，而注释的挪用帮我轻而易举克服了这个困难。注释使两个叙述者变得既自然，又清晰，小说因此有了立体感，就像佛教的坛城一样。……注释在这部小说中有六种功能，除了转换视角，我在注释里还植入了大量的情节、某些过于理论化的对话以及关于这部小说的写法、人物来源、小说与生活之间关系的议论等元小说的因素。注释在这部小说里不是单一的功能，事实上它成了这部小说的后台和客厅，成为一个连通小说内外的话语空间。最后非常重要的是，它还起到了调节阅读节奏的作用。”

同日，吴义勤的《文学追求和文学信仰的高度》发表于《文艺报》。吴义勤认为《你在高原》“有三个方面在这个时代是非常重要的。一种是它达到了文学的高度，特别是对于文学传统的坚持，这种自信在当代作家里是非常少的。……另一个我觉得这个作品有思想的高度。这个思想包括对我们这个时代和人的解释、对现实和历史的解释、对我们现代化和精神乌托邦的认识。对这些东西进行追问和拷问，对我们这个时代也是一种贡献。第三种，我觉得他确实有精神的高度。他的作品关于信仰、关于爱、关于善、关于真、关于灵魂、关于罪与恶这些深层面写人的一些问题……”

20 日　贺绍俊、巫晓燕的《中国经验——新世纪长篇小说创作的聚焦点》发表于《小说评论》第 5 期。贺绍俊、巫晓燕认为：“当代文学也从中国经验这个词语中获得一种灵感，人们认为，当代作家应该努力去把握和表现这种中国经验，这样就会在文学上作出实质性的突破。……因此长篇小说写作中本土化的叙事变得越来越突出了，如何讲好中国的故事变成了一个非常突出的问题。”在长篇小说的创作上主要表现在五个方面，“其一，以 20 世纪的历史为题材的作品大量涌现”，“其二，新世纪长篇小说的本土化还表现为乡土叙事的延续”，“其三，立足于社会改革的新政治小说日趋成熟，体现了当代文学在处理文学与政治的关系上步入一个良性的正常的状态之中”，“其四，在新世纪的长篇小说创作中，还有一些作家坚持对少数民族文化资源进行开掘，成为追求中国经验的另一种表征”，“其五，在新世纪前后，革命英雄传奇再一次红火起来，作家们翻唱革命英雄传奇的新曲，突破了革命英雄传奇在思想主题上的局限性，赋予了革命英雄传奇新的思想内涵，从某种程度上说，这也可以视为新世纪长篇小说力求本土化的又一种努力”。文章总结道：“只有当我们从中国经验的独特性里整理出精神价值的普遍性时，中国经验才会对文学发生深远的影响。新世纪长篇小说尽管重视中国经验的表达，但在如何接近普遍性真理和普遍价值上，还有较长的路要走。”

李雪的《范小青佛理小说主题诠释》发表于同期《小说评论》。李雪认为，“从心理学上说，‘韧’本来是人的意志力的一种优良表现，但范小青却与佛教的观念或曰佛性联系起来……而且涉及到诸多佛教的核心观念。如‘一切众生，皆有佛性’‘佛身是常，佛性是我’，以及‘诸行无常’‘诸法无我’等等，在范小青的作品里都有所表现。但她又不虚发议论，空谈佛理，而是将这些抽象的佛理落实到对现实人生问题的描写上，落实到解决人的心灵问题、精神问题的旨归上”。李雪还指出：“范小青的佛理小说所倡扬的佛教理念与佛门僧侣的佛教信仰有着明显不同，它主要是一种与平凡生活水乳交融的人生哲学，是人生经验和佛学智慧的有机统一。”另外，“作家的心态是矛盾的。这矛盾的心态显示了作家面对佛教文化的复杂态度：有时是欣赏的，有时又是质疑的。由此也可以看出作家对佛教文化的微妙立场——既有弘扬佛理的庄严，也有不完全认同的深思”，李雪最后认为：“但比起‘哲理小说’的形上思考，‘佛理小说’更多一层对于人的命运的现实关注。这也许就是范小青的小说在当代女性文学乃至当代小说界的独特意义之所在吧。”

彭学明的《影视小说：中国文学的新生儿》发表于同期《小说评论》。彭学明认为：“影视与小说从来没像今天这样关系紧密，一方面依然是遵循传统的产业链，把更多的小说改编成影视剧，一方面是与时俱进，开拓创新，把影视改编成小说。”所谓影视小说，“蓬勃发展的中国文学就诞生了一种有别于原创小说的文学新生儿：影视小说。从先有小说再有影视，到先有影视再有小说，看似一个简单的反转，却是一种崭新的文学现象和文学生命，不但预示着文学旺盛不衰的活力、生机和创造力，也预示着文学的希望、未来和前途”。彭学明还谈到影视小说的特点与长处，“影视小说最大的特点是完全忠实于影视原创，情节、人物、环境、对话和主题等都不做任何修饰加工”，“影视小说的长处是，影视小说因为附丽于影视原创，完整地体现了影视的特色和优点，继承了中国传统小说的一些美感，并把中国传统小说的一些美感，在很多方面发挥到了极致。这种传统的美感，主要表现在题材、情节、人物和视觉的效果上”。但影视小说也存在一些问题，“大多数影视小说虽然注重了情节的设置与好看，注重了人物的刻画和塑造，但却忽略了文学其它方面的艺术元素，特别是忽略了语言的质感和叙事的美感，从而损害了文学的艺术品相。语言缺乏灵性，叙述缺乏绵密，是影视小说普遍存在的问题”。彭学明总结道：“随着新媒体时代的到来，影视小说前途无量。因为越来越多的作家发现了影视与小说联动的秘密，发现了影视与小说共生的作用，小说与影视的联姻越来越密切。……我相信，这种影视与文学共生共荣的局面，将越来越多地被作家和出版家及影视工作者所接受和追捧，并必将形成中国文学泱泱浩浩的盛世景象。”

十月

1 日　吴义勤的《“新媒体”与文学的可能性》发表于《作品》第 10 期。吴义勤认为：“‘新媒体’时代的来临正好为文学的转型与发展带来了新的机会和可能性。”这表现在：“其一，新媒体的出现是对文学民主的一种释放，解决了长期以来文学权力、话语权力过于集中的问题，文学的等级制度被打破，被压抑的文学生产力得到了最大程度的解放，几乎所有的热爱文学、有志于文学创作的人都获得了文学的话语权”，“其二，新媒体的出现促成了新的文学样式的产生，并为我们清理陈旧过时的文学观念提供了可能性”，“其三，新媒体文学丰富了文学表现的元素，在审美修辞和话语意义领域呈现了新的文学可能性”。

张鸿、付秀莹的《把它照亮或者被它照亮——与付秀莹南北对话》发表于同期《作品》。付秀莹认为：“小说是语言的艺术。说到底，一篇小说能够走多远，很大程度上取决于它的叙事质地。语言是小说的轮子，它能够把小说带到它希望抵达的地方。我以为，语言的好与坏，更多地在于它自身的气息。语言的色调，节奏，速度，温度，湿度，柔软度，这些合在一起，共同形成一种气息。……从某种意义上说，语言是写作者的宿命。穷尽一生，我们都在寻找，寻找我们自己的语言，把想象中的事物一一说出。当然，更理想的状态是，让我们的语言找到我们。……至于小众化，我想，文学本应该是小众的。这由它自身的精神品性所决定。”

2 日　石一宁、何吉贤、马征的《跨界写作：可能与挑战——〈虚拟世界的爱情谋杀〉三人谈》发表于《小说选刊》第 10 期。马征认为：“从表层来看，小说尽力复原‘虚拟世界’原貌的艺术形式好像比较简单，不需要什么精心设计——不得不承认，这种形式的运用使我们感到小说叙事修辞薄弱，结构单纯甚至机械，但小说恰好在此进行了一个冒险的尝试，它牺牲掉自我具有的惯常属性，打破读者通常的阅读期待，从而得以轻装上阵，在另一个向度上大胆前进。”石一宁认为：“对此形式的新意不宜评价过高，更不宜将此新意上升至创新的高度来理解。”

晓剑的《历史在人们心中》（《返回“三八线”》的创作谈——编者注）发表于同期《小说选刊》。晓剑写道：“我知道小说不是大说的粗浅常识，但是，在正史对细节有所忽略的情况下，小说承担了某种不能承受之重，因而，小说作者冠冕堂皇地越位，既偶然又必然地成为了历史学家的‘替补’，起码在补充人们经验空白的方面起到了不容置疑的作用。”

13 日　《光明日报》推介张炜的《你在高原》。有编辑推介词：“这是一部长达 450 万字的长篇小说，是著名作家张炜在二十多年的时间里创作完成的。全书分三十九卷，归为十个单元（《家族》《橡树路》《海客谈瀛洲》《鹿眼》《忆阿雅》《我的田园》《人的杂志》《曙光与暮色》《荒原纪事》《无边的游荡》），是已知中外小说史上篇幅最长的一部纯文学著作。小说的分卷各不相同，其创作风格差异之大亦令人叹为观止；它们几乎囊括了自十九世纪以来所有的文学试验，可看作当代文学史上的新标本。”

14 日　墨白、田中禾的《小说的精神世界——关于田中禾长篇新作〈父亲和她们〉的对话》发表于《文学报》。田中禾谈道：“我们中国作家的写作却一直站在社会立场，站在主流价值观的立场。个人被忽略，人性被漠视。这与中国文化传统、道德规范密切相关。……个人和人性本来是文学的本质，是文学的至高无上的主人公，却在中国文学里几乎从来没站到应有的位置上来，中国文学与俄罗斯文学相比，缺少的正是人的精神苦难的揭示和心灵自由的追求。”另外，田中禾还说道：“我认为，一部好小说就是两句话：讲一个新鲜的、有趣的、有意思的故事；把一个故事讲得新鲜、有趣，有意思。我把《父亲和她们》作为小说这三元素的试验文本。这个题材在我心里酝酿了不只二十年，可能更多的是出于对文本的思考。”

15 日　房伟的《另类的乌托邦——张炜〈九月寓言〉的新民族文化想象》发表于《文艺争鸣》10 月号。房伟认为：“《九月寓言》一方面在传统文化上，呼应了道家文化想象，创造了很多在儒家传统之外的‘另类文化传统’意象；另一方面，又以文化理想主义的气质，替代了阶级革命理想与启蒙理想主义，填补了 90 年代初多元文化倾向所导致的稳定价值信仰感的弱化，为中国知识分子描绘了一副既具有个性浪漫、又相对封闭自足的‘寓言乌托邦’，从而更为深刻地反映出中国现代性发育中国家民族叙事的独特表征。”总之，“张炜 90 年代小说创作，对‘西方现代性’和‘东方传统’来说，都是具有启示性意义的‘文化复兴的现代中国经验’”。

刘醒龙的《一种文学的“中国经验”——在突尼斯国际书展上的讲演》发表于同期《文艺争鸣》。刘醒龙认为：“我们这个时代的作家不能主动废弃关注重大事态的能力，或者说，作家不能置身于时代巨变之外。为小地方写作大历史。为小人物写作大命运。在时代背景下的作家，应当站在时代之上，有远见地用自身天赋的想象力，来证明现实与历史之间的衔接是否有效，并创造人人都能有效地鉴别当代社会生活的机会。因此可以说，文学是生命的终极权利。在天赋文学权利面前，只要想做，任何人都能做到，对整个世界完全彻底地行使惊天动地的怒吼权，直抒胸臆的歌唱权和漫不经心的咳嗽权。文学中的伪感情，会毁掉写作者与文学既有的默契，文学中的伪细节会毁掉读者与写作者的契约。这样的写作是对生命终极权利的蔑视和冒犯。所以，好的小说，应当是公正的，温暖的。只有在这样的基础上，文学对历史的表现，文学对时代的表现，文学对某个大人物在政治生活中的表现，文学对某个小人物在日常生活中的表现，才有可能成为这些表现对象的一部分。也只有如此，文学才会既与表现对象水乳交融，又在表现对象面前自由而坚定地独树一帜。”

晏杰雄的《新世纪长篇小说的本土化路线》发表于同期《文艺争鸣》。晏杰雄认为："在这种开放的本土化观念的指引下，在历经近百年变革的沧桑巨痛之后，新世纪长篇小说文体的本土化第一次落到文学自身上，文体内部发生深刻的裂变和优化组合，形成富有本民族特色的独立的丰茂的叙事美学。……综合考察新世纪长篇小说的本土化写作，大致可分为三类。一类是汉语传统写作，这是比较纯正的本土化，着力从中国小说叙事传统中获取资源，体现出一种古典、蕴藉、平和、从容、闲散的美学品质。……第二类是原生态写作。这类写作与中国叙事传统的关系相对疏远，其本土风格更多呈现为所写生活的地域性或所选取叙述人的民间身份。文学是文化的诗意表达。……还有一类是具有现代质的本土化写作。这类写作看似本土化，具有中国传统结构或者运用方言写作，但在细部却运用了很多现代表达技巧，文体意味其实是很先锋的。"

《"新世纪十年文学：现状与未来"国际研讨会作家发言（综述）》发表于同期《文艺争鸣》。文章写道："苏童谈到自己的文学创作'有点像苏州街上的评书艺人，其实"说故事"就是这么一个方式，不是那么激烈，那么铿锵，没有攻击性，没有煽动性，爱听就听。写小说也是这样一种散布方式，比较慢地，散乱地说自己的故事，从而获取自己的听众和读者'。"

25 日　苏童的《把自己变小》发表于《文艺报》。苏童认为："'气'在短篇小说里的分配就是一'聚'一'散'，因为空间狭窄，更要适时适地，要在分寸上。说起来，这其实就是个叙述问题。我一直觉得创作的魅力很大程度上是叙述的魅力。……文字是叙述的细胞，它应该埋在叙述的皮肤之下，在血液里流动，而且只有一个方向可以流动，那就是叙述的对岸。无论是长篇小说汪洋大海般的文字，还是短篇小说的数千文字，都只有一个任务，齐心协力，顺流而下，把读者送到对岸去。"

28 日　刘恪的《语象类型学：中国小说语言形式特征探微》发表于《扬子江评论》第 5 期。刘恪认为："语象一定要有两个特征：其一是代表性的，是物，物的聚集。其二，是一个语义的符号，有丰富的所指含量。因此我们不必讲究语象是一个词语，还是句子，抑或是语段，重要的是这个语言形象是一个形式结构，是语义形象，还是类的代表。"关于意象式语象，"意象通常都具有传统文化意指，即使在异化变形时，其语象的核心特征仍保持原象体貌，这是意象可理解的关键入口处。能指技术上一般采用拆解、复沓、比喻、浓缩等方法。我把象征、隐喻也都归入意象类语象”，“1. 象征式。……象征有具体象征和抽象象征。词语充当了象征的符号”；“2. 白描式。……白描是指用墨线勾描，不是颜色的描绘。……指用笔简洁，靠形意相兼烘托而出。往往用不多的词语、短句托染出一种氛围和意境，突出其中的核心标志，有点像随意点染而实则是精心布置、巧妙安排的”，“白描所依据的原理是以少胜多，因此白描一般而言都是细节性的，注重找到特征性、本质性的东西，以简笔方式勾出”；“3. 感觉式。……让语象进入感觉体验层次，便是让语象进入生命的感悟层次。也可见为什么我总说体验就必须和感觉、知识、生命三者紧紧连在一起的根本原因”；“4. 梦幻式。……梦幻一类的意象包括梦境、幻想、科幻、神话、传奇等，是一套与之相等的语言策略。古典小说中的《枕中记》，梦幻式表现为人物梦中的某种想像，是明确的、稳定的……今天的梦幻强烈地呈现为复合特征，渗透了人们的感觉和体验，它可能是象征、隐喻，也可能是一场梦中游戏，抑或是对某种状态憧憬的想像”；“5. 经验式。……经验是指代表具体的整体，经验既指向具体事物，也指感受到的事物的认知模式，我们把被经验的东西、经验活动、我们经验它的方式三者结合起来才可能获得一个经验的认知结构”；“6. 超灵式。超灵实际指一种灵魂意象：一方面指超越自身之外对人与事物的预感能力；另一方面是我们见到的神秘现象……写灵魂几乎是中外文学的一个传统，唯美主义、超现实主义、原始主义都有大量的灵魂意象”。

本月

张延文、墨白的《人文环境与文学精神——对话墨白》发表于《山花》第10期。墨白认为，中国传统的小说概念“以讲述为基础”，西方小说则以“叙事”为基础，“讲述和叙事是干预生活的两个不同的概念，一个是不在场，一个是在场”。“到了新时期之后”，西方小说的叙事理念“影响了我们作家的思维和叙事方式”，表现为“用西方现代主义、后现代主义的小说叙事理念来进入生活现实，来关注我们的社会进程，并以此来呈现我们体现的人性，呈现我们的道德观和价值观”。

十一月

1日　刘庆邦、萧符的《写作是人生的一种修行》发表于《上海文学》第11期。刘庆邦谈道：“我个人的体会，写长篇时找准一个方向，按这个方向走下去就是了。中间也可能乱了方向，但走到后来，大方向不差就行了。而写短篇需要确定一个目标，在短距离内，不允许乱走，不允许失去目标。目标达到了，短篇就完成了。……长篇小说是大建筑、大格局、大东西，可以写众多的人物，大面积的生活，纷繁的故事。短篇小说毕竟是小建筑、小格局、小东西，只写一人一景一花一叶就够了。一部长篇至少要有历史的维度，要承载一段历史，并为历史作证。这样的任务短篇小说恐怕就完成不了。”被问到“好的短篇小说应该具备哪些特点”，刘庆邦认为“它的主要特点在于它的虚构性……正因为它的体积小，才对虚构提出了更高的要求，才更得遵守小说艺术是虚构艺术的铁律”。他曾将自己的小说分为“柔美小说”和“酷烈小说”两类，“所谓酷烈之美，是感情强烈一些，人物关系紧张一些，情节极端化一些，言辞硬辣一些。柔美小说情感偏柔软，用的是月光匝地的语言，营造的是冲淡中和诗意化的氛围。……我更喜欢柔美小说，这种小说能够出世，能够超凡脱俗，能够抵达一种理想的境界，也更符合传统的文化心理。但，酷烈小说却更难写”。

8日　雷达的《恢复小说的诗性建构》发表于《文艺报》。雷达评价刘亮程的小说《凿空》：“《凿空》在恢复小说的诗性建构上做了有成效的努力。好的小说有一个很高境界是诗性……去年刘震云的《一句顶一万句》表达了人的无法言传的却像影子一样跟随的孤独和苦闷，表达了人在精神上的孤立无援状态。那种中国式的孤独感写得精彩，就是一种诗性结构，有存在主义的味道。《凿空》也是如此，我们能感到他在表现人的一种精神向度、一种下意识的渴望、一种向未知世界索取和刨根问底的固执。尽管有人用小说的一般常理和原则来要求刘亮程，并对他的小说提出过质疑，说他的小说无非是散文的扩大，但我认为艺术形式可以多种多样，也是可以跨界、跨文体的。”

10日　《第五届鲁迅文学奖获奖作品评语》发表于《文艺报》。

乔叶中篇小说《最慢的是活着》评语："《最慢的是活着》透过奶奶漫长坚韧的一生，深情而饱满地展现了中华文化的家族伦理形态和潜在的人性之美。祖母和孙女之间的心理对峙和化芥蒂为爱，构成了小说奇特的张力；如怨如慕的绵绵叙述，让人沉浸于对民族精神承传的无尽回味中。"

王十月中篇小说《国家订单》评语："作为一位从工人中走出来的作家，王十月对于全球化背景下中国企业中不同身份人们的复杂境遇有着深切的体会和理解。他的《国家订单》在危机与生存的紧张叙述中烛照人心，求证个体的权利、梦想与社会的和谐、发展，体现了公正、准确地把握时代生活的能力。"

吴克敬中篇小说《手铐上的蓝花花》评语："高歌一曲信天游，新旧两个'蓝花花'。深厚的地域文化、浓郁的陕北风情、奇幻的故事结构、冷峻的批判精神，构成了《手铐上的蓝花花》独特的艺术魅力。陕北女子跌宕的生命际遇、执著的人生追求和天然的高洁人性，像黄土地上的民歌，感人肺腑，动人心魄。"

李骏虎中篇小说《前面就是麦季》评语："一部纯正的、关于心灵和道德净化的乡土小说，流淌着平淡、日常的心绪，蕴含着诉不尽的温情与关爱。笔调质朴、平实、幽默、从容，深入到乡土生活的深处，抒写着人性中善良美好的愿望。作者自觉的现代叙事意识和较成熟的叙事能力，在《前面就是麦季》里得到了较好的体现。"

鲁敏短篇小说《伴宴》评语："鲁敏关切复杂的都市生活，独辟蹊径，敏锐地探索人的精神疑难。在《伴宴》中，一位心性高洁的乐手在红尘中面对着艰难的价值选择。鲁敏不避尘埃，与她的人物一起经受困惑和考验，体认善好的生活价值，在短篇小说有限的尺度内开拓出丰厚深长的心灵空间。"

盛琼短篇小说《老弟的盛宴》评语："'平瞎子'从生下来一直在接受着极限考验，现实生存的极限考验，个人意志力的极限考验。当他过了生存这一关后，依然要面对亲情的极度冷漠和个人的深度孤独。老弟的盛宴，就此成了老哥见证人情温度、人性深度和人生自我调试能力的考场。"

次仁罗布短篇小说《放生羊》评语："这是一个关于祈祷与救赎的故事。藏族老人在放生羊身上寄托了对亡妻的思念与回忆。他对羊的怜爱、牵挂与照顾，充实了每一天的日常作息，从此心变得温柔，梦变得香甜。小说中流淌着悲悯与温情，充盈着藏民族独特的精神气质。”

苏童短篇小说《茨菰》评语：“《茨菰》借助中国特定时期一名乡村女孩到城市‘逃婚’的故事展开追述，细节真实，笔调鲜活，对乡村与城市不同人物在身份、性格以及文化差异性上的描写相当出色，既显示了作者对时代背景及其地方环境的把握，也显示了作者成熟而出众的艺术塑造能力。”

陆颖墨短篇小说《海军往事》评语：“《海军往事》看起来说的都是小事，一面‘镜子’、一条狗、一扇舱门、一艘老旧的军舰，连接成一条记忆的河流，苍凉而不失壮美，深沉中闪射着理想的光芒。海军往事照耀着波涛汹涌的海面，深情地注视着我们今天的远航。”

12 日　韩小蕙整理的《当代汉语写作的世界性意义何在》发表于《光明日报》。刘正中认为：“汉语生产出来的哲学思想已经渐渐受到重视，汉语生产出来的诗学也会受到越来越多的肯定。汉语的国际化是‘在边缘蓬勃’，这不是很可怜、很值得自卑的事情，而是一种充满希望的野草状态。不期待它进入中央，但是它会渐渐吸引世界的注意。”

15 日　孟繁华的《民族传统与“文学的世界性”——以陈季同的〈黄衫客传奇〉为例》发表于《南方文坛》第 6 期。孟繁华认为：“陈季同在处理这个爱情悲剧的时候，有两点特别值得注意：一是它的题材是非常‘中国化’的，它的基本素材是中国独具的。它的人物，特别是李母的形象以及门第观念、家族宗法制度、惩治不肖子孙、阻止爱情自由的方式等，只能出自中国传统文化；但是，在具体写作和处理上，又是非常法国化或西方化的。李益与小玉的情爱关系、场景、情感和表达方式的描述，我们很容易识别出西方十八九世纪一些爱情小说的处理方式。……正是在这个意义上我们说，中国现代文学在发生时就有‘民族’、‘世界’的双重性……”

23 日　金涛的《此情如何投递？——访第五届鲁迅文学奖获得者鲁敏》发表于《中国艺术报》。鲁敏谈道，“我的语言也有几个发展阶段。初期写的是市井平民生活，展现城市小人物的生存哲学。那样的语言相对口语化，幽默、活跃。到了第二个阶段，我觉得贴得太近了写没有距离感，就虚构了‘东坝’。……我写这类小说时语言追求典雅，节奏较慢。其实是从沈从文、汪曾祺路子下来的。这种文风为我在文坛赢得了最大的肯定，我很多奖都是因为这些作品获得的。……于是我就开始写城市‘暗疾’系列。……我的语言可能就比较冷峻、冷酷、零情感。我想冷冰冰地告诉你，世界就是这样，需要用自己的思考克服各种各样的暗疾”。

本月

李云雷、刘继明的《把思想还给文学——刘继明访谈》发表于《山花》第 11 期。刘继明谈到思想对文学的重要性，他说：“思想对于文学的重要性不言而喻”，“但我不赞同有些人将思想与文学的关系做抽象化的理解。首先，给文学赋予精神深度，绝非是一种简单的嫁接，而取决于作家对世界的整体认知能力。这固然需要写作者加强自身知识素养，但更重要的是能否建立起自己的世界观；其次，在文学范畴内讨论‘思想’，必须将它跟特定的时代和现实境遇联系起来，否则就会陷入形而上学、凌空蹈虚的窠臼。”

十二月

15 日　熊修雨的《阎连科与中国当代文学》发表于《文艺争鸣》12 月号（上半月）。熊修雨认为：“1990 年代以来的阎连科在小说艺术上进行了多方面的尝试，主要体现在以下三个方面：1. 寓言体。这是把小说当寓言来写，以有限的内容表达无限的意义空间。‘寓言’的审美特征是把具体的内容虚拟化，抽象化，从而淡化了与具体现实之间的对应关系，更多的表达的是一种抽象的意义或精神。……2. 索源体。这是王一川对阎连科的长篇小说《日光流年》文体结构的命名。《日光流年》是一部从人的死亡讲述到人的出生的逆向叙述小说。……3. 注释体。……把注释当成文本的特别的结构方式，成为作品内容推进的重要载体，这时注释就已经不再是内容理解的工具和附件了，而是上升到小说本体高度，成为作品内容和意义的一种特别的表达方式——文体。”

张清华的《〈兄弟〉及余华小说中的叙事诗学问题》发表于同期《文艺争鸣》。张清华认为：“显然，早期的余华就显示了对于极简性叙事的迷恋，成名作《十八岁出门远行》便是一个例证。与鲁迅早年的小说一样，余华善于在极短的篇幅中完成对于故事的演绎和人物命运的戏剧性呈现，他们的不同仅仅在于，余华是把重心放到了对于人物无意识世界的细节与景象的发现与营造上。……同时，他还致力于将故事的背景简化和删削，这使他的作品给读者带来‘陌生化’的体验，使人们实实在在地感到了他的‘难度’甚至‘晦涩’。但这难度和晦涩恰恰与他的极简追求有关。”

23 日　梁鸿鹰的《深情书写河流、土地、庄稼和新农民——谈关仁山的长篇小说〈麦河〉》发表于《光明日报》。梁鸿鹰认为：“《麦河》是关仁山文学创作道路上的一部标志性作品。《大雪无乡》《九月还乡》也好，《天高地厚》《白纸门》也罢，只是从某些方面概括了当代农村的某些特点和趋向。但《麦河》以其对当代农村生活高密度、疾节奏、大面积的描写，体现了作家对农村现实、中国社会更深入的思考。这部关于土地壮阔而细密的诗篇，流淌着对燕赵山川、河流、田野、森林血浓于水的挚爱，标明植根现实与张扬理想的光荣胜利，昭示穿越本土经验与连接未来的非凡凯旋。”

24 日　南台的《当代长篇喜剧小说不能缺席》发表于《文艺报》。南台认为：“几千年的中国文学史，却没有一部喜剧小说史；没有一部研究喜剧小说的专著；‘茅盾文学奖’已经七届，却没有一部喜剧小说获奖；现在的中国，长篇小说每年出版两三千部，喜剧小说却仍是凤毛麟角。这意味着中国文学的生态严重失衡；意味着中国文学在最高阶段失语，无法与世界文学对话；意味着在外国人已经‘登月’的时候，我们才在爆炸‘原子弹’。”

28 日　王家新的《独白或旁白》发表于《扬子江评论》第 6 期。王家新认为：“现在有人大谈‘中国经验’，这不是不能谈，但能否给我们谈谈你的‘个人经验’？谁能代表‘中国’讲话呢？作为写作者，我们谁也不能代表。我们无非只是一些被代表者。”王家新进一步指出：“我的看法是，如果你是一个独立的有创造力的诗人，你要打的只能是你个人的牌。……把一个作家和诗人简单地视为某个民族或文化的化身，这其实是对文学的简化和取消”，但是“我们一方面要深入发掘母语的潜能和资源，另一方面也要拓展它和变革它。怎样拓展它和变革它？这就需要借助于外语和翻译”，“如德里达所追问的，我们真的‘拥有我们的语言’吗？不，我们并不真的拥有我们的语言。只是在翻译的过程中，在不同语言的相遇、相互映照和相互挖掘中，我们才有可能显露出那种真正的、绝对的语言”。

2011年

一月

1日 贾平凹、李星的《关于一个村子的故事和人物——长篇小说〈古炉〉的问答》发表于《上海文学》第1期。贾平凹表示："毫不掩饰，我是学习着《红楼梦》的那一类文学路子走的。《红楼梦》也是顺着《诗经》、《离骚》、《史记》等一路走到了清代的作品，它积蓄的是中国人的精气神的。我最近读《诗经》这方面的感受就特别多。"

同日，郑小驴、朱山坡的《让写作更快感一些》发表于《作品》第1期。朱山坡认为："小说采取什么样的视角来叙述不是最重要的，重要的是能够充分表达你最想表达出来的东西。……选择叙述角度像选择近视眼镜一样，是要选择最合适的、最舒服的、最能看得清楚的。说到思想性，我想，作家肯定是有思想的，但并不意味着作家在肩负起思想启蒙的重任。作家表现思想性有作家的方式，有时候在他的小说里你会看不到'思想'的存在，它更多的是承载情感和判断。"

2日 贾平凹的《〈古炉〉后记》发表于《小说选刊》第1期。贾平凹写道："以我狭隘的认识吧，长篇小说就是写生活，写生活的经验，如果写出让读者读时不觉得它是小说了，而相信真有那么一个村子，有一群人在那个村子里过着封闭的庸俗的柴米油盐和悲欢离合的日子，发生着就是那个村子发生的故事，等他们有这种认同了，甚至还觉得这样的村子和村子里的人太朴素和简单，太平常了，这样也称之为小说，那他们自己也可以写了，这就是我最满意的成功。……什么叫写活了，逼真了才能活，逼真就得写实，写实就是写日常，写伦理。任何现代主义的艺术都是建立在扎实的写实功力之上的。回想起来，我的写作得益最大的是美术理论，在二十年前，西方那些现代主义各流派的美术理论让我大开眼界。而中国的书，我除了兴趣戏曲美学外，热衷在国画里寻找我小说的技法。西方现代派美术的思维和观念，中国传统美术的哲学和技术，如果结合了，如面能揉得到，那是让人兴奋而乐此不疲的，比如，怎样大面积的团块渲染，看似充满，其实有层次脉络，渲染中既有西方的色彩，又隐着中国的线条，既存淋淋真气使得温暖，又显一派苍茫沉厚。”

3 日　《人民文学》第 1 期有“卷首语”，编者指出：“对情节的迷恋是人们热爱小说的根本理由之一。只要我们活在线性时间中，只要我们不能预知未来，那么，对情节的想象就将一直是我们萦绕不去的执念。‘欲知后事如何，且听下回分解’，这不是古老说书传统的一句套话，这涉及人类生活中深沉的困惑和欲望，我们相信、我们期待着那纷至沓来的数字之流中隐藏着某种可理解的意义，而说书人的神奇与荣耀尽在于此。”

7 日　傅小平的《坚守传统　探寻亮点——2010 年长篇小说概览》发表于《文艺报》。傅小平谈道：“传统在坚守，类型在崛起，类型化长篇依然以在市场上获取最大影响为目标，传统型长篇则竭力追求市场与艺术的平衡。因此，尽管存在创作雷同、思想乏力等问题，考察年度长篇小说的创作实绩，人们更为关注的还是传统型长篇小说。”

10 日　本报记者刘颋的《曹文轩：我坚持文学的天道》发表于《文艺报》。曹文轩认为：“古典的特质究竟是什么？……‘庄严’，大概算是一项吧？……当下文学，是在快乐至上的语境中进行的……还有，就是它的‘雅致’。小说虽然出自市井，但传统小说的主要倾向还是趋雅的。‘雅’是古典的最为丰厚的遗产，但当代文学将这笔遗产放弃了。再一项就是它的‘意境’——我说的是中国的古典。……‘意境’与西方确定的那个‘深刻’，谁更高级一些？说不好，但有一点是可以肯定地说的：你那个‘深刻’我可以达到，而我这个‘意境’却是你未必能够达到的。”

11 日　张炜的《第一讲：语言（上）》发表于《青年文学》（上半月版）1 月总第 419 期。张炜认为：“小说语言原来是用来阅读而不是朗读的，并且是独有的一种默读方式——不仅是叙述语言，即便是其中的人物对话，也要区别于朗读语言。这种语言深深地打上了沉默的烙印、作家个人的生命烙印，而且擦不去。不错，这是一种‘心语方式’，这种方式的形成，要经过很长的训练和探索阶段。这里的全部奥秘就在于，作家使用了一种经过他自己虚构的、只用来在心中默读的特别言说方式。”

15日　雷达的《强化短篇小说的文体意识》发表于《文艺争鸣》1月号（上半月）。雷达说道：“《鞋》在提醒我们，对‘旧’的肯定未必不是对‘新’的反思，大力在传统中挖掘永恒性价值，挖掘千百年来劳动人民的道德精神财富，包括使用传统手法，仍不失为一条重要的艺术路径。”

20日　耿占春的《辨认我们隐秘的身世——读宁肯的〈天·藏〉》发表于《小说评论》第1期。耿占春认为：“从十年前《蒙面之城》的出版开始至今，宁肯的写作为中国当代小说提供或弥补了哲学与诗歌这一维度。这是它甚为匮乏甚至深感异质的东西。与世界文学中比如从陀思妥耶夫斯基以来小说的哲学与诗歌性向相反，中国当代小说的主要特征表现为瞩目于日常意义上的乡村社会与市民生活，限于社会的和民俗的观察，除少数作家外，小说鲜有‘灵魂自传’的气质，鲜有展现个人精神或成长史的那种‘成长小说’与‘教育小说’。从叙事话语层面上看，这是叙事文体与哲学、诗歌话语过于分离的原因，从而降低了小说的‘哲学’与诗的品质；从内在意义上说，则是对精神生活、尤其是对个人成长史和最深层的内心生活之谜缺乏关注。宁肯的写作所展现的心灵自传式的气质，颇具象征意味地书写了一代人的精神境遇，使我们得以在这些性格、身份迥异的人物身上辨认出我们自己隐秘的身世。”

李浩的《创造之书，智慧之书——由宁肯〈天·藏〉引出的话题》发表于同期《小说评论》。李浩说道：“我们习惯于用自己的或者说本质上属于流行思想的那部分思想来为小说设置深刻，我们习惯于描述我们日常的平面构建冲突和波澜，我们习惯于贴着地面用一种爬行的姿态展示自己的浅俗道德感，使自己‘道德正确’‘政治正确’，我们习惯按照一种‘文学成功学配方’添加化学制剂让自己的作品获得感动和关注……那种被米兰·昆德拉所提及的‘小说的智慧’遭受着集体性的忽略，在众多的小说那里，我看到的是精心或不够精心的安排，设置，看到的是小说家们用已被哲学、社会学或其它学科说了几十遍、几百遍的所谓道理支撑小说，看到的是聪明者在津津乐道背后的得意。我看不到那种超个人的智慧之声，看不到写作者的两难和三难，那种灵魂被撕裂却找不到缝合路径的痛苦，我看不到，比它的创作者更聪明的小说。我承认，这一要求，即使对于许多伟大的作家也多少有些苛刻，但我坚持认为，这是每一位写作者都应致力的方向。”

徐肖楠、施军的《我们小说的工具崇拜与专有领域》发表于同期《小说评论》。徐肖楠、施军认为：“1990 年代后中国小说逐渐演变为时尚文化表演的明星，但被崇尚的是工具的小说，而不是诗性的小说”，并指出“1990 年代后的中国小说在扭曲小说的工具作用时，也破坏了小说的精神作用”。

24 日 郭文斌、易明的《从节日中找回中国人的“根本快乐”——关于长篇小说〈农历〉的对谈》发表于《中国艺术报》。郭文斌认为，“中国文化主要由两部分组成，一部分是经典传统，一部分是民间传统。经典传统固然重要，但民间传统同样重要。因为经典只有像水一样化在民间，才有生命力，才能成为大地的营养”。郭文斌坦言道：“因此，‘农历’是一个民族的命脉，‘农历精神’则是一个人的血脉。一个民族，如果有强大的民间传统，就会永远屹立于世界民族之林；一个人，如果有强大的‘农历精神’，就会随处结祥云。”

25 日 郭长虹的《〈康家村纪事〉：对作家及其作品概念的一次重要订正》发表于《当代作家评论》第 1 期。郭长虹认为：“《康家村纪事》中有将近三分之一是高晖的旧文，此次编辑不是简单的排列、增删，而是重新结构、组合、联结、评判、导读，其行为既是文本本身又属是文本之外。此次高晖对文本的处理，具有以下多重意义：一是延伸了文本的跨度、拓宽了文本的空间，使文本具有多媒体效应，突破了文字的线性特征。二是生动地证明，文本具有不断生长的属性，其实，编者甚至是读者都有权力和作者一起修整和重组；作者也不应该在阅读、误读中缺席，他可以参与、打断、搅和、延续这样的过程，这，依旧是创作本身，是一种更深刻的写作。三是《康家村纪事》的写作立场因为文本的开放性不但没有被禁锢、套牢，反而被重新释放、被升华。”

王研的《中国作家如何向内心走——〈康家村纪事〉带来的启示》发表于同期《当代作家评论》。洪治纲认为：“六篇正文的虚构色彩相对浓一些，而八节片段则多以散文化的主观抒写方式，并都与其后的正文有着某种或显或隐的联系，起着相互映衬、导出的功用，就这样，正文与片段构成了一个完整的结构。这部作品里，我觉得最有耐人寻味的是作者处理文本的不确定性和开放性。”吴义勤认为：“跨文体写作使《康家村纪事》的美学效应叠加的效果非常显著。……大家始终议论它究竟是一部散文还是一部长篇小说，其实，高晖是把虚构性的文本和非虚构性的文本进行了内在的、有机的结合。……也许高晖认为，单纯用小说和单纯用散文都不足以处理他的经验，而且可能还会使他独特的经验遭到伤害，因此，我觉得他用小说和散文两种文体的融合给作品增加了魅力。”

同日，关仁山的《乡村变革给我激情——谈长篇小说〈麦河〉创作》发表于《人民日报》。关仁山谈道：“构思《麦河》的时候，就想我在作品里展示转型乡土的生机、困惑和艰难。我认为农民可以不阅读文学，文学不能不关注农民。这是作家的责任。”

宁肯的《西藏与我同在——谈长篇小说〈天・藏〉的创作》发表于同期《人民日报》。宁肯谈《天・藏》时说道：“读这部小说，读者会发现它与以往的阅读有些不同，语言、结构、叙事都有些不同。为什么不同？不是刻意之举，是势所必然。我在小说中的一个旁白性的注释里已经说过：我的写作不是讲述一个人的故事，而是讲述一个人的存在，呈现一个人的故事是相对容易的，呈现一个人的存在几乎是不可能的。我还说道：西藏给人的感觉，更多时候像音乐一样，是抽象的，诉诸感觉的，非叙事的。两者概括起来可称为‘存在与音乐’。这对我是两个关键性的东西，它们涉及我对西藏总体的概括，任何针对西藏的写作都不该脱离这两样事物。至于故事，叙事，它们只能处于‘存在与音乐’之下，以致我多少有点否定叙事的倾向。”宁肯认为：“如果反故事即意味着反小说，那么我可以肯定地说西藏是反小说的。西藏并不先锋，甚至很古老，但却拒绝用故事对她进行叙述，故事不仅不能表现西藏，反而扭曲西藏，失去西藏。……我可以西藏的名义讲述无限丰富的内心，却无法讲述一个传统的故事。我有无数的细节、感受、存在、音乐，我即西藏，西藏即我，但当我试图以小说的方式，也就是按传统的情节方式编织一个故事，我发现我完全丢失去了那些东西。故事的线条根本容不下那些最重要的感受、存在、音乐。故事有自己的走向，并且因这自身的规律相对于西藏越来越失真，越来越不容于西藏。我知道，许多小说就这么写出来了，也部分反映了西藏，但我却觉得不对。但是不对在哪儿呢？显然，传统的故事或小说无法携带我所感到的最重要的存在与音乐的东西，这是让多数西藏叙事作品失去西藏的最大原因，同时这也是西藏看起来拒绝故事或小说的原因。”

本月

张改亮的《网络文学仍在演绎着后现代主义——网络文学与后现代主义研究（下）》发表于《山花》第 1 期（下半月）。张改亮认为：“网络文学正沿着后现代主义的道路前进着，在反传统中不断地占有着传统的胜利果实。”

二月

1 日　盛琼的《在人性的幽微处》发表于《北京文学（精彩阅读）》第 2 期。盛琼谈道：“一个好作家，光是在‘呈现’上花工夫，哪怕你的小说，真的像‘显微镜’一样纤毫毕露了，但是，你还是欠缺一种东西。这就是小说的‘眼’。这个‘眼’实际上就是作家的‘照耀’能力。……什么是‘照耀’呢？它是我们对人类、对世界的理解与关怀能力。它是一种照亮人心、温暖人性的光芒。它是体现着我们的气质、血脉、精神、境界、情怀、修养的一种综合素质。……它是灵魂的高度、同情的广度、精神的力度和艺术的强度。”

同日，王尧、张清华、张学昕、何言宏的《繁盛时代的精神衰变——“新世纪文学反思录”之二》发表于《上海文学》第 2 期。文前有“主持人的话”：“1993 年，也是在《上海文学》的《批评家俱乐部》栏目，王晓明教授等的对话《旷野上的废墟》曾经提出人文精神危机的问题，引发过一场波及全国的大讨论，对此，我们应该都记忆犹新。十多年后的今天，我们还是在这里，基本上还是就我们的文学实践来讨论精神问题，无疑具有特别的意义，也让我们感慨万端。时隔多年，我们很自然地要问，经过这么多年的努力，这么多年漫长和丰富的社会历史实践与文学文化实践，‘旷野上的废墟’是否已不再？与当年的‘旷野’相比，我们目前所置身与面对的，已经是一个号称‘崛起’的时代，在这样的时代中，我们的社会和我们的文学，又各是一幅怎样的精神景象？我想，这个问题一旦去作认真的思考，悲从中来，应该是我们很多人的感受。这么多年，说实话，与我们的理想和我们的希望相比，无论是我们的民族与社会，还是我们的文学，精神成就都很有限。”

同日，肖涛的《娜彧小说：变构叙事与情感伦理》发表于《作品》第2期。肖涛认为：“娜彧还喜欢以嵌套的方式，将杂语性小文本插入正文本中来，既产生时序停顿、织造空间密度、凸显小说复调声音（如《流水哗啦啦》中的剧本），又形成对人物性格的必要补充，同时还能为下文的故事发展垫衬出一个较为合理的升降逻辑。……总体上，娜彧极具变构实验意味的小说语体风格，本身即意味着作家个人对生活的发现和洞见，其实也是一种哲学思想或个人信仰。终究，一个小说家要通过讲故事这一言语行为，来实现其对小说的独特看法及其对生活的别样发现。”

11日 张炜的《第一讲：语言（下）》发表于《青年文学》（上半月版）2月总第421期。张炜认为：“方言才是真正的语言。”

同日，本报记者颜慧的《“生活本身点燃了我的创作激情”——关仁山访谈》发表于《文艺报》。关仁山谈自己的创作时曾指出：《麦河》“引用了中国式的魔幻，让瞎子与鬼魂对话，虚实相间，增加了历史厚度，还能节省篇幅。我还使用了民间传说、神话，这样造成浪漫氛围……”

15日 邱华栋的《故乡、世界与大地的说书人——莫言论》发表于《文艺争鸣》2月号。邱华栋认为：“《透明的胡萝卜》在当时的汉语小说语境里出现，改变了当时小说所承载的现实、历史和文化清算与批判的老面目，以内省和感觉的语言方式，将小说由‘伤痕文学’‘反思文学’‘改革文学’‘知青文学’等外部符号化写作，引领到更加注重内心和艺术品质的道路上。”他又谈道：“而《檀香刑》则是一部不折不扣的杰作，它打着历史小说的幌子，却颠覆了历史小说，同时，又从本土文化历史资源中获取了创造性灵感和源泉。按照莫言自己的说法，他要在这部小说的结构和叙述上‘大踏步撤退’——在结构上，它分为‘凤头部’‘猪肚部’和‘豹尾部’，带有将中国传统小说结构化为自我结构的方式，章节的安排和古代章回小说有呼应关系，但是，却又真正地抵达了现代小说的终点。表面上看，它从传统的中国小说甚至是民间文学当中吸取了相当的营养成分，有很多民间说部的外型，也有民间说唱文学的影子。而且，这部小说首先就强调了声音，对声音的强调恰恰是现代小说的特点，莫言的这本书的时候，着重写了内心的声音、火车的声音、地方戏猫腔的声音，这些声音带着历史的全部信息，这声调高低音质各异的声音，不断地把小说的叙述推向了真正的高潮。……小说的内部时间也不是线性的，而是交叉重叠的，从过去回到了未来，又从未来回到了现在和过去，从而把一个发生在 1900 年清朝即将结束统治的历史事件描绘得异常鲜艳和复杂、激越和班驳、生动和宏阔。”

28 日　谭旭东《长篇小说创作“短”在精神力度》发表于《光明日报》。谭旭东指出：“长篇小说无论是富有现实主义精神的，还是富有浪漫主义气质的，都必须体现文学的基本精神，都不能仅仅是小说技巧的玩弄。期待广大作家能走出商业的诱惑、叙述的困境、精神的低谷，创作出深刻地反映社会与人生、反思历史与现实，从而激发人们求真求美的精神、奋斗前进的意志的优秀长篇小说来。”

同日，迟子建的《毕飞宇的少年心》发表于《扬子江评论》第 1 期。迟子建认为：“小视野大气象，俏皮辛辣而又细致温暖，是我对毕飞宇小说的印象。显然，他走的是自己的路，而且，是纯正的文学之路。他的叙述能力，在同龄作家中，尤为出色。他轻松诙谐的表面背后，隐藏着一颗高傲而又不乏孤寂的文学的心。这也就是为什么，他一路走到今天，作品始终不败的缘由。”

何英的《刘亮程论》发表于同期《扬子江评论》。何英认为：“刘亮程绝对算一个民间的、自然接续古代白话文思维特点的作者；他的短句式，几乎每句话后面是一个句号……主语很多时候都省略……基本不用形容词……从来不用关联词……这些接近古中国化的语文特征，区别于受西方影响的那种逻辑的、清晰的、不断修饰定义的语言，我们看明清时的文人笔记，甚至更早一些的古文，理解常常是靠上下文的语境，主语总是模糊的”，在整体风格上，何英指出：“声称受庄子影响最大的刘亮程，可能正是接受了庄子这种天地混沌一体的行文风格。也所以刘亮程的文本总是引发无穷多义的理解，他的每一句话都呈现开放的动态，整个文本便通向无数个方向，并尽可能远地伸向远方。”

本月

张富宝的《在诗意与幽暗之间穿越——张学东短篇小说论》发表于《山花》第2期。张富宝认为：“短篇小说的真正难度在于，它要在小与大、轻与重、快与慢、历史与现实、生活与想像之间找到最佳的结合点和平衡点，因为过分注重艺术技巧往往会使其显得矫揉造作、空洞轻巧，过分偏重内容又容易使其肿胀笨拙、缺少轻灵的意味。可以说，张学东的短篇小说大都是平衡感很好的作品，不仅切得‘精准’（技艺精湛），而且更有大的‘纵深’（内涵丰厚），这正是他区别于其他小说家的地方……”

《中国作家中大行——格非演讲：文学的作者》发表于《中国作家（纪实版）》第2期。格非谈道：“中国人喜欢编注，喜欢在前人基础上进行一种附加的努力，这极大地影响到了文学。举个简单的例子，大家知道中国古典小说有大量的评点传统，这是西方所没有的。我有时候也不清楚中国人为什么喜欢评点，比如说我读《红楼梦》时读到晴雯之死，心里很难过，可是这个评点者突然在旁边加了一句话，说‘我也很难过’，那么读到这个地方我就被打断了。我就开门出去，看看月亮在天上，地上下了霜，然后再读《红楼梦》的时候就会同时联想到很多年前有一个人读《红楼梦》时的感受。这当然是很有意思的一个现象。我们一般把评注称之为一个次生文本，它是由文本引发的。……文学发展到后来，随着本身从故事到小说到信息的演变，究竟丢掉了什么，其实什么东西变得越来越稀薄了呢？我认为是作者的经验，作者的经验已变得越来越不值钱，文学变成了一种抽象的东西。”

三月

1日　王安忆、钟红明的《访问〈天香〉》发表于《上海文学》第3期。王安忆认为：“无论长、中、短篇，都是要讲故事，短篇是小故事，中篇是中故事，长篇是大故事。……长篇一定要是一个大故事，不仅有量，还要有质。我以为思想对于长篇就是必要的，它决定了长篇的质量。”

同日，杨海蒂的《山南水北归去来》发表于《钟山》第 3 期。关于小说和随笔，韩少功说道：“想不清楚的写成小说，想得清楚的写成随笔。这是乐趣和功能都不同的两件事，对于我来说二者都很重要，就像人有左右两条腿。”

2 日　石一宁、彭学明、李云雷的《面对空巢的乡村世界——〈野猫湖〉三人谈》发表于《小说选刊》第 3 期。李云雷认为：“小说中方言的运用也是比较成功的，这些方言执拗，简洁，不规则，时常跳跃，丰富了小说的艺术表现力。”

11 日　张炜的《第二讲：故事（上）》发表于《青年文学》（上半月版）3 月总第 423 期。张炜认为：“到了今天，小说的叙述方法简直是无所不用其极，它有了无限的可能性。就是说，小说走向了现代以后，它在文体方面的边缘正在不断地、以前所未有的速度扩大着。”

15 日　傅修海的《〈白门柳〉的结构创新及当代意义》发表于《南方文坛》第 2 期。在艺术节奏方面，傅修海认为：“刘斯奋还善于调弄场景色调而生成艺术节奏。色调的最后抽象，无非是黑白灰三种（这从摄影技术可知）。而艺术对色调节奏的抽象，就是对场景色调黑白灰的水墨画式调谐。”在情绪节奏方面，他认为：“而正是在情绪节奏的布控下，《白门柳》展开明清易代之际士人心灵史诗的跌宕起伏。似断实连的情绪气脉，反过来又推动和制约情节的逆转承传。情绪起伏跌宕、风云变幻，既相反相成又统贯一致。”

20 日　晏杰雄的《新世纪长篇小说文体的内在化》发表于《小说评论》第 2 期。晏杰雄认为，新世纪长篇小说“大致的文体趋向”是“超越既往的社会层面和实验层面，走向文本和人本，走向生活世界，外表老实，骨子里其实是很现代的”。他认为“作家以一颗朴素之心对待写作”，“文体越来越成为内在化的东西”，即“文体开始向小说的精神内核靠拢，形式和内容建立了一种声息相通的默契和对应关系”。至于“文体的内在化”，他认为主要体现在“文体和现实的同构”“从文体到文气”“‘好看小说’与‘好小说’的合一”三个方面。

25 日　阎连科的《发现小说》发表于《当代作家评论》第 2 期。阎连科认为：“中国当代文学中已经存有与现实主义和二十世纪西方文学都不尽相同的写作，至少说是那样一种倾向的苗禾已经存在，且正在成熟……这种被忽略或被归队到他流旗下的文学，就是当代文学中的——神实主义。”所谓“神实主义”，指的是“在创作中摒弃固有真实生活的表面逻辑关系，去探求一种‘不存在’的真实、看不见的真实、被真实掩盖的真实”。具体而言，“神实主义疏远于通行的现实主义。它与现实的联系不是生活的直接因果，而更多的是仰仗于人的灵魂、精神（现实的精神和事物内部关系与人的联系）和创作者在现实基础上的特殊臆思。有一说一，不是它抵达真实和现实的桥梁。在日常生活与社会现实土壤上的想象、寓言、神话、传说、梦境、幻想、魔变、移植等等，都是神实主义通向真实和现实的手法与渠道。神实主义绝不排斥现实主义，但它努力创造现实和超越现实主义。……创造真实，是神实主义的鲜明特色”。他认为，神实主义“在中国古典文学中早已有之”。

就当代文学中的“神实主义”创作情况，阎连科表示：“到了中国文学中的神实主义，当代的许多作家与作品，经过二十多年的思考与努力，写作与实践，也大约终于找到了逃离和摆脱全因果、半因果、零因果链环的裂隙——那就是看到了文学中的‘内因果’。……神实主义中的内因果，是不能生活经历、只能精神体会的新因果”，“也许，在丰富的当代文学创作中，神实主义是刚刚开始的一个端倪，但它……让读者所看到和通向的远处，正是既开阔、辽远，又复杂、荒谬的‘新真实’和‘新现实’与‘不一样的人和社会’之深处真实的可能”。同时，阎连科还谈道：“神实主义真正的困境……是一个作家面对现实生活、现实世界敏锐的慧识。……因为有无法抵达的某种深层的真实存在，无法以习惯表述的真实存在，神实主义才有了它的产生意义；如果作家无法洞明那种习惯无法表达的深层的真实，神实主义也就在写作中成了故弄玄虚的花拳绣腿，一如矮子出场时踩着高跷一般。”

本月

刁斗的《虚拟的力——关于艺术问题的一封通信》发表于《山花》第 3 期。刁斗说道：“不论站在创作还是欣赏的角度，我们喜欢一件作品……一定是它穿越人心灵世界的那股力量活泼且强劲。这是一股以千差万别的形态造就着千差万别的作品之好的冲击波，你（艾平——编者注）将它命名为‘虚拟的力’。……你思考这一美学范畴的经典问题时，舍弃了传统的‘美’的概念，代之以别致的‘力’的命名，并非为了标新立异，而是为了强调纯粹。”

张富宝的《“灵韵”的丧失与“类象”的狂欢——电子传媒时代艺术 / 审美的“祛魅化”特征》发表于《山花》第 3 期（下半月）。张富宝认为：“电子传媒时代”艺术 / 审美具有“祛魅化”的特征，“当电子传媒越来越以自己的祛魅方式揭去艺术 / 审美经典的神圣面纱，抛弃经典话语，消解其灵韵与生存空间时；当这种祛魅在改变了人对现实之间原有的艺术 / 审美关系时，它用所谓的‘日常生活叙事’抹去了生活艺术 / 审美化的诗意情怀，又以自由游戏的心态进行艺术 / 审美生活化的‘零度写作’”。

四月

1 日　王晓明的《从尤奈斯库到〈魔兽世界〉》发表于《上海文学》第 4 期。王晓明认为：“人变了，别的也都会变。即以中国的文学来说，当那些习惯于进网吧，宅电脑的少年人日后成为文学阅读的主体人群、其中许多更成为未来作家的主体部分的时候，《传奇》和《魔兽世界》们，势必要把尤奈斯库和博尔赫斯们挤到一边，充任文学感受和小说构思的首席样板吧？”

汪政、晓华的《三足鼎立的小说天下》发表于同期《上海文学》。汪政、晓华认为：“真正的网络小说不应该是纸媒文学的电子化，而应该是只有在网络技术环境中才能实现与存在的新的事物。”“网络再也不会像纸媒文学那样将一个定型的完美的文学文本呈现出来，它需要读者的共同合作，它开启了新型的文学创作与消费关系。”至于网络小说的标准问题，汪政、晓华认为，至少从目前来讲，“真正的网络文学或网络小说是以跟传统文学对立的姿态出现的，它的反意义、无厘头、叛逆都是以对肯定、终极意义与可阐释性的否定与颠覆为前提的……当然也不能为其立法了，我们更不能指望其自身的立法，因为它将视法为敌，遇法必破”。

2 日　何镇邦、张陵、石一宁的《如何让小说艺术地“穿越”？——〈温城之恋〉三人谈》发表于《小说选刊》第 4 期。何镇邦认为：“小说在艺术上是对我国古典小说的一种传承，简言之，是受《聊斋》的启发和对《聊斋》的借鉴。我国的小说传统自魏晋以降，从志人的《世说新语》和志怪的《搜神记》到唐人传奇，到宋元话本，直到蒲松龄的《聊斋志异》，明清的八大才子书，以至‘三言’‘二拍’以及晚清谴责小说，有宝贵的传统和丰富的经验值得当代作家们借鉴。遗憾的是，当代作家们，尤其是青年作家，大都把目光投向西欧、北美或拉美。现在，小岸把目光投向中国古典小说传统经验的宝库，这值得赞许。”

11 日　张炜的《第二讲：故事（下）》发表于《青年文学》（上半月版）4 月总第 425 期。张炜认为：“一本书同时具有两个节奏：不妨叫做‘内节奏’和‘外节奏’。从这个意义上说，通俗小说的‘外节奏’是快的，即平常意义上的那个‘故事’是快的；可是它的另一些东西是慢的，那些细部和局部里的东西——语言调度、细节频率——是慢的。纯文学小说正好跟它相反，它外部的直观故事比较简单，一点都不复杂，有时候几句话就可以讲得清楚；但是它的细部、细节调整得很快，也就是说，它的‘内节奏’是快的。如果一部纯文学作品的‘外节奏’太快，超过了一定的速度，一定会损害它的品质。”他继而指出：“归总来看，衡量一个纯文学作家讲故事的能力，更多的不是看‘外节奏’，而是看他的‘内节奏’。——越快越有难度，也越吸引人，作品也就越杰出。”

12 日　陈彦的《对经典须怀温情和敬意》发表于《人民日报》。陈彦认为：“要想全面认知民族传统文化经典，必须从触摸元典开始。……读中华元典，不仅是对文本原义的回归，更是对历史人文图谱的还原。……回到经典源头，看看文化生成过程中的历史与生命信息。”总之，“对历史的尊崇，对古代精神的复兴拯救，其实是防止一种傲慢自大心理，通过对永恒真理的温习，从而产生新的生命哲学，这是人类永远不能放弃传统经典的原因”。

15 日　贺绍俊的《新世纪十年长篇小说四论》发表于《文艺争鸣》4 月号（上半月）。贺绍俊认为：“新世纪的长篇小说从主流来说，是现实主义的，但在表现方式上则完全突破了经典现实主义的纯粹客观叙述的既定框架；作家依靠着现实经验，遵循着现实逻辑，却极尽主观想象，具有极强的主体意识。”于是长篇小说形成了突出的特点，“作家试图在中国经验的基础上展开中国想象，于是，本土性与现代性得到了相互的印证。这一特点首先在乡土叙述中得到充分的表现，因为乡土叙述是长篇小说的重镇，也是最具有本土色彩的叙述。……

重新认识中国多民族的文化价值，也是作家在应对本土性与现代性辩证关系中表现出一种写作趋势”。

28 日　丁帆的《卷首语》发表于《扬子江评论》第 2 期。丁帆认为：“三十多年来，长篇历史小说的创作可谓是如火如荼，但是能有几部像样的作品呢？无疑，许多刚刚出版的皇皇巨著就重新回到造纸厂化为纸浆的厄运，时常是它们的最后归属，这已经成为人们司空见惯的现象了，不足为奇。而奇怪的是，像《大秦帝国》这样一部粗制滥造、水平低下，且在史识、史实和常识上都存在着许多错误的不入流的所谓‘长篇历史小说’，竟然受到了许多人的吹捧，乃至花巨资拍摄成长篇电视剧。”

五月

1 日　程德培的《“镜子”里外都是“镜子”——铁凝小说论》发表于《上海文学》第 5 期。程德培提到铁凝在苏州大学“小说家论坛”的演讲《“关系”一词在小说中》，“在那次讲演中，作者把短篇小说归之为‘景象’，把中篇小说归之为‘故事’，把长篇小说归之为‘命运’。但若要真的讲这三者的关系时，我们不妨可以说，‘命运’关联着无处不在的‘故事’和无数的‘景象’，小说中的‘景象’都是故事和命运的阴影，‘故事’中也不乏命运的意味。无论如何‘关系’一词是重要的，它既是生活的辩证法，也是艺术的辩证法”。

5 日　王安忆的《小说的异质性》发表于《花城》第 3 期。王安忆认为：“时间是一个极容易混淆的概念，因为小说的叙述是附在时间上面，所以，便可能掉入一个陷阱，那就是时间的自然形态。我们难免会被叙述的特定形式诱导，蹈入原始的时间长度，比如那种编年式、史诗体的长篇结构，跟随事态的时间跨度而延长篇幅。事实上，小说中的时间是另一种形态，它可能比自然时间长，容纳超乎寻常的情节和细节，它也可能比自然时间短，冗长的过程只在一瞬间里，就好比《红楼梦》太虚幻境与大观园的时间比例。……小说的时间可以是一瞬间成几世几劫，亦可以几世几劫成一瞬间，是由时间里的价值而定，价值是可摆脱自然的规定，重新来选择排序和进度，将散漫的现实规划成特定形式，这价值也就是卡尔维诺说的‘意义’。”

王安忆注意到："空间是小说勉为其难的，因为语言的传达总是曲折和间接，必须将空间转变为时间的形态，就是可叙述的方式。……方才说过，时间是叙述的陷阱，它们有着极为相似的外表。而空间天然地与叙述起抵触，它硬生生地矗在那里，梗阻着叙述的通道，你必须赋予它主观的形貌，才可让它进入时间的流程。就像大观园在《试才题对额》里显现的方式，它不是以直观，而是换成一种诗意，为文字语言所表达。诗意对于叙述，是使得其所。语言擅长的是主观性的存在，任何客观的事物，一旦进入语言，就已经是主观的了，而空间尤其为客观。因此，当我们决定去描述一个空间的时候，大概提前就要想好，究竟它意味着什么。……要在空间里实现主观性，最好的途径是赋予人的气息：性格、感情、活动、生活。我想，普鲁斯特《追忆似水年华》，就是一个宏大的例证，他所存在的卧室、客厅、楼房、花园、贡布雷……都是被纳入记忆之中，而记忆是最贴近时间的形态、性质，是叙述的最好体裁，它非常合理地将空间转化为时间，客观转为主观，让疏离的存在充盈人性。"

10日 《十月》第3期刊有"卷首语"。编者写道："古之儒林，今称文坛。吴敬梓一部《儒林外史》，从大处着眼，描画当时社会风气，描摹读书人行状，带来了谴责小说的兴盛。阿成这篇《新儒林外史》，于细部落笔，借助一次寻常的文人小聚，展现了当下文本之外的文学。文学作为一种理想，作为一种生活姿态，在阿成简洁生动的叙述中得到了真切的体现。"

同日，郭文斌的《写能够把根留住的文字》发表于《小说界》第3期。"编者按"写道："2011年3月25日，由中国作协创研部、宁夏文联、宁夏作协、银川市委宣传部、上海文艺出版社、《银川晚报》和《黄河文学》杂志社，共同主办的郭文斌长篇小说《农历》研讨会在中国作协召开。……小说以'小说节日史'的方式呈现中国文化的根基和潜流，展示中华民族经典的民间传统。与会的评论家们认为：这是一部试图续接传统和香火的长篇，是一部在民间传统中获得灵魂复苏的长篇，是一部在田园牧歌中寻找永不遗忘永不迷乱永不被物质制约的根本幸福的长篇，是一部试图展示善的繁枝茂叶的长篇，是一部以美学方式探讨中国农村传统生活方式的长篇。整部小说对传统农耕文明和民间乡土文化的梳理与描绘，真实感人，显示了作家深厚的生活积淀和语言功底。本刊整理了作家郭文斌在研讨会上关于创作的讲话，以飨读者。”郭文斌表示：“从今往后，一定要写那种能够唤醒读者内心温暖、善良、崇高情感的文字，那种能够给读者带来吉祥的文字，那种能首先让自己孩子看的文字，那种在百年后孩子的孩子还愿意推荐给他的孩子看的文字，那种能够把根留住把人留住的文字。”

同期《小说界》还有郭文斌自述的长篇小说《农历》的推介语：“奢望着能够写这么一本书：它既是天下父母推荐给孩子读的书，也是天下孩子推荐给父母读的书；它既能给大地增益安详，又能给读者带来吉祥；进入眼帘它是花朵，进入心灵它是根。我不敢说《农历》就是这样一本书，但是我按照这个目标努力了。”

11 日　张炜的《第三讲：人物（上）》发表于《青年文学》（上旬刊）5 月总第 428 期。张炜谈道：“小说把情和理紧密结合了，将这二者黏合到一块儿的，就是‘人物’。”另外，“给人物言说的机会，不仅是让他们对话和发言，而是真诚和放任，是给他们真正的行动的权利。……如果‘人物’不能说自己的话，那就不如不说。”张炜还谈道：“长篇小说的‘人物’可以用一棵树来图解——这就像欧洲人的家世图谱一样，用这样的‘大树’表现世代血缘，使我们看起来十分清楚——它的主干和粗一些的侧枝就是家族中的几个老祖，细一点的枝杈就是分开的家庭。小说也是如此，基础有了，随着情节发展加入进去一些‘人物’，就变得枝叶丰满，成为一棵很大的树了。如果光有一个主干、几个侧枝，就不是一个蓬勃茂盛的树冠了。以前曾听过果园技术员讲过果树的修剪，他说了一句顺口溜：‘大枝亮堂堂，小枝闹攘攘。’……‘大枝’是需要疏朗的，所以就‘亮堂堂’；但那些不断增添的新的场景和人，都是‘小枝’，所以要‘闹攘攘’。”

12 日　傅小平整理的《韩少功：小说的传统》发表于《文学报》。韩少功谈道：“凡是读过中文系的，首先争论的就是这到底是不是一本小说（《马桥词典》——编者注）。由此不难看出关于小说的认知并不是先定的。……《四库全书》里面百分之九十以上的篇目，都不是我们想当然以为的那种小说，而是散文。但是在欧洲，情况就很不相同。如果说中国的小说沿革，走的是一种所谓‘后散文’的发展轨迹。那么欧洲的小说更多来自于戏剧。……所以欧洲的小说，从一开始就具有非常浓厚的戏剧色彩，非常讲究营造一种恐惧的、揪心的或是充满悬念的氛围，用各种各样的手段来吸引读者。……中国与欧洲的小说分属于两个完全不同的传统。一个是后散文的传统，另一个我们不妨称之为后戏剧的传统。”他还指出：“后散文的小说传统发展到后来，也出现了一些问题。尤其是在‘文化大革命’前后，小说变得越来越公式化、概念化。也因为此，‘文革’结束后，中国文坛就出现了新的口号，就是打开理性的框框，跟着感觉走。”

15 日　黄平的《“大时代”与“小时代”——韩寒、郭敬明与“80 后”写作》发表于《南方文坛》第 3 期。黄平谈到郭敬明时称：“郭敬明很喜欢用‘宇宙’‘星球’‘世界’‘世纪’这类大词，以极大的比喻，写极小的情感，凭借这种巨大的张力，不断强化‘我’的重要性，其作品的核心是一个高度自恋的‘自我’，无限膨胀，世界不过是围绕‘自我’旋转的幻象——这正是郭敬明文体的‘魅力’与‘秘密’。”黄平谈到韩寒时说道：“韩寒式的‘大时代’写作，是‘大时代’终结之后的‘大时代’写作，以往回应‘大时代’的艺术形式，比如充满悲剧意味的‘呐喊’，已然被历史所摧毁，我们所面对的不过是伟大的遗骸。韩寒有意或无意地体悟到这一点，‘大时代’终结之后的‘大时代’写作，是一场文化游击战，不再是‘子夜’时分的‘呐喊’，而是历史尽头的‘故事新编’，在囚笼般的历史内部——这是王小波作品中的核心意象——的戏仿、消解与颠覆。其实又何止韩寒，不限于文学，‘90 年代’以来的有重大影响力的作品，比如周星驰电影、王小波小说、《大史记》系列、《一个馒头引发的血案》、《网瘾战争》等等，莫不如此。”

刘海涛的《博客体小说的分析与猜想》发表于同期《南方文坛》。刘海涛谈道：“博客体小说是指：采用电脑和博客（含微博，全文同）工具进行创作，并在网络上即时发表，能快速传播并有很多网民跟帖评论且具备了‘小说元素’的博客文体作品。”刘海涛表示：“我对博客体小说在今天的科技时代和消费文化时代中的走向有如下猜测：第一，博客体小说可能是一种新形态小说。它的存在形式和传播形式相对传统小说而言发生了很大的转型。博客体小说的作者具有过去从未有过的广泛性和非专业性，这使得小说的某部分本质和功能出现一种回归和强化。小说的娱乐性和大众化促使它的作者要有效地表达‘小说元素’

和‘故事元素’，博客体小说向故事靠拢是必然趋向。第二，博客体小说的阅读可能会推进和形成网络时代的‘浅阅读’。这会改变传统的‘深阅读’的方式，使读者在接受小说的审美信息时发生一种改变。将来的一些传统小说可能会改写为更容易传播、更具有‘故事元素’、更适合广大网民阅读的‘新故事’。……而这种按‘新故事’方式的改写和出版工程将会是一种新的文化生产项目。”

张清华的《世界视野中中国经验的属性与意义》发表于同期《南方文坛》。张清华认为：“莫言之所以被世界接受，是因为他作品中几乎最大限度地承载了本土性的经验，从内容到形式，到语言和美学风格，他是十足中国化的、‘本土经验’的写作；而在余华的小说中，本土性和地方性的东西则几乎减至最少，甚至人物的个性也空心化了，在福贵、许三观、李光头这些人物身上，历史、时代、政治、地方性甚至个性都被简化到几近‘儿童’的地步，叙事的‘民族形式’或风格也含混不显，但他们两位都得到了承认。这是颇为奇怪的，在莫言那里，可以说印证了‘越是民族的就越是世界的’这样一个定理，他的作品因为最大的民族文化载力而成为世界性的写作；而在余华那里，则或许是印证了另一个定律，即当民族性或本土文化的具体性越少的时候，它的人类性和世界性也就越多，或越接近于普遍和清晰。这告诉我们，‘中国作家写作的世界性意义’的实现，至少可以有两种完全不同的渠道。但余华的作品中有没有‘中国经验’呢？我认为仍然是有的，不止是有，而且还是十分真实和典范的中国经验，他笔下人物的命运除了会影射到别的民族的命运，更多的则是中国人、特别是当代中国人的独特命运。”张清华进一步表示“当代文学中的本土经验的描写”具有如下特点：“一是对话性。当代中国的优秀作家都充分意识到了中国经验的对于‘世界性’与‘国际视野’交错、兼容、碰撞与共振的意义。”“二是人文性或批判性。具体表现是：尽可能多地处理当下中国的历史与现实，但在这种处理的同时，普遍地运用了超越民族与地域的人文主义价值来反思和观照这些本土的经验内容。”

同日，汤哲声的《边缘耀眼：中国通俗小说 60 年》发表于《文艺争鸣》5 月号（上半月）。汤哲声认为：“金庸小说独特的贡献在于，他将中国传统的文化、中国‘五四’以来的新文化以及世界流行文化融合起来构造成小说的文化价值取向。……金庸小说结构相当完整，其根本原因是金庸小说依据一种‘成长模式’来写人，即：以人物的成长作为小说的创作中心。”汤哲声还谈到古龙：“既不同梁羽生小说那样注重历史，也不同金庸小说那样注重道德文化，古龙把世界文化之中的现代意识和现代情绪引进了武侠小说之中，从而大大拓展了中国武侠小说的文化空间。……古龙小说在情节推理和神秘恐怖描述上显示特色，他将日本推理小说、欧美的‘硬汉派小说’的一些美学要素引进到武侠小说中来，形成了一种‘古龙结构’。……与这样的层层推进的故事情节和讲究速度的武功招式相合拍的是古龙的小说语言，推理并尽量哲理化，短句并尽量连环化，是古龙小说语言的特色。”总之，“大陆新武侠小说的文化构成实际上是一个结合了中国传统文化与当代西方文化的混合体。……大陆新武侠的作家都是编故事的高手，情节传奇，故事生动，几乎每一篇小说都能刺激和满足读者的好奇心。但是他们的故事没有‘根’”。

25 日　傅元峰的《“山鲁佐德”的文学启示——论凡一平小说兼及当代小说叙事倾向》发表于《当代作家评论》第 3 期。傅元峰认为“凡一平是专注于讲故事的作家，笃信故事主义”，傅元峰称凡一平的创作崇尚“故事中心主义”，“他写的最好的小说，是故事最曲折、最紧张动人的那些，是依靠亚里士多德的情节理论，遵循他的‘情节’‘性格’‘思想’‘语言’按照文体重要性递减的序列，是一种传统意义上的‘精致小说’”。

本月

谢宏的《关于小说的闲话（创作谈）》发表于《山花》第 5 期（下半月）。谢宏认为，“小说是‘现时’的，是个人对‘当下’的观感的表达，或者说，是自己试图与‘世界’对话的一种手段”。谢宏又说道：“‘细节’是小说中最重要的元素，是小说空间的连接部件，是尽可能还原事物本来面目的最有效的手段。”

《〈中国作家〉短篇小说创作座谈会发言摘登》发表于《中国作家（纪实版）》第 5 期。

李云雷谈道：“为什么短篇小说座谈会这么重要？我觉得跟短篇小说的特

征有关系，我把这个特征归结为三个方面。一个是短篇小说的当代性，一个是先锋性，一个是艺术性。关于艺术性大家讨论得比较多，我就不再展开了。先锋性我觉得主要有两个方面，一方面是在艺术形式和艺术技巧上的先锋探索精神，另一方面是在内容上能够提出一些新的问题，表达出一些新的经验。另外我想说一下它的当代性，短篇是跟现实生活联系最密切的小说的形式，应该对世界有一些新的发现和新的提出问题的方式。我们正处于一个变动之中的世界，很多问题很多事情都是我们以前很难想象的，所以我觉得短篇小说应该在这方面有它的一些新的呈现。”

刘庆邦谈道：“我们每个写短篇小说的人肯定都要琢磨一下短篇小说的特点是什么。林芹澜生前我跟他接触比较多，应该说他是我的恩师。汪曾祺曾把林芹澜的短篇小说概括成一句话：‘有话则短，无话则长。’完全跟我们平时说的相反，后来我就琢磨这‘有话则短，无话则长’是什么意思，我认为所谓‘有话’，第一是存在的现实，第二是已经发生的故事，第三是时尚时髦的题材，第四是别人已经表述过的思想和说过的话。这就是汪先生说的‘有话’。凡是这些地方，凡是‘有话’的地方，林芹澜小说中统统很短，现实存在，已经发生的故事，时尚的题材，别人表述过的思想和说过的话，林芹澜就少写。‘无话则长’是什么？我也总结出了四条，第一，是虚构的事件，第二，是有可能发生的故事，第三，是不时尚不时髦的题材，第四，是别人还没有表述过的思想、还没有说过的话。这几个方面就是‘无话’。正好在无话的地方，林芹澜要写得长。这个意思我觉得强调了短篇小说的一个特性，即它的虚构性，但不是一般的虚构性，而是一种极端的虚构性。沈从文也说过，短篇小说不是强的生命，我把它说成短篇小说的种子，只取一点点，或者一个微笑，一声叹息……短篇小说最大的特点就在这里，就是极端的虚构性。说白了，就是在故事结束的地方开始我们的故事，在现实世界空无的地方虚构出我们的一个世界。”

邵燕君谈道：“刚才胡平老师谈到一个看法我觉得很关键，他说短篇小说这种艺术形式在今天的文学格局和环境下，特别与期刊的体制相连。今天的文学格局、文学生产机制发生了巨大变化。比如说期刊体制在上世纪 80 年代的时候，并不是只跟短篇小说这个特殊的体裁相连，跟所有的文学体裁都是相连的。

但是我们今天看到，文学中的其他体裁，比如说长篇小说，包括中篇小说，跟故事结合得很紧密，可能很多已经内在地转移为影视剧的表达，也可能是网络小说，这样的变局在今天是势不可挡的。刚才我们也谈到网络小说的生产机制，不管我们如何评论，网络文学现在是大规模而且成批量地生产，它有大量的阅读者，吸收了大量的我们过去所说的文学青年。……在这个意义上，我觉得短篇小说如果必须在中国文学生态中作为一种经典存在，必须作为网络文学发展上面一种尖端的高雅艺术，并且必须承担着守护语言、文学实验这样一些文学使命，而这个使命可能恰恰需要和作协，和作协的文学投入政策，和期刊体制相连，这样才能使短篇小说成为一种被供养的艺术。所以我觉得在短篇这个领域里谈不到收入，这有点像大明星演话剧，是一种艺术修养的自我锤炼，或者就是因为我要玩一下这个，或者只有在话剧舞台上扬名立腕，我才能演电视剧，或者说是一种同仁之间的艺术交流。小说爱好者切磋技艺，必须借助某种国家机制和文学经典化的追求，必须得单划出一个区域来，搭建一个为艺术而艺术的平台。这是我心目中关于期刊转型和中国纯文学、经典艺术、印刷文明未来的发展向度。”

徐则臣谈道：“短篇小说是否真是这样？短篇小说应该是一个进博物馆的艺术，我非常赞同这个观点。我觉得艺术必须有一部分精英在做，或者把艺术做到精英的程度，就是博物馆的东西。如果这样，短篇小说的确是担负了小说艺术的使命，是一种非常纯粹的艺术，而且要担负艺术领域的开拓重任。从这个角度来讲，我们目前所谓的时政主义是非常日常和琐碎的一种时政主义。评价短篇小说的这个机制，我觉得是有问题的。……因此我觉得当下我们应该逐渐改变或者说容纳接受另外一种评价短篇小说的系统，就是意韵这个系统。小说的完成度除了和故事的完成度有关之外还应该取决于更重要的意韵的完成度。故事讲到哪儿我觉得不重要，重要的是它的意韵是否完满，这样才能把小说写得短一点，把它区别于中篇小说和长篇小说。”

六月

1日　张炜的《第三讲：人物（下）》发表于《青年文学》（上旬刊）6

月总第431期。张炜认为："现代读者其实是讲究小说客观性的。客观性就是把作者全部的意图、观念，用绵长的语言和曲折的情节、壮硕的'人物'覆盖起来，使人觉得这个世界里的一切都是自然而然的。所以这个世界就有了诠释不尽的、无穷的魅力。"

同日，墨白的《小说的叙事语言》发表于《作品》第6期。墨白认为："小说的第一要素不是结构或故事，而是语言。小说的存在就是语言的存在，是由语言呈现的现实。无论是虚构的现实，还是想象的现实，我们记忆里的一切都是由语言构成的。所以语言就是形式，小说的任何文本形式，都是由语言开始和呈现的。……小说的叙事语言不是日常生活的模仿，而是提炼和创造。……小说家的精神立场在他的语言里呈现得淋漓尽致，他用独特的语言形式来表现人生和社会经验，并站在人性的高度对历史和生命进行拷问，为读者提供一种极具个性的叙事文本。当然，好的小说叙事语言不是空穴来风，而是个人的语言经验与社会大众的普遍的语言经验所达到的高度契合。"

3日　《人民文学》第6期刊有"卷首语"。编者写道："本期，我们还推出了乔叶的《盖楼记》，写的是拆迁事、房子事，我们将它标为'非虚构小说'。'小说'而'非虚构'，大概会让人糊涂，但有时糊涂是难得的，不顾体裁的樊篱，探索贴近和表现生活的新路径，这才是要紧。'非虚构'包含着广阔的可能性，其中一个方向就是，像杜鲁门·卡波蒂或诺曼·梅勒那样，像乔叶这样，以小说家的手眼讲述绝非虚构、难以虚构的人间故事。"

15日　晏杰雄的《论新世纪长篇小说的大型对话》发表于《文艺争鸣》6月号。晏杰雄认为："内在对话性是长篇小说的本质。……所谓内在对话性，是指长篇小说内部各社会性杂语之间，或者各他人话语之间存在的一种交流交际活动，必须通过这种交流交际活动，长篇小说才得以产生统一的个性话语和统一的主题。长篇小说的内在对话性至少有以下几个特征：首先，它是内在的。……其次，对话居于长篇小说话语的中心位置。……再次，它是社会性的。"晏杰雄还认为："长篇小说的对话形式可分为大型对话与微型对话。微型对话又叫内心对话，指建立在双声语基础上的小说话语，这种话语包含着潜在的对话，回响着他人话语和自身话语的抗辩和诘问。……大型对话是对话法则在小说布局结构和人物关系结构上的应用，在文本层面表现为复调小说的批量出现，在构思层面表现为作者与主人公的新型关系。”

27日 《对这个时代的精神疑难做出了有力回应——专家谈邓一光长篇小说〈我是我的神〉》评论专辑发表于《文艺报》。“编者按”写道：“由深圳市文联主办，深圳市文艺创作室、深圳市作协承办的邓一光长篇小说《我是我的神》研讨会6月16日在深圳举行。与会专家认为，《我是我的神》是一部描写父子之间、两代人之间，生命与情感、理想与现实冲撞、抗争的小说，也是一部通过亲情人伦关系的揭示，描绘出当代复杂的社会生活的小说。作品深刻地展示了当代中国社会的战争风云、政治斗争与家庭内部的两代人之间的爱恨情仇。小说自始至终流贯着浪漫的英雄主义激情，充满不可遏抑的生命活力。是依循着历史线索与生活逻辑的艺术想象与文学虚构，这样的写作，与其说是历史故事的原样‘复现’，不如说是历史生活的自我‘创造’。现将部分专家的评论摘要刊发。”

28日 黄书泉的《短篇小说的经典性写作及其可能性——许辉短篇小说漫议》发表于《扬子江评论》第3期。黄书泉谈道：“在一个所谓‘纯文学’的时代，对于一个追求经典性写作的小说家来说，短篇小说往往是他首选或经常性的写作样式。这是因为短篇小说由于其精巧、精美、精悍的文体而更具有文学的纯粹性，更易于进行艺术的实验和创新，从而更能实现作者对美的追求。”

黄书泉认为：“具体来说，这些作品（《人种》里的短篇小说——编者注）在以下两个方面集中地体现了许辉追求短篇小说经典性写作的特质：多样化的文体实验。短篇小说唯其‘短’，在文体上既受到严格的制约，又充满了灵活多变的弹性。前者往往体现在传统短篇小说美学的谋篇布局、性格刻画、横断面描写等方面，而后者恰恰为像许辉这样的短篇小说的文体实验者提供了自由的空间。……追求经典性写作的许辉并不满足于短篇小说只有一种写法，而是进行多种文体的实验，在小说与散文的边缘处行走，向传统短篇小说写作模式挑战，也是在向读者的传统短篇小说阅读习惯挑战。……独特的叙述方式与叙事风格。……在许辉的短篇小说中，经常出现的是一个我们视界以内能看到、听到和感觉到的场景、画面或印象，因而非常具体，非常直观，非常有现场感。

只要有着类似生活经验的人都会觉得：生活本来就是这个样子的。或者说，我们所能看到、听到和感觉到的生活只能是这样的，‘这就是我们的视界’。……许辉的短篇小说其实不是客观生活的实录，而是我称之的‘客观化的主观生活’，用他的话来说：‘故事是别人的，感情是自己的。’”

30 日　黄孝阳的《你是小说家吗？》发表于《文学报》。黄孝阳谈当下小说存在的问题，“过于追求叙事的魅力，文本缺乏智性，语言与结构乏善可陈，尤其是思想的平庸，也就是说书人的格局。缺乏哲学的热情”。

七月

1 日　施战军的《新世情及其超出故事的部分——关于范小青和〈寻找卫华姐〉》发表于《北京文学（精彩阅读）》第 7 期。施战军谈道：范小青“近年的短篇小说，专注世情的特征很是鲜明，而且在写作中有所新变。她的作品选材不是那种倾向于生活琐屑的家长里短，也不是像传统世情小说那样专注于饮食男女悲欢离合，而是把在社会各个层面中的人的生存焦虑、受制于今天的时空的各种情态，以文学的方式呈现出来，让我们看到自己被世情模塑的命运方位、被芜杂世相所掩盖的世道走向和人间偶遇下面人心的逡巡”。

同日，张炜的《第四讲：主题（上）》发表于《青年文学》（上旬刊）7 月总第 434 期。张炜谈道：“小说的‘主题’是以各种方式存在的，它无论是潜隐在深处还是流露在外部，都源自作者的世界观——作者对这个世界的总的看法，一定要在作品里展现出来。也就是说，作家的全部作品会有一个总的主题；同时，他不能停止的写作活动，比如契诃夫笔下的那个人的苦恼，也是在寻找自己的‘主题思想’。”他认为：“小说要让主题隐匿起来，一直隐匿到作家自己的心里去；它起码不要像论文那样去论证一种思想、说明一种观念，不能通过人物和场景、也不能通过故事去直接阐明某个道理。”

10 日　宗永平的《委曲而锋锐的回溯之旅》发表于《十月》第 4 期。宗永平认为：“就小说的实质而言，虚构并非炫技，它仅仅是为了让对真实的抵达更加强劲。就小说家而言，虚构给叙述提供了足够广阔的空间，但绝非天马行空。其实，具体到某部小说的写作，虚构只存在于作品完成的过程——每次新的写作，小说家都面临再次开辟叙事空间的任务。而画梦，几乎是作家给自己找到了凭虚临风的舞台，只是梦想的最终目标，都是心灵的真实体悟。”

20 日　霍忠义的《博客小说的审美特征》发表于《小说评论》第 4 期。霍忠义提出，“博客小说是指以博客为载体以小说为语言艺术类别所进行原创首发的文学艺术作品”，并认为“博客小说具有网络小说的一切特点”“博客小说具有传统意义上的小说的一切特点”，于是着重分析了“博客小说独具的审美特点”，包括“多重性”“自由性”“同步性”“连续性”“多媒性”“大众性”“同质性”。

王凌的《现代“乡土叙事”的古典经验——从古代白话小说中的乡土意象说起》发表于同期《小说评论》。王凌认为：“中华民族是一个对土地具有深厚感情的民族，从遥远的古代开始，‘乡土’就已经作为国人热衷于表现的题材而频频出现在文学作品之中”，并从以下几个方面谈乡土叙事的古典传统，“（一）诗意的乡土想像……儒、道思想的共存为知识分子的政治生活提供了活络空间，进则以儒家积极进取精神及强烈的社会责任感为鞭策；退则以庄、老思想求精神之解脱，庶几成为几千年来传统知识分子的理想人格。另外，在古代社会分工中，士农工商虽然并举，但实际上士并不是一个独立的经济集团，他们往往来自其它阶层。无论将来功成身退还是获罪归隐，他们都极有可能再次与乡土发生密切关系。……近现代以来的工业发展带来了城乡之间的巨大差距，随着城市化步伐的加快，古老的田园生活正作为一种传统的象征慢慢从我们眼前消失。……为疲惫的灵魂寻找合适的安放之处，或许是现代乡土作家思考得更多的话题。（二）农民的真实生存状态……以反映农民的真实生存状态为目的，揭露统治阶级的残暴及社会不公，则成为相关作品的另一种主题倾向。……（三）农民形象的市民化……古代小说中农民形象的市民化主要表现在两个方面：农民生存方式的改变和农民意识形态的变化”。王凌总结道：“乡土在古代文学中是不可能缺席的。事实上，桃源式的乡土想像、农民真实的生活状况，以及社会发展过程中农民身份的转变等等，这些现代乡土小说也常常触及的问题在古代白话小说中都曾有过不同程度的表现。同时，古典诗歌更是从未放弃过对乡土题材的偏爱，清新脱俗的山水田园诗，记录农民劳作场景的四时农事诗……，也无不向我们诉说着古人对于乡土的真挚情感。这一切构成了现代乡土文学深厚的古典传统。”

吴玉杰、葛水平的《有一种气场叫善良——葛水平访谈录》发表于同期《小说评论》。葛水平敬重赵树理和沈从文，认为他们的“文字的力量有共同的特质：一种贴近本原的生命的认知”。

於可训在《小说家档案·葛水平专辑》栏目中的《主持人的话》发表于同期《小说评论》。於可训介绍了“由演员而小说家”的葛水平，认为“演员和作家，具有质的同一性”，“当过演员的人”，“都习惯于把诸多日常的东西，通过表演加以放大，以收取视听的效果”，“这样的职业习惯，带进小说创作，往往会使这些作家笔下的人物命运，充满戏剧性，会使这些作家笔下的故事情节，带有传奇色彩，同时会使某些生活场景和生活细节，具有特别的视听冲击力”，葛水平的小说正好印证了这些“鲜明的特征”。於可训还谈道：“从这个意义上说，葛水平与赵树理，是有很大区别的。赵树理虽受民间文艺影响，也涉足过民间戏曲，但从他的小说创作所取用的民间形式看，更多的是民间故事和快板鼓书之类的说唱艺术。相对于戏剧这种在中国古代被称作‘传奇’的表演艺术来说，与民间日常生活水乳交融、血脉相通的故事和快板鼓书之类的形式，无论从哪方面说，其色彩和强度、节奏和效果，都要冲淡、舒缓、平和得多。即使是写阶级斗争，如赵树理的《李有才板话》《小二黑结婚》，与葛水平写庸常人生的《喊山》《甩鞭》等作品相比，都没有那么紧张。”

25 日　程光炜、邱华栋等人的《重审伤痕文学历史叙述的可能性——阎连科新作〈四书〉〈发现小说〉研讨会纪要》发表于《当代作家评论》第 4 期。孙郁认为：“阎连科的《四书》是一个内在生命力的爆发，不是借助于对中国古代遗产的阅读来丰富自己表达的维度，也不是仅仅从阅读西方小说出发获得灵感。他进入到自己的内宇宙里面，走到了非常深远的黑暗地带。……《四书》的价值是把那段生活的荒谬、残酷、非人道的一面用很诗意的方法呈现出来。……它的色调、意象、人物情感表达的方式都很像《野草》。另外就是这个文本的叠加、叙述的方法、表现的方式都跟传统不一样，我觉得上了一个台阶。……它和《受活》的表现是不一样的，完全摆脱了过去的叙述方法，他撕碎了自我，重新找到了一个精神生长点。……他把一切伪饰的东西全都抛弃掉了，他赤裸裸地站在精神的荒原上面对苍穹、面对历史来和这些死去的灵魂进行交流。”

27日　何弘的《小小说文体流变考》发表于《文艺报》。何弘谈道：“小小说是在传统短篇小说的基础上发展分化而来的，它同时从志怪、笔记、寓言等中国传统文学样式及民间文化中汲取营养，渐次发展成为一种独立的文体。该文体从传统短篇小说以讲故事为主的基础出发，逐渐放弃了对故事结构完整性和过程细腻性的追求，不断向以精短的篇幅表现事件或人物某个有意味或有趣味的片段、侧面的方向发展，形成了自己的文体特征和内在规定性，成为和长篇、中篇、短篇并列的小说样式。”

29日　《现实如此丰富，文学还需要虚构吗》发表于《人民日报》。“编者按”写道：“现实世界的戏剧性往往比文艺作品更富想象力，而无所不在的报刊、电视、网络、手机报、微博等各种媒体又无时无刻不在开掘现实的种种戏剧性，以至于一些传统文学期刊也开始重视‘非虚构’。于是，人们会问：今天的文学还有必要虚构吗？对于那些执著于虚构的读者和作者们，虚构还有哪些‘剩余价值’？我们邀请评论家陈晓明、李建军以及作家龙一谈谈文学艺术所面临的这一时代挑战，以期助力当下和未来的文学建设。”

本月

段崇轩的《写实与诗化的双重变奏——刘庆邦短篇小说论》发表于《中国作家（文学版）》第7期。段崇轩认为：“短篇小说的艺术表现形式，在新时期文学以来得到了长足发展，古今中外的种种方法、手法和技巧轮番用过，新世纪伊始则呈现出向‘本土经验’‘中国传统’回归的趋向。……纵观刘庆邦三十年来的短篇小说轨迹，确实可以看到他在艺术风格和具体的表现方法上的探索，但在小说的表现模式和方法上则早已形成、一以贯之。这就是立足中国传统小说的叙事艺术，吸取部分现当代表现形式，形成了一种具有现代风貌而又彰显传统品格的小说艺术模式，较好地实现了传统叙事艺术的现代转化。这种艺术模式，不新不旧，有更长久的艺术生命。中国古典小说的叙事艺术，博大精深，但它的表现模式基本上是‘故事式’的。直到进入现代，才有了‘人物式’‘心理式’‘意境式’等多种模式。这是古典小说向现代小说的一次深刻转型。刘庆邦继承了古典小说的讲故事传统，同时又容纳了现当代小说写人物方法，力求在故事的讲述中塑造出独特而丰满的人物形象来，使故事与人物相得益彰。他的小说绝大部分是这样一种套路。”

八月

1 日 刘庆邦的《方寸之间见功夫》（《皂之白》创作谈——编者注）发表于《北京文学（精彩阅读）》第 8 期。刘庆邦说，“特别是短篇小说，它的体积是那么有限，规定了我们不能在有限的、宝贵的尺度内粗枝大叶，粗制滥造。在情节框架确定之后，我们必须专注于细部，在细部上下够功夫，把文章做足。短篇小说这种文体是一种激发性的文体，它是激发思想的思想，是激发想象的想象，激发细节的细节，激发语言的语言”，结果是“这样的文体，天生对行文的密度要求比较高。这个密度包括信息密度、形象密度、语言密度，当然也有细节密度”，总之，“短篇的写作当是步步生莲，每一个细节，每一句话，都经得起仔细欣赏，值得反复琢磨”。

同日，张炜的《第四讲：主题（下）》发表于《青年文学》（上旬刊）8 月总第 437 期。张炜认为：“它（短篇小说——编者注）的主要难度在于单位时间内需要更为集中和强烈地投入劳动——一个作家在创作力最好的时期、在上升和冲刺阶段，往往都更多地写了短篇小说。他这时候精力好，有生气，冲力大。……短篇小说不允许作家犯错误，因为给他改正的机会很少。从语言到人物塑造、思想意蕴，必须成功。也许一段文字写不好，整个作品就完了。”

同日，段崇轩的《世俗社会中的上下求索——近年短篇小说综述》发表于《上海文学》第 8 期。段崇轩认为在当下世俗化、市场化时代，“比较而言，长篇小说、报告文学等文体，世俗化、媚俗化倾向更为严重。短篇小说虽不能说一尘不染，但在总体上保持了它的自尊、纯正、深刻，则是毋庸置疑的”。短篇小说的成就主要体现在几个方面：（1）“底层文学的凸现”；（2）“向精神情感领域的掘进”，坚守“精英知识分子立场”；（3）“有些作家在向本土文化回归，有些作家在对现代文明和文化反思”；（4）“叙事艺术的双向探索”。段崇轩还指出："短篇小说的雅化是近年来值得关注的现象。追求文体的精短、意蕴的丰沛、结构的巧妙、手法的新颖、语言的优雅，已成为许多作家的艺术目标。"

15日 陈树萍的《日常生活、民间信仰与革命——论贾平凹新作〈古炉〉》发表于《文艺争鸣》8月号。陈树萍谈道："将动物与人混杂在一个文学世界中，并在人与兽之间进行关联并非是贾平凹的创造。在中国民间，神仙鬼怪以及动物神话传说不绝，这正是贾平凹获益匪浅的传统。张炜、莫言也很善于此道，人兽之间并无不可逾越的铜墙铁壁，作家由此获得了想象的巨大空间。这与其说是作家的求异、炫技，更不如说，作家在寻找更符合本民族审美习惯的表达方式，更切近于民间的道德观念。《古炉》正是这样一部通过动物承载民族信仰道德的卓异之作。"

申霞艳的《当神性遇见现代性——迟子建论》发表于同期《文艺争鸣》。申霞艳谈道："新世纪初以来，她以长篇《伪满洲国》《额尔古纳河右岸》《白雪乌鸦》以及《世界上所有的夜晚》等中篇向她居住的'黑土地'献礼，她努力向历史丛林中挺进，将宏大的国家民族关怀落实到平凡的日常生活中，并从巨大的历史落差中发掘诗意，极地的寒冷和叙事的温情构成鲜明的对比，使她在当代文坛独树一帜。……在'均匀''晶莹明亮'和'意境美好'的背后，是从未泯灭的神性观照。神性是迟子建写作中的常数，现代性是她叙事中的变数。这种常与变的二重奏合而为美……具体到迟子建的写作，神性使她看到人性固有的超越愿望及其限制所在；现代性又将她带到欲望不息的川流之中。天长地久与转瞬即逝交相辉映，二者的纠葛及其张力构成了她波澜壮阔的叙述世界。"

孙国亮的《方言写作与"飞地"抵抗的文化愿景》发表于同期《文艺争鸣》。孙国亮认为："在中国文学语境下，方言小说营造的'飞地'，是博格斯在消极意义上定义的'堡垒型的飞地'，而'飞地'里流行的方言，尽管长期处于被征用和改造的状态，甚至濒危，但作为与'生活世界'相生相伴的'野生语言'，'给我们的日常生活带来了比强势"事物"更多的安慰，更多的激情'，复活了'生活世界'，而'生活世界'的种种命运又集中在相对自主的'飞地'中展开。"

晏杰雄的《论新世纪长篇小说的微型对话》发表于同期《文艺争鸣》。晏杰雄谈道："由于对话性与社会政治文化的集中力量是天然相对立的，在中国当代文学史上，长篇小说的对话性一度被削弱。在十七年文学和‘文革’文学中，长篇小说中响彻的是政治意识形态的声音，其它声音处于被压抑的状态，对话关系自然无法成立，长篇小说话语这时几乎充当欧洲诗歌一样的角色，成为使国家意志和国家语言统一起来的力量之一；在 80 年代文学中，长篇小说话语摆脱了政治话语的霸权，有条件地引进了社会性杂语，小说内部开始出现对话的喧响，但总的来说，各种声音还处于不平等地位，主调还是流行的时代社会话语；上世纪 90 年代，长篇小说话语应该说是第一次出现了多种声音平等共存的局面，但由于作家专注于远离生活世界的艺术实验，话语的社会性减弱，使对话在根基不稳的平台上表演，显得轻飘而嘈杂；进入新世纪以来，由于长篇小说文体的内在化，社会性杂语大规模进入长篇小说，各种声音自由平等相处，对话性由此呈现生机勃勃的开放性局面。……我们可以看到，作为对话性的外在显现，新世纪长篇小说话语中出现了巴赫金所描述的微型对话的多种形式，如仿格体、讲述体、讽拟体、对话体、暗辩体、自白体等等。所有这些具体对话形式，都是此前长篇小说中少见或不可能见到的，说明巴赫金所说的真正的长篇小说已经真正地落入到新世纪的文学创作实践，说明长篇小说文体正在走向自在和自为的成熟境界。”晏杰雄还写道：“微型对话就其实质而言就是各种双声语形式。由于利用他人话语的方式及使用的目的不同，由于不同语言意向在同一话语中相遇而发生种种复杂的关系，双声语的形式极其丰富和多样，展示了长篇小说话语固有的生命内质和美学潜能。”晏杰雄谈到当下长篇小说的几种微型对话形式：（1）“仿格体：借花献佛的他人话语……在仿格体中，作者是效仿他人风格，但保留他人风格自身的艺术任务。”（2）“讲述体：表述之外的作者话语……所谓讲述体，是指有叙述者的讲述体，即在小说中作者不直接发言，而是设置一个可靠的叙述者，让叙述者以自己的语言格调和语言风格去讲故事，由此在文体表层呈现的是叙述者的语言形象。与仿格体类似，讲述体的作者为了立意而利用叙述者语言，但保留叙述者语言自身的意向。这样，作者就在文本内部确立了一个他人话语，和自己的话语并置，形成对话和交流的态势，讲述体的双声语性质得以确立。”（3）“讽拟体：自我表演的荒诞话语……所谓讽拟体，是这样一种双声语形式：‘作者要赋予这个他人语言一种意向，并且同那人原来的意向完全相反。隐匿在他人语言中的第二个声音，在里面同原来的主人相抵牾，发生了冲突。’与仿格体和讲述体不同，讽拟体的重要特征是两种声音的对立，前两种体式两种声音是接近的，有可能融合成一种声音，而讽拟体不可能出现两种声音融为一体的现象。”

张丛皞的《暗黑世界的描摹——苏童小说的“空间诗学”》发表于同期《文艺争鸣》。张丛皞谈道：“苏童小说的空间诗学未尝不是那根苏童梦寐以求的‘灯绳’，它创造了当代小说中罕有的诡奇格调，使叙事性文学跨入了诗歌之境、绘画之境、电影之境，成为其标志性的美学图戳和精神地盘。”

19 日　崔乐的《“微小说”：下一站文学？》发表于《人民日报》。崔乐谈道：“以《围脖时期的爱情》为例，可以看出‘微小说’有如下几个特点：一、情节跌宕起伏。由于篇幅所限，无法进行长篇的铺排，只能以新奇取胜，所以大部分的创作者都采取了‘抖包袱’的手段，在最后一刻达到了故事的反转。二、读者对创作过程进行了高度参与。《围脖时期的爱情》这一连载的‘微小说’在这一点上更为突出：除了男女主角的爱情主线，其他分支内容大部分由读者提供，根据他们的真人真事进行改编。三、反映当下事件的时效性。与传统小说‘十年磨一剑’的漫长过程相比，‘微小说’处于具体的时间序列之中，无论是政治时事、经济民生，还是网络评论、娱乐八卦，都可以如‘吸星大法’般迅速地吸纳，或者化为情节元素，或者进行二次传播，或者褒贬调侃。”“‘微小说’似乎是一场广场式的文学狂欢。‘文学’走下了高高的殿堂，‘与民同乐’。但是在兴盛背后，也暗藏了不可回避的危机：文字的零碎和短小固然轻便快捷，但同时对情节的构思也提出了更严苛的要求。”

28 日　刘军的《十七岁：个人切片与历史还原——田中禾〈十七岁〉阅读札记》发表于《扬子江评论》第 4 期。刘军认为：“从话语呈现的角度，《十七岁》以诗意的描述呈现了浓郁的乡土气息，鲜明的地方文化。这里有融融的亲情、小城醇厚的人伦关系，有独具特色的饮食和地方风俗（庙会、手工艺等），还有在破碎时代中依然野趣浓郁的乡野及奔放热烈的庄稼和大地。”

王蒙、宋炳辉的《只要能用得上的，我都不拒绝——王蒙访谈》发表于同期《扬子江评论》。王蒙说：“我当时一上来就选择长篇，现在回想起来，其中有一个具体原因。因为我的写法比较特别，我的风格和 50 年代中国的作家相比也不一样。我的作品中，贯穿了一种情绪。具体地说，如果我的作品没有一定的规模，我认为它可能就是站不住的，如果我用那种方式写一个短篇的话，可能很快就被否定掉了，或者不会引起大家的注意，因为我的作品故事性不强，情节也并不吸引人。”

30 日　《当下长篇小说创作五家谈》发表于《人民日报》。“编者按”写道：“人们通常认为，长篇小说是衡量一个国家文学水准的标尺。作为我国当代文学创作的重镇，长篇小说也始终备受读者关注。在几十年间实现了巨大跨越的当代中国，社会生活日新月异，文化生态日趋丰富，无论是作家创作体验还是创作方式，读者的阅读习惯还是审美经验，都已经发生了巨大的变化。在这种历史和现实背景下，我国当下长篇小说创作整体状况如何，获得了哪些经验性的突破，在数量巨大的背后是否隐藏着问题以及未来发展的信息？作家如何解读急遽变化的生活，如何处理当下经验？这些都是读者所急于了解的问题。为此，我们特别约请了第八届茅盾文学奖的五位评委，结合评选过程中的阅读体验，对中国当代长篇小说创作现状、经验和趋势进行思考评析。借此，我们也对刚刚揭晓的第八届茅盾文学奖五部获奖长篇小说的作者表示由衷的祝贺，他们是张炜（《你在高原》）、刘醒龙（《天行者》）、莫言（《蛙》）、毕飞宇（《推拿》）和刘震云（《一句顶一万句》）。同时期待中国当代文坛能够涌现更多更优秀的作品，创造更大更丰富的文学成就。”

九月

1 日　《北京文学（精彩阅读）》第 9 期有读者提问：“怎么样去写活一个人物？”秦锦屏答道：“我想，应该是‘言行举止’。任何人，不可能抽离于生活。试将此人‘投置’于现场，他的一切种种必然显现，这里面包括外在环境，内在心理，心态、神态的发现、捕捉，再就是，语言要符合该笔下人物的身份、年龄、学养。……创作时把握好真实与虚构的度，人物可杂糅归一，思维可天马行空，但终要‘接地气儿’。”

同日，蒋一谈、王雪瑛的《中国需要这样的作家——蒋一谈访谈》发表于

《上海文学》第 9 期。“编者按”写道：“本刊在今年第三期头条位置，发表了蒋一谈的两篇短篇小说《说服》和《刀宴》，后收录于作者最新短篇小说集《赫本啊赫本》。值得关注的是，蒋一谈一贯是以短篇小说集的整体方式，从事每个短篇的构思与创作，目下已经出版三部短篇小说集，分别为《伊斯特伍德的雕像》（2009 年 7 月）、《鲁迅的胡子》（2010 年 5 月）、《赫本啊赫本》（2011 年 5 月）。关于短篇，我们注意到蒋一谈一句有意味的回答：‘这个时代，写出几篇、十几篇被人称道、赞扬的短篇小说已经不算什么，没什么了不起。’为更多了解蒋一谈有关短篇创作的想法，我刊特约了以下访谈，以飨读者。”关于短篇小说，蒋一谈表示：“我觉得短篇小说是特定时空里的写作，可以享受空灵，可以感受坍塌。‘故事创意 + 语感 + 叙事节奏 + 阅读后的想像空间’，我想这四个词组的前后顺序或许能对短篇小说写作者提供某种思考，每一项都特别重要。……现代创意学和文学叙事学的重合正在拓展人类的写作思维和阅读世界，而短篇小说的呈现方式更是对写作者的考验，更是写作者体内多种能量的结合。”

同日，汪政、晓华的《论田耳》发表于《钟山》第 5 期。汪政、晓华认为：“田耳的叙事典型地体现了短篇小说家们在经验处理上的方式，回旋、腾挪，轻轻地一瞥，然后专注于尖细与深处，其实这尖细与深处更多的是我们的内心。”

5 日　《文学高原上的“路标”——第八届茅盾文学奖评委评点获奖作品》发表于《光明日报》，其中收录：陈晓明的《〈蛙〉：不懈的创新精神》、郭宝亮的《〈天行者〉：底层卑微者的生命意义》、李掖平的《〈你在高原〉：气象恢弘　意蕴深厚》、杨扬的《〈推拿〉：常态的文学写作》、张清华的《〈一句顶一万句〉：窄门里的风景》。

陈晓明在《〈蛙〉：不懈的创新精神》中表示：“从总体上来看，莫言这部小说与他过去的汪洋恣肆的语言挥洒式的叙述大相径庭。显然，他用稚拙的书信体穿插其中，再以荒诞感十足的戏剧重新演绎一番姑姑的故事。原来压抑的激情和想象，以荒诞剧的形式表现出来，给人以难以名状的冲击。书信、叙述和戏剧多文本的叙述方式使小说的结构富有变化，也给予莫言与历史、现实的对话更为自由的空间。……《蛙》以多种文本的缝合形式，重新建构当代史，它是重构历史叙事的一个启示性的文本。莫言的《蛙》通过多重文本表演，力图逃避强大的历史逻辑……《蛙》最后一部分的戏剧是对前面的叙事文体的重构，它如此大胆地把文本撕裂，让悲剧的历史荒诞化。”

郭宝亮在《〈天行者〉：底层卑微者的生命意义》中表示：“《天行者》的语言清丽简约而又不乏诗意的空灵，情感内敛克制而又不失刻骨铭心的尖厉与刺痛。特别注意富有诗意的细节的渲染，比如凤凰琴、笛音的穿插，叶碧秋母亲女苕读书的几次呈现，还有那枚反复出现的硬币等，都充分显示了刘醒龙既有扎实的写实功力，又有把历史与现实诗意衔接，进而超越具象之上而抵达生命本真的能力。”

李掖平在《〈你在高原〉：气象恢弘　意蕴深厚》中表示：“《你在高原》其实要完成的是对一代人心路历程的精细描摹，是以宁伽、庄周、吕擎等人为代表的上世纪 50 年代生人，在世纪之交英雄主义和理想主义之舟被搁浅在人性荒滩的时代氛围下的精神蜕变和人格突围，它力求廓清的是信仰的参天大树在现实荆棘之地执著寻求‘在场’空间的艰难行进路径，以及崇高的人格道义被消费主义的欲望之流所边缘化的不幸境遇。身陷这种生存困境和心灵焦虑之中，宁伽必须不停地转换思路，以寻找新的精神高地安放自己焦渴的心灵。这种不定于一点的精神位移体现出一代人心灵探寻的踪影。”

杨扬在《〈推拿〉：常态的文学写作》中表示：“毕飞宇不是以戏剧性的断裂来表达自己的文学关怀，而是以贴近生活常态的近乎零距离的笔触，表现农村生活和那些与乡村生活经验有血脉关系的日常人伦。……在文学创作和文学阅读沦为文化产业和文化消费的今天，毕飞宇遵守的是一种文学写作最传统的行业操守，也就是以人物为中心，将人物、故事、细节写深写透。……毕飞宇的这种创作方法凸显的是作家个人经验的发现，就像他在《推拿》中，对推拿手法出神入化的描写，大大扩展了小说想象空间，从原来较为具体的情景描写升华为一种文学的抒情性描写。”

张清华在《〈一句顶一万句〉：窄门里的风景》中表示：“还要特别指出的，是小说高超有趣的叙事手法。我将这种手法叫做‘叙述的窄门’，虽然作家有意要显露一个大手笔的气度，但落笔时却是一个非常小的切口。他抽去了所有

‘宏大历史叙述’的背景和元素，而刻意精心勾画他一眼看不到尽头的细密而曲折的‘窄门里的风景’。……除了主人公的经历，小说对其他人物与事件的交代，全部使用了中国古典小说式的随机叙述的笔法，所有故事都由‘全知全能’的讲述人根据需要而予以交代，所有人物的经历和命运都尽在掌握，一览无余，然而每一个次要人物的故事，又都如‘盲肠’或跳板一样，只是为主人公的命运服务，而不具有自足性，信笔抓来，随手扔去而已。……这显示了刘震云高超的叙事技艺，这部小说确立了一种叙述的奇观，一种中国式的、既十分传统又十足现代的叙事范型。它的结构与主题可谓实现了互为表里的紧密结合。从这个意义上说，它就不只是一部有思想和文化含量的小说，同时还是一部有着高度叙事艺术的、充满创造性和个人风格的小说，是近年来中国小说艺术不断走向成熟的一个标志性作品。”

同日，张炜的《消失的分号及其他——在鲁迅文学院的演讲》发表于《花城》第 5 期。张炜认为：“大多数人以为语言不能虚构，只有故事和人物可以虚构，实际上是不对的。因为到了情节和人物才开始虚构，那已经有些晚了。必须早些动手，从语言开始。文字是一种记录符号，到了阅读者那里还要还原，还原成声音和意义。它只是默读的，是通过眼睛把符号还原成意思和形象，发酵并进入我们的理解和想象。叙述语言，甚至是人物的话，都不能完全等同于生活中的语言，原样拓下的生活用语，文学性很差，其原因就是没有经过虚构。”

16 日　《茅盾文学奖获奖作家谈创作》发表于《人民日报》。张炜谈道：“我在 1988 年开始写《你在高原》的时候，已经完成了《古船》等长篇小说，还有很多中篇短篇、散文和诗。……我积累艺术经验的同时，也积累了更大的创作欲望，所以想有一次更饱满、更淋漓尽致的表达——这个表达要有相应的体量去匹配……另一方面，就是我个人复杂的经历和长长的阅读史，这一切结合在一起，才有条件催生这样的一次浩繁的表达。没有这么大的体量，似乎已经不足以表达自己 30 多年的人生体验：这其中有说不尽的感慨，有蓄起的饱满的情感，它们都要找到相应的艺术形式去表现。”

19 日　本报记者刘颋的《刘震云：好作家应该是有意思有能力的人》发表于《文艺报》。刘颋谈道：“《一句顶一万句》是中国世态百相的工笔，也是写意，它的价值和意义不仅是工笔，更是写意之中的蕴含之意。”

本报记者饶翔的《刘醒龙:“我相信善和爱是不可战胜的”》发表于同期《文艺报》。刘醒龙谈道：“在我看来，现实主义其实是一种精神，不只是一种创作方法。……我自认为是一个有理想的现实主义作家，或者说具有浪漫精神的现实主义作家。在骨子里，我的小说更多的是表达对现实的质疑。”

本报记者王杨的《莫言：“小说家必须盯着人写”》发表于同期《文艺报》。谈到《蛙》语言的朴素，莫言认为：“语言的变化，一是小说的需要，二是我自己厌倦了那种张扬喧嚣的语言，想换一种腔调说话。我具备用朴素的语言写作的能力，早期的作品深受“荷花淀派”的影响。但完全用那种调子说话，显然不行。……由朴素到绚烂，再由绚烂到朴素，不是简单的回归，而是一种螺旋式的上升。”

《第八届茅盾文学奖获奖作品授奖词》发表于同期《文艺报》。授奖词摘录如下：

《你在高原》：《你在高原》是“长长的行走之书”，在广袤大地上，在现实与历史之间，诚挚凝视中国人的生活和命运，不懈求索理想的“高原”。张炜沉静、坚韧的写作，以巨大的规模和整体性视野展现人与世界的关系，在长达十部的篇幅中，他保持着饱满的诗情和充沛的叙事力量，为理想主义者绘制了气象万千的精神图谱。《你在高原》恢宏壮阔的浪漫品格，对生命意义的探寻和追问，有力地彰显了文学对人生崇高境界的信念和向往。

《天行者》：《天行者》是献给中国大地上默默苦行的乡村英雄的悲壮之歌。一群民办教师在寂寞群山中的坚守与盼望，具有感人肺腑的力量。刘醒龙以内敛克制的态度，精确地书写复杂纠结的生活，同时，他的人物从来不曾被沉重的生活压倒，人性在艰难困窘中的升华，如平凡日子里诗意的琴音和笛声，见证着良知和道义在人心中的运行。现实性、命运感和对人类精神灿烂星空的确信，使《天行者》的意蕴凝重而旷远。

《蛙》：在二十多年的写作生涯中，莫言保持着旺盛的创造激情。他的《蛙》以一个乡村医生别无选择的命运，折射着我们民族伟大生存斗争中经历的困难和考验。小说以多端的视角呈现历史和现实的复杂苍茫，表达了对生命伦理的深切思考。书信、叙述和戏剧多文本的结构方式建构了宽阔的对话空间，从容自由、机智幽默，在平实中尽显生命的创痛和坚韧、心灵的隐忍和闪光，体现了作者强大的叙事能力和执著的创新精神。

《推拿》：《推拿》将人们引向都市生活的偏僻角落，一群盲人在摸索世界，勘探自我。毕飞宇直面这个时代复杂丰盛的经验，举重若轻地克服认识和表现的难度，在日常人伦的基本状态中呈现人心风俗的经络，诚恳而珍重地照亮人心中的隐疾与善好。他有力地回到小说艺术的根本所在，见微知著，以生动的细节刻画鲜明的性格。在他精悍、体贴、富于诗意的讲述中，寻常的日子机锋深藏，狭小的人生波澜壮阔。

《一句顶一万句》：《一句顶一万句》建立了极尽繁复又至为简约的叙事形式。通过塑造两个以“出走”和“还乡”为人生历程与命运逻辑的人物，形成了深具文化和哲学寓意的对称性结构，在行走者与大千世界、芸芸众生的缘起缘尽中，对中国人的精神境遇做了精湛的分析。刘震云继承了“五四”的文化反思精神，同时回应着中国古典小说传统，在向着中国之心和中国风格的不懈探索中，取得了令人瞩目的原创性成就。

20日 高玉的《论残雪“反懂”的文学观及其写作》发表于《小说评论》第5期。高玉认为：“残雪的小说在文本上是‘反懂’的，而这种外在形态上的‘反懂’又根源于她内在观念上的‘反懂’。”残雪的“写作不是源于意图，不是源于思考，而是源于冲动，源于表达的欲望……呈现内心深处的稍纵即逝的潜意识”，“作者也不知道”，“它（小说——编者注）究竟写了什么”，因此残雪的小说是一种“反传统的小说”，具有“高度内心化”“反现实”“高度私人化”等特征。

张延国、王艳的《文学方言与母语写作》发表于同期《小说评论》。张延国、王艳认为：“方言是口语，是一种声音语言、听觉语言，而作品中的方言则是书面语，是一种视觉语言，这两种方言不是一回事。书面的方言，虽有方言之名，方言之表，其实已经不是方言，而是一种通用语，一种普通话。……一些作家津津乐道于方言写作是‘母语写作’，还有一些南方作家羡慕北方作家在进行小说创作时具有语言上的先天优越性，占了语言上的便宜。这些人可能都没有意识到方言写作中通用语（普通话）的中介作用。……对于方言来说，‘母语写作’实际上是一种永远难以企及的幻象。”谈到方言写作的精神意义，“文学作为一种精神活动，一种悬浮于空中的上层建筑，自然有其意识形态性。而方言作为一定地域的文化产物，也必然会与所在地域特定时空的文化风俗、精神风貌相关联。然而，方言语汇构成上的复杂性，方言在封闭、稳定基础上的开放性、流动性、自我更新的特点，又影响着方言的精神构成。可以说，方言是各种意识形态竞相展览的舞台，是各种精神形态错杂纠结的场域。方言里，有底层民众那种健康积极的精神力量，也有各种阴暗卑劣的欲望的流露；有民间思想，也有庙堂意识，有专制思想，也有自由的精神。因此，要对方言写作作出精神上的判断、估价，恐怕还得具体情况，具体分析，而不能笼而统之地将方言写作简单抽象地归入某一精神范畴，更不能对方言写作在精神上进行美化”。

十月

1 日　李锐、邵燕君的《用方块字深刻地表达自己——李锐访谈》发表于《上海文学》第 10 期。谈到方言写作，李锐表示“我的使用方言写作，是和当时文坛翻译腔的流行有关。……我的用方言写作就是对这个荒谬的语言等级的拒绝和反抗”。而“标准化的国语，正是在和这些方言的杂交中保证了自己的遗传优势，扩大了自己的叙述功能。也正是在这个意义上，我们看到了边缘对于中心的拯救，弱势对于强势的胜利。这种奇妙的语言文字的杂交变化，可以看作是人类文化符号的生态学变化”。他提倡“用方块字深刻地表达自己”，建立“当代汉语的主体性”，“我所说的语言的自觉，我所说的建立现代汉语的主体性，绝不是要重建方块字的万里长城，然后把自己囚禁其中。我所渴望的是：用方块字深刻地表达自己”。

2 日　孟繁华、刘复生、周展安的《异化的情与爱——〈誓言〉三人谈》发表于《小说选刊》第 10 期。周展安认为：“小说固然可以描写偶然的、稀奇的事件和人物，但是如果允许对文学提出一个较高的要求的话，那么除了单纯的描写之外，文学还是应该有更广阔的视野，即它所表现的应当是更具有普遍性的、大部分读者都可以从中看到自己生活之印记的世界。我甚至想说，判断一个作品是通俗性的作品还是切中现实的作品的标准之一，就是看写作者对于小概率事件的态度。我认为，通俗小说往往就是一连串的偶然的、小概率事件的集合。”

15日　程革的《中国经验下的乡土另类叙事——评刘震云长篇小说〈一句顶一万句〉》发表于《文艺争鸣》10月号。程革认为：“‘一句顶一万句’——作为‘文革’时期最庄重的宏大叙事话语，在‘颂扬词’‘语录歌’‘忠字舞’时代曾经被视为圣言。在刘震云笔下被戏仿，不仅戏仿了中国圣言，而且更戏仿了历史最悠久，影响最大，发行量最多的《圣经》。连小说副题——出延津记、回延津记，主人公——吴‘摩西’都是对《圣经·出埃及记》的一次毫无遮掩戏仿。”

王光东的《新世纪文学语言的“地方性”问题》发表于同期《文艺争鸣》。王光东认为：“张炜在《九月寓言》中找到了与大地，山脉，泥土息息相关的民间语言。这种语言有自己的生命和色彩。……当‘故乡’作为精神与情感的栖息地成为作家的灵魂归宿时，那里的一草一木，那里的山与水，那一方水土中人的语言的特有表达方式在世事动荡的变化过程中，呈现出了无与伦比的力量。精神的‘故乡’原来就是诗意的文学的诞生地，这个地方性的区域与偌大世界相关，演绎着文学世界的辉煌。”

吴玉杰的《葛水平论：气场美学与复调思维》发表于同期《文艺争鸣》。吴玉杰认为：“透过她的文学创作，我们还可以发现她追求的是一种气场美学品质。……在这个气场的滋养之下，她用一种复调性思维结构文本，文本呈现出一种温暖的图式，从而彰显其敬畏生命的现代伦理观念。”具体来说，“一种善良的气场在文本中建构了温暖的图式，然而这种温暖的图式又往往被现实所粉碎。富有意味的是，越是粉碎得严重，越是渴望一种温暖。所以，葛水平小说善良气场的温暖图式往往以一种悖论的方式存在”。这种“善良气场的温暖图式，不仅仅表现在对人物性格的塑造和故事情节的安排方面，更重要的是，因为善，她敬畏所有的生命体，不单单是人的生命。所以，在她的笔下经常出现人的动物化、动物的人化。在她看来，动物抑或自然与人同样是生命体，同样得到作家的尊重与敬仰，由此显现出作家敬畏生命的现代伦理观……葛水平的善良和对生命的敬畏是一种既传统又现代的伦理观念，彰显了作者的平等意识和对话意识。她的善良促使她敬畏生命，促使她尊重人物主体的意识和声音，‘众多独立而互不融合的声音和意识纷呈，由许多各有充分价值的声音（声部）组成真正的复调’。人物呈现立体的丰富性与复杂性。与此同时，有的文本不是简单的线性叙事，而是双重叙事。所以，她是以一种复调的思维结构文本”。

20 日　本报记者金莹、何晶的《长篇写作应回到叙事的原点——访首届“惠生·施耐庵文学奖”评审委员》发表于《文学报》。费振钟谈道：“叙事这一概念是和历史相联系的。只有在历史中，才可能构成叙事。同时，历史也是通过叙事得到体现的。中国本身就有着十分悠久的叙事传统，比如追溯及《春秋》《史记》等等，这些都是十分优秀的叙事性的历史作品。作为汉语叙事中的杰出作品，《史记》不仅具有史学的叙事品格，也体现出文学的叙事传统。鲁迅评价《史记》是‘无韵之离骚’，其实也可以说是对《史记》的叙事性传统的评价。从这一层面讲，我们强调叙事，就是要恢复或者说重温中国式的叙事传统。……中国式叙事的其中一个方式是讲史，《三国演义》也好，《水浒传》也好，包括后来出现的《隋唐演义》等，基本就是话本艺术，话本艺术是一门说话艺术，同时也是叙事艺术，都是中国叙事传统的体现。所以在这个奖项中强调‘叙事’这个概念非常合适。”

费振钟提出：“过去，我们并未充分展开作为传统的汉语叙事，没有在现代小说中充分强调叙事的可能性。尤其是在现代，我们习惯以评价西方小说的评价标准来评价中国作品，就会存在偏差。我们希望制定一个中国式的标准，更突出汉语叙事的可能性。通过对中国叙事作品的评奖，来阐释我们对叙事的观点，并通过评奖使叙事影响到后来者们的创作。”

李洁非谈道：“追溯中国叙事的传统要从散文开始，也可以说，讲到中国的小说要从中国散文的叙事开始。……施奖将评奖从比较有限的小说范围扩大到了叙事这个概念，本身就是对汉语叙事文学传统的一种回归。由于文学史发展的结果，如今我们对叙事的理解集中在小说领域。但是近年，我们发现叙事写作的范围正在扩大，或者说小说以外的叙事作品发展比较强劲，这是十来年文学发展中比较突出的一个现象。”

陈晓明认为：“中国的长篇小说还是讲故事，它有历史，每个人有故事，每个人的生活发生了巨大的变化。中国有另一种讲故事的方式，它贴着历史的变迁、时代的变迁，是一种外在的观点，外部的事件导致了人心的变化，这是一种历史叙事，在这个意义上来说，按照西方的小说来要求中国小说是不恰当的，我们要寻找到一种合适本土的评价标准。”

丁帆表示：“中国有故事，但是作家们还没有找到讲故事的方式。近年来，中国长篇叙事作品中的故事性正在减弱。所以，我提倡长篇小说写作应该回到叙事的原点，即强调长篇小说的故事性和人物性。我们对长篇小说进行判断时，应把小说的故事性和人物性放在首位。但是，这次的获奖作品中，具有鲜明故事性、传奇性的小说不明显。我希望，随着评奖的深入，我们应该更呼吁小说叙事回到传统，实现个人经验与本土经验、世界经验的融合，更多体现汉语叙事方式的探索和创新。”

28日　杨扬的《21世纪可能会有一些新的文学传统——〈推拿〉引发的一点感想》发表于《扬子江评论》第5期。杨扬谈道：“他（指汪曾祺——编者注）没有用当时文艺理论中流行的‘典型’和‘真实’概念，显示了价值取向上汪曾祺更倾向于中国俗文学的精神传统，而不是现代知识分子的启蒙传统。所以，他的小说写得像话本、传奇，接近市井闲谈的飘逸风格，说的都是好玩的事情，意趣和谈资是小说立意中最重要的部分。假如忽略了汪曾棋的这种努力，一味地在人性问题上强调汪曾祺小说的价值，那与汪曾祺创作的本意是有一定距离的。”杨扬继而指出：“当很多当代中国作家眼睛向外，以西方的现代小说为参照，从社会、历史等宏观方面探讨小说艺术时，汪曾棋却是从中国俗文学的‘小’说传统里小心翼翼地探寻中国小说发展的可能性，尝试着将当代中国小说创作与这个‘小’说传统对接起来。”

十一月

10日　《十月》第6期刊有“卷首语”。编者认为：“作家何大草有着出色的艺术感觉和叙述能力，这在他《一日长于百年》《刀子和刀子》等作品中早有体现。本期头题《两才女》描写了两位性格迥异的女子，一位内敛守旧，一位张扬逐新。在急剧变化的世事人心面前，静态和动态的生活都难以遵循原有的轨迹，两人费尽心力寻找内心的平衡。两位女子的身上暗含着一个时代的隐喻。本期‘小说新干线’几个短篇都植根于生活中的一些‘事情’。如何将生活中的‘事情’转换或延伸为‘故事’，进而成为‘小说’，是一个小说家的重要能力。乡俗画般的《换骨》，童年视角的《乏痨》，以及厚重的《黄鼠》都体现了这种能力。”

李进祥的《短篇十年说“艰难”》发表于同期《十月》。李进祥谈道：“我的看法是，长篇、中篇、短篇一样都很纯粹，一样都很难写，区别仅仅在结构不同，长短不同，与纯粹和掺水、难写和易写无关。”短篇小说的难度在于，“写短篇难，最最难的是把大事化小，小事放大。‘短篇小说’四个字，反过来是‘片段’‘说小’，就是要从小处找事，向小处说事，说小处大事。文学对现实的关注，对人性的关照，对生命的尊重，对万物的悲悯，这些大事，都要化在尺幅方寸之间，数千文字之中”。

15 日　杨扬的《中国当代长篇小说的问题》发表于《南方文坛》第 6 期。杨杨认为：“中国传统小说的小道并不比现代化的阳关道逊色，尤其从小说艺术上来考虑，汪曾祺的小说不仅没有失去小说的思想灵魂，而且在小说艺术上远比那些将立场、价值、反思、批判挂在嘴边的写作更具思想魅力。”

张清华的《我们需要肯定什么样的长篇小说》发表于同期《南方文坛》。张清华认为：“我们要推崇的长篇小说首先应该具有基本的人文主义性质。也就是说，任何对于时政和现实问题的书写，必须要经过对于题材和主题的转换处理……生成了相对深刻的人性思索与文化探求，这使他们的写作获得了更富深度与弹性的、更加广阔和综合的意义。”

张新颖的《中国当代文学中沈从文传统的回响——〈活着〉〈秦腔〉〈天香〉和这个传统的不同部分的对话》发表于同期《南方文坛》。张新颖谈道：“当余华说‘我感到自己写下了高尚的作品’的时候，他触到了与沈从文把那些水手的生存和生命表述为‘那么庄严忠实的生’时相通的朴素感情。福贵和湘西的水手其实是一样的人，不追问活着之外的‘意义’而活着，忠实于活着本身而使生存和生命自显庄严。”他还谈道：“黄永玉谈《长河》，说的是一个湘西人读懂了文字背后作家心思的话：‘我让《长河》深深地吸引住的是从文表叔文体中酝酿着新的变格。……他发现这是他与故乡父老子弟秉烛夜谈的第一本知心的书。'《秦腔》亦可如是观。倘若从那一堆鸡零狗碎的'泼烦日子'的长篇叙述里还不能深切体会作家的心思，那就再读读更加朴素的《秦腔》后记，看看蕴藏在实感经验中的感受是如何诉之于言，又如何不能诉之于言。"

同日，谭帆、王庆华的《小说"考"》发表于《文学评论》第6期。谭帆、王庆华谈道："'小说'一辞歧义丛生，乃古代文学文体术语中指称范围最为复杂者。"谭帆、王庆华从四个方面"于纵横两端梳理'小说'内涵之演变"，"一是无关于政教的'小道'，指谈说浅薄道理的论说性著作，宋以降又指与'杂家类'相近而又相区分的笔记杂著。二是有别于正史的野史、传说，是指与'杂史''杂记'等相近而又相区分的叙事性作品。此义界的形成与魏晋南北朝特别是唐代史学的发展成熟密不可分。三是作为口头伎艺名称，指民间发展起来的'说话'伎艺。四是虚构的有关人物故事的特殊文体，主要指通俗小说"。谭帆、王庆华总结道，"'小说'既是一个'历时性'的观念，即其自身有一个明显的演化轨迹，但同时，'小说'又是一个'共时性'的概念，'小说'观念的演化主要是指'小说'指称对象的变化，然这种变化并不意味着对象之间的不断'更替'，而常常表现为'共存'"。

同日，李丹的《弃乡与逃城——徐则臣"京漂"小说的基本母题》发表于《文艺争鸣》11月号。李丹认为："实际上，'京漂系列'小说本身颇具'零度情感'，作者大量地运用不动声色的叙述、白描和对话来结构故事，由此而形成了某种不无'冷酷'的写作风格。而只有一系列女性角色，才暴露了作者内心的柔软之处，泄露了作者的价值倾向。"

20日 梁小娟、海男的《守候灵魂的写作——海男访谈录》发表于《小说评论》第6期。海男谈自己是"用诗性虚构着小说"，并认为"许多伟大而杰出的作家都是天生的诗人"，但是"诗人在写作时又是如此的敏感，诗人的身心遭遇到的喜悦和忧伤是同等的"，而"写小说则面对的是一个社会"，"小说的叙事是柔软而坚硬的"。

唐晴川、李珏君的《论网络文学女性写作的叙事特征——以盛大公司旗下红袖添香网站为例》发表于同期《小说评论》。唐晴川、李珏君认为"网络文学女性写作”具有“丰富的文学题材与鲜明的性别视角”“凸显的文化消费功能与浅显的文学内质”等特征。

23 日　徐妍的《回返古典或无所依傍——读〈天香〉》发表于《光明日报》。徐妍谈道：“《天香》固然表达了王安忆对海派文学的接续，但更内含了她对新时期文学成果的全面收割和独辟蹊径。进一步说，《天香》在接受了现实主义、现代主义的影响之后，退守到古典主义的源流中，以此来表达一位当代作家对21 世纪文学观念和叙事方法的最新理解。”在回返古典传统上，《天香》也颇有特色。徐妍说道：“《金瓶梅》《红楼梦》《海上花列传》等世情小说的细节质感，废名小说的禅宗意味，沈从文小说的涵容悲喜，汪曾祺小说的市井情怀，乃至古典哲学、古典诗论、古典画论、茶道、诗词曲赋，皆现身其中。不仅如此，《天香》以古典主义审美原则塑造人物形象：婉而不迫、哀而不伤。……特别是，在《天香》所使用的文学形式中——寓言、掌故、对白、野史、神话、传说、故事，晚明小品文和《红楼梦》的语体最为出色。……尤其，编织整个小说情节的语词和语句，更处处内含着晶亮、清雅、朴拙、妙趣、卓识的晚明小品文的韵味。不过，《天香》只是在表达方式上，复现了晚明小品文的语体风格；在语义层面，《天香》则突破了晚明小品文的狭小格局而注入了王安忆的现代生命意识，隐含了王安忆的叙述野心——天香园里话‘乾坤’。同样，《天香》更多地将《红楼梦》的语体作为经典尺度，它的语义层面则隐含了一位中国当代作家的经典意识和当代意识。比较二者，《红楼梦》堪称抵达经典巅峰的‘天书’，而《天香》只是深通世人款曲之作。”

徐妍进一步指出重返古典传统所面临的难题，“古典主义在提供了王安忆心灵依托的同时，也吸附了她的现实感知力、未来建构力。她原以为能够在古典的庇护中获得剖解现实、再度出发的力量，却陷落到一个历史、现实、未来断裂的困境。……回返古典主义源流之后，究竟如何转换？这是《天香》和同类作品所必须面对的难题。正如现代人所追逐的现代主义处处充满吊诡的悖论一样，现代人所回返的古典主义也难以成为实有的依托之地。在中国当代文学遭遇了被现代的宿命之后，中国当代作家注定要接受无所依傍的现实。”

25 日　刘巍的《图像时代的文学取向》发表于《当代作家评论》第 6 期。

刘巍谈到了“图像时代文体边界的模糊性”，认为“随着图像时代的来临，这种图像造成的文体散化，即把文学的某一文体变成了多种文体的混融的趋势越来越明显”，比如“作家自觉地、有意地将写作往小说和戏剧、小说和绘画的中间地带过渡。作家非常注重场景交代，人物外貌、表情、体态的叙写，注重情节的好看和视听效果”。

27 日　林霆的《期待短篇小说的大境界》发表于《文学自由谈》第 6 期。林霆认为：“中国当代短篇小说还存在着缺憾和可供成长的空间，主要体现在作家缺乏对于人的具有普遍意义的存在状态的考量，这直接导致了小说境界的矮化。……即便是小题材，也能够反映大环境，也可以具有穿透力、精神的指向和灵魂的重量。关键是创作主体的精神厚度。”林霆进一步指出：“中国作家对于个体的关注常常是停留在生存和命运的层面。那些底层的人们被同情、被关注，也是在社会这个大集体的层面进行的，作为个体的人，他们并不存在。因此，在终极意义上的人的存在感就无法深入。”还有，“在表现各种各样的人类经验上，短篇小说需要把握的不仅仅是具有时代性的人生体验、现实创痛，还应该对人在历史情境中或基本情境中的存在状态给予最大可能的思考。”总之，“中国当代短篇小说显然还缺乏这种丰富性和深入性，这种关于人的存在的诗性沉思，和对世界可能性的冥想”。

十二月

1 日　《北京文学（精彩阅读）》第 12 期有《热线》栏目读者提问：“构思长篇小说和中短篇小说有何不同？”关仁山回答说：“我有个体会，生活的横断面，简单一些的，时效性很强的故事，适合写成中短篇，每一两个人物，每一个小事件，一个小的细节，都像一个石子，投入湖面，激荡起波浪。我们每个人的灵魂都有强烈震荡。我感觉，这种震荡就是中短篇小说的触发点，震荡的结果是命运的转身和人性的变异。……找到了这样转身的触发点，我们就有写不完的中短篇小说。如果有宏阔、繁复的构思，那样就有写长篇的冲动了。这样大气的东西需要在内心长久培育。因为，长篇应该写出时代的大悲哀和大欢喜。……有人说‘中短篇靠技巧，长篇靠生活’。我感觉，写长篇还不仅要有雄厚的生活积累，还要有思想来点燃，来雕塑长篇小说所需要的精神性和命运感。文学是一个马拉松，一个作家能跑多远，取决于我们内心的沉静、坚韧与博大。同时，还取决于我们的体力和耐力。”

同日，张炜的《第七讲：写作训练随谈》发表于《青年文学》（上旬刊）12月总第449期。张炜认为：“第三人称的小说有个先天毛病：不可信。为了克服这个毛病，现代作家们十分克制自己的‘全知视角’，并不滥用这种权力。”

同日，郜元宝的《当代文学和批评的七个话题（下）——答客问》发表于《上海文学》第12期。谈到方言土语问题，郜元宝认为：“过分推崇方言土语，有可能使我们的文学过分远离‘字本位’而回到‘音本位’”，“处理某些相对复杂的问题，恐怕还得依靠‘知识分子语言’”。他强调：“‘言而无文，行而不远’！即使折中一点，也不妨把‘言’和‘文’视为中国作家的两种才能，有人在收集、学习和锻炼口语方面能力较强（比如老舍、王朔），有人在驱遣文字方面能力较强（比如鲁迅），两种能力，不可偏废，否则就难以避免才能的误用和滥用了。”

2日　李雪的《文学如何书写“中国经验”》发表于《人民日报》。李雪认为：“近30多年来，中国文学尤其是长篇小说，在对‘中国经验’的书写上，探索和积累了丰富而独特的艺术经验”，比如，“感时忧国，担当意识，成为现当代文学的大道，值得大力揄扬的是，这些长篇小说继续秉承着中国现代文学的感时忧国精神，关怀社会，关注民族、国家的历史和现实，富有崇高的人道主义情怀，富有担当意识和使命感”。

同日，贺绍俊、石一宁、李云雷的《直面现实的可能性与误区——〈不食〉三人谈》发表于《小说选刊》第12期。贺绍俊认为：“作为一种知识性写作，作者的理念是小说的灵魂。……小说所传达出来的理念不是非常清晰。”石一宁认为：“作者借秦邑这一人物表达的是对当代人价值观的批判，对当代人生活方式的严重质疑。”李云雷认为：“总体上来看，这篇小说涉及到文学史上的一个老问题：‘莎士比亚化’和‘席勒化’”，“在这个意义上，我们可以说鲁敏近期的创作有一些‘席勒化’的倾向，但同时需要指出的是，我们应该对她直面现实的姿态表示肯定”。

张庆国的《一盏灯引领另一盏灯前进的故事》（对丹增的中篇小说《江贡》的评论——编者注）发表于同期《小说选刊》。张庆国写道："丹增的《江贡》借文本中涉及到的藏文化和藏传佛教知识所要传达的精神，是作家对人类生命的深切同情与关怀，是文学的菩萨心肠。文学的菩萨心肠，是作家写作的真正价值所在。""我认为，为什么写作，是比写什么或怎么写更为重要的文学写作命题。"

5日 张鸿声、刘宏志《小小说的可能性》发表于《光明日报》。张鸿声、刘宏志谈道："当下小小说创作的瓶颈在于多数作家还没有自觉的现代小说叙事理念。就当下小小说表达内容来看，大多数小小说仍然在强调对某种确定性东西的表达：或者是发现生活中平凡但让人感动的美和善，或者是对生活中的某些丑陋现象进行讽刺。歌颂真善美、鞭挞假恶丑当然是文学表达的主旨，然而，在传媒高度发达的时代，表达确定性的东西不应该视为小说的长处，它必须能够表达出自己独特的东西。"张鸿声、刘宏志进一步指出："小说不需要把这个社会中复杂问题以及人的多面性和复杂性梳理得一清二楚，并找出解决问题的方案——事实上，这并非作家的义务——只需要能够将其呈现。这就是小说的复杂的精神，这就是小说发现的只能为小说发现的东西。在整个社会充满确定性话语的情况下，一种充满犹疑的复杂的精神的写作会让人们对这个社会中的诸多确定性话语重新认知，能够扫除人们的盲点。这就是现代小说的理念。应该说，相当多数的小小说作家对现代小说理念还颇为陌生，仍然在表达生活中的一个感动或者一个批判，这样，许多小小说作家的写作不是在告诉读者生活比他想象的要复杂，反而是把复杂的世界给简单化了。这就大大削减了小小说的承载能量。"

16日 邱华栋的《新闻结束的地方，文学出发》发表于《文艺报》。邱华栋认为"新闻结束的地方，恰恰是文学出发的地方。因为，新闻关心的是刚刚发生的事情，而文学则要直指人心，描绘事件带给人内心的长久影响"，邱华栋从自己的创作经验出发，"我在十年的时间里，写作这个'社区人系列'，采取了相对简洁的手法，叙述艺术的纯粹和精到是我的追求，因此，具有很强的形式感。我师从于几个美国短篇小说大师的技法，比如约翰·厄普代克、约翰·契佛”，“短篇小说的控制力是我着迷的，不多也不少是我追求的目标”。

同日，本报记者何瑞涓的《写作不是“欲望号街车”——专访著名作家麦家》发表于《中国艺术报》。麦家谈道：“除了《刀尖》，我的写作主要还是靠虚构。虚构不是胡编，虚构是小说的本质，也是艺术真实和物理（生活）真实之间的密码，它需要小说家用写作技巧去破译，而不是一味去还原生活”，他认为故事和人物仍旧是小说的核心，“当代文学，尤其是小说的问题，由于大家一直想创新，想从传统中标新，结果把小说的基本的东西都搞丢了。小说要重拾魅力，可能就需要我们让小说回到从前，回到常态中去：把故事讲好，把人物写活。”

26 日　王学海的《金庸与汉语新文学》发表于《文艺报》。王学海认为：“从时间背景来看，金庸是把传统故事重新作了虚构，从而去安排我们现代人阅读生活的情趣作家。他以古代道德伦理渗显出与现代性的对应，当我们阅读后再去研究他时，金庸的新武侠小说就这样出现了新的意义”，这个意义在于，“金庸的武侠小说，已突破了旧武侠的单纯性的行侠仗义于江湖的局限范畴，是一创新，是武侠于历史于当下的一种社会批判，是一种新武侠，更是汉语新文学写作中独树一帜的飙升”，具体来说，“金庸小说中的非逻辑性，你分析时会觉得非逻辑性，但你阅读时心理上又不会觉得荒谬，而且再往里深推一下，不管非逻辑性也好，不觉得荒谬也好，它里面实是存在着一种人生的场景，人生的道理”，“20 世纪中国新文学的合法化对于金庸新武侠小说而言，其实不是一个问题……作为新文学之一种，不在于它在表层上是否与‘五四’新文学有讲人性争自由的区别，而在于一是从时间概念上去看，它是‘五四’新文学刺激下产生的白话文文本，无疑从形式上理归此属。二是其实质……它都存在着、扩展着新的儒道佛理，新的人性申张在里面……在历史 + 政治 + 儒释道的金庸新武侠小说中，也完全寄托着作者本人对社会对人生的理想表达与建构美好人性的多重阐释”。